本书得到国家社科基金重大项目资助

本书由湖南师范大学学科经费资助

本书为 2017 年度国家社科基金重大项目

“历代道经集部集成、编纂与研究”

（批准号：17ZDA248）

阶段性成果之一

元明清道教文学思想研究

蒋振华 著

凤凰出版社

图书在版编目（CIP）数据

元明清道教文学思想研究 / 蒋振华著. -- 南京 : 凤凰出版社, 2018.12
ISBN 978-7-5506-2920-2

Ⅰ. ①元… Ⅱ. ①蒋… Ⅲ. ①道教—宗教文学—古典文学研究—中国—元代-清代 Ⅳ. ①I207.99

中国版本图书馆CIP数据核字(2019)第012364号

书　　名	元明清道教文学思想研究
著　　者	蒋振华
责任编辑	陈晓清
装帧设计	徐　慧
出版发行	凤凰出版社(原江苏古籍出版社) 发行部电话025-83223462
出版社地址	南京市中央路165号,邮编:210009
出版社网址	http://www.fhcbs.com
照　　排	江苏凤凰制版有限公司
印　　刷	江苏凤凰通达印刷有限公司 南京市六合区冶山镇,邮编:211523
开　　本	880×1230毫米　1/32
印　　张	19.25
字　　数	536千字
版　　次	2018年12月第1版　2018年12月第1次印刷
标准书号	ISBN 978-7-5506-2920-2
定　　价	88.00元

(本书凡印装错误可向承印厂调换,电话:025-57572508)

目　录

绪论

我在《唐宋道教文学思想史》(岳麓书社,2009年版)一书中,探讨了中古本土宗教——道教与文学思想的关系,具体落实到唐宋道教与文学思想的关系来说,就是唐宋的重玄理论、内丹理论、三教融合趋势等道教义理催生了诸多文学理论形态、文学思想观念。那么,道教发展到封建社会的晚期,即元明清时期,是否也像此前的唐宋道教一样催生了文学理论、思想、观念、范畴等意识形态呢?答案当然是肯定的。沿此思路,尤其是从元明清道教与文学思想之关系的真实历史情形出发,进一步揭示它们的关系是怎样一种历史面貌,与唐宋道教和文学思想的关系是否异时共性,抑或是异时异质?作为一个较长的封建社会晚期的道教文学思想,其基本内涵和特质是什么?按照怎样的逻辑必然性和历史规律建构元明清道教文学思想体系和外观?诸如此类,需要我们在对元明清浩如烟海的道教文献的爬罗梳理、精研细读中揭橥之,这样,元明清道教文学思想史是怎么形成发展的?是怎么样完成它的历史使命的?传统的元明清文学的发展是否也离不开中国本土宗教道教的影响?道教文化在元明清有哪些新收获?本书的研究内容、研究意义、学术价值都可在这些问题的解决中发现。

金元道教几乎是全真教的天下。虽然有太一教、大道教、天师道、茅山宗、阁皂宗、神霄派、东华派、天心派、净明道、符箓派、正一道的流传,但都是在小范围内的流布,影响远不及全真教之广大而深远,尤其对道教文学理论,对文人创作态度、人生观、价值观诸多方面的影响和作用，几乎可以说微乎其微，本研究完全可以弃而不论。至于全真教，其在金元两朝，甚或是对后来明清文学创作、文学理论、文学思想或文人生活态度，其影响可谓无所不在，而且影响深刻又长远，从某种意义上讲，金元散曲和杂剧、明清小说，这些被称为"一代之文学"的文学体式，几乎是在接受全真教思想的熏陶与浸染下出现的，那些用这些文学体式来写元明清文学史的创作主体，无一不和全真教的相关宗教思想、宗教教义、教理、信仰发生关系。至于全真教里那些所谓七真之祖、七真子、七真后学，其自身的文学成就，由于其良好的家学背景以及本身的博闻强学等主客观原因，更使他们成为文坛领袖，诗国高手，梨园豪杰。今本《道藏》所存《重阳全真集》《重阳教化集》《重阳分梨十化集》《磻溪集》《洞玄金玉集》《渐悟集》《水云集》《仙乐集》《云光集》《太古集》，诗、文、曲无所不佳，是中国古代文学大家族中的宗教文学奇葩，而这些文集中提出的宗教文学理论、文学思想，或者这些诗、文、曲中所潜藏的文学观念构成元明清文学理论和文学思想的重要组成部分。本研究通过挖掘和探讨全真教文人的道教文学思想内容，揭橥元明清道教文学、元明清传统文学以及文学思想发展变化的原因，描绘它们发展变化的规律。

研究表明，在前述《道藏》所收全真派人物的文集中，主要收录了他们的散文、诗词作品，在对创作思想、文学理论的认识与理解上，全真人多从其道教信仰与终极关怀上进行立论，诸如关于散文创作的生熟互化的创作原则，关于诗词创作的曲直相寓的诗学笔法，这在此前的道教文学思想以及传统文学理论中是无处可寻的。这些文学思想缘何而生？仅仅是因为宗教信仰的重要吗？与辽金元的政治经济、社会文化有何种因缘？道教文学自身、传统文学自身对之的形成是否有"逼宫"的作用？一个简单的事实是全真派文集中所倡导的散文生熟互化的创作论，基于对人类生命生死有序、阴阳抱气和合的生命理论的宗教思考，在将生命题材文学化的过程中，应该遵循生死气化的原则去对生命进行生熟（死）互化（转化）的结构安排，从而书写生命的起点与终结以构建人类思想中的道教信仰情怀，完成对于道教散文的叙述与结构模式程序的建立。显然，文学、宗教、政治、社会的水乳融合，共同完成一个重大的历史使命。同时，全真派文集体现的诗歌思想上主张和倡导曲直相寓的诗学笔法，意即将委婉申说仙道与直截了当"顿悟"道妙的宣教方法成之于诗歌创作，两者相为依托寄寓信道之理。从道教宣教的宗旨上看，由于道教传授的隐蔽性和神秘性要求，因而以诗传教的形式必定要求将曲直相寓的诗学理论运用到宣道辅教的终极关怀中去，这是全真派诗歌不同于世俗诗学观念的另一种诗论形式，且又别开道教文学之生面，代表着全真教道派的具有诗学气质的诗性文化意义，因此，我们可以认为这是辽金元全真道派作家们对于中国道教文学思想甚或整个中国古代文学理论的独特贡献。

如前所述，金元道派林立，除全真教外，尚有不下十家大大小小的教派，虽然教派众多，可是彼此并不对立冲突，相反却形成了诸道合流、多派融合的生存发展趋势，而且这种趋势至元代中后期愈为显著。其对于神仙信仰的追求，对于宗教教旨、教义、教理的阐释也愈来愈世俗化，因此，金元文人受其影响的深度和广度可谓前所未有，从而形成一种作为金元主流文学样式的杂剧在对于神仙题材的描写上可谓趋之若鹜的局面。在这种背景下产生的元代约略四十部神仙道化剧则推出了具有道教神仙色彩的戏剧理论：一是起死回生、先悲后喜的幽默喜剧理论，一是先死后生、神人共悲的悲剧冲突理论。其中作为"元曲四大家"之一的马神仙（马致远）的神仙道化剧如《岳阳楼》《陈抟高卧》《任风子》等蕴含的上述悲喜剧理论，亦是我们解开全真道与马致远密切关系之管钥。

由于全真道对金元文人尤其是元代戏剧作家们的影响无所不在，因此对于这些客观的存在，我们有必要在这里强调表述一下，以窥见金元文人是怎样"窜名"全真而形成唯全真是从的知识分子信仰洪流。金元文人姚燧在其《太华真隐褚君传》中记录众多"幼业儒，长而遭时艰，求所以托焉而逃者"投寄全真派门下。王恽在其《真常观记》中云"士之慕高远，欲脱世网者"依归全真教，这里所谓"世网"无疑指金元之际的战乱、元人对中原地区的侵占和杀戮。王鹗的《玄门掌教大宗师真常真人道行碑铭》记载“时河南新附，士大夫之流寓于燕者”就近奔走至全真教门下。元好问在《孙伯英墓志铭》中记载那些“天下事无可为，思得毁裂冠冕，投窜山海，以高骞自便者”风从全真教……虽然归从全真教的客观原因是战乱，但全真教所倡导的从善如流的宗教道德操守，也是其深入文人士大夫之心的重要原因，正如元初“东平四才子”之一的孟祺在《应缘扶教崇道张尊师道行碑》中所说：“当乾坤板荡之际，长春老仙征自海滨，首以好生恶杀为请，一言之功既足以感九重而风四海。”元好问也指出：“丘公往年召对龙庭，亿兆之命悬于治国保民之一言，虽冯瀛之悟辽主不是过。天下之所以服其教者，特以此耳。”(《怀州清真观记》)“天下服其教”不为虚言，足见全真教影响天下之势真可谓如火如荼。此种盛况，宋子贞《普照真人玄通子范公墓志铭》亦云“汴梁既下，衣冠北渡者多往依焉”，王恽《大元故清和妙道广化真人玄门掌教大宗师尹公道行碑铭》说“四方学者辐凑堂下，归依参叩”，彭大雅《黑鞑事略》“其官称”条亦云“长春宫多有亡金朝士”，全真门前，车如流水马如龙，则金元文人多创作神仙道化剧可知矣，而这些剧作所运用或倡导的戏剧理论，文学思想亦可知矣。

朱元璋建立的明朝虽然推翻了元蒙人统治汉人的局面，结束了一个专制王朝的历史，但却建立了另一个专制的政权，虽然形式上是汉人夺回了自己的权力，可在权力的更高度集中、专制程度更高诸方面，有过之而无不及。与此相适应，道教也被统治者空前地管控和钳制。这表现为，道教管理制度更趋严格，道教的科仪、科范更趋细密，官方加强对道教书籍的管理，政府强行要求道徒们多把精力放在道教典籍、道经文本的清理编纂上，因此明代道书繁多，收藏也成为一种职业，道教思想虽然在高压下努力寻求三教融合的“安处”但却越来越沉寂冷场，道教人物也多以隐处不露为生存方式，所以出现了以张三丰为代表的“隐仙”现象。这些迹象表明，道教发展到明代，标志着中国道教发展的转折，这种转折的时间标志是明穆宗(1567—1573 年在位)的即位，大约从明中叶开始，道教走向衰落。

以明中叶为分水岭，道教在明代由盛转衰，由此带来道教文学思想的演变则是由雅向俗的变化。这种变化在道教文学思想内容上表现为明中叶前官方道教典籍编纂中的文体明辨观要求儒释道三教的融合，即《正统道藏》体现的文统论与道统论并行不悖的雅文学思想，尤以道教“青词”之体最为突出，要求道教文体创作的“文饰”与“谀颂”的统一，故有明一代道教青词创作极度繁荣。明中叶以后道教向民间发展，因此，其文学创作也向俗文学发展，从而带来道教文学思想的民俗化倾向，这以《张三丰全集》等文学创作为代表，强调文学创作的性灵、信言、真言的流露，朝着质朴纯真的理论追求迈进，而直接影响世俗文人或者与道教发生关系的晚明文人如公安、竟陵、性灵等文学流派对于性灵文学的提倡。质言之，明代道教文学思想在内容上由雅趋俗，在形式风格上由显趋隐。道教由金元的繁盛，走到明朝转向衰落，走到清朝则更趋没落，这种情况，道教学者戏称为“日薄西山，气息奄奄”。一是清朝历代帝王无一信仰道教有如前世帝王者，二是即使对道教不闻不问不加限制也充其量沿袭明朝成例而听之任之，三是自道光以后对道教的管理抑制较以往更加严酷，鸦片战争以后道教几乎在官方没有市场，走向死亡。清朝灭亡后，道教只能在民间勉强流传，不成气候了。

虽然如此，从官方道教来看，清代还是有一些在信仰道教方面的可取之处的，比如清初三朝顺治、康熙、雍正主张“儒释道三教并重，皆使人为善除恶，返邪归正，尊王法而免祸患”，从扬善的目的出发，康熙对道教表现出一丝的兴趣，如对天师教比较关注。另外，清朝在大兴文字狱的过程中，也迫使道教学者钻到对道教原典《老子》《庄子》之故纸堆的研究中，因此，解《老》注《庄》之风盛行，从而使道教界回归老庄思想的趋势日见明显，而在学术思维、宗教思维上亦由此回归存想、思神的传统上。另一方面，清代道教向民间寻求生存的“趋下”选择，也使其在这个过程中，与民间俗文学、通俗文学不断接触、相互影响的关系愈来愈密切。综观清代道教与文学的关系，一是回归老庄，回归道教传统宗教思维的“行径”和雅文学主体——士大夫文人发生关系，一是向民间的宗教走向与俗文学发生关系。

清代(至鸦片战争爆发)是道教的没落衰亡期。与道教衰亡相一致,清代道教文学思想则表现出追怀往事、留恋历史的回归倾向,表现为对于其原始经典《老》《庄》自然文风和尚简倾向的复归,这以此时一系列的注《老》、解《庄》的道教阐释性文本为代表,如《老子本议》《老子平议》《庄子平议》《庄子王氏注》《老子点勘》《庄子集释》《读老札记》《读庄子札记》《庄子解》《老子识小》等等。随着清代小说文体的发展繁荣,道教神魔小说、世俗章回小说中的道教文学思想在结构安排、叙事语体、情节建构上为道教逆向思维与具有艺术气质的道教存想相统一,如结构安排上表现为空间结构以天上、凡间、地狱相互转换的空间维度理论、心理结构以悲→喜递进或邪恶→正义转化之心理换位理论。在清代戏曲创作上,仙道戏曲中的道教文学思想则以追求神奇、幻诞、诙谐、幽默为旨趣。凡此种种,都只能说明清代道教文学思想只好在道教的晚霞与黄昏里去寻求幻想与留恋的希望了。

研究元明清道教文学思想,无论从传统文学思想史、传统文学史研究的角度而言,抑或是从道教史研究的角度而言,完全是一个开拓创新的研究课题,它需要建立在下述复杂而缜密的研究思路之基础上:通过阅读和整理现存《道藏》《续道藏》《中华道藏》"三洞四辅十二类"以及《藏外道书》以发掘元明清道教典籍所蕴含的道教文学观念或文学思想,比如《重阳全真集》《重阳教化集》《渐悟集》《葆光集》《悟真集》《长春真人西游记》《历世真仙体道通鉴后编》《汉天师世家》《南华真经注疏》《吕祖志》《列仙通纪》《庄子集释》等大量的道教文献中的文学思想,再通过挖掘、提炼元明清所有道教文学作品中原生态的文学观念,如全真道七子文集、诗集、张三丰全集、元代神仙道化剧、明代神魔小说、章回小说、神仙戏曲、传奇等作品中内隐的文学观念,然后爬罗元明清道教或仙道的斋醮仪式和存思修炼等实践活动所蕴含的文艺观,《正统道藏》分类中的文体观、青词的艺术追求,在上述专题研究的基础上最后系统全面地归纳和抽象出元明清道教文学思想发展变化的本质和规律，勾勒出一条元明清道教文学思想的历史轨迹，做出是非判断，论断元明清道教文学思想的价值和意义。如此，本课题本专著的目的才算达到，本研究之任务才算完成。

在本课题的研究过程中，我们特别注意如下几个问题的把握，对这些问题的把握仍然必须一直伴随这个系统的学术活动，它们是：

第一，关于道教文学的概念。虽然我在对早期（中古）道教文学思想、唐宋道教文学思想的研究中，已经明确规定了这个概念的内涵和外延，均见于《汉魏六朝道教文学思想研究》《唐宋道教文学思想史》两书的绪论之中。但在这里我们仍然必须重复此概念。从本质上讲，凡是反映道教之宗教信仰的一切道教题材的文学样式和文学作品都称之为道教文学，从创作主体来讲，不论是道教界人物还是教外不信仰道教的人物，只要他们的文学作品是涉道题材的，都称之为道教文学。

第二，关于道教文学作品的文献来源。主要有如下几个文献渊薮：一是凡《道藏》《续道藏》《中华道藏》以及一切藏外道书中符合上述道教文学概念的文本，都视之为道教文学范畴，当然也就成为道教文学作品的归属地和本研究据以为依的研究对象；二是元明清各个阶段非道教人物、获得了道教箓籍而过着非道教戒规生活的一切社会文人之总集、别集，其中的涉道题材作品，也被纳入本研究的视野；三是不在第二种情况的"集"中体现的大部头的长篇小说、短篇小说、戏剧作品、戏剧集，其中涉道题材的文学作品，理当是本课题研究的对象。

第三，关于教内文学教外文学，教内文人教外文人等称谓。为研究的方便起见，本课题把道教界业内人物如高道、道士、道人、道教领袖、道教学者等等，凡是根据道教的言行规范、宗教教规从事文学创作的人及其作品，都称之为教内文学、教内文人，反之，则称之为教外文学、教外文人。不过后种情况又作两方面区别，一方面是那些涉道题材的文学作品和非涉道题材的文学作品，另一方面是随之而来的这类作品的创作主体的身份认同问题。这又有两种情况,一种身份是不信仰道教但对道教感兴趣者,另一种身份是根本不和道教发生任何关系的文学作品和文人统统称之为教外文学、教外文人,或者干脆称为传统文学,传统文人(或世俗文学、世俗文人)。

上篇　辽金元道教文学思想

第一章　辽金元道教与文学之关系

中国历史上，少数民族政权的存在，以地缘政治的理论考察之，在广袤的中国土地上表现出两种存在的格局，一种是以西北、华北、东北为东西经度带的三北地区，如本课题所要研究的辽、金王朝。另一种是由北而南以南北为纬度带而一统中国全部疆土的政权，如本课题所要研究的元清王朝。从历史单位来看，辽朝最后被金朝摧垮和消灭，时间在公元1125年，共存在210年。金朝最后被元朝摧垮和消灭，时间在公元1234年，共存在120年。元朝在中国历史上存在了97年，于公元1368年被明朝摧垮和消灭。以上述两种地缘政治格局而存在于中国历史上共计427年的少数民族政权，以其更替相继的走马灯形式创造了各自的宗教(包括道教)文化与文学。由于它们的道教文化与文学存在的本质逻辑性、合理性，对于我们揭示这三者与道教文学思想的血缘关系至关重要，因此，必须首先拨开笼罩在道教文学思想表面上的神秘面纱。

第一节　辽代道家、道教与文化文学的一体化

契丹民族以游牧、屡徙的生活方式决定其文化内涵与民族习俗，征战、对权力的强烈欲望(主要表现为对最高统治权的觊觎，这是由其部落首领制的血缘关系决定的)构成这个民族的基本性格。由于长期征战、嗜武、逞强，因此，这个民族内心隐潜最深的观念意识就是对征

掠胜负的纠结，从而萌生了战争之神决定胜败结局的宗教心理，是故每次征战前，必用牲畜祭天祀地，马、羊、牛这些与其生活密切相关的动物便成了祭品牺牲，由专业的巫、太巫执行卜占之礼，因此，原始宗教在契丹族中广为盛行。

契丹的征战，不但占据土地、捕获牲口，而且俘获汉人使之沦为奴隶。于是汉文化成为他们不可回避的对其统治有裨益的精神财富，因此，汉人本土道教和汉传佛教迎合其宗教心理，使辽朝统治者对佛道持一定的认可、允许传播的态度。这两种宗教尤其是佛教信仰或者说佛教的生存发展方式主要表现在如下几个方面：一是自辽太祖以降历代最高统治者主观上不敌视、不排斥佛教，基本上对佛教在辽境内的流传、生存持默认态度。二是大兴佛教庙宇寺庵之建设，朝廷贵族对庙宇建设广为施舍，圈占大量土地和民户，以致辽代佛教建筑艺术极为发达、风格独特、继承李唐建筑艺术传统，其中尤以佛塔建造为盛。在今本《全辽文》中，关于记载造庙造塔的记体、序体等文章多达数百篇。三是广为刊校、镌刻佛经、掀起较大规模的造经运动，主要工作是刊刻石经、雕印大藏，如《大般若经》《大宝积经》《涅槃经》《华严经》。四是著述佛教书籍，主要成果是僧人希麟仿效唐慧琳《一切经音义》体例而撰著的《续一切经音义》，此外，还有僧人行均著《龙龛手镜》，依据汉字的四声分编四卷来收集汉字，注释汉字的字音、字义。

在信仰道教方面，有辽一朝虽然不如佛教香火绵绵，但也洋溢着道教之气氛，比如皇帝驾崩，延请道士为亡灵超度，举行斋醮祭祀仪式，据《辽史·礼志》载："道宗崩，菆涂于游仙殿，有司奉丧服。天祚皇帝问礼于总知翰林院事耶律固，始服斩衰……哭临。"①道宗皇帝灵柩停放游仙殿，在道教宫观中行礼，祈祷并超度，这正是道教信仰仪式的体现。

① (元)脱脱等撰《辽史》，第839页，中华书局1974年版。

从历代道教文献关于祈雨仪式的记载来看，宋代以前的祈雨仪式主要见于《道藏》所收《太上护国祈雨消魔经》《元始天尊说大雨龙王经》《太上洞渊说请雨龙王经》《灵宝太一祈雨醮仪》《祈求雨雪仪》《祈求雨雪三朝坐仟仪》《灵宝祈求雨雪拜章仪》，宋辽金元的祈雨文献主要有《神府祈雨窑法》《九天碧潭祷雨大法》《雷霆铁札召龙致雨法》等等，从中可见由皇帝作施主的祈雨仪是“太上”级的仪式，目的是为国家民族、万众百姓祈福，皇帝、皇后、皇亲国戚、文武百官必须亲临其境以示对雨神的虔诚、敬畏。按照道教求雨戒规的要求，其求雨之法与过程如次，比如春旱求雨：“春旱求雨，令县邑以水日祷社稷山川，家人祀户。无伐名木，无斩山林。暴巫聚蛇八日。于邑东门之外，为四通之坛，方八尺，植苍缯八，其神共工，祭之以生鱼八、玄酒，具清酒膊脯，择巫之洁清辩给利辞者以祝，祝斋三日，服苍衣，先再拜，及跪陈，陈已，复再拜，乃起。祝曰：昊天生五谷以养人，今五谷病旱，恐不成实，敬进清酒膊脯，再拜请雨，雨幸大澍。即奉牲祷。”①早期道教举行祈雨仪式，道与巫的角色没有截然分明，双重身份兼具，随着道教科仪的完善，仪式的主持者就专由道教法师来承担了，南朝以后，由于道教领袖陆修静等对科仪规范的整肃，则道教法术得以赅备，因此，祈雨仪式的环节也就更繁多，包括筑坛、开天门，发兴云致雨符，发倒海符，发镇海符，发九龙符等。从《辽史》所记皇帝祈雨过程来看，显见是道教早期的巫道身份未分时的仪式过程，这也是由于辽代为华夏地域之北的少数民族政权，其所染汉文化甚少，只能朦胧接受一些较简易的原始巫术与早期道法的仪式知识，故而表现得粗糙，但从仪式中的动作过程来看，却也把这个民族特有的射艺、豪放、酒的风度与武功之关系等等文化内涵展示出来，这种契丹民族的血性正是与我们要研究的契丹文化、文学等课题保持着逻辑关系的重要内因。

当然，如果像祈雨等道教活动对契丹民族有所裨益时肯定是会被

---

① 董仲舒著，苏舆撰，钟哲点校《春秋繁露义证》，第 426—428 页，中华书局 1992 年版。

统治者吸收和信仰的,但如果道教的行为违背了辽统治者的利益以至于对其统治构成威胁甚至企图起义谋反推翻这个政权时,那就只能遭受被镇压被消灭的厄运了。而恰好在天祚帝耶律延禧天庆三年(1113),利用道教符谶而以"李弘"为号的农民起义发生,最后被辽王朝扑灭了。据《辽史·天祚皇帝本纪》载:"(天庆三年)夏闰四月,李弘以左道聚众为乱,支解,分示五京。"[①]"左道",最早称汉魏时期对假道教之名起义的宗教组织。如"太平道",就是汉末张角等领导的企图推翻东汉政权的农民起义所假借的道教宗教组织。汉末又出现了"五斗米"道,张陵、张衡、张鲁三代在汉中布道宣教,对汉统治政权构成威胁,后曹操采用许多办法极力瓦解、消灭这个道教组织,不得已,这些宗教组织只好以秘密隐蔽的方式在民间流播。曹丕当政后,下令对这些宗教活动严格禁止,凡与儒家礼教不相符者一切以"左道"论处,故《三国志·魏志·文帝纪》云:"先王制礼,所以昭孝事祖,大则郊社,其次宗庙,三辰五行、名山大川,非此族也,不在祀典。叔世衰乱,崇信巫史,至乃宫殿之内、户牖之间,无不沃酹,甚矣其惑也! 自今其敢设非祀之祭、巫祝之言,皆以执左道论,著于令典。"[②]然而,统治者禁令愈严,魏晋以降,民间道教组织愈多,两晋时期,江东就出现了一个"李家道",有假托神仙之名李脱者自中州来建邺传教,其弟子李弘以传教为名,两人于晋明帝太宁二年(324)以"妖书惑众"[③],后遭晋王朝镇压,从此"李家道"被目为"左道"惑众之组织,故《辽史》所载"李弘以左道聚众为乱"是借东晋历史上的"李家道"起义事来泛指那些谋反朝廷的道教叛逆行为。

如上所论,宗教文化之佛道文化是辽代文化的重要构成,尤其是道教文化的双重性,正则用之,反则除之,表现了道教对于辽代统治的

① (元)脱脱等撰《辽史》,第 327 页。
② 陈寿《三国志·魏志·文帝纪》,第 84 页,中华书局 1959 年版。
③ 房玄龄《晋书·明帝纪》,第 160 页,中华书局 1974 年版。

实用性价值。通观辽代文化，从地域性、民族性、语言性的标准来衡量，主要表现为三个文化系统，即契丹文化、突厥文化、汉唐文化（以唐文化为主）。这三个渊源不同的文化体系一方面相互影响、相互渗透，另一方面又各自保持独立的体系。从文化的学科门类看，无论科技、学术、文学艺术都印刻着三个系统的痕迹。以与本课题有密切关系的道教、艺术、文学等文化门类为例，既相互影响又各自独立的特色是显而易见的。如道教，既体现了契丹民族原始宗教的民族特色，如尚武、粗犷之风，又吸收汉人道教的祈福扬善功能。

在艺术上，契丹民族风格、突厥风格独立特兀，但又吸收汉、唐、宋特点。如绘画，辽太祖长子、义宗耶律倍酷爱绘画，据《宣和画谱》载："（义宗）尤好画，多写贵人酋长，至于袖戈挟弹、牵黄臂苍，服用皆缦胡之缨，鞍勒率皆瑰奇，不作中国衣冠。"契丹风格非常鲜明。但整体上看，契丹绘画又是在隋唐北方画派基础上发展起来的，如燕云地区的著名画家胡瓌父子，《宣和画谱》将他们列入番族画家之中，其实作为汉族人氏，胡氏父子则把唐代绘画的风格引入契丹族绘画之中，表现契丹游猎宴饮等游牧民族的生活题材，笔法古质雄劲，线条繁密精细，故《宣和画谱》云："（胡瓌）工画番马，铺叙其巧密，近类繁冗而用笔清劲，至于穹庐、什器，射猎、部属，纤悉形容备尽。"而其子胡虔"学父瓌画番马得誉，世以谓虔丹青之学有父风"。显然，这父子俩反映了隋唐北方画派的艺术风格。又如建筑艺术，有学者指出："辽朝建筑在中国古代建筑史中占有重要地位，它较之宋代建筑更多地保留了唐代建筑的风格，因此，这些保存至今的极少数辽朝建筑，不仅是辽朝建筑的标本，同时还可为研究唐代建筑提供更多的线索，在一定程度上可以弥补唐代建筑遗迹甚少的缺憾。"①寥寥数语，就概括了辽代建筑艺术的双重性。以文学观之，辽

① 漆侠主编《辽宋西夏金代通史》（肆），第 7 页，人民出版社 2010 年版。

代文学是以浓厚的契丹文化、三系文化之融合为其成就之背景的。辽代(907—1125)享国近220年,200余年的辽代散文创作表现出以儒家礼义道德为用、以佛教心性信仰为修的儒佛文化共融的历史趋势和价值取向。20世纪以来的各种文学史包括专门的散文史比如陈柱先生的《中国散文史》、郭预衡先生的《中国散文史》都没有从宏观整体的维度对辽代散文做这种俯瞰。在前述的辽代散文二十四体中,除了涉佛的记(包括庙记、幢记、塔记、造经题记)、墓志、碑铭(关于涅槃的僧侣等)等外,其他各体或宣传儒家忠孝礼义、提倡人伦道德、仁义诚信以崇儒,或赞美忠臣孝子、义夫烈妇以践儒,整个散文创作笼罩在浓厚的儒家思想氛围之中。

虽然有辽一代的崇儒风尚经历了初期的荒凉空白到中期的繁荣昌盛,但在崇儒的结构造型上却自始至终表现出最高皇帝纳儒、朝廷官员倡儒、社会庶众学儒的三层建构。《辽史·文学传序》对这个三层建构的前两层进行了客观但又表现出史官为尊者言的复杂心理描写:“辽起松漠,太祖以兵经略方内,礼文之事固所未遑。及太宗入汴,取晋图书、礼器而北,然后制度渐以修举。至景、圣间,则科目聿兴,士有由下僚擢升侍从,骎骎崇儒之美。”一者由太祖太宗至景圣间,正是走的辽代崇儒从空阔到充盛的路子;一者造建了由皇帝到侍从的崇儒架构。而在实行践履上,《辽史·张砺传》则对这两者有极为精辟的记述,“太宗见砺刚直,有文彩,擢翰林学士”,“唐彀收贤,当选儒宗,付以文柄”(《全辽文》卷七《王泽墓志铭》),太宗赏识的是那些深受儒学影响的贤者,这是皇帝纳儒的表现;贤者擢升为官吏,这官吏就具备了亦官亦儒的双重身份,当然表明他是倡儒的。辽代“文柄”之把持者是儒宗,这就意味着辽代散文或文章创作必须由儒者来承担,从而造成了辽代散文儒学为用的理论指导思想。反过来,我们亦可从诸多辽代散文作品中发现繁富充实的儒家思想、儒家文化内涵,现略举数例说明。如马保忠《上皇帝书》:“强天下者儒道,弱天下者吏道。今之授官,大率吏而不儒。崇儒道则乡党之行修,修德行则冠冕之绪崇。自今其有非圣帝明王、孔孟圣贤之教者，望下明诏痛禁绝之。”①马保忠，兴宗朝官至枢密使，这篇书奏散文倡导全面施教和实行孔孟儒家文化，包括孔孟思想之源——尧舜三代圣帝明王之典章仪宪，可以说这是有辽一代最富宣言式的也最富儒家思想倾向的短绝之文，该文也以最明洁警喻的语言表达了对于全部儒家思想文化的继承光大之愿，向最高统治者明确提出了治国治文的思想方向和大政方针。如耶律常哥《述时政文》：“君以民为体，民以君为心。人主当任忠贤，人臣当去比周，则政化平，阴阳顺。欲怀远则崇恩尚德；欲强国则轻徭薄赋。四端五典为治教之本；六府三事实生民之命。淫侈可以为戒，勤俭可以为师。错枉则人不敢诈，显忠则人不敢欺。勿泥空门，崇饰土木；勿事边鄙，妄费金帛。满当思溢，安必虑危。刑罚当罪，则民欢善。不宝远物，则贤者至。建万世磐石之业，制诸部强横之心，欲率下则先正身；欲治远则始朝廷。”②四书五典，儒家宪章，为治教之本，这是指政治层面的治国方针；轻徭薄赋，为治国之基，这是指经济层面的治国之策；戒侈勤俭，这是为官者的治事之方；满损安危、正身律己……无一不是儒家所提倡的。与马保忠的《上皇帝书》比，常哥之文，更条分缕述，儒意详赡，更显“骎骎崇儒之美”。耶律昭《答萧挞凛书》：“昭闻古之名将安边立功，在德不在众。故谢玄以八千破苻坚百万，休哥以五队败曹彬十万，良由恩结士心，得其死力也。阁下应非常之遇，专方面之寄，宜远师古人，以就勋业。”③此文作于流放西北之时。在戴罪流徙、边境紧张、生命难保之际，作者仍劝告守边将领，即使寇掠频仍，战事险恶，也不能忘记儒家祖训以德服众，以德治边，故孔孟德仁之政为该文所宣扬的主体旋律，亦显有辽一代散文崇儒风气。儒学为用，主要用在治教、治国、治身、治人，已如上述。在辽代散文的诸种体式之中，涉佛之文在作者数量上，《全辽文》所存有名氏者约略 50 人，而其中释氏 35 人，占 75%，无名氏者则

① 阎凤梧主编《全辽金文》，第 171 页，山西古籍出版社 2001 年版。

② 同上，第 309 页。

③ 同上，第 158—159 页。

不可胜记；在作品数量上，初步统计为477篇，几占全辽文的60%。如此浩大的作家队伍和作品数量，足以说明辽代散文在整体创作上，佛教创作几乎占统治文坛的局面。与儒家散文以用为主的创作趋势和价值取向相比，涉佛之文则在于宣传宗教信仰的主流意识即以明心见性为要。我们对此亦举数例以明。如张明《感化寺智辛禅师塔记》："粤惟开示悟人，四义昭然，达此真垂，深信禅理，心非心所系，法无法可宣，万有都亡，一言顿悟。复三祇而精进，观四智以通明，即我感化寺辛禅师者矣。……禅师气禀淳和，性惟沉静，爰从佩牒，便悟出尘，神颖不群，风鉴高迈，糠秕仲尼之典，锱铢老子之言。考彼两宗，伏膺大教。……精勤永法，夙夜澄神。……夏满游方，检声闻之密行；情深济物，运无欲之慈心。访真侣于江南，礼名山于湖外。一参□要，悉悟玄机。"①智辛禅师所修之禅理，在"心非心所系，法无法可宣"，既是无心忘心的修心见性，也是平心静气的炼养之方，表里俱澄澈，达到天人合一的思与境谐的心性修炼之境。所谓"夙夜澄神""情深济物"，一方面是物我两忘，超然物外与境象之外；另一方面又显菩萨心肠的那种普济万物。关于前者，我们同样可以在辽代诗歌中找到有辽一代的信佛思与境谐的见证。萧观音《应制》有云："虞廷开盛轨，王会合奇琛。到处承天意，皆同捧日心。文章通谷蠡，声教薄鸡林。大宇看交泰，应知无古今。"该诗所描写的通蠡谷薄鸡林，实指人心要修养到超越广阔的时空之境，有如古佛之心，物我两忘，作者的写文之心与千年万里的时空共通，正如念佛之声与万千色界共融一样。

辽圣宗信佛有加，对佛教心性修养之法尤其谙熟，其《赐圆空国师诏》以简洁之笔，精辟概括了佛教玄奥深湛的修心见性的不二法门："朕闻上从轩皇，下逮周发，皆资师保，用福邦家，斯所以累德象贤，亦不敢倚一慢二者也。今睹大禅师识超券内，心出环中，洒甘露于敬田，融葆光于实际，总持至理，开悟众迷，朕何不师之乎？"②圆空国师禅修

---

① 阎凤梧主编《全辽金文》，第357页，山西古籍出版社2001年版。

② 同上，第204页。

之“至理”在于“心出环中”，即老庄所谓的得其象外，超以环中，也即中国道家艺术精神和艺术修养的至高之境；又所谓“葆光于实际”也是一种主客体相融、天地自我一贯的达生之境，故老子云“和其光，同其尘”，庄子云“注焉不满，酌焉不竭，不知由来何去”，都是一种与天地精神来往的浑同之境。终圣宗一朝为辽代政治、经济、文化之鼎盛，而圣宗皇帝尤好释教，通晓佛理，对佛法禅宗研读有加，故所赐圆空国师之诏，体现了他对于国师修禅了性的深刻理解，以最高统治者如此信佛修禅之心延及国家思想文化，在散文领域形成涉佛信禅之创作风尚则不足为奇了，而且散文创作作为一种与修佛相通的精神活动，心灵感召，形成文理与佛念融会的局面，构成了辽代意识形态中文心、佛心，心连心的“奇观”，故释和照在《创建无垢净光法舍利塔记》中深窥佛理文法的相互关系是：“释迦氏之教，例分于八；陀罗尼之藏，名划其七。实谓理亹亹而文彬彬，玄奥贯于群宗。”①深奥的佛理必须靠彬彬之盛的文辞来表达和流传，所谓佛心与文心，人同此心而心同此理。

此外，佛教生活、佛教文化在散文中的反映，也构成涉佛散文明心见性之修的有机部分。如前所述，今本《全辽文》所录作者绝大部分为释氏沙门、和尚法师等，有名也好，无氏也罢，凡举碑志、墓铭、塔记、幢记、题记、序记，无不反映佛教被信仰的壮观，至于寺院建构、优美山林、庄园胜景、自然风光、历史遗存……无不毕至于其神来之笔下，有的作品则反映了这些释门沙僧高深的文化修养与良好素质。受戒居士王鼎在其《蓟州神山云泉寺记》中云：“噫！佛法西来，天下响应。国王大臣与其力，富商强贾奉其资。智者献其谋，巧者输其艺，互相为劝，惟恐居其后也。故今海内塔庙相望，如睹史之化成，似耆阇之涌出。第当形胜，举尽庄严，非护世神灵，潜有加被，出尘龙象，先为主张，何以至于是哉？”②“天下响应”，此见信佛之广；智巧各输其谋艺，此见修佛之高，于此又见辽代散文于佛教则在于表现明心见性

① 阎凤梧主编《全辽金文》，第 180 页。
② 同上，第 415 页。

为修的取向了。

以一代又一代文学的观点推而演绎，则一代文学有一代文学之内容与形式的关系趋势。以辽代散文而论，其内容上的整体趋势绝不如一些散文史家所概言之的“务实致用”，而在形式上亦不能简单地视之为“宗唐”，“宗宋”。

虽然《全辽文》所存为数居多的确实是那些墓铭碑志、诏令奏记书表之“务实致用”之文，但在所有《全辽文》各种体式中，所涉题材内容已遍及辽代社会生活的每一个方面，举凡政治、经济、军事、思想、文化、宗教信仰、外交、科学技术，几乎无所不包，与此前唐代散文、两宋散文的题材内容相比，也逊色不了多少，这里不必一一列举相对应题材的作品来说明，在时政、经济、军事、涉佛、外交五个方面，下列几个篇名足以与唐篇宋章相媲敌，如耶律昭《论边政书》、耶律常哥《述时政文》、萧韩家奴《制问对策》、耶律隆绪《封高丽王册》《赐圆空国师诏》、耶律琼《与知雄州孙全兴书》、李仲宣《祐唐寺碑记》、耶律洪基《释摩诃衍论通玄钞引》等等。除了这些重大的题材进入作家手笔之中外，人们日常的生活内容、思想情感也被写得有声有色，即如《辽史·文学传》所记七位散文作家，亦有其于细微处显妙笔的特点，如王鼎的《焚椒录序》独写个人遭际，情感真实。不管大题材或小生活，辽代散文在整体的写作对象上涵盖了全社会和大自然。

就散文形式而言，辽代散文创作在整体上表现出多种艺术追求、多种风格共存的趋势，既不只停留在唐代的清新自然上，也不只学习宋代的格高韵远；既不独学白居易，也不只仿苏东坡。

质直简朴与繁丽富赡承传交映，是辽代散文在两百余年间形成的结构形式和造型趋势。辽代初期，适应着百废待兴、一切从简约零点开始的时代性，散文如皇帝的诏令、大臣的进谏奏疏，也都是篇幅短小、语言质朴、文字简省的结构特色，即使像辽太宗耶律德光的《立石敬瑭为大晋皇帝册》近六百字的文章，在辽初近七十年间也为数不多。但随着辽代经济文化的发达，尤其是“骎骎崇儒之美”形成后，到了辽圣宗、兴宗、道宗时期，辽代散文在结构形式上形成了繁富宏伟、洋洋大观的局面。《辽史·文学传》七位散文家的作品，如萧韩家奴、王鼎之作都娓娓道来，在前引耶律昭《论边政书》中已见出语言繁富、文采绚丽的痕迹。至于耶律乙辛的《奏懿德皇后私伶官疏》更是学者们一致赞赏的辽代散文繁富的“佳构”。

骈散结合而又各擅其长的语体形式也是辽代散文的共同体式追求。无论是叙事、议论、抒情、写景，都继承中原文化尤其是先秦古文和六朝骈文的奇正结合、韵散融合的优秀传统，哪怕是最简单的皇帝诏令，也往往在散句中嵌上一两句骈偶之语，使文字错落有致，自由与整齐和谐统一。这种语体价值追求，表现了契丹民族自觉向汉民族优秀文学遗产学习、融合的谦虚态度和宽广胸怀。这种骈散结合的语体追求在辽初就初露端倪，如卢文进《遣使诣后唐上表》中云：

> 顷以新州团练使李存矩提衡群邑，掌握恩威，虐黎庶则毒甚于豺狼，聚赋敛则贪盈于沟壑，人不堪命，士各离心。臣即抛父母之邦，入朔漠之地。几年雁塞，徒向日以倾心；一望家山，每销魂而断目。李子卿之河畔，空有怨辞；石季伦之乐中，莫陈归引。①

在这里，即使将这些语句与江淹之《别赋》、王勃之《滕王阁序》相提并论，其取意、取境、取语气口吻，几有如出一辙之势。不仅如此，虽皇帝之诏册等制式文章，也要求语式工稳、朗读琅琅，如太宗《立石敬瑭为大晋皇帝册》中“商政衰而周道盛，秦德乱而汉图昌”②，“补百王之缺礼，行兹盛典；成千载之大义，遂我初心”③等句，对仗整齐，平仄协调。这种骈散统一的语体追求，无疑表现了对于对称之美的激赏，发展到辽代的盛世即圣宗、兴宗时期，则更加锦上添花了。

虽然，辽代散文却也能在制式化的骈偶之句中流露作者的真情实感，突破了一味讲究语体格式的藩篱，体现了辽代作家对于文学情感

---

① 阎凤梧主编《全辽金文》，第 9 页。

② 同上，第 14 页。

③ 同上，第 15 页。

要求抒真诚的思想变革，当然，这种情况在臣子上给皇帝的奏疏中多见。如马得臣《谏上击鞠疏》：

> 臣窃观房玄龄、杜如晦、隋季书生，向不遇太宗，安能为一代名相？臣虽不才，陛下在东宫，幸列侍从，今又得侍圣读，未有裨补圣明。陛下尝问臣以贞观、开元之事，臣请略陈之。臣闻唐太宗侍太上皇宴罢，则挽辇至内殿。玄宗与兄弟欢饮，尽家人礼。陛下嗣祖考之祚，躬侍太后，可谓至孝。臣更望定省之余，睦六亲，加爱敬，则陛下亲亲之道，比隆二帝矣。臣又闻二帝耽玩经史，数引公卿讲学，至于日昃。故当时天下，翕然向风，以隆文治。今陛下游心典籍，分解章句，臣愿研究经理，深造而笃行之，二帝之治，不难至矣。臣又闻太宗射豕，唐俭谏之；玄宗臂鹰，韩休言之，二帝莫不乐从。今陛下以毬马为乐，愚臣思之，有不宜者三，故不避斧钺言之。①

文章引古喻今，言辞恳切，感情真挚，实乃肺腑之言。

任何一个民族文化的形成受其生态环境影响决定的可能性极大，这种文化，学界名之为生态文化。作为文化的一个属种，文学自然也就有生态文学了。以此推论，辽代散文依托于契丹民族那种苍凉、荒远、萧森、磅礴的辽海风貌，依托于北方土地的黑色肥腴、风草交加的地理环境，从而表现出浓厚的辽民族特色的黑色生态散文气质，与中原黄土地环境衍生的汉民族散文形成鲜明对比，前者苍凉遒劲，粗犷猛武，扑鼻而来的是浓烈的戎马和野羊的腥膻；后者则平实温和、持重雍容，让人感受到黄河文明的深厚中庸。这种辽代民族特色的生态散文在题材上以描写风物民情、建筑庙塔、生活习惯的记类散文居多，在语言上也民族生态气息浓厚，从而形成了辽代散文另一个整体发展趋势——生态化。

题材上的生态化多从地理环境、方位维度、气候特征入手，由硬件

① 阎凤梧主编《全辽金文》，第101—102页。

向民族尚武、游牧心态的“软件”过渡，典型之作有王鼎（状元）的《慧峰寺供塔记》、释慧察《易州重修圣塔院记》、宋璋《广济寺佛殿记》、李仲宣《祐唐寺创建讲堂碑》等。其中李文从祐唐寺的地理位置、生存环境、空间维度入手，真实地勾勒北方契丹民族特有的那种气象森严、荒阔辽远的辽海风情，极具黑色环境的生态气息，文章洋洋洒洒，篇幅宏伟长大，兹不引录。同时，本文又由河海山岳的雄奇峻峭联想到戎马战争的惨烈酷毒，反映了辽代契丹民族崇尚武功的民族爱好和民俗心态，更显黑色生态的神奇魅力。

语言上的生态化无疑是指契丹民族用自己的母语从事散文创作，像耶律倍、耶律隆绪、耶律庶成、耶律良、萧韩家奴、耶律固、萧观音、寺公大师等都是卓有成就的契丹文作家、散文家。这里我们遑论他们的母语散文创作，即以汉民族散文家如李谦贞等受契丹语言文字影响而写作的散文而言，其准黑色生态化的痕迹也非常明显，如他的《郑恪墓志铭》有云：“（郑君）凡与人交，未尝以疏数穷达移易乎平生。不为儿女喜喜之行，抑有大丈夫望望之志也。”[①]这里的“喜喜”“望望”等字，是契丹语言中的一种特殊修辞手法，其作用在于强调、加重对人的品质之态度，“喜喜”含有汉字中浅俗、喜形于色之意，“望望”则为高远宏大之思，李氏借用契丹语修辞法了无痕迹又恰到好处。不仅如此，今检北宋文人诗文创作，受契丹语影响而准黑色生态化的现象也屡见不鲜，如经常出使辽国的北宋使者、诗人余靖、刁约，都曾用契丹语写诗，兹略举一例，如余靖的北语诗，据《契丹国志》卷二四载：“夜宴设罢（汉译，侈盛也，下同）臣拜洗（受赐也），两朝厥荷（通好也）情斡勒（厚重也）。微臣稚鲁（拜舞也）祝若统（福佑也），圣寿铁摆（嵩高也）俱可忒（无极也）。”该诗将契丹语和汉语珠联璧合，妙绝当时。

散文创作必须有散文理论或散文观念的指导，终辽一代之散文观念在整体上表现出文章观与史学观的融合统一，即文人之史观与史家

---

① 阎凤梧主编《全辽金文》，第 523 页。

之文观的统一，这种文史统一的观点包含了如下几个方面：

第一，强调文章的实用性。自汉迁班以来，史家为文，注重实录，这个传统亦被辽代一些修史官所承续。耶律孟简曾有感于辽建国几近二百年，“宜有国史以垂后世”，故向皇上乞表修史，据《辽史》本传载其对修史官所说话语：“史笔天下之大信，一言当否，百世从之。苟无明识，好恶徇情，则祸不测。故左氏、司马迁、班固、范晔俱罹殃祸，可不慎欤？”这样的修史撰文的指导思想，以求实征信为原则，选词遣句以“当否”为准绳，在很大程度上造就了有辽一代实用之文的普遍流行。

第二，既是修史，则必直书，故强调史心的客观性。实用的原则必然导致直书的修史态度即史心。故王鼎（进士）在《焚椒录序》中云：“鼎于咸太之际，方侍禁近，会有懿德皇后之变。……观变以来，忽复数载。顷以待罪可敦城，去乡数千里，视日如岁。触景兴怀，旧感来集，乃直书其事，用俟后之良史。”①萧太后私通伶人之事乃耶律乙辛所诬构，王鼎为澄清真相，又感于自身遭际与之同病相怜，故慨然感怀，疾呼定必“直书其事，用俟后之良史”，此见一者王鼎《焚椒录序》之作乃为“直书”而成，二者告诫后之史官务必“直书其事”，乃为“良史”。王鼎之言例，以文人之口吻谈修史，所言为“直书”，此乃文人之散文观与修史者之统一。

第三，既为修史，而史靠文呈，事须语记，故史笔亦必具有文学性。如此，则史与文和谐统一。这种强调史笔之文学性的文史统一观以李万所撰《耿延毅墓志铭并序》极具代表性，其文有云：“公讳延毅，姓耿氏……薨于正寝……将赴葬期，乃征铭于陇西氏。万元非史才，久废文章，承郡王之教，难以固辞，乃考世德，刊勒墓石。”②李万所谓“史才”者，需有文章之才，亦即史笔需靠文笔来装饰润色的，故史家之身实乃文士之身，迁班传统本来就是亦史亦文，延至辽代，仍一脉相承，

① 阎凤梧主编《全辽金文》，第504页。

② 同上，第160—161页。

此见辽代文史统一的观点占据着主流的地位。

如上所述，散文创作固然是辽代文学最主要且成就最大的文学活动，但其他文学样式也是有可观之处的。就诗歌而论，辽代诗歌“为中华诗史吹进了一股清新之气，带着一种北方民族特有的生命力与朴野，为诗歌的发展注入了新鲜的生机”①。除了体现北方游牧民族彪悍、勇猛、古朴的诗歌风格外，契丹诗歌吸取和融合汉文化思想入诗，在抒写人生观、生命感慨、自然与生命关系诸题材方面，都有受道家思想文化熏陶、感染的倾向。在这方面，契丹诗人寺公大师所作《醉义歌》为最典型之代表。其所吸取和表现的老庄人生观，追求的与天地万物融合为一的人生境界，把这种境界视为一种“至乐”之境，无疑是对庄子人生观的吸收和接受，如诗云：

> 请君举盏无言他，与君却唱醉义歌。风云不与世荣别，石火又异人生何？荣利傥来岂苟得，穷通夙定徒奔波。梁翼跋扈德何在？仲尼削迹命终多。古来此事元如是，毕竟思量何怪此。争如终日且开樽，驾酒乘杯醉乡里。醉中佳趣欲告君，至乐无形难说似。②

这显然是老庄淡泊名利、忘怀世事、追求自我快活的人生境界之表现，诗里讽刺汉代官吏梁翼的追名逐利，欣赏仲尼的曾点之叹！而把庄子的“至乐”观点化成“金”，庄子云：“今俗之所为与其乐，吾未知乐之果乐耶，果不乐耶？吾观夫俗之所乐，举群趣者，诬诬然如将不得已，而皆曰乐者，吾未之乐也，亦未之不乐也。果有乐无有哉？吾以无为诚乐矣，又俗之所大苦也。故曰，至乐无乐，至誉无誉。故曰：至乐无乐，至誉无誉。”③对世俗名利富贵权力都无动于衷，这才是最高的无快，所以“至乐无乐”，寺公大师《醉人歌》中所云“至乐无形”显系庄子“至

① 张晶《辽金诗史》，第 10 页，东北师范大学出版社 1994 年版。
② 陈述辑校《全辽文》，第 363 页，中华书局 1982 年版。
③《庄子·至乐》。

乐无乐”之承袭。当然，至高至尚的生命境界当属与万物为一，生命、精神逍遥乎“无何有之乡”（《庄子·逍遥游》），故该诗又云：

> 四时为驭驰太虚，二曜为轮辗空廓。须臾纵辔入无何，自然汝我融真乐。陶陶一任玉山颓，藉地为茵天作幕。①

“太虚”，语出《庄子·知北游》：“以无内待问穷，若是者，外不观乎宇宙，内不知乎太初。是以不过乎昆仑，不游乎太虚。”所谓“太虚”就是指极端虚无的境界，也可称之为“无何有之乡”，庄子在这里用“昆仑”和“太虚”分别形容得道者追求的那种极其高远和虚无缥缈的幻境，所以后来道教借用来指超现实的神仙幻境，作为神仙信仰的向往之地，因此，“昆仑”“太虚”在道教文献中是道教人士描写得最多的神奇景观。如云入昆仑，游太虚，神仙般的逍遥快乐，游遨之主体与自然界融为一体，万物与我为一，天地与我并存其乐也融融，正像《醉义歌》中所说“自然与我融真乐”。这样一来，该诗所接受的老庄生命观、道教神仙观就不言而喻了，在这首诗里我们自然看到了道家、道教、文学的三位一体。

这种三位一体在《醉义歌》中还表现在以诗的语言宣传、承继庄子的齐物论思想，向往道教的神仙世界，甚至还糅杂着佛教的人生观，故诗的最后有云：

> 梦里蝴蝶勿云假，庄周觉亦非真者。以指喻指指成虚，马喻马兮马非马。天地犹一马，万物一指同。胡为一指分彼此，胡为一马奔西东。人之富贵我富贵，我之贫困非予穷。三界唯心更无物，世中物我成融通。君不见千年之松化仙客，节妇登山身变石。木魂石质既我同，有情于我何瑕隙。自料吾身非我身，电光兴废重相隔。农丈人，千头万绪几时休，举觞酩酊忘形迹。②

---

① 陈述辑校《全辽文》，第363页，中华书局1982年版。

② 同上，第363—369页。

在这里，诗人甚至把道家、道教、佛教、文学四位一体，而联系整个这首诗120句842字来看，除了上述在内容上的表达外，还潜藏着对陶渊明归依自然思想的接受，也掩映着谪仙人李白放酒狂歌的精神影像，尽管有些消极避世之无奈，但高扬奋上、超拔挺立之气卓然可见，故耶律楚材在《序》中云："辽朝寺公太师者，一时豪俊，贤而能文，尤长于歌诗，其旨趣高远，不类世间语，可与苏、黄并驰争先耳。有《醉义歌》，乃寺公之绝唱也。"①"旨趣高远"，有两个含义：一是思想境界之非同凡俗，超逸高蹈；一是文思、文风，以及所持之诗论高兀、远大，非平庸俗套之诗者可比。

从艺术追求的文学思想角度来考衡，《醉义歌》也具有极高的艺术成就，有学者甚至将其视为辽诗的最高代表，亦不为过："诗人充分利用了七言歌行的体裁优势，淋漓酣畅地书写了诗人的思想感情。诗的结构开阖动荡、脉络鲜明而又浑然一体，首尾相衔，完整而又宏阔。诗的风格雄浑豪健，境界高朗，语言骈散间行，错落有致。"②除此之外，诗中还夹杂着楚骚体句式，透出一股自由活脱的气息，更使追求无拘无束之精神自由的诗歌主旨与骈散统一的句式相得益彰。

综上所述，代表着辽代契丹诗歌最高成就的《醉义歌》在主题价值上融合了道家、道教、文学文化的多元内涵，在艺术思想追求上把契丹民族浑厚豪迈的气质风格与汉民族道家艺术的自由洒脱水乳交融，为后来金元文学树立了一种范式，更对金元道教文学及其文学思想产生了较大影响。

辽朝民间文学也是丰富多彩的，在文学形式上，有提炼了契丹民族生产生活经验的谚语、歌谣；有反映了契丹祖先神奇诞生的神话传说；以及极富宗教色彩的说唱艺术、变文、唱经词讲经文。凡此种种，其一个共同之点就是在原始宗教信仰基础上生发出来的神奇

① 耶律楚材《湛然居士文集》卷八，载阎凤梧主编《全辽金文》，第672页。
② 张晶《辽金元文学论稿》，第35页，北京广播学院出版社2004年版。

与狂热的叠加，质言之，佛道共修的行善、仙佛自由交错杂糅，构成其民间文学的主要思想倾向，而神话色彩则是其民间文学的迷幻的外衣。

先来观赏其迷幻的神话传说。辽代的神话传说传世者不多，遍搜涉辽文献，多收录在《辽史》《契丹国志》《洛中纪异》等史料之中，然数量不多。就文学题材来看，多为契丹先祖诞生、国家初创、民族英勇征战的神话文学。考其作品主人公形象，一般具有道教界神仙、神人、神灵之风骨气质，从宽泛的意义来讲，可以视为道教神仙题材的作品或为涉道之作。以下所录三个故事文本，都有“神人”形象，如：

> 相传有神人乘白马，自马盂山浮土河而来，有天女驾青牛车由平地松林泛潢河而下。至木叶山，二水合流，相遇为配偶，生八子。其后族属渐盛，分为八部。①

这个神话是关于契丹民族怎么诞生的，其中“神人”“天女”即后世道教所云之神仙，仙女。最早的神人见于《庄子·逍遥游》：“藐菇射之山，有神人居焉。肌肤若冰雪，绰约若处子，吸风饮露，乘云气，御飞龙，而游乎四海之外。”这里显然是云游天下的神仙人物。而汉魏六朝道教典籍中的天女（仙女）人物就无法指数了，如《穆天子传》《真诰》《登真隐诀》中比比皆是。又如：

> 应天皇后梦神人金冠素服，执兵杖，貌甚丰美，异兽十二随之，中有黑兔跃入后怀，因而有妊，遂生太宗。②

此述辽太宗的诞生，其母与神人（神仙）交感而怀身，是为太宗。又如：

> （太宗）昼寝，梦一神人，花冠美姿容，辎軿甚盛，自天而下，衣白衣，佩金带，执金骨朵，有异兽十二随其后，内一黑色兔入德光

① 元脱脱《辽史》卷三七，第447—448页。
② 同上，第447页。

> 怀而失之。神人语德光曰:“石郎使人唤汝,汝须去。”觉,告其母,母曰:“可命筮之。”乃召胡巫筮言:“太祖从西楼来,言中国将立天王,要尔为助,尔须去。”未浃旬,石敬瑭反于河东,为后唐张敬达所败,亟遣赵莹持表重赂,许割燕云,求兵为援。①

从文学艺术视野来说,上引三则神话文本都体现了浪漫神思,神秘玄奥是其风格追求,这与道教神想、存思的立意构思路径非常一致,可见辽代神话的道教文学艺术构想与中国早期道教文学的浪漫主义传统是一种历史传承关系。

辽代讲唱文学以俗讲为多,虽然多讲佛经故事,但其中也杂糅着道教的仙道观念、养生健体思想和修善积德诉求。如近年出土的山西应县木塔经文唱词中有一则《大乘杂宝经唱词》,其中有云:“楚帝韩光为上将,汉家更有卧龙仙。庞涓为赚人和论,孙膑偏遭刖足愆。栾布持书来索战,问卿哪个是明天。此时遂用抛金记,走归本国离迍邅。…… 闻身强健须修善,龙花会里愿同缘。”②七言诗歌韵律工整,风格质朴,唱词晓畅明白,既体现了俗讲的艺术要求,又将佛道融合的宗教色彩、宗教艺术特质表现了出来,视之为道教文学理论形态亦不为过。

有辽一代,道家思想不是其占统治地位的官方意识,道教信仰也不如佛教那样由官方掌控,道家道教主要流播于士大夫和底层百姓的生活之中,因此,道家道教与其文化文学的关系,主要是在草根坊间中发生结合的行为,这种结合的趋势一方面体现了辽代文化思想的生存,在更广大的国民层面上需要的是解决心灵痛苦抚慰现实创伤的“镇痛剂”,客观的情况是辽国契丹族的频繁征战、军事活动造成了太多的生灵涂炭、生命难保、生活无常,《醉义歌》已经对此作了很好的注

---

① 秦再思《洛中纪异》,阎凤梧主编《全辽金文》,第 470 页。

② 《文物》1982 年第 6 期。陈述先生对辽代民间文学文本考证用力颇勤,本折唱词收在《纪念陈述先生逝世三周年论文集》(天津古籍出版社 1997 年版)。

解。另一方面，由于宗教本身的狂热性，激活了征战痛苦之下的生存欲望，而道教在这方面比佛教更能提振人们对生命存在与长久的渴求，因此，围绕以神仙为文学主导形象的创作活动自然会被更加关注和塑造，由此也就带来了体现道教神仙文学性质的艺术诉求，诸如形象、情节、风格、语言等方面的道教神仙化。当然，任何外在的涂抹都离不开内在本质的特性，所以辽代的道教文学作品依然保持着契丹族的民族血性。

第二节　金代道教及其文学思想含蕴

女真族的金王朝，金戈铁马，东西驰骋，南北纵奔，公元1125年灭辽国，公元1127年灭北宋，至公元1234年被蒙古政权元朝与南宋联合消灭，如果从金太祖称帝始算，共存史一百二十七年。

中国道教的生存发展有一个迥异于佛教及其他宗教的特殊规律，这就是社会愈动乱，战争征伐愈血腥频繁，民族愈分裂，它就愈发展、愈有广泛的信众基础和愈多的信仰者，汉魏两晋南北朝、两宋金元的道教发展历史无不验证这个特殊规律，以金代道教发展之实际观之，亦是如此。由于战乱征伐的不断，道教遭到破坏的现实情景需要由乱向治的新变，因此，金代道教大兴革新之风，除了继承辽、北宋道教发展的既成传统，还出现了许多新道派组织，这些新道派从民间与战争的缝隙中兴起、形成，最后向统治阶层渗透。从历史文献看，金代道教派别不下十余种，但流布且影响最大的主要是太一教、大道教、全真教，从道教与文学的关系看，尤以全真教与金代文学之关系最为密切，从道教文学本身在金代取得的成就，尤其是道教文学思想的建构体系来考量，也以全真教为翘楚。

一　太一教与文学

有金一代，俗有道教三大教之称，而太一教为首创。创始人为萧抱珍(？—1166)。其创立时间,据《元史・释老传》载:“太一教始金天眷中道士萧抱珍。”①元代作家王鹗《重修太一广福万寿宫碑》一文依据金代文人王若虚所撰《一悟真人传》亦云太一教创立于金熙宗天眷初年,“天眷初其法大行,因名之曰太一教”②。推算起来,当在公元1138年前后。此教创立的背景正当金统治初期,其阶级压迫极其沉重,民族矛盾极其尖锐,战乱不止,饥荒、兵患、瘟疫极其严重之际,民不聊生。百姓急需解除天灾人祸,医治战乱中妻离子散、家破人亡所造成的心灵创伤,把希望寄托在神灵身上。从道教自身发展的情况看,北宋末期,北方道教遭到战争的严重破坏,形成了一个空档,加之许多上层符箓派道士随宋朝南渡,因此北方社会需要一种救民水火的宗教,创始人萧抱珍抓住了这一时机,效法汉末张陵创立的五斗米道,以神道设教,利用流行于中原地区的太一神信仰创立了一个新道教——太一教。

“太一教”之得名,考其原因有二:一是基于对太一神的崇奉与信仰。太一神,秦汉以来流传于中原地区的统御五方五帝的至上神,居天上之北极宫,下临中原地区。北宋王朝对此神信奉有加,在汴京内外修太一宫以奉祀。沈括在《梦溪笔谈》云:“一曰太一,次曰五福太一,三曰天一太一,四曰地一太一,五曰君基太一……十曰十神太一。”萧抱珍利用历史上中原人民的这种信仰创“太一教”,正是基于人们对“太一神”的崇拜,故《元史・释老传》称他“传太一三元法箓之术,故名其教为太一”③。三元法箓,正是与张陵的符箓道教一脉相承的道法。第二个原因,是基于一种对于天地元气的哲学思考,“太一”原名“大一”,汉魏以来一般将其解释为“元气”,王鹗认为太一教以太一名者,“盖取元气浑沦、太极剖判,至理统一之义也”④。

在宗教修持上,以符水祈禳为主事(外功),以“炼神还虚”为操

---

① 宋濂等《元史・释老传》,第5676页,中华书局1972年版。
②④ 参见陈垣先生《南宋初河北新道教考》第4卷,第112页,中华书局1962年版。
③《元史・释老传》,第5689页。

持(内功),将外奉内修的双重功德结合起来。尤其在内炼上更为强调和主张心灵“湛寂”“冲静玄虚”。今河北济源县《萧真人碑》谓始祖萧抱珍立教“本之以湛寂,而符箓为之辅,于以上格圆穹,采安玄象,度群生于厄苦,而为之津梁,迹其冲静玄虚,与夫祈禳祷祀者,并行不悖”。又王若虚《滹南遗老集》卷四二《太一三祖墓表》记三祖萧志冲话云“静中自有所得,非语言可以形容。若无得者,虽片时不能安,况修身乎?”[1]王恽《秋涧集》亦记二祖萧道熙答金世宗语云:“嘘噏精气,以清虚自守,此野人之事。”[2]此见太一教的核心价值修持是虚静为旨。

太一教在金朝共传四代,至金亡约96年,进入蒙古族的元朝又传了三代。金朝所传四代教主分别为始祖萧抱珍,二祖萧道熙,三祖萧志冲,四祖萧辅道,史称“太一四祖”。太一教在金代传承发展的历史面貌和实际情况,幸赖金元文人如王若虚、王鹗、王恽的作品集得以记录。三人文集《滹南遗老集》《鲒埼亭集》《秋涧集》中有大量文献叙述四祖儒雅博学,雅好文辞气质高逸,创作有加,遗憾的是四祖无文集流世,其文学创作只能在这三个金元文人作品中得见一些蛛丝马迹。如王若虚《一悟真人传》云初祖识闻老庄,以老氏之学修身,而文章诗什亦染于庄老。二祖更是诗作高手,其于六言诗之写作尤其擅长。王恽《太一二代度师萧公行状》记载,始祖萧抱珍升仙后,二祖道熙处理好初祖丧事:“既窆师乃陈宝箓法物,具香火升堂,以二代嗣事谕众,有门弟子芊道省、刘道固等,思有以大厌众心,稽首求颂,且问师:他生云何圣贤?师(即二祖萧道熙——引者注)即走笔批曰:‘明月清风大德,颇讶愚人未识。忉忉询吾为谁,只是从来太一。’众遂摄服归心焉。”二祖即兴赋诗、才思敏捷。这首短诗,六言体制,言简意赅。以体制论之,六言诗从文人行列之创作历史看,为作者人数不多,虽历代有之,但均

① 王若虚《滹南遗老集》,《四部丛刊》本。

② 王恽《秋涧集》卷四七《太一二代度师萧公行状》,第677页,吉林出版社2002年版。

间或而为，偶尔而作，从《诗经》至唐宋，亦可谓凤毛麟角，少之又少。元代马致远的著名六言诗《天净沙·秋思》："枯藤老树昏鸦，小桥流水人家，古道西风瘦马，夕阳西下，断肠人在天涯。"几乎全诗为写景之句，卒句才抒以乡愁。而以太一二祖之六言诗论之，说理（明月清风大德），抒情（颇讶），叙事（从来太一）融为一体。其中"明月清风大德"正是对太一教主虚静之内修主旨的精炼阐释，而以"大德"为宗教目标，则显示他们作为继承人欲弘扬光大"太一教"传统，彰显扬善德之宗教理想的愿景，同时老庄的清风明月似的人生境界，又体现了太一教奉老庄为教主的信仰圭臬，从文学思想上来讲，虚静的生命自由追求与清淡明丽空灵的艺术境界、艺术风格融为一体，正是道教的神仙生命信仰与清空的艺术指向和谐统一的道教文学思想的典型表现，再一次证明了宗教与文学的同质同构、同源同本之关系。"只是从来太一"更是把人世间一切内容包括文学艺术行为义无反顾地坚定地捆绑在对"太一"神灵的崇信上，这里也还暗示了二祖作为继承人对自己信奉的"太一教"的坚决继承、坚决信仰、绝不背叛的宗教誓言和决心。

太一教第三代传人三祖萧志冲亦是饱墨之文士，喜读庄老之书。王若虚《滹南遗老集》卷四二《太一三代度师墓表》记云："素不为辞章，及升堂谕众，随意而言，悉成文理，听者耸然，内外相庆，以为宗门得人。"三祖虽不为辞章，如必为辞章，可想其文学之造诣将是何等成就，即便是随意而言，悉成文理，则三祖所承袭的老庄"大言不辩"，"不言之教"，言则随意自由的"自然"文风，于此记载中可见一斑了。至于"太一教"四祖萧辅道，则全然与三祖有异，据陈垣《南宋初河北新道教考》引元代碑刻文《赵州太清观懿旨碑》云："赵州太清观住持道士萧辅道，实太一一悟传教真人泉裔之曾孙，继承之四叶。才德兼茂，名实相符，清而能容，光而不耀。富文学而重气节，谨言行而知塞通，体一理而不偏，应众机而靡戾。复以阐扬法事，绍述宗风，道助邦家，泽濡幽显，是可尚也。要光前业，宜锡嘉名，用传不朽者，右赐中和仁靖真人号，传度太一法箓事萧辅道，准此，丁未年二月日。”①由此碑文得知，四祖萧辅道极富文学才华，且为文之特质与其尚德扬善之气节相表里，而其内在的德行又是与其宣教行道之“法事”信仰密不可分的。质言之，萧辅道之文学创作与其善良人品内外统一，而这种文如其人的造诣又决定于他的道教信仰，职是之故，构成其道教文学思想或理论逻辑关系。对四祖萧辅道行善德，“仁民爱物之功”，元代文人王恽在《堆金冢记》中有详细的描写和记叙，如云：“国朝癸酉岁，天兵北动，奄奠中夏，明年分道而南，连亘河朔，卫（州）乃被围，粤三日，城破，以州旅拒不即下，悉驱民出泊近甸，无樵类殄殲。……时太一度师萧公，当危急际，以智逸去。是年冬十一月，师自河南来归，睨其城郭为墟，暴骨如莽，恻然哀之。遂刮衣盂所有，募人力敛遗骸，断沟填井，攓蓬披塞，掇拾罔漏，乃卜州西北二里许故陈城地，凿三坎瘗而丘之。仍设醮祭，以妥厥灵……而师之掩覆仁心，于乡梓之义极矣。……其仁民而物之功，岂如是而已耶?”②又王恽在《清跸殿记》中记四祖萧辅道答金宣宗问为政之道：“以爱民立制，润色鸿业，用隆至孝。”③萧辅道将善的道德诉求化为救死济民的实际行动，通过道教斋醮仪式来表现，儒道兼修的君子、义士节气充塞胸中，亦充塞其文学创作之中。遗憾的是，翻检道教文献、史书，均无有发现他以诗文传世，因此无从直击其对文学的理解。

上述研究，我们是从相关问题的逻辑关系中推求的。但庆幸的是，今天我们以王恽《秋涧集》作为旁证，通过研究王恽二十多通有关与太一教往来的诗文，也可约略蠡测四祖辅道的文学创作和文学思想。以王恽几首赠辅道诗为据，完全可推知两人之间诗歌唱和的密切交往，如《送萧四祖北上》云：

丹凤衔书下紫庭，秋宵光动少微星。蒲轮再起秦遗逸，天意

① 陈垣《南宋初河北新道教考》，第122—123页。

② 王恽《秋涧集》卷三九，第506页。

③ 同上，第499页。

将新汉典刑。长策正劳黄屋梦，故山从使白云扃。中原有幸经纶了，天外高鸿本自冥。①

诗歌盛赞四祖有经纶天下之才，并寄予托付中原之愿，如此厚望，则四祖必有答送之作，然史料付之阙如，甚憾。金哀宗宝祐六年（1252）冬十二月，四祖辅道卒，王恽闻讯，即作《萧征君哀词》并《追怀诗》六首，足见其与辅道之感情笃厚。如其三云：

李白长鲸汗漫期，秋山魂冷未来归。伤心执绋西川路，何止羊昙泪满衣。②

以李白长鲸之志比萧辅道之高鸿理想，想必四祖豪迈之怀，逸飞之气，亦见其文学之才。又《追怀诗》其五云：

万事生平委自然，竹风松月共清圆。衣尘才拂朝元去，忍向人间久弃捐。③

此又见四祖那种"竹风松月"的萧然淡泊，仙风道骨，正能培育其自然清爽的文学气韵。四祖卒后，王恽偶过其主教的太一宫，又作四首绝句，诗名为《太一宫》。其一云：

华表人归鹤未归，空从云气望蓬莱。西南一望婆娑树，犹记中和手自栽。

诗人路过太一宫，睹物思人，不胜伤感，物是人非，追思怀念，已是两隔茫茫。又其二云：

露湿庭松偃盖青，一声幽磬隔疏櫺。多应金简朝元罢，自柱炉香读道经。

诗写四祖生前在宫观内举行法事仪式以及研读道经的情景，让四祖给人以既有功夫又有学养的士人形象之感。又其三云：

① 王恽《秋涧集》卷三九，第168页。
②③ 同上，第298页。

漠漠阴风转石坛，长廊踏破碧苔寒。径呼撤放松扉钥，看罢梅花问竹安。①

这令人想起“梅妻鹤子”的林逋，四祖的淡泊红尘清风高节，堪比寒梅节竹。无怪乎元好问评其为“一世伟人”，“人物中和第一曹”。实际上，萧辅道的高尚为人，清风亮节不止为王恽所倾慕敬重，同时还有许多著名文士击节赞赏，亦有更多文人雅士乐与之交游者。如元好问反复有诗与辅道唱和，如七古《赠萧炼师公弼》云：

吾家阿京爱公弼（公弼，萧炼师者），吾家泽兄敬公弼。半生梦与公弼游，岂意相逢在今日。春风和气在眉宇，玉壶冰鉴藏胸臆。人间万事君自知，未必君材人尽识。苏门水木无纤埃，闻君家近公和台。仙家近日多官府，黄帽青鞋归去来。②

在《元遗山集》中，还有诸如《赠萧炼师》《南冠行》等诗极赏四祖之人格魅力，足见炼师的人品文名。此外，王若虚、李庭、王渥、刘静修、冀京父等金代文坛上名流贤达无不与四祖交游、诗赠，此不一一论及。

二　大道教与文人文化

金代太一教产生后，约当金熙宗皇统初年（1142）又出现了一个道教组织——“大道教”，创始人为刘德仁（1122—1180）。这个道教组织也像太一教一样没有关于其发生发展衰落的系统性史料可据，今遍览金元明各种正史、文集及其他宫观碑文，可资为研究者主要有《元史·释老传》及金元作家如田璞、程巨夫、吴澄、虞集、宋濂的相关诗文作品，此外还有一些河南河北的民间文献。

关于这个组织的创建情况，从背景来讲，金代皇统初期，朝廷内部权力之争非常激烈，金熙宗就是在废除了由前任树立的傀儡政权刘豫

① 以上《太一宫》三首见于王恽《秋涧集》卷二九，第373页。

② 元好问《元遗山集》卷三，四部丛刊本。

之齐政权后稳住根基的，民族矛盾立刻激化，华北地区反女真人统治的斗争迅猛发展，社会动乱，生产凋敝，社会秩序、社会信仰动摇失控，出现了民不聊生，百姓水深火热的社会乱象，这就需要一种“既能指导人民解决温饱问题，又能安定社会秩序、调节社会矛盾的意识形态”①。创始人刘德仁正是瞄准了这一契机，创立了“大道教”以立教救人。

从创建的过程来看，宗教自神其教的文化含蕴非常神秘。元代田璞的《重修隆阳宫碑》、道教人士杜成宽所撰《洛京缑山改建先天宫记》以及明代宋濂《书刘真人事》都记载了创始人建立这个组织的神秘传说。如杜记云：“我祖师东岳真人刘君，生居沧州乐陵北界，以爱敬事父母，清静处身，由正念之克存，感圣师之临御。复驾青犊，来抵其家，授以宗乘，传以经笔，俾兴大道正教，以度末世黎民。”②仙人圣者骑青牛飘落刘德仁之家，授以道法经典，解救百姓苦难，这自然很神秘，故事离奇，情节饶有兴趣，而旨意高远，文化内涵极其丰富。从文学意义来讲，这篇宫记突显了道教文学的浪漫色彩，神异诡吊是其创作风格与创作倾向。田璞的碑文则通过梦境的形式渲染大道教初创的迷幻神奇情景，使神道设教更涂上了一种神秘气氛：“有金皇统二年冬十一月既望，迟明，似梦而非，有老人须眉浩白，乘青牛犊车至，授以玄妙道诀而别，不知所云。”③创始人刘德仁感神仙之梦赐以道法，整个故事本是神秘兮兮，却偏要说得有鼻子有眼，时间具体明确，人物分明清晰，实物动作皆历历可数，给人真假难分、实幻难辩的神奇境界，使道教宗旨扑朔迷离而真实可感。

明代初期著名作家宋濂的《书刘真人事》可谓现有关于大道教创

---

① 卿希泰主编《中国道教史》卷三，第 23 页，四川人民出版社 1996 年版。

② 转引自陈垣《南宋初河北新道教考》，第 85 页，杜记是刻在今河南偃师一宫观的石碑上的文字，该碑名大道教碑，该记作者为金末道士，大道教创始人刘德仁之道徒。

③ (元)田璞《重修隆阳宫碑》，《全元文》卷二六。

立、流播历史记载最为详尽的文献，该文谓创始人刘德仁受圣人仙道的指点而突然化悟出老子道德玄理而创教："一日晨起，有老叟乘犊车相过，摭《道德经》要言授之，曰：'善识之，可以化人。乃投笔一枝而去。自是玄学顿进，从游者众。'"①上引诸文献所描述的创教之神奇传说实际上是建立在创立者从孩童时代以至长成以来所日积月累之学识修养，有一个渐进到最后成教的过程，这一点我们从 1984 年出土的元代元贞元年(1295)所刻《汴梁路许州长社县创建天宝宫碑》中看得清清楚楚："年七岁，读道经，悟'虚其心，实其腹'之语，遂割弃尘累，飘然为物外游。因抵淄川颜城瓮口谷南，爱其山水，铲其荆棘，平其坳垤，乃建堂宇，我师莅止焉。"

创教既是一个如此神奇而又渐成的过程，那么大道教因何而名，因何而创，关涉该教的教旨、宗教教义、信仰内涵等文化价值取向。我们从史料、文人作品所与之发生关系的描写中可窥一斑。对此最具权威的阐释当属《元史·释老传》所云："真大道教始自金季道士刘德仁，其教以苦节危行为要，而不妄取于人，不苟侈于己。五传至郦希诚，居燕城(即上引文献中之颜城——引者注)天宝宫，见知宪宗，始名其教曰真大道。""真大道""大道"，顾名思义，即一个普通的大道理，那么这个"大道"是什么呢？我们从宋濂《书刘真人事》这篇最详细的大道教传记中记载的教义戒目可以推知，其目共九：一曰视物犹己，勿萌戕害凶嗔之心。二曰忠于君，孝于亲，诚于人，辞无绮语，口无恶声。三曰除邪淫，守清静。四曰远势力，完贫贱，力耕而食，量入为用。五曰毋事博弈，毋习盗窃。六曰毋饮酒茹荤，衣食取足，毋为骄盈。七曰虚心而弱志，和光而同尘。八曰毋恃强梁，谦尊和光。九曰知足不辱，知止不殆，学者宜世守之。九目中，绝大部分教理教义内容取源于《道德经》，如目一，目二之无绮语，目三，目六、目七，目八，目九。正因为其老子之道，道家之道，包括文学语言上的反对浮华之言，主张朴素自然

① 宋濂《宋学士文集》卷三五，四部丛刊本。

之语，所以博得了当时及以后许多文学之士的赞赏称道，前述程巨夫，李谦、虞集、宋濂等无不为之作文赋诗以嘉许。如金代文人程钜夫撰《郑真人碑》对于“大道”之名的解释为“今之所谓大道者，其守慈俭不争之宝者欤”①？“慈俭不争”正是老子所倡言的三宝之二，《老子》第五十三章云“我有三宝，一曰慈，二曰俭”，以慈俭不争为人生之要义，是通行天下的至理大道。据《元一统志》载，元成宗元贞三年（1297）翰林学士李谦撰《制赠大道正宗四世称号碑》云：“大道之教，清净寡欲，谦卑自守，力作而食，无求于人，得老氏立教之旨为多。”李谦以朝廷命官的身份赞大道教“得老氏立教之旨”，揭示了大道教的基本教旨在清心寡欲、谦卑自守，而历史地看待大道教，几代教主的言语行为确实体现这种立身处命的生命价值。而元代田璞在其所撰《重修隆阳宫碑》中对大道教初祖立教之宗旨所阐释的话语则更是击中和彰扬了“大道教”的宗旨本质：

> 真大道祖师无忧子之阐教门也，衣取蔽形，不尚华美，目不贪于色也；祈祷不假钟鼓之音，耳不贪于声也；饮食绝食五荤，口不贪于味也；治生以耕耘蚕织为业，四体不贪于安逸也；纤毫不乞于人，情不贪嗜欲也。夫如是清静其心，燕处超然，默契太上众妙之理，其真大道教门也哉！②

以五不贪为立教之旨，契合老子所云五味、五色、五音与驰骋田猎等等对于生命的伤害，此即为太上众妙之道，即真大道。

至于元代文人虞集在所撰《真大道教第八代崇玄广化真人岳公碑》中称颂大道教一贯“去恶复善”③，明初宋濂《书刘真人事》盛赞“德仁在金宋之间，仿佛老子遗意以化人”④，都体现了文人在将大道教的

---

① 程钜夫《雪楼集》卷一七。
② 《全元文》卷五六。
③ 虞集《道园学古录》卷五〇。
④ 宋濂《宋学士文集》卷三五。

宗教思想与老子的道家哲学思想进行源流关系之探寻时，意在彰显道家道教内在的文化文明逻辑关系，反映了金元文人的文化取向是以认同道家文化为旨趣的，其中道教的隐身文化、修善生命的文化情怀也正是体现了金元时代由于战乱所造成的、所逼迫的人类对于寻求生命安静、身体逸处的渴望。

大道教在金代共传四代（据陈垣先生考证，其虽然在元代还存续了七世，但与盛极的全真教比，不啻小巫之于大巫，而且每世都存续短浅），始祖刘德仁，二祖陈师正，三祖张信真，四祖毛希琮，从金大定二十年（1181）刘德仁创立至金元光二年（1223）四祖离世共历 43 年，此教主张清心寡欲，见素抱朴，虚心实腹，守气养神，尽得老子思想中养生实用的一路，不谈神仙升天、长生久视之事，是一个求实朴素的宗教组织，适应当时世道动乱，从切用于百姓衣食生活之实际需要而抛弃宗教中虚妄、夸大的言谈之劣、繁文缛节之烦，回复到道家追求的自然、简朴的至德、上古之世，从文化取向来看，追求的是亲和自然、简洁纯朴的文化风尚；从语言文风的文学取向来看，力戒浮华奢绮之语，务求平实真坦之言，这也是老庄自然文风的一种回归。这一点从三祖张信真之取名，其诗文集《玄真集》之命名来看，“真”的内涵无疑包含了平实、真诚的元素，可惜的是，该诗文集早已不存，否则我们肯定能从中找到许多诗文篇什来印证这里的观点以及我们对于大道教领袖们之文学创作、文学思想的评价。

第三节　元代道教与文学之关系

元代道教是“全真教”的天下，虽然前述“太一教”“大道教”在元代仍存续和流传，但与席卷天下的“全真教”相比，他们已是强弩之末，勉强生存。“全真教”产生、形成于金代，至有元一朝发展到极盛，元代社会生活的各个方面，凡涉政治、经济、军事、文化等各领域无不有“全真教”的身影，而作为与宗教同质同源，同思同想的文学则更为强烈地与全真教发生着重大的决定性的关系，可以毫不夸张地说，有元一代之文学无论是它的主流文学——散曲和杂剧，还是在其统治期间降为次等规模的正统诗文，甚至小说，没有不因受“全真教”的影响而得以发展和繁荣。一个最简单的关于元代文学研究的有趣现象足以说明“全真教”对元代文学的影响，那就是在目前学界最有权威的元代文学研究成果——著名学者邓绍基先生编写的《元代文学史》①中，独立专章专节探讨“全真教”与元代各体文学的关系，由此引发的“全真教”与元代文学之关系的研究成为20世纪九十年代以来学术界的热点。不仅如此，正因为“全真教”的贵盛所掀起的中国道教发展过程中的第三个高潮，自然也就促成了道教自身的文学在这个高潮中的繁荣兴旺，则道教文学思想作为总结过去道教文学创作之实际经验与指导未来道教文学发展的思想也在有元一代丰富多彩、深刻创新。

一　“全真教”的宗教义理

“全真教”始创于金世宗大定初，约当于南宋孝宗乾道三年(1167)，创始人王喆(1113—1169)。王喆，字知明，道号重阳子，世称王重阳，陕西咸阳人。王重阳出生于一个具有极高儒家文化素养的富裕家庭，从小受到良好的家庭教育。据金代金源璹所撰《全真教祖碑》云“家业丰厚……弱冠修进士举业，籍京兆府学”②。少年时期，年轻气盛，理想高远，热衷仕途，金代文人刘祖谦称他“形质魁伟，任气好侠”③，王重阳自己也说“不修家业不修身，只恁望他空富贵”④。进入青年时期，正赶上金与北宋交战，中原地区生灵涂炭，金兵所至，烧杀

① 邓绍基《元代文学史》，人民文学出版社1991年版。
② 白如祥点校《王重阳集》，第321页，齐鲁书社2005年版。
③ 刘祖谦《重阳仙迹》，《道藏》第19册，第326页。文物出版社、上海书店、天津古籍出版社1992年影印本，下引同。
④《道藏》第19册，第739页。

掳抢，血流成河，千万无辜生命白骨露野，面对此情此景，王重阳顿消官宦之念，骤起抗金收复之心，随即萌发怜悯生灵之想，据元人商挺撰《题甘河遇仙宫》云："矫矫英雄姿，乘时或割据。妄迹复知非，收心活死墓。"①显然表达了其反金割据的雄气壮胆。但不久，这个理想被金兵的金戈铁马击得粉碎，宗教的悲悯之心油然而生。大若从若冠到四十七岁，王重阳既遭到战乱的重创，又经历了科举（文武两科都参加了）的沉浮起伏，最终郁郁不得志，"天遣文武之进两无成焉，于是慨然入道"②。

王重阳"入道"走进"全真教"的创教之门，又因为恰巧赶上了一段奇遇因缘，这就是道教史上家喻户晓的传奇佳话——"甘水遇仙"："正隆己卯，忽遇至人于甘河，以何可教，密付口诀，又饮以神水。"③同样的传奇故事，在金代金源璹《全真教祖碑》中也有描述："正隆己卯季夏既望，于甘河镇醉中啖肉，有两衣毡者继至屠肆中，其二人形质亦同。遂授以口诀。明年，再遇于醴泉，邀饮酒肆中。问之乡贯年姓，答曰：濮人，年二十有二，姓则不知也。"④这种传奇遭遇促发了王重阳创立宗教的直接心理，异人仙怪的指点鼓舞了他的宗教热情，自此"遇仙"之后，王重阳立即弃家入终南山，掘了一个"活死人墓"与世隔绝，并佯装疯狂，终日在山中结庵修炼。故事所记是正隆己卯之年，正是金朝正隆四年（1159），一直到金大定七年（1167），王重阳突然决定焚庵东出，跨过潼关便来到了山东。

王重阳来到了山东，以宁海为活动中心，很快赢得非常背景下的广大信众的向往，于是，他收下了被后世广为传诵的七大弟子，号称"全真七子"的马钰（1123—1183）、谭处端（1123—1185）、丘处机（1148—1127）、王处一（1142—1217）、刘处玄（1147—1203）、郝大通

---

①《道藏》第19册，第813页。

②《王重阳集》，第321页，齐鲁书社2005年版。

③《道藏》第19册，第726页。

④《王重阳集》，第322页，齐鲁书社2005年版。

(1140—1212)、孙不二(1119—1182)。这七人中，马钰是第一个拜王重阳为师的，据传金大定七年七月，马钰在宁海遇王重阳于怡老亭酒席上，见王有“仙风道骨”，便向王请教道者何为，王答曰“五行不到处，父母未生前”，马钰以此言为奇，乃延至自家，事以师礼，王就定居在马钰家的后园，自结庵而往焉，并自制匾额为“全真”，因此，“全真教”得以创立和命名①。自七子成为王重阳弟子后，中国道教一个最重要影响最深远的道派——全真教派在金代以至元朝的一统江山中蓬勃成长，盛极一时。

那么，“全真教”主要的教义教理有哪些重要内容，这些宗教内容怎样与文学及文学思想共生共荣，或者说对文学是否产生主宰沉浮、“生杀予夺”的影响呢?

全真教人物大多属于有学养，饱读书本的文化士人，他们一方面读书授教，另一方面又著书立说，在中国道教史上组成了一个知识分子集团，这是一个独一无二的道教史现象。《道藏》中收录了他们大量的著作文献，既有关于教义教旨的著述，也有才华横溢、极富文学价值的诗文诗集。前者有王喆的《立教十五论》《金关玉锁诀》《授丹阳二十四诀》，马钰的《丹阳真人直言》《丹阳真人语录》，刘处玄的《至真语录》，丘处机的《大丹直指》，侯善渊的《上清太玄鉴诫论》《晋真人语录》。后者有王喆的《全真集》《教化集》《分梨十化集》，马钰的《渐悟集》《洞玄金玉集》《丹阳神光灿》，刘处玄的《仙乐集》，谭处端的《水云集》，丘处机的《磻溪集》，郝大通的《太古集》，王处一的《云光集》，侯渊善的《上清太玄集》，长筌子的《洞渊集》。这些道教文献和文学作品，是我们研究全真道教义教旨和道教文学思想的重要文本依据。在这些著作中，全真教的道士们系统地阐明了他们的宗教思想，抒发了他们丰富的思想情怀，勾勒了独特的道教文学思想轮廓。

首先，从“全真教”的得名来看，他们追求人类本真的真性情，保全

---

①《马宗师道行碑》，《道藏》第 19 册，第 729 页。

人类初始的本真和真性，要求信道者向人的内在心底求一个真字，这是全真教宣扬的最高宗教目标和最高宗教境界，是全真教最理性的信仰鹄的。这种宗教信仰和宗教理论，对于文学创作和文学思想具有极大的影响力。

由于人类生命在现实生活中的变幻无常，脆弱的肉体在瞬息万变的社会和自然面前无能为力，频繁的生命悲剧时刻发生，如此种种残酷的生命现实，使全真道士们在对待生与死的问题上产生了无数的疑问。于是当他们发现肉体不可能长生时，提出了要超越生死的安置生命的办法，那就是要求人们去找到自身本来不生不灭、超出生死的“真性”，这种不生不灭，永恒不息的东西只在自心，乃心之性，亦叫作元神、本真、真性、本来真性、真常等等。王喆说：“唯一灵是真，肉身四大是假。”①这里所说的“一灵”是指人心所具有的灵知之性，亦即明代王阳明心学家们指称的“灵冥”。这个心灵才是真的，求得了这个真，便获得了生命的永恒，其他所谓的肉体长寿都是虚假、虚妄，故刘处玄说：“外容有老，有形有终，内貌无形，仙寿无穷。”②“内貌”与“外容”相对而言，是指人的心性，人类找求到了真心性，就能“仙寿无穷”。丘处机说：“生灭者形也，无生灭者性也，神也。有形皆坏，天地亦属幻躯，元会尽而示终。只有一点阳光，超乎劫数之外，在身中为性海，即元神也。”③这就是说，只有那个心性，那个元神，那个性海、真性才是不死的，才是超乎生死、长生不死的东西。因此，要得到这个超乎生死的“真道”，只有向心中去体认，去认知、修炼那个“真性”，这个体认、寻找的过程，叫作“全真”。

第二，要超越生死，获得“真性”，保全真性（全真），最佳的持住修炼之法就是“明心见性”的内养功夫。

全真，有几种释义，但无论哪种，都体现了这个教派修炼实践的功

---

①《王重阳集》，第 281 页。

② 白如祥点校《刘处玄集》，第 190 页，齐鲁书社 2005 年版。

③ 同上，第 149 页。

夫，一是保全真性义，一是精气神三全义，一是功行双全而成真人义。而其中所释之“功行”，是指“真功”“真行”的修炼与炼养功夫。这种炼养功夫主要指心性的修炼，亦即唐宋以来钟吕内丹的养炼功夫。质言之，就是“明心见性”。同样这种“明心见性”的炼养实践，对文学创作和文学思想也发生积极的作用。

全真人物在阐述这种“明心见性”的修炼功夫时说：“若要真功者，须是澄心定意，打迭精神，无动无作，真清真净；抱元守一，存神固气，乃真功也。”①洗涤心灵，澄明清静，守持元气，精神凝固，彻头彻脑、彻心彻底的修养，需要何等的功力。故后人在总结全真道这种修炼功夫时说：“其修持大略以识心见性、除情去欲、忍耻含垢、苦己利人之为宗。”②丘处机把这种明心见性的功夫看得极其重要，他说：“诸贤先求明心，心本是道，道即是心，心外无道，道外无心也。”③这里把心与道等同，可见其重要，因此，明心见性就是一种修道功夫了。正因为心与道同等，故谭处端说：“修行先要认灵源。”④灵源之心，这是修道的起点和归宿，从心性开始，一步一步臻于道之至境。从心开始，明心见性，具体怎么操持呢？全真教认为，仁心，认知真性，本来是常住妙明的，只是被人的邪妄之想遮蔽、屏障了才不得自见，因此要做清除妄念的功夫，一念不生，邪念全无，真性便会自然流露。这个功夫，叫作“清净”，故马钰说：“夫道但清净无为，逍遥自在，不染不着。此十二字若能咬嚼得破，便做个彻底道人。”⑤又谭处端说：“如何名见自性？十二时中，念念清静，不被一切虚幻旧爱境界朦胧真源，常处如虚空，逍遥自在。”⑥侯善渊也说：“只要无心无念，不着一切物，澄澄湛湛，内外无

---

①《道藏》收《晋真人语录》，第 23 册，第 701 页。

②《道藏》收《甘水仙源录》，第 19 册，第 740 页。

③《王重阳集》，第 297 页。

④ 白如祥点校《谭处端集》，第 12 页，齐鲁书社 2005 年版。

⑤ 白如祥点校《马钰集》，第 242 页，齐鲁书社 2005 年版。

⑥《谭处端集》，第 24 页，齐鲁书社 2005 年版。

事，乃是见性。”[①]这些“不染不着”也好，“无心无念”也好，实际是借鉴了佛教禅宗的修行原则和炼养功夫，《坛经》云：“知见一切法，心不染着，是为无念。”在此基础上，全真教第六世教主尹志平更把这种功夫发挥为“玄之又玄”的修持理论：“物欲尽净，一性空寂，此禅宗谓之空寂，吾教谓之清净，此犹未也。至‘寂无所寂’之地，则近矣。虽然，到此若无真实功行，不能造化，无造化则不得入于真道。须入真道，方见性中之天，是为‘玄之又玄’。至此，则言辞主动，凡所出者，无非玄妙。”[②]这里的意思是说，达到心灵清净的空寂之境，还算不上见性，尚须进一步空寂其心，连能清净心境的念头都没有，达到“寂无所寂”的境界，这也不过是接近于见性，这还不行，还要在实践中实行“真行”，即从无为之中发有为之用，表现出自性造化运用的功能，由此进入“真道”，才算彻头彻尾的见性，这就是老子说的“玄之又玄”。这种人，彻见人之真性，言谈举止，自然合于妙道，即所谓妙合无垠。概言之，“明心见性”作为一个宗教信仰操持原理，达到修炼目的的过程是分两部分来完成的，首先是寂而寂无所寂，其次是真实功行，两部分合而称之就是从无为之中到有为之用，亦即知和行的统一。

第三，全真道的明心见性的操持修炼理论，与唐宋钟吕内丹道的修炼之法有一种相同的宗教内质，这就是把性命双修作为信仰目标的炼养指标或体系，性命二字是全真道整个修炼思想的纲目。全真道士们主张性命一体不二，以性为主为要，王喆说“性者是元神，命者是元气”，又说“根者是性，命者是蒂也”，还说“宾者是命，主者是性也”[③]。显然，神与气，根与蒂，主与宾，孰主孰次，不言而喻。但他们也不忽视命的作用，王喆说“性若见命，如禽得风”[④]。马钰则主张性命双修，由“道”来统一性命。他说“大道无形，气之祖也，神之母也。神气是性

① 《道藏》第 23 册，第 703 页。

② 同上，第 616 页。

③ 《王重阳集》，第 294 页。

④ 同上，第 252 页。

命，性命是龙虎，龙虎是铅汞，铅汞是水火，水火是婴姹是阴阳，真阴真阳即是神气，种种异名，皆用不着，只是神气二字”①。性命是一体的，都落实到“神气”二字上，显系主张性命双修。

通过上述分析可知，“全真教”以全真保性为宗教之终极目的，以明心见性与性命双修的融合统一为修持内养的真功夫，真本领，这个二而一的融合体又有其各自的定位或角色以明心见性为首要，以内炼成丹为前提，融合的方式是炼化人体之精气神以结成内丹而达至仙圣仙人之躯体。我们把全真道这种修道原理及修炼过程移植或借鉴到文学创作上，实则通向中国古代文学一以贯之倡导的作家道德修养，内在精、气、神的历练关乎文学创作之生命的路径。而在实际的操作上，全真道们正是以此来从事其文学创作的，在前述众多文集中，都凝聚着这些文学思想和文学创作实绩。

第四，全真教尤其强调在完成上述内养功夫时，必须保持清净、静养为要的修炼环境，如此才能使心明性见，精气神合而结成仙丹。故马钰说：“欲要养气全神，须常屏绝万缘，表里清净，久久精专，神凝气冲，绵绵固守不动。三年不漏下丹结，六年不漏中丹结，九平不漏大丹结。圆备此名九转大丹，亦名三千行满，三田圆备，谓之神丹，法身轻举，永为神仙。”②“清净”“精专”“凝神”正是强调一种修炼的环境、条件前提，这与文学理论所艳称的创作前的“虚静”“凝神”不啻同出一辙。马钰还说“静坐以调息，安寝以养气，心不驰则性定，形不劳则精全，神不扰则丹结”③，这和庄子所倡导的“心斋”“坐忘”的净心炼养如出乃尔。

二　全真教与金元文人

全真教创教于非常之时，金宋之际，金元之际，河北大地士人两度

---

①《马钰集》，第 252 页。

② 同上，第 244 页。

③ 同上，第 249 页。

遭变，两度避难①，欲救民水火的全真教自然成为百姓、知识分子的逋逃薮或避难所。全真之祖王重阳本为士人之流，饱读经书，雅量深厚，而七真弟子谭马丘刘王郝孙又都是读书种子，教养有素，这自然也成为两难之境中士人向往“私奔”之对象，职是之故，全真教就与文人学士打得火热，其与文人之关系创造了历史上前所未有的盛况。金元两代散文以及“风餐露宿”中的金元碑志，几乎所有关于全真教掌门人、全真教宫观楼阁的传记、行状、墓表、碑志、赞铭等等，都出于金元文人之手，至于文人与全真教人物的赠诗唱和更是不计其数，这些金元文人按两个层次划分的话，名流名家则有王若虚、王鹗、元好问、王恽、郝经、刘因、姚燧、赵孟頫、程钜夫、吴澄、袁桷、虞集、杨载、范梈、揭傒斯、欧阳玄、黄溍、柳贯、田璞、商挺、徐琰、王磐、马祖常等。一般文人则更举不胜举，据明编《正统道藏》所收元人李道谦辑《甘水仙源录》中金元一般文人则有金源璹、刘祖谦、张子翼、王利用、陈时可、杨奂、张帮直、李谦、李道谦、宋子贞、孟祺、赵九渊、杜仁杰、李鼎、赵著、高鸣、李国维、陈楚望、张好古、张子献、俞应卯、赵复、张本、辛愿、王真、王粹、李邦献、李冶仁、王赟等，他们或者为全真教人树碑立传，或者与之诗酒唱和，或者携同登高望远，或者共同谈仙论道，或者共餐紫贝菊花，金元道教的贵盛，道教文学及其思想的发展，金元文学的发展，中国思想文化在此两朝的延续，正是由于有了这种宗教与文人关系的存在。在这里我们通过大量的文献检索梳理、挖掘，从两者关系中主要择取几个典型个案，像摘取无垠之大海中的几朵浪花以示其波澜壮阔一样，蠡测金元道教、金元道教文学、金元文学、文化发展面貌之一斑。

元好问(1190—1257)，有金一代文学成就最高者，集当世乃至百代文学之大成，执文学园地之牛耳几三十余载，为文学之巨擘，郝经(1223—1275)《遗山先生墓志铭》有云：

---

① 指靖康之难、贞祐之变。

> 诗自《三百篇》以来，极于李杜。其后纤靡淫艳，怪诞癖涩，寖以弛弱，遂失其正。二百余年而至苏黄，振起衰踣，益为瑰奇，复于李杜氏。金源有国，士务决科干禄，置诗文不为，其或为之，则群聚讪笑，大以为异。委坠废绝，百有余年，而先生出焉。当德陵之末，独以诗鸣，上薄风雅，中规李杜，粹然一出于正，直配苏、黄氏。天才清赡，邃婉高古，沈郁大和，力出意外。巧缛而不见斧凿，新丽而绝去浮靡，造微而神采粲发。杂弄金碧，糅饰丹素，奇芬异香，洞荡心魄，看花把酒，歌谣跌荡，挟幽并之气，高视一世。以五言为雅正，出奇于长句杂言，至千五百余篇。为古乐府不用古题，特出新意以写怨思者，又百余篇。用今题为乐府，揄扬新声者，又数十百篇。皆近古所未有也。汴梁亡，故老皆尽，先生遂为一代宗匠，以文章独步几三十年。①

以如此之高名而一代之宗匠，在常人的眼里，要与道教人物发生某种瓜葛，可能有一定的困难，且元好问官居高职（尚书省左司员外郎），更被人视为权傲士林。但确切的历史事实是，元好问与七真子之一的刘处玄之弟子于道显（号离峰老人）、于道显之弟子孙伯英交往甚密，且又结交七真之一的郝大通之弟子范圆曦。全真道中，又有道士曰虚白处士赵君者，亦和元好问通谊。元好问有《遗山集》四十卷，其中文二十六卷，中有《离峰子于道显墓碑》，碑曰：

> 有为全真之言者卫致夷，状其师离峰子之行，请予为墓碑。予在三乡时，盖尝见离峰子于众人之中，及官东南，离峰子亦尝寓书求予为录章封事，予雅知若人乐与吾属游，思欲扣其所知而未果也。且致夷求予文有年矣，今年复自聊城走数百里，及予于济上，待之者又累月，予病，懒于笔墨，若谓有疑于其师者，然予于离峰子何疑哉。予闻之，全真道有取于佛老之间，故其憔悴寒饿，痛自黥劓，若枯寂头陀然。及其有得也，树林水鸟，竹木瓦石之所感

① 郝经《陵川集》，卷六。

> 触，则能事颖脱，戒律自解，心光烨然，亦与头陀得道者无异。故尝论之，夫事与理偕，有是理则有是事，然无是理而有是事，载于书，接见于耳目，往往有之。予撰《夷坚志》，有平居未尝知点画，一日作偈颂，肆口成文，深入理窟者三数人。黥卒贩夫且然，况念念在道者乎。张内翰敏之，离峰子旧也，叙其歌诗曰："师自以其言为道之弃物，今所以传者，欲知此老林下百视尘中几蜕耳。"又曰："悠然而风鸣，泛然而谷应，彼区区者或以律度求我，是亦按天籁以宫商，而责浑沌之甚丹青也。"吾友孙伯英，河洛名士，在太学，日出高河献臣之门。若雷渊希颜、辛敬之愿、刘景玄昂霄，其入皆天下之选，伯英与之游，头角崭然，不甘落其后，一见师即北面事之，竟为黄冠以殁。张予所敬，而孙予所爱也，二君子且然，予于离峰子何疑哉！①

元好问与离峰子的交往是从不识到相识，从陌生到熟知的，先是远距离见其在众人之中，后是离峰子慕元好问高名而借书求章，至元好问想了解其所学，再至知全真道者为何，最后至离峰子辞世有向元好问求墓碑者，元氏欣然应允，慷慨为碑文，毫无彼此隔阂疑虑。此见两人因相互赏识仰慕而滋生的深厚情谊。此碑文中，也透露了元好问与张、孙二人的交谊，而孙伯英就是碑主峰离老人的嫡传弟子，孙羽化后，元好问亦为其所爱者写了墓铭，其文曰：

> 伯英在太学时，所与游皆一时名士。贞祐初，中原受兵，朝廷隔绝，府治中高廷玉献臣，接纳奇士，号为衣冠龙门，大尹复兴奇之，会有为蜚语者，云治中结客，将据河以反，遂为尹所构。凡所与往来者，如雷渊希颜、王之奇士衡、辛愿敬之，俱陷大狱，危有一网之祸。伯英出入府寺，得先事遁去，变姓名，从外家称道人王守素，会赦乃归。贞祐丙子，予自太原南渡，故人刘昂霄景玄爱伯英，介予与之交，因得过其家。登寿乐堂，饮酒赋诗，

① 元好问《元遗山集》卷二九。

> 谈笑有味，使人久而不厌。伯英时年四十许，困名场已久，重为世故之所摧折，稍取庄周、列御寇之书读之，视世味盖漠然矣。世已乱，天下事无所为，思得毁裂冠冕，投窜山海，以高蹇自便，日暮途远，倒行而逆施之。古人或为抱关，或仕执翮，或妄从博徒卖浆者游，皆出于无聊赖之至耳，非本志也。又明年，客有来嵩山者，云伯英其为黄冠师矣。正大庚寅十月，殁于亳之太清宫，春秋五十有一，因即其地葬之。伯英初名邦杰，后改天和。孙氏，雄州容城人，居洛阳四世矣。①

元好问是经故人介绍而结识孙伯英的，一见如故，谈诗论道，甚相契也。后伯英竟投道教之门，入全真教派，终其天年，好问为之作碑志叙情谊示纪念，情情款款之可知。大文豪元好问除了深交上述于、孙两道人外，还和另一著名全真派道士郝大通之弟子范圆曦交往深厚。范氏道号通玄子，人称范炼师，元好问多有诗文叙其友情，如《范炼师真赞》云：

> 戊戌之夏，予过东平，留宿正一宫，时范炼师已东迈，门弟子王仲徽出其写真求予为赞。炼师初事昆仑郝公(即郝大通)，号之曰玄同子(即玄通子)，后从栖霞丘公，复有玄通之目，故兼及之。赞曰：异欲其同，介欲其通，惟天与之形，而道与之貌者不可变，故无地以受运斤之风。三山微茫，贝阙珠宫，野服萧然，与云具东，横绝四海者，亦何慕冥冥之鸿耶？②

这篇文赞对范炼师的高道情怀、洒然品质欣赏有加。在元好问的文集中，收录有范炼师的写真诗若干首，亦足以作为两人交好的有力证据，从中可推论他们对于道教、文学的探讨与推动。

除了前述三人是全真教发展过程中不同时期掌教传人，与元好问交契者，还有如虚白处士赵君，据元好问《皇极道院铭》载："虚白

① 元好问《元遗山集》卷三一。

② 同上，卷三三。

处士赵君，已入全真道，而能以服膺儒教为业，发源《语》《孟》，渐于伊洛之学，方且探三圣书而问津焉。计其真积之力，虽占候医卜，精诣绝出，犹为余刃耳。处士名素，字才卿，河中人，虚白其赐号。”①虽然文中不自觉地流露出元好问遵循儒学的正统倾向而对道教持保留态度，但具体落实到持道之士如赵君者之“真积力久”，则有点赞称许之意，由此见元好问在当时是以服膺儒学、提倡彰显儒教而为统治集团或主流社会所追捧，但对道家道教虽有保留却不排斥的心态也是昭然若揭的。

从上引元好问《离峰子于道显墓碑》中得知，张敏之与全真教关系密切，如与离峰子、孙伯英的通好。张在金代为朝廷大臣，世称张内翰，位高名显，他既与离峰子为旧交，又为文友，对离峰诗作品评有加。而与孙伯英的关系，主要表现为一是伯英在太学时，两人已交识，伯英入全真道后又互通情谊。又据元好问《孙伯英墓铭》所载，伯英太学期间还与朝廷其他名士显达如雷渊、辛愿、刘昂霄关系甚密，入道后这种关系更是密切而频繁，三人中刘昂霄竟是元好问与孙伯英相交的介绍人。

与元好问同离峰子、孙伯英交往的同时，亦与孙伯英有交谊的文人还有刘因（静修先生），一方面因为刘与孙为同乡，另一方面是刘因慕孙之为人高远雅洁，故仰慕之。今本《刘静修集》有《道士孙伯英容城故居诗》一首，诗云：

> 政教才气敌希夷，冠帔翻然亦未宜。谁辨胡寅论鸿客，只除坡老识安期。可怜乔木空秋色，惟有青山似旧时。欲传先贤问遗事，故园猿鹤不胜悲。②

诗赞孙伯英的才、学、人，可谓夸张却符合其实。

---

① 元好问《元遗山集》卷三八。

② 刘因《刘静修集》卷八。

考上述两全真重要人物与文人显达之关系，可以用下图显示：

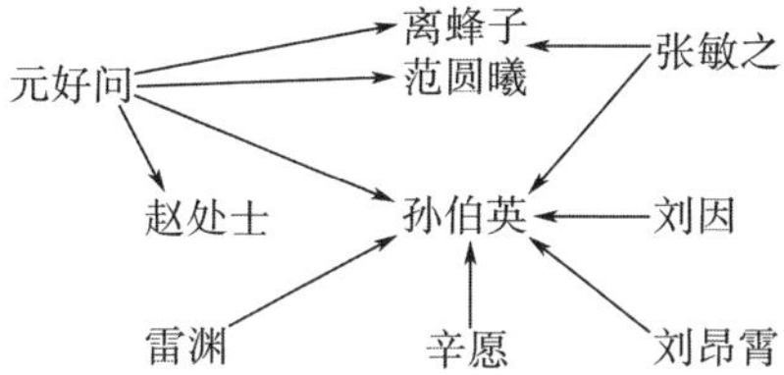

在全真道人中，我们还可以列举几个骨干人物与金元文人的交往关系，从一个侧面了解道教与文学相振相荡的发展情景和历史风貌。

有李志常者，全真七子之领袖人物丘处机的嫡传，是丘处机众多高足中的杰出人才，赐号真常子，在他仙逝之后，金元著名文人王鹗、王恽都有文章叙其交谊，赞美有加。如王鹗《玄门掌教太宗师真常真人道行碑铭》云：

> 公从儒家学道，主宫门二十年，方其与同舍张君敏之之诀也，各言其志，敏之卒中词赋高第，而公竟掌门长春。别几二纪，敏之以使北见留，隐为黄冠，公兄事如昔，并其属给养之。时河南新附，士大夫之流寓于燕者往往窜名道籍，公委曲招延，饭于斋堂者数十人，或厌其烦，公不恤也，其待士之诚类如此。①

而王恽对于李志常在全真教发展中的历史功绩更是啧啧称赞，其所撰《真常观记》云："全真教倡于重阳王尊师，道行于丘仙翁，逮真常李公，体含妙用，动应玄机，通明中正，价重一时，可谓成全光大矣。"②李志常引领的全真道，其宗教特质、行道方向、道教内涵，以及其成全光大的历史地位，以王恽之身份角色而定论之，虽不说一言九鼎，但确是真知灼见。

有于志道者，全真七子之重要人物、全真祖师王重阳第一弟子马

---

①《道藏》第 19 册，第 747 页。

② 王恽《秋涧集》卷四〇，第 525 页。

钰之嫡传，号于真人，赐号洞真子。据金杨奂《还山遗稿》中《洞真于真人碑》云，于志道喜与文人名士交往，而文人雅士亦乐与交游，该碑记载金元之际与之交往的文人中，大名鼎鼎者共20人，他们是：赵秉文、冯璧、张行信、侯挚、许古、杨云翼、吴章、张本、李守节、雷渊、邳帮用、宋九嘉、陈时可、王辅臣、来献臣、杨天德、张徽、裴宪、孟攀鳞、张琚。

又有房志起者，号冲虚子，亦丘处机之嫡传，在众多弟子中排位第37，元代文人王恽与之有深交。王恽撰《卫州紫极宫碑》赞其道学与人品，其中云："宫（指紫极宫，——引者注）为全真师冲虚子房公所创建，师讳志起，潍州昌邑人，幼业儒，既而以异梦有觉，遂入道。为人气貌魁奇，操行清俊，通古今，善篆籀，乐与名士夫游。至于醮祭之获福，云鹤之显异，所在惊动世之耳目者为多。遗山谓师'外朴而内敏，质直而尚义，似乎墨名而儒实者'，盖确论之。"①文末述及与房志起为同乡，两人有玄谈之雅趣，乡梓之情，同学之好，足见交谊之厚。

三　全真教对元代文学之影响

全真教自金世宗大定初年（1167）创建，至元末惠宗元统三年（1335）最后一任掌教管理共历十七世近二百年，其主要活动时间几乎与金元相始终，而整个有元一代（1271—1368），正是全真教最昌盛、最发展的时期。在这个过程中全真教无论对文学题材、文学体裁、文学风格、文学思想几个方面，都产生了不同程度而又持续长久的影响。

散曲和杂剧是元代文学的主流样式或文体形式，全真教对元代文学影响最大者，也就是散曲和杂剧这种主流文体样式。影响的情况主要表现在两个方面，一是元代散曲中"叹世""遁世"题材的作品，就是全真教创教缘起中，王重阳及其弟子们对于人世变幻无常、痛苦不断的现实世界无可奈其何感叹情景之投影。如元散曲中有无名氏《中吕·朝天子》，对于现实世界的无奈，只能以牢骚发泄，曲云："不读书

① 王恽《秋涧集》卷五六，第763—764页。

最高，不识字最好，不晓事倒有人夸俏。老天不肯辨清浊，好和歹没条道。善的人欺，贫的人笑，读书人都累倒。立身则小学，修身则大学，智和能都不及鸭青钞。”①这首曲子，对于贤愚不分、黑白颠倒的社会进行了无情的嘲讽。七真中，绝大多数为饱墨之士，他们英才不遇，文武之能不得施展，故皈依道门，遁隐逃世，对当时同样遭际的文人自然震撼强烈。无名氏外，有名有氏之文人士大夫如秦竹村、张可久、汤武、王恽、李致远、杨维桢、黄公望、宋褧、王举之、乔吉、马致远……其中马致远可谓最受全真教创教缘起、痛世愤世思想影响之典型。马致远有一支散曲，就是以“叹世”为题来抒发自己对于人世间的感愤，该曲即【南吕·四块玉】《叹世》：“风内灯，石中火，从结灵胎便南柯，福田休种儿孙祸。结三生清净缘，住一区安乐窝。”②马致远援佛入道，以道教引以为尊的全真教义理来解读人生，抒怀感世，将现实的人生种种变化、际遇以南柯一梦待之，生命意义的全部内涵幻化为梦中幻境，人世间祸福无常，灾难充斥的景象令他无从适应，因此求得一个遁世的清净地、避世的安乐窝才是最高的追求。显然，由感叹人生无常、人世无味（叹世）到逍遥遁隐（遁世）的思想轨迹清晰可见，而全真教的影响已然可寻。

马致远的这种由叹世、愤世到遁世、出世的生命感怀、价值取向，显然与庄子设计的生命流程模式完全一致。我曾在探讨庄子情感抒发、人生旅途路径时，指出庄子是按照由愤世→悲世→虚无的情感呈现过程来完成他的生命之旅的③，现在我们检校马致远的套数【黄钟·女冠子】，其情感抒发模式、生命选择路径与庄子者如出一辙：

> 枉了闲愁。细寻思自古名流，都曾志未酬。韩信乞饭，傅说版筑、子牙垂钓。桑间灵辄困，伍相吹箫，沈古歌讴。陈平宰社，

---

① 隋树森编《全元散曲》，第 1686 页，中华书局 1964 年版。

② 同上，第 238 页。

③ 蒋振华《庄子寓言悲剧冲突的表现形态及情感模式》，载《西南师大学报》哲社版 1996 年第 3 期。

买臣负薪,相如沽酒。【幺篇】上苍不与功名侯,更强更会也为林下叟。时乖莫强求。若论才艺,仲尼年少,便合封侯。穷通皆命也,得又何欢,失又何愁。恰似南柯一梦,季伦锦帐,袁公瓮牖。

【出队子】若朝金殿,时人轻马周。李斯岂解血沾裘,亚父争如讥衰囚,到老来终不将秦印收。【幺篇】圣贤尚不脱阴阳彀,都输与范蠡舟。周生丹凤道祥禽,鲁长麒麟言怪兽,时与不时都总休。①

套数【黄钟·女冠子】用四支曲子构成,内含的情感走向或者说马致远的生命路径是:壮志未酬(失意愤懑之情)→命里注定(无奈悲慨之情)→人生如梦(虚无幻化之情)→泛舟寻处(摆脱逃逸之情)。显然,失意愤懑之中,是对不重用人才之现实世界的批判,则"愤世"显然;无奈悲慨之中,是对自己薄命的悲恸,则"悲世"显见;虚无幻化之中,是对人世间荣辱贵贱得失赢输等视为空虚,则"虚无"突显,愤世→悲世→虚无,正是庄子生命情感和生命路径的翻版,马致远只是多设计了一个归宿:像范蠡一样驾舟而去,寻找安身之所——逍遥的神仙快活之地,从而回归到道教的终极境界:仙境。由受庄子道家影响而来,终于道教(全真教)的归宿而去,这就是自名为马神仙也为当世及后世人称之为马神仙的马致远的生命轨迹。

为了更能说明元代散曲在叹世、遁世题材上受全真教的影响,我们不妨用统计研究的方式图解演绎之:

作者	代表作名	"叹世""遁世"作品数	散曲总数	占比
刘因	【黄钟·人月圆】	1	2	50
杨果	【越调·小桃红】	3	16	18
商挺	【双调·潘妃曲】	4	19	21
徐琰	【双调·沉醉东风】	3	13	23

①《全元散曲》,第238页。

续表

作者	代表作名	“叹世”“遁世”作品数	散曲总数	占比
杜仁杰	【双调·蝶恋花】【般涉调·耍孩儿】	2	6	33
白朴	【仙吕·寄生草】【双调·乔木查】	12	41	29
姚燧	【中吕·醉高歌】《感怀》	11	30	36
卢挚	【双调·沉醉东风】《对酒》	6	13	46
虞集	【双调·折桂令】	1	1	100
张养浩	【中吕·山坡羊】《富如何》 【双调·胡十八】【双调·欢东原】	62	163	38
贯云石	【双调·清江引】《知足》 【双调·殿前欢】【双调·水仙子】《田家》	43	87	49
杨维桢	【双调·夜行船】《吊古》	1	1	100
马致远	【南吕·四块玉】《叹世》【黄钟·女冠子】	75	138	54
乔吉	【南吕·玉交枝】【中吕·山坡羊】《冬日写怀》【中吕·满庭芳】《渔父词》	70	220	31
郑光祖	【正宫·塞鸿秋】	3	8	27
曾瑞	【中吕·山坡羊】《自叹》【中吕·快活三过朝天子】	50	112	44
张可久	【仙吕·赏花时】	165	864	19

二是元代杂剧中大量神仙道化剧作品，也与全真教遁世避世的宗教信仰有关，这种影响主要表现在三个方面：第一，杂剧中的神仙形象，大都与全真教有或直接或间接的关系，有的是全真教人物，有的虽没入教但非常崇拜、信仰全真教人物。第二，剧作中的情节或多或少与全真教的传说有关。第三，作品都不同程度上宣传全真教的教义、教旨、教律、教规等等，具有程度不等的全真教宗教色彩。在元钟嗣成所撰《录鬼簿》中，收录元杂剧400种，其中神仙道化剧约40种，占总数的十分

之一，这个比例是相当大的，足见元代杂剧创作所受全真教影响之大。这 40 种神仙道化剧中，基本上表现为上述三种受全真教影响的情况。

如下表：

作者	神仙道化剧名	影响表现类别	作者	神仙道化剧名	影响表现类别
马致远	《刘阮误入桃源洞》	第二	纪天祥	《韩湘子三度韩退之》	第二
马致远	《太华山陈抟高卧》	第二	李好古	《张生煮海》	第二
马致远	《吕洞宾三醉岳阳楼》	第一	赵文殷	《张果老度脱哑观音》	第三
马致远	《王祖师三度马丹阳》	第一	赵明道	《韩湘子三赴牡丹亭》	第三
郑廷玉	《吹箫女悔教凤凰儿》	第二	岳伯川	《吕洞宾度铁拐李岳》	第三
郑廷玉	《采石渡渔父辞剑》	第二	史九散人	《花间四友庄周梦》	第三
郑廷玉	《风月七真堂》	第一	李时中	《开坛阐教黄粱梦》	第三
白朴	《唐明皇游月宫》	第二	范康	《陈季卿悟道竹叶舟》	第三
白朴	《唐明皇秋夜梧桐雨》	第二	乔吉甫	《玉箫女两世姻缘》	第三
庾天锡	《杨太真霓裳怨》	第二	屈子敬	《升仙桥相如题柱》	第二
庾天锡	《杨太真华清宫》	第二	关汉卿	《荒坟梅竹鬼团圆》	第二
李文蔚	《张子房圯桥进履》	第二	关汉卿	《升仙桥相如题柱》	第二
吴昌龄	《哪吒太子眼睛记》	第三	关汉卿	《温太真玉镜台》	第三
吴昌龄	《张天师夜祭辰钩月》	第三	高文秀	《木叉行者锁水母》	第三
无名氏	《江亭》	第二	高文秀	《太液池儿女并头莲》	第二
王仲文	《汉张良辞朝归山》	第三	王伯成	《张骞泛浮槎》	第三
尚仲贤	《张生煮海》	第三	曾瑞	《才子佳人误元宵》	第二
石君宝	《李亚仙诗酒曲江池》	第二	武汉臣	《四哥哥神助》	第二
石君宝	《张天师断岁寒三友》	第二	杨显之	《临江驿潇湘夜雨》	第二
杨显之	《借通县跳神师婆旦》	第二	郑光祖	《李太白醉写秦楼月》	第三

当然，我们将钟嗣成所勘定的神仙道化剧与全真教作比较，其中有些剧种无论在宣扬道教信仰或相关故事情节、题材内容诸方面，是否属于神仙道化剧，还是值得商榷的。正由于此，真正完整全面意义上的神仙道化剧，到了明代臧懋循所选编的《元曲选》和今人隋树森编选的《元曲选外编》所选神仙道化剧共 18 种，才够得上名副其实的称号。这 18 种剧作是：

作者	剧作	选本	作者	剧作	选本
吴昌龄	《张天师断风花雪月》	元曲选	王子一	《刘晨阮肇误入桃源》	元曲选
岳伯川	《吕洞宾度铁拐李岳》	元曲选	马致远	《马丹阳三度任风子》	元曲选
马致远	《吕洞宾三醉岳阳楼》	元曲选	佚名	《萨真人夜断碧桃花》	元曲选
马致远	《太华山陈抟高卧》	元曲选	李好古	《沙门岛张生煮海》	元曲选
马致远	《邯郸道省悟黄粱梦》	元曲选	史九敬先	《老庄周一枕蝴蝶梦》	元曲选外编
范子安	《陈季卿误上竹叶舟》	元曲选	宫大用	《严子陵垂钓七里滩》	元曲选外编
贾仲名	《铁拐李度金童玉女》	元曲选	贾仲名	《吕洞宾桃柳神仙梦》	元曲选外编
谷子敬	《吕洞宾三度城南柳》	元曲选	无名氏	《瘸李岳诗酒玩江亭》	元曲选外编
杨景贤	《马丹阳度脱刘行首》	元曲选	无名氏	《汉钟离度脱蓝采和》	元曲选外编

考察上面所制三个图表发现，元代散曲在“叹世”“遁世”主题上所受全真教之影响，可以说是有元一朝文人皆曾发生的事，无论名家小辈，亦无论汉人元人。而杂剧中的神仙道化剧，亦复如此，其中尤以闻名天下的马神仙马致远所作道化剧最多，《录鬼簿》收其四种，《元曲选》中录其三种，合而观之，除去两者所选马致远神仙道化剧重复者则共有五种。查考马致远全部剧作，其神仙道化剧还有两种，即：《马丹阳三度任风子》《开坛阐教黄粱梦》。

至于元代诗词文在题材或思想主题上所受全真教之影响，通检《道藏》《全元诗》《全元词》《全元文》，无一作家不濡染全真教的“气息”。以散文中的碑志体为例，金元散文作家上至显贵硕儒下至一般文人无不为全真教各代掌教、高道乃至一般全真道士撰写碑文、墓志。从这些文人为全真教人物所作碑志墓铭来看，文人与道教发生密切深远的关系，无疑是金元文学和金元道教发展的重要原因。据我们不完全的统计，为全真教人物尤其是影响深远的一祖七真以及他们建造的道教宫观楼阁所作的碑记之体，金代作家有王若虚、王鹗、元好问，元代作家有王恽、郝经、刘因、姚燧、赵孟頫、程钜夫、吴澄、袁桷、虞集、杨载、范椁、揭傒斯、欧阳玄、黄溍、柳贯、田璞、商挺、徐琰、王磐、马祖常…… 至于《正统道藏》所收元李道谦辑《甘水仙源录》中金元一般文人所作有关全真教人物的碑志记文之体则更多如牛毛，这些文人主要有金源璹、刘祖谦、张子翼、王利用、陈时可、秦志安、杨奂、张帮直、李谦、李道谦、宋子贞、孟祺、赵九渊、杜仁杰、李鼎、赵著、高鸣、李国维、陈楚望、张好古、张子献、俞应卯、赵复、张本、辛愿、王真、王粹、李邦献、李冶仁、王赟等等。[①] 为什么这么多金元文人乐于为全真教人物以及其宫观楼台作碑志记类文章，最简单的事实就是全真教与文人那种相契相合的“志趣”追求。那么，金元文人又为何乐意或甘愿受全真教影响？这有以下几个方面的原因：第一，全真教始祖、全真七祖乃至此后的历代掌教甚至一般全真教道人，自身都饱读经书，知书通礼，文人素养、品德修炼极高，这种底蕴，自然对金元文人具有强大的吸引力。如始祖王重阳，“始于业儒，其卒成道，凡接人初机，必先使读《孝经》《道德经》，又教之以孝谨纯一；及其立说，多引六经为证据”[②]。又如全真七祖第一马钰，“学穷六艺，行包九德”[③]，“师（指马钰，引者注）讳从义，字宜甫，世业儒”[④]，“通五经，为人信义，言无宿诺”[⑤]。又如丘

① 参见拙文《金元碑志体散文的文化价值考察》，载《学术研究》2011 年第 7 期。
② 刘祖谦《终南山重阳祖师仙迹记》，《王重阳集》，第 326 页。
③《马钰集》，第 315 页，齐鲁书社 2005 年版。
④ 同上，第 318 页。
⑤ 同上，第 323 页。

处机，“无书不览，无事不知，九经库而五总龟”①，“世为显姓”②。

第二，金末元初，长期的政权更迭以及朝夕难保的生命危机（战乱所致），大多数文人都渴求一个身心能得到寄托的避难所，而全真教的创立者们正是捕获到了文人们的这种心态和渴望，于是创建全真教吸收这类文人或者作为文人们的向往之地，正如姚燧说当时有大量的“幼业儒，长而遭时艰，求所以托焉而逃者”③，也如王恽所说世有“士之欲脱尘网者”④，这里的“尘网”，无疑指动荡的社会、血腥的战乱，民不聊生的“火坑”。这样，大批的文人士大夫流寓到河北、燕京一带，投寄这里的全真教宫观屋室之中，这里成了生不逢时、落魄颠沛文人的逋逃薮。

第三，全真教的创立者和继承者们，绝大多数在其生命早期都怀抱高远的理想，都有安邦定国、修德修功的宏大志向，但动荡、战乱的残酷现实击碎了他们的美梦。壮志未酬，折戟沉沙，转而到宗教中寻找慰藉。这个过程中，他们不时发出对于现实的愤懑，感叹蜗角虚名、蝇头小利的可耻可恶，讥笑人类甚至自身为名利舍生命的卑微渺小，嘲讽人世间名利之徒的可悲可厌，于是“叹世”成为他们情感表述的重要内容。而为了显示自己与名利场的清浊之分，远离尘世的肮脏，到清净安逸的山林江湖去过一种快活神仙之生活，成了他们别无选择的追求，因此“遁世”则是他们的最佳生活道路。上述“叹世”“遁世”的情感取向与生命归宿对当时文人士子产生了巨大的共鸣，前述元散曲中大量的“叹世”“遁世”题材之作，无疑是全真教这种效应的结果。

第四，如前所述，全真道在宗教的教理教义上有一个重要提倡，即“明心见性”的内养功夫。元代文人徐琰在阐释全真教之“全真”涵义时指出，“全真”最核心的宗教特质是“道家者流，其源出于老庄，后人

---

① 赵卫东点校《丘处机集》，第 416 页，齐鲁书社 2005 年版。

② 同上，第 426 页。

③ 姚燧《太华真隐褚君传》。

④ 王恽《真常观记》，见《秋涧集》卷四〇，第 526 页。

失其本旨，派而为方术，为符箓，为烧炼，为章醮，派愈分而迷愈远，其来久矣。迨乎金季，重阳真君，不阶师友，一悟绝人，殆若天授。起于终南，达于昆仑；招其同类而开导之，锻炼之，创立一家之教，曰全真教。其修持大略以识心见性、除情去欲、忍耻含垢、苦己利人为之宗”①。正是基于这样的修持主张，全真教人们苦修内功，清心寡欲，以清节苦行为乐，不以纳结官府为荣；以明心见性为旨，不以空名虚利为业。这在马钰、丘处机等真人身上体现得最为典型。如马钰，就过着一种苦行僧或苦行头陀的生活，强力修养内功，宣化凡人，吸纳文士，在关中行教十年，上百文人士子投其门下，足见全真教对于文士们的吸引力，这些文士中，闻名遐迩者主要有：曹瑱、来灵玉、李大乘、雷大通、赵九渊、柳开悟等，由于这批知识分子的加盟全真教，因此，全真教几至波澜壮阔、席卷天下之势。

① 《甘水仙源录》卷二，《道藏》第19册，第764页。

第二章 全真七子的道教散文思想

如前所述，全真教始祖、全真七子都是饱读经书的文人士子，文化素养、文学修养极高。他们都创作了大量的诗文作品，都有诗集、文集传世。在散文创作上《正统道藏》收录他们的作品以始祖王喆数量最多，有《重阳立教十五论》《重阳真人金关玉锁诀》《重阳真人授丹阳二十四诀》《重阳祖师修仙了性秘诀》《重阳祖师论打坐》《五篇灵文注》，共计 19 种。始祖王重阳的七大弟子即七真按收徒入道的顺序分别是马钰、谭处端、丘处机、王处一、刘处玄、郝大通、孙不二。七真散文创作成就，收录在《道藏》里的情况是：马钰《丹阳真人语录》（长篇对话体散文）、《马丹阳真人直言》、《真仙直指语录》，谭处端《长真谭先生示门人语录》，丘处机《摄生消息论》（四篇）、《大丹直指》（长篇夹叙夹议之文）、《玄风庆会录》（长篇对话体散文）、《真仙直指语录》（又名《长春丘真人寄西州道友书》）、《全真清规》（又名《长春真人规榜》）、《丘祖语录》、《语录后序》、《丘祖秘传大丹直指》、《陈情表》、《临行赠众序》、《沁园春序》，刘处玄《至真语录》、《黄帝阴符经注》（共 3 篇）、《长生刘真人语录》，郝大通《太古集自序》、《周易参同契简要释义并序》、《乾坤图并文》（共 16 则）、《乾坤生六子图》（共 16 则）、《郝大古真人语》，孙不二《玉清胎元内养真经》《玉清无上内景真经》《大道守一宝章》《坤诀》《清静元君坤元经》。以上八人，是全真教核心人物，把此八人作为金元传教十七世中的第一个群体，其散文作品包括短则在内共计 85 篇，虽然在绝对数量上远少于他们的诗词创作，但也是非常可观的数目了。在文体上，由于适合于传道宣教的需要，主要以语录对话体居多，当然属于论体或议体，此外，诀、注、言、榜、序、表、记、训、章等，也是七真们擅长之体，蔚为壮观。全真教祖孙师徒如此多的散文作品，如此广泛的散文体式，以什么样的创作理论、散文思想指导其创作实际，与教外元代的传统散文创作在实践和理论上保持什么样的关系，揭橥于此，对于了解元代文学、元代道教文学、元代道教发展的原因，意义重大。

第一节　生熟互化的创作论

有元一代，在全真教道教散文外围的传统文人散文创作中，从文体流派上来讲，主要表现为宗唐和尊宋之争，后来发展为取基本调和的倾向；在散文创作的思想内容上，表现出融合理学、载承儒理的思想内容，后来进一步提出理学与古文合一的思想主张。无论从哪个角度来看，文体流派之争，理学文章之合，都要涉及文章或散文创作的根本问题——思想才是灵魂。唐宋古文运动提倡的“文以明道”或“文以载道”，程朱理学认为的“为文害道”，凡此种种，都将“道”作为文章最核心最灵魂的东西。同理，全真始祖和七子们作为“全真道”的创建者和继承人，首先面临的也是文章为什么的问题，散文的本质或灵魂核心是什么？对此，他们用自己的创作实践很好地展示了具有“全真道”本质特色的散文创作理论、散文思想——生熟互化论。

一　生熟互化论的道教思想基础

全真派人物在散文创作上提出的生熟互化思想，其具体内涵是什么，缘于什么样的思想基础才将其创建出来以文明道。对这些问题必须探个究竟。

生熟互化，根据哲学的观点，任何事物都是在对立统一的规律中生存发展的，任何事物都有转化的必然性，我们常说的瓜熟蒂落、水到渠成，就是指的万事万物经历渐渐的甚至漫长的生长、发展过程，达到其成熟、圆融的至高至美之境，由于事物内在的逻辑性，当事物达到圆熟的顶点之后，又慢慢地向另一方面发展变化，这个另一方面，可能是人类感到陌生的，又要通过一个漫长的过程，才能被人们所接受的。事物发展变化的前述过程在哲学上就叫作从生到熟，又由熟趋生，从而构成事物周而复始的无穷无尽的生熟互相转化的流程，质言之，这就叫作生熟互化。

落实到全真派生熟互化的散文创作思想上，是指他们倡导道教散文创作原则上的生熟互化，即基于对人类生命生死有序、阴阳抱气和合的生命理论的宗教思考，在将生命题材文学化的过程中，应该遵循生死气化的原则去对生命进行生熟互化的文章结构安排，从而抒写生命的起点与终结以构建人类思想中的道教信仰情怀，完成对于道教散文的叙写与以及结构模式（程序）的安排。

按照前述哲学观点，人类生命也是一个由生到熟，由熟到生的转化过程。生命在整个活着的过程中，处于“生”的状态，这种状态，内涵丰富，其中有生存的意义，有充满生气、生机的意义，更重要的意义在于：由于任何事物发展过程中会遇到很多不可预测的、未知的变数，因此，生命总在吉凶难卜、变幻莫测、不可驾驭故而让人类始终感到陌生、不能熟知的状态中留存。一旦上述诸多意义的状态遭遇结束，也即面临死亡时，生命就走向了成熟。成熟的节点一经出现，又向另一种状态变化。向另一种生命状态变化，这种生命状态也许就是大自然中的某一生物、某一现象的产生。这个生命之理，最为道家思想家津津乐道，是他们最早科学地阐述生命的存在与死亡之辩证法，是老庄先哲们最乐观最唯物地看待人类生命生死存亡的逻辑过程，所以他们对待人的生命死亡的态度是那么乐观，那么淡定，那么洒脱。庄子说“人之生，气之聚也；聚则为生，散则为死”，人之生死乃气聚气散而已，因此，面对生死必须以一种开怀乐观、通达的态度视之，要无所谓生，也无所谓死，不因生而喜，不为死而悲。我们来看看庄子是怎样面对其妻之死的，在“鼓盆而歌”的欢快之中，庄子体会到了豁达：

庄子妻死，惠子往吊之，庄子则方箕踞鼓盆而歌。惠子曰：

“与人居，长子，老身，死不哭，亦足矣，又鼓盆而歌，不亦甚乎！”庄子曰：“不然。是其始死也，我独何能无概然！察其始而本无生，非徒无生也而本无形，非徒无形也而本无气。杂乎芒芴之间，变而有气，气变而有形，形变而有生，今又变而之死，是相与为春秋冬夏四时行也。人且偃然寝于巨室，而我噭噭然随而哭之，自以为不通乎命，故止也。”①

生命是从无到有的，又从有而走向无，有无相生，无中生有，道家之道彰显充分。这样对待生死问题的生命观念，从生命科学的文化内涵上来讲，是最具有唯物主义色彩、最富有科学精神的生命价值判断，生而复死，死而复生，这是一个既不可逾越，又永远周而复始地运行着的大化规律，因此人类必须笑傲生死，甚至面带微笑走向死亡，职是之故，庄子在“髑髅见梦”的情景中带着微笑把人们引向美丽迷人的死亡圣地：

庄子之楚，见空髑髅，髐然有形，撽以马捶，因而问之，曰：“夫子贪生失理，而为此乎？将子有亡国之事，斧钺之诛而为此乎？将子有不善之行，愧遗父母妻子之丑，而为此乎？将子有冻馁之患，而为此乎？将子之春秋故及此乎？”于是语卒，援髑髅，枕而卧。夜半，髑髅见梦曰：“子之谈者似辩士。视子所言，皆生人之累也，死则无此矣。子欲闻死之说乎？”庄子曰：“然。”髑髅曰：“死，无君于上，无臣于下；亦无四时之事，从然以天地为春秋，虽南面王乐，不能过也。”庄子不信，曰：“吾使司命复生子形，为子骨肉肌肤，反子父母，妻子，闾里，知识，子欲之乎？”髑髅深颦蹙额曰：“吾安能弃南面王乐而复为人间之劳乎？”②

基于老庄道家这种生死哲学观，全真派创立者将生死引向一种更高意义上的层面来把握，即认定生是一种生命动态迹象，死是一种静态的

---

①②《庄子·至乐》。

富有审美意义的境界，由动态过程到静态静止境界就是一种由生到熟的自然发展的必然结果。另一方面，境界刚一定格，又即刻向另一种动态过程趋进。概言之，人类生命由生到熟，又由熟向生转化，故始祖王重阳说：

> 问曰：既为人，因甚生死？先后者何也？
>
> 答曰：先死者，为其人心著欲乐，贪恋境界，是男子者损精，妇人损血。日不断无名烦恼，夜中不斩三魂阴鬼，男子妇人已有无常也。
>
> 问曰：不死之人何也？
>
> 答曰：不死者，为其人身清静无垢，惜真气在丹田，精血不衰，其人不死也。
>
> 难曰：多见今人清静休妻，亦不能成道者何也？
>
> 答曰：虽是此人清静，却不达真清静之功，其人虽是一身清静，却不能定于精血养真气，此人身清心不清，其身静意不静。岂不闻《清静经》云：夫道者，有清有浊，有动有静。清者浊之源，动者静之基。……今人说清静者，都是假名。夫修行若内外相应，未言大乘，先说小乘。《心经》云：能小能大。未言过去，先说见在。过去者是果，见在者是功。又云：功成果满，未言真，是说假。惟一灵是真，肉身四大是假，相借炼假成真，感合为一。①

全真教所界定的生（不死），是一种量变过程中的清静状态，所界定的死则是一种“功成果满”的成熟境界，四大一灵的炼假成真，感合为一，就是一个生死合抱的完整过程，故生死抱一，就做成了神仙，故神仙者，抱一也，抱一者，天下身之根本②。但是，生与死也不是这么简单地完成一个抱一的过程，它们又可以相互转化，即由生到死，又可由死

---

①《王重阳集》，第 281 页。
② 同上，第 282 页。

转化为生，如此反复循环，不断完成圆满的修道真谛，这个真谛，全真教称之为“道果”①，这个“道果”就是生熟互化的理论与践履之成果。

始祖王重阳关于生熟互化的生命理论，从宗教信仰的角度赋予人类生命深层的内涵，这是他收徒授教的重要课程，所以全真七子在发展全真教的过程中，不遗余力地宣传授教这个思想。王重阳第一弟子马钰撰文说：“性命生死，回复往还，为要拿得，执性与命，不离道根。死生攸关，最为要着。”②在马钰看来，生命生死轮回，谁也躲不过去，因此，要重视生命，厚爱生命。那么怎样养生养命，让生命达到人类最为理想、最为完满的状态？马钰撰写了好几篇长篇文章，系统阐述自己的养生养性的修炼理论。

这些理论实际上像始祖王重阳一样，也是着意于生命境界的完熟高度来把握生命之生死的，他说：“学道者必在自悟，不悟者，昏蒙所致故也。欲发昏蒙洗涤其心，在乎澄湛明了而已，功到而成。”学道之目的是为了成仙，但必须彻悟生命成仙之道，这个“道”既包含了用一种明了澄湛的心灵去体认，又包含了生命是以超越生死而向自由逍遥的神仙境界飞跃的精神本体。所以，首先体认和飞跃都要以“涤其心”为先决条件。其次，要“涤其心”，又是以生命建构清静、安祥的心理环境为前提的，只有守静、归静、澄静，才能悟得生命之道，才能完成正果，实现功成果圆的最终理想，所以马钰说“夫道但清静无为，逍遥自在，不染不着”③。清静，一尘不染，明净，才能逍遥快活，才是神仙境界——生命最高境界。那么，清静、明净是何含义呢？马钰说：“清净者，清为清其心源，净为净其气海。心源清则外物不能挠，故情定而神明生焉；气海净则邪欲不能干，故精全而腹实矣。是以澄心如澄水，养气如养儿。气秀则神灵，神灵则气变，乃清净所致也。若行无心无为

---

①《王重阳集》，第283页。

②《马钰集》，第240页。

③ 同上，第242页。

之理，乃至尽之清虚也。”①这就是说，清净就是洗心革面，除去邪妄之想，淡薄外界功名利禄，心无尘杂，精气神皆空灵明澈。是故“致虚极，守静笃”，在于养精、养气、养神。所以马钰又说“学道者无他，务在养气而已”②，而养气又“妙在乎全精”③，精气两全则“神明自生，炼神合道，乃是修真”④。如此，精气神的合一才达到生命的“真人”至境。生命如此炼养，由多种前提条件而发生的最终功成果满的过程，其实也就如自然界万类生物由生到熟、瓜熟蒂落的修治过程，修成正果则体现了生生不息、周而复始的生命之道。全真教以此来阐释成仙修道的要义，将生熟互化的原理由哲学的观念援引到生命的观念，最后建构成宗教的思想，从而为他们的文学创作原则奠定行之有效的思想基础。在这个方面，七真中丘处机的理论表述最为全面而系统，他说：

> 观天之道，执天之行，尽矣。体天法象，则而行之，可也。天地本太空一气，静极则动，变而为二。轻清向上，为阳，为天。重浊向下，为阴，为地。既分而为二，亦不能静，因天气先动降下以合地气，至极复升。地气本不升，因天气混合，引带而上。至极复降。上下相需不已，化生万物。天化日、月、星辰，地化河、海、山岳。次第而万物生。盖万物得阴阳升降之气方生，得日月精华炼气方实。……天地升降，日月运行，不失其时，万物化生，无有穷已。盖人与天地禀受一同，始因父母二气交感，混合成珠，内藏一点元阳真气，外包精血。……与所受胎元之气相通……气满、神具、精足……长生益寿，若功行兼修，可跻圣位。⑤

丘处机依据道生一，一生二，二生三，三生万物的道家思想推演出人类

---

①《马钰集》，第 244 页。

② 同上，第 243 页。

③④ 同上，第 249 页。

⑤《丘处机集》，第 106—107 页。

的生命理论，再建立他的宗教信仰观念，最后用文学手段将它们形象化、文学化，而所用文学之体式，包括散文、诗歌等。中国文学的正统主流样式以承载，最终实现“文以载道”之目的。

那么，文学对于全真教祖们的宗教生死互化的修道理论及其布道传教、纳信吸徒的责任应该是什么呢？确切来说，如果用散文的文学样式，应该由什么样的散文创作理论来指导这种“文以载道”的实践呢？

二　生熟互化的散文思想——功成果满，不著一字

弄清楚了全真教生熟互化的散文思想之道教思想基础，就可以精确地解读生熟互化论的具体含蕴。也就是说，作为文学，其对于宗教的生死互化的修道操持和终极信仰，承担着什么样的责任，这种责任，用什么样的形式来体现。对此，全真教的施教者进行了较完美的阐释。

如前所述，全真教阐扬、提倡的生命“正果”——功成果满的生命至境，通过“涤其心”和守静、归静的修持践履来实现，用文学形式将这种实践艺术化，亦即由文学来承担这种艺术化的历史使命或时代责任，就是表明文学的叙写活动也应该是与修炼行为相表里、相始终的。因此全真教的布施者们在用散文文章形式来宣传其教义时，将生熟互化的“正果”行为文学化为“功成果满，不著一字”的创作原则。王重阳说：

> 学书之道，不可寻文而乱目，当宜采意以合心，舍书探意采理，舍理采趣，则可以收之入心，久久精诚，自然心光洋溢，智神踊跃，无所不通，无所不解。若到此，则可以收养，不可驰骋耳，恐失于性命。若不穷书之本意，只欲记多念广，人前谈说，夸讶才俊，无益于修行，有伤于神气，虽多看书，与道何益？既得书意，可深藏之。①

读书之道有两层，其一“探意采理”，其二“舍理采趣”。一旦掌握、体会

① 王重阳《王重阳集》，第276页。

到了这两层含蕴，则文字的“书本”，物态的文献形式完全可以弃之不顾，领会其中的“意理”和“兴趣”才是最终目的，将此读书之道借用到为文之道上就是中国古代文学思想中反复艳称的“得意忘言”，“得意忘形”，“得神忘理”，最终形成文学艺术的审美原则、审美理趣——含蓄之美。寻王重阳此理论之渊薮，正在于道教赖以建立的老庄道家文艺思想。老子说“大方无隅，大器晚成，大音希声，大象无形”（第四十一章），老子的文艺思想认为无声的音乐是最完美最动听的，无形的形象是最崇高最伟大的，十全十美的东西只在于它没有外在的华表，只有内在的魅力四射的神韵。对于文学来说，对于经籍书本来说，最具吸引力的不是它外在文字的形态，而是它内在意理、趣味的感人。所以老子又说“不言之教，无为之益，天下希及之”（第四十三章），不用语言文字表达的教义、教诲，是天下罕以企及的至理名教，它舍弃语言，不需要语言炫耀，唯内在的神理磁一般的吸引受众。因此，读者读其书，唯读其意与理，理与趣；作家写其文，唯蕴其意与理，理与神。老子这个文学理论，庄子一脉相承，并发扬光大，提出了文学思想史上具有划时代意义的“得意忘言”命题，对文学的言意关系进行了全面的阐述，极大地影响着中国文学理论的发展，并引发了先秦时期诸子百家对于言意关系的热烈争论，为魏晋以来各种言意关系论，如钟嵘的滋味说、刘勰的隐秀论、陶渊明的“欲辩忘言”、王弼的言意关系思想、唐诗的兴趣说（如司空图的“味外之味”“象外之象”“韵外之旨”“景外之景”以及“不著一字，尽得风流”），明清的“性灵说”等的提出奠定了基础。庄子的“得意忘言”说分为理论表述和故事图解两个表达形式。理论表述为：第一、语言是有局限性的，特别是书面语言，所以庄子说“意之所随者，不可以言传也”（《天道》），正因为不可言传，故而“知者不言，言者不知”（《知北游》）。不仅如此，庄子还发现现象世界中深层次范围中的问题也是无法用语言和人的知识来确定的，因此只好存而不议，“阴阳相照，相盖相治。四时相代，相生相杀。……言之所尽，知之所至，极物而已。睹道之人，不随其所废，不原其所起，此议之所止。……鸡鸣狗吠，是人之所知。虽有大知，不能以言读其所自化，又不能以意其所将为。斯而析之，精至于无伦，大至于不可围，或之使，莫之为，未免于物而终以为过。或使则实，莫为则虚。有名有实，是物之居；无名无实，在物之虚。可言可意，言而愈疏。……吾观之本，其往无穷；吾求之末，其来无止。无穷无止，言之无也。与物同理，或使莫为。言之本也。与物终始，道不可有，有不可无；道之为名，所假而行。或使莫为，在物一曲。夫胡为于大方？言而足则终日言而尽道，言而不足则终日言而尽物。道，物之极，言默不足以载。非言非默，议有所极”（《则阳》），“六合之外，圣人存而不论；六合之内，圣人论而不议。春秋经世先王之志，圣人议而不辩。故分也者，有不分也。辩也者，有不辩也”（《齐物论》），那么为什么“存而不议”（“议之所止”）呢？这有两个理由，一则如上所述“道物之极，言默不足以载”；二则如陈鼓应先生所云“语言文字还常常藏着使用者的心机”①，人们常有主观之偏见，“道隐于小成，言隐于荣华”（《齐物论》），所以庄子反对人类有这种偏见，而主张“卮言日出，和以天倪”（《寓言》），追求无言之美，“天地有大美而不言，四时有明法而不议，万物有成理而不说”（《知北游》）。第二，语言虽有局限，但有其可以达意的一面；虽言可达意，然由于现象世界、知识世界的纷繁复杂、深邃难测，再加上人类在认知上的主观偏见甚至被蒙塞，因此，更多的意是不可言传，只能意会的，这样一来，庄子为那些能用语言表达和只可意会的东西分类：“可以言论者，物之粗也；可以意致者，物之精也；言之所以不能论，意之所以不能致者，不期精粗焉”（《秋水》），可言可意者，粗与精之别也。然人世间多以求精为要，故忘言得意成了自然的逻辑，所以庄子追求得意忘言，轻视为言所载的一切经典书籍包括孔丘所治之《诗》《书》《礼》《乐》《易》《春秋》，认为此皆先王之陈迹，遗世之糟粕。所以庄子说“世之所贵道者，书也。书不过语，语有贵也。语之所贵者，意也。意有所随，意之所随者，不可以言传也，而世因贵言传书。世虽贵之，我犹不足贵也，为其

① 陈鼓应《庄子今注今译》，第 316 页，中华书局 2009 年版。

贵非其贵也”(《天道》)。对世之传书,庄子不屑一顾,故直批齐桓公所读之书,皆古人之糟粕,于是庄子用故事图解理论的形式阐明他“得意忘言”的文学思想:

桓公读书于堂上,轮扁斫轮于堂下,释椎凿而上,问桓公曰:“敢问公之所读者何言邪?”公曰:“圣人之言也。”曰:“圣人在乎?”公曰:“已死矣。”曰:“然则君之所读者,古人之糟魄已矣。”桓公曰:“寡人读书,轮人安得议乎? 有说则可,无说则死。”轮扁曰:“臣也以臣之事观之,斫轮,徐则甘而不固,疾则苦而不入,不徐不疾,得之于手而应于心。口不能言,有数存焉于其间,臣不能以喻臣之子,臣之子亦不能受之于臣,是以行年七十而老斫轮。古之人与其不可传也,死矣,然则君之所读者,古人之糟魄已夫。”①

轮扁凿轮的制作原理不能言传,只能心中有数和得心应手,亦即只可意会,言不足贵。

由上所论发现,一方面言不足贵,一方面人类又离不开言辞,包括庄子自己也不能不用语言,最后庄子找到了解决语言局限的即言意矛盾的办法,他说“荃者所以在鱼,得鱼而忘荃;蹄者所以在兔,得兔而忘蹄;言者所以在意,得意而忘言。吾安得夫忘言之人而与之言哉”(《外物》),这里庄子提倡得意忘言,是要求人们在语言文字之外去寻找丰富的意蕴。当然做到这一步,需要有丰富的想象和联想,文学艺术创作便是这种实践。由于艺术形象的内涵超越语言的内涵,因此艺术家、文学家必须把握言外之意,象外之象,韵外之致,味外之旨,要到言辞之外去追求,到自然之道上去寻找,任其自然就能领会其意。找到了这种言外之意,就是出入于忘我之境。庄子的这些文学观点为后来如前所述的滋味说,隐秀论等等文学理论命题提供了思想基础。因此,全真教之祖王重阳始倡的全真教散文理论“功成果满,不著一字”就得以深入其弟子七真的文章创作之中,并延续其教祖王重阳的理论

①《庄子·天道》。

脉络，这尤以马钰丘处机最承师绪，对这一理论进行了发扬光大。马钰在其《丹真人语录》中有一个情节记叙，其中云：

> 师一日呼仆，良久而赴。问：哪里去来？仆对曰：午窗睡方足，神情湛然。床头有《庄子》书一册，因拈而读之，所以不在此也。师曰：夫道要心契，若复以文字系缚，何日是了期，所以道"悟彻南华迷更迷。"①

"不以文字系缚"，"道要心契"，几乎是庄子读书作文得心应手、得意忘言思想观点的翻版，而马钰师徒读《庄子》书不离手，更见其受庄子之影响，则其"不著一字"的文学创作理论由来有自。

丘处机是全真七子中骨干人物，是全真教创始人王喆的得意门生，金元时期，在政坛、学界以及宗教领域都是风云人物乃至成为王者师，为成吉思汗安邦定国出谋划策。其深厚的传统儒学教养，渊博的才学识力，深邃的洞察判断，都让士大夫文人墨客所欣羡。尤其在文学创作上，天才驰骋，所作诗、文、传记、语录，文采斐然，风格稳健典雅。在散文创作上，亦承乃师及道家自然蕴藉之文脉，将"功成果满"的清静操练之功与"不著一字"的言外之意融为一体，最能代表全真教生熟互化创作论的实绩。据他的后传弟子潘静观著《语录后序》云："长春遗录一篇②，所说皆无上妙道，大约令人不历阶级，直下见性，不但绝无从上龙虎铅汞诸家丹经伎俩，亦绝近来葛藤公案诸家语录气习，确是我祖最后微言，不可思议者也。……是篇洞明宗旨，要语不烦，字字金针，得背可以印心，未得者可以悟入，为能当机而破惑也。"③潘静观对丘处机语录体散文的文学批评话语，一是阐明了丘处机文章创作理论的原则"要言不烦"，"微言大义"，体现了儒道文章风

① 马钰《丹真人语录》，《道藏》第 23 册，第 701 页。

② 此指丘处机所撰《丘祖语录》，主要阐发人的精气神的炼养要诀，《正统道藏》收录，赵卫东辑校《丘处机集》收入齐鲁书社 2005 年版。

③《丘处机集》，第 155 页。

格的融合。从道家来说，前述老庄言意关系的文学思想对丘处机语录创作的深刻影响；从儒家来说，孔子著《春秋》的史作笔法，深明大义，微言婉转的含蓄笔调，浸染其学识修养，因此丘处机所受儒道传统文化影响的优势能让他成为王者之师，也给足了他在全真教内收徒服众的修炼底气。二是生动地渲染了丘处机这种语录体散文由于言简意赅、甚至“不著一字，尽得风流”的风格倾向而造成的事半功倍的宗教效果：无论是得其语录者还是未得者皆可释疑破惑，获得修道的“正果”。

丘处机的散文创作，在功用价值上，无疑是宣道布教的工具。从文章体式，作品数量上来看，在全真教中居数最多，如论体有《摄生消息论》，语录体有《玄风庆会录》，《真仙直指语录》《丘祖语录》，榜文有《长春真人规榜》。然最具特色的是将语录体、图画、文案融合而成的《大丹直指》经文，分上下两卷，文字和图案构成洋洋宏篇，实为道教文章中之巨构，当今著名道教学者如陈撄宁先生、田诚阳先生对此文以及《丘祖秘传大丹直指》的成书风格，创作特色称赞有加，田先生称“篇中字句，皆系秘传丹诀，不加文饰，殊非刻意造作者所能为”①。“不加文饰”，“非刻意造作”，正道出了道家道教文风感染下的丘处机散文创作的壶奥。如《论三宝三要》：

> 三宝者精、气、神。精，先天一点元阳也；气，人身未生之初祖炁也；神即性也，天所赋也。此三品上药，炼精化炁、炼炁化神，炼神化道，三宝之旨也。
>
> 三要者，一曰鼎炉，异名虽多，而玄关一窍，实鼎炉也；二曰药物，异名亦多，而先天一炁，实药物也；三曰火候，名亦甚多，而元神妙用，实火候也。②

此论言简意丰。对三宝精、气、神的阐释，要言不烦而抓住中心，三者

---

①《丘处机集》，第 164 页。
② 同上，第 165 页。

的定义内涵一目了然，而炼养的方法步骤同样精要简洁，可操作性极强，五十四个字的论述，竟然替代了数以百计、数以千计的长篇大论，真乃道之“善者不辩”，“辩者不善”(《老子·第八十一章》)，以及庄子所谓“辩也者有不辩也”(《齐物论》)。接下来的对“三要”鼎炉、药物、火候的阐释，依复要言不烦，清晰明了。如所云三者在称呼上有许多异名，但并没有繁举这些异名的称号和数量，而是对三个概念进行功能作用上的宗教意义把握，使信道者和炼养者豁然开朗，一点就通。这种作文的立意构思与宋代以来道教在传道授诀过程中吸收佛教的顿悟，点到为止的授经讲业方式有极其密切的关系。事实上，全真教在金元时期之所以广为流传，尤其在社会上层和知识仕人阶层中流传，与吸收佛教的教义、传授理念分不开。南北朝以来佛道在中国历史上两峰并立，虽然各有因为统治者的好恶而此消彼长或佛盛道衰、道盛佛衰的现象，但总的格局是两者平行发展，这与双方互相吸纳、相互借用有关。即以全真教始祖王重阳为例，他在创建全真教建立其系统教义时，就把佛教的“三界”论引入全真教作为其立教十五论的第十三论，教导信徒入道远离三界而进入神仙之境，其论云“语界、色界、无色界，此乃三界也。心忘虑念，即超欲界；心忘诸境，即超色界；不著空见，即超无色界。离此三界，神居仙圣之乡，性在玉清之境矣”①。至于将佛教语言立意中的意象吸纳入全真教的理论表述中，王重阳也尽其笔力而行之，如佛语中的莲花意象，王喆引之入立教十五论之《论离凡世》中，“离凡世者，非身离也，言心离也。身如藕根，心似莲花，根在泥而花在虚空矣。得道认，身在凡而心在圣境矣。今之人欲永不死而离凡世者，大愚不达道理也”②。

“功成果满，不著一字”的文学言意关系思想，除前述王、马、丘等全真教领袖人物阐发精当，创作成就卓著之外，全真教第七大人物郝大通亦慧眼卓识，把修道与作文相提并论，进一步弘扬其祖师的“得意

---

①②《王重阳集》，第279页。

忘言”理论，他说：

既是出家，须要忘忧绝虑，知足常足。一日二升之粮，积之何用？一年端布之装，身外何求？一日之闲，一日之仙。道冲而无欲，神定而气和，为造化之根源，穷阴阳之返复。道不远人，人自远道；日月不速，人自速之。勇猛刚强，不如低心而下意；游历他方，不如独坐而守道；浮名浮利，不如逍遥而寂淡；饱食珍馐，不如粝饭而塞肚；罗绮盈箱，不如粗衣而遮体；荣华宴乐，不如超然而守静；当春登台，不如安闲而有素；非义得财，不如贫穷而自乐；口能辩论，不如终日以无言（老子的不言之教，庄子的不言之辩。——引者注）；说古谈今，不如抱元而守一；多技多能，不如绝学以守拙；常怀旧怨，不如洗心而悔过。道气绵绵，行之得仙，得意忘言；出入涓涓，太虚妙本，得鱼忘筌。牢拴意马，压定心猿，守拙而万物皆成，守道而千祥自降也。①

郝大通此番关于修道与文之论，今检《道藏》所收其文集观之，确已行之于斯文。以其再传弟子范圆曦为郝大通《太古集》所作序文观之，正可验证郝氏所说“得意忘言”“得鱼忘筌”之不诬。范序云：

先师广宁全道太古真人郝君，遇师于宁海，结衣于昆仑（此代指范圆曦，因范氏为山东宁海昆仑人氏。——引者注），神人授之以易，大安锡之以号，略见于内翰冯公之序，不复容声。惟是平居制作，若《三教入易论》一卷，《示教直言》一卷，解《心经》《救苦经》各一卷，《太古集》一十五卷，内《周易参同契简要释义》一卷……吾居多暇日，谨以师后来所正，及世所未见者，点校精审，按为定本，刻而传之，敢以芜辞冠之篇首。夫至人达观，物无不可，故辞旨所发，务以明理为宗，非必骈四骊六，抽青配白，如世之业文者以声律意度相夸耳。在禅学则曰“粗言及

① 《郝大通集》，第 429 页。

> 细语，皆成第一义”，在孔门则曰“辞达而已矣”，又曰“以意逆志，是为得之矣”。学者不志于道而惟华采是求，岂“为道日损，损之又损”之道乎？向上诸师，闻师一言一句，即以神仙许之，至待为方外眷属。……师之书故在矣，试取而读之，意必有目直而不能视，口呿而不能言者矣。①

从上引范氏批评之语中发现，郝大通的文学创作、著书立言，追求如下三个方面的创作倾向和文学原则：第一，“辞旨所发，务以明理为宗，非必骈四骊六，抽青配白”，这显然是道家不饰文采，反对雕琢华丽，主张自然文风之延承，可见全真教弟子们在道家道教自然文风上的“家脉”“家风”。第二，范氏赞释家“粗言及细语，皆成第一人”，赞儒家“辞达而已矣”，文字表面上没涉及道家，实则在文字背后隐藏着对道家“得意忘言”“不著一字”“不辩之辩”的言意关系论的称许。第三，提倡“为道日损，损之又损”的少而精，简而练的文学思想。

第二节　宗教叙事的结构原理

世界上的宗教，在阐述张扬宗教思想、宗教理论上，一般不外乎两种形式，一种是纯理论表述借诸于形式逻辑的推理、判断，最后形成观点、理论，其最终目的是吸徒纳信。另一种形式是叙事形式，以故事、情节的离奇入胜引人心动，最后降服信众，皈依宗教。如佛教的故事，中国本土化佛教故事在文学体裁上表现为唱讲、俗讲、讲经等等。道教的传播，在宣传、发展以及与佛教争信众、争市场、争生存的过程中也不外乎用这两种形式来立足社会，谋得发展。以第二种形式而论，用叙事、故事、情节发展变化的结构方式宣传道教思想、信仰规范和伦理原则，无论在叙事方法、结构幅度、情节长短伸展等方面，相对于佛

---

①《郝大通集》，第394页。

经故事而言，则更多地讲究宗教叙事的结构安排、故事的匠心布局，立意的奇妙诡谲。金元兴盛的全真教，在这方面更是整个中国道教叙事文学之卓有成就者。

一　《长春真人西游记》的流动性叙事模式

《长春真人西游记》是一部记载全真七子之一的丘处机（1148—1227）应蒙古统治者成吉思汗之诏从山东远赴西方（今阿富汗境内）为成吉思汗献治国之策的游记体小说。史载，金大安二年亦即蒙古族政权开国太祖五年（1210），成吉思汗率大军攻打金朝，随即占领金朝广大地区，金崇庆二年（1213），包围金朝中都燕京，贞祐二年（1214）金朝迁都开封，燕京失陷，金朝末日来临。统一天下的形势朝着有利于成吉思汗的方向发展，于是，他派遣使臣刘仲禄召请全真教掌门人丘处机，因为丘处机利用北方战乱、百姓水深火热的时机大力发展全真教，使之在广阔的北方赢得了受苦受难百姓的最广泛的支持，成吉思汗企图通过笼络丘处机来收买民心；故派使臣召请丘处机以示对全真教的重视，丘也审时度势，预料天下即将成为蒙古人的天下，因此也想借此机会来发展壮大巩固全真教，扩大其在天下的影响，加强其在官方统治和政治权力核心中的地位，于是双方各取所需，一拍即合，丘处机不远万里，历尽艰难险阻，毅然应成吉思汗之召，从山东西行，沿途不断布道施教，去完成帝请的历史使命。以这个故事题材创作的《长春真人西游记》，便是此时全真教重要的用文学形式宣传教旨教义的宗教典籍。

作品的故事梗概大致如下：元太祖十五年（1220）正月，丘处机率弟子十八人从山东莱州启程北上，二月抵燕京，四月取道居庸关，五月至德兴府（今河北涿鹿），八月到宣德（今河北宣化）。次年（1221）二经张家口（今河北张家口），五月抵陆局河折而西行，七月至阿不罕山，八月中秋抵金山并翻越阿尔泰山入新疆，十一月抵塔什干（前苏联境内），第三年即元太祖十七年（1222）三月过铁门关等，四月五日到达目的地，即成吉思汗军营，在今阿富汗北部。到达后成吉思汗两次约见丘处机，尤其是第二次，丘处机回答成吉思汗治国政策的询问时，着重阐述了止杀保民、布法推恩、以孝治国等大政方略，并介绍了道家清心寡欲、固精守神的养生之道，甚得成吉思汗嘉许，成吉思汗多次呼其为“真人”“神仙”以示恩宠。这次问答，《元史·释老传》也记载得很详细：“太祖时方西征，日事攻战。处机每言，欲一天下者，必在乎不嗜杀人。及问为治之方，则对以敬天爱民为本，问长生久视之道，则告以清心寡欲为要。太祖深契其言。”①公元1223年2月7日，丘处机请求东归，沿着来时路线，历一年跋涉，于次年（1224）3月回到燕京，从此，丘处机在燕京建造宫观，使之成为全真教活动中心和首脑机关。有元一代，全真教达到全盛时期。

作为宣传全真教掌教人道门事迹的记叙体长篇游记，“叙事”是这种文体最重要的文学特质。作者怎么安排“事件”的过程，即从主人公出发到完成事件，既要使叙事具有历史真实性，但又不是平铺直叙的流水似记账，这就要反映叙事主体有较强的文学构思，使叙事既有可信性，又有艺术感染力，其叙事学文艺思想要贯彻在事件安排的全过程之中。仔细分析，深入挖掘文本发现，《长春真人西游记》在叙事思想上有以下几个方面的内涵：

一是曲折蜿蜒的流动性叙事模式。

怎样把丘处机应诏、赴约、谈道、献谋等重大历史性事件组织关合到游记体文学作品之中，是《长春真人西游记》作者最费心动脑的事情，运用什么样的叙事原则，叙事思想和方法来组织事件，成了本游记一个重要的文学思想之思考，研究本游记发现，它内隐着一个流动性叙事模式，即以游记主角为运动点，游动在由时空交织而绘出的运动曲线上，这就好比一个坐标，人物（西游主体）运动在这个坐标系中，其每个点内时间（某年月日）和地点（某地，如城、山、河、宫观……）交织而成，无数个点连成一线，共同构成人物的运动曲线，即丘处机的西行

---

① （元）脱脱《元史》，第4524—4525页。

路线图，我们称之为流动性叙事模式。这个路线图或叙事模式可以简单描述如次：

西行路线：1220 年 1 月，莱州(启程地)→1220.2 燕京→1220.5 德兴→1220.8 宣德(朝元观)→1221.1 张家口→1221.5 陆局河→1221.7 阿不罕山→1221.8.15 金山→1221.8 底，阿尔泰山→1221.11 塔什干→1221.12 撒马尔干→1222.3 碣石、铁门关、阿姆河→1222.4.5 军营(阿富汗北境，目的地)。

东归路线：1223.3.17 军营→1223.4.5 东园→1223.4.28 阿不罕山→1223.5.7 栖霞观→1223.6.21 渔阳关→1223.8 杨河→1223.11 龙阳观→1223.12 蔚州三馆→1224.2.1 秋阳观→1224.2.25 玉虚观→1224.3 燕京→1224.6 天长观。

《长春真人西游记》的这个叙事模式，规定在一定时间内完成其流程，流动性是它的重要特点，非常符合和体现“游”的特征与要求，如果说从这个作品产生的时间，约当作于 1228 年秋前，孙锡在为该记的作者李志常索要之序言中云“戊子秋后二日，西溪居士孙锡序”①，可知戊子年即公元 1228 年(金哀宗正大五年)，则这种叙事模式远早于明代吴承恩《西游记》三百余年。显然，吴氏《西游记》沿袭《长春真人西游记》的流动性叙事模式，以致在清代诸多关于明代百回本《西游记》的刻本中，均题作者为元代初丘处机，这显然是把我们这里研究的《长春真人西游记》误会为关于唐僧取经的《西游记》了。现再检吴氏《西游记》的叙事特色明显与《长春真人西游记》的叙事模式雷同，也是由时空交错、时空转换的流动性特征构成的，其表现形态为时间的向前推进和空间(人物所历、所到之处)的移动转换，即从一个地方转换到另一个地方。限于篇幅在此我们就不再罗列吴氏《西游记》的西行和东返路线图。

有趣的是，这两部作品的流动性叙事模式，或者说作品主人公的

---

①《道藏》第 34 册，第 480 页。

运动路线，都是西行东归，都是由主人公担负着宗教目的和历史使命，只不过一个是为道教，一个为佛教。这就引发了一个问题，为什么宗教主题的游记都采用这种叙事模式？这决定于三个原因：

第一，宗教信仰是带有狂热激情的有如音乐之狂想曲节奏，其所特有的强烈幻想也需要用理性的思维适当加以节制。一旦节制，其所产生的效果往往是主客体的统一。那么，客体方面从何而来？于是作者就在客观真实的时空节点上下功夫，以真实的时间维度和可视的空间维度相互交织，把布道传教或取经求典的主人公安排在时空维度的结合点上，使其行为的真实性让读者或信众绝对相信，从而彰显宗教吸徒纳信之功能。如丘处机在西游赴诏的过程中，多次进行道教仪式的表演和道法的施行，让普众增加对道教的置信。如记中有载："(1220 年 2 月)二十二日，至泸沟。……四月上旬。会众请望日醮于天长。师许之。时方大旱，十有四日，既启醮事，雨大降，众且以行礼为忧，师于午后赴叹将事，俄而开霁，众喜而叹曰：'一雨一晴，随人所欲，非道高德厚者，感应若是乎？'明日，师登宝玄堂传戒，时有数鹤自西北来，人皆仰之，焚简之际，一简飞空而灭，且有五鹤翔舞其上，士大夫咸谓师之至诚动天地。"①此记丘处机于西游途中一次道教斋醮仪式，时间、地点准确真实，仪式效果感动上天，祈雨告成，上天以鹤舞示吉祥，而效果是由信道者之至诚所感，从而宣传宗教信仰思想——修道立诚，德高则立，这其实又是同文学原理——"修辞立其诚"是相通的。中国古代文学十分重视作家人品与文品的统一，认为作家的道德修养是写好文章的首要前提，《易・文言》云："君子进德修业。忠信，所以进德也；修辞立其诚，所以居业也。"沿着《周易》开创的这个传统，至唐宋古文运动的杰出领袖人物韩愈、欧阳修都强调道德水平的高低对于文章优劣的决定作用，如韩愈云"根之茂者其实遂，膏之沃者其光晔，仁义之人，其言蔼如也"(《答李翊书》)，韩子把道德修养视为作家

---

① 赵卫东辑校《丘处机集》，第 203 页。

作文的根本。欧阳修则说“大抵道胜者文不难而自至也”(《答吴充秀才书》),这与韩愈主张一致。

第二,文学的浪漫也是以对现实生活的深刻认识、广泛见闻为基础的,没有脱离现实生活的浪漫。因此,《长春真人西游记》紧紧扣住现实中的西游记生活,一是把时间、地点作为客观存在来叙述,一是“掇其所历,而为之记,凡山川道里之险易,水土风气之差殊,与夫衣服饮食,百果草木禽虫之别,粲然靡不毕载”(孙锡序)。如记山道之险,“寻登高岭,势若长虹,壁立千仞,俯视海子,渊深恐人”①。如写气候之殊,“午后迎风背日行,遥山极目乱云横。万家酷暑熏肠热,一派寒泉入骨清”②。又如叙风俗之异,“又十日,渐见大山峭拔,人烟颇众,皆以黑车白帐为家。其俗牧且猎,衣以韦毛,食以肉酪。男子结发垂两耳,妇人冠以桦皮,高二尺许,往往以皂褐笼之。富者以红绡其末,如鹅鸭,名曰‘故故’,大忌人触,出入庐帐,须低回。俗无文籍,或约之以言,或刻木为契。遇食同享,难则争赴,有命则不辞,有言则不易,有上古之遗风”③。这些真实见闻,沿途居民的生活内容,都给读者亲切可感可触的现实依据,充满浪漫幻想气氛的游记小说让人们浸润在真实生活的环境之中,隐含了作者对于文学作品两种创作倾向——浪漫主义与现实主义之关系的看法,给文学理论或文学思想中的创作方法论以深刻的阐释。

第三,宗教作品之使命除了它自身的宗教信仰需要宣泄以及它与文学同质同源的特性需要体现,它还有一个光荣而重要的任务就是向世人提供各种知识见闻,常态的也好,异调的也好,这正如《长春真人西游记》第一个作序者孙锡所说:“夫以四海之大,万物之广,耳目未接,虽有大智,犹不能遍知而尽识也。况四海之外者乎？所可考者,传

① 赵卫东辑校《丘处机集》,第208页。
② 同上,第204页。
③ 同上,第207页。

记而已。”[①]对比《长春真人西游记》和吴承恩《西游记》，所记游历的主人公每至一个地方，每一个时间季节背景下风云景物、物候特产，都让读者耳目一新，斩获许多见闻。因此，流动性叙事模式被道佛题材的游记作者所热衷青睐。即以《西游记》所写东胜神州傲来国花果山来说，其山中物象，丰富多彩，实让读者增长见识：

> 势镇汪洋，威宁瑶海。势镇汪洋，潮涌银山鱼入穴；威宁瑶海，波翻雪浪蜃离渊。水火方隅高积土，东海之处耸崇巅。丹崖怪石，削壁奇峰。丹崖上，彩凤双鸣；削壁前，麒麟独卧。峰头时听锦鸡鸣，石窟每观龙出入。林中有寿鹿仙狐，树上有灵禽玄鹤。瑶草奇花不谢，青松翠柏长春。仙桃常结果，修竹每留云。一条涧壑藤萝密，四面原堤草色新。正是百川会处擎天柱，万劫无移大地根。[②]

二是叙事散文与抒情诗歌交错为用的结构模式，也是《长春真人西游记》的宗教叙事理论的基本内涵。

中国古代文学文体发达，散文、韵体除了各自独当一面，出色地完成自己的文学使命外，大多数情况下，韵散两体又相依为命，珠联璧合地共同完成叙事与抒情相结合的任务。也就是说，叙事主体在叙事到一定火候时，或者为了避免冗长枯燥的记事而点缀以诗情画意浓厚的韵文，或者是叙事到精彩之处让人物触景生情、诗兴大发而吟诗作句以画龙点睛、锦上添花。这样，叙事语言即散体语言与抒情语言即诗体语言相得益彰，各得其所。用这些文学思想来考衡《长春真人西游记》的叙事结构，正是体现了或隐含了这种文学叙事理论。

据对《长春真人西游记》的初步统计，作品记西游主人公丘处机所作诗歌共 56 首，其中西游途中作 24 首，东归途中 32 首，此外，词作 6 首。把叙事和诗词交错使用以构成叙事（记西游）模式，一般出现有如

① 赵卫东辑校《丘处机集》，第 201 页。

② 吴承恩《西游记》，第 3 页，人民文学出版社 1955 年版。

下几种情况：第一种是前面叙事，后面用诗歌来提升、点括事件，使叙事和诗意融为一体。如：

(金兴定四年，即公元1220年)中元日，本观醮，午后传符授戒，老幼露坐热甚。悉苦之。须臾有云覆其上，状如圆盖，移时不散，众皆喜跃赞叹。又观中井水可给百众，至是逾千人，执事者谋他汲，前后三日，井泉忽溢，用之不竭。是皆善缘天助之也。醮后(处机)题诗云：

> 太上弘慈救万灵，众生荐福藉群经。三田保护精神气，万象钦崇日月星。自揣肉身潜有漏，难逃科教入无形。且遵北斗斋仪法，渐陟南宫火炼庭。①

这里，散体部分叙斋醮祈雨仪式，诗歌部分将此事教理化，将叙事诗意化，使叙事和诗意融为一体。通观《长春真人西游记》(上下卷)，绝大多数情况为这种叙事模式。

第二种是前面写景，后面用诗歌来加强，使描写和抒情交相辉映，收到很好的艺术效果。如：

> (辛巳年，1221)二月十一日北过抚州。十五日，东北过盖里泊，尽丘垤咸卤地，始见人烟二十余家。南有盐池，迤逦东北去。自此无河，多凿沙井以汲。南北数千里，亦无大山。马行五日，出明昌界。以诗纪实云：
>
> 坡陀折叠路弯环，到处盐场死水湾。尽日不逢人过往，经年时有马回环。地无木植唯荒草，天产丘陵没大山。五谷不成资乳酪，皮裘毡帐亦开颜。②

这种结构模式对后来的明清章回体小说有很大影响。仍以吴承恩《西游记》为例来对比说明，《西游记》中有多不胜数的描写师徒四人所到

① 赵卫东辑校《丘处机集》，第204页。

② 同上，第206页。

之处的散体与韵体叠加的文字。如第一回写花果山水帘洞的瀑布景色云：

> (一群猴子)喊一声，都拖男挈女，唤弟呼兄，一齐跑来，顺涧爬山。直至源流之处，乃是一股瀑布飞泉，但见那：一派白虹起，千寻雪浪飞。海风吹不断，江月照还依。冷气分青嶂，余流润翠微。潺湲名瀑布，真似挂帘帷。①

在《西游记》中，不但景物描写采用这种结构模式，在其他如人物、实物、动植物、器物等描写中，都是这种散韵叠加形式，几乎成了章回体小说写人写物写景写实的程式。

第三种是独立的题诗，是指到一处，如有较突显的标志性的建筑、古迹，或山崖、险壁等令游历者印象深刻不忘或有某种价值取向的对象，则题诗以记。如：

> 十一月十有四，赴龙岩寺斋，以诗题殿西庑云：
>
> 杖藜欲访山中客，空山沉沉淡无色。夜来飞雪满岩阿，今日山光映天白。天高日下松风清，神游八极腾虚明。欲写山家本来面，道人活计无能名。②

此诗题龙岩寺西壁，隐含作者佛道兼修，淡泊世情，虚心神游的生活态度，将建筑的外观象征与佛道的内心修炼融合起来，提升了游者所历所见的含蕴和价值。

上述三种叙事结构模式，其作用在于推动事件的发展，把故事诗意化，叙事艺术化，为游记体的叙事描写提供了借鉴。

二　事与理的关系建构

道教文学像其他宗教文学一样，都把宗教义理寓含在事件、物象

① 吴承恩《西游记》，第 4 页，人民文学出版社 1955 年版。

② 赵卫东辑校《丘处机集》，第 205 页。

之中，运用事理关系，事理逻辑来建构文学作品，达到宣教布道的目的。全真七子的散文，尤其是叙事散文、记游散文更是在事与理的关系建构中，表现其散文叙事的结构原理。这种结构原理包含两种形态。一是以事验理，一是事件推出义理。

第一种形态是指全真七子在阐述某个宗教命题、某种宗教理念时用某个真实事件来验证这个"理"的正确性甚至真理性，最终目的是让受众绝对地或十分地信仰宗教。具体来说就是信仰道教的各项宗教旨趣和价值取向，这种散文叙事形式或者说文学创作形态显然是受先秦寓言文学的创作构思之影响。我们先来看例证。

丘处机创作有《学仙记》。此文均入选《金文最》《金元文》《道藏》，是一篇宣传神仙道教信仰的夹叙夹议的文章。其结构方法是先阐述成仙修养之理，次用真实事例来验证。其说理云：

> 夫修身之道，抑亦多门，未遇明师，率难洞晓。世传功法者，或存神注想，摇筋摆髓，呼吸吐纳，吞霞服气。殊不知至道之极，昏昏默默，无门无旁，四达皇皇，若有所在，即有所不在，若无所在，即无所不在耳。……不知悟道者，黜聪明，绝圣智，返纯朴，与万物无私，乞化为上耳。①

学仙成仙的至高道理就是精神意念处于无与有之间，似有却无，似无却有，无私心杂念，纯朴淡漠，与万物无私，清静虚笃，安贫乐道。然后验以事例，以证仙道之不误：

> 大定初年之间，陇州一官族李原通，安贫乐道，一日自言为吴山县土地。又解州平陆县李德和，与众结灵宝会，祭祀孤魂，有善功。忽夜梦青衣，自空而降，赍天书，开示曰："授中条山土地。"李公曰："一生好道，不得一下仙，而止授此职耶！"仙童曰："三载秩满，别升福地仙宫耳。"陇州海阳县张三郎，死而复生为吴山县翟

① 赵卫东辑校《丘处机集》，第 175 页。

> 家男，稍能言即说张家事，张之求之暂还，既见家中老幼，辨之莫差。张埋钱一窖，曾无知者，直指其处。又言其宿世曾为一雀，触网而死。再世为犬，啮面，为一妇刀斫死。三世为羊，为长子宰之祭神。四世为翟家子，翟贫张富，翟尝借九两丝于张氏，既还而未勾其历。张使重还，由此偿宿债……（又证他事，从略）然则人之为异类，异类之为人，或神有此明，而物有此化，故非偶然而然也，盖行业之善恶所致耳。此乃目击之事也。经言，人身难得，中土难生，假使得生，正法难遇。①

人生一世，寿之长短，仙之可否成就，修炼养导是很重要的，善恶之事，宜善不宜恶，行善则寿长，行恶则命短。虚静闲养，颐神蓄气，与物无私，方可成功。

上述结构原理，在丘处机的对话体或语录体散文中也善于运用，体现其对于文学作品构思的匠心，反映了他对于散文技法的熟谙。如《玄风庆会录》全篇乃是丘处机与其弟子之间的对话，是师弟子授受道法、传经布业的真实记录。自开篇的真人曰共四小段均说理。如云："道产二仪。轻清者为天，天，阳也，属火；重浊者为地，地，阴也，属水。人居其中，负阴而抱阳。故学道之人，知修炼之术，去奢屏欲，固精守神，唯炼乎阳，是致阴消而阳全，则升乎天而为仙，如火之炎上也。"②此从天地形成之理类推到人体构成之理，阐述固精守神的修仙炼养之道。又如云："窃闻道经云'不见可欲，使心不乱'，既见之，戒之则难，愿留意焉。人认身为己，此乃假物，从父母而得之者；神为真己，从道中而得之者。能思虑寤寐者是也。行善进道则升天为之仙；作恶背道则入地为之鬼。"③此云成仙的不二法门是忘身而养神，行善而去恶。关于修仙学道之理进行了全面系统的阐述后，便以得道成仙的人间实

---

① 赵卫东辑校《丘处机集》，第175—176页。

② 同上，第137页。

③ 同上，第138页。

例来验之，故云："同时学道四人，曰丘、曰刘、曰谭、曰马，彼三人功满道成，今已升化，余辛苦之限未终，日一食一味一盂，恬然自适，以待乎时。"①刘处玄、谭处端、马钰，皆全真始祖王重阳高徒，都已按仙道修炼得功成果满，升天为仙，而自己则火候未到，尚需假以时日以坚持修炼，最终也会成仙升化，修得正果的。这种语录体散文的结构模式，正是宗教信服徒众所需要的，其实也是宗教文学的一般规律。佛教也如此宣传佛理，启发施主们接受佛理，往往验之以故事，这些故事是真人真事，情节委婉动人，或惊世骇俗，或波澜起伏，总之，是为了宣教吸徒而设。

第二种形态是说，通过对一个事件的叙述，从事件本身推导出一个仙道，一个宗教观念或普遍定义，这种叙事形态，从内容上讲，得出的道理更让信众信仰宗教；从形式上讲主要发挥了逻辑定义的推理作用，使形象的说理与抽象的事义融合起来。这种情况以马钰作品最具代表性。

马钰创作有《丹阳真人语录》，这也是一部向其门弟子宣教布道的语录体散文。其布道方式和散文的立意模式恰好不同于上述丘处机的以事验理，而是于叙事环节中包含义理、教理有时也顺水推舟，从事件中衍生出理，如：

> 大定癸卯三月间，始拜师于牟平范明叔庵之南。师曰："汝从何而来？"仆对曰："来自东武。仰师之德不以货材为富，怡然自得，坐进斯道，乃闻其风而悦之。愿侍巾屦，伏听一言。"师乃欣然曰："身年少有学道之心，不可得也。"良久曰："饥则吃饭去，饭罢则打睡去。"一日，师见仆拱手而立，方呵曰："道人只要豁畅，不可存体面。庵不是廨宇，你又不是官长，若却讲俗礼，则交接去处。古人云：'三山有侣人情淡，四海无家道义深。'不徒设也。"师每垂语云："学道者必在自悟，不悟者，昏蒙所致故也。欲发昏蒙，先涤

① 赵卫东辑校《丘处机集》，第138页。

> 其心，在于澄湛明了而已。功到而成，不必扣道于他人。是工拙坦然明白矣。”①

马钰作为师长，怎么教弟子悟道呢？这里叙述了一个弟子问道的故事，故事寓含着学道靠自悟而无需师长教训耳提面命的道理。此道理的定格通过三个环节的渲染和推进。第一环节，师告之以“饥则吃饭去，饭罢则打睡去”，暗示或寓含仙道是自然而然之理；第二环节是批评弟子拘于礼节，寓意学道在于因顺自然；第三环节是师所引用的两句古语，寓意学道是一种有心无心，有意无意的事。最后得出“自悟”乃为学道成仙的不二法门，道理斩截，铿锵有力。显然，“自悟”的观点或结论，成仙之道的树立，是通过层层推演而来的，而逻辑的推导又是建立在故事、诙谐的文学语言与淡淡清香的诗歌意境之上，从而形成抽象思维与形象描绘的完美融合，足显此种语录体散文叙事说理结构的优长。来看下面一则叙事：

> 师过青社，有邀师斋者，在座有衲僧数人，其中有一僧骋其博辩，以言诘难，纷纭不止。师徐言答曰：“倘除一身外，余事皆不知。”其僧赧然失色，不能措辞。②

此叙一桩生活小事，然马钰主张的修道唯在简省，不以世事为事，行不言之教的道家修炼思想在平凡的日常事物、简短的语言对话中蕴含，于平淡的叙事之中包含着深刻的道理，收到事半功倍、言简意赅的艺术效果。这正是全真派散文在叙事结构法上的独到成就，也是道教散文发展至金元全真教时期完全成熟的标志。又如：

> 师常书大字一联与道友，曰：“速把人我山放倒，急将龙虎穴冲开。”仆因问曰：“人我山始知，龙虎穴敢问其方。”师笑曰：“天机

---

① 赵卫东辑校《马钰集》，第 240 页。

② 同上，第 246 页。

未敢轻分付，细细看贤悟不悟。”①

如此妙语连珠，一问一答带出故事，故事中透露以慧性悟道的修持之法，此乃道家道教之本色。

全真七子散文的叙事结构原理除了前述几种表现形态之外，还借助修辞格中的顶真手法使事件的叙述线路上下连贯，让文脉呵成一气，体现了作家们以道教仙法中的贯气法来驾驭文章脉络的仙道色彩，这在全真始祖王重阳和六祖王处玄的散文中表现最为突出。从中国道教散文的发展历史来看，首创问答体或语录体散文的顶真连缀式的就是全真教散文。这种形式包括两种类型。

第一种类型是指答者最后一句话的尾词（往往是一个概念或固定词语，词的字数在两字以上不等），接下来是问者的问词（其实已变成问句），如王重阳《重阳真人金关玉锁诀》中有云（注意加点的字）：

或问曰："如何是修真妙理？"

答曰："第一先除无名烦恼……欲要治之，除是达太上炼五行之法。"

问曰："如何是五行之法？"

答曰："第一须持戒，清静忍辱，慈悲实善，断除十恶，行方便，救度一切众生，忠君王，孝敬父母师资，此是修行之法。"②

同篇又云：

问曰："如何治之？"（此指答者前述的"临有难"）

答曰："人临有难之日，先见其死相。"

问曰："如何是死相？"

答曰："天柱动摇，树倒山摧，六神俱乱，性命不能保，精神恍

① 赵卫东辑校《马钰集》，第241页。

② 白如祥辑校《王重阳集》，第280页。

惚，天地暗，日月无光，便是无常之苗也。”①

在王重阳的道教语录体散文中，上引顶真格修辞之文所占比例不大，一篇之中往往数处用之。到其弟子刘处玄的语录体散文中，比重则大大提高了，往往通篇采用顶真修辞格，问对者自始至终激昂慷慨，尽其学识、精神、体能之许可，几乎一气呵成要把所有的道教问题探个究竟，如其《无为清静修长生真人至真语录》，全文一万多字，叙道徒访道求仙之事，从头至尾都是顶真格。由于文章洋洋大观，此处不容详引，只把顶真格的相关词语句连起来，建构一个文气走势，以见此格之实况：

道法者何也→道法非空而空也→空者何也→悟其空则知也→知者何也→知其慧之光异于常人所见也→见者何也→外应其常善也→善者何也

至善者非恶也→恶者何也→弗恶者真通则明其贤也→贤者何也→贤者非其愚也→愚者何也→外愚则内抱其道真生也→真生者何也→以金气而东则死也→死者何也→死而无其死者真常贵也→贵者何也→有余惠于贱也→贱者何也→就于贱下则举其高也……→唯乐道而应机则哀众也→众者何也→众人昭昭，我独则昏

上述顶真格问对体形式有两大作用，一是保持语气上的连贯性，使行文紧凑有度，形神一体；二是紧扣宗教内容，统摄信仰之灵府，有强力宣传、弘扬宗教旨意的企图，收到了很好的宗教纳信效果。

第二种类型是回头反问式。它是指问者抓住答者在末句举出来的多个概念内涵逐一回头反问每一概念内涵的具体所指，以期得到更进一步的意义解答，从而强化对宗教思想的宣传力度。在形式作用上也使上下文之间关系更紧凑，结构更缜密。仍以王重阳《真人金关玉

① 白如祥辑校《王重阳集》，第283页。

锁诀》来说明(注意加点的字):

答曰:"经云:大道无形,生育天地;大道无名,长养万物。从真性所生为人者,行行灭罪,句句长生。第一,上有神仙抱一;第二,中有富国安民;第三,下有强兵战胜。"

问曰:"何者是神仙抱一?"

答曰:"抱一者,天下人身之根本,一者是万物之根本,一者为道也。昔为初,一者真水也。水中生气,气中生水。万物者从一生,万物是长养。一生二,二生三,三生万物。三中四智功,五眼恁起,六根扫荡,七魄运开,八卦说,九思真,道凭无漏果园融。意想自神长在丹田,抱守元气,莫教散失。此者是抱一之法。"

问曰:"何者是富国安民?"

答曰:"男子女人身中各有九江四海,龙宫库藏中有七珍八宝,莫教六贼偷了,此是富国安民。"

问曰:"何者是强兵战胜?"

答曰:"夫战胜者,天下少人知。夫战胜是常之法。战胜者,第一先战退无名烦恼,第二夜间境中要战退三尸阴鬼,第三战退万法。此是战胜之法。"①

---

① 白如祥辑校《王重阳集》,第281—282页。

第三章　全真七子的道教诗学思想

中国古典诗歌的持续发展繁荣，衍生了系统繁富的诗歌思想，形成了独具民族特色的古典诗学，而诗话的形式和论诗诗的形式是中国古典诗学的重要表达形式。由于诗歌对中国古人生活无孔不入地渗透和影响，作诗吟唱几成普及化现象。而宗教的魅力，首先令倡导者或信仰者拿起的宣教武器，就是让诗歌的感染力去浸润、笼络凡品，最后俘获其成为教徒。中国道教也走着这条既高雅又平凡的收徒之路。从中国道教发展的历史看，无论其发展的哪个阶段也无论是在教外统治者对待道教的态度上或抑或扬，道教内以自身宗教目的为吟咏之中心的诗歌创作，都是绵绵不绝，甚至成为与教外诗歌创作的遥相呼应的重要力量，共同构成中华民族的诗歌大家庭，共推中国诗歌事业的发展。以中国诗歌发展的顶峰——盛唐诗歌为参照，此时的道教诗人诗作数量之多，《全唐诗》《道藏》等文献中收有的作品则是此前道教诗歌作品的数倍，几达两千余篇，而诸如成玄英、王玄览、王悬河、司马承祯、潘师正、叶法善、李含光、李筌等著名高道除了诗歌创作数量可观外，其与盛唐著名诗人如李白、贺知章等的交往则更是道教与文人“联姻”的绝妙佳话，从某种意义上讲，他们的交游、合作对于盛唐诗歌的构成、盛唐成就的创造，是离不开道教诗歌、道教人士之贡献的。而这与金元时期全真七子诗歌来比，盛唐道教诗作简直不能望全真七子诗作成就之项背。下面是我们对全真七子（包括其祖王重阳）诗作数量（包括词）的初步统计①：

王重阳诗 517 首，其中七言诗（含律诗、绝句）362 首，五言诗（含律诗、绝句）28 首，其他（含四言、杂言、颂、歌等体）127 首；词 673 首，两体合计 1190 首。马钰诗 595 首，其中七言诗（含律诗、绝句）362 首，五言诗（含律诗、绝句）73 首，其他（含四言、六言、杂言、歌等体）160 首；词 991 首，两体合计 1586 首。丘处机诗 494 首，其中七言诗（含律诗、绝句）330 首，五言诗（含律诗、绝句）164 首，词 179 首，两体合计 673 首。谭处端诗 90 首，其中七言诗（含律诗、绝句）66 首，五言诗（含律诗、绝句）11 首，其他 13 首，词 157 首，两体合计 247 首。刘处玄诗 915 首，其中四言诗 513 首，六言诗 42 首，五言绝句 351 首，词 94 首，两体合计 1009 首。王处一诗 523 首，其中七言诗（含律诗、绝句）379 首，五言诗（含律诗、绝句）93 首，其他体式者 51 首，词 95 首，两体合计 618 首。郝大通诗 32 首，其中七言律诗 30 首，其他体式 2 首，词 2 首，两体合计 34 首。孙不二诗 23 首，其中五言律诗 14 首，七言绝句 1 首，四言诗 1 首，词 2 首，两体合计 25 首。统计表明，诗词两体依创作数量的多少排位顺序依次为马钰、王重阳、刘处玄、丘处机、王处一、谭处端、郝大通、孙不二，如图表：

作者	诗数（篇）	词数（篇）	总数（篇）
马钰	595	991	1586
王重阳	517	673	1190
刘处玄	915	94	1009
丘处机	494	179	673

① 本研究对于全真七子及始祖之诗作统计的文献来源主要有：《全金诗》《全元诗》，《道藏》所收《重阳全真集》《重阳教化集》《重阳分梨十化集》《洞玄金玉集》《渐悟集》《磻溪集》《水云集》《仙乐集》《云光集》《太古集》，及其他史料、方志、杂记等。

续表

王处一	523	95	618
谭处端	90	157	247
郝大通	32	2	34
孙不二	23	2	25

全真派一祖七真如此繁富的诗词创作，在中国道教文学史上的成就空前绝后，即使将他们放到中国诗歌史上，其所取得的诗词诸种要素如题材、主题、体式、风格、艺境、技法、诗学理论等方面的成就，绝不逊色于那些正统诗人词家，以全真教所处金元时期的文学名家而论，如宇文虚中、党怀英、蔡松年、赵秉文、王寂、王若虚、张邦直、元好问、李纯甫、刘祖谦、麻九畴、雷渊等都曾与全真七子进行过诗酒唱和，在诗词创作上他们虽赏誉朝野，但其作品水准在很多方面甚至受全真教七子诗词价值取向所染，而表现出追慕道流的倾向，因此，两相比较，道流们的诗词成就甚或高出这些名士之上，特别是在诗歌思想的建树上，全真派更显其对于诗学的宗教认同。

第一节　全真派诗词的宗教主题呈现

前所统计的全真派如此之多的诗词作品，他们为什么不同于宋以前道教人士在宣传宗教的手段形式上运用纯阐扬性的理论表述，而更多地用诗词艺术的形式来宣道布教？这并不完全是因为他们都是学养深厚、博闻广读的知识分子，或者因为其世传已久的家学渊源、儒学浇溉。更深层次的原因，是道教本身发展到宋代以后，随着儒、释、道三教思想的融合，各自表达思想的方式在发生着变化。而从道教自身来看，南宋以来，由于内丹道教的全面发展，心性修养作为修道的最高要求深入道流人心，作为艺术化与心性化，艺术旨趣、艺术境界与心性品质涵养彼此相互为用、相得益彰的中国诗歌传统，更能被内丹派道教所接受。而全真教求“真”的宗教理想，最讲究和标榜真诚之道心与主体人格的统一，而诗歌的核心要求则是创作主体必须抒发真情实感，用真诚去感受、描写和提升生活，这样，宗教之“真”，主体之“真”，诗歌之“真”，三而融一，因此，在全真教的布道方式上，诗词就成了他们最普遍、最共识、最高雅的选择，也正好“迎合”了中国士大夫和文人们对于自身价值、自身地位以及登大雅之堂的正统诗歌的要求。解开了这个奥秘，我们就可以梳理他们的诗词所宣泄的宗教主题。

一、追求人生的真我，主张人之性、人之心、人之情回归纯朴真实的远古时代，提倡成仙证真的信仰，是全真教派自创始人以降至七真子都认同的道教修持的最高境界，也是全真教最中心的宗旨与宗教教义，此全真之名，内涵之一者也。故王重阳有《禅门初洪润乞无相》云：

> 修行须是辨西东，勘破凡躯物物同。白雪岭头搜正觉，红霞山上弄虚空。此般消息春光里，这个因缘月影中。休泥庭前柏树子，自家真性是家风。①

全真教创始人王喆创立全真教的缘起之一就是出于对生命的珍惜热爱。由于当时宋金对峙之际，他所目睹的战乱所致的生灵涂炭，死亡在朝夕之间，故使他萌发了对于生命的关爱之念，于是打算创立一种宗教来号召天下人珍爱生命。那么，怎样“修行”养命，让生命长寿健康，在上述诗里，诗人便直截了当地道出养“真性”的方法，而且把养真性作为其“全真教”的教风、家风——宗教追求。同一主题，在另一首诗歌中也赫然宣于世人：

> 修持如今识金丹，只要真灵本性全。请看昆仑山上景，碧霞光彩接秦川。②

① 白如祥辑校《王重阳集》，第11页。
② 同上，第38页。

宋代以来，道教把服食金丹养生转化成内丹道，其重要特征是修养内在的精气神，然精气神流灌在人体之内，必须掌握一个窍门，那就是始终处于本真状态，心性、情性、神性必须空灵真诚，不能有妄想邪念和虚伪杂想，否则不可将人体炼成神仙，不可能延年益寿。所以，“只要真灵本性全”正是全真教的宗教内涵和教义诉求。王重阳还说：

> 修行须借色身修，莫滞凡躯做本求。假合四般终是坏，真灵一性要开收。①

虚假之心，只能招致“坏”的结果，唯“真灵”开放才是修炼之鹄的。

全真教的“真”是一种“识心见性全真觉”②的“真我”意识，除了把内心心性之真诚灌注作为一种道教修持之原则以外，真心内涵还包括一种放弃世俗名利欲望，没有了物质享乐的洒脱逍遥的自由状态，这一点当然是中国道教神仙观念中神仙乃自由生活自由飘举者之思想的一脉相承，这远从道教原始典籍《庄子》中的神人、真人、至人延续而来，故全真教在继承道教传统的神仙思想的同时，丰富了其教义的含蕴，故王重阳说：

> 堂名名号号全真，寂正逍遥子细陈。岂用草茅遮雨露，亦非瓦屋度秋春。一间闲舍应难得，四假凡躯是此因。常盖常修安在地，任眠任宿不离身。有时觉后尤宽大，每到醒来愈爱亲。气血转流浑不漏，精神交结永无津。慧灯内照通三曜，福注长生出六尘。自哂堂中心火灭，何妨诸寇积柴薪。③

茅房瓦屋，雨露泄漏，如此生活，毫无世俗奢华与物欲，内心唯养气血精神，毫无名利之邪火攻心，这就是洒脱自由的生命存在，这就是全真者的意义内涵。文学与宗教的联姻，使两颗心灵碰撞一起，让一个生

---

①《道藏》第 25 册，第 741 页。

② 白如祥辑校《王重阳集》，第 4 页。

③ 同上，第 18 页。

命得以升化。

王重阳的诗表现了对全真教核心教义之“真性”的宣传，其词也以宣扬“全真”主旨为创作目的来吸引教徒，先看几首词作：

大仙唱，真人和。全真堂里无烟火。无忧子，共三个。顿觉清凉，自在逍遥坐。①

善看经，能礼忏。金面胭脂，正好频频蘸。转转殷红红不淡。色里全真，真里成清湛。②

如会修行寻捷路，开阐全真门户。汞知铅见作宗祖，管取性停命住。

便是阴阳颠倒数。今日分明说谕。只依四个字儿做，指日得归仙去。③

回首跨清飙，随足云霞趁。却入全真复旧堂，把一点灵明认。④

重阳子，全真理。阴阳颠倒怎生使。啰哩唛，哩啰唛。这头行，那头止。冲和上下分明是。啰哩唛，哩啰唛。⑤

上述词作在内容上的共同诉求则是关于道教炼养、修仙成仙的生命关怀问题。怎样把人的身体和健康引向生命长青，寿命永驻的自由之路？自道教产生以来道士们或道教信徒们做过长期探讨，尤其是丹鼎道教发明的仙丹烧炼、养生益寿之法，当遭受到了不但不能延命反而命丧黄泉的尴尬后，道教徒们开始探索新的延年益寿之方，于是才有唐宋以来内丹道教的迅速发展。在此基础上，全真教祖王重阳将外丹炼制、斋醮求生的传统道教改造为向人的内里寻求心性的修炼，以求

① 白如祥辑校《王重阳集》，第 94 页。
② 同上，第 72 页。
③ 同上，第 175 页。
④ 同上，第 186 页。
⑤ 同上，第 203 页。

保全本真的操持方法，从而成为全真教的根本教旨，这正如他在《立教十五论》中所说："离凡世者，非身离也，言心地也。身如藕根，心似莲花，根在泥而花在虚空矣。得道之人，身在凡而心在圣境矣。今之人，欲求不死而离凡世者，大愚，不达道理也。"①保持人内心的真实虚廓，不以世俗的物欲占据心田，达到超凡脱俗之圣境，这才是修炼养命的法门，如像以前丹道派理论只求铅汞成丹，然后服之以长命，那只是养命之末数，非全身之根本，上述词作显然不赞成外炼仙丹的舍本求末之法，而主张求真求心的"本"道。

以求真证仙作为全真教的根本教义，始祖的七真人弟子无疑遵循此路把全真教引向全面繁荣发展的高潮，马、丘、刘、谭更是作为王重阳的高足，用诗词来抒写这个"全真"之意。下面略举数例证之。马钰《赠史处厚》(其五)云：

> 且把糟浆助我神，须凭玉液养天真。谁知越醉越惺洒，异日功成三岛人。②

神仙的炼成，在于"养天真"即修炼人性的本真，使之不受外界世俗的污染，虽然酒可以养颜，但最好把它的健体作用同人性本真结合起来才能体现其价值。其实，人的本真之性，就是那种合乎自然的"道"的体现，所以，养本真就是老庄说的"顺乎自然"，大至宇宙天地，小至生命凡物，都是遵循"人法地，地法天，天法道，道法自然"的普遍规律，故人类要想延年益寿，炼养成仙，就是把自然与本真融合为一体，故马钰又说："道法自然别一般，妙玄应得至诚干。天机深远非常道，不遇真师总著谩。"③自然与至诚的结合，才修炼出一个真师——仙人。所以，当以修真全性、道法自然的修炼标准去衡量道徒的内在功夫时，马钰发现他的师父王重阳才是得"真"意的，故其词作《行香子》赞王重阳

① 白如祥辑校《王重阳集》，第 279 页。
② 赵卫东辑校《马钰集》，第 4 页。
③ 同上，第 14 页。

如此说:"师父重阳,真个真师。教马钰、专做贫儿。生涯清净,活路无为。"①

丘处机是王重阳的得意高足,全真教发展到他掌教的时代,可谓是辉煌壮丽,他自己也几成帝王之师,为成吉思汗的蒙古政权出谋划策,从治国到治身,都把全真教的核心理念输进统治者上层和普通凡众之下层,而其中对于"全真""保性"的修炼操持理论,丘处机一方面继承乃师的精髓,另一方面又进行了开拓与丰富,主要表现为把道教的成仙之说精致化,不去追求人的肉体的不死,而是求得人的"真性"的解放和"阳神"的升天,他说"吾宗所以不言长生者,非不长生,超之也。此无上大道,非区区延年小术也"②。以此来观赏解读丘处机的诗词,就能发现其中许多斥责肉体、否定人生的句子,不是一时之书生意气。如其《达士》诗就主张超越生死,不要汲汲于生命的长存,诗云:

> 随机接物外同尘,应变无方内入神。心地出离三界苦,洞天游赏四时春。金丹大药经年久,火枣交梨逐日新。一服定超生死海,不知谁是有缘人。③

不要念住于生命,达到无我无生之境,显然是把佛教的色空观纳入道教对待有形生命的态度上,超生死,才能自由,故《弃本逐末》一诗,力批人世间看重生命而忽视自由的本末倒置的生命观念:"一念无生即自由,千灾散尽复何忧?不堪下劣众生性,日夜奔驰向外求。"④低下卑微的众生是向外求生命的长存,即对外在生命之躯壳的重视,而真正高境界的生命观则是"一念无生"的,即不顾念生命,追求超脱自由之境,它是向内求的,即追求人的内在心性的真实、自然、道的根本。

以词观之,下引数首可为代表:

---

① 赵卫东辑校《马钰集》,第100页。
② 同上,第149页。
③ 赵卫东辑校《丘处机集》,第18页。
④ 同上,第25页。

《报师恩·法门李生求》：

> 一团臭肉，千古迷人看不足。万种狂心，六道奔波浮更沉。天真佛性，昧了如何重显证。宝范仙宗，觉后凭君豁蔽蒙。①

《六么令·法性》：

> 浑沦朴散，天地始玄黄。乌飞兔走渐生，群物类开张。一点如如至性，扑入臭皮囊。游魂失道，随波逐浪，万年千载不还乡。错了鸿濛体段，憎爱日相望。却认父母形骸。做我好容光。劫劫轮回贩骨，受尽苦和殃。何人闻，早寻他归路，莹然恢廓旧嘉祥。②

《无漏子·假躯》：

> 一团脓，三寸气。使作还同傀儡。夸体段，骋风流。人人不肯休。　　白玉肌，红粉脸，尽是浮华装点。皮肉烂，血津干，荒郊你试看。③

肉体的生命终向腐朽寻归宿，这样的生命就是一尊假躯壳，赖活着几十年转瞬灰飞烟灭。真正永存的生命在于灵魂对于假躯的超越，以无念无住的生命至高的自由境界作为涅槃的归宿。

谭处端也是全真七子中修道高的人物，其对于“全真教”之全真含义的诠释和践行，在“七真”中特立突出，自号“长真子”，极其崇信“全真”关于保全性命之真，追求纯朴之真的宗教旨义，他在《赠韩家郎君在家修行》一诗中云：

> 崇真起善立玄堂，谨奉朝昏两炷香。内侍孀亲行孝道，外持真正合三光。常行矜悯提贫困，每施慈悲挈下殃。他日聪明如省悟，也应归去到仙乡。④

---

① 赵卫东辑校《丘处机集》，第 83 页。

② 同上，第 77 页。

③ 同上，第 90 页。

④ 白如祥辑校《谭处端集》，第 7—8 页。

这里宣传的道教的终极关怀——生命的永恒仙化，必须以“崇真”和“外持真正”即追求内在的真意念、真情怀、真心态等本真自然的东西为手段，为前提，为妙诀，过此以往，均是徒劳。因此，修道成仙，也绝对不是一种肉体的常有，而是比肉体更为重要更为有价值的东西的获取，肉体终将化为骷髅，世人务必醒悟此道，不要做毫无意义的行尸走肉般的“假躯”，“骷髅骷髅颜貌丑，只为生前恋花酒。巧笑轻肥取意欢，血肉肌肤渐衰朽。渐衰朽，尚贪求，贪财漏罐不成收。爱欲无涯身有限，至令今日作骷髅。作骷髅，尔听取，七宝人身非易做。须明性命似悬丝，等闲莫逐人情去。故将模样画呈伊，看伊今日悟不悟”①，贪图物欲的肉体当然只能获取有限的时光，只有“一灵真性”的生命才能达到蓬岛仙乡。

追求生命的“真”，全真以保命，在七真之一的刘处玄的诗词作品中，往往是下列一些以“真”为词素的宗教义项：“真灵”“真道”“真安”（赤子），“真儿”“真理”“真通”“真常”“真仙”“真明”“真趣”“了真”“心真”“自然真”“真悟”“炼真”“清真”“道真”“奉真”“真坚”“真性”“顺真”（则生），“真心”“真知”“颐真”（保命）……不胜枚举，这恐怕在全真教人物中独一无二，可以说，凡可以“真”为词素构成的词语在刘处玄的诗词中都可以找到，这只能说明他试图从一个最大极限来诠释“全真”教旨的内涵，当然也包括对生命真我的标榜。

二、力主儒释道三教的统一与融合，把全真教的生存发展地位置于与占统治地位的儒家思想和上下层广为信仰的佛教思想平起平坐的境地，以争得自身教派的平等。这一核心的宗教主题，在全真派始祖与七真的诗词作品中反复吟唱。在表述上，或直呼“三教合一”或相提并论儒释道，或三教互相援引，都是要达到彼此和合，彼此平等的相处目的。如王重阳《孙公问三教》云：

儒门释户道相通，三教从来一祖风。悟彻便令知出入，晓明

① 白如祥辑校《谭处端集》，第 22 页。

> 应许觉宽洪。精神气候谁能比，日月星辰自可同。达理识文清净得，晴空上面观虚空。①

在这里，王重阳从思想渊源及核心内涵方面，清理三教合一的传统，从金元乃至此前历史上道教与儒释相争的实际情形看，道教基本上处于下风，故作为全真教的创始人，也作为试图把中国道教延续下去的继承者，王氏看到了道教自身严峻的生存处境，所以以谦卑自持的容忍态度主动提倡三教合一，无疑是为自己谋发展。王重阳也总结和借鉴历史上眼光高远、思维睿智的道教领袖如葛洪、陶弘景以及唐宋以来道教学者们主张的三教合一思想，继承先辈们这种三教调和的生存策略，故而有如此用诗歌宣传这种宗教义旨的形式。又其《示学道人》云：

> 心中端正莫生邪，三教搜来做一家。义理显时何有异，妙玄通后更无加。般般物物俱休著，净净清清最好夸。亘劫真人重出现，这回复得跨云霞。②

儒释道三教追本溯源，同出一处，有如同母所生三子，其所承接的血统筋脉毫无差异，三教在本质上、渊源上是一致的。因此，没有任何理由去争吵、对抗、分歧，只能是和谐相处，相安无事。同样的意思在他的《答战公问先释后道》诗中，以驳斥的态度严重申明三教的统一，如“释道从来是一家，两般形貌理无差”③。

表达三教合一思想，王重阳的词作在数量上比诗歌更多，以下撷采其中花絮几朵以证。

> 玉堂三老，唯识王三操。复许辨三台，更能润、三田倚靠。自然三耀、攒聚气精神，运三车，依三教，永没沉三道。④

---

① 白如祥辑校《王重阳集》，第 9 页。

② 同上，第 16 页。

③ 同上，第 4 页。

④ 同上，第 84 页。

洁已存心归大善，常行恻隐之端。慈悲清静亦频观。希夷玄奥旨，三教共全完。①

天地人生，同来相遇。应将甚、昭彰显务。道门开，释门阐，儒门堪步。识元初，习元本，睹元辰，元阳自固。②

王重阳第一个全真弟子马钰，忠诚地继承祖师三教合一的道教宗旨，其诗词作品亦强烈渲染这种三教融合的宗教情怀，为后来丘处机向元蒙政权创立者成吉思汗提出儒道并重的国家意识形态奠定了基础。如《赠李大乘呈净公长老》云：

环墙里面最翛然，道舍清虚占两椽。深爱筠生君子志，可怜松老大夫贤。八渠渌水成清醁，五岳连峰耸碧莲。虽有儒生为益友，不成三教不团圆。③

很明显，三教合一、融合，才是大团圆的完满结局。

在词作中，马钰同样宣传儒释道三教调和的思想，其《清心镜·劝僧道和同》云：

道毁僧，僧毁道。奉劝僧道，各休返倒。出家儿，本合何如，了性命事早。

好参同，搜秘奥。炼气精神，结为三宝。真如上，兜率天宫，灵明赴蓬岛。④

马钰对历史上多次发生的僧道互毁的惨痛事故痛心疾首，号召僧道参同，和睦相处，以养心健身、全真保命为己任。又《满庭芳·和霭戒师师父》云：

戒师和尚，可称吾徒。明禅悟道通儒，仔细研穷正觉，并没差殊。温良恭俭让礼，生老病死苦嗟吁。当修进，炼木金水火土，证

---

① 白如祥辑校《王重阳集》，第 182 页。

②③ 同上，第 186 页。

④ 赵卫东辑校《马钰集》，第 124 页。

无余。

三教门人省悟，忘人我，宜乎共处茅庐。物外玄谈，句句营养昆卢。常怀博施济众，气神和，丹结明珠。归兜率向大罗，蓬岛同居。①

从这首词中可以看出，马钰自己也和僧门来往密切，唤友呼朋，互通要义，将儒释道的核心思想融会贯通，起到了很好的调和三教的示范作用。

丘处机更是力倡儒释道三教合一、三教平等的七真派巨擘，他不但在诗词作品中主张三教融合，而且在帮助成吉思汗统御中原建立国家的咨议活动中，提出把儒家的治国、佛教的修性、道教的养生结合起来，甚得成吉思汗的器重，一度被拜为国师，成吉思汗呼之为“神仙”②。其诗《师晋先生有宴息之所，榜曰中室，又从而索诗》云：

一阴一阳之谓道，大过不及俱失中。道贯三乘玄莫测，中包万有体无穷。高人未悟犹占僻，下士能明便发蒙。儒释道源三教祖，由来千圣古今同。③

这种三教同源同根的思想，显然系从全真之祖、丘处机师傅王重阳而来，此不赘述。在丘处机的词作中，这种三教同一思想一以贯之，如《沁园春·赞佛》云：

净梵王宫，太子殷勤，雪山六期。把世情我态，丝毫断念，灵根水谷，麻麦充饥。芥纳须弥，毛吞大海，自古男儿了悟时。超生灭，任循环宇宙，不管东西。

圆成无得无知，信法界、空空寂灭机。又勿劳习定，安禅作用，偷闲终日，打坐行治。大理无时，真功非相，动静昏昏合圣规。

① 赵卫东辑校《马钰集》，第230页。

② 赵卫东辑校《丘处机集》，第222页。

③ 同上，第17页。

无高下，但能通般若，总证牟尼。①

如果说这首词还只是把佛道双修放在一起，以道证佛，以佛入道，那么其《水龙吟·道运》中云“推穷三教，幼化群生，皆令上天合为”②，显然是把儒释道三教作为化育众生，普济天下的上天之意，希望天下人伦把它们作为圣教神灵予以景仰、信奉，如此就会永葆福康，恒享安泰。

全真派其他几个重要人物如刘处玄、谭处端、王处一等，同样受乃师王重阳之教诲，把三教合一作为其立教之策，遵守师训，身体力行，刘处玄有四言诗《述怀》言三教通一，其诗云：

功成身退，清居养浩。临永依山，闲看庄老。地有松筠，四时常好。洞天深处，要行便到。修真灵验，命往见效。旧业消亡，新愆莫造。真崇至道，与世颠倒。归去渊明，先游蓬岛。趋了轮回，仙乡无恼。古今达士，因通三教。③

谭处端则有《三教》诗云：

三教由来总一家，道禅清静不相差。仲尼百行通幽理，悟者人人跨彩霞。④

王处一有《赠众道友》二首，其二云：

天和地理与人安，三教三才共一般。性烛光明常不昧，灵童踊跃自追欢。浮云消散禅天净，外事含容觉海宽。放荡逍遥观自在，本来模样永相看。⑤

谭、王都把三教视为同一根源、同质同性的宗教。

三、全真教是一个十分重视修养操持的宗教，除了将“全真”作为

① 赵卫东辑校《丘处机集》，第182页。
② 同上，第69页。
③ 白如祥辑校《刘处玄集》，第109页。
④ 同上，第15页。
⑤ 同上，第256页。

其最终极的操持目标之外，对于人类生命的调养，亦即从人的外在形体躯壳上予以适当的重视、保养，人类亦能享有长久的生命，因此高道们十分强调人的性与命的修炼。如果说“全真”是这个宗教所主张的人的内在道德品质的修养，那么，性命双修则是这个宗教强调的人外在生命形态的调剂。因此在全真教的诗词作品中，有一个重要的被反复书写和咏叹的题材——养性与养命。

作为全真教的创始人，王重阳对于唐宋以来我国内丹道的内涵十分熟谙，对于人体内在精气神的运行规律了如指掌，所以他创立全真教，就是把生命提升和加强的关键点放在生命的性与灵上，主张性的养炼与灵的疏通，继承和发展了内丹道教的教义教旨，对于中国道教由守性向可持续性发展做出了重要贡献。其《王公问五门》诗云：

> 五蕴山头阐五门，气神交结碧桃深。决令见性灵兼慧，定是于真莹不昏。物外青霄应久聚，空中朗月永长存。青童捧出金丹妙，唯许元初自讨论。①

青童捧出的让生命“真莹不昏”，长存如月的金丹妙药是什么？就是那种“气神交结”“性灵兼慧”的养性法门。把人的性与灵修养得明朗聪慧，光亮皓洁，生命之体自然康泰，永享寿福。故王重阳《刘仙求问》又云：

> 悟彻韶华六己通，能将一己会飘蓬。闲闲不用焚香火，得得何须看教风。好把灵明开远近，便令性曜出西东。投真换假光辉至，步步莲花接上宫。②

养性，养灵，即养人体内在的心气精神运动往返的路径，就好比东出西沉，始终发光的太阳月亮，按照规律运行保持一种清明朗丽的状态，就会如莲花步步绽放，散发出沁人芬芳，生命就永远光鲜亮丽。“黄金铸

① 白如祥辑校《王重阳集》，第 4 页。
② 同上，第 6 页。

就真灵性，白玉装成旧始初”①，把养“真灵性”作为操持的最高宗旨，必定会实现成仙长寿的目标。

从养性开始，以养内功为终极，但也不能忽视外在可见的形体保养，故王重阳又强调养命的重要性，真词《换骨骰》强调保命养生，肉体之躯要戒酒色财气，这样才能保身平安福气：

叹彼人生，百岁七旬已稀。皆不悟、光阴似箭。每日家，只造恶，何曾作善。难劝酒色财气恋，也兀底。

福谢身危，忽尔年龄限满。差小鬼，便来追唤。当时间，领拽到，阎王前面。憨汉和骨骰软软，也兀底。②

性命双修的道教题材，在马钰、丘处机、谭处端、刘处玄、王处一等七真派代表人物的诗歌里，也是反复出现、反复咏叹的，下面分别撮其一、二，以见一斑。

马钰《赠长安孔公昆仲彭子元》其三云：

心清意净性逍遥，坦荡无拘不系腰。若要炉中铅汞结，须教鼎内姹婴调。③

这首诗强调养性在于使心境清净，使情性逍遥自在，无拘无束。马钰词《神光灿·满庭芳》则主张保生命在于戒色弃财，这与乃师王重阳同出一辙，其词云：

心狂意乱，歌迷酒惑。损伤三魂七魄。不顾危亡，一向贪恋财色。追陪花朋酒友，便联镳、夸炫玉勒。宴赏处，向笙歌丛里，卖弄俊格。

纵有石崇富贵，遮朱颜绿鬓，怎生留得。止是行尸走骨，呆老

① 白如祥辑校《王重阳集》，第 9 页。
② 同上，第 54 页。
③ 赵卫东辑校《马钰集》，第 5 页。

> 九伯。时间荣华虽好，奈无常之事怎测。如省觉，做修持，非凡宾客。①

肉体之躯，三魂七魄，特别要注意调养，酒色伤身，财气害命，荣华富贵，过眼云烟，修持操练，最为重要。

丘处机是全真七子之佼佼者，在关于性命双修的道教修持问题上，所作诗词更多，更能把始祖的衣钵发扬光大，初步统计，此题材的诗歌有 102 首，词有 76 首，为七真之最，如诗《季冬八月大雪》之二云：

> 昨夜南风又北风，晓来天地一鸿濛。零珠碎玉随高下，万壑千岩合异同。日月不知安顿处，山川塞在杳冥中。返观性命阴阳理，始识虚无造化功。②

什么是性命？性命就是由阴阳之气按照平衡协调之理组合而成的物质形态，认得此理，便是懂得了生命的构成，也就能把握调养性命的方法。所以，丘处机在其《长春祖师语录》中指出“生灭者形也，无生灭者性也，神也。有形皆坏，天地亦属幻躯，元会尽而示终。只有一点阳光，超出劫数之外，在身中为性海，即元神也”③，只有将形与性双重操持和修炼好，性与命才不会终结。那么在实际的养炼中，如何动作呢？丘氏强调性要自由，不要汲汲系于生命，要念无生，“无我无人性自由，一师一弟话相投。谈经演法三山坐，驾雾腾云万里游”④，“一念无生即自由，千灾散尽复何忧。不堪下劣众生性，日夜奔驰向外求”⑤，向外求是错误的，即指系念外在的肉体躯壳是误区，只有向内求，即追求性命的自由，保持真我自由的状态，性命才是不朽的。故丘氏强调无

① 赵卫东辑校《马钰集》，第 229 页。
② 赵卫东辑校《丘处机集》，第 16 页。
③ 同上，第 149 页。
④ 同上，第 22 页。
⑤ 同上，第 25 页。

牵无挂的逍遥自在，其词《月中仙·山居》云："天然耿介，爱一身孤僻，逍遥云壑，利名千种事，我心上，何曾挂着。"①不要牵挂什么功名利禄，将性命逍遥在云天丘壑之间，如闲云野鹤自由容与，这才叫通性命之理，全真我之命，故《沁园春·示众》云："争如归去来兮。放四大，优游无所为，向碧岩古洞，完全性命，临风对月，笑傲希夷。一曲玄歌，千钟美酒，日月循环不老伊。童颜在，镇龟龄鹤寿，罢唱黄鸡。"②这种强调性命双修的诗词作品，其由来有自，源自老庄道家逍遥自由的生命观，又从唐宋钟吕内丹道教中汲取营养将其发扬光大。以词而论，这个主题在全部丘处机的词作中所占比例极大，清代著名词作家况周颐曾对丘词作过统计，云"丘长春磻溪词，十之九作道家语"③，就是指的这个性命双修的题材出自老庄道家的自由生命思想。

在性命双修问题上，谭处端也提出明心见性是修养的关键，他说："瑟瑟飘飘风入松，遨游物外与仙同。性如朗月流青汉，心似闲云任碧空。"④性要明如皎洁的月光，心要好比悠闲的白云，这才是明心见性的修养。他又说："一点灵光不昧，出入往来无碍。处处现圆明，物物头头应解。宁耐，宁耐，万祸不能侵害。"⑤灵光，是指心灵，心灵保持明亮朗丽状态，就能照彻人世间的是是非非，心灵光明，生命就可清楚畅通地来往于人世，一切就能明白究竟，生命，性命修养到如此田地，自然万祸不能为害。

前述几人为什么都主张修养性命、明心见性、最后证成神仙呢？就是因为他们对于现实世界的纷繁复杂，对于现实人生的变化无常感到难以适应，纷纷扰扰的追名逐利带来的诗太多的负能量，因此，自然使他们对于现实产生虚幻之感，从而导致他们对现实人生的否定，故

① 赵卫东辑校《丘处机集》，第 73 页。
② 同上，第 66 页。
③《蕙风词话》，第 178 页，中华书局 1983 年版。
④ 白如祥辑校《谭处端集》，第 11 页。
⑤ 同上，第 36 页。

而劝人世间的凡类众品入道求仙，修成正果。谭处端的《沁园春》就是一首历史地看待这个问题、通彻人世沧桑从而劝人遁世求仙的词作：

自古贤愚，日月轮催，尽沉下泉。叹张陈义断，因名利，恣奢华后主，破坏家园。楚庙江边，汉陵原畔，势尽还空皆亦然。英雄辈，尽遗留坏冢，衰草绵绵。

呜呼往事堪怜。柒虚幻浮华逐逝沿。又争如省悟，尘劳梦，趣贫闲归素，保炼丹田。越过轮回，超升苦海，直上清凉般若船。逍遥岸，会玄明琼路，同访桃源。①

以下是刘处玄、王处一关于性命双修题材的诗词作品采英。刘处玄《五言绝句颂》有云：

善清修性命，泯虑除罪病。道德自然通，他年朝至圣。②

保持内心的清静，涤除私心杂虑，是修养性命的不二法门，是达到至圣之境的最佳途径。故同题诗又云："明道泯争爱，真通性命大。坚志免轮回，石烂神光在。"③"性命大"的前提条件是明道、真通，即实行明心见性的练养功夫。同样的意思，刘处玄在词作《酹江月》里也抒发无遗：

古今贩骨，想生来死去，荣枯多少。百载光阴四序逼，不觉形容衰老。世伪浮华，转头如梦，到底成虚矫。无生一念，念道真明达了。

最好福地清居，依山临水，自在携筇到。占得真欢霞洞隐，无事闲看圣教。功行周圆，完全性命，胜似重修醮。炼成道体，别有金书来诏。④

加强了对性命的保全、修养，不要念住生与死的纠缠，而是找一处清闲的

① 白如祥辑校《谭处端集》，第 43 页。
②③ 白如祥辑校《刘处玄集》，第 100 页。
④ 同上，第 132 页。

山水福地，修炼道体，体验道的奥妙，将别有一种生命境界。故刘氏又说“预修性命，永无病苦。出离生灭，不来不去”①，如此性命就会永恒。

王处一在书写保性养命的宗教教义上，也有精妙的诗词作品，如《福山王押司因病求教》云：

> 绵绵细细养冲和，寂寂修心出爱河。增长谷神常不漏，流传血脉永无疴。全真发道忘生灭，见性通灵绝障魔。劫劫盖因功德正，万神齐捧出娑婆。②

忘却生灭死活，见性通灵，明心保性，方是功德完满。词作《神光灿》则高呼“明心见性”：

> 石中隐玉，蚌内藏珠，须凭匠手功夫。里面真光显现，恰似元初。欲要明心见性，把般般打破空虚。清净处，见天如玉案，秋夜蟾孤。
>
> 自是十方明彻，握阴阳枢要，尘垢难拘。古往达人，因此妙入无余。论甚千枝万叶，与儒门、释道同居。常归一，证圆成了了，得赴仙都。③

第二节　曲直相依的诗学观

全真教创始人及全真七子主要生活在辽金时期，研究他们的道教散文思想，也必须将他们的道教诗学观置于辽金诗歌创作和诗歌思想的历史背景下进行考察。

以辽代诗歌创作和思想而论，无论与唐诗宋诗、抑或是金诗元诗

① 白如祥辑校《刘处玄集》，第 110 页。
② 白如祥辑校《王处一集》，第 253 页。
③ 同上，第 346 页。

相比，不可同日而语，不但诗人诗作稀少，现存诗仅七十余首，而且无甚诗歌思想可言。所可道者，在位四十九年的辽圣宗，由于深受汉民族诗歌影响，作诗效法白居易，“幼喜书翰，十岁能诗”①，其成就略为可观。

金代诗歌创作和诗歌思想的成就与辽代相比则大有改观了，尽管放在整个中国古代诗歌的历史长河中并不起眼，但诞生了如宇文虚中、蔡松年、蔡珪、党怀英、赵秉文、王若虚、元好问之类成就卓越的诗人，而对于诗歌思想的构建，则王若虚、元好问的诗歌思想有极高的诗学价值。以他们两人与道教人士的亲密关系而论，显然金代全真教徒们的诗学理论的建立受此两人的影响是不能漠视的。

王若虚（1177—1246）提出一个极具重要的诗歌思想观点，就是提倡自然天成、真情自发的诗歌创作，他十分崇尚白居易平易自然、具有真实性情的白体俗诗。因此，“求真”“元气”“自得”是他经常称道和念诵的诗学名词。他在其论诗名著《滹南诗话》中说：“赋诗者，茫昧僻远，按题而索之，不知所谓，乃曰格律贵尔。一有不然，则必相嗤点以为浅易而寻常。不求是而求奇，真伪未知，而先论高下，亦自欺而已矣。”②“求是”即是求真，是要求诗人抒写真实的生活，必须以真实的情感，性情为基础，有些诗人矫情伪饰，虚情假意，写出来的诗格格不入。因此，王若虚曾批评江西诗派的黄庭坚、惠洪“不求当而求新”③，“当”，就是真实恰当，符合人的真性情，符合生活的真内容。从这种“求真”“求是”“求当”的诗歌主张出发，王若虚在欣赏接受以至推崇白居易的系统性批评活动中，提出了“元气”与“自得”之理论。他说：“乐天之诗，情致曲尽，入人肝脾，随物赋形，所在充满，殆与元气相侔，至长韵大篇，动数百千言，而顺适惬当，句句如一，无争张牵强之态。岂此拈断吟须、悲鸣口吻者之所能至哉！而世或以‘浅易’轻之，盖不足

①《辽史·圣宗本纪》，第461页，中华书局1973年版。

②③ 王若虚《滹南诗话》。

与言矣。”[①]王氏认为诗歌创作要“与元气相侔”，所谓元气，就是那种真切实在的情感，它从诗人的内心中自然流出，无“争张牵强之态”，如此而写成的作品就是“自得”之作，是自然天成，真性灵流出的作品。检索王若虚《滹南诗话》中的词语，多“元气”“真”“自然”等，这在“全真派”始祖及其七真的诗词中比比皆是，两者之间必然存在的影响关系，以下就会论及之。

元好问(1190—1257)在诗歌思想上与王若虚有一脉相承之处，这表现在两个方面：

第一，从诗歌创作的本体上探讨了诗的原动力问题，他说：“唐诗所以绝出《三百篇》之后者，知本焉尔矣。何谓本？诚是也。……故由心而诚，由诚而言，由言而诗也，三者相为一。情动于中而形于言，言发乎近而见乎远。同声相应，同气相求。虽小夫贱妇、孤臣孽子之感讽，皆可以厚人伦，美教化，无他道也。故曰：不诚无物。夫惟不诚，故言无所主，心口别为二物，物我邈其千里，漠然而往，悠然而来，人之听之，若春风之过马耳。其欲动天地、感鬼神，难矣。其是之谓本。”[②]“诚”是什么呢？“诚”就是诗人或作家心灵深处的真情实感，作家为文，诗人作诗，就是抒发其内心的真性情，真感情。这无疑与王若虚主张的诗歌是人的“元气”自然流露的观点完全一致，或者说，两人之间是一种继承与弘扬的关系，他们都强调文学创作或诗歌创作上以真为本，以诚为本的理论原则，正如元好问所说“豪华落尽见真淳”，“真”与“淳”才真正是文学创作的推动力。

第二，由于文学创作的原动力决定了创作的风格特色，因此，元好问力倡自然天成，无人工雕琢痕迹的清新秀丽风格，从而树立陶渊明为此一风格的最高典范，他说“一语天然万古新，豪华落尽见真淳。南窗白日羲皇上，未害渊明是晋人”。因为陶渊明是真诚的袒露，真性情的表白，故而清新自然。同样，元好问也极其欣赏谢灵运诗歌的质朴

① 王若虚《滹南诗话》。
② 元好问《遗山文集·杨叔能小亨集引》。

清新，他说“池塘春草谢家春，万古千秋五字新”。将元好问关于诗歌自然清新风格之内涵与成因的诗歌思想与全真派的诗歌思想作比较，研究发现，他们之间也是一种直线贯通的关系，我们在下面的阐释中就能清楚地看到这一点。尤其是全真七子的二传三传弟子如尹志平、李志常、秦志安等人的诗歌观点更是一种余脉相续、风气相依。

六朝上清派道教发明了存想、思神的修炼方式后，传道布教往往采取两种较隐秘曲折的形式进行。一种是仙界传道诵经的形式，即道教人物或道教作者通过想象，虚构在天界或仙界的某一场景，由专门的仙圣代言人咏唱仙歌，传授道教经典，目的是宣传仙界的美好，成仙的幸福，最后达到广纳宗教信徒、提什宗教信仰的目的。另一种形式是仙圣下降于修道者或修真者的静室，下达道旨或指点迷津以接引凡品信众入道，同时伴随着诗歌的吟诵以及诸天妓乐的奏鸣，歌乐一体诗歌一体。无论哪一种形式，都将诗歌作为宣教媒界，或者说，诗歌的理论表述已经转换成富于戏剧表演性形象性的宗教图解。考察金元全真派的传道布教方式，主要继承和采用第二种形式，但又作了很大的改变，表现为全真始祖或七真干脆以仙圣的身份用诗歌对凡品实行纳信，或者直截了当地吟诗作句宣传全真教教旨。前者是传统的《真诰》中的隐秘降真模式，后者是开门见山的授教模式，但都以诗歌为载体，诗歌在思想上的表现意义则是一种曲直相依的宣教手段，道教界一般称之为“曲直相依的诗学宗教鹄的”。

一、曲者：诗是“不露玄机”的赠礼。

道教不同于其他宗教的一个重要特点是师徒之间的传授采用秘而不宣的隐语、暗语方式，一般指示受教者在师傅身边对看、多学，即师傅以言传身教来感化信众，从而学得入道的奥妙，徒弟拜师以后，以学、观、听、仿等行为接受道教经诫，整个过程极其神秘、玄奥，始终执天机不可泄露的传授原则，因此，相对于佛教、基督教等，道教的白神其教之特性更加突出。魏晋南北朝以来，道教传授方式几经演变，历唐宋而愈来愈神奇。到金元时期，由于全真教派的骨干人物都是饱学之士，诗情词才满腹经纶，因此，对道教的传授方式进行了改革，其重要形式就是用诗歌作为赠礼，将诗歌的职能宗教化，以诗歌的形式继承道教“不露玄机”的传统来收受道徒，感化信众，一方面他们将传统儒家诗教提倡的诗歌广泛的政治教化、伦理道德化、社会风化等创作原则单一化为宣传宗教——道教神仙目标的工具，弱化和限制了诗人的功能，表现出唯道教而用的诗歌功能论；另一方面，诗作为神秘的宣教用的赠礼，首先是看所赠对象的文化水平，诗人素质及身份地位的优雅等等而定的赠诗不能是一种对牛弹琴的徒劳，不相称的下贱之事，因此，由这种对于诗的作用理解而导致的一个现象是：考察对方有诗人气质才赠诗，无疑提升了道教的素养和品质，即在入道的门槛上提升了质量，这也是他们对于道教的生存发展所作的苦心经营，从入道队伍、信徒的知识结构、身份地位上予以保证，为道教的可持续性发展在队伍质量上提供了条件，因此，将诗作为“不露玄机”的含蓄的收受方式赠给对方，我们可以界定为一种曲意委婉的诗学宗教概念，这是全真派一个重要的诗学理论。下面我们以他们的陈述为证来说明。

王重阳作为全真教的创始人，从他收第一个徒弟马钰开始，就以赠诗的形式来吸徒纳信以创建这个宗教组织，暗示对方从诗的内容和情感、情趣上理解这个教派的宗旨，将诗的含蓄委婉的基本素质全部抒写在道教作为一种宗教信仰的外形上。通读整个全真派的诗歌，他们一直不断地沿用和继承这种方式发展道教，接收信徒。如王重阳《赠马钰》诗云：“询修炼好追寻，寸飙光寸寸金。得果成无漏果，分音韵有缘音。辉月耀三田荫，魄阳魂九转临。位玲珑真性钰，花台上倚瑶琴。”①这里用一种缘分来解释他和马钰的见面，而见面与离别的见证媒介就是“音韵”，即这首诗歌，很显然对诗歌的理解，王重阳将其作为宣传宗教、引导和介入宗教的角色，显然赋予了诗歌以宣传道教信仰的职能。诗的那种不露声色不觉不知之中感化了对象的曲意，它的委婉柔情被宗教给予神秘的内涵，道教的玄奥深不可测正好用诗的这

① 白如祥辑校《王重阳集》，第 28 页。

种绵绵不断的厚德载物的品质来承担。又如王重阳的《赠丘处机》云:“细密金麟戏碧流,能寻香饵会吞钩。被余缓缓收轮线,拽入蓬莱永自由。”①该诗非常含蓄地表达王重阳收丘处机为徒后的激动心情,并暗示对方,赠诗给他是希望他入门道教——全真教,寻找到最自由逍遥的神仙生活。这里,诗歌仍然担负着神奇的宣教纳徒的角色功能,作为赠礼,它封闭得那么天衣无缝,全靠智慧去理解,真可谓“不露玄机”,一切尽在不言中。

虽然以诗赠给想学道入仙的人,但诗歌并不直接告知对方怎样成仙得道,不泄露作诗者作为一个高道真人的致仙之法,而是在作品中暗示、点拨一些道教或仙道概念、术语,让初学者去体悟、渐知,这种方式一方面借鉴了禅道中的“顿悟”或渐悟之法门,另一方面也是为了培育道教自身的神秘色彩,真正让诗歌发挥宗教宣谕功能。王重阳的《赠道友》诗就是这种诗学观的代表作:“自然消息自然恬,不论金丹不论仙。一气养成神愈静,万金难买日高眠。红红火焰三峰争,白白莲花五叶鲜。勘破行功无作用,于斯便可认玄玄。”②道教宣传的学道成仙的玄机在哪里?既不在金丹之中,也不在仙界之上,然金丹神仙确实又是那么玄乎神奥的,且致仙炼丹之理更是神乎其神,可这首诗并不宣谕这些玄机,而把“玄玄”扣在一个“高眠”的动作之中,使平凡得不能再平凡的生活动作却潜藏着如此深奥的致仙作用,则“玄玄”之意才是真正的“玄”了。因此,本诗彻底完成了“不露玄机”的使命,而作为赠送给道友的诗作,其对于诗歌的功能作用的认识,真是别具道教之一格了。

马钰就是在王重阳“不露玄机”的诗学宗教理论指引和感悟之下入王氏全真教之门的。有了乃师的榜样作用,将所学用之实践,继承乃师衣钵,也如法炮制,以诗为赠礼,广收教徒,弘扬“全真”。以马钰《赠陇州辛司侯》七首为例,则可看出他在全部近二百首赠诗中将宗教

① 白如祥辑校《王重阳集》,第 41 页。
② 同上,第 139 页。

诗学思想运用于宗教实践的。下选五首示之：

岩前鹤唳草堂人，喜见登科甲第辛。学士要迁官一品，散臣不博寿千春。（其一）

马风诗上读书人，各自家风各诉辛。入仕新官三月俸，出尘故友屡经春。（其二）

我会摇头不管人，因何诗曲捧呈辛。宿缘宿契云霞友，修补修完洞俯春。（其三）

马风眷恋宿缘人，时复狂吟冒渎辛。奉劝早寻蓬岛路，自然得赏洞庭春。（其四）

些儿微妙付何人，说与前生的友辛。莲步步开红雪径，云踪踪到碧桃春。（其五）①

这是一组组诗，从诗题看，是赠礼劝人入道之作，而从诗面上看，五篇中有三篇直言此组诗是进呈之作，如其二云“诗上”，诗三云“诗曲捧呈”，其四云“狂吟”（诗也）、“奉劝”，合二者观之，诗的宗教功能彰显得是非常清楚的。而对于诗的内容又怎么表述呢？亦即“入道”之“道”的深刻神秘内涵怎样传授对方呢？首先是对于这些道的深奥特色，以神秘的词语出之，即“微妙”一词指出了道教之旨义的隐邃深沉，这很明显暗示了道教授道采用的“天机（玄机）不可泄露”的传授传统和方式；其次是每首诗的偶句结尾字颇具匠心，即把一个世俗的科考高中又官封一地的人的姓氏“辛”与象征神仙道教追求生命青春永驻，延年长寿，如“春”的“春”（天）巧妙对称，暗示世俗之欲境与道教之仙境的严重反差，以见出孰与优劣、高卑，这其实也是一种诗意构思上的玄奥微妙，这样一来，双重“微妙”把诗的玄奥和道的玄奥关合得恰如其分，很好地传达出以马钰为代表的全真派诗人们对于婉曲达意的诗的宗教职能的理性阐释，因此这成为他们一个重要的具有宗教实用价值的诗学观点。

---

① 赵卫东辑校《马钰集》，第 57 页。

七真之一的王处一更是用诗歌表白道教与传道方式，传道传统是“不露玄机”，其《登州京王三翁出家赠之》同样赠以诗礼来表述这个传道模式：“不露玄机不出家，出家心冗相尘沙。本源觉海空抛废，怎得冲和发道芽。”[①]道的奥秘在哪里？得道的奥秘又在哪里，这个奥秘怎样才能像嫩芽一样冲破土层得以显露？“怎得冲和发道芽”？“不露玄机”就是答案。而另一首《投师》干脆直言不讳说师徒传授是不留言的：“宿契心交见便休，了真师弟勿言留。玉堂同会无生忍，不露玄机笑点头。”[②]心领神会，灵府默契，个中奥妙，心照不宣，这就是道教传承，这就是文学创作，这就是诗歌意境，这就是全真派对于诗学的诠释。

二、直者：诗是“全真性”“抒性灵”的艺具。

金元时期的全真派对于中国诗学理论中的一个重要命题——性灵，有极富道教宗教色彩的理解，如果我们抛开其宗教的成分，从纯文学、纯诗学的角度来披开其对于性灵的阐释，我们认为，全真派是一个中国古代性灵文学理论由南北朝唐宋之刘勰、钟嵘、颜之推、李商隐、杨万里向明代公安派、竟陵派、清代性灵派过渡的桥梁性群体。这里有必要将三千年历史段落的性灵理论发展环节梳理一下。

南北朝唐宋时期的性灵理论。文学理论上最早提到“性灵”的，是刘勰。其《文心雕龙・原道》云：“文之为德也大矣，与天地并生者何哉？夫玄黄色杂，方圆体分，日月叠璧，以垂丽天之象；山川焕绮，以铺理地之形：此盖道之文也。仰观吐曜，俯察含章，高卑定位，故两仪既生矣。惟人参之，性灵所钟，是为三才，为五行之秀，实天地之心。心生而言立，言立而文明，自然之道也。傍及万品，动植皆文：龙凤以藻绘呈瑞，虎豹以炳蔚凝姿；云霞雕色，有逾画工之妙；草木贲华，无待锦匠之奇。夫岂外饰，盖自然耳。至于林籁结响，调如竽瑟；泉石激韵，和若球锽。故形立则章成矣，声发则文生矣。夫以

---

① 白如祥辑校《王处一集》，第284页。

② 同上，第293页。

无识之物，郁然有彩；有心之器，其无文欤？”刘勰认为，人与天地并列为“三才”，人居其一，人类作为“有心之器”，和自然界的“无识之物”是完全不同的，其不同之关键在于人是“性灵所钟”这“性灵”是什么？就是人的心，这个心是天地间的灵气凝聚而成的，人们常说钟灵秀毓，人杰地灵，就是指天地灵气铸造人，所以刘氏认为“五行之秀，实天地之心，心生而言立，言立而文明，自然之道也”。由此可见，刘氏所讲的“人文”，也就是人类的“心之文”，而心之文就是“性灵之文”。是故刘氏在《文心雕龙·序志》中又说“岁月飘忽，性灵不居”，“文果载心，余心有寄”，这是说，心不仅是人的思维枢纽，而且也是人的感情的渊薮。总而观之，刘氏所说的“性灵”，有两个方面的内涵，即人的思想，人的感情。至于人的思想如何表述，人的感情如何抒发，或者说人的思想品性或素质如何，则要视文学家、作家、诗人怎样去把握去驾驭了。

与刘勰几乎同时生活的钟嵘也提出了“性灵”概念，他认为诗歌的本质是“吟咏情性”，以此标准来评价阮籍的诗，认为阮诗是“陶性灵，发幽思，言在耳目之内，情寄八荒之表”，“陶性灵”即是说抒发内心的感情。钟嵘认为性灵主要是人的情感方面而言的，这与刘勰基本一致。

到北朝的颜之推，也提出了“性灵”概念。他在《颜氏家训·文章》中云：“夫文章者，原出五经：诏命策檄，生于《书》者也；序述论议，生于《易》者也；歌咏赋颂，生于《诗》者也；祭祀哀诔，生于《礼》者也；书奏箴铭，生于《春秋》者也。朝廷宪章，军旅誓诰，敷显仁义，发明功德，牧民建国，施用多途。至于陶冶性灵，从容讽谏，入其滋味，亦乐事也，行有余力，则可习之。”显然，颜氏所说的“陶冶性灵”，是指文章的实用性功效在于陶铸培养人的思想品德和实际情感，而从文学性文章的角度考衡的话，颜氏所谓的性灵则更侧重于情感方面，故同篇接下来又说“原其所积文章之体，标举兴会，发引性灵，使人矜伐，故忽于操持，果于进取”。这里把文学因何而生的问题解决了，在他看来，文学是“标举兴会，引发性灵”的产物，这里“性灵”的意思主要是思想和感情，而又以感情为要。由此可知性灵所执者，颜氏与钟氏一脉相承。

到了唐宋，“性灵”这一概念的思想与情感意义继续被沿袭和被重视，尤其是其情感内涵被李商隐、杨万里等诗人所强调。如李商隐在《献相国京兆公启》中云：“人禀五行之秀，备七情之动，必有咏叹，以通性灵，故阴阳惨舒，其途不一，安乐哀思厥源数千。远则鄘邶曹齐，以扬领袖；近则苏李颜谢，用极菁华。嘈嚽而锦绣人玩，刺时见志，各有取焉。”①李商隐所强调的是诗歌作为一种抒发七情的功能性形式，必须与人的心灵相沟通相契合，换句话说，性灵与“七情”是相需为用的，借性灵以抒情，七情因性灵而抒动，然则性灵、情感一剑之两面耳，抑或性灵即情感，情感则性灵，性情由此而生矣。

与此相袭，杨万里对江西诗派的专主模仿古人甚至剽窃前人而不写诗人的真性情、真情感极为不满，据清袁枚《随园诗话》引杨万里话云“从来天分低拙之人，好谈格调而不解风趣，何也？格调是空架子，有腔口易描，风趣专写性灵，非天才不办”②，这里的风趣，即指吟诗作赋时的某种冲动或欲望，亦指巧合的或必然的灵感、兴致所使的创作活动，它必须以写“性灵”为目标，那么这性灵无疑就是由“风趣”引发的情思、感慨，即感情、性情。对于杨万里这种诗歌思想，袁枚引为同调，深为赞赏，他说：“余深爱其言。须知有性情，便有格律，格律不在性情外。《三百篇》半是劳人思妇率意、言情之事，谁为之格，谁为之律，而今之谈格调者，谁能出其范围否？况皋、禹之歌，不同乎《三百篇》，国风之格，不同乎雅、颂，格岂有一定哉？”许浑云：“吟诗好似成仙骨，骨里无诗莫浪吟。”诗在骨不在格也。③ “骨理无诗莫浪吟”，性情是诗的灵魂，诗是抒发性情，吟咏灵性的工具。

明清时期的性灵理论。明代的文学性灵理论当仍然是以公安三

① 董诰等编《全唐文》卷七七八，第2115页，中华书局影印本1983年版。

② 袁枚《随园诗话》，第175页，中华书局1984年版。

③ 同上，第187页。

袁为代表的“性灵说”最有影响力，最具时代性。“独抒性灵，不拘格套”几乎是三袁性灵说思想的高度凝缩。其内涵包括一是指诗人、作家要抒发内心的“真”情感。袁宏道说：“大都独抒性灵，不拘格套，非从自己胸臆流出不肯下笔。有时情与境会，顷刻千言，如水東注，令人夺魄。其间有佳处，亦有疵处，佳处自不必言，即疵处亦多本色独造语，然予则极喜其疵处。而所谓佳者，尚不能不以粉饰蹈袭为恨，以为未能尽脱近代文人气习故也。”①诗是从诗人胸臆中流出的，这胸臆自然是指诗人内心深处的真实感情。也是指诗人、作家自己的个性，这个个性，公安派称之为“趣”。袁宏道说：“世人所难得者唯趣。趣如山上之色，水中之味，花中之光，女中之态，虽善说者不能下一语。唯会心者知之。今之人慕趣之名，求趣之似，于是有辩说书画，涉猎古董以为清；寄意玄虚，脱略尘纷以为远；又其下则有如苏州之烧香煮茶者。此等皆趣之皮毛，何关神情。夫趣得之自然者深得之学问者浅。当其为童子也，不知有趣然无往而非趣也。面无端容，目无定睛，口喃喃而欲语，足跳跃而不定，人生之至乐，真无逾于此时者也。孟子所谓不失赤子，老子所谓能无婴儿，盖指此也。趣之正等正觉，最上乘也。山林之人，无拘无缚，得自在度日，故虽不求趣，而趣近之。”②何为“趣”？就是那个得自自然的像婴儿般的那份天性，也可谓之童趣，即李贽所说的“童心”，而诗歌以至文学就是写童心的写童趣的，亦即抒性灵，抒个性的。

发展到清代，袁枚依附于公安三袁所主张的性灵思想，提出性灵是文学家诗人们反道学、反传统、反复古的个性解放的理论武器。他干脆把诗等同于性情，他说“诗者，人之性情也”，“诗写性情，惟吾所适”，“凡诗之传者，都是性灵，不关堆垛”，“诗者，由情生者也，有必不可解之情，而后有必不可朽之诗”。左一个性情，右一个诗，诗与性情，诗与真个性是统一不二的，写诗就是写真情感，真个性，“提笔先须问

① 袁宏道《袁中郎集·序小修诗》。
② 袁宏道《袁中郎集·叙陈正甫会心集》。

性情”，这是对理学产生以来压抑人的情性之抒发的“天理”的冲决与挑战。

从上述对于性灵理论的历史梳理中，发现由南朝而唐宋明清，中间跳过了一个辽金元少数民族政权统治的阶段，其实在此时期，性灵理论仍然延续着唐宋的脉络，不过分为两条平行前进的路径，一条是文人路径，另一条则是道教人物的路径，下面分别述之。

辽金元文人关于“性灵”的话语即对于性灵内涵之认识，主要体现在两个诗学观点与诗歌创作成就卓越的人物身上，一是王若虚（1177—1246），一是元好问（1190—1257）。王若虚从赞赏白居易诗歌平易自然入手，强调诗歌要写出真实性情，提出了“元气”的概念，指出诗歌一定要与人的“元气”相侔、相匹配，才能算真性情、真感情的诗，他说：“乐天之诗，情致曲尽，入人肝脾，随物赋形，所在充满，殆与元气相侔，至长韵大篇，动数百千言，而顺适惬当，句句如一，无争张牵强之态。此岂拈断吟须、悲鸣口吻者之所能至哉！”[①]“情致曲尽”“无争张牵强之态”者，就是如白居易那种情感自然流露的诗歌，是“元气”使之然者，那么，“元气”是指什么？一是指诗人胸中自然流露出来的真感情，一是指诗歌形式上的天生化成，自然成章，王若虚把符合这两个条件的诗歌称为“自得”之作，他说：“古之诗人，体制不同，要皆出于自得。”[②]综合观之，“性灵”关于“真感情”“真情性”的内涵，到了金元王若虚那里替换成“元气”“自得”之说。

元好问发表了著名的《论诗绝句三十首》来弘扬、发挥性灵说的诗歌思想，其内容有三个方面：第一，元好问认为诗歌是诗人的“元气”自然流露的表现，也是诗人真情实感的外化，是诗人气场滚动的表征，他说“荡元气于笔端，寄妙理于言外”，以此来衡量杜甫的诗，认为杜诗是“元气淋漓，随物赋形”所致。第二，由于人之元气分阳刚与阴柔两种，因此，也会导致不同兴趣者有不同偏爱。而元好问则更偏爱有风云壮

① 丁福保辑《历代诗话续编》，第511—512页，中华书局1983年版。
② 同上，第523页。

阔之象的英雄刚性之气。故他说:“曹刘坐啸虎生风,四海无人角两雄。可惜并州刘越石,不教横槊建安中。”建安三曹七子之诗,雄气豪壮,壮阔清刚,凝元气之阳性,体人心之梗概。第三,受王若虚“自得”说的影响,元好问主张创作自然天成、清新秀丽,无斧凿刀痕的浑融之诗,因此高度赞赏陶渊明那些自然质朴、人之本心流露、返古归真的田园诗歌:“一语天然万古新,豪华落尽见真淳。南窗白日羲皇上,未害渊明是晋人。”这里强调一种新鲜真淳的情感表达,“真”是灵魂,而“天然”是表达“真”的语言形式,这样,人之本性就坐实在“真”与“天然”的结合点上,诗歌就是要把这个点寻找、表达出来。

到了这一步,即真与性的结合的一步,从王若虚、元好问所处社会环境、生存空间论,则全真派创始人与七子和王、元同处社会一隅,则其为诗、为教、为生有共同之取向,而实际的情况是,他们同气相求、同声相应是不争之事,则互为影响是理所当然的了。如此一来,全真派门从宗教文学创作、宗教诗歌思想的路径上,会师于王、元的性灵说的内涵表达,也是顺理成章的了。下面探讨道教人物的性灵诗学内容。

先来作个统计研究,统计全真派始祖与七真人诗歌中出现的相关“性灵”的词语及其频率,列表如下:

人名	词语名	诗作名	频率
王重阳	性灵	《王公问五门》等	12
	灵明	《刘仙求问》等	16
	真灵性、真性	《题麻真人观》等	127
	自然、恬然、朴实	《赠道友韩茂先》等	43
	豪气	《慎真歌》等	5
	慷慨	《赠王哥》等	7
	明灵慧性	《水云游》等	106

续表

人名	词语名	诗作名	频率
马钰	性逍遥、性善	《赠长安孔公昆仲彭子元》等	8
	本真、全真、真实、真性	《赠鄠县解元》等	113
	自然、恬淡	《继綦大成韵》等	42
	性灵	《赠终南山太平宫知宫元德茂》等	10
	灵童	《和莱阳张殿试韵》等	5
	见性	《见性颂》等	98
丘处机	性自由、自在	《钟吕画》等	27
	内真、修真、真性情	《聪明》等	26
	本自然	《因旱作》等	20
谭处端	崇真、持真、真性、真气	《赠韩家郎中在家修行》等	38
	性如朗月、性灵	《述怀》等	14
	自然、自由	《劝众修持》等	18
刘处玄	灵明、真灵、心真	《白莲花词》等	48
	真无、真平、真理、真常、真通、真悟、清真、真心、本真	《白莲花词》等	167
	自然、淡然	《五言绝句》	18
	性灵、慧灵、灵象、神灵、灵耀、灵苗、灵珠、灵峰、灵中、灵通	《五言绝句》等	206
王处一	灵明、见性通灵、一灵真性、灵光、灵秀	《赠潍州观主太夫人》等	121
	真道、全真、真实、修真、真空、会真	《答人问安乐法》等	187
	性灵、灵根、灵台	《黄箓满散赠众》等	128

续表

人名	词语名	诗作名	频率
郝大通	真性	《金丹诗》等	3
	灵空	《金丹诗》等	2
孙不二	灵气	《辟谷》等	7
	真中	《女功内丹》等	4

从表中统计情况可以看出,以“性”和“真”为词素的词语在全真派的诗歌作品中所占比例和出现频率最大最繁,而所有上述语汇的内涵可以划分为三类,一是关于性灵方面,一是关于性情方面,一是关于自然真实方面。

关于性灵。全真教的创教者们认为不是任何凡品众人都可皈依道教进入道流的,入道者必须具有先天的禀赋,那种与生俱来的灵气,天性,或者说心灵的某种特殊的卓异的感受力,他们称之为“性灵”。如王重阳说:“五蕴山头阐五门,气神交结碧桃浑。诀要令见性灵慧,定是于真莹不昏。物外青霄应久聚,空中明月永长存。青童捧出金丹妙,唯许元初自讨论。”出道修炼,要做神仙长生,人间久驻,首要的前提是修道者要性灵聪颖、慧智充盈,有一种通达显豁的智性和灵气,教内的高道神灵才能让青童玉女捧出金丹妙药给你食服,你方可进入神仙行列。由此来看,性灵是全真教对于想修道的人的基本要求。这个涵义,我们将之去衡量全真教人物诗歌中其他带灵字的词语如灵明、灵通、真灵、慧灵、灵根、灵性等等,无一不是这个内涵。

以道教修炼必须具备性灵或灵性的前提条件来类推文学创作,由于两者都属于精神活动的范围,因此,文学创作也强调创作主体的前提条件,这个前提条件和修道活动是一样的,即“性灵”或“灵气”,文学理论上艳称为“灵感”或“精神”,亦即创作主体的“天性”“禀赋”,刘勰命名为“神思”。而在中国文学理论关于“性灵”思想的历史流程中,无疑首先的内涵也应该指一种先天的内在的精神东西,然后才派生出思想、性情，再派生出对于这种思想、性情的秉性要求——自然、真淳等等。循着这一逻辑路线，则可知道教修持条件层面的“性灵”和文学创作条件意义上的“性灵”是相通的，都是一种精神活动前的“灵光”准备即心智的开启。

同样的作为心智意义上的“性灵”，王重阳的第一个弟子马钰在《赠终南太平宫知宫元德茂》中说：“人云水又重来，甲金庚秀我才。弋元公成正觉，尘不染性灵开。”①怎样才能“成正觉”？要在一尘不染的情况下开启性灵，显然是指打开心智，让睿智、聪性去体悟、感受大道之妙和仙阶之谛。如果信道者愚钝、蒙昧，似铁树强蛮，机窍固封，则顽冥不化，无所受业也。刘处玄也一袭其师父与师兄之衣钵，重视开启性灵是“体道”的首选，“到岸了无生，冲和道性灵。命住圆成了，夷然功行盈”②，将道的冲和之性来开启信道者的智慧之门，定将功盈果满，性命双成。

而在王处一的多首有关“性灵”的诗歌中，其内涵也都是对于修道者心智，心灵上的要求。如《黄箓满散赠众醮首》(其一)云：

> 性灵空界别行香，上祝皇恩彻万方。欣乐太平齐设教，宝华圆满自清凉。③

心智一旦开启，想象遥远空阔的仙界，精神凝聚在太平幸福的三清之境，自然会功德圆满，斋醮的意义全在于信道者心灵上对仙圣的虔诚。又如其《赠于公在家修行》云：

> 万般尘境任铺张，千种浮华莫论量。正己存心行大道，性灵何处没三光？④

以“正己存心”为修行之原则，则心智、灵魂定会光芒四射，一通百通。

---

① 赵卫东辑校《马钰集》，第 33 页。

② 白如祥辑校《刘处玄集》，第 144 页。

③ 白如祥辑校《王处一集》，第 280 页。

④ 同上，第 288 页。

又《中都张盐副问生死》云：

本无衰老与来生，只为尘寰染俗情。惹绊精神留苦海，性灵无路得圆成。①

又《赠无棣县林孔目》云：

黜辩藏辉道自生，内停真遇性灵灵。气神交结还元海，寂寂无形出有形。②

又《述怀》其一云：

大道元无一法传，悟来拍手指青天。性灵密与虚空合，始觉光明满大千。③

又《王妙真索诗》云：

透骨绵绵道进程，静中时遇性灵灵。兼修百行无回转，独舞胎仙宴玉庭。④

类似的诗作还有很多"性灵"之意均属心智、心灵、灵慧之类，都是指的对于修道的重要性。

关于性情。有了心智、灵慧作前提，无论是修道的精神活动，抑或是文学创作的构思凝神活动，接下来的是修道主体和创作主体如何把开启的心智与主体的思想情感元素沟通、对接起来的问题，因此，如何明心以见性，因性以抒情，成了全真派阐释、表达的道学与诗学之关键。

丘处机是全真派中比较强调情感修炼的一家，在他对于情感的理解中，情的成分主要包括性（个性）与情（亲情、乡情、同志之情，君臣之

---

① 白如祥辑校《王处一集》，第289页。
② 同上，第291页。
③ 同上，第293页。
④ 同上，第294页。

情等等）两个方面。而后者，丘处机尤其重视同志与君臣之间的情感关系，这是全真教大爱无痕的修道目标之一，其现实基础则是金代建立之初战乱、灾难频仍的痛苦处境造成的民不聊生，所以他提出大亲大和谐的情感观念，所以他顾及在成吉思汗多次诚恳地向他诏征治国之策的情分上才不远万里西游应诏。

在修持情感上，丘处机反对虚伪假饰的矫情，而提倡内心真切诚恳的情怀，同时他认为，只要修行有真情实感，便会有诗兴大发，他说："修行大抵要聪明，只恐聪明向外呈。外假内真两相克，一边败后一边成。"①修行之中，客观上存在真情和假意两种行为，谁成谁败，不言而喻，但始终有一个理在，这个理便是"真"克"假"，因此，假是无所作为的。他还说："修真野客非才子，行到鳌山亦有诗。只欲洞天观海日，不劳云雨待青词。"②只要作诗者感情真实、本性真实、修得一身真情真意，无需外在的风云美景，无需有媒介触动灵感，好诗自然能奋笔疾成。这种把创作主体之真情视为好诗诞生极其重要关键因素的诗歌思想，显然已是六朝唐宋以来"性灵"理论中情感一脉的继承和发展在全真教中的表现，而又对明清性灵说、性灵派中主情一脉有直接影响，其相通之倾向也显豁分明。

丘处机不但在理论上强调情感对于诗歌创作的重要性，而在实际上，他也是一个充满激情的道教徒，他只要知道同道者或欲信道者在感悟其教派上有好的表现，或者进步与日俱增，他都会热情洋溢地大加赞赏，这样一来，那种以"赞"为题的诗歌就不胜枚举，如《赞长生先生》《赞玉阳先生》等等，如后者云：

故国真仙子，东方大达人。清高何异俗，爽迈不同尘。表里天俱赐，行藏世绝伦。时时期祸福，征验默通神。③

---

① 赵卫东辑校《丘处机集》，第 25 页。

② 同上，第 31 页。

③ 同上，第 51 页。

该诗对玉阳先生的清高得道之赞赏情感溢于言表，从宗教吸徒纳信的角度说，这是一种对于宗教在争取凡品的竞争中所取胜利的喜悦之流露。

丘处机以仁慈宽爱之情宣道布教，他在应成吉思汗之邀远赴西方应见时，沿途万里所见气候奇寒、奇热，战争惨烈、动乱频繁，对这些所造成的生灵涂炭、百姓死亡、万木萧条、百草凋零的惨象，极其痛心疾首，所作诗歌抒发了诗人强烈的悲天悯人的大爱大慈情怀，这些诗歌在《长春真人西游记》中所记录者不在少数，现摘引数首以证之。如《长春真人西游记》云：

> 时适炎热，从车驾庐于雪山避暑。……又三日，命阿狗督回纥酋长以千余骑从行，由它路回。遂历大山，山有石门，望如削蜡，自巨石横其上若桥焉。其下流甚急，骑士策其驴以涉，驴遂溺死，水边尚多横尸。此地盖关口，新为兵所破。出峡，复有诗二篇，其一云：水北铁门犹自可，水南石峡太堪惊。两崖绝壁搀天耸，一涧寒波滚地倾。夹道横尸人掩鼻，溺溪长耳我伤情。十年万里干戈动，早晚回军复太平。

其二云：

> 雪岭皑皑上倚天，晨光灿灿下临川。仰观峭壁人横度，俯视危崖柏倒县。五月严风吹面冷，三焦热病当时痊。我来演道空回首，更卜良辰待下元。①

十二月既望(约公元 1223 年 12 月)，醮于蔚州三馆。师于龙阳的冬天，旦夕常往龙冈闲步，下视德兴，以兵革之后，村落萧条，作诗以写其意云：

> 昔年林木参天合，今日村坊遍地开。无限苍生临白刃，几多华屋变青灰。

---

① 赵卫东辑校《丘处机集》，第 218 页。

又云：

> 豪杰痛吟千万首，古今能有几多人。研究物外闲中趣，得脱轮回泉下尘。[①]

在对于文学或诗学意义上的情性、情感的理解上，或者说诗歌作品所展示的创作主体的情感类型、风格类型上，全真教创始人王重阳更看重作品的慷慨豪迈之气，雄壮粗犷之情，如其《悟真歌》云：

> 三十六上寐中寐，便要分他兄活计。豪气冲天恣意情，朝朝日日长波醉。[②]

该诗写作者血气方刚，豪情万丈，字里行间透露出豪迈慷慨之情。又如《赠王歌》云：

> 修行学道并无师，只要心中自己知。净处常常生智慧，闲居每每起慈悲。搬柴运水唯闻做，观相存思各自为。减食忘情为慷慨，任欢取乐是修持。救人设药功尤大，戒酒除荤行最宜。直待开门观宿性，宿缘堪可便相随。[③]

原来修持之中，也蓄养着一股慷慨之情，欢乐之心，那种奋发向上、乐观开朗的情怀是心康体健的重要因素，同理，心怀慷慨，情绪充沛，也定能写出内容充实丰腴的作品，而其情感内涵也是饱满雄浑的。

这种对于诗歌性情元素的要求，即在性灵、性情基础上的偏爱慷慨雄豪之气的诗学理论取向，与金元之际著名诗学理论家元好问有相似之处。从时间先后顺序看，元氏晚于王重阳 20 年出生，而他与全真七子之后学弟子有许多密切交往，且从其为全真派后学所写墓志、碑记等文章中发现其对全真派素有仰慕，而以文才学养称名于世的教派始祖及七真子来说，更让元好问神往有加，则其受他们关于性灵、性情

---

① 赵卫东辑校《丘处机集》，第 228 页。

② 白如祥辑校《王重阳集》，第 137 页。

③ 同上，第 143 页。

及性情中之豪情雄气之影响也极有可能之事，职是之故，元好问在其主张的“元气”与“真情”的基础上，喜欢有风云壮阔之象的英雄气概之诗，就不是无源之水、无本之木了，则他所盛赞的建安风骨就显得由来有自，此点前已涉及，不再赘述。

关于自然真实。在前列表格中，以“真”为词素的语词所占比例最多，从这些词语的内涵看也不外乎两个方面，一是指道教修炼上的原则要求，即修炼者以保真、全真为原则，其“全真”的深刻含义正是作为全真教之命名的缘由。另一方面是指全真教教主们对于诗歌在性情抒发上的认识，即他们所主张的诗歌必须抒发诗人真实自然的情感，表述对于客观对象及社会生活的亲身体会，即使是独抒怀抱，表达理想，也必须是真性情、真思想的自然流露，这些诗学观点，与全真教之前的性灵理论有完全一致之处，与之后的明清公安派、性灵派和袁枚的性灵说，也是如出一辙的。下面我们以全真派所作诗歌来说明其关于“自然”“真实”的内涵。

王重阳把真性情、真感情作为全真教家族修道作诗的“家训”“家规”“家风”，他说：

> 修行须是辩西东，勘破凡躯物物同。白雪岭头搜正觉，红霞山上弄虚空。此般消息春光里，这个因缘月影中。休泥庭前柏树子，自家真性是家风。①

修道是以“真性”为规矩为原则的，作诗仍然是真情实感的吐露，是真人挥笔写就的曲调，故王重阳又说：

> 礼念焚香作福山，不干入道道中玄。外边假合开中宝，里面真人认得贤。处处无心为锻炼，家家有性现精研。一条白线坚还洁，一粒金丹莹又鲜。两路相随成曲调，双关共透显诗篇。莲花出水腾颜色，叶叶分明是个仙。②

---

① 白如祥辑校《王重阳集》，第 11 页。

② 同上，第 18—19 页。

修仙与作诗，是在有心无心之间的事，有心者真情感、真性情，无心者，顺自然、不强求、不刻意，正如荷莲出水，自然而然，故云“两路相随成曲调，双关共透显诗篇”。这首诗典型地彰显了把那种既真实又自然合二为一的性灵诗歌思想，因此我们可以说以王重阳为代表的全真派在诗歌主张上提倡诗歌是“全真性”“抒性灵”的巧艺。

马钰关于修道作诗要自然真实的理论也大多用诗歌来阐述，下面举例证之。如马钰《换长阑于天锡拄杖》云：

> 一条屈曲化龙材，换得筇枝远胜财。各自闲携诗兴至，别开真性有仙才。①

马钰认为，修道者别有一番真性在，自然修道成仙才，同理，作诗者自然而然之中，真情兴发，诗作蹴成，修道作诗两相通，心同此理，人同此心。又如马钰《赠长安孔公昆仲彭子元》云：

> 心清意净性逍遥，坦荡无拘不系腰。若要炉中铅汞结，须教鼎内姹婴调。

性情自然自在，而且有如心里住着婴儿，即心像婴儿般天真无邪，坦荡磊落，则修道吟诗两相成。老子曾反复称赞婴儿之真心，李贽发明“童心说”，亦认为“童心者，真心也”，可见有一颗赤子童心，修道成道，作诗成诗，相得益彰。

丘处机也强调修道主体和创作主体在情感上的真实自然，如《送陈秀才完颜舍人赴试》其二云：

> 丈夫高节气凌云，十载潜看万卷真。满腹诗书虽合道，出群头角未惊人。奔牛计策元无敌，立马文章自有神。异日功成心爽悟，黄粱惊觉梦中身。②

道教修持功成果满的那一天，也就是文章诗歌大功告成的一天，而文

① 赵卫东辑校《马钰集》，第 26 页。

② 赵卫东辑校《丘处机集》，第 14 页。

章诗歌的成功，决定于真与神。真者，无疑是著书立说，吟诗作文者的真情怀、真思想；神者，指把握宇宙、天地、人世、百态的根本规律的聪明与睿智。

谭处端是践履全真教之核心教旨的重要人物，诗歌中强调修道炼“真”和文学写真的思想，在全真派作品中，以真为词素的词语在数量上亦为数不少①。如其论修道要持真——真情向道，有诗名《赠韩家郎君在家修行》云：

> 崇真起善立玄堂，谨奉朝昏两炷香。内侍孀亲行孝道，外持真正合三光。常行矜悯提贫困，每施慈悲契下殃。他日聪明如省悟，也应归去到他乡。②

而诗歌创作亦是用真来完成的精神活动，它像修道入仙的修持行为一样，以真、自然为本，故谭处端《述怀》其三云：

> 我今云水是前期，细细常观八句诗。若要延龄增寿算，金精专固认真慈。③

认准一个“真”，外加一个“精”，修仙作诗皆准此理。

刘处玄、王处一、郝大通、孙不二所强调的修道作诗之真情，主张自然之诗风的相关阐述，这里也略举几个例证以明之。刘处玄在161首五言绝句颂中，所作有“真”字的诗歌几占百分之八十，真可谓“真”字触处皆是，而其所指，均是指修仙炼道作诗写文的。如云：

> 日用自然真，冲和气养神。命清金耀结，归去了仙人。④

又如云：

---

① 按数量排序分别为王处一187个，刘处玄167个，王重阳127个，马钰113个，谭处端38个，丘处机26个，孙不二4个，郝大通3个。

② 白如祥辑校《谭处端集》，第8页。

③ 同上，第15页。

④ 白如祥辑校《刘处玄集》，第99页。

清平妙进明，顿觉气神灵。至真入诗理，自然乃大成。①

诗成之至理在于真与自然的结合，正好像成仙在于“自然真”“冲和气”相养相护一样。

王处一曾以《全真》为题吟诗一首，宣示全真教作为一个具有道教史意义的重要宗派的根本宗旨，即在于全真养性，功成性满，该诗云：

我师弘道立全真，始遇纯阳得秘文。性满虚空凝皓彩，丹成表里结祥云。顿超法界留玄教，传化人天赞圣君。救拔群生诸苦难，自然寰海普知闻。②

然而，全真养性重在性与情的调和融合，真性真情融为一体，自然功成果满，故《示门人》告诫弟子们必须谨守此道：

虚无清静立金坛，拨剔轮回生死关。情性调和如止水，气神交结若回环。灵珠灿灿腾云外，鹤驾飘飘出世间。直到大罗天界上，恁时归正好容颜。③

修仙炼道是真与性的和谐统一，其最高境界便是返璞归真，由于吟诗作文也是一种修道炼养的功夫，因此，其与性的统合仍然是首要的，其最高境界则是艺术情感升华的虚廓清灵，故王处一《龙虎交媾》云：

五色天光聚本容，虚无运度杳冥中。玉阳到处仙歌聒，随步金莲晃太空。④

真与性或性与情的和谐交媾，其达到之境是虚无恍惚的太空清境，而仙歌就在这种境界中创作和高唱。当修道者进入虚无清静的大道之境，则可以迎风放歌以体宇宙自然之冲和融会，故王处一又有《清浊两分》，诗云：

---

① 白如祥辑校《刘处玄集》，第155页。

② 白如祥辑校《王处一集》，第256页。

③④ 同上，第266页。

顺气流行观自在，迎风歌曲醉冲融。清凉境里神光灿，渐转虚无大道通。①

郝大通虽然诗作不多，但在关于性情、真性等方面，概括起来一同表达，这以其《金丹诗》第八十首最有代表性，该诗云：

淳风高旷世非同，不达幽微止谓空。得意诗情唯自乐，知心道话几人通。缘都执性迷真性，尽散淳风昧教风。一粒金丹炉内有，料无仙骨卒难穷。②

修道与作诗本质上是一回事，诗作得得意自乐，道修得通仙达境，都源自心的执着，性的真诚，情的真实，如此高调把修道作诗与养性抒情写意结合起来，实可视为全真道宗教与诗学相统一，理论表述最响亮的号召书，全真道所倡导的修道性灵理论与作诗的性灵思想，定位在宗教与文学的关合点上，具有重大的文学理论意义。

综上所述，可知全真派的曲直相依的诗学理论是以宣传宗教为最高鹄的。曲者，是指他们把诗歌作为“不露玄机”隐蔽曲晦的神秘赠礼对待；直者，是指他们毫不隐讳地倡言作诗与修道是本质相通、表里俱一的“全真性”“抒性灵”的巧艺。而两者又是相辅相成，相需为用的。

第三节　诗意内敛与诗论多元化

全真派诗歌创作极其繁盛，始祖重阳、弟子七真，都是学养深厚、诗才俊乂之士，他们不但在整个中国道教史上创造了最富诗歌成就（无论是作品数量还是质量）的全真时代，而且在中国诗歌史上，尤其在金代诗坛，他们也贡献了“文质彬彬”的诗歌作品。由于他们都视诗歌为“不露玄机”的表情达意的方式，因此在培育诗歌品质上都赋予了

① 白如祥辑校《王处一集》，第271页。
② 白如祥辑校《郝大通集》，第426页。

诗歌以内敛收束的气质和含蓄蕴藉的诗风。同时，由于对人性自由的追求，对道性潇洒的认定，故而也不拘限于一种诗歌功用与价值的趋同，而是主张多元论诗，多元阐释对于诗性的认识。

一　厚载万物内敛深沉

全真派诗人诗作，在有金一代乃至元初，是全部文人诗作和道教诗作的重要组成部分。在今存三部收录全金诗作的作品总集中，金代元好问所编《中州集》收金代诗人251家2060首诗歌，其中不收全真教诗人之作；清初郭元釪所编《御定全金诗增补中州集》收金代诗人358家5543首诗歌，其中全真教诗人诗作寥寥无几；今人薛瑞兆、郭明志所编《全金诗》收金代诗人534家12066首诗歌，其中全真教始祖和七真诗歌共2680首，占全金诗比例22%。其中王重阳553首，马钰530首，谭处端87首，丘处机426首，王处一526首，刘处玄505首，郝大通31首，孙不二22首。这些数字表明全真教诗歌是金代诗歌宝库中的重要组成部分，是金代诗歌大家族中的一个重要支族。从血缘家族的遗传理论和同胞观念来讲，全真教支族诗歌在风气上、题旨上、技法上无疑受这个大家族影响，他们的血管里流淌着统一基因的血液。那么，全真教诗和金代诗歌的大气候有什么关系呢？金代诗歌的大气候情景是怎样的呢？

金王朝是勇猛强悍的游牧民族统治的政权，在其灭亡辽朝和北宋的过程中，遭到了顽强抵抗，与南宋对峙一百多年，但没有完全独立地以女真族的生活习俗生存于时。从离开原住地黑龙江流域和长白山地进入中原开始，他们无论在政治、经济、文化上，还是在文学、艺术及其他领域，都接受了汉民族的影响并且最后把汉文化和女真文化融合起来。因此，表现在诗歌创作上，金王朝在诗歌发展的几个历史阶段，都明显地或宗唐或崇宋，而在崇宋上，又以受欧、苏诗风影响尤深。金初时期的诗歌，像宇文虚中，蔡松年、吴激等人的作品，即使是女真族首领们的作品如完颜亮等人的，都有崇苏黄的倾向，后世称之为“借才异代”。金中后期的诗歌，由于女真族从汉民族思想、文化、经济、生活中受到了深深的教育和感化，汉文化厚实、深沉的民族素质和道德内涵使他们由其民族原始野性的粗犷向具有修养、内敛的方向发展，因此，诗歌创作上由这个民族的成熟带来了诗歌的厚重，表现为或诗学风雅，或融贯楚骚，或标擅魏晋，或亦步盛唐，如一流诗人或大家如蔡珪、党怀英、王寂、周昂、王庭筠、赵秉文、杨云翼、李纯甫、王若虚、元好问、李俊民、杨宏道、邓祁、杜仁杰、麻革等，他们在金代诗坛上的出现，都标志着金代诗歌的完全成熟，共同的诗歌倾向主要是由原来女真族的外向向汉民族学习后形成的内敛厚实发展，尤其像元好问这样的金代诗坛扛大旗者，其诗更是"用情既深，而内涵愈加之才力富健，精思锐笔，其廉悍沉挚之处尤为突出，使金代诗歌放出夺目的光辉"①。金代诗歌可以一言蔽之，即内敛深沉替代了粗犷外露。这种内敛深沉主要表现在如下几个方面：

第一，"借才异代"——金诗的宋化。由于"金初无文字也，自太祖得辽人韩昉而言始文；太宗入汴州，取经籍图书。宋宇文虚中、张斛、蔡松年、高士谈辈先后归之，而文学煨兴，然犹借才异代也"，辽代入金的诗人诗作几乎为零，主要是由宋入金的诗人撑起金初诗坛的平台如宇文虚中、蔡松年等将宋诗的优雅与含蓄打入金人的浑豪之中，表现出深敛内蓄的特点，故王恽在《跋蔡萧闲醉书》中称蔡松年"发而为辞章，如饮内府酒，金沙雾散，六府为之醺酣。方之逢曲车而口流涎者，固有间矣"②。这种像内府酒一样淳厚醺酣的诗辞之作，当指蔡松年诗的那种老道深沉的含蕴。如其《闲居漫兴》云："归田不早计，岁月易云徂。但要追莲社，何须赐镜湖。簿书欺俗吏，绳墨守愚儒。安得如嵇阮，相从兴不孤。"③诗歌内隐着深刻的慕陶情结，表达了买田归隐的思想感情，词句典雅，风格淳厚。

由宋入金的诗人中，诗风含蓄内敛者还有吴激（字彦高），据元好

① 薛瑞兆等《全金诗·序》，第 11 页，南开大学出版社 1994 年版。
② 王恽《秋涧集》卷八。
③ 元好问《中州集》，第 28 页，中华书局 1959 年版。

问《中州集》云:“时宇文叔通亦赋《念奴娇》先成,而颇近鄙俚,及见彦高此作,茫然自失。是后人有求作乐府者,叔通即批云:‘吴郎近以乐府名天下,可往求之。’”[①]宇文虚中所作近乎鄙俚,而与此相反对者当属雅致,可知吴激诗风追求含蓄敛中,故刘祁在《归潜志》中云:“诗不宜用前人语,若夫乐章则剪裁古人语亦无害,但要能使用尔。如彦高《人月圆》,半是古人句,其思致含蓄甚远,不露圭角,不犹胜于宇文自作者哉?”

综上所述可知,金代诗歌的内敛含蓄主要表现为“借才异代”的书写形式,即“借才异代”所包含的对于金国上至王室下至一般文人百姓的汉民族化,儒雅含蓄内敛化。

第二,金诗走向自我化——“国朝文派”。金诗“借才异代”之后,慢慢地找回了自我,经过几十年甚至近百年的磨炼,孕育了具有金朝国家特色的诗人才俊,而不是像初期那样借由宋入金的文人替代。这些自己培养出来的诗人文士被称为“国朝文派”,语出元好问,他说:“国初文士如宇文大学(虚中)、蔡丞相(松)、吴深州(激)之等,不可不谓豪杰之士,然皆宋儒,难以国朝文派论之。故断自正甫(蔡珪)为正传之宗,党竹溪(怀英)次之,礼部闲闲公(赵秉文)又次之。自萧户部真卿倡此论,天下迄无异议云。”[②]这里称的“国朝文派”包括蔡珪、党怀英、赵秉文等著名文人。为什么称“国朝文派”?从元好问断定蔡珪为国朝文派之正宗的标准上推测,应该是指从蔡珪开始,那种具有金代诗歌特色的属于自己东西的风骨、神韵和气质,当然也包括其艺术形式的属于金民族金朝思想文化特定内涵的东西。这些内涵具体是什么,从蔡珪、党怀英、赵秉文的诗歌来看,实际是指其非常丰富饱满的具有金民族特色的诗歌思想内容,其中重要的一个方面就是那种幽深、苍劲的北方民族之骨骼,如蔡珪诗善于以浑厚的意象饱含深刻的思想;党怀英的诗“似陶谢,奄有魏晋”,自然包括那种淡而实浓,癯而

① 元好问《中州集》,第8—9页,中华书局1959年版。
② 同上,第28页。

实腴的内敛含蓄如陶渊明者在内；至于赵秉文，元好问评价其诗“真淳古淡似陶渊明”，也是看重其与陶相近的一点，即淳厚、内敛、饱和。

第三，兼容并蓄元好问。

金诗内敛、含蓄、丰满的另一个重要标志，就是以有金一代诗坛执牛耳者元好问为卓越代表的诗歌所体现的兼容并蓄，下面摘引数条元明清以来评论家们对元好问博采众长的评语，以示一斑：

“七言律则更沉挚悲凉，自成声调。唐以来律诗之可歌可泣者，少陵十数联外，绝无嗣响，遗山则往往有之。”（赵翼《瓯北诗话》卷八）

“赵礼部（秉文）见之，以为少陵以来此作也。”（郝经《遗山先生墓志铭》）

“神似杜公，千载以来，不可再得。”（高步瀛《唐宋诗举要》）

“（苏学）流入金元而有元好问。”（钱谦益《复李叔则书》）

“苏学盛于此，景行遗山仰。”（翁方纲《斋中与友论诗》）

“遗山接眉山，浩乎海波翻。效忠苏门后，此意岂易言？”（翁方纲《读元遗山诗四首》）

“兴象深邃，风格遒上，无宋南渡末江湖诸人之习，亦无江西诗派生拗粗犷之失。”（《四库全书总目提要·遗山集》）

从上引可见，元遗山诗兼有老杜之深沉内敛顿挫，又具苏轼之浩瀚深厚，而“兴象深邃”，摆脱江湖，抖尽江西诗派的生拗而取老熟深转，都说明元好问诗歌之聚敛浑厚。这种内敛，无论是其史诗、纪乱诗，甚或是记游、赠别、写景、咏物、题签，无不含蕴无穷，锤炼精粹。

如上所述，金代诗歌在一两百年的发展演变中，自始至终表现出一个诗意内敛、多方融合的追求取向（当然不是整个金诗的唯一取向），这无疑会对终金一代而与之共生存的道教全真派文人产生深刻的影响，从王重阳和七真人与金代文人的交往中发现，事实上也存在这种互为影响、推动的文学或诗歌创作现象。造成的最直接的诗歌倾向，是以道家老庄的厚德载物的哲学世界观指导其诗歌创作追求内敛深沉的诗意表达。

（一）“意旨弘深”的重阳诗歌倾向

作为全真教的创造者，王重阳旨在将天地本真的自然之性通过诗歌的形式让信仰者吸收接受。而天地之纯真、本真却又宏大无比，其内涵丰富，举凡日月运行，草木荣衰，人生往复，江河东去……都各有其存在发展的真实必然，怎样让这些必然之性在受众心灵中荡漾出美丽的涟漪，作为创作主体就必须去构思作为传道形式的诗歌样式的承载能力，尽量在简短的或四句或八句长句形式的作品中蕴含更深厚繁富的宗教内容，使信道者获得饱满的宗教愉悦，因此，含蓄蕴藉、弘深广博的诗歌价值取向就成为王重阳一个重要的诗歌观念，即是说他的诗歌必须以一种丰满的宗教内涵去满足道教徒的信教诉求。这种追求和创作倾向，正像为王重阳全部作品结集作序时范怿所说：“（真人）诗章、词曲、疏颂、杂文，得于自然，应酬即辩，大率诱人还醇返朴，静息虚凝，养亘初之灵物，见真如之妙性，识本来之面目，使复之于真常，归之于妙道也。……遗文千余篇，辞源浩博，意旨弘深，涵咏真风，包藏妙有，实修真之根柢，度人之梯航也。”①范氏将王重阳的诗歌文章创作之原动力或缘起归结为“自然”“使然”，亦即认为王重阳的诗歌创作动机本源于万化自然之道，非伪饰做作所为，实乃天真、纯真所致。而从诗作内涵来看，又是“意旨弘深”“辞源浩博”，即说作品聚集着深沉的思想，有一种含蓄内敛的诗意诉求。以此来检阅和解读王重阳诗，我们不妨举例以明之。

王重阳擅长七言律诗创作，无论是哪个题材的作品，在押韵、平仄、对仗诸形式上，将其置于唐代格律诗中，其水准都不减唐人高处，至于其内敛深广的诗意含蕴，我们读之确有深刻体会，如《磨镜》云：

磨镜争如磨我心，我心自照远还深。鉴回名利真清净，显出

① 白如祥辑校《王重阳集·范怿序》，第1—2页。

虚无不委沉。一片灵光开大道，万般莹彩出高岑。教公认取玄玄宝，挂在明堂射古今。①

该诗通过描写镜的明净、深沉，能照透人世间万般事物的表与里，洞察人间世名与利。由磨镜类推磨砺人心，如果信道者像磨镜一样把心也磨砺得深明透彻，就能照亮宇宙万有，任何魑魅魍魉都逃不脱我心的照鉴，看得越多越司空见惯，境界愈发高远玄静。显然，此诗正如心镜广博深沉、含蓄万有一样，其内敛饱和的诗旨内涵透过字里行间可感可触。又如《和落花韵》云：

不谋轻举望升飞，碧洞无劳闭玉扉。久厌世情名与利，素嫌人世是和非。须知谨谨修心地，何必区区衒道衣。门外落花任风雨，不知谁肯悟希夷。②

修道炼仙是一种自然而然、水到渠成的“缘分”表现，缘到了，自然成，有如落花，当已到瓜熟蒂落时分，只需外界微风轻轻一点便修成正果，虽如此，但却有一前提，“谨谨修心”，一种慎重、内敛、屏心静气的练养功夫。显然，该诗所暗示或深蕴的道教修持主旨折射出含蓄婉敛的诗歌风格，体现了诗人把道的深沉和诗的内敛合而为一的宗教文学创作倾向。又如《姜公建钟楼》云：

精蓝三宝实心倾，结构重楼愿显明。图使响音空外响，任教清韵世间清。遍闻一颗真金吼，击动十方自己声。大小尽能归仰处，总令一一证圆成。③

正如鼓楼的钟响，传出的是弦外之音、响外之响，人们听到这声响，就能悟出声音之外的仙道，这样的诗歌，与司空图所提倡的“象外之象，景外之景”以及“韵外之致、味外之旨”的诗歌实无二致，都主张含蓄内敛的诗歌才是诗中之萃，由此看出，道教诗歌思想人物也好，一般文学

①② 白如祥辑校《王重阳集》，第5页。
③ 同上，第10页。

批评家也好，都有一种殊途同归的兴趣——对诗的内敛饱满之要求。再如《示学道人》云：

> 几个同流会养躯，我今独自衒痴愚。饥来粝饭长哺啜，寒后粗衣任盖铺。诗句不能分密妙，心间难以认惺苏。岂唯得得时须守，应是还他父母租。①

学道作诗是一回事，对于个中奥妙，是无法用语言来说个细密、道个明白的，道与诗的真谛在于它的浑沌、朦胧，“不可凑泊”，不能说穿，它们用薄纱所笼罩的深意，其神秘性、动人心弦和勾魂摄魂的地方正在于这朦胧缥缈、绰约风姿，你的心智，你的思维，难以将它认个清醒、明白。从这个诗歌思想上看，全真教祖王重阳实属受唐诗中兴象派、金诗中含蓄派影响的道教诗歌思想家，其诗学意义显然在于将传统文人的兴象理论引入宗教文学创作领域，使诗学与道教仙学有机结合在一起。

王重阳创全真教，他在道教业内为众望所归的领袖，德高望重，深受敬佩与爱戴，在辽金之际，尤其是金朝建国统一北方之初，亦被朝野所景仰，这可从金朝重臣完颜璹为王重阳所作碑文一事得窥一斑。完颜璹(1172—1232)，据《金史》本传载，为金世宗(1161—1190在位)孙，越王永功之子，大定二十七年加奉国上将军，明昌(1190—1196)初年加银青荣禄大夫，卫绍王时加开府仪同三司，贞祐(1213—1217)间封胙国公，正大(1224—1232)初进封密国公，资质雅重，薄于世味。与文人名士多有交往，以文才名世，其卓越的诗歌成就深得金代名流元好问的嘉许，元氏在《中州集》之《密国公璹传》中称其“宗室中第一流人也。少日学诗于朱巨观，学书于任君谟，遂有出蓝之誉。文笔亦委曲能道所欲言，朝臣自闲闲公、杨礼部、雷御史而下皆推重之。……文士辈亦时至其门……或终日不听客去，风流蕴藉，有承平时王孙故

① 白如祥辑校《王重阳集》，第16页。

态”①。就是这样一位名望高峻的“王孙”在全真教祖仙逝的时候，受其友人玉阳子王处一（王重阳弟子、全真教七真之一）之请托，欣然为王重阳撰《终南山神仙重阳真人全真教祖碑》，文中对王重阳的诗文创作多次赞赏歌颂，一则曰“工乎谈笑妙于斯文”，再则曰“肆口而发，皆成文章”，三则曰“陶冶真实，杜绝虚假”②。朝廷重臣如完颜璹者是如此推崇王重阳的诗文创作，同时代的地方官员亦同样对全真始祖称赞有加，如专门为王重阳的《重阳教化集》《重阳全真集》作序的范怿、国师尹、赵抗、刘孝友、梁栋、刘愚之等，他们从王重阳的诗歌创作中感受到了他关于诗歌的认识及其诗歌风格特征，如前引范怿序云王重阳诗“意旨弘深”，即道出了王重阳诗的追求内敛凝重之旨。又如营丘府学正国师尹在他的作《重阳教化集序》中说：“先生入道之后，凡述作赋咏，仅数百篇，一一明达至理，深得真筌。……以言语训诫发为文章，而启迪迷人，庶有觉悟。”③这里指出了王重阳诗文明达显豁的风格追求，也称赞其诗警醒人心，开心启智的宗教功能和教育作用。再如山东宁海州学录赵抗在其为重阳诗文集所作序中云“工词章”，与马丹阳“以诗词唱和，皆以性命道德为意”，“一篇一咏，不徒然而发，皆所以劝戒愚蒙”，“究重阳真人之诗词而悟道，或以篇章，或以言说，广行其教，欲人人咸离迷津，超彼岸得全真之理”④。又有宁海州东牟乡贡进士刘愚之在序中云王重阳在收纳马钰为徒时“警之以诗，悟之以词”⑤，即可知王重阳所作诗词，或明示道理，或暗指仙学，皆旨意深邃，造语淳真。

通过以上分析和梳理，可知王重阳的诗歌创作及其诗论内容在金初流传、影响非常广泛，无论是教内教外，都读其诗而知其论诗、用诗

① 阎凤梧主编《全辽金文》，第 3360 页。
② 同上，第 2449—2454 页。
③ 同上，第 1805—1806 页。
④ 同上，第 1807—1808 页。
⑤ 同上，第 1791 页。

的思想含蕴，这些诗歌思想含蕴和创作诉求是和我们前述金代诗歌大环境相协调的，他的诗作诗论既是金代诗歌成就的有机组成部分，也受金诗创作的大气候影响，当然也同时影响着同时代的诗人，无论是教内还是教外，如教内者即以他的七大弟子全真七子而论，已是勿庸置疑的事实。而以教外而言，除前述重臣完颜璹外，尚有大臣翰林修撰嘉议大夫同知制诰上轻车都尉彭城郡开国伯食邑七百户赐紫金鱼袋刘祖谦者，虽不与重阳生活于同时，但颇对之推崇尊重，其为王重阳所作《终南山重阳祖师仙迹记》中，拳拳景仰、企慕、向往之心，字里行间赫然可见。如文中有云“师咸阳人，姓王氏，名喆，字知明，重阳其号”①，这里对重阳以师礼相称，足见其敬重之意。以此推之，刘氏在学道、为官、作词、吟诗诸多方面断然受师影响。今以元好问《中州集》中刘祖谦诗三首观之，其仙风道骨之气质断断非受道教全真派之影响而全真学道求仙者之所有，如《雅集图》云：“翠雀翩翩野鹤孤，玉京人物会仙图。后来且莫轻题品，席上挥毫有大苏。”②野鹤闲云孤单只影，与仙真聚首，又吟诗作画，效仿大苏，洒脱豁达，实属道家道教者流。又如《崆峒山图为横溪赋》二首云：“好奇仍有客相携，绝顶披云快一跻。三十六峰青似染，五平拄笏羡横溪。独占名山每羡渠，京尘今日污吟鬚。西州十载经行处，惆怅云烟是画图。”③横溪翁者，乃金朝重臣，曾出使元并与之议和，累官吏、礼部侍郎，本名冯延登（1175—1223），横溪翁是其号，《金史》、元好问《中州集》小传有载，有诗名，诗多吟咏道性仙意，刘祖谦作此二首诗歌，其羡仙慕道之意甚著。诗中所云崆峒山者，自古以来为道教仙人隐居之地，远古时有名仙广成子者隐于此山，山处甘肃平凉西，滨临泾水，相传皇帝问道于广成子，《庄子》、晋葛洪《神仙传》均有载，山中宫观古屋甚多，金元时因战乱而毁损但旋又修复。刘祖谦作诗而赞横溪翁者，个中隐情不难发现。由此可推知他对全真教祖的信仰情结在于由来已久的对于仙道的热爱，故

① 阎凤梧主编《全辽金文》，第 2654 页。

②③ 元好问《中州集》，第 260 页，中华书局 1959 年版。

在《终南山重阳祖师仙迹记》中才有称师之语。刘祖谦为当时诗坛名流,"一时名士如雷御史渊、李内翰献能、王右司渥皆游其门。得人一诗可传,必殷勤称道,唯恐不闻,人以此称之"①,以刘氏的名声和影响力为王重阳作传记,他们之间或者说世俗与道教之间的逻辑关系可见一斑,则金代诗坛的理论认识方面有共识共见者,或者说他们互为所用,互为推动者,则不言而喻也。

(二)"以心传心"的七真诗歌教规

王重阳自从金世宗大定七年(1167)七月收马钰为徒创立全真教后,又先后收受谭处端、丘处机、王处一、刘处玄、郝大通、孙不二六人为徒,号称七真人,全真教内,一时人才济济,真人云集。这七真人大多出身名门富家,或饱读诗书,或才思敏捷,他们都积极刻苦进行文学创作,都将自己的作品结集刊刻流布世间,其中诗歌创作是他们重要的文学成就之一。他们秉承师传,深受王重阳良好的诗歌思想和诗歌倾向之影响,继承王重阳诗歌内敛含蓄、深沉蕴藉的风格传统,延续着全真教祖师的诗风脉络,共同践履着"以心传心"的诗歌教规。

丘处机的诗歌作品,保存在他的诗集《磻溪集》中。时人胡光谦(1109—1192)、毛麾(生卒年不详,1176 年赐进士出身)、移剌霖(生卒年不详)等为之作序。这些作序者或为朝廷命官,或为时贤名流,都肯乐意为之命笔,胡光谦作为比丘处机大几近四十岁的长者竟然"屈尊下驾"为丘作序,可见丘处机在金代社会中的受崇敬程度。所有这些序文(诗序)都是提炼出了丘处机诗歌意识中最重要的一个内涵,就是自然而成,不言而备。如胡光谦序云:"丙午(即金世宗大定丙午年,公元 1186 年)春,有三仙者自陇山来谒我祇宫,囊山一篇,乃《磻溪》,丘公长春举扬玄谛,开透迷朋而作也。启缄阅焉,其文豪纵,意出新奇,盖匪俗学所能知者。……发无言之言,上明造化;彰无形之形,下脱死生信手拈来,不劳神思。空暗自震,奋为雷霆。本文不作,灿成斗

① 元好问《中州集》,第 259 页,中华书局 1959 年版。

星。…… 动容无不妙，出语总成真。”[①]丘处机作诗的目的是传播全真教的教义教旨，把乃师王重阳立教的核心思想——全真养性传播到社会的每个信教者之中，或者说将每个人纳入全真教之内，最终获得生命的长寿安康，诗歌就成了最形象最直接有效的传播途径。而怎样运用诗歌形式，即怎样认识和理解这个工具的作用，最后发挥其作用，成了丘处机面临的一个重要课题。正如胡光谦总结的丘处机从两个方面把握好了“诗歌”这条途径，一是要发挥诗歌“不言而言”“大音希声”“大象无形”的魅力，在无形之中威信十足感召信众；一是要使诗歌意出新奇但又是信手拈来不劳神思。

所谓不言而言，就是说传教不以言语相传但又要让信仰者得其言传，明白教义教理，学得全真养性、保命成仙的方法。诗歌是用语言写成的，因此诗歌要恪守无言相传的秘诀，可最终要让信众学有所得，这就是“发无言之言，上明造化；彰无形之形，下脱生死”。根据这个作诗逻辑，就得出如此的结论，即诗歌必须蕴藉着深刻的思想内涵，让信众从内敛饱和的内涵中受到启发，获得对于生命的认识。对于这个诗歌观念，另一个为《磻溪集》作序的作者毛麾表述为“仙书无文，仙语无词，以心结心，天地不知，放情逍遥，今古为谁？予丘公复云”[②]，这是说，丘处机以道教祖师爷老庄关于行不言之教的社会教化理论为思想基础，进一步提出在传教方式上的心心相印，“以心传心”，仙道的学与传的过程是一个不借助任何语言形式而是在不言之中彼此心灵默契、灵犀一点通的互动过程。道教教义教旨中的深刻含蕴即使用诗歌形式来表达，这诗歌也不刻意追求语言形式的外露、外著。而是讲究内敛、含蓄的方式，让接受者去心领神会，诗歌主体或传道主体的思想感情创作意图深蕴在诗歌的字里行间之中。丘处机的“以心传心”，从诗歌思想或文学理论的高度上讲，其实是回应了唐宋以来“不著一字，尽得风流”的兴象说，如严羽说“夫诗有别材，非关书也。诗有别趣，非关

① 阎凤梧主编《全辽金文》，第 1240 页。

② 同上，第 1677 页。

理也。而古人未尝不读书，不穷理。所谓不涉理路、不落言筌者，上也。诗者，吟咏情性也。盛唐诗人惟在兴趣，羚羊挂角，无迹可求。故其妙处莹彻玲珑，不可凑泊，如空中之音，相中之色，水中之月，镜中之象，言有尽而意无穷”。将丘处机的“以心传心”不涉文词的诗歌追求与严羽所主张的不涉理路、不落言筌、言有尽而意无穷的诗学理论放在一起考察，都体现了中国诗歌中道教内外关于含蓄蕴藉之风的一致追求。下面我们来检验丘处机的诗歌作品。丘处机《赞丹阳长真悟道》云：

> 马氏谭君达圣朝，疑情万古一时超。云中采药烹金鼎，火后收丹贮玉瓢。手握灵珠常奋笔，心开天籁不吹箫。看看跨鹤乘风去，海上人间影迹摇。①

“手握灵珠常奋笔，心开天籁不吹箫”，道心与诗心紧密连在一起，手握灵珠即把握了仙道之本，则写诗奋笔就会得心应手，道心决定了诗心；同时心与天籁相通即与道相通，就用不着借任何形式将这天籁表达出来，只要心照不宣就能将道谛高高悬起。丘处机《白龙洞》二十首其三云：

> 初观山色有无时，十日迁延尚未之。咫尺洞天行不到，空余吟咏满囊诗。②

吟诗在于将对道的体悟化作一种“有无”相生的幻境，生命在此幻境中升华，山色似有却无，朦胧缥缈，神奇幻化，有如咫尺洞天，似远却近，似无实有，似真却假，似实却幻，这正是体道者的境界，如果不能达此境界，则哪怕你吟诗满囊，也是徒劳无益，诗的幻境与仙道生命之幻境交相辉映，这就是风流蕴藉。

---

① 赵卫东辑校《丘处机集》，第 11 页。
② 同上，第 29 页。

在践行“以心传心”的修道吟诗理论方面比较突出的七真人中，尚有马钰、谭处端、郝大通者。马钰在其诗词集《洞玄金玉集》中多次提到道教内传道方式是传心为主，而诗则是劝人受道的重要媒介，因此诗也即以传心为己任，他在多首拆字诗中表达这些道心与诗心的意思。如《余到华亭、蒙终南县赵主簿见寄佳什、谨依韵和之》第三云：

> 乎者也论神仙，上观天别有天。抵心灰堪学道，初相劝水云边。（拆之字起）①

此言彼此心通心达则道可传。又如《赠董大人德》云：

> 德之人决了仙，居市隐志投玄。传心印灵然物，鹿羊车运载天。（拆大字起）②

同上一首一样，言学得仙道主要靠以心传心，心心相传相印，才能显示灵验。又如《和李大乘韵》其二云：

> 子通玄来远访，知今是觉前非。丹要结须凭语，许心交更不违。（拆之字起）③

要学得仙丹之道，仙丹经上的言语理解固不可缺，但更重要者则是以心相许，即心的交流才是悟丹至道。

以上讲传道以心，即道心一体。以下讲传诗以心，诗心一体。如《赠华亭县道友》云：

> 马风慈厚交维摩，常病众生受苦多。劝化诗词如省悟，免教投火似飞蛾。④

---

① 赵卫东辑校《马钰集》，第 37 页。

② 同上，第 38 页。

③ 同上，第 39 页。

④ 同上，第 11 页。

诗词传道，在于用心去省悟个中之道，因此心对于诗，诗对于道最后归之于心对于道的无比重要。又如《冬至日镬陇州同知李镇国炭》云：

一阳生发岁添新，自笑诗人忒煞辛。呵笔狂吟书玉简，起心动念镬乌薪。①

作诗是一种煞费苦心的精神活动，有时它像被严寒冻僵了的大地苦硬瘦削，但是一旦有什么触动心灵的电流，诗人便会奋笔狂吟，有如被一团正燃烧的炭火暖和了严冬与寒地，心的滚动马上如高炉中的洪流烫热了诗的节奏。一首诗，一首伟大的诗，一蹴而就；一种道，一种真人的仙道，顷刻悟得。

谭处端的诗词集名《水云集》，大多为阐扬全真教宗旨的作品，宣传真性灵、真性情对于传道受道的重要作用，提倡以纯真自然之心去修仙学道，强调心对于道的决定作用，继承师父王重阳及同门师兄弟们以心传心的"得道"作诗家法，因此，该部诗词集深得同乡学友的称赞，范怿在为该集作序时说："其述作赋咏，举笔即成，诗颂词章，仅数百篇。又述《语录》《骷髅落魄歌》警悟世人。皆包藏妙用，敷扬真风，引人归善，甚有益于时也。"②如谭处端强调心对于道的作用的诗有《述怀》一首，云：

不会搜空向外寻，蛟龙猛虎倒颠擒。朝昏懒慢修香火，十二时中只礼心。③

此诗谈修仙之道法，修持操练只向内里寻找，这个内里就是"心"，因此，万分地礼待此心，敬重此心，即向内求的功夫，便是明心见性，便是修得了仙道。而只要心中有悟，内心有得，便不需要任何语言的传达，故谭氏《劝众修持》其三云："大道常清静，无为守自然。自心不回转，

① 赵卫东辑校《马钰集》，第 12 页。
② 阎凤梧主编《全辽金文》，第 1815 页。
③ 白如祥辑校《谭处端集》，第 15 页。

何处觅言传。”[①]如果想觅言传，必须回心转意才行，如果不心回意转，觅得言传又有何益？因此，作诗以佳道，传道以用心，一旦心在转，言笔皆可摒，故其《戒笔》云：“绝笔尘方尽，忘言道可亲。擘开真道眼，损了假精神。”[②]如果做到忘言得意，得意忘形，最终归于心言两忘而绝弃尘想，那么仙道的最高境已然达到。

郝大通传世的诗词集名《太古集》，其创作主旨自然不外乎宣传全真教教旨，阐扬神仙之道。正如其自序所云：“自然之道甚易知，甚易行，而天下莫能知，莫能行者，盖情欲缘想害之之谓也。人若去妄任真，超尘离法，混俗而不凡，独立而不改，抱一而不离，周行而不殆，于仙道其庶几乎？”[③]“去妄任真”“抱一不离”，正是全真教的鹄的所在，正是仙道的妙法所在。围绕此一思想，郝氏以诗来明之，而诗所明者，文所佳者，正如为其集作序的金代翰林学士冯璧云：“语录、文章、记述、诗赋，以传心也。功德兴建，以示迹也。”[④]郝大通也强调道以心传，师弟子之间，授受者之间，则是以心传心的，故其《金丹诗》第六首云：

> 恒星不现即如来，静止安恬别立阶。四变艮宫成妙体，返形革命达真胎。学人悟此通心印，觉者知之理性才。解得个中弧矢意，千经万论一齐开。[⑤]

一言以蔽之，学仙悟道就是“心有灵犀一点通”的事情，千经万论，千言万语，归之于“心”的契通。传道是如此，作诗当如何？作诗同样是心灵感悟的结果，道意诗心原本一家亲，故郝大通《金丹诗》第十八首云：

> 淳风高旷世非同，不达幽微止谓空。得意诗情唯自乐，知心

---

① 白如祥辑校《谭处端集》，第 18 页。

② 同上，第 19 页。

③ 阎凤梧主编《全辽金文》，第 1607 页。

④ 同上，第 2392 页。

⑤ 白如祥辑校《郝大通集》，第 423 页。

道话几人通。都缘执性迷真性，尽散淳风昧教风。一粒金丹炉内有，料无仙骨卒难穷。①

诗以得意为乐，道以知心为通，意与心实乃一也，则可知修道学仙之理与吟诗作词之道其出一焉。

综合以上七真重要代表人物的诗歌思想观之，“以心传心”，既是其仙道原理，又是其诗学原则，而其载体则为论道诗和论诗诗之形式。

二　多元化的诗歌主张

对于诗歌的理论阐述，全真派的领袖们就诗歌的功能和作用、诗歌的语言特质、诗歌缘何而生(生成)、诗歌创作中的构思或灵感、诗歌的审美要求、诗歌的创作精神活动等一系列问题都发表了精辟的见解，表现出多元化的诗歌主张和诗学观点。

关于诗歌的功能和作用，王重阳、马钰、丘处机、谭处端、王处一、郝大通都有相关表述，尤其从宗教的劝善惩恶角度出发提倡诗的劝化作用，因此，诗歌作为宣教的手段和工具，其宗教价值取向特别明显。如王重阳在《街中求乞》中云：

圈眼王三乞觅时，被人呼作害风儿。五般彩色于身见，一点光明只自知。贴观已收八句字，指期须显七言诗。长街两面诸豪富，不道蚕归是阿谁。②

这首诗作于诗人早年，从其求乞生活和取名王害风的故事中，得知他早已埋下要均贫富、为穷苦的阶层抱不平的慈善之种，而颔联已明确规定了以七言八句为特征的律诗应担负起宣传慈悲的期许责任。事实上，王重阳吸信纳徒创立全真教就是靠他的诗歌作品来完成这个宗教使命的，比如吸收全真七子第一人马钰入教，这首《街中求乞》就是“诱马钰同去乞觅”后马果入其“圈套”的。马钰“入套”，与王重阳在其

① 白如祥辑校《郝大通集》，第 426 页。
② 白如祥辑校《王重阳集》，第 242 页。

庭院中共创全真教后，马钰也创作了大量论诗诗阐扬诗歌的宗教教化、劝善入教的功能。如其《李济川梦得爨先王传诗一绝，予因和之赞美焉》云：

> 爨公曾拜我为师，一志坚持不暂移。了了根源蝉蜕后，偶然下界却留诗。①

两人作诗留别的目的在于彼此对于信道信仙的宗教情怀和修持执着，师徒以诗为互相劝勉的见证，也是师徒之间诉说诺言的纽带。马钰在另一首《赠华亭县道友》诗中，更是以诗奉劝对方及早省悟，投入全真怀抱，从善如流，方可脱离受苦难之境：

> 马风慈愿效维摩，带病众生受苦多。劝化诗词如省悟，免教投火似飞蛾。②

马钰此言自己为什么听信师父王重阳的劝告而共创全真教，就是想效法佛祖慈悲，将众人救出苦海，所以写诗劝告受苦受难的人们，不要再执迷不悟像飞蛾投火一样笨拙。显然，此诗宣传他们以诗传教的关于诗歌的功能作用的文学观点。

在关于诗的功能作用方面，全真派高道丘处机、谭处端亦英雄所见略同。如丘氏在其《磻溪庙觅□马》中云：

> 闻说磻溪隐太公，岩高树密壮祠雄。花朝石窟龙吟雾，月夜山门虎啸风。万载熊罴名不朽，三春□马献无穷。将诗为觅千余匹，染翰聊为度日功。③

如果说这首诗阐述的是关于“将诗”“染翰”即文学艺术的实用性价值的话，丘处机的另一首《寄杨五信士》则是直言不讳地从宗教行善除恶的角度劝勉他人做善事、修善德：

---

①② 赵卫东辑校《马钰集》，第 11 页。
③ 同上，第 7 页。

> 题诗欲寄纸还无，检帙搜文得故书。书后殷勤题一绝，嘱君行善莫踟蹰。①

全真教是一个既主张明心见性、强调内修的一个道教组织，但也受唐宋以来仙丹道派的影响，提倡致仙长寿的修仙之法，因此，追求生命的青春长驻，得道神仙也是他们的一个宗教目标。对于这种教义的宣传，其诗歌也发挥了很好的作用，所以，诗歌承担宗教的宣教功能的理论，在谭处端的《述怀》诗中如是说：

> 我今云水是前期，细细常观八句诗。若要延龄增寿算，金精专固认真慈。②

诗歌除了具有上述宣教的功能和作用外，全真派人物还认识到诗歌作为一种艺术原创力的形式，还有它真正体现其本质的东西，这就是诗歌的抒情性、审美性、娱乐性，即人类所需的多元化作用。如关于诗歌的抒情性，王重阳是这样认为的：

> 常到此并无思，爱前亲每作诗。说街中虚六案，时堂里见安时。③

诗歌能抒发人类的各种情感，亲情、爱情、友情、乡情……这是从人与人之间的关系而言；而从个体自身情感而言，喜、怒、哀、怨……亦都可以淋漓尽致地表达。如王处一在《清浊两分》诗中把人在尽情陶醉、心情万分兴奋状态下放歌高唱的情形写得酣畅痛快：

> 顺气流行观自在，迎风歌曲醉冲融。清凉境里神光灿，渐转虚无大道通。④

这种激动、亢奋、喜悦之情的生发，缘于对于“大道”的理解、接受和融

---

① 赵卫东辑校《丘处机集》，第 20 页。
② 白如祥辑校《谭处端集》，第 15 页。
③ 白如祥辑校《王重阳集》，第 46 页。
④ 白如祥辑校《王处一集》，第 271 页。

通，当得到之后由高亢兴奋突然跌入清凉沁心之境，其中的神清气爽是多么不言而喻。

除了世俗的情感可以由诗歌来承担和抒发外，宗教的情感同样需要诗歌来完成，而在道教内部，这种感情一般特别地称之为“道情”，故丘处机在其《八月十日自昌乐县还潍州城北玉清观作中秋诗》其十二云：

> 云去云来不暂停，朝昏恍惚变阴晴。今宵幸对婵娟质，剩作新诗畅道情。①

近来新作的诗歌是抒写道情的，此见诗人宗教情怀之深，对于仙道尤其是救人水火关爱生命的仙道由衷的热爱。这种情感透露在字里行间。更为值得注意的是，该诗几乎宣誓了诗歌对于道情的专职表达作用。

无论是世俗之情感宗教情怀，当抒发者抒发之后，读者恍惚感觉总是诗人的一种正常的情感宣泄，但有时也是诗人的自我解嘲，它并不着力于情的正反两端如何可以让读者接受，他只在乎自嘲者的一种满足，西方文学抒情表达上叫作“反讽”，我们称之为自嘲。这种诗歌观念在丘处机那里有所表述，如其《虢县银张五秀处借书》云：

> 盛族文章旧得名，芝兰玉树满阶庭。光辉代代生豪杰，讲论时时聚德星。顾我微才弘道晚，知君博学贯心灵。嘲吟不用多披览，续借闲书混杳冥。②

也许是诗人饱读经书、满腹经纶、横溢才华却未能受到朝廷、社会重用之故，才产生此自嘲自笑读书何益的感慨，不如突破经书的正统重围，以一种休闲、散漫、潇洒的态度以“闲书”养身，这里，“闲书”与“经书”一重对比，无用与有用二重对比，而诗人解嘲之意，反讽之情昭然若

① 赵卫东辑校《丘处机集》，第 37 页。

② 同上，第 9 页。

揭，个中牢骚不满，心契者自然心知肚明。

诗既能抒发人的内在情感，又能描写人的外在“形容”，因此，对诗歌的描写功能的理性认识，也是全真人物一个重要的诗学理论，这以丘处机为代表，其《白龙洞》第十二云：

> 因持翰墨写形容，陟彼高岗二十重。南出巨平千万叠，一层崖上一层峰。①

《白龙洞》是丘处机创作的诗的诗名，共二十首，其诗序云：“东莱即墨之牢山，三围大海，背负平川，巨石巍峨，群峰峭拔，真洞天福地，一方之胜境也。然僻于海曲，举世鲜闻，其名亦不佳。予自昌阳醮罢，抵于王城永真观，南望烟霭之间，隐隐而见。道众相邀，迁延数日而方届。遂闲吟二十首，易为鳌山，因清畅道风云耳。”②这里引用的是第十二首，描写牢山(即鳌山)层峦叠嶂、悬崖峭壁的险与胜，是典型的描写山之“形容”的咏物写景之作，当然，咏物描形的深层处，亦包含着对于“道情”的抒发，有言在此而意在彼的创作意图。

按照中国古代传统的诗学观关于诗的功用问题的认识，还包括诗可以娱悦，让人感到快乐、惬心愉意的娱乐作用。在全真七子中，也有人物强调诗歌的这种娱意功能，如郝大通就有《金丹诗》，其第十八云：

> 清风高旷世非同，不达幽微止谓空。得意诗情唯自乐，知心道话几人通。都缘执性迷真性，尽散淳风昧教风。一粒金丹炉内有，料无仙骨卒难穷。③

好的诗歌，让诗人自感得意的作品，自然会感到快乐欢欣，其实只要是真正好的作品，又何尝不让他人也感到爽心悦目呢？这就是文学的自娱与娱他的综合愉悦功能。另一方面，或者说相反相成的一方面

① 赵卫东辑校《丘处机集》，第 30 页。
② 同上，第 29 页。
③ 白如祥辑校《郝大通集》，第 426 页。

是，当诗人有一种雅兴高致、喜出望外的兴致袭来，立刻抓住刹那间的诗兴灵感，将其放声高歌出来，这时，一首好诗顷刻即成，正如丘处机在《答乔生》中所说：

> 物外归心绝大魔，闲中遣兴益高歌。灵台著欲于今少，健骨乘风已后多。①

有某种兴致，要将它释放(遣)，此时更要用高歌助其释放，两者相得益彰，一拍即合，作出来的诗歌如金声玉振，掷地有声。

世间万物，宇宙天地，草木虫鱼，因何而生？凭什而成？道家哲学提出了道生一，一生二，二生三，三生万物的本体论理论，解决了宇宙的生成问题。同理而推，诗歌、艺术、文学这些精神的东西，又缘何而生呢？对此，中国古代文学理论家们进行了长期而又热烈认真地探讨，从先秦而汉魏而南北朝而唐宋而元明清，可谓发真知与灼见，人人握其理而自圆。考察全真派这些诗人，也对诗因何而生的问题进行了深刻的思考，因而发表了许多宝贵可观的见解，下面亦稍作清理。

正像道教人士所认为的，人能否得仙升仙，是有某种因缘关系在起作用的。同理，他们也认为，自然界和人类社会中，某种声音的发生也是有“缘音”在起作用，而诗歌是借助声音来表现的，这声音自然也有其产生的某个因缘际遇，故王重阳在《赠马钰名》中说：

> 询修炼好追寻，寸飙光寸寸金。得果成无漏果，分音韵有缘音。辉月耀三田荫，魄阳魂九转临。位玲珑真性钰，花台上倚瑶岑。②

这里谈到了三种缘分，一是修道成仙要有缘分，而王重阳认为马钰有此缘分，故劝马钰入仙道并给他赠了一个“钰”之名；二是字的声音有其自然界的缘分，因自然之声而赋予了文字以声音；三是按押韵平仄

① 赵卫东辑校《丘处机集》，第20页。

② 白如祥辑校《王重阳集》，第28页。

等规律而写作的诗歌，也是由于某种风云际会的缘分才产生灵感，创作诗歌的。正如陆机在《文赋》中所说“遵四时以叹逝，瞻万物而思纷；悲落叶于劲秋，喜柔条于芳春”。正是诗人感物而思，有思而发为诗歌。刘勰也说“春秋代序，阴阳惨舒，物色之动，心亦摇焉”，是诗人有感于时候与万物的变化，“神与物游”，才际合因会产生了诗歌作品。作为道教人物的王重阳深谙此理，所以提出诗歌之所以生成，正是由于有其“缘音”之故。这个“缘音”，或者是外界自然美好的山水，正如古人所说“挥毫当得江山助，不到潇湘岂有诗”；或者是冥冥之中有神灵给创作主体暗中相助；或者是诗人内心兴发的神秘冲动使其一挥而就。诸如此类，不一而足，如第一二两种情况，则有丘处机的诗为证。《白龙洞》其十五云：

> 修真野客非才子，行到鳌山亦有诗。只欲洞天观海日，不劳云雨待青词。①

正是鳌山临海背原、峻丽奇美的水光山色，才萌发了诗人的作诗欲望，铸成此作。丘处机又有《初雪》，诗云：

> 昨夜雨成雪，今朝地变银。窗明不是晓，野暗即非尘。出海金波淡，弥天玉树新。乍观清入眼，堪动作诗人。②

这里的诗论，简直与陆机、刘勰所论诗之生成者如出一辙，是中国古代诗学理论中关于诗歌缘起的重要阐述。再看丘处机的《春夜雨》其二：

> 春色来何晚，景色未铺成。细雨偏沾物，轻风不著人。融和三月暖，次第百花新。静夜轩中卧，闲吟海上春。③

春和日丽，草长花开，莺歌燕语，一派生机勃勃，春意盎然之景，此景此色，一旦与诗人眼耳口鼻、心神灵感际会偶合，便产生了这首优秀的写

---

① 赵卫东辑校《丘处机集》，第 31 页。
② 同上，第 51 页。
③ 同上，第 54 页。

景描春的佳作。

至于第二种情况，丘处机亦有《送陈秀才完颜舍人赴试》其二云：

> 丈夫高节气凌云，十载潜看万卷真。满腹诗书虽合道，出群头角未惊人。奔牛计策元无敌，立马文章自有神。异日功成心爽悟，黄粱惊觉梦中身。①

这里的“神”，既指神思精神，又是某种类似于神灵、神物、精灵者，是它们的暗中相助，才做成诗歌文章。

至于第三种情况，即指作诗者在构思前或构思中，突感有某种神秘的欲望冲动，于是摩拳擦掌，跃跃欲试，最终写成作品，故马钰《醵兴利镇酒监》云：

> 无著先生惟好饮，不待殷勤书状请。一笔挥成醵酒诗，万望监官酬酩酊。②

虽然酒力对于作诗来说有强大的助推力，就如“李白斗酒诗百篇”那样，但冥冥之中，或有神灵相助，才能“一笔挥成”，也许是实有其事的，据说江淹作诗时，总有仙人送来神笔，助其写成诗篇，而且篇篇佳构，尽显江郎才气。

在儒家思想文化和伦理道德占统治地位的中国古代社会，一贯倡导道德情操对于诗文写作的决定作用，《周易》提出“修辞立其诚”，孔子反复主张“有德者必有言，有言者未必有德”，孟子告诫知识分子、大丈夫要养浩然之气，韩愈倡导道德高于文章，“文以载道”或“文以明道”，他说“文者，贯道之器也，不深于斯道，有至焉者不也”。文章是宣传儒家仁义道德的，因此，作家的道德修养极其重要，它决定了文章的好坏，所以韩愈又说“根之茂者其实遂，膏之沃者其光晔。仁义之人，其言蔼如也”(《答李翊书》)，并且提出了“气盛言宜”的理论命题。北

① 赵卫东辑校《丘处机集》，第 14 页。

② 赵卫东辑校《马钰集》，第 43 页。

宋欧阳修同样重视作家思想品德的重要性，他说“大抵道胜者则文不难而自至也”，显然把“道”即品德修养看成诗文成败与否的决定因素。上述道德文章关系论其实在道教业内也是普遍认同的。就全真教创立者及其后学而论，都是饱读诗书、德高望重之流，如王重阳和丘马谭等，皆可谓教内贤达之士。王重阳非常重视诗人的道德情操和言行举止的炼养，提出诗人应是谦谦君子，才能写出好的诗歌来，他在《赠侄》诗中说：

一首新诗赠七哥，予言切记莫蹉跎。遵隆国法行思义，谨守军门护甲戈。饮膳共为通礼让，言谈歌出用谦和。先人后己唯长策，伫看归来唱凯歌。①

该诗是赠诗，诗里多少个关于道德修养的词语，足见诗人道德品质的重视，不仅如此，更为重要的是提倡“谦和”对于诗歌创作的重要性，这与韩愈所倡导的“仁义之人，其言蔼如也”毫无二致。在这个方面，王重阳高弟丘处机亦承乃师传统和诗论主张，将文章与贤太守并提，意谓文章写得好的人必定是思想品德贤达高尚之士，其《次韵答奉圣州节度使移剌仲泽佳什》云：

忘机不用苦清谈，太隐何烦住小庵。海印发光吞宝月，天心烛物迈寒潭。黄庭雅弄琴三叠，紫府高吟酒半酣。西北文章贤太守，肯将珠玉寄东南。②

在具体的道德品格指向上，以丘处机为代表的道教人士以老庄关于道的虚无性为理论基础而强调作家诗人胸怀的宽广，即主张创作主体有包容万有、海纳百川的虚怀若谷之胸襟，所以丘处机在《山居》（其三）中云：

独自深山捱寂寥，闲云作伴屏喧嚣。耽慵不念生涯拙，好静

---

① 白如祥辑校《王重阳集》，第 147 页。

② 赵卫东辑校《丘处机集》，第 18 页。

唯便熟境销。著假空贪齐李杜，明真何必等松乔。研穷寿算文章力，岂夺虚无造化功。①

李杜文章也好，松乔仙寿也好，假饰虚名是过眼云烟，虚无豁达是真功造化，真品质、真性情、真人格、真思想，才是自己拥有的山青水秀好风景，延年益寿美韶华。

对于诗歌的理性认识，全真派们还从文学审美、艺术审美的角度进行了诠释。王重阳强调诗歌在修辞技巧和遣词造句上的对称匹配之美，如其《吕公求指诀》云：

礼念焚香作福山，不干入道道中玄。外边假合开中宝，里面真人认得贤。处处无心为锻炼，家家有性现精研。莲花出水腾颜色，叶叶分明是个仙。②

虽然此诗说的是修仙上的白线金丹炼造之法，但借用到诗歌创作上则转化为那种曲调内涵上的双重意义，即通过语义双关的修辞包含的弦外之音，从而表现主旨追求上的含蓄之美；或者用双管齐下的笔法，平行构成一剑双刃或一刀两面的对称之美，这种诗歌的艺术美理论，无疑是中国传统文化中或传统审美理论中平衡美学观念影响所致。

道家道教在政治哲学和生命哲学上提倡的清静无为和恬淡清静，运用在文学创作上则表现为以清静为美的艺术追求，尤其是诗歌意境的创造，全真派更主张清脆幽静的诗歌音韵是最得仙道仙境的妙音绝响，因此，由诗入乐的道教音乐最受业内人士和教外文人的聆听和激赏，王处一在其诗《赠道士张守道》中云："归依无上道，守得水银红。性命还元主，清音聒太空。"③高远的太空回响着清亮悠扬的仙乐旋律，整个宇宙沉浸在仙乐包围的美妙清响之中，天上仙境当然是道教信徒们追求的最高福地胜境。对于以清为美的诗歌、音乐的追求，这

① 赵卫东辑校《丘处机集》，第10页。
② 白如祥辑校《王重阳集》，第19页。
③ 白如祥辑校《王处一集》，第372页。

一方面是中国传统正直的知识分子将洁白纯正的人格操守投影在艺术作品上的表现，自古以来，高洁的文人向往的是高山流水清澈明亮的音乐境界，所以有志在高山和志在流水的知音之叹；另一方面，也是道教信仰者们对于性命双修的境界要求，就全真道来说，正是这种以清为美的艺术熏陶，反映了他们融合唐宋道教主命和主性两种流派并将其提升到艺术生命之高度的诉求，体现了全真派在中国道教史上的质的飞跃和重大突破，生命由形神兼备向艺术的质点跨越式发展。

同样地追求和激赏清高之歌诗曲调的全真道人物还有丘处机，其《赠泾州踘跌郎中暨刘解元》云：

> 凡为道友欲相寻，不用浮财礼数钦。俗物光辉难买道，人情拘束易劳心。疏慵寡学文章浅，淡泊幽居岁月深。格外闲愁都绝想，云中来听一高吟。①

文学创作，诗歌吟咏虽然具有多种功能和作用，而且也是艺术的、审美的、愉悦的精神之旅，但其中也不乏个中辛酸苦辣，有时诗人为吟一个字，苦中作乐，掐断半根须。对此，全真派诗人们也毫不掩饰那种舞文弄墨的艰辛，这正如马钰在《继綦大成韵》中说："儒者綦二与李三，之乎者也罢相参。弄文活计知为苦，学道生涯觉是甘。"②写诗作文如此之苦，以致诗人劝好友不如学道学仙，仙道中才是甜美甘饴的。对于文学创作是一种艰辛的劳作，费神费心费力，魏晋以来，早有理论家提及，如陆云在《与兄平原书》中，就认为作文是以项非常艰苦费神的工作，所以他"极不苦作文"，使"体力甚困瘁"。刘勰也在《文心雕龙·养气》中认为著述作文"钻励过分"就会使人精神疲劳，血气衰竭，并举例说"曹公惧为文之伤命，陆云叹用思之困神"。

在文学创作中，只有诗歌作品的存在并不是文学的全部意义，诗作还离不开读者的鉴赏、品尝，失去了欣赏的环节，写的诗作再多也无

---

① 赵卫东辑校《丘处机集》，第 8 页。

② 赵卫东辑校《马钰集》，第 27 页。

益处，也无意义。因此，全真派诗人还探讨了诗学理论中的鉴赏论问题，提出了“知音”的鉴赏理论，从某种意义上，他们回应和继承了先秦以来尤其是魏晋六朝以来关于文学批评、文学鉴赏中的理论传统，其中最关心这个诗歌鉴赏问题的人是王重阳，其《述怀》第十六首云：“内观一得见知音，明月山头自在吟。万首诗成谁会解，若教会解总无心。”[①]诗人写诗，作品得心应手地炮制出来，但只有求得知音解读，才显示作诗的价值。什么是知音？王重阳认为，知音就是在作者和欣赏者之间，彼此都无须刻意做作地去揣摩对方心理，作者无须迎合欣赏者的口味和兴趣的心态去创作，欣赏者也无须去武断或主观臆测作者的创作缘起，而是彼此有意无意之间，有心无心之间，洞视双方的灵府深处的思想和感情，只须一刹那之间的“蓦然回首那人却在灯火阑珊处”的心领神会，这就是“若解会解总无心”。

诗歌是语言的艺术，追求什么样的语言风格，怎样运用语言和发挥语言的深刻含蕴，又怎样对待语言的优长与缺陷，全真派诗人对此也进行了深刻思考，其对于诗歌语言的种种见解也是他们诗学理论的重要组成部分。

由于道教的传授方式讲究自神其教的神秘性，故在业内形成了一个不口传而以暗示点拨的方式教徒授业的传统，这正如王重阳所说“修行须是默中言，养气无劳静里喧。占得长春真境界，百花香里给孤园”[②]。修行传道讲求“默中言”，即在默默无闻之中把道的真义传给信徒。道家老庄主张不言之教，以无为清静处世养生，以得兔忘蹄、得鱼忘筌、得意忘言从事事业和生活，包括文学创作。尤其在文学上，那种无声胜有声的艺术境界，才是最高最美的境界，这就是老子说的“大音希声，大象无形”。渊源于道家思想和道家哲学的道教，其宗教信仰、文学观念等无不烙上道家的传统印痕。所以在文学语言尤其是诗歌语言上，追求以少胜多、以无胜有的含蓄、蕴藉的风格。故王重阳

① 白如祥辑校《王重阳集》，第 38 页。

② 同上，第 32 页。

《诫潘十四郎省悟》云:“王喆今逢潘利宾,他能绮语敢相亲。想君舌窍非波肉,银里金楞铁口唇。”①重阳最反感的是花言巧语、华而不实、夸夸其谈,道教戒规中戒“绮语”,主张朴实本真的内心流露,在全真教的创始者王重阳那里再次被重申强调,并以告诫道徒,准此类推,诗歌亦不在乎绮靡夸饰的藻丽之求,而是要以纯朴、真诚的语言传递性情和思想。

道教的授受和修持操练,提倡的是无言之教,是一种“不染不着,无为无作,常清常静,真欢真乐”②的静养功夫,这正如马钰在《耀州刘公梦海蟾学修行以诗赠之》中所说:

> 海蟾入梦化刘仙,遣汝投予学妙玄。有说宁知无说法,无言怎悟有言传。能持清净无为理,便达精微造化权。天地悉归金玉鼎,神丹结正性团圆。③

妙玄之法在于清净无为,既不需要业师用言语传授,也并不是一时地缄口不言,那种恰到好处、点到为止的授受也是必不可少的,最高的接受境界在于言与不言之间,可以凭学者充分想象和推演师训之内容,发挥接受者的内在潜能去感悟道的奥妙和真谛。以此推理到诗歌创作,同样地遵循此一原理,伟大高明的诗人就是善于创造令读者想象丰富的诗歌意境,让读者回味无穷地去感受那种言与不言而又无法言传的诗歌佳处,故丘处机在《山居》其一中云:

> 龙门峡水净滔滔,南激朱崖雪浪高。万壑泉源争涌凑,千岩万壁竞呼号。周流截断红尘境,宛转翻开白玉膏。胜境无穷言不尽,临风时顾一挥毫。④

自然胜境无法用言语说尽,即用来写景描色的诗歌无法写尽大自然的

① 白如祥辑校《王重阳集》,第 31 页。
② 赵卫东辑校《马钰集》,第 88 页。
③ 同上,第 65 页。
④ 赵卫东辑校《丘处机集》,第 10 页。

奇妙与美丽，怎么办？只截断一处红尘境加以描写，留下其余更广阔空间让读者去想象个中奥妙和深刻内蕴，而不是要写尽一切，不要用过多的花言巧语、华词丽句去伪饰假妆，这正如谭处端所说“缚住心猿，胜似人定。不著无有，惧忘动静。憎爱是非，益真可听。美言多邪，清言多正。始终弗变，了真朝圣”①。美言，即过多的华巧伪饰之言，多则邪恶；清言，即简洁纯净之言，正当、端正、纯正之言。这种修道语言和文学语言思想，亦源于老庄的言意关系理论，老子说“知者不言，言者不知”，“信者不美，美言不信”，“善者不辩，辩者不善”，庄子说“道隐于小成，言隐于荣华”，王处一亦提倡这种无言胜有言的道教传授规则，而且将其通贯儒道释三教，以默默无言，心通神合的方式倡导三教融合，其《敬三教》诗云：“三教同兴仗众缘，真空无语笑声连。放开法眼全玄理，莲叶重重作渡船。”②至于道教之内的师授徒受，则如《投师》所云：“宿契心交见便休，了真师弟勿言留。玉堂同会无生忍，不露玄机笑点头。”③

正是全真教倡导的这种学道修持的授受风格，使得他们在诗歌语言上追求以少胜多、以无声胜有声的韵味与境界，因此，他们的诗歌才让人们玩味再三，兴味无穷，成就了有金一代的诗歌创作，构成金代诗歌的重要组成部分，而他们的诗学思想也在金代诗学中独具一格，把道教的深刻教义与典雅的诗歌传统水乳交融，使金代诗学思想的宗教色彩浓厚美丽。

① 白如祥辑校《谭处端集》，第123页。

② 白如祥辑校《王处一集》，第276页。

③ 同上，第293页。

第四章　元代神仙道化剧思想

中国古代戏曲，以形式而论，有剧和曲之分。从题材来看，包括宗教题材的剧曲。而在道教题材的戏剧中，又以元代神仙道教题材的作品为盛。但中国道教戏剧发展的过程，也像其他文学样式一样，有一个源远流长的历史进程。从宗教信仰的性质看，道教戏剧的起源可以追溯到上古的巫觋歌舞。正如德国汉学家马克斯·韦伯在其《儒教与道教》中说："在社庙祀祭时，他们最后还要神魂颠倒地手舞足蹈，先是魔力附身，继而灵附身，最后神附身，并且通过这个人施加影响。巫与觋后来呈现出一副道家面容。"[①]此言巫和觋以歌舞者的身份扮演神灵仙怪这些后来具有道教仙道色彩的角色，而巫觋这些角色最早出现在上古社会，其中尤以巫为多。巫者，如许慎《说文解字》云："巫，祝也。女能事无形，以舞降神者也。"这是说上古社会巫是由女性充任的。这在《诗经》中也得到了验证，《诗经·陈风·宛丘》云："子之汤兮，宛丘之上兮。洵有情兮，而无望兮。坎其击鼓，宛丘之下。无冬无夏，值其鹭羽。坎其击缶，宛丘之道。无冬无夏，值其鹭羽。"这是说有一位女子，以歌舞降神为职业，不分冬夏冷热在大路上为人们祈福舞蹈，也反映了当时陈国的巫风和民间歌舞的情景。这种巫风习俗，许多戏剧史家认为其带有相当浓厚的仪式特征和宗教色彩，表达了人类企图通过宗教和仪式性的表演来实现某种美好目的的愿望[②]。

---

① (德)马克斯·韦伯《儒教与道教》，第 76 页，商务印书馆 1995 年版。

② 参见张庚、郭汉城主编《中国戏曲通史》，中国戏曲出版社 1980 年版。

随着上古人们对神灵崇拜意识的加强，人们对神灵的期盼也越来越强烈，这种期盼也包括对人类健康幸福、长寿平安的渴望，尤其是秦汉以来，上至帝王，下至百姓，都表现出信仰神仙、求仙延命的宗教意识，因此，在此时的歌舞表演以及具有戏剧形态的演出活动中，以神仙为题材的戏剧故事就出现了，如汉代出现的歌舞戏剧《总会仙倡》就是典型的作品。这是一个赞美神仙世界的快乐、美好、幸福的仙道剧，见于东汉文学家张衡的《西京赋》。此外，在《西京赋》中还有一个《东海黄公》的歌舞剧，其主题也为神仙道教意蕴，后来在西晋葛洪的《西京杂俎》里，此仙道剧敷衍得更详细，主角东海黄公俨然就与东汉道教内的方术之士极其相似。到了南朝，道教神仙戏剧继续发展，形式依然为歌舞剧，题材依然是神仙世界的故事，如梁朝周舍撰的《上云乐》，宣扬福寿长生的神仙思想，道教意识极其浓厚。到了隋唐，教坊中的仙道乐曲和歌舞表演更加繁盛，即以仙字命名的曲调和演出节目就不胜枚举，如《众仙乐》《二郎神》《五云仙》《洞仙歌》，尤其是《霓裳羽衣曲》，更是盛唐时仙道题材的名曲。到了宋金时期，随着中国戏曲的正式形成，在杂剧院本中道教神仙剧一枝独秀，与其他题材的杂剧共同造就了此时戏曲的巨大成功。这些仙道剧被收录在宋周密《武林旧事》、叶梦得《石林燕语》《东京梦华录》等文献之中。初步统计，在宋杂剧和金院本中有三十个涉及道教神仙故事的作品，它们是：《王子高六幺》《慕道六幺》《三佑慕道六幺》《郑生遇龙女薄媚》《柳毅大圣乐》《马头中和乐》《二郎熙州》《鹘打兔变二郎》《二郎神变二郎神》《裴航相遇乐》《梦巫山彩云归》《宴瑶池爨》《钟馗爨》《菜园孤》《还魂酸》《师婆儿》《马明王》《庄周梦》《蝴蝶梦》《八仙会》《白牡丹》《煮海》《迓鼓二郎》《独脚五郎》《入桃园》《风花雪月》《王母祝寿》《瑶池会》《蟠桃会》《变二郎爨》。

道教神仙戏剧发展到金元时期，出现了前所未有的盛况，达到了极其繁荣的创作巅峰，这是与整个金元杂剧和散曲的“一代之文学”相适应相匹配的，在某种意义上讲，正是金元神仙道化戏剧的兴盛，才使元曲作为“一代之文学”完美无缺。

第一节　金元神仙道化剧创作实绩

如果说金元异族政权入主中原，以野蛮杀戮与戕害毁灭汉族文化，废除科举，摧残文士，政治的迫害，民族的歧视，凡此种种，促成了金元杂剧与戏曲的繁荣昌盛，那么，正是金元道教太一教、大道教、全真教的相继创立，在那个动乱不堪的时代吸引了大批受苦受难的民众加入这些宗教组织，也广泛地影响大量文人对于这些道教宗旨的信仰，从而带来了这些宗教人士、信教徒对于神仙戏剧题材作品的大量创作，使得神仙道化剧无论在作品数量、创作题旨、作品技艺、剧作理论观念诸方面的成就大大超越了过去的水平。据元人钟嗣成《录鬼簿》、明代无名氏《录鬼簿续编》、明徐渭《南词叙录》及其他载记文献所存金元神仙道化剧剧目 40 余种，剧本 10 余种，共计 50 余种，其中有 18 种收录在明臧晋叔《元曲选》及今人隋树森编《元曲选外编》之中。见下表：

录鬼簿	录鬼簿续编	南词叙录
《刘阮误入桃源洞》 《太华山陈抟高卧》 《吕洞宾三醉岳阳楼》 《王祖师三度马丹阳》 《风月七真堂》 《吹箫女悔教凤凰儿》 《汉武帝死哭李夫人》 《哪吒太子眼睛记》 《张天师夜祭辰钩月》 《汉张良辞朝归山》 《张生煮海》	《讯货赂鲁褒钱神论》 《宴瑶池王母蟠桃会》 《娥皇女英斑竹记》 《刘晨阮肇桃源洞》 《吕洞宾三度城南柳》 《邯郸道卢生枕中记》 《西湖三塔记》 《韩湘子引度升仙会》 《血骷髅大闹百花亭》 《瑞仙亭》 《王祖师三化刘行首》	《吕洞宾黄粱梦》 《柳毅洞庭龙女》 《柳耆卿花柳玩江楼》 《吕洞宾三醉岳阳楼》

续表

录鬼簿	录鬼簿续编	南词叙录
《鼓盆歌庄子叹骷髅》 《张天师断岁寒三友》 《韩湘子三赴牡丹亭》 《吕洞宾度铁拐李岳》 《花间四友庄周梦》 《马丹阳三度任风子》 《开坛阐教黄粱梦》 《严子陵钓鱼台》 《陈季卿误道竹叶舟》 《玉箫女两世姻缘》 《柳毅传书》 《裴航遇云英》 《借通县跳神师婆旦》 《升仙乔相如题柱》 《破阴阳八卦桃花女》 《杜秋娘月夜紫鸾箫》 《严子陵垂钓七里滩》	《西游记》 《晋刘阮误入桃源》 《花柳仙姑调风月》 《丘长春三度碧桃花》 《张果老度脱哑观音》 《马丹阳三化刘行首》 《蓝采和锁心猿意马》 《感药王神救婢生子》 《楚金仙月夜杜鹃啼》 《瘸李岳诗酒玩江楼》	

结合上表有关神仙题材剧的收录文本及其他收录仙道剧的文献可知，其中与金元时期兴盛的全真教有关的神仙超度思想的作品最多，初步统计有二十余种，其创作时期亦在金元两代，列表如下：

作者	剧名	文本收录
马致远	《吕洞宾三醉岳阳楼》	《录鬼簿》
马致远	《王祖师三度马丹阳》	《录鬼簿》
马致远	《马丹阳三度任风子》	《录鬼簿》
马致远	《开坛阐教黄粱梦》	《录鬼簿》
马致远	《太华山陈抟高卧》	《录鬼簿》
郑廷玉	《风月七真堂》	《录鬼簿》

续表

作者	剧名	文本收录
赵文殷	《张果老度脱哑观音》	《录鬼簿》
纪君祥	《韩湘子三度韩退之》	《录鬼簿》
岳伯川	《吕洞宾度铁拐李岳》	《录鬼簿》
范康	《陈季卿误上竹叶舟》	《录鬼簿》
李寿卿	《鼓盆歌庄子叹骷髅》	《录鬼簿》
史九散人	《花间四友庄周梦》	《录鬼簿》
张国宾	《严子陵垂钓七里滩》	《录鬼簿》
宫天挺	《严子陵钓鱼台》	《录鬼簿》
无名氏	《汉钟离度脱蓝采和》	《今乐考证》
无名氏	《瘸李岳诗酒玩江亭》	《录鬼簿续编》
杨景贤	《王祖师三化刘行首》	《录鬼簿续编》
贾仲名	《丘长春三度碧桃花》	《海澄楼藏书目》
无名氏	《吕洞宾三醉岳阳楼》	《南词叙录》
无名氏	《吕洞宾黄粱梦》	《南词叙录》
无名氏	《金童玉女》	《九宫正始》注引
无名氏	《韩文公风雪阻蓝关》	《寒山堂曲谱》
无名氏	《韩湘子三度韩文公》	《寒山堂曲谱》

在上述两个列表中，存在着有剧本传今和剧本亡佚而只存剧目的情况。无论如何，优秀的仙道剧基本上被后人收集保存至今，完全可以代表金元神仙道化剧的最高成就，最权威的版本是明代臧晋叔的《元曲选》和今人隋树森编的《元曲选外编》，共计 18 个剧本，他们是：

作者	剧名	收存
吴昌龄	《张天师断风花雪月》	《元曲选》
岳伯川	《吕洞宾度铁拐李》	《元曲选》
马致远	《吕洞宾三醉岳阳楼》	《元曲选》
马致远	《西华山陈抟高卧》	《元曲选》
马致远	《邯郸道省悟黄粱梦》	《元曲选》
范子安	《陈季卿误上竹叶舟》	《元曲选》
贾仲名	《铁拐李度金童玉女》	《元曲选》
谷子敬	《吕洞宾三度城南柳》	《元曲选》
杨景贤	《马丹阳度脱刘行首》	《元曲选》
王子一	《刘晨阮肇误入桃源》	《元曲选》
马致远	《马丹阳三度任风子》	《元曲选》
马致远	《萨真人夜断碧桃源》	《元曲选》
李好古	《沙门岛张生煮海》	《元曲选》
史九敬先	《老庄周一枕胡蝶梦》	《元曲选外编》
宫大用	《严子陵垂钓七里滩》	《元曲选》
贾仲名	《吕洞宾桃柳升仙梦》	《元曲选》
无名氏	《瘸李岳诗酒玩江亭》	《元曲选》
无名氏	《汉钟离度脱蓝采和》	《元曲选》

金元（主要是元代）神仙道教题材的剧目、剧本情况已如上述，从数量上看无疑是可观的。在作品题材上，亦有必要作一梳理，以显金元神仙道化剧之实绩。

金元全真教发展隆盛，怎样吸纳普通民众加入全真信仰之中，让人们觉得成仙长寿有一种可操作的方式方法，而且认为哪些条件符合成仙的要求，从神仙道教发展的历史来看，南北朝以来尤其是唐宋以来，许多高道高仙在吸引普通民众信仙成仙的过程中，实行一种度脱方式使大量凡人跨入了神仙的行列，以致这些凡人后来成了著名的神仙，如八仙之间的度脱，八仙对其他凡人的度脱，都属此类。因此，度脱成了道教内部成仙致仙的重要方式，描写这个宗教活动的神仙道化剧作品比比皆是，上述各表中很大部分度脱题材作品，仅有关全真教派人物的度脱剧就有五种：马致远的《王祖师三度马丹阳》《马丹阳三度任风子》，郑廷玉的《风月七真堂》，杨景贤的《王祖师三化刘行首》，贾仲名的《丘长春三度碧桃花》。

在道教内部，法术流行，法技精湛高超者代有人出，这些高真、高道、神仙、真仙在推行他们的道教思想、宗教鹄的的过程中，经历许多紧张、惊险、激烈的与妖魔鬼怪、魑魅魍魉的斗争，最终都以胜利而结局。此类神仙道化剧中尤多，包括吴昌龄《张天师夜祭辰钩月》《哪吒太子眼睛记》，李好古《巨灵劈华山》，李进取《神龙殿栾巴噀酒》，岳伯川《罗公远梦断杨贵妃》，王晔《破阴阳八卦桃花女》以及无名氏《二郎神醉射锁魔镜》《桂花精》。

神仙世界也像人间凡界一样，有福、禄、寿、喜之事，故多庆贺、喜庆的宴会活动，因此，在金元神仙道化剧中就有此一题材的作品，虽然不多，但剧本成就颇高，代表作有钟嗣成的《宴瑶池王母蟠桃会》，无名氏的《王母蟠桃会》，都是写各路神仙为西王母祝寿的喜庆热闹场面和宴饮生活。

道教是一个不戒男女色欲的宗教，其中的男女合抱养气、黄白术正需要实现阴阳平衡，凡人世间的爱情婚姻，在神仙世界也一样发生。所以神仙道化剧中神仙爱情题材的作品在金元时期创作旺盛，主要有马致远《刘阮误入桃源洞》(佚)，徐畛《杵蓝田裴航遇仙》，无名氏《王子高》《柳毅洞庭龙女》《董秀才遇仙记》，杨景贤《楚襄王梦回娥女》，尚仲贤《洞庭湖柳毅传书》《张生煮海》，关汉卿《萱草堂玉簪记》(佚)等等。

金元神仙道化剧作家多，队伍规模大、规格高，与其前后道教神仙道化剧创作队伍相比，确实空前绝后，初步统计共有 24 人有真名真姓,此外还有无名氏若干人。著名作家有关汉卿、高文秀、郑廷玉、庾吉甫、马致远、吴昌龄、李文蔚、李寿卿、尚仲贤、石君宝、杨显之、纪君祥、李好古、赵文殷、赵明道、岳伯川、李时中、史九散人、宫天挺、范康。

第二节　先悲后喜的喜剧思想含蕴

余秋雨曾指出:“元代没有产生严格意义上的戏剧理论著作,元代后期出现过一些比较专门的戏剧论著,但有的只论及戏曲一个构成成分的具体方面,有的是包含着一些批评意见的戏剧活动史料,著名的如钟嗣成的《录鬼簿》、夏庭芝的《青楼集》。到了明代……星星点点的理论光亮,散落在随笔体裁中,嵌夹在资料目录里,隐约于曲调评释间。很有一些耀眼之处甚至也出现了王骥德这样严格意义上的戏剧理论家和《曲律》这样有一定学术质量的戏剧理论著作,但终究还未形成完整的理论殿堂——这一理论殿堂的建造,后来是由清代的戏剧理论家李渔来完成的。”①这段关于中国古代戏剧理论史的评析,从元代戏剧的历史情形看,是比较符合实际的。就元代神仙道化剧思想来讲,亦遑论其思想体系的构建,但是无论在宗教意义上,抑或是戏剧思想的含蕴上,元代神仙道化剧在其悲喜剧形态中隐含着作者对于宗教与戏剧结合的思想的认识,这是不争的事实,因此,本研究旨在揭秘和发掘其深藏的仙道剧思想含蕴,从而解开元代戏剧繁盛的原因,弄清道教与戏剧尤其是与神仙道化剧的关系,对于研究元代道教、元代文学具有重要的意义。同时,为了体现这种戏剧思想的娱乐作用,作家们在情节构思和曲辞风格上进行了苦心的经营。

---

① 余秋雨《戏剧理论史稿》,第113—114页,上海文艺出版社1983年版。

一　起死回生的“恶镜头”情节递进意识

金元神仙道化剧的创作者绝大部分是道教外的传统文人和士流，像马致远那样皈依全真教的文人毕竟只在少数，时人称其为“马神仙”。此外尚有赵孟頫、钟嗣成、乔吉、冯子振等有道号，属于道教徒之流。从某种意义上来讲我们在此要研讨的神仙道化剧中内隐的戏剧理论意识，真正属于全真始祖和全真七子及其嫡传后学的东西几乎为零，而主要是那些受全真派的道教思想、道教信仰影响的文人在其剧作中潜含的戏剧思想意识。上述情况形成两种格局，一是入全真有道号的文人如马致远者，一是只在宗教观念上受全真影响而没有任何形式上的宗教标志者。因此，我们在这里合而论之。

神仙道化剧，从创作目的来讲，无疑是作为宣传道教神仙思想而存在的。从文学特征上看，构建故事情节，即以道教神仙活动和道教事件为叙述内容，通过情节安排、故事展开来演绎仙道信仰，是作品中内隐的戏剧思想观念。就金元神仙道化剧来看，怎样构建或安排情节以体现剧本的文学要求，无疑成了剧作家们首先面临的戏剧观念问题。实际的情况是，在以宣道布教、自神其教为目的的金元神仙道化剧中，都包含了一个用起死回生的情节布局来推动剧情发展的思想含蕴。也就是说，仙道剧是这样来布置发展的：主人公生活在凡俗世间，普通贫民，布衣平头，生活贫寒困顿，受苦受难，不幸与痛苦，已是非人所能承受得了，又突然之间，大难临头，灭顶之灾从天而降，死亡已然向他步步逼近，越来越近，刹那间，死神已夺去其命，这时，神仙降临，救世主飘然而至，教之以摆脱痛苦、罪孽、死亡的方法，悟懂了神仙教谕之道理，主人公起死回生，在仙人的引导带领之下，一步一步地向故事的前头发展，最后到达神仙境界，完成由痛苦转向幸福完美的整个事件，即起死回生，情节圆满结局——永享神仙生活，永饱神仙美景。下面以剧本明之①。

① 剧本文本以臧晋叔所编《元曲选》为据。

马致远的仙道三剧《吕洞宾三醉岳阳楼》《邯郸道省悟黄粱梦》《马丹阳三度任风子》是典型的内隐起死回生推动情节递进思想的作品，先看《岳阳楼》的戏剧思想含蕴：

第一折，文人墨士吕洞宾穷酸潦倒，以卖墨为生，偶经岳阳楼，歇停在楼边酒店，因身无分文，以墨折银，扣抵酒钱，酒保在吕洞宾好说歹说之下答应以墨质酒，吕洞宾欣喜若狂，尽情饮酒，出现第一次疯态。酒醉入眠，鬼怪柳树精登上酒楼，两个一番唇枪舌剑，柳树精曾作孽多端，罪恶累累，故被惩罚变成柳树，土木形骸，承负罪恶，打入死籍，非人非灵，百般痛苦。于是吕洞宾对其实行起死回生之仙法，决定超度其作幸福神仙，摆脱罪孽，由死转生，修道成功，果满业就。其法何如？让柳树精与梅花精的化身——转身为凡间郭马儿的女儿成亲，但要在人间生活三十年，之后再来度化他成仙。

第二折，吕洞宾二上岳阳楼，为兴亡笑罢还悲痛，哭了又笑，笑了又哭，不像是一个缥缈逍遥的老神仙，却好似一个饱经沧桑的穷儒士。

第三折，吕洞宾三上岳阳楼，第三次醉酒，要郭马儿以赠剑杀了其妻，郭马儿犯愁。夜梦醒来，郭妻被杀，郭告知社长，后吕洞宾折返岳阳楼，郭认准凶手为洞宾，郭吕一番争吵。吕变法术，状纸上分明写的是郭氏为杀人者。吕以神仙世界的迷人劝郭脱离尘世。

第四折，郭马儿捉拿吕洞宾，一会儿认为是吕洞宾杀了其妻，一会儿认为是吕洞宾拐了其媳妇。吕洞宾拿出化缘书，劝诱郭马儿超凡脱俗。郭妻出场，未曾被杀，郭氏反犯诬告之罪，被判死罪，吕洞宾问其要不要救，郭氏大呼“救我”，正值仙界汉钟离等众仙临世，共七仙，加上吕洞宾共八仙，超度郭马儿入界，由死转生，做神仙去也。正是：吕洞宾三点化，归于正道，本是人间土木之物，差洞宾将你引度，今日果满功成，同登仙路。

这曲神仙道化剧是马致远着意构思的八仙戏之一。马致远信仰全真教并加入了这个道教组织，对全真教教旨、教义十分熟悉。元代社会统治者对汉人知识分子的残酷迫害和排挤打压，使文人士大夫对政治前途和功名事业完全绝望，转而对个体生命寄予深切的关怀，因此，以慈爱为怀和提倡全真养命的全真教对知识分子就有着巨大的吸引力，他们试图到神仙世界去做快活神仙，保全肉体和灵魂的青春活力，成了文人的不二选择，马致远就是其中典型代表，世称为“马神仙”。神仙道化剧的情节如何安排？与其他题材的杂剧是否一样地布局剧情？以马致远为代表的仙道剧作家对此有其独特的戏剧构思和思想意识。因为出于宣道布教的需要，而且要将神仙的万能作用充分在现实生活中予以证实，这就要求对情节中的人物作夸张处理，但这种夸张又必须符合生活的真实和现实的逻辑，因此，尽力描写现实中的人物遭受百般的苦难乃至降临灭顶之灾，死神就在他的面前，然后安排神仙出场，临死之际，让受苦受难者死里逃生，凸显神仙“起死回生”的超人能力，把情节向更吸引人的境界推进，最后完成仙界美景和凡人入仙的描绘，宗教的目的，戏剧的审美的目的，冲突解决的目的，一一收到最理想的效果。这种情节构思，或者说是一种道化剧情节递进的理论构想，体现了在金元杂剧中，神仙道化剧特有的戏剧思想。以此来验证《吕洞宾三醉岳阳楼》，正体现了这种戏剧思想的运用。本剧有两个起死回生的情节推进过程。第一次是柳树精被打入死籍，吕洞宾以仙道身份对他施行起死回生的拯救，结果是转世还阳，并结成姻缘。而柳树精之所以被打入死籍，是因为他曾作恶多端，故应承负罪孽。这里显然宣传了道教经典《太平经》的“承负”说思想，因此，该剧的宗教宣传目的十分明显。第二次是吕洞宾施用道法，蒙造一个假象，即让郭马儿误认为吕洞宾杀其妻子，然后诬告吕洞宾为杀人凶手，对质现场，郭妻现场出现，有司以诬告罪处郭氏死刑，于是八仙降临，因郭氏悔罪而救其死命，剧情发展到第二次高潮，以郭氏愿脱世入仙，悔过自新，最后享有神仙幸福。两次结局均以美好喜气而皆大欢喜，形式先悲后喜的戏剧结构模式，表现出神仙道化剧的情节、结构思想特征。这种仙道戏剧思想在马致远的《黄粱梦》《任风子》中同样含蕴深刻。《黄粱梦》剧情梗概大意是：

第一折，宋徽宗时河南府吕岩（洞宾）上朝应举，路经邯郸道黄花店。管理仙籍的东华帝君观吕岩有神仙之分，待其宿店饭食之际，派神仙汉钟离下凡来点化他入仙，但吕岩着迷世俗功名和酒色财气，执意博取科举功名，汉钟离反复劝其超凡脱俗，两者就应举出世和退隐成仙进行了耐人寻味的对白，钟说神仙之快乐，吕云科举为官之前景，争论不下，汉钟离使仙法让吕岩大睡入眠，之后飘然而上仙界。

第二折，吕洞宾入睡黄粱梦，科举成名，招为太尉女婿驸马，正值国家发生贼乱，前朝廷着吕岩为兵马大元帅讨贼吴元济，可吕岩阵前卖陈，贪赃枉法，受了敌方财物而退军回朝，到家正碰到妻子翠娥与尚书儿子魏舍幽会偷私，吕岩正要杀妻洗辱，不料朝廷使者来到，通报其卖阵受贿之罪，当死，但念上天好生之德，远充沙门岛服罪，受贿之物退返，妻子被休另嫁魏舍，财色两空。

第三折，充军沙门岛，走上艰难路途，到得崇山峻岭，深山老林，正值冬天，漫天飞雪，天寒地冻，解子良心发现，开了吕洞宾枷锁，放了洞宾一命。但由于天气太冷，吕氏与一双子女又衣衫破烂，冻僵昏死过去，恰逢一樵夫来到，救了三人，苏醒过来，给他们指点去处，说那里有一仙人正等着吕洞宾，而那个地方正是快活幸福的神仙世界。

第四折，吕岩按樵夫指点的方向去寻找一座草庵，庵主开门，告知吕岩，她和儿子两人住此，儿子好酒爱斗，使剑伤人，拒绝吕岩和一对儿女的乞食与讨宿。不久凶汉归来，凶神恶煞，摔死吕岩一对儿女，又来举剑追杀吕岩，逃命之际，吕岩一觉惊醒梦回邯郸道黄化店。店里却是店主王婆和顾客汉钟离。汉钟离问及吕岩梦境，并告知他一觉醒来已过了十八年。

尾声：汉钟离问及吕岩醒了没有，吕岩大彻大悟，酒色财气，伤神害命，一定超凡脱俗做快活神仙。最后经汉钟离反复提醒告诫，吕岩终入仙界，超度为仙。

马致远的仙道剧《黄粱梦》与他的《岳阳楼》相比，在“死亡”节点上，前者多出后者两次“死亡”经历，而正是每次死亡把剧情推向前进，三死三生的曲折过程，起死回生的递进模式，使戏剧冲突和仙道故事得以完整呈现，最终落在道教的脱度超凡的宗教主题上，宣传了仙道能够救死扶伤的宗教信仰，显然“起死回生”的情节推进意识是马致远建构仙道剧的戏剧冲突的重要思想，体现了金元神仙道化剧在情节安排上的戏剧理论含蕴。

有趣的是，《黄粱梦》所写的吕岩（包括他的一对儿女）三次死难，如第一次临站卖阵贪赃受贿而处死，却突然因上天好生之德而免死，第二次远充沙门岛路遇大雪奇寒冻僵昏死却被樵夫救活，第三次因投草庵却遇凶人持剑追杀几至于死，都是作为梦中情景而安排的。当梦魇结束，吕岩醒来，回到现实中的黄花店，眼前的汉钟离为他解释梦中情节时，两人有一番科白：

【正末】云："吕岩，我问你咱，你那岳父高太尉曾劝你么？"

【洞宾】云："曾劝我来，教我休吃酒。"

【正末】云："那里是高太尉，是贫道一化。你临行时老院公可曾劝你来？"

【洞宾】云："他也曾劝我来。"

【正末】云："那里是院公，也是贫道一化。你可曾见樵夫指路来么？"

【洞宾】云："有个樵夫指与我道来。"

【正末】云："那个樵夫，也是贫道一化。怕你迷了正路。恰才杀你的壮士，也是贫道化来。这王婆和山中道姑，是骊山老母。"①

对比梦境中吕岩的三死三生，生杀予夺者都是为掌管仙籍的东华帝君派来的神仙汉钟离，正是他在人物生死、剧情推进上起着决定作用。这种情节安排、戏剧冲突安排说明了什么？根据亚里士多德关于情节的戏剧观点，认为"情节乃悲剧的基础，有似悲剧的灵魂"，此见理论家对于"情节"的推崇。用西方戏剧理论中的情节论来检验马致远关于神仙道化的情节或冲突安排思想，反映了戏剧家或戏剧理论家无论中西古今，在对待情节的作用问题上的"英雄所见略同"。此外，马致远以汉钟离之口解密的吕岩死生转化的奥妙，隐含着一个艺术逻辑与生

① （明）臧晋叔编《元曲选》，第 792 页，中华书局 1958 年版。

活逻辑的对接问题，即是说生活的逻辑怎样上升到艺术的逻辑上来，解决的办法是通过梦的组织和实施，而“梦”则完全是由剧作家来控制的，因此，剧作家就是调控生活与艺术（文学）的大师，既是生活的创造者，又是艺术（文学）的创造者，具体落实到作品而言，汉钟离既是人类神仙生活的创造者，又是“黄粱梦”（戏剧—艺术）的创造者，当然，导演和编剧还是马致远。如果说戏剧理论中的有些概念可以用“符号”来代替的话，“汉钟离”就是一个“符号”，其内涵正如上述。

下面我们再来检索挖掘马致远的仙道剧《任风子》。

第一折，被仙界授号白云洞主丹阳抱一无为普化真人的马丹阳受遣派至终南山甘河镇度化一个有半仙之分的屠户任风子（屠），马丹阳采用化斋吃素的方法使全镇人不茹荤只餐素，结果使全镇做猪肉买卖的屠户们折本无赚。适逢任屠的儿子满月，众屠户送礼饮酒大宴于任家，席上，酒过数巡，大家商议派人去杀了这个扰乱市场的马丹阳，通过比试武艺高低，一致让身轻体健的任屠去砍杀马丹阳。

第二折，马丹阳来到甘河镇，任屠正寻找杀机，提剑访寻丹阳身影，可马丹阳用仙法，让任屠只听到马丹阳说话之声，却看不见其人，马丹阳在暗处百般捉弄任屠，让任屠倍感羞辱而杀不着冤家仇人，丹阳只“教他眼前见些恶镜头”，最后使仙法派小神子杀了任屠，可任屠却又能说话，知道自己头不在颈上，而嘴口却能张开，百苦受尽，死难亦受，终究听从马丹阳，决心走一条跟马丹阳出家为仙的正路。

第三折，马丹阳引领任屠来到了仙境，让任屠整天在仙界菜园挑水浇灌，练其心志，养其道德，作入仙之准备。不久，任屠之妻带着叔子，抱着孩子来寻找，正在菜园中相遇，于是夫妻俩来了一场关于仙境与人间、淡薄功名与世俗荣华的争论，任屠此时已非凡俗之人，坚决断了酒色财气人我是非，抛弃妻子，休了妻，摔了孩，执意作隐居山野之人。马丹阳将此一一看在眼里，发觉任屠功行将至，于是引度任屠归于正道——为仙。

第四折，任屠在仙境种菜浇水整整十年，突然有凶贼六人来找他谋财抢货，将他仅有的穿用之物抢走，又突然来了一个小熊凶煞要取任屠之头，死神降临，唬得任屠魂飞魄散，生死攸关，着实让任屠受尽苦难与死亡的威胁。正在小熊杀任之际，又是马丹阳突然出现救了任屠，从此任屠对马感恩戴德，发誓忘却酒色财气和人我是非，马丹阳对任说功成行满，终可为仙学道了。全剧正好是马丹阳三度任风子。

梳理《马丹阳三度任风子》的情节发展过程，有三次让任屠遭受死亡的威胁以及无数日常生活中的苦难辛劳落沉在他的身上，这一切正是推动剧情发展、最后达到成仙得道之宗教目标的推动力，三死三生，起死回生，几起几落，使戏剧矛盾冲突一波三折，三折九回，收到了极好的戏剧效果。这种新奇巧妙，波谲云诡的情节递进思想，正是马致远刻意而为的戏剧理论构思，正如他在戏剧的第二折借剧中人物马丹阳所说：

> 贫道马丹阳，离了仙乡，来此终南县甘河镇，化一草庵居住，不勾半年，将此一方的人，都化的吃了斋素，果然这任屠杀生太多，性如烈火。如今要杀贫道，或白昼而来，或黑夜而至，可用俺神通秘法，点化此人，俗话说能化一罗刹，莫度十七斜，我教他眼前见些恶境头，然后点化此人。①

马致远有意为任屠安排些"恶境头"，是哪些"恶境头"②？已如前所复述。为什么要安排这些"恶境头"？无疑是为了推动故事情节或戏剧冲突的发展，这是从艺术审美上来说的；更重要的是，为了让凡人俗子懂得仙道之难和仙道之福，也必须让他吃些"恶境头"：苦难、劳累、灾祸、凶煞乃至死亡，最后皈依道门，做得神仙，这是从宗教宣传和神仙信仰的角度来说的，因此，马致远的"恶境头"戏剧情节思想，既是一种理论概念上的创新发明，也是一种糅合融合了宗教信仰与艺术审

---

① (明)臧晋叔编《元曲选》，第1673页，中华书局1958年版。
② 这里的"恶境头"，相当于现在电视剧、网络上所说的"恶搞"。

美之双重含蕴的戏剧情节理念，是金元神仙道化剧理论的重要成果，甚而是整个元代杂剧理论的重要收获，是马致远对中国古代杂剧创作和杂剧思想的重要贡献。

二 追求新奇与华美的戏剧风格

由于金元神仙道化剧多写神仙与世俗凡品之间的事件与关系，无论是哪个题材的剧情，都涉及了仙与人的问题，这就决定了仙道剧那种荒诞怪异的情节构思与风格追求；从宗教信仰、吸徒纳信的终极关怀来看，对于仙界仙境仙人仙道的刻意描绘与华美呈现，也是道教题材对于仙道风骨内涵的必然条件和理想要求，这种“新奇”与“华美”成了神仙道化剧蕴含的重要戏剧元素，也是大多数仙道剧作家在手法与曲辞风格上的努力追求。

（一）新奇的构思

钟嗣成在《录鬼簿》里对元代杂剧家进行戏剧批评时，已经指出许多作家在情节构思、艺术手法上的奇诡与新奇，包括一些仙道剧作家。怎样使戏剧情节离奇鬼怪，与现实生活有惊异怪诞的差别，是金元剧作家们一直思考的问题，也是他们在创作上的一种理论共识。故钟嗣成在汇编归结金元杂剧的时候，一定会强调这个理论特点。如对仙道剧作家范康（子安）在戏剧构思上下断语云“下笔即新奇，盖天资卓异，人不可及也”①。此所谓“新奇”者，盖云情节布局新颖奇巧，不落俗套。钟氏对非仙道剧作家在这个方面的特点所评更多，如云沈和甫“极为工巧”②，又云鲍天祐“惟务搜奇索古而已，故其编撰，多使人感动咏叹”③，又云廖毅“法越新鲜，皆非蹈袭”④，云睢景臣“制作新

① 中国戏剧研究院编《中国古典戏曲论著集成》第二册，第120页，中国戏曲出版社1959年版。

② 同上，第121页。

③ 同上，第122页。

④ 同上，第126页。

奇…… 亦为工巧”①，又云周文质“资性工巧，文笔新奇”②，云张以仁“移宫换羽，搜奇索怪”③，凡此种种，不一而足。

其实在前述马致远神仙道化剧情节递进的戏剧思想时，其构思之新奇已见端倪，此不赘述，下面以另几位仙道剧作家为例来发掘其对“新奇”的追求，以体现他们的戏剧思想观念。

1. 范子安《陈季卿误上竹叶舟》

楔子：儒生陈季卿科举失第，在长安举目无亲，突想投终南山老乡惠安和尚。

第一折：千寻百访，终于来到终南山青龙寺，两位同窗老乡百感交集，共叙旧谊和人生感慨。一天，陈季卿求惠安引领观览终南胜景，早有谋划要度季卿入仙道的神仙吕洞宾飘然降临青龙寺，于是与书生吕仙发生了一场关于应举做官与度脱入仙的争论，吕仙揣摩陈有落地归家之意，于是在壁上题诗暗示归家路向，并使仙法化出一尾竹叶舟，让陈乘舟归家。施法之间，陈季卿不觉大睡一场，梦魇开始。

第二折：幻梦之中，陈季卿驾舟归乡，中途迷失道路，生死吉凶未卜。危难之际，正遇仙人吕洞宾引着三仙侣列御寇、张留候、葛仙翁，于是吕与陈又发生一场持久的出家与做官的争论，陈执迷不悟，吕再四开启，终无结果，未了，四人与陈分离，吕以赠语暗示陈“你到家进了，休忘了正道”。

第三折：梦幻之中，陈季卿踏上回家路，家中父母妻子亦因亲人应举久未归而急急盼望佳音，陈父上街市打听消息。归家路上，江水旁边，陈季卿正遇上渔翁驾舟，于是呼请送他回老家余杭一见双亲。到得家来，略为拜过父母妻子，又急急返回应举路上，依旧乘那渔翁船只，从扬淮往长安疾驶，船到江心，狂风大作，翻江搅海，惊涛拍岸，小

① 中国戏剧研究院编《中国古典戏曲论著集成》第二册，第 127 页，中国戏曲出版社 1959 年版。

② 同上，第 128 页。

③ 同上，第 130 页。

船破散。陈季卿大呼救命，一声惊叫，梦魇初醒，却依旧在终南山青龙寺，只有他孤单一人，方才那个要引他出家的仙道不见了，这时，陈季卿恍然大悟，跟吕洞宾出家才是正道，追求科举官名，早晚有旦夕祸福，不测风云，小命难保。

第四折：陈季卿正寻那吕洞宾仙人之际，列御寇、张子房、葛仙翁早已等着，正好吕洞宾仙人也来了，陈季卿赶紧迎上去希望仙人引度出家，走长生支路，至此已幡然悔悟，觉醒过来，尽弃世俗功名，一心仙道仙乡。于是，东华帝君率七仙下凡，加吕洞宾共八仙引度陈季卿入仙界，获仙籍，为吕纯阳嫡传弟子，共赴西王母瑶池宴会。

以钟嗣成在《录鬼簿》中点评范子安杂剧“下笔即新奇”而论，具体落实到此一神仙道化剧之“新奇”者有三：

楔子构思新巧。一落第书生，饱读儒家经典，一旦科场失意却不立马回家重新苦读来年再应，却反走访寺庙住持，这颇出人意料，耐人寻味，饶有新鲜奇特之感，但“新奇”亦在情理之中，儒佛融合的趋势自唐宋以来已成逻辑上的必然。

故事发展暗线深藏。这就是点化者以四次暗中相助即四次潜伏在迷惑中的主人公身边来推动情节发展，从而使故事曲折离奇，引人入胜。第一次是吕洞宾壁上题诗，暗示陈季卿回家；第二次是吕洞宾化作渔翁接引陈季卿往返于家乡与考场之间；第三次是陈季卿应举船上，吕洞宾使法，狂风大作，翻江搅海，陈几遭灭顶死亡之灾，幸亏洞宾对之救命及时；第四次是当陈季卿大梦初醒之际，吕洞宾又赶到他身边，接受陈的悔悟觉醒。质言之，结构安排、情节递进新奇诡谲，波澜迭起，怪诞荒唐。

结局更是大出观众意料之外。通常情况下，神仙道化剧中的度脱戏，一般由一仙人引度一凡人入仙。如汉钟离度脱吕洞宾，马丹阳三度任风子，韩湘子三度韩文公，张果老度脱哑观音，吕洞宾度铁拐李岳，汉钟离度蓝采和等等，但在这个神仙道化剧中，八仙同时登场，共同携度陈季卿赴瑶池成仙，这是罕见的八仙共度的场面，因此令观众和读者耳目一新，惊呼“出奇”。

上述“新奇”的涵义和范围，虽经钟嗣成以戏剧鉴赏家批评家的眼光进行抽象，但其实在剧作家的思想意识深处已经作了定义。用剧中人物的话来说，已经再也明白不过了，即列御寇云：“昨日东周今日秦，咸阳灯火洛阳尘。百年一枕沧浪梦，笑杀昆仑顶上人。贫道列御寇的便是。因为纯阳子要度陈季卿，央贫道和张子房、葛仙翁三人劝他入道，只他尘心太重，一时不得回头，那纯阳子显其法力，另作一个境界，与他看见，必然省悟了也。”[1]这“另做一个境界”就是指的创造一个不同凡俗的新颖出奇的地方，收到预期的效果，无论是宗教的效果（省悟、出家），还是戏剧的效果（故事引人入胜，观众扣人心弦，爱不释手、观不止目）。

2. 吴昌龄《张天师断风花雪月》

第一折：洛阳太守陈全忠侄子陈世英去京城参加科举考试，路过洛阳，太守留侄儿稍住数日。正值八月十五中秋佳节，陈世英与太守赏了明月独自回到书房温习经书。夜深时，陈世英独酌美酒，弹着琴弦。此时，月宫中有桂花仙子被妖鬼缠身遇险，正巧陈世英在凡间弹琴，琴曲之深意感化了妖鬼，妖鬼撤退，仙子脱险。于是仙子有下凡感恩报德之愿。当夜便带着封姨和桃花仙子飘然进入陈世英书房，唬得世英惊跳不已，仙子说明来意，世英于是答应仙子以身相许的真挚感情，两个对月饮酒，难舍难分。即将天明，仙子必须赶快回返月宫，于是与世英许下来年八月十五相约之期，并预祝和盼望世英科举高中，春雷佳喜的捷报，两个随即分别。世英心头开始悲愁苦痛。

第二折：离别后，世英果然犯了相思病。卧床不起，茶饭不思，精神恍惚，日夜思念仙子，苦苦哀求太阳早点下山，时光快点流逝，迎接八月十五夜的到来。日瘦一日之中，叔叔派嬷嬷打探病情，她已早知世英患的是相思病，探问时故装不知，一再试探，世英才讲出真情，两个对话之间，世英不断呼唤仙子，足见相思病已入膏肓。嬷嬷劝世英

[1] （明）臧晋叔编《元曲选》，第1055页，中华书局1958年版。

应读孔圣书,多识周公礼,不要误入淫邪,然后与之分别。

楔子:陈世英每每以为是中秋之夜,怨悔桂花仙子失约不来。陈太守管家张千按嘱去请太医来为世英看病,千请万求太医到家,进门就打搡世英几下,吓得世英惊慌失措,又拿去药引与世英吃,世英不吃,太医代吃,随即太医昏迷倒下。世英又是一惊,再次怨怪仙子失信,不来践约。

第三折:陈太守得知侄儿患得相思病,找来天师张道玄设法坛驱邪治病。张天师设神坛,召来各路天尊神仙,向鬼魅妖魔问罪。于是有桂花、荷花、菊花、梅花、桃花、雪王、封神都被召来对质,天师批评桂花仙子犯了淫邪,擅离天宫思凡与陈世英私会。桂花仙子自辩是为了报世英救命之恩,表现出敢做敢当的勇气。其他仙子都责怪桂花连累她们,桂花仙子亦据理辩护,并历数她们类似的"过错",封姨、雪王、风神也受牵累,最后天师认为她们都犯了天庭之法,都有"前科"在身,于是一并发落,交由长眉仙人处理。这一处理天师称之为"剪除他梅菊荷桃,断送了风花雪月",之后,天师便向陈太守禀报说妖魔已驱,世英之病不久即会愈可,自回龙虎山修炼去了。

第四折:长眉仙人受理桂花仙子案,指责她不遵守天条而去迷惑秀士犯思凡之罪,尽管桂花极力为自己辩护,再三申述是为答谢救命之恩才下凡与世英约会。长眉仙人一则说桂花耐不住寂寞而看上了世英,二则说桂花与世英干了那淫邪之事,于是判罪充军阴山。桂花仙子又申诉自己委实被冤屈,情真语切,于是长眉仙人把世英魂魄摄来与桂花相会,两人相见对泣,感天动地,世英病患即刻痊愈,长眉仙人亦受感动,改判桂花仙子仍居月宫伴玉兔将功折罪,其他众人遣返本位,皆大欢喜大团圆结局。

从情节复述的情况可以看出,吴昌龄的《辰钩月》也是属于先悲后喜的结构型仙道剧。在情节安排上,着意展示布局新巧、诡异、奇幻的戏剧意识,蕴含着追求新奇的戏剧理论特色。其具体表现为:

凡间与月宫对接的空间场景安排。陈世英于叔叔书房弹琴,桂花仙子在月宫遭妖鬼缠绕,琴意的内涵感化了妖鬼撤离,作为媒介物的琴曲沟通人神的思想，这里有两个新奇巧妙之点，一是两个场景巧遇了事件的同时发生，这可称之为碰撞式场景；也是人的情意感动了鬼神，真正出现了动天地泣鬼神的文学杰作，这可称为触动灵魂的戏剧构思。

感情抒发和思想表现的吊诡性。杂剧为了极力渲染和表现世英对桂花仙子的相思之苦，至少运用了两个情节来衬托和凸显，一是当嬷嬷被陈太守派去探询世英病情时，故意装作不知世英的相思病，而是一再询问试探，逼得世英如实说出，而一旦讲出他对桂花仙子的相思则更是变本加厉，思上加思几近疯癫。一是在楔子里安排了太医下药为世英治病的情节，世英不吃，太医代吃，结果太医药倒，不省人事，这让世英吓得惊魂不定，直怪桂花仙子爽约，怨恨交加，爱恨情仇，一齐涌上。显然，这两个情节安排，别出心裁，极富怪诞吊诡的戏剧色彩。

冷热交错的表演气氛。桂花仙子离开天宫犯法违条，陈太守请来的道教天师张道玄名义上是来为陈世英治病，实际上是代表天界来惩治违天规的以桂花仙子为代表的各路花妖，自然，扮演张天师及其随从副手的角色庄严威整，一个个冷面杀气，俨然象征天法的威严。但另一方面，当荷花、菊花、梅花、桃花、封姨雪天王、风神以及最后桂花陆续登场与审判官张天师一一对质时，共同上演了一个情节拖沓、气氛热烈的神仙剧，从张天师作法式到将她们交由长眉仙人处理，近3000字的场面与气氛描写，热闹非凡。而在第四折中，又是写长眉仙人发落诸神的场面，也是热热闹闹，仙班们在舞台上你来我往。既有长眉仙人盛怒之下径直判她们去阴山左侧充配发落的冷酷无情，也有各路花仙真情求饶，判官感化之后的热心同情最后判她们或将功折罪，或回归原位这样充满温情热意的大团圆欢喜结局。这种冷热交替的表演气氛，主要是为了制造饶有兴趣、出奇制胜的戏剧效果。该剧的这个奇巧别致的表演含蕴清人梁廷楠评论说“布局排场，更能浓淡疏密，相间而出”（《曲话》），这里所说的“浓”“密”就是指的剧中泼墨如土的热闹场面的描写。

前苛后缓、前严后松(起死回生)的判决反差。桂花仙子案被交到天庭长眉仙人终审时,判官以几乎接近死刑的结果宣判:“(长眉仙云)张真人将这桩公事送到咱这里判断,怎么还饶的你。值日功曹,就与我驱到阴山左侧,待罪去来。”①经过桂花仙子的反复申诉,案情确属委屈,又加之世英魂魄与桂花见面,两情相见,场面感人,终审官终被感化,改判之词为:“(长眉仙云)你一行人都跪下者,听我判断——你原是广寒宫娉婷仙桂,不合共陈世英暗成欢会。虽然为救月苦往报其恩,反害他耽疾病十分憔悴。谁着你离天宫犯法违条,枉使的风花雪尽遭连累,岂不知张真人法律精严,早仗剑都驱在五雷坛内,一个个供下状吐出真情,有谁敢捏虚词半毫隐讳,据招状,桂花仙本当重谴,姑念她居月殿从无匹配,便思凡下尘世亦有可矜,仍容许伴玉兔将功折罪,一并的饶免了梅菊荷桃,众神将俱各遣返,重还本位。”这种前苛后缓、前严后松,几类于起死还生的判决,正是神仙道话剧通用的结构形式,是先悲后喜的喜剧思想意蕴的实际运用的表现。

3. 贾仲名《铁拐李度金童玉女》

这也是元代神仙道化剧典型的度脱剧,其情节构思的基本内容为:

第一折:王母娘娘蟠桃会上,一对金童玉女突起思凡之念,被王母罚往人间投胎托化,长大后结为夫妻即金安寿娇兰夫妇,三十年的人间世俗生活,夫妻恩爱,和谐美满,享受了人世的幸福快乐。但期限已到,不能再留恋荣华富贵了,受王母之托,仙人铁拐李下凡召他们仙还,可金安寿贪恋娇兰,尽管铁拐李六次劝说他们出宇为仙,夫妇俩始终执意不舍于恩爱美满的享乐生活,并且反复形容、描述凡间的生活内容怎样胜过仙界,鄙视神仙生活粗劣低下,盛夸鱼水夫妻的无穷受用,因此,铁拐李第一次度脱失败而还。

第二折:春暖花开,阳光明媚,金安寿夫妻恩恩爱爱地去郊外踏

---

① (明)臧晋叔编《元曲选》第1册,第191页,中华书局1958年版。

青，沉浸在爱意绵绵的春风里。正当他们醉赏于春天的美景时，铁拐李从天而降拦住了他们的去路，累计动用了十三次劝说他们脱俗还仙的说服之语，但根本打动不了他们的凡俗之心。迫不得已，准备使用神仙法术。至此，第二次度仙仍然失败。

第三折：时至初夏，夏景清和，金安寿正和爱妻避暑纳凉，受用生活。由于担心铁拐李重来打扰，他们把房门、窗户等都严严关锁。没承想，倏忽之间，铁拐李从天降至其乘凉的后院，惊得金安寿夫妻目瞪口呆，对铁拐李如此神通头回深感害怕，这正是铁拐李的精心安排。同时，铁拐李又询问能否一起仙还，可金安寿仍然一念如初，于是铁拐李第二次施展神通，将娇兰“磨了”，手功一点化，娇兰便离金安寿而去了仙界，并对铁拐李说，师傅，我今天醒悟了。只剩下金安寿孤单一人，惊慌不已。铁拐李趁机第三次变法，让金安寿昏昏睡将过去，立刻进入梦魇，只见婴儿姹女、心猿意马在后面穷追猛赶，将金安寿逼到万丈深渊的悬崖边上，突然跌下，吓得他丧魂失魄，突然梦中醒来，抬头一看，铁拐李就在眼前，于是铁拐李趁机问他是否醒悟，但是，金安寿仍有些许的迷雾，于是，铁拐李趁机第四次施法，短暂之间，使身边的众花历经春夏秋冬，让他感悟出人生瞬息变化如四季更替，不如还仙入道做了神仙生命永驻，此时，金安寿终于彻底醒悟，决意听从铁拐李的金玉之言，同他一起回到了瑶台。

第四折：铁拐李将金安寿带回天宫仙界，与先期来的娇兰重逢，同去拜见王母娘娘。王母早知他们的过去和在凡间的生活，想再一次考验他们是否真的彻底地脱俗，她听说他们善跳凡间的歌舞，于是叫他们表演一场以考验之，完成后，发现他们确实还有对世俗的余念，于是又叫他们观看仙界歌舞以此比较两者的优劣高下。看完后，他们感言：仙舞着实让他们换骨抽胎，决定发誓永住仙界。王母又趁机警告勉励他们。于是金安寿娇兰功成行满，归于正道，编入仙籍。

在新奇的戏剧思想含蕴上，《金安寿》这个神仙道化剧也有如下一些构成因素：

一是物欲熏心者的顽冥不化与宗教胸怀的仁慈宽大耐心开导形

成极大的反差，以凸显宗教主题的重大价值，在这个对比中，金安寿有五次表现为对世俗物欲的不能舍弃，其中前三次是与铁拐李的三次劝说、三次下凡相对应的，后两次，一是表现在铁拐李被迫使了法术，让其领受到了死亡的恐怖和威胁后仍有迷雾，仍有贪恋之余念；另一次是回到了瑶台，王母娘娘考验他时，他果然有残余的俗望。一共五次表现出来的金安寿的顽固执着于凡世的浊欲，而道教的实行者亦不厌其烦地点化、开导，吸纳他的信仰以致最终皈依神仙宗教，这其中双方各自的执着、忍耐力、僵持格局在任何其他杂剧中是极其罕见的。这种富有耐力的情节推进，从宗教主题的宣传上来说是必要的；而从情节构思上来讲，又体现了一种出人意料的奇特，新巧。这种新巧，就是在不厌其烦地反复对同一个事件的描写中体现，而这个同一事件，就是劝说，度脱金安君入道为仙。这种描写，可以套一句公理性质的话语来形容，叫作无数个平凡就构成了奇特，不平凡，那就是伟大。

二是金安泰梦魇情节的构思离奇怪诞。让梦境出现在道化剧中，这几乎是所有道化剧的公式化安排。但并不令人生厌的是，每一个道化剧的梦境又是那么合情合理，引人入胜，奇诡的创作手法和艺术追求，反而让情节有跌宕起伏的戏剧效果，使剧情曲折有致。《金安寿》也是如此。铁拐李施展点化术，金安寿马上醉眼朦胧进入幻梦之中。梦中所经历的事件，几乎让他进入死亡的深谷，灭顶之灾的降临，追赶之人将其逼至绝处，大受惊吓后梦魇初醒又回到平静的现实之中。这种人生的大起大落，就是为了让这个顽冥不化者大受震撼。这个梦中情节历程，为下一步度脱做好了逆转性的铺垫。可以说，这也是作者苦心经营，匠心布局的一个节点，体现了出奇制胜的情节构思。

三是结局的安排又出人意料。常规来讲，金安寿被铁拐李反复点化开导最后皈依仙道，到达归宿地天宫瑶台，剧情以大团圆结局，也就万事大吉了。可不，最后又安排了一个王母娘娘设宴招待这一对曾经的金童玉女的场面，而且巧妙地布置了两个跳舞节目。一个是由金安寿娇兰跳世俗凡舞，一是让他俩观赏天界仙舞，从中又发现金安寿脑海深处的一丝贪俗残念，在仙界歌舞的洗礼之下彻底仙化。这个结局的节点安排，也可谓是作者的匠心独运，一是使剧情节外生枝，翻出一种新奇，大大出乎观众正常的观赏之外，二是再次凸显宗教宽容、坚持、彻悟、耐心的博大胸怀，度化之艰，度化之细，度化之勤的宗教主旨，再次烙在字里行间。主人公最后的感言颇有深意："感谢得金母提携，认识了群真风采。唱道汉钟离绿衣醺酣，唐吕公红颜不改，韩湘子顷刻花开，张果老倒骑的驴儿快，蓝采和达道诙谐，李先生四海云游，全凭着这条拐。"全剧在八仙赞扬声中戛然而止。

（二）华美的曲辞

明代以来，对于元杂剧曲辞的评价，普遍认为王实甫的曲辞属于华美富丽一脉。如朱权认为王实甫《西厢记》等杂剧"铺叙委婉"，深得骚人之趣，极有佳句，"若玉环出浴华清，绿珠之采莲洛甫"，这是对《西厢记》曲辞富有诗情画意，华美瞻丽特点所做的中肯评价，故朱权认为在元代无数杂剧作家中，王实甫"宜列群英之上"。何良俊在其著《四友斋丛说》中亦激赏王实甫"才情富丽，真词家之雄"，王世贞在《艺苑卮言》中认为"北曲故当以西厢压卷"，都是看重王实甫文采富瞻、语言华丽的一面。但王实甫的杂剧曲辞，其实又有本色自然的一面，口语话、俚语化就是曲辞本色当行的重要表现。这两个方面的曲辞特色，不但表现在一个杂剧家的作品里，而且也表现在群体性作家的作品里，如果说王实甫曲辞以追求华美为务，则关汉卿曲辞务以自然为宗。两种辞风发展至明代，出现了关于曲辞风格要求的两种戏剧性流派，在风格的争论上互相攻伐。一个就是以汤显祖为代表的临川派，主张音律服从情辞，情辞应该为丽词俊音，汤显祖说："凡文以意、趣、神、色为主，四者到时，或有丽词俊音可用，尔时能一一顾九宫四声否？如必按字模声，即有窒滞迸拽之苦，恐不能成句矣。"另一派是以沈璟为代表的吴江派，主张音律重于情辞，他认为文辞再好再漂亮华丽，才情再高再风流，如果不谐音律就绝不能得到肯定。两派各有倚重，足见戏剧曲辞的重要性。

我们在研究金元神仙道化剧的曲辞含蕴时，发现作家们普遍存在一种追求华美辞风的创作倾向，从现存的神仙道化剧来看，几乎无一不包含追求丽辞华句的戏剧意识。以《元曲选》以及《元曲选外编》所存十八部金元神仙道化剧为例，都可以找到相当程度的华美富丽的曲辞段落，尤其是那些唱辞。

关于元杂剧曲辞的华丽，其实早在钟嗣成为元剧作家编《录鬼簿》时就注意到了这种造语风格，对那些有此表现的杂剧家早就作了评述，如云金仁杰“所述虽不骈俪，而其大概多有可取焉”；云陈以仁“其辞章俱有骈丽之句”；云赵良弼所编《梨花雨》“其词甚丽”；云钱霖“词语极工巧”；云曹明善“华丽自然”。凡此种种，不一而足。如果将“骈丽”“甚丽”“工巧”“华丽”等来检验金元神仙道化剧在追求华美上的含义，则完全是稳当相称的。下面我们来挖掘金元神仙道化剧在曲辞上的华美富丽之追求，以《元曲选》所收十三种和《元曲选外编》所收五种之序列为次。

吴昌龄《张天师断风花雪月》道化剧当写桂花仙子夜乘月色降临陈世英书房之月景时，有曲辞《仙侣点绛唇》云：

> 夜色溶溶，桂花风动。天香送，万里长空，是谁把银盘捧。①

明月闲话，风吹花动，绰约婆娑，仙女天香，溢满长空，万里宇宙，明媚如银，此番描写，丽辞华章，极其贴近楚之佳人的艳丽荣妆。而当如花似玉的桂花仙子倏忽将至陈世英的书房时，曲辞《鹊踏枝》对陈世英的描写是：

> 则见他不惺憁，假朦胧。却待要拄眼睁睛，觅迹寻踪。莫非他，锦阵花营，不曾厮共，险教咱风月无功。②

这里描写陈世英那种受宠若惊般地艳福垂青，直不敢相信眼前所见花容月貌之仙女的那一幕。而更有夸张之描写者，则是陈世英由惊而恐的心理变化。惊的是仙女降凡让他感到三生有幸；恐的是眼前人可能

① 臧晋叔编《元曲选》第1册，第176页。
② 同上，第177页。

是妖魔鬼怪，吉凶未卜，故曲辞《河西后庭花》对此描写道：

> 我只道他喜滋滋开笑容，怎么的颤钦钦添怕恐，不思量携素手归罗帐，刬地要斩妖魔仗剑锋。似这这等怒哄哄，好着我急难陪奉。秀才也，你敢是那骂上元的也姓封？[①]

此段曲辞，叠字的运用把人物心理描写得生动细腻，语言风格雅丽端庄而又自然贴切。而当黎明来临，桂花仙子必须遵守天庭规矩告别凡间返回天宫，于是有一番与陈世荣的辞别之语，故《醉扶归》曰：

> 俺和他一去蕊珠宫，同戏百花丛，报与你个二月春雷鱼化龙，饮了那三杯御酒珍珠瓮，四下里旌旄簇拥准备着五花骢缓向天街鞚。[②]

又《醉中天》云：

> 六印掌元戎，七纵显英雄。向八座里气昂昂列上公，稳请受着九重天雨露恩和宠，也不枉了十年间苦功，到今朝享用，是必休忘了我这报前程仙女淳风。[③]

这两个散曲暗里用一至十个自然数，繁词丽句极写陈世英金榜题名的人生大喜事，但所有的铺写都是落在最后一句千万莫负忠贞专一的桂花仙女，散曲的潜台词分明是：一个看重的是金榜及第，一个需要的是真正爱情。

《赚煞尾》则将自然数倒过来，编织一段繁词叠句，写出仙女的多疑与担心：

> 你若有十分的至诚心，我怕没九转丹相送，到来年又怕你八月中秋事冗，那七夕会牛女佳期，你可也休卖弄，我则怕六丁神告与天蓬，更怕的是五更钟，催别匆匆，只落的四眼相看泪珠涌，兀

① 臧晋叔编《元曲选》第 1 册，第 177 页。
②③ 同上，第 178 页。

的不三星在东，正照着俺二人情重，一般潇洒月明中。①

上引三散曲唱词所写桂花仙女与陈世英黎明辞别之景，几乎可与王实甫《西厢记》第四本写崔莺莺与张生“长亭送别”相媲美，“长亭送别”曲辞雅丽，诗意化的语言故而赢得了后世“诗剧”的美誉，为对比起见，此处不妨引“长亭送别”以观照之：

【正宫·端正好】碧云天，黄花地，西风紧，北雁南飞，晓来谁染霜林醉？总是离人泪。

【滚绣球】恨相见得迟，怨归去得疾。柳丝长玉骢难系，恨不倩疏林挂住斜晖。马儿迍迍的行，车儿快快的随。却告了相思回避，破题儿又早别离。听得道一声去也，松了金钏；遥望见十里长亭，减了玉肌，此恨谁知！

【叨叨令】见安排着车儿、马儿，不由人熬熬煎煎的气。有什么心情花儿、靥儿，打扮得娇娇滴滴的媚。准备着被儿、枕儿，只索昏昏沉沉的睡。从今后衫儿、袖儿，都揾做重重叠叠的泪。兀的不闷杀人也么哥！兀的不闷杀人也么哥！久已后书儿、信儿，索与我凄凄惶惶的寄。

【快活三】将来的酒共食，尝着似土和泥，假若便是上和泥，也有些土气息，泥滋味。

【朝天子】暖溶溶玉醅，白泠泠似水，多半是相思泪。眼面前茶饭怕不待要吃，恨塞满愁肠胃。蜗角虚名，蝇头微利，拆鸳鸯在两下里。一个这壁，一个那壁，一递一声长吁气。

【四边静】霎时间杯盘狼藉，车儿投东，马儿向西，两意徘徊，落日山横翠。知他今宵宿在那里，有梦也难寻觅。

【五煞】到京师服水土，趁程途节饮食，顺时自保揣身体。荒村雨露宜眠早，野店风霜要起迟！鞍马秋风里，最难调护，最要扶持。

① 臧晋叔编《元曲选》第1册，第178—179页。

【二煞】你休忧文齐福不齐，我则怕你停妻再娶妻，休要一春鱼雁无消息。我这里青鸾有信频须寄，你却休金榜无名誓不归。此一节君须记，若见了那异乡花草，再休似此处栖迟。

【一煞】青山隔送行，疏林不做美，淡烟暮霭相遮蔽。夕阳古道无人语，禾黍秋风听马嘶。我为什么懒上车儿内，来时甚急，去后何迟？

【收尾】四围山色中，一鞭残照里。遍人间烦恼填胸臆，量这些大小车儿如何载得起？①

将上述两个杂剧的告别场面相比较，无论其文辞的雅丽、华美，诗意化的遣词造句，还是它们在立意构思上的安排，确实体现了异曲同工之妙。职是之故，仙道剧《张天师》的作者吴昌龄堪称与"元曲四大家"之一的王实甫相比肩，无疑属于主张曲辞华美的一派。

曲辞华美也体现在岳伯川的《吕洞宾度铁拐李岳》这个神仙道化剧中。如多个曲辞描写岳寿夫妻恩爱之情，甚至不乏煽情、情重于理的悖词。如第三折正末扮岳寿唱：

【太平令】依旧有青天白日，则不见幼子娇妻，我才离了三朝五日，儿也这期间哭的你一丝两气，我如今在这里，不知他在那里，几时得父子夫妻完备。

【雁儿落】则我那一管笔扭曲直，一片心瞒天地，一家儿享富贵，一辈儿无差役。

【得胜令】俺只道一世里吃不尽那东西，谁承望半路里脚残疾，为什么尸首儿登途慢，则为我魂灵儿探爪迟，则为当日骂韩魏公一脚高一脚低。

【庆东原】为甚我今日身不正，则为我往常心不直，和那鬼魂灵不能勾两脚踏实地，至如省里部里，台里院里，咱只说府里州里。他官人每一个个要为国不为家，怎知道也似我说的行不的。

① 隋树森编《元曲选外编》，第304—307页，中华书局1959年版。

【川拨棹】俺自从做夫妻二十年几曾离了半日，早起去衙里便是分离，晚夕来到家里，那场欢喜，满门贤惠，一划精细，要一供十，举案齐眉，那些夫妻道理，听的当远差教休出去，早教我推病疾，今日受烦恼有甚尽期。①

上述曲辞关于岳寿世俗情爱的细腻描写，确有词繁意富之倾向，虽间杂着口语俗话，却显富丽华艳之语调。钟嗣成在《录鬼簿》中对于将自然与华丽的语言风格统一起来的元曲作家予以充分肯定，表面上看，华丽与自然是矛盾的，而实际创作中，许多曲辞又是两者的辩证统一。如钟氏对曹明善杂剧曲辞评曰："明善，衢州路吏，甘于自适。今在都下，有乐府，曲辞华丽自然，不在小山之下。"②以"华丽自然"观之于岳伯川《铁拐李》，上引《太平令》等曲辞将朴实自然的口语和富丽华雍的抒情统一在人物心里的刻划中，可谓恰如其分。

《西华山陈抟高卧》是马致远另一篇重要的神仙道化剧。该剧写陈抟拒绝宋朝廷的应征，高蹈遗世，淡薄功名，醉卧于陕西华山的传奇故事。这个神仙剧曲辞优美，浓厚的唯美主义色彩非常明显，体现了"万花丛中马神仙"的唯美道化剧的艺术思想追求，故邓绍基先生评价其"字句音律，浏亮动人"③，如第一折：

【金盏儿】投至我石枕上梦魂清，布袍底白云生。但睡呵一年半载没干净，则看您朝台暮省干功名。我睡呵黑甜甜倒身如酒醉，忽喽喽酣睡似雷鸣，谁理会的五更朝马动，三唱晓鸡声。④

虽然有口语俚词的穿插，但协律精整，"浏亮动人"，却是这段曲辞的主打风格。又第二折：

① 臧晋叔编《元曲选》，第504—505页。

② 中国戏曲研究院编《中国古典戏曲论著集成》第二册，第133页，中国戏曲出版社1959年版。

③ 邓绍基《元代文学史》，第150页，人民文学出版社1991年版。

④ 臧晋叔编《元曲选》，第722页。

【梁州第七】从逢着那买卦的潜龙帝王，饶了个算命的开国功臣，便即时拂袖归山隐。全不管人间甲子，单则守洞里庚申。降伏尽婴儿姹女，将炼成丹汞黄银。思飘飘出世离群，乐陶陶礼圣参真。想他那乱扰扰红尘内争利的愚人，更和那闹攘攘黄阁上为官的贵人，争如这闲摇摇华山中得道的仙人，一身驾云，九垓八表神游尽，觑浮世暗中哂，坐看蟠桃几度春，岁月常新。①

整齐的押韵，典雅的曲词，频繁的叠字，使唱者喉咙婉润，听众心舒耳顺，戏剧的审美性极其强烈，舞台效果自然美妙无比。又同折：

【隔尾】我与这高山流水同风韵，抵多少野草闲花作近邻，满地白云扫不尽，你与我紧关上洞门，休放个客人，我待静倚蒲团自在盹。②

【牧羊关】我恰才游仙阙，谒帝阍，惊的我跨黄鹤飞下天门，为甚的玉节忙持，金钟煞紧，又不是纸窗明觉晓，布被暖和春，惊的那梦庄周蝶飞去，尚古自炊黄粱锅未滚。③

这两支曲辞，语言清丽，用典雅致，而人物内心散淡情致的描写，使作品华丽而不显雍容，自然却不失富艳精工。

最表现作者对华丽曲词文风和唯美语言价值之追求的是第三折的【煞尾】：

俺那里云间太华烟霞细，鼎内还丹日月迟，山上高眠梦寐稀，殿下朝元剑佩齐，玉阙仙阶我曾履，王母蟠桃我曾吃。欲醉不醉酒数杯，上天下天鹤一只。有客相逢问浮世，无事登临叹落辉。危坐谈玄讲《道德》，静室焚香诵《秋水》，滴露研朱点《周易》，散诞逍遥不拘系。赴召离山到朝里，央及陈抟受宣敕。送上都堂入八位，掌管台衡总百揆。御史台纲索省会，六部当该各详细；攘攘垓

---

①②③ 臧晋叔编《元曲选》，第723页。

垓不伶俐，是是非非无尽期。好教我战战兢兢睡不美。①

标准极致的骈文俪句，对偶整齐，韵律圆转，雅丽而不乏流畅，书面语与口语的浑然一体，自显马致远“华丽自然”相统一的二元美学追求。

马致远的另一神仙道化剧依然体现了他对于华丽曲辞风格追求的创作倾向和戏剧理念。这个道化剧就是《邯郸道醒悟黄粱梦》。其中写高道太极真人吕纯阳（洞宾）隐居的仙界仙境时，语词典雅华丽，像吴昌龄仙道剧一样，也具有王实甫《西厢记》曲辞诗化的唯美主义色彩。如：

【油葫芦】莫厌追欢笑语频，但开怀好会宾，寻思离乱可伤神。俺闲遥遥独自林泉隐，您虚飘飘半纸功名进。你看这紫塞军、黄阁臣，几时得个安闲分，怎如我物外自由身。②

【天下乐】他每得到清平有几人，何不早抽身，出世尘，尽白云满溪锁洞门，将一函经手自翻，一垆香手自焚，这的是清闲真道本。③

【金盏儿】上昆仑，摘星辰，觑东洋海则是一掬寒泉滚，泰山一捻细微尘。天高三二寸，地厚一鱼鳞，抬头天外觑，无我一般人。④

上引三个曲辞，韵律优美，韵部相同，诗化倾向非常明显。同折（第一折）接下来的几段曲辞如《后庭花》《醉中天》《醉雁儿》等依复如此，如：

【赚煞】羽衣轻，霓旌迅，有十二金童接引，万里天风归路稳，向蓬莱顶上朝真。笑欣欣，袖拂白云，宴罢瑶池酒半醺，争奈你个唐吕岩性蠢，偏不肯受汉钟离教训，又则索跨苍鸾飞上九天门。⑤

---

① 臧晋叔编《元曲选》，第728页。

②③④ 同上，第778页。

⑤ 同上，第780页。

该道化剧第三折的曲辞更加华丽典雅，如前五曲：

【大石调六国朝】风吹羊角，雪剪鹅毛，飞六出海山白，冻一壶天地老，便有丹青巧画笔难描。俺这里遥望千山表，是谁将粉黛扫。幽窗下寒敲竹叶，前村里冷压梅梢。撩乱野云低，微茫江树杳。①

后两句“撩乱野云低，微茫江树杳”显系从唐诗中化出，孟浩然《宿建德江》云：“移舟泊烟渚，日暮客愁新。野旷天低树，江清月近人。”如果说《黄粱梦》在曲辞上追求诗化般的境界，那是毫不夸张的，再来看看第三折的曲辞。

【归塞北】为甚春归早，既不沙可怎生蝶翅舞飘飘，梅蕊粉填合长安道，柳花绵迷却灞陵桥。山馆酒旗遥。②

【初问口】想那捕鱼叟蓑笠纶竿，他向那寒潭独钓，和俺这采樵人迷却归来道，则见冻雀又飞，寒鸦又噪，古木林中蓦听的山猿叫。③

在遣词造句上，上两个曲辞以工稳雅丽为长，如蝶翅、梅蕊、柳花、山馆、寒潭、冻雀、寒鸦、古木、山猿，等等，文人色彩及其浓厚。

【怨别离】园林无处不萧条，春归也犹未觉，满地梨花无人扫，寒料峭，遥望见一点青山兀良却又早不见了。④

【归塞北】白云岛，则听得孤鬼吼荒郊，九天女鼓风驱造化，六丁神挥剑斩长蛟，既不沙可怎生就地卷风涛。⑤

【幺篇】孤村晓，稚子道犹自月明高，青女翦冰寒不散，黑云喷雨冻难消，无处觅渔樵。⑥

显然，这两个曲词在语言风格上与前述基本一致。

范子安的神仙道化剧为《陈季卿误上竹叶舟》。该剧对于华丽的曲辞风格的追求，主要表现在两篇描写仙境仙界的唱词上，其一云：

---

①②③④⑤⑥ 臧晋叔编《元曲选》，第787页。

【鹊踏枝】我那里号蓬壶，近大都，一划是贝阙珠宫，霞径云衢，则除是大罗仙没揣的过去，我今日下尘寰也则为点化你这顽愚。①

其二云：

【叨叨令】俺那里有苍松偃蹇蛟龙卧，有青山高耸烟岚泼，香风不动松华落，洞门深闭无人锁。俺和你去来也么哥，俺和你去来也么哥，修真共上蓬莱阁。②

以上两曲唱辞所写蓬莱仙境，风光旖旎，绚烂多姿，青童玉女，高道仙真，琼楼玉宇，金碧辉煌，正是道教宣传美妙奇幻的神仙世界惯用的方法，这种求丽的创作传统远自魏晋神仙道教步虚词的文学时代，以陆修静所收录的《洞玄灵宝玉京山步虚经》十首为肇始，道教描写仙界美妙之境的华丽富赡倾向越来越明显，以致元明清的青词创作，作家们“竞豪奢”即以富丽堂皇为时尚，已然趋之若鹜。如《步虚词》有云：

骞树圆景园，焕烂七宝林。天兽三百名，狮子巨万寻。飞龙踯躅鸣，神凤应节吟。灵风扇奇花，清香散人襟。自无高仙才，焉能耽此心。③

这里仙界气势壮观，百灵群动，七宝楼台，华丽焕烂。又如第十首中云：“十华诸贤集，紫烟结成宫。宝盖罗太上，真人把芙蓉。”④这是一个姹紫嫣红的美轮美奂的天堂，五彩的笔描写出七彩的境界，华丽之追求，自是不言而喻的文学思想或戏剧观念了。

贾仲名的神仙道化剧《铁拐李度金童玉女》在所有元代道化剧中华章丽辞最为凸显，平心而论，其追求华丽之美的艺术倾向和戏剧观念甚至超出于“马神仙”马致远之上。第一折：

---

① 臧晋叔编《元曲选》，第1045页。

② 同上，第1057页。

③④《道藏》第34册，第625页。

【仙吕·八声甘州】花遮翠拥，香霭飘霞，烛影摇红，月梁云栋，上金钩十二帘栊，金雀屏开玳瑁筵，绿蚁光浮白玉钟，爽气透襟怀，满面春风。①

此处所写仙人之居与其说是超凡脱俗的非现实存在，不如说是由七彩颜色描绘的缤纷画廊，遣词造句上善用鲜艳亮丽色彩的词语勾勒仙境的珠光宝气、琳琅满目，这完全可以与南宋词人张炎构建和描绘的七宝楼台相媲美。再看其对仙舞仙乐之场景的描写：

【村里迓鼓】摆窈窕翠娥红袖，出蒲萄紫驼银瓮，听嘹亮笙簧聒耳，间一派仙音齐动。你看那梅香小玉，丫鬟使数，相随相从。鸾箫吹，象板敲；皓齿歌，细腰舞；琉璃钟，琥珀酡，呀！簇捧定可喜娘风流万种。②

如果用“纤浓”或“艳丽”来为这首曲辞的风格或戏剧观念下定语，应该说是比较恰当和准确的。再看第二折：

【南吕一枝花】花溪音乐喧，竹坞人家小。香车游上苑，宝马满东郊。杂杂嘈嘈，一程程锦绣似花枝绕；一处处管弦般鸟语调。垂杨院卖花人一声声叫过红楼，杏花村题诗各一个个醉眠芳草。③

诗情画意，以绚丽为基调，绮富的意境非常明显。又如《凉州第七》：

看春江鸭头绿皱，接行云雁翅多娇，酒旗向青杏园林挑，佳人斗草，公子装幺。秋千料峭，鼓吹游遨，上新黄柳曳金条，绽嫣红花簇冰绡。芳丛内采嫩蕊粉蝶队队身轻，回塘畔点香芹，紫燕偏偏翅袅，碧荫中弄清音流莺恰恰声交，难挑！怎描？便那女娘行心思十分巧，其实的刺不成，绣不到，丹青手虽然百倍高，也画不出这重叠周遭。④

① 《道藏》第 34 册，第 1093 页。
② 同上，第 1094 页。
③④ 臧晋叔编《元曲选》，第 1096 页。

再艳丽的色彩也难以描摹景色的绚烂，再高超的画家也难以雕绘五彩的世界。以华丽奢侈为美，在这曲词里无以复加。又如第二折的【黄钟尾】所写之奢华：

你那里白云封洞烧丹灶，争似俺锦水流香泛碧桃。我这头巾上珍珠砌成文藻，玉兔鹘金厢系秀袍，紫丝缰金鞍骏马骄，葵花镫靴尖斜款挑。虞侯亲随护从着，茶褐罗伞云也似绕，绛蜡纱灯月也似皎，重裀卧铺陈换副儿交，列鼎食珍馐拣口儿饱。你止不过掘黄精和土斫，砍青松带叶烧，蒸云腴煮藜藿，饮涧泉吃仙药。这两般可是那件儿好？①

这段曲词，真个是“珍珠砌成文藻”，富贵气足，华丽风浓，“曲辞华美”正是它的戏剧旨趣。

为了充分验证金元神仙道化剧“华美曲辞”的仙风道骨气质的另一种表现形态，仍可以贾仲名的《铁拐李度金童玉女》来阐释。第三折前五个曲词分别写道：

【商调集贤宾】黄梅细丝江上雨，碧沼内翠荷舒。受用的是玛瑙般蔗浆酪粉，珊瑚枕藤簟纱厨。黍新包似裹黄金，蒲细剉如攒白玉。咏《离骚》歌《楚些》谁吊古，夺锦标擢画桨似飞凫。系同心长命缕，佩辟恶赤灵符。②

【逍遥乐】兰汤试浴，纳水阁微凉，避风亭倦午。乘竹阴槐影桐疏，叠冰山素羽青奴。剪采仙人悬艾虎，开南轩奇峰云布。瓜分金子，鲙切银丝，茶煮云腴。③

【春归怨】夫贵妻荣，多来大福。画堂罗列锦模糊。妻才子禄前生注。庆有余，美满欢娱，配凤友对鸾雏。④

【雁儿落】：赋新声咏乐府，歌古调达音律。是一朵没包弹娇柔解语花，是一块无瑕玷温润生香玉。⑤

① 臧晋叔编《元曲选》，第1098页。
②③④⑤ 同上，第1099页。

【得胜令】帘低簌碧鰕鬓，沉细爇紫金炉。霜瓦密鸳鸯甃，云轩高翡翠铺。俺同坐着香车，似地长就连枝树；双并着骅驹，仅胶粘成比目鱼。①

色彩以绚烂为务，香气以浓郁为选，听闻以协律为要，雍容华贵，表里相符，均以此为宗旨。又第四折有几曲云：

【早乡词】堕尘埃，为贵客，托生在大院深宅。尽豪奢衔气概，忒聪明更精彩，对着俺撒敦家显耀些抬颏。②

【挂搭沽】则俺那头巾上珍珠砌成界，画拖四叶飞霞带，绣胸背搀绒可体裁，玉兔鹘堪人爱，把翠叶贴，将奇花摘，趁着这绿鬓朱颜，不负了杏脸桃腮。③

【石竹子】鹗鼓咚咚声和凯，缕管轻轻音韵谐，女直家筵会实难赛，直吃的梨花月上来。④

只有词语的华丽富赡，声韵的和谐协律，从文学思想或戏剧理念上来考量，才可称之为追求"文采"的创作。贾仲名的这个神仙道化剧，自然是当之无愧的佳构。

除了上述神仙道化剧运用华丽的曲辞来塑造剧中人物性格，推动故事情节发展，完成作品主题的彰显等戏剧表现外，其他道化剧也都在上述方面通过华丽曲辞以体现作者的戏剧理念。为了方便起见，这里我们不再罗列和详述曲辞原文，只拈出清检每个作品主要的曲辞名以见一斑。

谷子敬《吕洞宾三度城南柳》有第一折的《混江龙》《油葫芦》、第二折的《滚绣球》（怕不你柳色浓）、第三折的《牧羊关》等。杨景贤《马丹阳度脱刘行首》有第二折的《煞尾》、第三折的《满庭芳》、第四折的《水仙子》等。王子一《刘晨阮肇误入桃源》有第一折的《混江龙》《油葫芦》《青歌儿》、第二折的《呆骨朵》《滚绣球》（乃真是罗琦丛）《满庭芳》等。

---

① 臧晋叔编《元曲选》，第 1099 页。

②③④ 同上，第 1103 页。

马致远《马丹阳三度任风子》有第二折的《滚绣球》、第三折的《石榴花》、第四折的《驻马听》等。而他的《邯郸道省悟黄粱梦》则有第一折的《醉中天》《金盏儿》《醉雁儿》、第三折的《玉翼蝉煞》等。此外，马致远第四个神仙道话剧《萨真人夜断碧桃花》有第一折的《寄生草》《醉中天》，第二折的《上小楼》《满庭芳》、第三折的《滚绣球》(两曲)、第四折的《步步娇》《折桂令》《沽美酒》《太平令》《豆叶黄》《梅花酒》《收江南》等。李好古《沙门岛张生煮酒》有第一折的《仙侣点绛唇》《混江龙》《油葫芦》《寄生草》《后庭花》、第二折的《梁州第七》《黄钟煞尾》、第三折的《滚绣球》、第四折的《折桂令》等。史九敬先《老庄周一枕蝴蝶梦》有第一折的《青歌儿》、第二折的《幺篇》(任画楼，妙体态人多美，肌柔如粉施共三曲)《煞尾》等。宫大用《严子陵垂钓七里滩》有第一折的《油葫芦》、第二折的《越调斗鹌鹑》、第三折《滚绣球》(共两首)等。又贾仲名《吕洞宾桃柳升仙梦》有第一折的《北那吒令》、第二折的《醉春风》《南千秋岁》、第四折的《南四块金》等。无名氏《瘸李岳诗酒玩江亭》有第一折的《混江龙》、第二折的《梁州》、第三折的《斗鹌鹑》、第四折的《梅花酒》等。无名氏《汉钟离度脱蓝采和》有第二折的《尾声》、第三折的《滚绣球》(两首)、《朝天子》、第四折的《梅花酒》等。

综上所梳理的《元曲选》《元曲选外编》所录神仙道化剧共十二种，反映了华丽奢美的曲辞风格的唱曲共 64 支，此见神仙道化剧作家在唱辞上共同的旨趣和追求。

第三节　神人共悲的悲剧冲突思想

人类历史上系统的戏剧理论首先产生于欧洲。公元前四世纪，在绚丽多彩的希腊神话、雄伟壮阔的荷马史诗、情真意切的萨福琴歌以及睿智深刻的伊索寓言等构成的希腊文明背景下诞生的伟大哲人亚里士多德，其划时代意义的《诗学》标志着人类戏剧理论体系的最早建立，也成为“欧洲戏剧理论的开山之祖作和奠基之石”①。在这部文艺理论著作里，亚里士多德结合“悲剧”作了一个全面系统而科学的判断，形成了人类戏剧理论史上最有权威、最准确、最令人信服的“悲剧”概念：

悲剧是对于一个严肃、完整、有一定长度的行动的摹仿；它的媒介是语言，具有各种悦耳之音，分别在剧的各部分使用；摹仿方式是借人物的动作来表达，而不是采用叙述法；借引起怜悯与恐惧来使这种感情得到净化。

在这个“悲剧”概念或定义里，至少有两个关于“悲剧”的基本特点，一是指出“悲剧”是对一个行动的摹仿，这就意味着“悲剧”必须有情节，行动的连串组成无疑构成具有故事性或叙事性的“情节”，而且这情节必须是严肃的、完整的。一是认为悲剧必须产生引起观众怜悯与恐惧的效果。通过这种怜悯与恐惧来净化观众的情感，这就要求悲剧对于人类的情感发生影响，而为什么会引起观众的怜悯与恐惧，这就是作者在作品中不能回避的问题，必须通过作品的各种描写手段或直白或暗示性地表现出来。

悲剧的定义一经确定，就可以根据这个定义来创作悲剧，于是就面临作为一个剧本的悲剧结构安排问题，对此，亚里士多德规定了悲剧在结构上的六个组成部分，这就是情节、性格、思想、语言、歌唱和造型。在这六个因素中，情节是最为重要的。因此，他说“六个成分里，最重要的是情节，即事件的安排；因为悲剧所摹仿的不是人，而是人的行动、生活和幸福……”②，“剧中人物的品质是由他们的‘性格’决定的，而他们的幸与不幸，则取决于他们的行动。他们不是为了表现‘性格’而行动，而是在行动的时候附带表现‘性格’。因此，悲剧艺术的目的在于组织情节，在一切事物中，目的是至关重要的”③，“悲剧中没有

① 余秋雨《戏剧理论史稿》，第 9 页，上海文艺出版社 1983 年版。
② 亚里士多德《诗学》，第 28 页，译文出版社 1981 年版。
③ 同上，第 35 页。

行动,则不成为悲剧,但没有‘性格’,仍然不失为悲剧”①,“情节乃悲剧的基础,有似悲剧的灵魂,‘性格’则占第二位。悲剧是行动的摹仿,主要是为了摹仿行动,才去摹仿在行动中的人”②。

由于悲剧中所摹仿的行动是由剧中人物来承担发出和完成的,因此,行动所体现的情节必须紧密地和人物联系在一起,悲剧人物就成了情节的主人,由此出发,亚里士多德尤其强调悲剧对于人物特点之表现的重要性,所以他归纳出了悲剧人物的如下特点作为剧作者遵循的标准:第一,“遭殃的人(悲剧人物)和我们自己类似”,但又“比我们今天的人好”。第二,“在道德品质和正义上并不是好到极点”。第三,“他遭殃并不是由于罪恶,而是由于某种过失或弱点。”第四,“不应遭殃而遭殃。”

由于悲剧是要与观众发生关系才体现它的价值的,连接这种关系的媒介是什么呢?亚里士多德指出,这个媒介就是对观众心理所产生的某种反应,他把这种反应定性为能够引起观众的怜悯和恐惧的心态。因此,从某种意义上来讲,只要能引起观众产生怜悯和恐惧心理的戏剧就是悲剧。那么这是否意味着悲剧创作的终极目标就是让观众引起这种心理吗?那当然不是,它的终极目标在于通过这种心理使观众得到净化,即感情升华,所以他说:“有些人受宗教狂热支配时,一听到宗教的乐调,就卷入迷狂状态,随后就安静下来仿佛受到了一种治疗和净化。这种情形当然也适用于受怜悯、恐惧以及其他类似情形影响的人。”

综上所述,行动或情节、人物特点、悲剧结构、心理状态(效果)净化的最终目的等等构成亚里士多德全部悲剧理论的核心内容,用他的悲剧理论来衡量古今中外无数悲剧作品,无不遵循这些悲剧理论进行着创作,我们也无一例外地发现蕴含在其中的与亚里士多德的悲剧理论大体一致的悲剧观念,只不过在表述的方式或语词的安排上大同小

① 亚里士多德《诗学》,第40页,译文出版社1981年版。
② 同上,第53页。

异而已，下面我们用中西对比的研究方法来挖掘金元神仙道化剧中的悲剧理论或思想。

一　先死后生　神人共悲

如前一节我们挖掘提炼的喜剧思想、喜剧观念一样，金元神仙道化剧的悲剧思想或悲剧意识也蕴含在作品之中，所不同者，文献检索发现，神仙道化剧的悲剧思想表述偶尔保存在一些戏论家对某个神仙道化剧之悲剧的题跋、评点之中，如马致远四个神仙道化剧为后人所作的题跋等。有时，这些悲剧思想也偶尔在剧本开端的副本登场的语言中被表达出来。有一个值得提及和需要注意的现象，就是在古代许多戏论家的评点中，常常把悲剧称为“惨绝悲极之书”“怨谱”“哀曲”，在民间就称之为“苦戏”。因此，悲、哀、苦、怨、凄、死、生、惨、杀……诸如此类字词充斥纸上，体现了作家点评家对于悲剧本质的认识，这种情况在金元神仙道化剧之悲剧中也不例外。如擅长创作神仙道化悲剧的马神仙马致远，其所作《开坛阐教黄粱梦》（又名《邯郸道省悟黄粱梦》），吴梅为该剧所作跋云：

> 黄粱梦杂剧，元马致远撰。致远号东篱，大都人，江浙行省官。其词以《秋思》[《夜行船》]一套负盛名，周高安评为北词之冠也。所作杂剧十四种（《桃源洞》《任风子》《荐福碑》《青衫泪》《踏雪寻梅》《酒德颂》《戚夫人》《岳阳楼》《陈抟高卧》《马丹阳》《岁寒亭》《饭后钟》《汉宫秋》）今所传者有《青衫泪》《岳阳楼》《陈抟高卧》《汉宫秋》《任风子》《荐福碑》及此剧。元人中杂剧传者，以马致远为最多矣。剧中以吕岩历尽妻女家庭之苦，引起出世之心，其结想已妙。且以钟离公幻化多人，使演者可以节力，尤非他家所能企及也。第三折《刘国朝》一套，其谱法今已改变，[大石]引用尺调，不知当日演作何宫。而《归塞北》一支，即为隋时《望江南》遗格。古词谱调留遗今日者只有《忆王孙》及此调而已。末折《煞尾》尤神来之笔。余尝谓元之词不可及，正在俗俚处。自明人

> 以冶丽之词作北曲，而蒜酪遗风渺不可得，余窃有志焉而未逮也。①

在这一段长文序跋语中，叙及了《黄粱梦》的叙事特色，讲到作品以详尽之笔极写剧中人物吕岩妻女家庭之苦，一个“苦”字笼罩全剧，给剧本抹上凄苦悲慨之色，以体现作为背景脚本的本质特性，因此该道化剧完全可称之为“苦戏”，正好与西方悲剧理论家及我国古代悲剧评点家们对于悲剧之特质的认识不谋而合。以此理论来检讨金元神仙道化剧，则发现剧作家在构思悲剧时遵循的是一个“先死后生，神人共悲”的创作原则。这话如何是讲呢？就是说，在金元类似于《黄粱梦》之类的神仙道化剧之度脱剧中，作者为了宣传道教宗教教义、目标的美妙，亦即宣传人类终极关怀、终极目的的美妙迷人，质言之，就是为了美化神仙境界、神仙世界比现实社会、现实世界的美好神奇，也为了彰显世俗社会先苦后甜、先悲后喜、先死后生的普遍道义，作品以浓墨重彩甚至泼墨如土的大气尽力描写主人公现实生活中遭受的种种苦难、非常人所能忍受有生死折磨，甚至九死一生的悲惨酷烈，惨绝人寰的血腥痛楚，一句话，就是死去活来、痛不欲生的悲苦遭际，以致产生动天地、泣鬼神的现实效果与艺术效果，最后由九天降下神仙把这个九死一生，百般受苦的“主人公”超度或度脱到美轮美奂、幸福美妙的神仙世界，享受应用尽有的自由逍遥、无与伦比的神仙生活。这个塑造构思的戏剧艺术过程，就是在遵循“先死后生、神人共悲”的原则完成宗教理想目标的实现。所谓“先死后生”就是有意让“主人公”接受死亡的恐吓、威胁和实践，在死亡地狱中几经徘徊，最后由救命天神使其起死回生，九死一生；所谓“神人共悲”就是作品主人公所经历的悲惨遭际，不但普通人为之泣泪，连天地神祇都为之感动，神人共同发出悲悯与同情。根据以上阐释，我们来验应和挖掘金元神仙道化剧中度脱剧的这一悲剧思想。需要说明的是，此一悲剧思想，只蕴含在道化

---

① 蔡毅主编《中国古典戏曲序跋汇编》，第769页，齐鲁书社1989年版。

剧的度脱戏中。所谓度脱戏，是指那些描写主人公（人类）选择在现实生活中受苦受难，最后由仙人下凡指点出路，解脱苦海，渡过难关（包括生死攸关）的题材作品，查所有关于戏曲作品文献与典籍有约略 58 种度脱题材剧本，其中为金元所作者计 17 种。它们是：马致远的《吕洞宾三醉岳阳楼》《开坛阐教黄粱梦》，赵文殷的《张果老度脱老观音》，纪君祥的《韩湘子三度韩退之》，赵明道的《韩湘子三赴牡丹亭》，岳伯川的《吕洞宾度铁拐李岳》，范子安的《陈季卿误上竹叶舟》，陆进之的《韩湘子引度升仙会》，无名氏的《汉钟离度脱蓝采和》《瘸李岳诗酒玩江亭》。另外，马致远的《萨真人夜断碧桃花》《马丹阳三度任风子》，郑廷玉的《风月七真堂》，杨景贤的《王祖师三化刘行首》，贾仲名的《丘长春三度碧桃花》都属于全真教度世剧。还有两个关于庄子悟道的度脱戏：李寿卿的《鼓盆歌庄子叹骷髅》、史九敬先的《老庄周一枕蝴蝶梦》。

"先死后生，神人共悲"的戏剧思想，在马致远的神仙度脱戏中，从四个剧本内隐的含义来看，其蕴含方式有如下几种。

一是主人公的多方受难度脱式，这以《开坛阐教黄粱梦》为代表。即通过描写主人公吕洞宾遭受人世间无数的苦难折磨，感慨人生的挫折坎坷，然后通过仙人钟离权的同情，引起他对于这些苦难的与凡人一样的共同感受，从而度化吕洞宾入录仙品，摆脱苦难，也摆脱世俗社会的过眼云烟似的酒色财气，即所谓庸俗的荣华富贵。吕洞宾所受苦难与生死攸关有：

第一是十年苦志读书。他说："我十年苦志，一举成名正所谓十年寒窗无人问，一举成名天下知。"①

第二是被困在倦怠的睡眠里，在六道轮回中梦游跌撞。正末（扮钟离权）云："这人（指吕洞宾）俗缘不断，吕岩也，你既然要睡，我教你大睡一会，去六道轮回中走一遭，待醒来时，早已过了十八年光景，见了酒色财气，人我是非，那其间方可成道。诗云：气为强弱志为先，努

① 臧晋叔编《元曲选》，第 779 页。

力须当莫换肩。捱出这番难境界，更添疾苦一番仙。”[①]显然，只有经历难境，吃得疾苦，才能得道成仙。

第三是被朝廷诏令前往蔡州平叛反贼，亲历血腥残酷、生死攸关的战场，经历生与死的考验。可是，吕岩贪财惜命，被俗欲所蒙骗，阵前收受敌方贿赂，不战而归，埋下被朝廷斩首处死的凶煞。

第四是吕岩出征后，妻子却与人有“不伶俐的勾当”，这使他作为堂堂国家平叛兵马大元帅却遭受莫大的耻辱与羞愧，真是“是可忍孰不可忍”了。洞宾云：“我现授大元帅之职，你是太尉的女儿，你这般羞辱我，我好歹杀了你个淫妇。”[②]

第五是吕岩被充军发配远恶之地——沙门岛，在被押解的路上，遭受监军的打骂欺凌，一路苦不堪言，生不如死。一对儿女也被发配，连带吃尽了酸苦，尝尽了艰辛。在主人公经受了上述百般苦难、生死考验之后由于唤起了常人与仙品的悲悯与同情，比如其妻的不正当行为无疑会赢得观众的怜惜，从而使作品产生了神人共悲的戏剧效果，因此，吕洞宾最后由神仙钟离权度脱解救出苦海，为他指点了一条悔罪首过的正确之路，最后被道化为蓬莱仙班之列，功成果满，起死回生。

二是主人公伤感悲叹度脱式。即是指通过主人感对社会兴衰变迁，人世沧桑变化的慨叹与自我觉醒，表达其对功名利禄权势欲望实为祸患的批判精神，最终向往和走向神仙世界追求心灵的安慰。这种悲剧意蕴以《吕洞宾三醉岳阳楼》为代表。

该剧描写吕洞宾三上岳阳楼，每每登楼远眺，抒发历史兴亡之感。如第一折云：

【鹊踏枝】自隋唐，数兴亡，料着这一片青旗，能有的几日秋

① 臧晋叔编《元曲选》，第780页。

② 同上，第782页。

光，对四面江山浩荡，怎消得我几行儿醉墨淋浪。①

江山依旧，物是人非。隋唐不再，强烈的历史兴亡感、内隐着人生悲苦、漂泊流离之痛，正如他吕洞宾登楼作客，异乡为宾，身不由己，愁何以堪。

第二折再写吕洞宾登上岳阳楼，又抒朝代更替，世事兴废之情。

【贺新郎】你看那龙争虎斗旧江山。【郭云】你笑什么？【正末唱】我笑那操持奸雄。

【郭云】你哭什么？【正末唱】我哭呵哀哉霸王好汉。【郭云】老师父，你怎么哭了又笑，笑了又哭？【正末唱】为兴亡笑罢还悲叹，不觉的斜阳又晚，想咯这百年人则在这染指中间，空听的楼前茶客闹，争似江上野鸡闲。百年人光景皆虚幻。②

不管是曾经"力拔山兮气盖世"的项羽，还是"乱世之奸雄，治世之能臣"的曹操，都如东流长江水，一去不复返了，淹没在滚滚奔流的历史长河之中，百年人生，一切都是虚幻，过眼烟云。

《吕洞宾三醉岳阳楼》以悲慨抒怀登楼兴感的形式，向店主郭马儿反复宣讲世俗功名的庸俗鄙陋，人间世沧海桑田的难以应对，两人同时置于凭栏眺望的处境中，前者自觉意识到现实是错，仙界是对，后者通过被开导，同时亲身感受到和亲眼看到了自己娇妻的被杀，最后被仙人救活复苏的全过程，最后醒悟过来皈依道流进入仙境，作品最后完成道化仙升的度脱任务，形成"先死后生，神人共悲"的戏剧创意。

显然，这个道化剧的主要创作模式是兴感悲叹形式，但作为悲剧，还是贯彻了如亚里士多德所奠定的创作原则的，即以恐惧死亡的方式来净化情感获得人们的怜悯与同情，这主要是第三折以郭马儿之妻翠娥之死来警告他对世俗功名财色酒气的幡然悔悟。

三是主人公被恶境头感化式。前面两种模式，有各自的特点，第

---

① 臧晋叔编《元曲选》，第 615 页。

② 同上，第 620 页。

一种是主人公亲身经历的，第二种是主人公所听所闻的但偶有所历如妻子被假杀拐蒙。而这里所讲的恶镜头感化式，则可称之为主人公所睹见的险恶恐怖环境，唤醒和点拨了他的顽冥固执的世俗功名之心。这种悲剧意识以马致远的《马丹阳三度任风子》为代表。

用什么样的创作方式表达作家或剧作家的创作意图，这其实就包含一种理论原则。亚里士多德提倡的悲剧的六个因素（六个成分），实则指的悲剧创作的思想或创作方法问题。作为戏剧，由于它的摹仿和表演的特征，就非常类似于后来电影中的镜头，电影是通过“蒙太奇”的方法来完成情节和人物塑造的，因此影像、镜头是它最主要的表达方式。让我们十分惊讶的是，远在电影诞生之前的中国元代的神仙道化剧里，戏剧家就提出了“境头”一词，只是“境”与“镜”在字形上略有差异罢了，而概念的含义都是一致的。我们先来看剧本中的一段话，《马丹阳三度任风子》第二折云：

> 【马丹阳上云】贫道马丹阳，离了仙乡，来此终南县甘河镇，化一草庵居住，不勾半年，将此一方的人，都化的吃了斋素，果然这任屠杀生太众，性如烈火。如今要杀贫道，或白昼而来，或黑夜而来，可用俺神通秘法，点化此人，俗话说能化一罗刹，莫度十七斜，我教他眼前见些恶境头，然后点化此人，这早晚敢待来也。①

要对一个杀生太多的冥顽分子实行道教感化，引领其入仙修道，不是一件容易的事，得让他“归顺”从道，于是类似于今天的“恶搞”的想法就萌生了。所以上而引文里“恶境头”，就是人类社会和大自然中的令人恐怖毛骨悚然，凶煞恶狠的环境处境，有罪之人一见到就有良心发现，改恶从善的思想萌动，这恶境头，也就是现在我们讲的恶作剧，恶搞。但要注意的是，这恶作剧、恶搞是怀着善意的，是为了改造恶人而“恶搞”的。由此可见，“恶作剧”的意蕴及其剧作的产生，从文献来看，较早出现在元代马致远这个杂剧——神仙道化剧中。来看下面这些

① 臧晋叔编《元曲选》，第1673页。

“恶境头”。

境（镜）头一：“【马丹阳云】你道我化的这一方之地，都不吃荤腥，坏了你这买卖，因此来杀贫道。是我搅了你买卖。”——神仙马丹阳用道教法术使终南山甘河镇人饮食以清淡为宗，不食荤腥，从而使做屠宰生意的任屠任风子关了屠铺，生意冷清。这无疑是有意“恶搞”，但现象之下却潜藏着道教所倡导的素食淡资的养生之理。

境（镜）头二：马丹阳又使神仙法术，突然有神子降临，提起宝剑正向任屠杀去，立马首身异处，任屠连连向马丹阳求情说：还我头来。这种情节、细节（即亚里士多德所说的对行动的摹仿）安排，只有在剧作里才有，在现实生活中根本不可能出现，因此，无疑属于恶作剧——标新立异、诡奇怪诞的戏剧情节构思。顺着这个细节的逻辑发展路径，必然是任屠向马丹阳的低头服从，不但他此前因马丹阳“恶搞”致使其生意萧条故而要去杀了马丹阳的念头烟消云散，而且由于丹阳再一次恶搞反而失去了自己的头，因此向马丹阳求救，于是马丹阳趁势晓喻他走“正道”的宣传布道格局水到渠成。

> 【正末云】师傅，放任屠回家去吧。【丹阳云】你要去自去，谁挡着你呢？【正末云】师父，我来时一条路，如今三条路。（其实也是马丹阳巧设的恶境头——引者注），不知往哪条路去。【丹阳云】你来处来，去处去。休迷了正道。【正末云】是是是，来处来，去处去。【做寻思科云】父母生我，是来处来，我若死了，便是去处去，他着我休迷了正道，这先生敢教我跟他出家去。罢罢罢，稽首，任屠情愿跟师父出家。①

境（镜）头三：将你俗衣尽都去了，身穿着道袍，腰系着杂采绦，每日在菜园中，早晨打五百桶水，日中打五百桶水，天晚打五百桶水。——这个恶作剧，就是道教宣传的练功夫，练持之以恒，内心坚守的养心养性功夫，马丹阳（钰）是全真教创始人王喆（重阳）的第一个弟

---

① 臧晋叔编《元曲选》，第1675页。

子，即全真七子首入者，全真教就是一个重视内心操守之永恒持定的道教派别。马丹阳尤其重视那种内在心地的恒定功夫之修养，所以这个“恶作剧”就是教任屠入道的必须功课。当然，这种每天一千五百桶的挑水功夫，是需要吃苦耐劳的毅力才能完成的，可见，“恶作剧”依然体现了悲剧以悲苦恐怖为特征的内涵，这种行动或功夫，正如作者借剧中人物——任屠之妻所说的那样：“谁敢劳动者你挑着这等重担子，受这等苦楚。”①

境（镜）头四：为了进一步考验任屠入道修仙的决心是否完全彻底坚决，马丹阳又使法术，变化六丁强盗妖贼扑入任屠练功的菜园，向他索要金珠财宝，猿马物什，又有索命小鬼闯入门来，讨要他室中仅有的绦儿领袍，最后索要那颗生命之头。正当小鬼举刀向任屠头颅砍将下来之刹那间，马丹阳说时迟那时快救出了任屠。这一系列动作或“行动”的效果是：马丹阳觉得任屠经过千锤百炼，百般考验，达到了修道入仙的要求，“今日功成行满。为你有始终，救你无生死。贫道马丹阳，三度任风子”②——任屠被成功度脱为道教神仙。

四是主人公善善恶恶式。这以马致远的《萨真人夜断碧桃花》为代表。所谓善善恶恶式，是指剧本通过客观真实地展示人物内心世界及行为表现上具有的善良与邪恶的质性，以彰显和赞美善的品质，谴责、暴露以至惩罚恶的方面，最终实现文学创作扬善惩恶的道德价值与社会宣教功能。具体落实到这个《碧桃花》道化剧而言，一是对于张道南“恶”的品质的揭露：张生拈花惹草，贪恋美色，勾引碧桃入其书房行男女幽会之事，并赠词一首诱惑碧桃后会有期。第三折写到小女子碧桃被父母批评后回闺房一气而死，尸体埋葬后阴魂不散，阎王殿也不收她的名册，因为还有阳寿二十年，故其鬼魂又回到坟茔，恰遇张道南趁月色清凉闲散行走到花园，正旦（碧桃）唱《滚绣球》：

① 臧晋叔编《元曲选》，第 1678 页。

② 同上，第 1682 页。

> 只因我天不管地不收，那一夜风又清月又圆，静巉巉海棠庭院，恰遇他趁花阴行到坟前。【真人云】他到坟前说什么来。【正旦云】他只念了两句诗，道是人面不知何处去，桃花依旧笑春风。【唱】他把碧桃花折一枝，古人诗念一联，引的我魂灵儿向他行活现。【真人云】他见了你可是怎生？【正旦唱】他醉醺醺花里遇神仙，可怜我生埋孤冢三年恨，只得书房一夜眠，并没虚言。【真人云】你两个相会之时，他曾与你甚么东西来么？正旦唱《倘秀才》：他可便拂金星砚将龙香墨研，染紫霜豪把花笺纸展。【真人云】哦，他写甚么来？【正旦唱】他将那青玉案新词写一篇。【真人云】那秀才只恁的恋酒贪花也。【正旦唱】他可便酒肠宽似海，端的是色胆大如天。①

此一段叙事与唱曲，活脱脱数落了张生（道南）勾引良家女子，好酒贪色，酒色财气样样具备的丑行罪状，这种敢于暴露的创作胆量，无疑也体现了作者进步的戏剧观念，把暴露社会黑暗、揭露个人道德沦丧当作戏剧家责无旁贷的一种担待，是值得我们肯定的。另一方面，该剧在暴露丑恶的同时，也彰显、赞美了善的心灵和品德，如第三折借碧桃之口夸奖张生心慈性软，正旦唱《随煞尾》：

> 谢师父承正法常看诸处行方便，开阐教广与众生解倒悬，成就夫妻是夙缘，正配鸾凰趁心愿。喜的是前度张郎正少年，早晚灾除病体痊。我也不爱他诗礼儒风祖代传，也不爱他簪笏荣名圣主宣，单则爱那惜玉怜香性儿软。②

张道南有儒风之遗传继承，这就是说他有很好的儒家伦理道德规范和礼义忠孝廉耻观念；他又有簪笏荣名，则是说张生又是一个学业有成、功名有成为朝廷国家所用之才，此两句话暗含着张生在立德立功上的突出表现，而更重要的则是他那种仁慈、善良的先天本性即孟子所极

①② 臧晋叔编《元曲选》，第 1696—1697 页。

力张扬的“人之初，性本善”的灵魂，更成为作者要极力彰显、宣谕的最高价值。

剧中着力表现的萨真人断徐碧桃和张道南姻缘案，萨真人通过多方取证、推理、分析，最后成就他们的连理并蒂大事，本来从道教的宗教信仰来讲，像张生这种贪恋酒色财气的人，是必须用道教道家的淡泊名利的人生观去洗礼的，应当用戒律教规去除剪的，最后把他们度脱为抛弃酒色财气人和是非的神仙真品的，但为什么萨真人却反而成全这种人的色相之事？这只能从以萨真人为代表的灵霄派道教对于融合儒道、重视儒家的道德伦理纲常方面得到解释。这也是道教自身生存立世之必需。

马致远是金元之际创作神仙道化剧最多的作家，其作品蕴含的悲剧理论正如前述，这里理论含蕴的四种表达形式也基本上代表了此时绝大多数神仙道化剧的悲剧理论成果。但这个“先死后生，神人共悲”的悲剧理论含蕴在其他道化剧作家的作品里，还表现出另一种蕴含方式，这就是由近十部以科举考试为引线的神仙道化剧所共同建构的失意文人悲剧模式——由落第文人转向得意仙人的逆袭式。这种悲剧含蕴是指主人公开始迷恋科举功名，大部分生命消耗在名利、官场之上，然而在追名逐利中，几经坎坷，多灾多难，备受人世之苦辛、挫折，社会舆论的讥讽甚至意想不到的飞来横祸、朝生暮死等等恐惧可怖之事都发生在这些主人公身上。这些恐惧、死亡的威胁，让凡人、神人都产生了同情、怜悯之感，尤其是得到仙类的共鸣，他们便想方设法指引主人公入道成仙，死而复活，摆脱人世苦海，皈依神仙妙境。

范子安《陈季卿误上竹叶舟》所塑造的主人公陈季卿，“惭愧微名落礼闱，飘零不异雁孤飞。连天大厦无栖处，来岁如今归未归”①，“时运未通，应举不第，流落不能归家。况值暮冬天道，雨雪虽霁，寒威转添，似小生这等举目无亲，怎免饥寒之叹。……我陈季卿好命薄

① 臧晋叔编《元曲选》，第 1696—1697 页。

也”[①]，饥寒交迫，可谓蹇厄多舛。陈季卿云：“长老，累蒙书召，小生非不心感，但是我萤窗雪案，辛苦多年，自谓功名唾手可拾，岂知累科下第，惶恐难归。”[②]除此之外，剧本还描写了陈季卿在科举落第后归家路上迷失方向所受的多种苦难，几至于死亡之边缘，漫天呼喊救命之人，“原来就是寺中相遇的道者，你可救我咱”，“现如今路又迷，途难叩”[③]。再看他被仙道指点迷津走出茫茫丛林回到了家，在家里准备了一段时间，又去应举考试，当要渡过一条险急河流时，又是凶煞降临，生命难保，死神在向他招手：

> 早到了这大江，（唱）【三煞】趁着这音咿呀数声柔橹前溪口，早看见明滴滴几点渔灯古渡头。陈季卿云：“渔翁，把船摇近些。兀的不起了风也。”【正末唱】则见秋江雪浪拍天浮，更月黑云愁，疏剌剌风狂雨骤，这天气甚时候。陈季卿云：“渔翁，这等风雨，波浪陡作，兀的不唬杀我也。”【正末唱】白茫茫银涛不断流，那里也骑鹤扬州。【二煞】忽听的雷盘绝壁蛟龙吼，又则见电绕空林鬼魅愁，似这等翻江倒海怒阳侯，唬的他怯怯乔乔，怎提防倾覆，这性命有谁救？争些儿踏破渔翁一钓舟，做的个水上浮沤？陈季卿云：“哎哟，船坏了也，渔翁，你救我咱。”【做念经科云】太乙救苦天尊。【正末唱】【黄钟煞】你枉了告玄冥礼河伯频叉手，只要你安魂魄定精神紧闭眸。风陡作，水倒流，排三山，荡九州，撼天关，动地轴，唬的你战兢兢，似楚囚，死临侵，一命休，不能彀，葬故丘，从今后万古千秋，谁与你奠一盏儿北邙坟上酒【陈季卿做坠水科云】“救人！救人！”[④]

此一段所描写的陈季卿科举路上的生命遭际，让他感受到了死亡威胁

① 臧晋叔编《元曲选》，第1696—1697页。
② 同上，第1042页。
③ 同上，第1048页。
④ 同上，第1054页。

的恐惧阴森，以及他对于生命的百般渴望，生的欲求，死的惊恐，让他的灵魂经历水与火的洗礼。这无疑引起悲剧所应该产生的效果：观众的同情与怜悯。而作为剧中观众来说，无疑就是以其父母亲为代表的凡人和以吕洞宾为代表的仙品对他的同情与怜悯，因此，在这个情节构建中，道化剧所蕴含的"先死后生(陈季卿坠河后被吕洞宾使仙法救起)，神人共悲"(同情怜悯)的戏剧思想含蕴是非常突出明显的。

与上述范子安的《竹叶舟》相同的逆袭式悲剧思想含蕴的神仙道化剧还有马致远的《邯郸道省悟黄粱梦》《西华山陈抟高卧》《吕洞宾三醉岳阳楼》《马丹阳三度任风子》、岳伯川的《吕洞宾度铁拐李岳》、宫大用的《严子陵垂钓七里滩》等等。

通过我们对金元神仙道化剧中神仙度脱戏所蕴含的悲剧思想的分析发现，在被度脱者的生命经历中，苦难、恐惧、死亡自始至终伴随着他们的人生大部分直到被度脱入仙境得以解除痛苦和死亡的威胁。这些苦难和恐惧，悲痛与死亡无论是他们现实生活中曾经发生过的也好，或者是他们在梦幻中出现过的也好，作家如此构思的一个重要原因，就是要引发读者甚至全社会的人生去反观自身，反思人类的生存处境甚至生命的真正意义，思考的结论无疑是：频繁发生的灾难，朝不保夕的生命，瞬息万变的世事，随处发生的死亡、恐怖……使剧中主人公及读者诸君、每个个体生命都失去了对于生命存活和价值的信心，因而在一旦有仙人指路的前提下觉醒过来转而祈求成仙为神，希望进入自由幸福、美妙无比又长寿永生的神仙世界。因此，金元神仙道化剧的"先死后生，神人共悲"(某种情况下是神人共鸣)的悲剧思想含蕴具有如此深刻厚重的戏剧价值。而这一悲剧思想含蕴又是对于金元时期社会动荡、民族杀伐、战争频仍、死亡遍地的历史真实的生动抽绎与概括，其历史意义不能低估。而从"逆袭式"的悲剧思想含蕴来看，又反映了元代异族统治时期，有才华有知识的无数汉民族知识分子被排挤受压迫的真实情景，一方面元朝废除科举，使得满腹经纶、才华横溢的知识分子无门报国报民，另一方面，即使开科取士，由于汉人在等级上的低下和靠后，大多数士人也无法通过考试入朝从仕，得到统治者的认可与重用，这就是造成如关汉卿等一大批文人才士落难悲凉，“混入”低贱的勾栏瓦舍从事杂剧创作的重要原因，这一情景延伸到神仙道化剧中的度脱戏，则出现了以超凡脱俗的神仙之身份与口吻来嘲讽科举功名、鄙弃仕途经济的戏剧情节，许多度脱戏不断地喊出功名虚伪、做官无价的口号，如马致远的《黄粱梦》如是说：

> 功名二字，如同那百尺高杆上调把戏一般，性命不保。脱不得酒色财气这四般儿，笛悠悠鼓咚咚，人闹吵，在虚空，怎如的平地上来，无灾无祸，可不自在多哩。①

而马致远的另一神仙度脱戏《陈抟高卧》亦如是说：

> 三千贯二千石，一品官二品职，只落的故纸上两行史记，无过是重裀卧褥列鼎而食，虽然道臣事君以忠，君使臣以礼，哎，这便是死无葬身之地，敢向那云阳市血染朝衣。②

不但功名如粪土，转眼过云烟，即便历史上功劳显赫叱咤风云的一世英雄，随着历史长河的洗礼也不过是坟中骷髅，到头来一个土馒头！故《岳阳楼》中的吕洞宾悲叹：

> 古今英雄，今安在哉？华容路这壁是曹操遗迹，乌江岸那边是霸王故址。曹操奸雄，夜眠圆枕，日饮鸩酒。三分霸王，有喑哑叱咤之勇，举鼎拔山之力，今安在哉？③

其他神仙度脱戏如《铁拐李》《任风子》《七里汉佳》《竹叶舟》等等，同样视功名如蜗角蝇利，粪土残垣。凡此种种，都是对金元社会统治阶级迫害、排挤有才有识的汉族文人的历史真实的批判与谴责，因此，神仙度脱戏的悲剧思想意蕴，一经我们作深刻的细致的剖析挖掘，其理论价值、社会实际价值和历史意义都非常重大，不容忽视。

---

① 臧晋叔编《元曲选》，第 779 页。
② 同上，第 727—728 页。
③ 同上，第 620 页。

二　解脱型的悲剧结构

中国古代的悲剧在结构的安排上，学界一般认为有三种结构模式：1. 递进结构；2. 中转结构；3. 静态结构①。而从悲剧结构的重要组成部分——结尾看，以元代悲剧为例，一般也有两种结尾形式，一是团圆的结尾，即通俗意义上所说的光明结尾，是指悲剧主人公的对立面受到惩罚的大团圆结局；另一种是一悲到底的非光明的结尾。就第一种结尾形式来考察神仙道化剧中的悲剧，悲剧主人公在历尽矛盾冲突，经历人间各种苦难、悲情乃至死亡的考验，通过神仙真人的点醒、反复劝说、拯救之后，摆脱人世的酒色财气和苦难死亡，最后转变为神仙，解除了世间悲情和痛苦，赢得一个光明的团圆的结局，这种结构形式是金元所有神仙度脱戏的普遍形式，我们称之为解脱型的悲剧结构或结尾形式。

考察和梳理金元时期的神仙度脱剧，以下几种神仙悲剧是最典型最有文学成就的解脱型结构模式，以图示之：

作者	剧名	著录	存佚
马致远	《吕洞宾三醉岳阳楼》	《录鬼簿》	存
马致远	《开坛阐教黄粱梦》	《录鬼簿》	存
赵文殷	《张果老度脱哑观音》	《录鬼簿》	佚
纪君祥	《韩湘子三度韩退之》	《录鬼簿》	佚
赵明道	《韩湘子三赴牡丹亭》	《录鬼簿》	佚
岳伯川	《吕洞宾度铁拐李》	《录鬼簿》	存
范子安	《陈季卿误上竹叶舟》	《录鬼簿》	存
陆进之	《韩湘子引度升仙会》	《录鬼簿》	佚

① 参见邵曾祺《中国古典悲剧喜剧论集》，第72页，上海文艺出版社1983年版。

续表

作者	剧名	著录	存佚
无名氏	《汉钟离度脱蓝采和》	《今乐考证》	存
无名氏	《瘸李岳诗酒玩江亭》	《录鬼簿续编》	存
马致远	《王祖师三度马丹阳》	《录鬼簿》	佚
马致远	《马丹阳三度任风子》	《录鬼簿》	存
郑廷玉	《风月七真堂》	《录鬼簿》	佚
杨景贤	《王祖师三化刘行首》	《录鬼簿》	存
贾仲名	《丘长春三度碧桃花》	《录鬼簿》	佚

上表共计十五部神仙度脱悲剧，前十部主要表现八仙度脱内容，后五部则属于全真派度脱题材。我们逐一来清理这种解脱型的结尾模式。

马致远的《吕洞宾三醉岳阳楼》写吕洞宾在天上的蟠桃会上俯看人间有一道青云气直冲云霄，便知人间某地将有神仙出世，于是扮卖墨客商来到岳阳楼，夜遇梅柳两树精，让两精托生人间，待他们经历了酒色财气之后再来度脱他们入神仙行列。两精分别托生为贺腊梅与郭马儿，结为夫妻，在岳阳楼上卖茶为生。吕洞宾降临岳阳楼，先点化贺腊梅，又以死亡的恐惧和威胁来警告郭马儿，最后两人摆脱人世苦痛，挣开世俗功名，死而复生，得道成仙，该剧第四折结尾：

【外扮钟离引众仙上，云】郭马儿，你认的我么？【郭云】怎生官人也不见了？祗候也不见了？都是一伙先生，敢是我错走在五龙潭里来了。【正末云】郭马儿，你认的这众仙么？【郭云】这位做官的胡子是谁？【正末唱】【水仙子】这一个是汉钟离现掌着群仙箓。【郭云】这位拿着拐儿的不是皂隶。【正末唱】这一个是铁拐李发乱梳。【郭云】兀那位着绿衣袍的不是令史哩。【正末唱】这一个是蓝采和板撒阳木。……这一个是张果老赵州桥倒骑驴…… 这一个是徐神翁身背着葫芦……这一个是韩湘子韩愈的亲侄……这一个是曹国舅宋朝的眷属。【郭云】敢问师父你可是谁?【正末云】贫道姓吕名岩,字洞宾,道号纯阳子。【唱】则我是吕纯阳爱打的简子愚鼓。……则我向岳阳楼来往经三度,指引你双归紫府,方才识仙家的日月长,再不受人间的斧斤苦。①

八仙齐登场,共度郭马儿夫妻解脱人间的斧斤苦,共享仙家的日月长。显然,皆大欢喜、热闹非凡的度脱场面,以大团圆的明亮结尾,以解脱悲苦的戏剧气氛收束全局,如果说传统的非仙道题材的悲剧如类似于《桃花扇》者以主人公李香君在国破家亡之后以看破红尘、遁入空门的形式结束全局,则《岳阳楼》以主人公郭马儿在经过神仙反复开导、三度引教之后以挣脱俗世、皈依道门的结局画上圆满的句号,这种佛道的天配地造的结尾形式,花开两朵,各表一枝,正是中国古典悲剧的珠联璧合。

马致远的《开坛阐教黄粱梦》,钟嗣成《录鬼簿》著录为"第一折马致远,第二折李时中,第三折花李郎学士,第四折红字李二"四人合作之剧本。该剧为汉钟离度脱吕洞宾的神仙道化剧。剧本叙写吕洞宾去京师参加科举考试,途经邯郸王化店,邂逅奉东华帝君之命来点化他成仙的神人汉钟离。汉钟离先使道法让吕洞宾作了一个大梦,梦中高中科举,诏封朝廷大官,娶高太尉之女为妻,荣华富贵、功名事业,煌煌威武。吴元济叛反朝廷,吕洞宾奉诏平叛,可是在阵前贪贿买阵,罪恶暴露,被朝廷判罪充军流放沙门岛,途中遇到暴雪,饥寒交迫,同被流放的一对子女也被路上强盗杀死。醒来确是一梦,从此看破人世间的功名利禄,酒色财气,在仙人汉钟离的点拨警醒之下,跟随汉钟离出家,修成道果,得道成仙。剧本第四折结尾云:

【正末扮洞宾唱】《倘秀才》你早则省得浮世风灯石火,再休恋儿女神珠玉颗。咱人百岁光阴有几何?端的日月去、似擲梭。想

① 臧晋叔编《元曲选》,第630—631页。

> 你那受过的坎坷。《滚绣球》你梦儿里见了么？心儿里省得么？这一觉睡早经了二十年兵火觉来也依旧存活，瓢古自放在灶窝，驴古自映着树科，睡朦胧无多一和，半霎儿改变了山河。兀的是黄粱未熟荣华尽，世态才知鬓发皤，早则人事蹉跎。【云】吕岩，你省得了么？【洞宾云】师父，我弟子省了也。【正末诗云】汉朝得道一将军，故来尘世度凡人。十八年来一梦觉，点化唐朝吕洞宾。【唱】《煞尾》你正果正是修行果，你灾咎皆因我度脱，早则绝忧愁，没恼聒，行处行，坐处坐，闲处闲，陀处陀。屈着指，自数过，真神仙，是七座，添伊家，总八个。道与哥哥，非是风魔，这个爱吃酒的钟离便是我。【东华帝君领群仙上云】吕岩，你省悟了么？【洞宾云】弟子省了也。【东华云】你既省悟了，一梦中十八年，见了酒色财气，人我是非，贪嗔痴爱，风霜雨雪。前世面见分明，今日同归大道，位列仙班，赐号纯阳子。【诗云】你不是凡胎浊骨，迷本性人间受苦。正阳子点化超凡，又差下骊山老母。一梦中尽见荣枯，觉来时忽然省悟。则今日证果朝元，拜三清同归紫府。①

吕洞宾在八仙成仙的过程中，是最后一个被点化度脱成仙的，历尽风霜雨雪和苦难死亡之后，终于死而复生，让以东华帝君为首的神仙集团产生了强烈的同情与怜悯，共度他脱离人世之凡俗，痛苦之渊薮，终成仙人，这个过程，正是作家悲剧思想含蕴——“先死后生，神人共悲”的实践过程。

岳伯川的《吕洞宾度铁拐李岳》同样写尽了岳寿在人世间所受的百般痛苦以及死神降临让其产生的恐惧之情，引起了神人共悲的戏剧效果。在吕洞宾反复使法让他觉醒过来之后，决意遁入道门，修道为仙，获得了第二次新生。该剧结尾写道：

> 【吕洞宾云】岳寿，你省了也么？【正末云】弟子省了也，情愿跟师父出家去。【唱】《上小楼》我如今把玉锁顿开，金枷不带，撇了

① 臧晋叔编《元曲选》，第792—793页。

> 酒色，辞了财气，跳出墙来，上的街，化了斋，别无妨碍，只望完全了乞儿皮袋。……（吕洞宾云）徒弟，则今日跟我朝元去来。【正末云】……师父，弟子情愿出家去。……【正末上，唱】《耍孩儿》从今日填还了妻子冤家债，我心上别无挂碍，拜辞了人我是非乡，拂绰了满面尘埃。名缰利锁都教剖，意马心猿尽放开，也只怕尊师怪，远离尘世，近访天台。【吕洞宾云】众仙长都来了也，李岳跟我朝元去来。……【正末拜谢科，唱】【煞尾】你着我侧着身云雾里行，瘸着腿波面上踹，屠户家脚起全凭着拐，则俺这令史每心平过的海。①

显然，在吕洞宾的怜悯与引导之下，李岳摆脱苦海，跟从吕洞宾出道做神仙去了——瘸着腿，拄着拐，走在波涛汹涌的大海上如履平地，到海上仙岛——蓬莱山去了。

范子安的神仙度脱剧《陈季卿误上竹叶舟》叙述陈季卿在追求功名的道路上所遇种种艰难险阻，最后由吕洞宾指点拯救遁入道门，结尾仍然是一个圆满入仙籍的结局，剧曲云：

> 【东华帝君云】奉上帝敕旨，陈季卿既有神仙之分，做吕纯阳弟子，可着群仙（群仙者，即前剧中所云八仙也。——引者注）引领西去，共赴蟠桃宴者。【词云】西望瑶池集众真，东来紫气彻天门。从今王母琼筵上，共献蟠桃增一人。【陈季卿同众共拜科】【正末唱】【煞尾】会瑶池庆赏蟠桃果，满捧在金盘献大罗。增俺仙家福寿多，保俺仙家永快活。你将这鹤氅乌巾手自摩，葛履环绦整顿过，青色骡儿便撒和。驾一片祥云俺同坐，便有那十万里鹏程，怕什么海天阔。②

陈季卿被八仙引度，像吕洞宾度脱李岳一样，也是漂洋过海，到蓬莱山上做快活神仙去了。

---

① 臧晋叔编《元曲选》，第510—511页。

② 同上，第1058页。

无名氏的《汉钟离度脱蓝采和》叙写蓝采和在汴京主持勾栏的演剧工作，偶遇神仙汉钟离从仙界降临，在蓝采和的勾栏里看戏。汉钟离故意刁难蓝的演出，恶搞蓝的戏场，考验蓝的心灵和品质，尤其在蓝的五十寿诞宴上，哭笑无常，说凶煞灾祸之语，给寿宴蒙不祥之气，又预言蓝是灾星，有牢狱之祸。又暗使吕洞宾扮官府之人，问罪蓝采和失官身不理职司犯渎职之过，专事唱戏，正法不作，邪法有余，于是状告其有欺上之罪，处四十大棒。行罚中，蓝受尽皮肉之痛，皮开肉绽，血迹斑斑，大呼救命。于是汉钟离再次降临，审问蓝是否愿意醒悟与他出家修道，如愿意就救他小命一条。蓝愿意与汉钟离出家，于是得救，随汉钟离离家而去。第四折结尾云：

> 【正末上，云】自从跟师父出家，三十年也，师父说我功成行满，今日同赴瑶池阆苑，到大来好幽哉也呵。【唱】……【收江南】呀，原来是开坛阐教汉钟离，有洞宾师父紧相随，我这里云阳板撒上阶基，你都来这里，八仙相引赴瑶池。【钟云】许坚，你不是凡人，乃上八仙数内蓝采和是也。今日功成行满，同登仙界。你听着：许坚心下莫猜疑，仔细叮咛说与伊。这位洞宾道号纯阳子，则道是逍遥散诞汉钟离。①

这个结尾，同样是主人公被度脱奔赴瑶池仙界做快活神仙，摆脱人世苦难，与众仙人大团圆的“光明”结尾。

无名氏的《瘸李岳诗酒玩江亭》叙写铁拐李度脱牛璘和赵江梅入仙道，结尾也是大团圆的欢喜结局：

> 【正旦云】师父，弟子省也。【唱】我则道是画眉郎，睡梦里厮魔障。【喜江南】呀，今日个刘行首省悟也波马丹阳，不求白日赴仙乡，落花深处水茫茫，俺可便玩赏，今日个拜三清同赴上天堂。【先生云】牛璘、赵江梅，你省了么？您二人功成行满了也，跟贫道

① 隋树森编《元曲选外编》，第980页，中华书局1959年版。

> 见上仙去来。你本是大罗神仙，在人间数十余年，今日个功成行满，跟贫道证果朝元。①

摆脱人间数十年的酸甜苦辣，悲欢离合，上天堂做了无忧无虑快活逍遥的神仙，“功成行满”，美满完全，正是中国古典悲剧的民族风格，符合中国文化和中华民族的审美心理。

在全真教题材的神仙度脱戏中，共有五六种之多，其中马致远的《马丹阳三度任风子》、杨景贤的《王祖师三化刘行首》仍存留至今。前面已述及《任风子》的剧情梗概。马杨两剧仍然沿袭悲剧的“光明”结尾，亦即大团圆的结局。如《任风子》云：

> 【丹阳云】任屠，你见了么？那六个人是你身边六贼，那小孩儿是你菜园中摔死的小的。今日见了酒色财气，人我是非。你今日功成行满，你听着：【诗云】为你有终始，救你无生死。贫道马丹阳，三度任风子。【众仙各执乐器迎科】【正末唱】【尾】众神仙都来到，把任屠摄赴蓬莱岛，今日个得道成仙，到头来无是无非快活到老。②

任屠功成果满，修得正果赴仙界，结局圆满。

杨景贤的《王祖师三化刘行首》又名《马丹阳度脱刘行首》，前者为《录鬼簿续编》中所著录，后者为《太和正音谱》《也是园书目》《今乐考证》《曲录》等所著录。该度脱剧叙唐明皇李隆基在位时期，有管玉罤夫人，五世为童女，后作鬼仙。某夜与全真教祖王重阳相遇，求其度脱。王命她先托生投胎为女人偿还曾有的五世宿债之后，再来度脱。管玉罤夫人遵办，托生为妓女，名刘行首，聪明伶俐，讨人喜爱，官宦之家尤为宠爱。后来，马丹阳奉乃师王重阳之命前来度脱她，初始，刘不曾醒悟，沉溺在爱河之中，与林员外如胶似漆，情欲难断。后东岳帝君托生神奉王重阳法令，深入刘行首之梦中告知前因，刘在生死轮回、阴

---

① 隋树森编《元曲选外编》，第 980 页，中华书局 1959 年版。

② 臧晋叔编《元曲选》，第 1682 页。

阳造化的威胁与恐惧之下幡然悔悟，“皈依道教、成仙朝元”①。其结尾云：

> 【正末云】林员外，俺明说与你知道，刘行首有神仙之分，他再不思凡了。你早回去罢。【林员外云】师父，小人情愿回去。【正末云】既然回去，你可速退。【林同六贼齐下】【正末云】刘行首，你跟贫道见众仙去来。【东华帝君引众仙上云】刘行首，你听我道者，【词云】：你本是唐朝宫眷，秉真心不染尘缘。守孤坟北邙山下，咏风月一曲泠然。幸遇着重阳道者，和新词甚是矜怜。争奈你阴魂无托，况被那业债相缠。降生做上厅行首，二十年重遇真仙。只为天淡晓风明灭，重提起本性根源。今日个功成行满，驾青鸾正果朝元。②

与前述度脱剧一样，刘行首也是在众仙人的簇拥下登场亮相，驾青鸾上云霄，登上仙界蓬莱，成就一段美满光明的神仙生活。

从上述分析的现存八种神仙度脱剧的结尾形式或结构方式看，无一不属于“光明”的大团圆的结局，这几乎成了此类道化剧的固定模式，即剧作家们公认的普遍使用的形式。正如著名戏剧理论家吴梅先生在《吕洞宾三醉岳阳楼》中所作跋语云：

> 《岳阳楼》杂剧，元马致远撰。元剧多演吕仙度世事，重见叠出，强半雷同。此剧与谷子敬之《城南柳》，不惟事迹相似，即其中关目线索，亦大同小异，彼此可以移换。致远行辈长子敬远甚，恐子敬袭东篱格式也。至第四节醒悟后，作列仙出场，现身指点，因将群仙品籍数说一番，此是元剧常格，不独《城南柳》与此剧《水仙子》如是。岳伯川之《铁拐李》，范子安之《竹叶舟》亦莫不然。《城南柳》【水仙子】云“这个是携一条铁拐入仙乡，这个是袖三卷金书出建章，这个是敲数声檀板游方丈，这个是倒骑驴登上苍，这个是

① 王汉民《道教神仙戏曲研究》，第 113 页，人民文学出版社 2007 年版。

② 臧晋叔编《元曲选》，第 1334 页。

提竹篱不认椒房，这个是背葫芦的神通大，这个是种牡丹的名姓香，贫道因度柳呵，道号纯阳。”至如《铁拐李》之【二煞】，《竹叶舟》之【十二月尧民歌】，敷说八仙与此无异，此皆元人滥套，实不足法。①

所谓“元剧常格”“元人滥套”，就是指的这种固定的戏剧结构形式。神仙道化剧，尤其是神仙度脱局，更是让列仙出场引领和度化凡人入仙籍，凡品摆脱悲苦开始快乐幸福、自由逍遥的崭新生活；八仙等众仙人因超度了凡人入道，宗教在扩大其信仰、影响上取得了笼络人心、转化人性人品的绝对胜利，仙籍中又增加了一个新的名单，这些收获的喜悦挂在仙真脸上，一幅成就辉煌的模样，让整个戏剧舞台上的人们皆大欢喜。这就是剧作家们的匠心独构、苦心经营的戏剧结尾模式，体现了金元神仙道化剧在结构理论含蕴上的认真思考。这种形式，其实也像非道化剧一样，是金元戏剧创作的普通追求。从内容上考量，从结构上判断，合二者观之，我们称之为解脱型的悲剧结构形式，是比较切合金元神仙道化剧之度脱戏的思想含蕴的，而且也反映了中国道教题材的戏剧创作的民族特点——对团圆美满幸福的人生追求。

第四节　神仙道化剧的艺术旨趣

无论是神仙道化剧的悲剧思想还是它的喜剧思想，当它们被运用在具体的神仙道化剧的创作过程中时，必须表现出作家对于一定的戏剧艺术旨趣的追求。这种艺术旨趣引导或激发其剧本创作的情感欲望，从而构建戏剧情节，塑造舞台形象，最后揭示剧作的思想主题，严格地说，就是展示宗教信仰——神仙思想。在我们前面所研究的所有神仙道化剧中，剧作家们表现出三种主要的艺术旨趣之追求，一是乐

① 蔡毅编著《中国古典戏曲序跋汇编》，第770页，齐鲁书社1989年版。

于对梦境、梦幻的设置；一是喜好营造各种对比强烈的喜剧氛围；一是好奇于神仙道术的描写。下面分而述之。

一　梦幻的戏剧魅力

中国古典文学开创了两个源远流长的艺术传统，一个是浪漫主义，一个是现实主义。中国古代浪漫主义传统奠基于先秦神话，至《庄》《骚》形成汪洋之势。以《庄子》散文为代表的先秦浪漫主义文学，一个显著的创作方法就是通过奇特怪诞的梦境的塑造来表达作品的主题思想，体现作家所追求的艺术风格。这种梦境既以现实生活为基础，又超越现实生活。梦境中的人物有凡人，也有神仙；有普通人的平凡情感，也有非现实的超人力量，但都是对于现实世界的直接或间接反映。如《庄子》中的梦境著名者有“庄周梦蝶”“宋元君梦神”“周公见梦”“庄周梦骷髅”等等；《楚辞》中的梦境更多的是梦的论断，如梦游昆仑，神游天国，远游他乡等等。自先秦以来，中国古代文学中的梦幻描写就不绝如缕，几乎成了文人作家们一致认可和通用的文学手段，汉赋、唐诗、宋词、元杂剧、明传奇、明清小说，无不涉梦，无不用梦幻、梦境来写作。如汉武帝梦陈夫人，李白梦游天姥，陆游的铁马冰河，《西厢记》《牡丹亭》《红楼梦》……一部中国古代文学史，可以毫不夸张地说，就是一部中国梦幻文学史。这种梦幻艺术，在金元的神仙道化剧里也运用到了无以复加的程度。我们在考察所有神仙道化剧中的度脱剧时发现，每一部度脱剧都插入了梦幻情节，整个剧情形成了这样一种结构递进式：某人有仙分（或某地有仙气）——神仙降临（某地）去点化（某人）——某人冥顽不化——神仙使法制造梦幻（梦境）——某人功成果满（入道朝元），一共五个环节，我们姑且称为五步模式。这种模式，梦幻或梦境在作品情节发展或人物思想性格的成长过程中，起着大运转甚至发生质的变化的作用。我们不妨重点对度脱剧中的梦幻进行解剖以揭示这些梦幻的艺术作用和文学魅力。

岳伯川《吕洞宾度铁拐李岳》的结构模式如下：神仙吕洞宾从仙界俯瞰人间，郑州奉宁郡地面有仙气，孔目岳寿有神仙之分——吕洞宾降临岳寿门首点化他入仙——岳寿百般眷恋官位、妻女、财气、名利（顽冥不化）——洞宾使法术让岳寿进入借尸还魂的恐怖梦境——岳寿入道成仙，功成行满（就是后来广为流传的八仙中的铁拐李）。这个模式显然与金元时期神仙道化剧之度脱戏的普遍结构原则相吻合。梦幻情景的具体内容是这样的：

孔目岳寿错打了朝廷派到奉宁郡来巡抚的韩魏公（这个朝廷命官其实就是吕洞宾变身术扮成的），犯下重大罪过，被吓得大病一场，生命垂危，奄奄一息。阎王簿上已划定岳寿死籍，虽有神仙吕洞宾去阎王府为之说情，但由于阳寿一到，不能复生。岳寿神志昏沉，灵魂到处游荡，于是进入了梦幻之境。恰逢有一小孩名李屠者刚刚死去，尚有余温，吕洞宾使仙术，让其灵魂依托于小李屠尸体上，岳寿死而复生。在梦境中，岳寿的阴魂到了阎王府，阎王判岳寿在凡间时鱼肉百姓，作恶多端，于是让其受下油锅的酷刑，后经仙人吕洞宾在阎王面前陈情，说他有仙人之分，准备度脱他，使其远离酒色财气，功名是非，以此作为他所犯罪过的救赎。最后借尸还魂。上述梦境中的事件，核心的内涵是让曾经犯过罪孽或有天生仙分的人在残酷惨痛的现实生活面前超凡脱俗，远离现实而遁入无私无欲、无是无非、无名无利的逍遥自在的神仙道境。从结构安排的作用上讲，这个梦幻描写或梦境安排，极大地逆转了主人公岳寿的思想品质，使其人生观、价值观发生一百八十度的质的飞跃。在关目上，为主人公最后转入仙道之门作叙述上的过渡和铺垫。这样，岳寿的信仰仙道在内容逻辑和形式逻辑上都是因之成理，水到渠成的，因此，这个度脱剧在创作构思上就毫无唐突巧合之嫌了。

马致远《吕洞宾三醉岳阳楼》的结构模式如下：吕洞宾在蟠桃会上忽见岳州岳阳郡有一道青气上彻云霄，知此地必有神仙出现——洞宾降临岳阳酒楼，要点化酒楼主人郭马儿——郭马儿执着于功名利禄、妻儿子女、酒色财气——吕洞宾使神仙法术，让郭马儿进入梦幻之中杀了他的妻子（杀妻的原因是其妻不守妇道），被县衙逮捕了，杀人偿命——吕洞宾及时解救郭马儿，悔悟醒来，随神仙遁入空门，修成善果。在这个道化剧的梦境里，有两个细节值得注意：一是杀人者确实不是郭马儿，而是吕洞宾。郭氏那天晚上分明看见凶手留有诗一首在剑背上，剑背上分明写的杀人者姓名，当第二天郭马儿拿着凶器去报案告状时，路上遇着吕洞宾，两人在县官面前互相指责对方杀了贺腊梅（郭马儿之妻），吕洞宾一使仙术墨法，诗歌下面的姓名立马由吕洞宾变成了郭马儿，因此，郭在白纸黑字面前，当着官方之面，只能自认是杀妻凶手。第二个细节是梦中，吕洞宾又使法术让贺腊梅复生如初，鲜活地出现在遥远的让郭马儿看到若有若无的朦胧虚缈之地，从而加强了他对妻子以及这块神仙快活之地的向往，为他坚决走进仙界奠定了基础。显然，此度脱戏的梦幻处理吧，在艺术效果或结构安排上仍然发挥着两个作用：思想内容上，杀人偿命的现实被宗教的神仙法术所改变，这使郭马儿彻底地被宗教信仰所吸引，由此改变其对世俗社会、世俗文明的态度，因此，梦幻是主人公思想关捩上的大逆转；形式逻辑上，梦幻使剧本情节跌宕起伏，为结尾大团圆升仙入道、功成果满的光明结局做了铺垫——反面的铺垫。

马致远的《邯郸道醒悟黄粱梦》的结构模式如下：管理仙籍的神仙东华帝君赴宴会回来突见下方一道青气上彻九霄，发现是河南府的吕岩有神仙之分——派汉钟离去点化——吕岩冥顽不化，执恋科举功名、爱妻娇子、酒色财气——钟离权使法术，让吕洞宾大睡一觉，梦魂去六道轮回中走一遭——梦中醒来，大彻大悟，随汉钟离加入仙班。

在这个神仙度脱剧中，情节所设置的梦境特别长、故事性极强。包括如下一些发生在吕洞宾身上的事件：参加科举考试；放榜高中；诏封朝官；招为太尉女婿；任命平叛兵马大元帅；阵前贪金受贿；卖阵回朝；罪判欺君；斩头论处；老院公相救充军边鄙；与妻分道扬镳；路上遭受押解人员打骂；两个儿女随着走在充军路上亦百般受苦；解夫在路上要杀吕洞宾父子三人幸得樵夫救下；天寒地冻，父子三人终被冻醒，醒来知是梦，汉钟离趁势对吕洞宾做导引宣传工作，描述仙境仙界之妙，吕幡然悔悟入道为仙。这一长镜头的梦幻情节，含义隽永深刻,包括了人间一切的是非成败、酸甜苦辣、功名利禄、悲欢离合,都不如仙界的快活神仙,无忧无虑,平安愉快。因此,这个梦境的内涵和形式像前述道化剧、度脱剧一样,起到逆转思想、勾连上下结构的作用。

范子安的《陈季卿误上竹叶舟》的结构模式是:神仙吕洞宾道经邯郸郡,奉其师汉钟离之命,去度脱余杭——陈季卿者,此人有仙人之分,吕洞宾发现终南山有一道青气直上云霄,于是来到终南山青龙寺——吕洞宾来寺中点化——陈季卿去京城参加科举为考功名,故投宿终南,执意于仕途官场事业,不听洞宾劝化——吕氏使神仙法术让陈季卿入睡,开始梦幻之游——吕洞宾引领陈季卿登上瑶池,参加仙桃之会,最后功成行满,取得仙籍。

这个度脱剧中的梦幻情节也比较有故事性,跌宕起伏,曲折离奇。其情节进程如下:陈季卿参加科举考试后,路经故乡好友所在的终南寺庙,驾着由吕洞宾使法变成的小舟从终南山出发回老家杭州——长江大浪风起云涌而迷失道路——船沉江底,幸遇渔翁相救,被送回老家余杭——回家后面见父母妻儿,继续温习功课应举——第二年去京城应举,又过长江,又碰狂风暴雨,白浪滔天,翻江倒海,坐船毁坏,死神降临,季卿坠水,大喊救人——一觉醒来知是一梦。在这个梦幻中,两次滔天巨浪给陈季卿生命造成巨大惊恐,死亡的逼近让他感觉到追求科举功名是多么危险可怕,这就为他以后接受神仙的引劝奠定了生命观、价值观的现实基础,也是他入仙学道的关键前提;而在情节布局上,仍然起着承上启下、逆转前程的过渡作用。

贾仲名的《铁拐李度金童玉女》在结构模式上亦与前面所述者同,铁拐李奉王母娘娘指令去收取一对夫妻入蓬莱仙境,因金安寿、童娇兰夫妇有仙人之分——铁拐李六次劝引点化夫妻入道——金安寿夫妇贪恋世俗,情爱难割,顽冥不化——铁拐李使法术让金安寿昏昏入睡,进入梦境——终成正果,被王母娘娘接见,加入仙列。

此度脱戏的梦境情节如下:金安寿梦游到一处崇山峻岭、流水潺潺之地,远处传来奇怪的叫"金安寿"声——金追寻自己的妻子(已先行被铁拐李点化入了仙山），被山中怪人追赶到万丈深渊边沿，唬得魂飞魄散——突然跌下深渊，梦魇顿醒。醒来之际，铁拐李就站在他眼前，告诉他做的蓬莱一梦，尘世转瞬已四十年，梦中山岭正是快乐逍遥的仙山福地洞天。这个幻境的设置，也是让主人公看到了死亡、极度危险可怖的场景降临之际，才顿悟得人生多变，吉凶瞬息之间变化莫测，从而打消其贪恋世俗人寰的处世心理，坚决地投入信仰神仙、美妙自由、平安的快乐仙境。此外，本剧在梦境结束之后，仙人铁拐李又在金安寿面前变幻了法术，让他倏忽之间看到了春夏秋冬四季景色的替代，就是要使他醒悟一个道理：人生变幻莫测，难以把握自身命运，就如四季更替的那么快速一样。对这个道理的晓谕，也是为了引导金安寿入仙道而预设的一个思想基础。因此，这种神仙度脱剧所蕴含的道教信仰理论极其深刻丰满，这也是金元全真道广为流播、发展迅猛、影响深远的知识分子基础。金元道教尤其是全真教的成分构成和信众分布，知识分子所占的比例尤其重大。金元时期信仰全真教或者与全真教组织中骨干教员有深入亲密之交往的文人有金代的王若虚、王鹗、元好问，元代的王恽、郝经、刘因、姚燧、赵孟頫、程钜夫、吴澄、袁桷、虞集、杨载、范梈、揭傒斯、欧阳玄、黄溍、柳贯、田璞、商挺、徐琰、王磐、马祖常等等①。这些文人几乎囊括和代表了整个金元诗文创作的最高水准，也是这个时期主流文化的创造者，此见道教宗教信仰在金元主流社会扎根之深。因此，这些神仙度脱剧的历史意义、文化意义就尤其突出和重要了。

谷子敬（一说无名氏）的《吕洞宾三度城南柳》在结构模式上亦无大变化，只是被度脱的主人公换成了植物——柳树精。然而，所谓柳树精信道教，其实也会有人的本性，因为柳树精是被作者人格化了的，赋予了她人类许多根本的属性，因此，该剧虽说度脱城南柳，而实则是度脱人类。情节结构如下：吕洞宾奉汉钟离之命去岳州，因岳阳楼边

① 参见拙文《金元碑志体散文的文化价值考察》，《学术研究》2011 年第 7 期。

有一棵柳树，生数百年，有仙风道骨之气质，去度脱它——吕洞宾三上岳阳楼教桃柳两精怪脱离酒色财气方可入仙——桃柳两精已投胎为人，一男一女，成了夫妇，贪恋世情，“怎生舍得这家缘过活，夫妇思情”①，亦属执迷不悟——吕洞宾使法术，先让桃精跟了他做了仙人，再使柳精做梦寻妻入深山洞穴，见妻子跟着另一男仙在洞中修道，于是将自佩长剑杀妻报恨，按法杀人偿命，仙界判其死罪，唬得惊魂不定——吕洞宾即时出现，救其性命，醒悟过来，决意随洞宾入道为仙。

此度脱剧的梦幻之境，有一个因恨生杀的细节，即柳树精追寻妻子，本来正是他爱妻子的普通情感之表现，而一旦看到自己所爱的女人同另一个男子在一个偏僻又没有其他人的地方时，就突然觉得妻子对丈夫不忠的那种自私爱情的心理油然而生，所以恨从心中起，怒向胆边生，顿生杀妻之念。这一行动，既是人世间普遍的爱恨有缘，没有无缘无故的爱，也没有无缘无故的恨的泛观念的表现，又是代表着正义痛打批判邪恶的理性思维。因此，这个杀妻情节，含蕴深刻，也正是道教融合吸收儒家伦理观念的集中表现。

在思维内容和形式逻辑上，这个梦境同样产生两个作用：一是人生观、信仰观上的大逆转，即柳树精从依恋世俗情怀比如酒色财气上大逆转到淡薄功名利益的仙道观上来；一是它所起的过度、反对作用。所谓反对，即对立面得到转化作用。

杨景贤的《马丹阳度脱刘行首》结构模式相对转化较为简单一些：马丹阳奉师王重阳之旨去汴梁度脱刘行首，刘是一女鬼，但有仙风道骨——马丹阳好说歹说要引刘行首出家，刘顽冥不化，依恋那“杨柳腰肢、海棠颜色、穿金戴银、偎红倚翠”②的繁华生活——马丹阳使法术让刘行首疲惫入睡，进入梦幻之乡——跟随马丹阳最后离家弃世，遁入仙界逍遥地。

该度脱戏的梦幻之境有两处值得注意的，一是刘行首的发疯。在

① 臧晋叔编《元曲选》，第 1193 页。

② 同上，第 1325 页。

睡梦中，马丹阳使法术让刘行首披头散发，疯言疯语，鬼哭狼嚎，突然之间说出“我跟师父去者”。这种疯癫之后的清醒彻悟，正是道家道教所宣传的大智若愚、大慧若狂的人生处世哲学的体现。因此，梦境中的这个细节描写内含深刻的生命体验。一是刘行首之未婚夫林员外被六丁六贼杀死又复生，最终没有归属于仙道之乡。这意味着在区区人世之间，不可能所有的芸芸众生会信仰皈依道教，他们贪恋世间荣华富贵、蝇头小利的鄙陋之心在本性上已前生注定，这是符合社会现实和客观真实的。另一方面，也更好地从反对的角度注释了只有具备前世的“仙人之分”的人才能被教化、被开导醒悟的说法。这从结构安排上来讲，这个细节被安排在剧作的结尾部分与开篇的点明某某具有“仙人之分”的固定模式遥相呼应，此见这类道化剧的程式化。

马致远的另一部神仙度脱戏《马丹阳三度任风子》结构如下：

神仙马丹阳发现凡间终南山甘河镇郑某人有仙人之分——马丹阳降凡去点化——郑屠不悟，贪恋俗欲——马丹阳使仙法制造梦幻——郑屠入道为仙。梦幻情节的具体内容及其作用是：某天，郑屠正在仙境菜畦里，劳累至极倒在地上呼呼大睡。突然梦中有六丁六贼气势汹汹向他走来。其中一人手持宝剑向他疾呼“拿头来”，抽出宝剑杀将过来。郑屠慌忙逃命，又听见后面追喊之声响彻仙山，“拿头来”，郑屠大声呼喊：“有杀人贼也。”呼唤之际，马丹阳突从天降，大喝一声：“郑屠，你醒了么？”郑屠突然醒来，原来是园中一梦，吓得惊魂未定。这个梦境情节，目的在于让信仰道教仙学者通过人世间生死无常、死亡随时降临的经历，懂得神仙世界的平安闲逸，无是无非，无风无险的真切内涵，从而坚定郑屠入仙从道的决心。在形式安排上，这个细节是为了强化和推进情节的发展。因为如果没有此一惊险一幕的发生，就不会有马丹阳及时出现提问郑屠，而郑屠坚决果断地回答“随师出家”之局面的出现，也就没有最后结尾各路神仙纷纷来迎接郑屠赴王母娘娘仙桃会的团圆结局。因此，此剧梦幻情节起了推动剧情发展、突出作品主题的作用。

贾仲名《吕洞宾桃柳升仙梦》的结构模式如下：南极老人在仙界俯

看汴京梁园馆有两道青气直冲上界，知此地有神仙诞生，派吕洞宾去点化——吕去点化柳桃二妖精变成的夫妻俩——柳桃变成柳陶夫妇贪恋世情享乐生活，不悟醒——吕使法让夫妇进入梦中——出家入道为仙。贾氏此剧的梦幻情景内容为：有一天，突然皇上的圣旨驾到，敕令柳春为江西南昌府通判，即日携家口从汴京起程赴任。走在崎岖陡峭的路上，突然遇到强盗要他们一行人留下买路钱，否则杀头弃命。柳陶夫妇晓之以理，但强盗并不理会，于是杀将过来。顿时，柳陶夫妇梦中惊醒，正好吕洞宾坐在他们身边，于是趁机讲说为仙为道，引导他们放弃俗缘，抛却官场名利。

这个梦境情节，从思想内涵上分析，是为了说明所谓的功名官运没有百分的安稳，随时可以由于不可预测的吉凶祸福而发生改变，因此，世俗的贪欲，庸俗的荣华，都是不可靠、不平安的，只有遁入无忧无虑、无欲无求、快活自由的神仙世界，生命才是安定的、安全的、长久的。这从人生信仰上为柳陶夫妇的入道为仙做好了思想准备。在情节的安排上即作品形式作用上讲，这个梦境也起到推动情节发展，承上启下的过渡作用，这些梦境，就如仙人们所说的“境头”，即我们所说的恶作剧，发挥着催化、推进剧情的重要引擎作用，体现了剧作家们对于此类度脱戏怎样进行情节安排的戏剧结构思想。

无名氏的《瘸李岳诗酒玩江亭》在结构模式上亦与前述度脱戏无大差别，大体情况如下：东华帝君发现丰州有夫妻两人名金童玉女者，金童叫牛璘，玉女叫赵江梅，有仙人之分——铁拐李去点化——牛璘躲避铁拐李，恋着享乐荣华的世俗人生——铁拐李使变术制幻境——夫妻入仙道。

与前面所述道化剧不同的是，《玩江亭》的梦境放在第四折末尾，人物从梦幻中醒来，剧情立即就进入尾声，收笔来得非常快捷。其梦幻内容是：当先期加入仙籍的牛璘来到长安市面，被寻找他的妻子赵江梅发现后，赵江梅死拉活扯的要把牛璘劝回家去，折腾了大半天，赵已疲惫之至，于是睡倒在牛身上，梦魔马上袭来。梦见自己的母亲走来，邀她一同去街上闹市走一遭，途中经过一条大河，河深水急，正好渔翁驾船而至，渡母女过河。船到中心，渔翁（艄公）恶搞，有意刁难赵江梅，摇船晃橹，又一桨打在赵江梅身上，坐立不稳，掉入江中，生命危在旦夕，大惊一场，直呼救命。艄公又见死不救，故意调弄说，如果肯与作个浑家，就救她一命。危难时刻，马丹阳降临，救了赵江梅，问她醒了没有。赵说，省了，愿随马神仙入道去。这个梦境情节在思想内涵与形式作用上，都起着推动剧情发展，承上启下的递进关联作用。

上述五步模式的最后一个神仙度脱戏是无名氏的《汉钟离度脱蓝采和》，其结构形式如下：

神仙钟汉离在仙界看到洛阳地面有一道青气冲于九霄。有一伶工名蓝采和者有半仙之分——钟汉离下界点化——蓝采和依恋乐工之事与妻小家园，不悟仙道——钟离神仙变幻法术，设置恶镜头（梦幻）——随钟汉离加入仙道之列。就此剧的梦幻情节来看，相对于其他度脱戏，这种梦幻更具现实性，即恶搞的色彩更贴近现实生活。其内容大致是：钟汉离见蓝采和只顾自己的戏班演出，不愿随他出家，于是设置圈套。以蓝采和擅离官身，不理政务为借口，将其错误行为告到衙府。朝廷派官员来问罪，责以刑法、大棒痛打作为处罚，让他受尽皮肉之苦，生命难保之际，钟汉离突然显身，问他清醒没有，即清醒的意识到做神仙比贪恋世俗功名要自由安逸，结果当然是：在痛苦、死亡、恐惧面前，他宁愿选择随钟汉离出家的自由神仙生活。

从对前面十一部神仙度脱剧的梦幻内涵及结构作用的分析中，发现其普遍运用的话语描述是：某位神仙高道于天界（仙界）俯瞰下方，见有仙气（青气）于某地冲上云霄，推知此地必诞生神仙，于是预设某仙或推荐某仙去度脱他（她）。度脱办法有设置梦境、制造恶镜头。普遍经历了梦魇、险恶、痛苦、死亡、恐惧的考验后，总有神仙及时出现，化险为夷，愿随之入道为仙，于是总有“功成行满”以及诗歌一首结尾。所有神仙度脱戏都惯用梦幻和五步模式。因为这种梦境与模式在剧情发展、情节递进中所起的前述作用，成了一种有魔力、能震撼剧作家创作灵魂的固定形态，从而构成金元神仙度脱戏的一种重要戏剧旨趣与艺术追求。

二　诙谐戏谑的舞台效果

金元时期的神仙道化剧尤其是那些神仙度脱戏剧本结构安排上呈现出模式化、程式化或概念化的倾向，这是与作家们为道教的宗教伦理、道德规范进行说教、图解和宣化的创作目的分不开的，因为道德说教、宗教宣谕是一桩神圣庄严的事情，所以，剧本情节的安排、人物思想性格和道德本质的彰显必须遵守固定的原则或格式，正像伦理道德有一套系统有序的施行规范一样。但是，因为戏剧的使用不只是单一的表现创作目的和主题，它还是演出的脚本，因此，必须从演出的舞台、场景、观众接受心理等多个因素来考虑其创作价值，这就使得剧作家们必须重视戏剧的形式作用，尤其是舞台的效果。从这一点出发，金元神仙道化剧更重视脚本的演出效果，即舞台效应。那么，考察其中的神仙道化剧之度脱戏发现，除了宗教或道德说教的程式化之外，更多的表现在舞台效果上的艺术旨趣则是与严肃性形成相对的诙谐、幽默、戏谑、揶揄、令人忍俊不禁的喜剧色彩，其效果或是让观众捧腹大笑，或是冷嘲世态，或是反思现实，或是获得审美愉悦等等，都使得这些戏剧创作取得很大的表演成就。

马致远，从某种意义上来说，是元代杂剧作家中的喜剧大师。他的神仙道化剧《吕洞宾三醉岳阳楼》《马丹阳三度任风子》等具有强烈的诙谐、幽默的喜剧色彩。先来看一下《岳阳楼》的第一折相关描写：

【吕洞宾扮正末云】小二哥，打二百文钱酒来。【酒保云】先交了钱，然后吃酒。【正末云】你也说的是。与你这一锭墨，便当二百文钱的酒。【酒保云】笑杀我也。量这一锭墨有甚么好处，哪里便值二百文钱。【正末云】我这墨非同小可，便当二百文钱也不多呢。

【唱】这墨瘦身躯无四两，你便可消磨它有几场。万事皆如此…… 则你那浮生空自忙，他一片黑心肠，在这功名之上。①

---

① 臧晋叔编《元曲选》，第 616 页。

这一段酒保与下凡界来度化世人的神仙吕洞宾围绕付酒钱的对话，非常幽默、诙谐，含蓄深刻。喝酒付钱，本来天经地义，酒保营生，当然眼巴巴指望顾客一手付钱，一手交货，可是买酒者竟然提出以墨质之，这使对方以及观众一听到则懵头懵脑，令人捧腹大笑，此其一；墨既黑又脏，令人生厌，酒保也好，观众也好，一听此黑脏之物，大反胃口，此其二；更甚者，由黑与脏内隐凡为功名利禄而孜孜求之者，不择手段者之内心狠毒黑脏之深意，而且墨以磨而见效，象征那些整天求官、求利、求名、求权、求色、求欲……者的忙碌，因此，墨—黑(磨—忙，既语义双关，又字音谐对)等选语既讽刺尖锐，又含蓄深刻，因此，我们完全可以说，作者在这里施展其喜剧造势之能事，给作品以及表演刻上诙谐嘲讽之旨趣。

同剧第二折写到关于郭马儿愚蠢的阴德观时，其文曰：

> 【郭云】师父你不知，我与浑家贺腊梅自做夫妻数载有余，寸男尺女俱无。但是南来北往经商客旅，做买做卖，都来我这楼上吃茶，剩下残茶，我都吃了，却是为何？这是偷阴功积福德，但得一男半女，也绝不了郭氏门中香火。【正末云】将盏儿来。郭马儿你吃了我吐的残茶，教你有子嗣。【正末吐科】【郭做意不吃科】【背云】看了他那嘴脸，我吃了他吐的茶，就绝户了也成不的。①

郭马儿以为开个茶店，将客人剩下的茶水喝了，就是积阴德，就能生儿育女，传接香火，而不去从利与义的关系上作根本的思考，这无疑是愚蠢的道德观、功德观、生育观、伦理观，因此代表道教的宣扬忠孝仁义思想的吕祖道教理论的吕洞宾当然要强烈批评这样愚蠢的认识，故以顺水推舟的驳斥之法“恶搞”郭马儿，无啻以当头棒喝，让郭氏猛醒什么叫积阴德。这段舞台对话、动作，即我们常说的科诨，其讽刺、揶揄、挖苦的喜剧气氛非常浓厚，而听众所感悟、接受、理解的深意也收效甚大。

---

① 臧晋叔编《元曲选》，第 621 页。

第三折写到郭马儿的妻子被杀，他立即去报告社长，于是两人想办法去捉拿凶手的情节时，也把郭马儿的愚蠢，社长的幽默、聪明、滑稽描写得淋漓尽致，令人捧腹大笑，忍俊不禁：

> 【郭马儿上云】自从那师父与了我一口剑拿到家中，三更前后，不知甚么人把我媳妇杀了，剑上写着四句诗道：朝游北海暮苍梧，袖里青蛇胆气粗。三醉岳阳人不识，朗吟飞过洞庭湖。后而写着吕洞宾作。我如今先告诉社长，然后见官去，也未迟哩。可早来到社长门首，我试唤他一声。社长，在家么？【丑扮社长上云】谁叫门呢？我开开这门看看。【见科】【郭云】社长拜揖了。昨日有个不知姓名的胡先生，与了我一口剑，着我拿到家里。三更前后，不知甚么人把俺媳妇杀了，剑上写着四句诗道……后面写着洞宾作。【社长云】你媳妇杀了么？【郭云】杀了。【社长云】杀了吧，干我鸟儿事。【郭云】你是个当坊社长，不和你说和谁说。【社长云】马儿，我和你说，洞宾作，想必是洞中一块宾铁拿来打成这口剑，则怕是这个杀了你媳妇儿。【郭云】不是。【社长云】既然不是，依着你怎么说？【郭云】我如今和你告官去，讨一纸勾头文书，长街市上寻那个道人去，但有人念这四句诗的，便是他杀了俺媳妇儿。【社长云】这也说的是。【郭云】我如今先去抓寻他，慢慢的告请差官捕。【社长云】便纵然寻着胡先生，也当不得你这丑媳妇。

郭马儿捉拿凶手的办法就是以能念那四句诗的人作为杀人凶手，多么简单愚蠢。社长的性格则复杂多样，有麻木冷漠，推脱责任；也有幽默机智，如对于“洞宾作”三字的理解，在郭马儿面前，既是故意对郭马儿进行嘲笑，又用一种望文生义的思考给观众留下滑稽可笑的“戏份”。至于“便纵然寻着胡先生，也当不得你丑媳妇”更是幽默诙谐，人都杀死了，找到凶手又有何意义？轻描淡写，蕴含俏皮、诙谐之趣。当然，从另一方面看，作者也讽刺了官场不体恤下民、残忍无能、草菅人命的狠毒与肮脏。还有，此一话语，也包含了作者所接受的道家道教的人生哲理：顺其自然，面对现实：人法地，地法天，天法道，道法自然。

马致远的另一部神仙度脱戏《马丹阳三度任风子》也不乏俏皮、滑稽、调笑的喜剧气氛，把插科打诨的幽默功能发挥到极致。如第三折写任屠休了妻子，随马丹阳修道为仙：

【正末云】师父说，休呵便在我，不休呵不在我。罢罢罢，我知道了也，师父则是教我休了的是。【唱】《普天乐》我世跳出虎狼丛，拜辞了鸳鸯会。【云】我要写又无纸。【旦云】我这里有手帕。【正末唱】这手帕中做布燃，好做铺尺。菜园中无纸笔，将手帕铺在田地里，就着这水渠中插手在青泥内，打与你个泥手模便当休离。这两个恩断义离，花残月缺，再谁恋锦帐罗帏。①

从人之常情来说，休了妻子，几十年的夫妻恩爱情分一时了断，肯定是一种凄凉悲苦之况味。更有甚者，为了表明自己执意弃俗从道的决心，任屠竟然将自己的亲生儿子也摔死了，剧情发展到这一步，则人世间的悲伤、痛楚更显剧烈以至于绝望了：

【旦云】任屠，你看这孩儿。【正末唱】将来魔合罗孩儿。【做摔科】知他谁是谁。【旦哭云】任屠，你怎么把孩儿摔杀了？【正末唱】我见他揾不住腮边泪，休想他水泡般性命，顾不得你花朵似容仪。【旦云】你休了我罢，怎生把孩儿摔死了？我儿也！②

作为妻子，既然被休了，也就无可奈何了，但看在刚出生的孩儿份上，希望丈夫任屠能够回心转意，不去随道入仙，回到家中去过小家生活，没承想，任屠居然将孩儿当面摔死以示坚决皈依道门。事情发展到这一步，人世间没有什么比死去亲骨肉更为悲惨凄怆的了。为了调节这种大悲大恸的戏剧情节，接下来作者进行了一段幽默轻松的人物插科打诨的喜剧描写，从而使观众从紧张悲痛的气氛中转到轻松快意

① 臧晋叔编《元曲选》，第1679页。
② 同上，第1679—1680页。

的观赏中来：

【旦云】你不家去啊，与我个倒断，你休了我者。【小叔云】说的是，哥哥，你若休了嫂嫂，我就收了罢。……【旦云】小叔叔，任屠不肯回家去，把孩儿又摔杀了，可怎生了也？【小叔云】真个苦恼，你不还俗便罢，又将孩儿摔死了，这般下的。嫂嫂，你如今真个不好过日子，不如跟着我一同回去住吧。[①]

除了上述两剧之外，马致远另一部神仙度脱戏《邯郸道省悟黄粱梦》则表现出另一种诙谐戏谑的舞台效果，即通过对比反差的手法，让人物在他的言行中产生前后不一致的矛盾局面以增强戏剧的舞台演出效果，让观众看了之后忍俊不禁，开怀大笑。如写吕洞宾，其入道前即当汉离钟来引导劝奉他入仙为道时，其态度与做法是：

（汉钟离）【正末云】你往哪里去？【洞宾云】上朝应举去。【正末云】你只顾那功名富贵，全不想生死事急，无常迅速，不如跟贫道出家去。【洞宾云】你这先生，敢是疯魔的，我学成满腹文章，上朝求官应举去，可怎生跟你出家，你出家人有甚好处？[②]

吕洞宾如此贪恋功名官场，任凭汉离钟劝导，总执着于虚名蝇利。当汉离钟设置恶镜头让吕洞宾进入梦境中感受和体验生死恐惧之后，他对于出家从道的态度，与此前发生了质的飞跃，其行为也发展到一反过去的迷恋世俗而主动求助于汉离钟要求救赎和度脱。

范子安的《陈季卿误上竹叶舟》也充满着诙谐幽默的喜剧气氛，这往往通过次要角色的一举手、一投足、一言语、一表情表现出来，给舞台演出平添滑稽、轻松的感觉，来看第一折中寺庙的行童与惠安之间的对话：

---

① 臧晋叔编《元曲选》，第1678—1680页。

② 参见本剧第二折和第三折，原文太长，不引，臧晋叔编《元曲选》，第781—789页。

【陈季卿云】……(我)应举不第,流落不能归家,况值暮冬天道,寒威转添……我陈季卿好命薄也。我想起来那终南山青龙寺有个惠安长老……向终南山投谒惠安长老走一遭去来。……小和尚,你惠安长老在家么?【行童云】咥!你也睁开驴眼看看,我这等长的和尚,还叫做小和尚,全不知些礼体。我看起来你穿着这破不剌的旧衣,擎着这黄甘甘的瘦脸,必是来投奔俺家师父的,却怎么这等傲气。【陈季卿云】嗨!小生好背时也。【做揖科状】小师父恕罪,烦报你惠安长老,道有故人陈季卿特来相访。【行童云】你这先生,这才是句说话,怪不得自古以来,儒门和俺两家做对头的。罢罢罢,你站在一边,我替你报复去。【做报科状】且住,待我斗这秃厮耍子。【做入见科云】师父,外面有个故人,自称耳东禾子即夕,特来相访。【惠安云】这厮胡说,世上哪有这等姓名的人。【行童云】你这老秃厮,你还要悟佛法呢,只会在看经处偷眼儿瞧人家老婆。【惠安云】这厮敢风魔了,再出去问明白了来说。【行童云】有什么不明白,是耳东禾子即夕特来相访。【惠安云】我不省的。【行童云】你请出师父娘来,他便知道。【惠安云】口退。【行童云】我说与你,这个叫做析白道字,耳东是个陈字,禾子是个季字,即夕是个卿字。却不是你的故人陈季卿来了也。【惠安云】快请进来。①

此段科白,主要塑造了终南山青龙寺一个小和尚调皮、聪明、滑稽的接人待物特性。如投宿寻故人的陈季卿叫他小和尚时,他幽默搞笑地说长得这么高(长)能说是“小”和尚吗?进而顺势挖苦对方身为学儒礼的却不懂“礼体”。向他师父惠安通报来者姓名时,故意用拆字法把陈季卿的名字报给师父以此考验他的灵性和反应,可师父搞不懂,没有反应过来,从而使捉弄的效果显而易见,也水到渠成地讽刺了佛家讲究顿悟的修心之道。当然,这无疑是作者站在儒家角度对佛教的嘲

① 臧晋叔编《元曲选》,第1041—1042页。

讽，也正好抵消或打倒了前面小和尚对陈季卿这个饱读儒家诗书经典的儒生不知“礼体”的挖苦嘲笑。因此，从这个意义上讲，行童（小和尚）是作者有意刻画的一个具有既否定儒学又挑战佛教的矛盾统一体角色，其形象意义比较深刻。小和尚对他师父的挖苦还表现在他用佛教主张的戒色欲、色空观来嘲笑或揶揄他师父的虚伪狡猾，说一套，做一套，如讲他师父念经时偷看别人的老婆，尖锐地讽刺了佛家徒尤其是提倡者、喊戒规喊得最厉害者的伪善、阳奉阴违。至于那一句“你请出师父娘来，她便知道”则千真万确地坐实了和尚好色娶妻的虚伪和假佛法。由上可见，通过行童的插科打诨等科白的描写，使剧本或演出蒙上极有艺术魅力的幽默、嘲讽的喜剧色彩，从而使神仙度脱戏不流于简单的宗教说教，而是寓含着更深刻的对于宗教在现实生活中的诸多弊端的评价态度，尤其是批评指斥的态度则显然是作者进步的世界观的表现。

无名氏的《瘸李岳诗酒玩江亭》所烘托的喜剧气氛，主要通过描写牛璘的语言、动作来表现。如第一折写到牛璘大摆筵席来庆贺赵江梅的生辰时，正好神仙铁拐李奉命降临现场，带着来度化牛赵出家成仙的使命表示祝贺。牛璘与铁拐李有一段对白：

> 【铁拐李云】贫道上八仙铁拐李岳是也。今奉上仙法旨，有度金童玉女……金童是牛璘，玉女是赵江梅。【牛员外做惊科云】好一个道貌非俗的先生。师父，你从哪里来？【先生云】我从天上来。【牛员外云】掉下来跌破头。①

牛员外根本不稀罕什么神仙生活或神仙度脱，也不相信有天上降下的神仙，所以一句“掉下来跌破头”以尽揶揄挖苦之能事把个所谓万能的本事通天的神仙嘲讽得脸面无光，斯文扫地。

该剧第三折写到牛璘被度化，醒悟过来，觉得神仙真个比世俗名利自由轻松、快乐悠闲，于是打算去说服自己的妻子也从道入仙。

---

① 隋树森《元曲选外编》，第 885 页。

其中对于牛璘的行动描写也极富夸张喜剧性。如牛璘妻子要他背着在街上行走的动作描写，滑稽搞笑的戏剧成分非常突出，令人笑掉牙齿：

【牛员外云】大姐，天色晚了也，你还家去吧！我也还庵中去也。【正旦云】牛员外，我醉了也，你背我还家去。你若不背我，我须打你也。【牛员外云】罢罢罢，我背着你还家去来，天色晚了也，你还家去了吧。【正旦唱】《十二月》你可便坚心了强口，他可便不害那惭羞。【牛员外云】我这般躬身差手，曲脊低头，背着你，街上人都捻舌，排说我呢。【正旦唱】长街上躬身叉手，我见他便曲脊低头。长街上惹的人家嘴口，不争你压背着娇羞。【云】喒两个有个比喻。【牛员外云】你听的人说，喒两个似个什么那？【正旦唱】《尧民歌》呀！着人道牧童归去倒骑牛。呀！敢抵多少一千个刘盼盼闹衡州。这的是前街后巷滴滴蹬蹬马和牛。这的是恋酒迷花风风魔魔下场头。【牛员外云】我如今去见了师傅说知，着你跟我也做神仙去。①

牛员外那副背妻子在街上行走的丑态，作者把这个细节插在他们夫妻双双入道成仙的过程中，实有增添剧情喜剧色彩的戏谑作用，让读者或观众在作者机械板滞的神仙宗教宣传与道德说教之中感受一点轻松愉快的戏剧韵味，来点幽默调侃的欣赏元素，其艺术效果自然如锦上添花。

此外，本剧还有两处细节描写也极具戏剧性。一处是当牛璘和赵江梅在长街上折腾了一天，两人关于回不回家的问题争吵了很久后，赵江梅身体非常困倦，想睡一会，她说："牛员外，我这一会身子有些困倦，我要睡也。"牛员外说："你要睡，着梅香打铺你睡，拿枕头来。"赵江梅说："我不要枕头，我枕着你腿睡。"牛员外说："也罢，随你枕着睡

① 隋树森《元曲选外编》，第 986 页。

吧。”(正旦做睡科)[①]当街枕腿而睡，虽然大煞风景，但也确实是一种“恶搞”的滑稽戏剧性表演。另一处是当神仙铁拐李使法让赵江梅进入梦境后，在梦中搭船去看望母亲，船到江心，艄公(牛璘)故意划船划得左右摇晃，令赵江梅心惊胆寒，艄公又突然举桨，把赵江梅打入水中，吓得她魂飞魄散，五内俱崩。这个“恶镜头”，既让人感到紧张，又让观众笑破肚皮，因为这些动作的发生，却是一步一步铺垫而成的。先有赵江梅要去看望母亲，再有路上要过一条急流，再有需要渡船，需要艄公，而艄公居然是已入仙的牛璘扮充，则牛璘有意要捉弄吓唬赵江梅，让她在感受了生死之后皈依仙道……这些逻辑链接，一步紧逼一步，一层紧扣一层，一环紧扣一环，最后让读者或观众知道，这显然是剧作家有意在搞笑，在做“噱头”。

贾仲名的《吕洞宾桃柳升仙梦》在第二折中叙述了柳春夫妇作为街上的大财主在重阳佳节盛邀街坊邻居宴饮登高，在饮酒之际，街邻的社长表现出十分的窘态。作者有意刻画了以这个底层官吏为代表的统治层在世俗的物欲面前滑稽可笑、荒唐可恶的嘴脸，这种喜剧嘲讽的舞台场面着实令观众爽心悦目：

> 【净扮刘社长上云】我做社长实无比，年纪高大更有德。一生不肯出人情，则去人家抹油嘴。老汉是长安城中一个社长，姓刘，名得中。俺这街上有个财主，是柳景阳。今日是重阳节，他把街坊都请去秀野园登高去了，偏不请我。如今撞将去，吃些酒肉，也是便宜。早来到了。【做见科云】你们躲的我好。【末云】我忘请了。老的你休怪。【净云】怪你怎得。将酒来我吃。【末云】将酒来，你吃！你吃！【净饮科云】我便吃了，俺老婆在家清坐。【陈云】你好不达时务，你吃了便罢，怎么说这等的话。【净云】我不管你。【做抢桌面科】【众推出科】【净云】这厮狐朋狗党，把我又出来了，推在沟里，我抱了这一包东西，都污了，我看看。【做笑科云】不由老

① 隋树森《元曲选外编》，第897页。

> 刘笑微微，将着酒肉抱如飞。螃蟹约有三十个，又有一只大公鸡。馒头上面都是粪，羊肉高处沾上泥。今日我也吃饱了，拿到家中与我老婆吃。①

此段科白，通过对刘社长语言行动的描写，刻画了一个贪小便宜的丑恶小吏形象，极尽嘲讽。而他被众人推到沟里弄得满身肮脏、食物污秽的窝囊样子，又让观众捧腹大笑，喜剧效果极好，此见剧作家的苦心经营。

总之，金元神仙道化剧中的度脱戏，剧作家们在精心构建道教的宗教主题之外，思考得更多的便是这些剧本的文学价值和舞台效果。文学价值依赖于情节与人物的描写；而舞台效果则从表演与观众的关系上去考虑，因此，戏剧性、舞台气氛便成为剧作家匠心经营的地方。而上述所分析的舞台效果正是剧作家们思考与努力追求的实际表现。所有这些就成了金元神仙道化剧重要的戏剧理念和思想。

三　神仙法术的渲染作用

在金元神仙道化剧中，无论是神仙度脱戏，还是驱鬼劾邪题材的道教戏剧，作家们都着力描写神仙道法的神奇，体现仙人真道的高超本领甚至超现实力量。他们一旦运用道教宝物如剑、笔、符甚至到葫芦、碗、筷等等平凡物品，就能产生克敌制胜的巨大魅力，或者驱散鬼魅，消灭凶顽；或者克服自然灾害，渡过困难；或者逢凶化吉、保福求安，凡此种种，究其原因，一是剧作家大都受此时各种道教思想尤其是劝善惩恶的道教伦理道德观的影响，他们接受道教思想中的正能量，帮助道教进行社会秩序的重构和社会道德规范的塑造，因此，从文学的社会功能上讲，这些作家们自觉地意识到其仙道戏剧作品应该担当的有利于教化有利于社会的责任；另一方面，从作品戏剧情节为表现主题服务的创作原则看，如果不着力渲染道教法术的神奇魔力，则道

① 隋树森《元曲选外编》，第699—700页。

教自然会失去在信众中的美妙愿景，动摇在社会中的信仰基础，淡化其神奇奥妙的功能。尤其是度脱戏，更要运用道教神奇的法术，一方面使热恋于社会世俗的顽冥分子折服于道教的万能从而转变其价值取向，改邪归正；另一方面，从戏剧的结构艺术上来看，我们在前面已反复分析过，这些高道真仙们的无比法力，是推动情节发展，让人物思想性格发生逆转的巨大催化剂和原动力，起着不可替代的起承转合的关键作用。这里仍然以神仙度脱戏为研究对象来揭示神仙法术被作家们描写时，其中蕴含的创作思想和戏剧理念元素。

岳伯川的《吕洞宾度铁拐李岳》有几处描写和渲染神仙吕洞宾的无边法术。在第二折和第三折之间的楔子里，当李岳生命垂危，魂魄已被阎王勾去，正准备接受阎王殿烧油锅的酷刑（因李岳在凡间欺诈百姓，作恶多端）之惩罚，吕洞宾突然来到阎王殿，在为李岳说了一番好话，阎王答应赦罪之后，吕洞宾便施展借尸还魂之术，让死去了的李岳阴魂附于凡间一个刚死去的孩童之身，于是李岳重获生命，返回阳间，为他往后转变和醒悟入仙学道打下了生命基础。这个借尸还魂情节，基本上贯穿第三、第四两折，由此引起的岳寿与孩童生父之间的矛盾、争吵、诉讼，都是为了体现道教度化入仙的主题，因此，作者不惜笔墨，刻意渲染。

马致远的系列神仙度脱剧，每一部都有对于神仙法术浓墨重彩的描绘，其所包含的前述戏剧思想意蕴丰富而深刻，人们称他为“马神仙”，除了他信仰道教神仙思想之外，恐怕也缘于在他的道化剧中对神仙法术的热衷和书写的频繁生动。如《吕洞宾三醉岳阳楼》，写吕洞宾奉仙旨去凡间度化柳树精、梅花精入为仙班。柳、梅是植物之身，又怎么能做得神仙呢？能做神仙者，首先得具有人的属性，从神仙道教的理论来讲，是基于现实人类而又超越现实人生的生命与精神升华，因此，植物属类或自然属类又怎么能超凡脱俗进入更为高雅的仙界呢？于是，作家将这些思想和思考赋予吕洞宾以超人的神仙法术，对上述问题和困难予以解决，于是作品就有吕洞宾施法，让柳、梅二精托生为人，然后再实施度仙方案。

> 【正末扮吕洞宾云】老柳，你跟我出家去来。【柳云】既领师父教训，情愿跟师父出家。但我土木形骸，未得人身，怎生成的仙道。【正末云】你也说的是。土木之物，未得人身，难成仙道。兀那老柳，你听着。你往下方岳阳楼下卖菜的郭家为男身，名为郭马儿。着那梅花精往贺家托生为女身，着你二人结为夫妇。三十年后，我再来度脱你。①

吕洞宾来到人间，为了度化他们成仙，又使用了如下法术：隐身术剑杀妻子贺梅花；障眼法涂改杀人署名上的勾头文书；偷梁换柱法把贺腊梅先度出家。如障眼法涂改署名：

> 【吕洞宾云】郭马儿，你当街拦住我，是怎的？【郭云】你因何杀了我媳妇儿，我如今撞见，你有甚话说？【正末唱】《叨叨令》……【郭云】你赖不过，我今告着你哩。【正末云】你凭什么勾我。【郭云】我凭勾头文书勾你。【正末云】你文书在哪里？【郭出文书科】【正末云】你念我听。【郭念云】奉州官台旨，即勾唤杀人贼一名，胡道人。是你不是你？【正末云】将来我看。【做换文书科云】疾！你再读，看是谁，就拿谁。【郭云】是。读。看是谁，就拿谁。【念科云】奉州官台旨，勾唤杀人贼一名。郭马儿。【惊科】这上面可怎么写着我？②

吕洞宾的这种通天神力，眼睁睁陷郭马儿于杀人犯罪之中，接着而来的就是一连串的连锁反应：郭马儿被官方拿下，审判，偿罪，抵死，吕洞宾于郭生死攸关时解救，劝教，随道入仙，完成度脱之使命。由此可见，神仙道化剧中通天神力的法术描写，在推动剧本情节，表现作品主题，塑造人物思想性格等等一系列的艺术构思中，发挥着极其关键重要的作用，成了神仙道化剧必不可少、无法替代的戏剧成分。可以说，凡神仙道化剧，无论是度脱戏、除魔劾邪剧、喜庆剧、爱情剧以及其他

① 臧晋叔编《元曲选》，第 617—618 页。
② 同上，第 627 页。

题材剧，只要离不开神仙，就离不开对神仙法力的描写，这成为他们的一个通则。

范子安的《陈季卿误上竹叶舟》有两处写仙人吕洞宾施展神仙法术于陈季卿身上，最后使其皈依道门。第一处是第一折中写陈季卿于京城参加科举考试落第，在回乡途中经过崇山峻岭之地，投宿故交惠安所住的终南山青龙寺。由于贫困潦倒，盘缠花尽，心力交瘁，而故乡又远在杭州武林，如今归乡困难重重，更何况应举不第，这使陈季卿陷入进退两难之境。于是吕洞宾使出神通法术，变出一只小船，载他归乡省亲：

> 【吕洞宾扮正末做笑科云】秀才（指应举落第的陈季卿——引者注），你若肯跟我出家，我就借你一只船，送你还家去，可也不难。【惠安云】道兄，你这船在哪里？好借与我故人去那。【正末云】疾，秀才，兀的不是一只船了也？【陈季卿云】恰才是一片竹叶儿黏在壁上，怎么就变成了一只船，可也奇怪。……【惠安云】好奇事也，恰才着一个风魔道士将一片竹叶粘在壁上，变做小小的一只船儿，倒也好个戏法。①

此段叙述连用两个“奇”字扣在“好个戏法”之上，以此赞赏神仙法术的奇妙神秘。

第二处写吕洞宾的神奇法术，是陈季卿回家后又刻苦温习儒书，于冬天离家去京师再次参加科举考试，在路上行经一渡口，坐渔翁的小船渡江。这时，仙人吕洞宾出现，使法术狂风大作，惊涛骇乱翻江搅海，水浸小船，船破沉底，陈季卿葬身江中，幸得吕洞宾相救。

> 【陈季卿云】渔翁，船在哪里？【正末云——吕洞宾扮做渔翁，早准备在船上有意要用法术作弄陈季卿，让他感受死亡的恐吓，以便产生对功名科举的轻视之感——引者注】快上船来，要我等

① 臧晋叔编《元曲选》，第1046页。

这几时。【正末同陈季卿上云】秀才，早到这大江了也。【唱】【三煞】趁着这响咿呀数声柔舻前溪口，早看见明滴滴溜几点渔灯古渡头。【陈季卿云】渔翁，把船摇近岸，兀的不起了风也。【正末唱】则见秋江雪乱拍天浮，更月黑云愁疏剌剌风狂雨骤，这天气甚时候。【陈季卿云】渔翁，这风雨波浪陡作，兀的不唬杀我也。【正末唱】白茫茫银涛不断流，那里也骑鹤扬州。【二煞】忽听的雷鸣绝壁蛟龙吼，又则见电绕空林鬼魅愁。似这等翻江搅海怒阳侯，唬的他怯怯乔乔，怎提防倾覆，这命有谁救。争些儿踏破渔翁一钓舟，做的个水上浮沤。【陈季卿云】哎哟！船坏了也，渔翁你救我咱。……【陈季卿做坠水科云】救人！救人！①

在金元神仙道化剧中，有些度脱戏的故事情节干脆从头到尾都是由神仙使用法术而建构的，这些情况一般是那些题目正名有“梦”字的剧作。也就是说，仙人使法，让主角进入梦乡，在梦境中完成一切故事内容，最后醒来，便是大彻大悟，跟着使法者皈依道门。这样的作品主要有马致远的《邯郸道省悟黄粱梦》，史九敬先的《老庄周一枕蝴蝶梦》，贾仲名的《吕洞宾桃柳升仙梦》等等。另外还有一些剧本也涉及梦，但这只是作品中的一个情节片段，是仙人法术中的某一法使之，如上述《竹叶舟》《城南柳》《刘行首》《碧桃花》《任风子》等等。因此，综合这两种情况可知，神仙们惯用的一个法术招数就是“造梦”。在这里，我们谈的“梦”，与前述“梦幻的艺术魅力”相比完全是另一角度。这里谈的是从一个“术”的层面来把握其宗教含蕴的，也就是说，“梦”的含义，是作者处理人物的现实人生与理想目标之关系时一个不能绕开的问题。作者为了阐释俗世社会的人生在现实生活中的无法把握自身命运，于是祈求以追梦的形式去超越现实。但梦中所见所历依旧是现实社会、现实人生的投射。梦中依然是风险无处不在，恶与丑无所不在，醒来发现梦中与现实没有两样，这就为他被引上成仙入道之路做了坚实的

① 臧晋叔编《元曲选》，第1054页。

铺垫，也就是说，他最终选择皈依仙道就有逻辑基础。所以，“梦”的构建，或者说，作者所着力渲染的神仙梦术，其深厚的宗教内容、宗教思想就在这里。

马致远《邯郸道省悟黄粱梦》的剧情即是关于吕洞宾的梦幻描写，作为来度化吕洞宾的仙人汉钟离，他意识到吕洞宾的功名观念太强，世俗的酒色财气欲望太执着，所以必须采取设置梦幻的法术，让吕在睡梦中经历了人世间的种种险恶困难，最后得出一切功名利益有如南柯一梦的认识，它们真如过眼云烟，终留不住。正如汉钟离所说：“这人俗缘不断。吕岩也，你既然要睡，我教你大睡一会，去六道轮回中走一遭，待醒来时，早已过了十八年光景，见了些酒肉财气，人我是非，那其间方可成道。”①吕洞宾进入梦幻后，其经历的幻境事件（情节）主要有：高中举第；入赘太尉女婿；拜兵马大元帅领兵平叛；阵前受贿卖败，朝廷查办充军边地沙门岛；一对子女随充边地，路上遭解子毒打；妻翠娥入仙道；父子三人遭受恶劣天气的威胁生命难保幸得樵夫相救；误入草庵；亲睹迷人仙境并邂逅妻子；摔死一对子女；皈依道门。从这些梦幻情节看，法术大师汉钟离让吕洞宾既享受了人间的功名第、千钟粟、黄金屋、颜如玉、权利势位，应有尽有；又遭受了风、霜、雨、露、罪孽、丧妻、失子、充军、毒打……可以说吉凶祸福灾祥否泰，备受之至，目的就是为了让吕洞宾通过亲身经历醒悟到人世间的一切是那么无法把握，命运不在自己手中，只有皈依仙道，才能过上平安自由、无忧无虑的快活日子。显然，作者所热衷的对于汉钟离如此万能而又丰富多彩的神仙法术的描写，其所蕴含的宗教信仰昭然若揭。

贾仲名的《吕洞宾桃柳升仙梦》剧情也是由神仙吕洞宾使用法术让柳春夫妇进入睡梦的情境之中，历经多种坎坷最后悟道成仙的。其主要情节有：圣旨突降，诏柳春为江西南昌府通判；赴任路上风餐露宿，辛苦艰难；遇强盗抢劫，留钱不杀命，无钱命呜呼；生死时刻吕岩相

① 臧晋叔编《元曲选》，第780页。

救；夫妻皈依道门。

至于在剧情节插入梦幻情节，作为神仙通神法术中的一种来加以描写的金元神仙道化剧则为数更多，前面已有剧名的提及，这里就不做详细分析了。

另外，还有一种表现热衷于描写神仙法术的情况，就是在一个剧本中，展示神仙法术的多面性、多种法术连套描写，从而形成复合型的法术描写景观。这以贾仲名《铁拐李度金童玉女》、杨景贤《马丹阳度脱刘行首》、无名氏《瘸李岳诗酒玩江亭》等为代表。下面我们着重分析一下《玩江亭》。

《玩江亭》全名《瘸李岳诗酒玩江亭》，叙述的是神仙铁拐李度脱一对金童玉女成仙的故事。金童名牛璘，玉女名赵江梅，他们结为夫妻后，贪图世间酒色财气。铁拐李施展众多法术，把他们从世俗欲海中开导醒悟过来，最后跟随他皈依道门。这个度脱剧着重渲染了铁拐李的神仙法术，他的仙法神通多样，正如汉钟离在东华帝君前推荐铁拐李去度化金童玉女时所说："上仙，贫道举一人，乃是铁拐李，此人神通广大，变化多般，能造逡巡酒，善开顷刻花。"①梳理全剧发现铁拐李的神仙法术主要有以下几种：

一是御风术。在第一折里，当财主牛璘员外在大江边的一座亭子里给他的妻子赵江梅大摆生日酒宴的时候，来宾如云，江面船舶挤满，铁拐李从天而降，一到江岸，感觉似乎宴会主人牛璘有意阻拦神仙过江，不想铁拐李度他们出家之意，这时铁拐李施展御风法呼地飞过江去，着落到王赵身边。

> 【铁拐李扮先生上云】牛璘有万贯家财，在赵江梅家坐赘。今日是赵江梅生辰贵降之日，本待家中安排酒肴，怕有六人亲眷打搅，此人在江那边盖了一座亭子，是玩江亭。此人在亭上饮酒，将船只都拢在江那边去了，则说贫道过不去。疾！牛璘那稽首。②

---

①② 隋树森《元曲选外编》，第 883 页。

这一声“疾”，就是神仙使法术时的变化声，这是在所有神仙道化剧中通用的描写神仙使法的拟音词，或者说是变法使术的统一动作。从这里的情节描写的逻辑发展来看，这“疾”的变法动作，无疑是铁拐李驾风而过江面的“术”。御风术在先秦方仙道中就已存在，《庄子》《列子》中描写的列御寇御风而行，就是最早记录神仙御风术的。如《庄子·逍遥游》云：“夫列子御风而行，泠然善也，旬有五日而后反。”

一是穿墙术。第二折写道，自牛璘在玩江亭给妻子赵江梅作了生日酒宴后，几天没去他的酒店了。忽一日来到酒店，打算饮几盅酒，叫店小二把门窗关严实点，怕有外人进来打搅：

> 【牛员外云】我且不与你算账，你（指店小二——引者注）把那前后门都与我重重叠叠的关闭的牢者，休放一应闲杂人来。我这里坐一坐，（酉丽）一瓶好酒来，我自家吃几钟。【店小二云】员外且不算账，要吃酒呵。……我把这前后门都关闭了。员外，酒在此。【牛员外云】你去，我自家吃几钟。【先生上云】贫道铁拐李岳是也，有牛璘在店肆中算账。他那里是算账，他则是躲贫道。可早来到也。他这门更关，则道贫道人过不去。这里不显神通，那里还显神通。疾！牛璘，跟贫道出家去。①

牛璘千方百计躲避来度化他入仙的神仙铁拐李，这表明了他对凡世荣华富贵、酒色财气的贪恋。因此，铁拐李必须施展神通法术，一一识破牛璘的内心短见，千方百计寻找机会去引导、劝诫他戒除俗欲，走上正道。这次铁拐李施展钻墙术，穿墙而过，量他牛璘一小可关门之陋行怎敌神仙万能之法术。

三是变房术、造酒术、枯树逢春术三术并使，不由得牛璘不入仙籍信仰神仙。当故事写到铁拐李攻破了牛璘关门躲避的行为后，牛璘又使花招，他骗铁拐李说眼下酒质不好，待他去街上买些新鲜高质的好酒来招待神仙，于是要店小二牵上那匹快如风的良马来，其实是想快

---

① 隋树森《元曲选外编》，第887页。

速离开酒店，躲到远远的荒郊野外去，不想听铁拐李的劝说。可铁拐李一看到他骑马去沽酒就识破了他的诡计，便又化作一阵风先于牛璘来到了郊外，正在那里等着牛璘。且看：

【先生上云】贫道铁拐李岳是也。说话中间，可早来到这郊野外，在此等候牛璘。这早晚敢待来也。【牛员外骑马儿上云】自家牛员外的便是。将那先生稳在那酒店里，我骑着风也似快马，来到这荒郊野外，下的这马来，将这马拴在这树上。你看这青山绿水，阔涧陡崖，端的好景致也。【牛员外做见先生科】【先生云】牛璘那。【笑科云】你敢来寻我来。【先生外云】我趟你来。【先生云】你来这里做甚么来。……【牛员外云】我如今饥又饥，渴又渴，师父，你可与我回席去者。【先生云】也罢，我与你回席。【牛员外云】师父，你既要请我，这满地里又无房舍。【先生云】你要房舍？疾！看房舍：青堂瓦舍，雕梁画栋，琴棋书画，靠凳椅桌。【牛员外云】哎哟！哎哟！你看那前堂后阁、东廊西舍、走马门楼、琴棋书画、条凳椅桌、幔帷纱橱、香球掉挂，好房舍，好房舍！可无酒吃。【先生云】你要酒吃？【牛员外云】可知要吃酒呢。【先生云】牛璘，你见我这拐么？款款在手，轻轻摇动，地皮开处便是酒，你尝。【牛员外做惊科状】哎哟，师父将拐画一画，地皮就开了。师父，这是酒，这酒不是酒，是水。【先生云】三点水着个酉字，疾！你尝。【牛员外云】今番可是酒，我试尝着，好酒也。可怎生头里尝着是水，师父写了三点水着个酉字，坠下去就是酒。好酒，端的是醍醐灌顶，甘露洒心。好酒！师父，酒也有了，可无有眼前景致。【先生云】你见那枯树么？【牛员外云】我见。【先生云】疾！花开烂漫，春景融和，赏花饮酒。【牛员外云】呵呵！努嘴儿了？放嫩叶了！呵呵！打骨朵了！呵呵！开花儿了！你看那桃红柳绿，梨花白，杏花红，芍药紫，荼蘼淡，牡丹浓，山茶绽，腊梅开，杜鹃啼，流莺语，春景融和，百花烂漫。阿约，好花木！好花木！牛璘也，要你寻思波，我躲他，他倒先在这里等着我。我说师父，你在牛璘家中可也

> 定害的多了。我如今饥又饥，渴又渴，师父可与我回席者，他道你着我回席，着我说这满地里又无房舍，他将那袍袖一拂，就是房舍；我道有了房舍，无有酒吃，他说你要酒吃，他将那拐去那地皮上划一划，地皮开处就是酒；我道有了酒无眼景，你说你见那涧下的枯树么，我说见，他将那袍袖去那枯树上一拂，就是花木。牛璘，你试寻思者，我曾听得人说，寒波造酒，枯树开花，他便是大罗神仙。这不是寒波造酒？兀的不是树上开花？他不是神仙，谁是神仙？若是今番错过，后会难逢！①

这一大段关于铁拐李神通广大的三道法术浓笔重彩的描写，最终落在牛璘归顺神仙的主题上，以神仙人物通天法力的无穷魅力征服了俗欲强烈的牛璘，宗教的宣教目的不言而喻，这种法术重叠的艺术构思、繁复演绎的文字铺陈，都是为凸显作品的宗教主题服务的。

除了神仙道化剧中的度脱戏着意渲染神仙法术之外，在金元神仙驱邪劾魔剧里，随处可见的仍然是对于神仙镇妖斩邪的神奇法术的赞赏。为什么作家们如此青睐道教的仙法仙术？答案只能有一个：这些魔法反映了人类企图征服邪恶、伸张正义的美好愿望，体现了人们对于安宁、稳定、幸福、理想社会的追求。美好结局、康泰境界的到来必须以扫除困难、努力寻找办法去解决问题为前提。因此，对神仙法术的着意渲染，既是作家们的一种戏剧思想原则的具体化、实践化，又是从突出凸显创作目的、作品主题的角度所做的慎重思考。

① 隋树森《元曲选外编》，第 88—89 页。

中篇　明代道教文学思想

明代是中国道教发展的转折期，其转折的标志是明穆宗即位(1567)后对道教的严重抑制，大约从明中叶开始，道教趋向衰落。由此带来的道教文学思想的演变则是由雅向俗的变化。这种变化在文学思想内容上表现为明中叶前，官方道教典籍编撰中的文体明辨观要求儒释道三教的融合，即《正统道藏》体现的文统论与道统论并行不悖的雅文学思想，尤其以道教“青词”之体为突出代表，要求道教文体创作的“文饰”与“谀颂”的统一，故有明一代道教青词创作极度繁盛。明中叶以后道教向民间引进，因此其文学创作也向俗文学发展，从而带来道教文学思想的民俗化，这以《张三丰全集》等文学创作为代表，强调文学创作的性灵、信言、真言的流露，朝着质朴、纯真的思想追求迈进，而直接影响世俗文人或者与道教发生关系的晚明文人如公安、竟陵、性灵等文学流派对于性灵文学的提倡。质言之，明代道教文学思想在内容上由雅到俗，在形式风格上由显趋隐。

第五章　明代道教文学思想的雅化

明代道教仍然是全真教持续繁盛的局面，一直持续到穆宗即位前。全真教由于主要在北方传播，而且以心性修养、清真守静为宗，因而对于江南之影响有限，与江南以正一道为主要道派的道教思想有某种程度上的区别，但是，有明一代，自太祖朱元璋至思宗朱由检，二百七十多年间，只有从穆宗朱载垕开始严重抑制道教约略五十年，其余大约二百二十年的时间里，道教仍然呈现出繁荣贵盛的局面。其表现有三：

第一，最高统治者帝王、皇室对道教极其信仰和崇奉。明太祖、成祖、英宗、代宗、宪宗、孝宗、武宗、世宗都热衷于道教几至着迷狂热的程度。其中尤以太祖、成祖、世宗为甚。如太祖朱元璋，利用道教看风水、使法术的文化手段，神道设教地创造其出生地有天子气的神话，为做皇帝准备舆论；重用道士名周颠仙者为自己出谋划策，在推翻元朝建立明朝的过程中，周氏发挥着道教神奇的辅佐作用。据《明实录》之《明太祖实录》载朱元璋《御制周颠仙人传》云："朕将西征九江，特问颠者曰：'此行可乎？'应声曰：'可。'……朕谓曰：'此行你偕往可乎？'曰：'可。'……后兵行带往，至皖城，无风，舟师难行。遣人问之颠者，乃曰：'只管行，只管有风。无胆不行，便无风。'……不十里，大风猖作，扬帆前驱，遂达小孤。"这里所载周颠仙人的预测，确实准确，为朱元璋打败陈友谅下了一颗定心丸。

又据文献记载，朱元璋在起义举兵打败元朝统治者的斗争中，又任用另一个号铁冠道人名张中的道士，张中参预朱元璋军事决策，所出谋划十分神验，据《明太祖实录》载："张铁冠者，名中，字景和，临川人，少应进士举不第。遇异人授以皇极数，谈祸福多验。元末兵乱，归隐幕府山。……壬寅(1632)，陈友谅围南昌，上率帅下之。参政邓愈荐中，上问之曰：'予定南昌，兵不血刃，市不易肆，生民自此苏息否？'中对曰：'天下自此大定，但此地旦夕当流血。'后指挥康泰反，一如中言。及陈友谅复围南昌，上忽得异梦，命占之。铁冠曰：'宜亟援江西。'后三日，报果至，上遂亲将兵往。复召问中，中曰：'是行忽迟，五十日当大胜，戊亥之日，获其首领。'常遇春等与友谅战，率舟师深入，敌围之数重。众谓不可出，中曰：'勿忧，当自出。'既而果出。其他奇中，往往类此。"从某种意义上来说，朱元璋之所以得天下，道士出谋划策而灵验神奇，预测精准，判断正确，是一个极为重要的原因，也反映了朱元璋对上述周颠、张中这些正一派道士的信奉。不仅如此，在朱元璋得天下后，就更加信任和尊宠道教人物了。如对正一天师道传人，第四十二代主管张正常、第四十三代主管张宇初以及其他正一派道士如邓仲修、傅若霖、张友霖等恩宠有加。

在有明一代帝王中，最信仰道教的当数明世宗朱厚熜。这正如卿希泰先生所指出："及至世宗朱厚熜即位之后，明代统治者的崇道行为，便发展到了登峰造极的地位。"①明世宗崇道的表现主要是对方术道的法术、斋醮、方药等内容的信仰，尤其是道教的建醮活动，凡国事、社事、家事几乎无所不至，求雨、祈晴、祷寿、祝寿等等，都请道士举行规模不等的仪式。据《明史》载："世宗嗣位，感内侍崔文等言，好鬼神事，日事斋醮。谏官屡以为言，不纳。"②如又请道士名邵元节者入京祷雨雪，醮祈皇嗣，祷治病痛等等，所祷又十分灵验。这些斋醮活动，在举行时，主祀者必须向天神献奏章祝之文体，因此，用笔填写的青藤文字，辞藻华丽、对仗工整，出现了朝廷上下争相创作此类文章名青词

① 卿希泰主编《中国道教史》第三卷，第405页，四川人民出版社1966年版。

②《明史》，第7894页，中华书局1974年版。

者的热潮。形成一种中国历史上罕见而持续的士大夫争相写青词以邀得皇帝宠爱的现象，也造就有明一代空前绝后的青词创作观念和文学价值取向。

第二，在统治者的支持和政策优待之下，道教自身建立和完善了道士管理机构、管理制度，尤其是宫观的管理制度比前代前朝更加严格，颁布了许多有利于道教发展的禁令。因此，有明一代形成了正一教、全真教、净明教、清微教等教派和谐相处、相安发展的局面。这对一些有思想有宗教头脑的道教领袖人物，从理论上、宗教信仰上丰富、完善道教的思想，从事宗教仪式、宗教信仰等文化学术活动，都提供了一些好的外部环境和内在条件。比如正一教传人张宇初对于道教道统与文统的认识就是在明代和谐安定的宗教环境下形成的道教意识形态活动。

第三，积极阐述道教的内丹、外丹思想，丰富发展了唐宋以来逐渐形成，到金元全真教时代发展至鼎盛的性命双修理论，整理编撰了系统繁富的道教典籍与文化读物——《道藏》，以及其他道教著述活动亦非常频繁。这以于英宗九年（1444）刊版的《正统道藏》和张宇初、张三丰等道教人物的道教著述、道教文集为代表。在道教思想被系统深入的引申、发展的同时，明代思想界又出现了儒释道三教融合的大好局面，这大大有利于道教思想的完善和传播。

梳理有明一代道教发展盛况中的表现，再把它与道教文学思想的关系进行逻辑因果思考，我们得出这样的结论：以皇权为代表的最高统治者对道教的宠爱与支持，让正一派传人张宇初等重要道教人物关于道教道统与道教文统的关系问题得以深入阐述和跟进式的敷衍，因此，道教中的奏、祝、白文、偈、经目、赞、颂、戒、疏等文章体式服从于正一派斋醮、祈祷等宗教思想内涵和宗教活动的需要而大量运用，而这些文体形式的根源根据张宇初等人对于道教道统的理解，则在于老子《道德经》这个道教太上尊神的语录体之中，再加上明代儒释道三教的融合与调和，因此，上述文体都可适用于三教的宣传布道等实用场合，从而形成三教调和的文体实用观念。与此一致，实用性的明代各道派的长足发展，尤其在祈祷等大量实用性宗教活动对于奏献青词之体的高度重视，催化了中国文章史上第二个追求华丽奢侈文风的骈俪文——青词的鼎盛期的到来，中国古代文风再一次被谀辞化、华彩化。从宗教实用性角度来看，上述诸体的广泛运用，其实是从大众化普遍化的信众层面来实施的，因此道教文体的俗化又成了明代道教文学思想的重要内容，张三丰的道教文学创作，则成为最有成就的代表，张三丰道教文学创作俗化的出现，又正好配合或呼应了有明一代传统文学创作（即非宗教文学创作）中尤其是小说创作中由雅向俗转化的时代要求。而张三丰的隐仙文学思想、受金元全真教主张真性之抒写的道教文学思想、文学倾向之影响所形成的明代童心说、性灵论，共同打造了明代道教与明代文学思想、明代道教文学思想、明代传统文学理论之间相激相荡、相推相摩的和谐关系。

第一节　三教合一的道经文体观

明代社会上自帝王皇室，下至普通信众对道教的信仰，以崇信注重斋醮科仪、祈福求安的正一道为主，辅之以内修心性、守静致虚的全真教内丹道，形成性命双修、内丹与外丹结合的信道格局。这种格局从思想内涵上看，表现为儒释道三教合一的倾向；从表现形式上看，则是以斋醮仪式的各种文体样式来承载三教合一的思想内涵，这些文体主要有咒、白文、偈、经目、赞、颂、戒、疏各体，形成儒释道三教融合的文体观，体现了明代道教文学思想鲜明的雅化趋向。

一　儒释道和合的道经文体观

中国道教在其历史发展过程中，一贯主张儒释道三教和谐相处、互相贯通融合。这从陶弘景开创上清派茅山宗后，历唐、宋、元，有远见卓识的道教领袖都提倡三教和合。到明代中期这种道教自身对三教融和的呼声更加高涨，道教领袖和博闻广见的道教学者一方面援用儒家的性理之学来阐述道教的性命双修，另一方面采纳佛教禅宗的修炼之法来发挥明心见性的道教炼养理论，尤其是正一派中主张符箓斋醮科仪的道士既大谈儒家尤其是程朱理学的性理，还入室操戈借用佛教的色空观念、大乘空宗思想来为人类超度，这样，明代道教与儒佛联手共存，彼此融合相处。这方面的代表人物有著名的纵横南北的张宇初、王道渊、何道全等。

张宇初是明代正一派道教的领袖人物，他内丹外丹兼修，将儒释道三教融合起来，时人称他“贯综三氏，融为一途”①。《四库全书总目提要》在评价张宇初的重要著作《岘泉集》时说：“其文章乃斐然可观。其中若《太极释》《先天图论》《河图原》《辨荀子》《辨阴符经》诸篇，皆有合儒者之言。《问神》一篇，悉本程朱之理，未尝以云师、风伯荒怪之说，张大其词。”以《四库》撰修馆臣之论尚且指出张宇初道教学说的吸纳儒学理学，显然为不易之论。下面举两例做说明。如他在《太极释》中有云：

> 太极散而为万物，则万物各一其性，各具一太极。合言之，万物统体一太极也。分言之，一物各具一太极。未分之前，道为太极；已形之后，皆具是理，则心为太极。万事万化皆本诸心，心所具者，天地万物不违之至理也。②

这一段关于太极的解释，与宋代理学如程子、周敦颐等所释太极别无二致，在表述和思想立论上没有区别。又如其《广原性》有云：

> 人心统乎性情，本无不善，所谓天命之性也。其具仁义礼知，不假为而能也，即继之者善也。盖天之命于物为性，善所固有。其恶也，所谓气质之性也，即性相近也。由乃感于物，动于欲，蔽于习而然。是有上智下愚之分焉。则其善也，犹鉴之垢，水之昏，直不过太空之浮翳也。若垢净而明固存，昏澄而清固彻，其本有

① 《道藏》第33册，第180页。
② 同上，第188页。

之善，熟得而易？[1]

这里所谈的天命之性、性理、善恶诸问题，在儒家与理学家那里是被经常讨论的性命问题，张宇初援儒入道，拿来阐述道教的性命双修的神仙成之之理，显得极其自然而圆熟。

再来看他对佛学的融合。张宇初的正一道，主要以斋醮符箓在社会上广为传播。举行斋醮仪式或者为信众进行修身养性的度脱活动，让信众对于道教入仙道的崇敬与追求；或者超度亡魂，使人类达到佛教涅槃的境界。对于后者，张宇初在理论上进行了热情宣传和详尽阐释，其所著《灵宝炼度普说》云：

人之有生，知觉一动，昼夜顷刻，交扰纷纭，无一息之宁。耳听目染，口味心思，莫非欲蔽情缠。七情六欲，五蕴三毒，凡贪嗔憎爱，欣怨横逆，缠缚互至，愈深愈固。一切眷属，妄认冤亲，冤亲相缠，互相报复。皆由一念之差，遂种千生之苦。使己之灵昏沉飘荡，散乱颠倒，无有出期。……经云：三界众生本无轮转，真一道炁本无生灭。苦海无边，回头是岸，故曰：了即业障本来空，末了应须还宿债。[2]

这里对于生命来去为何，人生为何而有的“业障”“前世”“来世”“现世”等生命过程的理解，无论在语言立意，表达方式及思想内涵上，几乎与佛经禅语如出一辙，佛道融合的痕迹十分明了，由此可见张宇初自身的禅道修养。因此，他对于三教关系的形象解释，已经臻于纯青老熟的境界。

由上可知，张宇初主张三教融合，援儒引佛而入道，就使得其道教信仰牢固地植根于上层统治与下层信众之沃壤中而稳坐受宠尊隆的宝位。对这种三教融合的必然趋势，张宇初曾写诗作了生动形象的阐释，其《三教一源》诗有云：

---

① 《道藏》第 33 册，第 196 页。
② 同上，第 244 页。

> 道冠儒履释袈裟，三教从来总一家。红莲白藕青荷叶，绿竹黄鞭紫笋芽。虽然行服难相似，其实根源本不差。大道真空元不二，一树岂放两般花。

把握了张宇初这种道教思想所包容的儒佛成分的历史状况，我们才有理由阐释明代初中期乃至整个有明一代，在丰富的道教科仪文献中由各种道经文本所承载的儒释道相融合的文体学观念形成的原因。

主张把道教信仰、道教思想与儒佛融合起来的道教人物还有王道渊和何道全。如王道渊主张用宋代理学家的“体用”关系学说来阐述道教性命双修理论。程颐曾说：“至微者，理也；至著者，象也。体用一源，显微无间。”理是体，象是用，天下大小，物无巨细，都离不开这个体用关系。王道渊受此理学思想影响，对性与命的关系解释为：

> 性者，人身一点元灵之神也；命者，人身一点元阳真气也。命非性不生，性非命不应。性乃为人一身之主宰，命乃为人一身之根本。性应物时，命乃为体，性乃为用；命运化时，性乃为体，命乃为用。体用一源，显微无间，方可谓之道。缺一不可行也。①

王道渊还用儒家的忠孝理论来阐释“道”，这里的道，无疑是道家道德“玄道”之“道”，为此他专门写作《道玄篇》，以儒释道，他说：

> 君无臣不举，臣无君不主，君臣同心，天下莫能取。君视民如子，民视君若母，子母相系，天下莫能语。我之于道，生之若母，保之若子，子母相守，长生不死。②

这里用君与臣的天理关系来阐述生命之生死问题，亦即道教的终极关怀问题。他又说：

① 王道渊《还真集》，见《道藏》第 24 册，第 103 页。
② 《道藏》第 24 册，第 124 页。

人于日用也，礼乐不可无也。有礼则心致于敬，有乐则身致于和。心致于敬，则百事齐之；身致于和，则百神安之。神安之，则气满冲虚。①

这是用儒家的礼乐思想来演绎道教的养生理论，强调礼乐和合则犹如神气安泰一样，礼乐和则国家安，神气满则身心健。他还说：

善忠者必善于孝，善孝者必善于忠。入则移忠孝于亲，为子之道尽矣；出则移忠孝于君，为臣之道尽矣。是故君与亲一而已，忠与孝一而矣。其善忠善孝者，天之道也。②

这里把儒家忠孝之道与道家天道自然之道等量齐观，儒道互通已经显而易见了。

在关于性命的双修上，王道渊嫁接和吸纳佛教中关于性空的理论尤其是禅宗中“月印万川”之学说来说明修性的要领在于除去蒙昧，发现真性，他说：

性如空中之月，形犹地上之水。万水澄清，一月普明；万水浊深，一月普昏。非月之有明有昏，乃水之有清有浊。人为圣为哲为贤，得气之清者也；人为愚为昧为恶，得气之浊者也。佛乃曰“千江有水千江月，万里无云万里天”是也。③

性是真实空灵的，没有被污浊所染，则修成性命的长久是指日可待的。

何道全在融合儒佛入道上，也有许多精辟的论述，这些论述都收录在他编写的《随机应化录》之中。他用佛门“三等”“参究”来讲究道教的道法修炼，用儒家的性理之学来研习道教的内丹理论，都表现了他三教合一的思想。

弄清了明代道教是在吸儒纳佛的背景下生存发展的大趋势，就可

① 《道藏》第 24 册，第 126 页。

② 同上，第 128 页。

③ 同上，第 131 页。

以理解明代道经的各种文体观念所内涵的三教融合的创作目的。下面根据由明太祖御制序文的、在各种道教斋醮科仪活动中应用的文体目次，来探讨这些文体的儒释道和合的思想。

明代的道教斋醮科仪范式都编纂成统一的文体科条书籍颁布全国，由皇帝御制序文，成为道教的宣教文件。这些科仪主要有《大明玄教立成斋醮仪范》《诸师圣诞冲举酌献仪》《洪恩灵济真君自然行道仪》《洪恩灵济真君愿文》《伏魔经坛谢恩醮仪》《太上玄天真武上将军箓》《太上北极伏魔神咒杀鬼箓》《道法会元》等，它们都被收录在明《正统道藏》中。其中由朱元璋统治时期著名道士宋宗真、赵允中、傅同虚、邓仲修、周玄真等编成的《大明玄教立成斋醮仪范》是各类道经文体最齐备的科仪文书，由朱元璋亲撰序文，礼部颁行全国。书中文体咒语、白文、偈、经目、赞、颂、戒、疏等，在思想内涵上以儒家忠孝礼义为主干，辅之以超度涅槃的佛教成分，下面按照这里的文体次序进行条述。

咒，又叫咒语，念在口中，是可以除灾消灾的语句。佛教叫梵咒，道教称符咒。早期的道教符咒比较简单，口语色彩浓厚。随着符箓派道教自南北朝兴盛以来，其咒语也越来越发达，由口语向雅化的演变越来越明显，以致唐宋以降，咒成为四言或五言诗句的形式，历元明清，诗化的倾向已完全定型，因之，艺术化、审美化也更加突出，除了宗教功能是其本来使用外，观赏性、审美愉悦性的功能也日益凸显。这种诗化现象，在明太祖朱元璋御制序文的《大明玄教立成斋醮仪范》中更为普遍，其特点为：

第一，咒体的适用范围极其广泛。凡符箓祭祀仪式中的各种法物，与宗教信仰密切相关的各类道具器物细软，都可以用咒语来表达这些物件的宗教内涵，凡净水、旗幡、祭食、魂魄、光烛、楼盘、沐浴、坛位、酒醪、法事，几乎无所不用咒体。如《咒水洒净》：

> 洞中玄虚，晃朗太无。八方威神，使我自然。灵宝符命，普告九天。乾罗答那，洞罡太玄。斩妖缚邪，杀鬼万千。中山神咒，元

始玉文。吾诵一通，却鬼延年。按行五岳，八海知闻。魔王束首，侍卫我轩。凶秽消散，道炁常存。①

道教在举行斋醮仪式时，有洒水清场的仪式内容，这种“水”，讲究洁净、神圣，能消灾驱邪，劾鬼镇魔，所以业内人士极其看重。这段四言诗体咒语，以“净水”为题材，讴歌“水”的神奇，表达对正义战胜邪恶的愿景，其中也抒发了以血缘观念为基础的民族情感和国家意识。而对于道教神灵、佛祖尊严的敬重与崇拜意识，咒语中亦表现充分，因此，此咒语诗体作品，以道教题材为纽带，融通儒释道三教思想，内容与形式各尽其能。又如《咒旗》：

东华妙严，慈相亿千。身居长乐，安坐金莲。慧光无碍，照烛幽泉。枯骸朽骨，咸得光鲜。甘露流润，遍洒空玄。拔度沉溺，不滞寒渊。②

旗幡，又称幢幡，道教仪式法物，旌旗之类，上有宝盖，手持执竿，或不持，悬挂空中，为死者亡灵之幽魂作方向指引之用，因为人死后，灵魂乱跑，找不到方向，故设旗幡招引之，据《太清玉册》“道教用之，以示天地人三才之象。古制顶用桐梓木，上书明星辰云霞，以示天也；腹书天尊圣号，取象人也；坠用标带为脚，分画五岳四渎，取象地也”，“招请神灵用之”③。这段咒语也是以四言诗体形式写超度亡灵之事。道教的超度仪式有济慈行善之意，对那些生前做善事、为善人的亡灵进行表彰，超度他们在地狱冥界都能享受福祉。该诗吸取了佛教用语、引用佛意宣解道教宗旨，如“慈相”“金莲”“慧光”“照烛”皆佛语梵文，而我佛慈悲、智慧明烛的佛意又切合道教援引儒家仁爱宽慈的路径，因此，三教会合最为突出。

再看几篇关于咒食的道经文体。如《灵前咒食》：

---

①②《道藏》第9册，第3页。

③《道藏》第26册，第317页。

自然生神章，灵书开大有。普为诸众生，称扬秘密咒。奉请亡过灵，澄心恭稽首。从今施法食，惟愿来歆受。①

又如《普献法食咒》(其一)：

香烟散十方，花开莲子房。骞林珍果李，仙真甘露浆。自然香厨食，琼夜妙难量。吾今普供食，逍遥上福堂。②

《普善法食咒》(其二)云：

勤修大道法，精心感太冥。黄华降真炁，五脏结胎婴。七祖生天堂，兆魂飞上清。福利无不遍，此食施众生。③

这三首咒食诗，本是道教在祭祀亡灵时请其来享食供品的超度之作，却借用佛教普度众生、施舍斋食的仪式内涵来完成道教法事，从而使得这种诗歌体式融合了佛道的仪式科范和思想，把佛道的内容与形式有机地统一起来，使咒文承担着宗教仪式功能和宗教信仰思想，而普度亡灵的慈悲意识，又包含着儒家仁爱为怀的道德成分，因此，儒释道融合于咒体的内涵与形式的统一之中，是明代道经斋醮科仪之文体观的重要特点。

第二，咒体在语体上一般为四言或五言诗；在篇幅上，相对来说，四言诗咒较五言诗咒为长，但五言诗咒也有较长篇幅者，这两种情况分别举例于后。《生魂育魄咒》云：

灵芝无根，众化之源。中凝七魄，上结三魂。二十四真，出入无门。杳冥之中，恍惚原精。随劫存亡，逐炁而生。外凝混朴，内养七真。五神植华，三台敷荣。紫阙素童，返形归婴。腾云而升，骋雾浮空。中有玉真，号曰神公。左挟无英，右卫白元。玄兽過后，丹禽拥前。上浮翠盖，下涌金莲。香云凝空，甘露无穷。用之

① 《道藏》第9册，第4页。

②③ 同上，第5页。

无尽，寻源不终。[1]

此为四言诗咒，三章章十句，显然是较长的篇幅了。但末章前六句似乎与整体押韵不谐，“元”“前”“莲”协韵，与前后韵律不一致，疑为羼入之句，可能性较大。《破地狱离寒庭升仙咒》云：

茫茫酆都中，重重金刚山。灵宝无量光，洞照炎池烦。七祖诸幽魂，身随香云幡。定慧有莲花，上生神永安。功德金色光，微微开幽关。华池流真香，莲盖随云浮。仙灵诵玄华，常居十二楼。急持灵宝咒，自在天堂游。寒庭多悲苦，回首礼玄微。女青灵宝符，中山神谛书。一念升太清，默诵观太无。功归九幽下，渐渐生紫虚。[2]

这篇咒诗为亡灵入地狱引路而作。道教称，亡灵入地狱，路途上鬼魔妖怪刁难行恶，阻拦新死者赴阎罗殿，由道士或真人使用法术，念诵咒语为之扫除以上障碍，神灵指路，洞烛幽暗，进入地仙之境。亡灵在九幽之下，也做了地狱中的幸福神仙。显然，如此复杂的叙事成分，则诗咒的篇幅自然加长，要表达的义项才能圆满完成，诗咒的形式为宗教道德内容服务，道经文体功能发挥尽致。

第三，咒体在遣词造句的语言风格上，把华丽绚烂的外在描绘与顺物自然的神仙质性的内涵表达融为一体，反映了雕琢与自然对立统一的道经文体文风。如《三光法炁重楼咒》云：

浩精生法炁，氤氲凝天中。两曜共澄澈，五纬相交通。三光焕已明，宝气凝三宫。仙乡会九老，宴服百骸丰。金华照光景，身与造化同。念道合自然，万劫寿无穷。[3]

一边是仙境仙台，珠光宝气，华光焕发，绚烂艳丽，华美璀烂，琳琅满

---

[1][2]《道藏》第 9 册，第 4 页。

[3] 同上，第 4—5 页。

目；另一边则是因顺物自然，道化自然而成神仙，学道悟道得道御道才成神仙，华丽与自然的对立统一，成就了这篇五言体咒诗的艺术追求与文学气质。

白文，这是道教对斋醮仪式活动中献给神灵的散文的专称，其实就是传统世俗人间中的下对上、卑对尊的呈辞。其基本格式为：抬首称以“伏以”，结尾为“稽首”或“奉请”。内容不一，但多以祈福求安，渴望神灵庇佑为要。这种文体在《大明立成玄教斋醮仪》中共有九篇，下面举其要者来分析它们三教合一的文体内涵。

> 伏以太乙慈尊，广布汪洋之泽；大千世界，咸依救度之仁。洒甘露以沾濡，敷庆云而覆焘。今者仰尊玄号，昭揭华幡。赤字垂芒，普照昏衢之朗日；洪庥释罪，广施法海之慈航。稽首。①

此文是祈请太乙尊君为亡灵降福的呈辞，将儒家之仁、佛教之慈与道教之救度结合在简短的“白文”之中，文体骈偶化，三教之内容与美文之形式相得益彰，完美合一，足显此类“白文”体的深刻文体学含蕴。

> 伏以道以斋为先，当备洁净之供；诚以礼为重，尤严烹饪之功。欲令庖馔以肃清，必仗神威而监董。伏冀灵游来格，潜施弹压之威；法味精修，蔑有纷葩之气。斋功克就，祀事圆成，法众皈依，志心奉请。②

此文为呈献斋馔时的呈文，亦将儒礼、佛法、道斋融合为一，体现道教洁净供祭仪式中的三教合一思想信仰，文体简省，骈对工稳，雕琢之语与自然之道贯通一体，“白文”之妙，于此见一斑。

> 伏以范围天地之道具载斋科，昭回云汉之文合先疏牍，将感通于一瞬，庶克享于多仪，酌仙醞以浮香。初筵既秩，望玄都而驾

---

①《道藏》第 9 册，第 3 页。
② 同上，第 4 页。

景；六合非遥，酒在清樽，谨陈初献。……

伏以形而上者为道，妙莫能名，圣不可知。为神礼存敬享。既领行持之职，将謄启告之诚。望真阊之开张，仙凡有间；乘飙车而陟降，上下无方。谨运一枕，用陈二献。……

伏以官天地府，万物道所以尊，润风雨，鼓雷霆，神无不在，赫若仙科之巨大哉！神化之灵，我有感封神，将省览，有烦传达，庶副悬祈，庸声一忱，用终三献。①

这组"白文"呈辞，连献三篇，犹如天帝之急令连颁三道，以示紧要。合观之，道教之斋科诚意，佛理之顿悟通感，儒家之礼敬信义，字里行间，历历在目。文体格式上，较前两篇单一的骈俪之文，又摇曳出长短不齐、参差错落的散体，这样于整齐中显变化的文章风格，亦为道经在明代文风中的新追求。

（初献法事）伏闻无极无穷，莫测虚玄之妙；方生方死亦犹夜旦之常。特迷悟之有殊，致升沉之各异。念黑郁嗣关之苦趣，或堕拘留；瞻青云莲座之慈光，所祈济度。爰尊依于仙范，沐濯炼于形魂。超凌生化之无违，报效献陈之敢后。蜡台灯芯，祥开九色之辉；醮席松花，诚感众真之会。跄跄济济，肃肃雍雍，再运册衷，谨陈。……

（亚献法事）伏闻冥慧洞清，经教之流传不息；逍遥快乐，神魂之超化有归。拯幽显以昭苏，秉精诚而激切。恩波穆穆，感霈被以深隆；明水拳拳，愧献陈之菲薄。当愿所荐亡魂，顿除业报，永断执缘。水月光中，自悟本来之性；人天界上，托生福慧之身。今孝士某悃忱感格，行愿满圆，三灾八难以潜消，常居吉庆；百顺千祥之并集，勋履光华，爰罄一忱酒陈。……

（三献法事）伏以道无弃物，沐济拔以不违；礼有节文，幸醮陈之克满。湛湛杯香之已注，沉沉漏箭以频催。埃尘特愧于凡蒙，

① 《道藏》第 9 册，第 3 页。

> 飙羽岂能于欸驻。云霄景象，实不尽于攀瞻；宇宙玄恩，尚永依于覆护。某等无任攀恋之至，谨再拜。①

初献法事之文悟彻老庄死生之理，以佛教生死轮回脱离苦海之义安慰亡灵，超度普济，最后在儒家雍和而又礼让的气氛中完成醮仪，依然显示出三教合于统一的文章主题取向。“亚献法事”之文又以道教之逍遥自由思想，掺上佛主“业报”“孽缘”理念，裹挟儒家孝顺之礼，祈祷亡灵故主在冥世之中“行愿满圆”，三教合一，儒释道融合，清晰可见。“三献法事”之文同样以道醮、儒礼、佛法融为一体。总三篇献呈之“白文”，作为一组祭祀祈福文辞，内涵融三教，形式含骈散，其作为道经文体形式，在宗教思想与文章学的理论含蕴上达到了较为实用而又带文学审美特质的追求。

从上述“白文”实例中看出此类文体篇幅多为简洁之文，但亦有较为铺排敷衍为长篇者，这说明作者亦不完全考虑祭祀祈祷中的时间问题，而是从检验考量施主的虔诚恳切之心为出发点，故越是繁文琐字，则越显心敬之诚，故《称太一救苦慈尊》云：

> 伏闻一炁盈虚，万形出没，死复生而生复死，人为鬼而鬼为人，轮转无穷，报偿不息。悲莫悲于六道，苦犹苦于四生。盖乏善者难陟善阶，积恶者斯归恶道。赖我玄祖，拯汝沉沦，广敷济拔之科，大启超升之会，当阴惨阳舒之际，乃神交鬼聚之时，魂气动而悲风生，灵响发而阴雾霭，洪音一举，黑壤遥闻，仰惟紫极玄尊，青华教父，指明星为慈炬，广运照临，凝梵炁作法桥，大垂拯济，追魂使者，告召十方，所属地祇，招延催促，当愿天仙道，神祇道，人伦道，地狱道，饿鬼道，旁生道，孳生物命，鱼鳖昆虫，不瞬息间遍高深而普告，由斯须顷周遐迩以咸知。自然意感，诚孚翕尔，影随响答，呼群率众，声相应，气相求，出死入生，眇能视，跛能履，无遮无

① 《道藏》第 9 册，第 7—8 页。

碍，源源而来，或后或先，徐徐而至，使者运招徕之力，魂兮承摄召之功。所有开业道灵音，谨当吟咏。①

此“白文”抒写道教超度主题根据佛教阴阳轮回报应之说，告诫人类生前普做善事，则死后必有善报，超度时容易为之，去往冥界仙境的路上通达顺利。而善善恶恶，亦是儒者所倡，因此，三教合一，儒释道和融的道教呈辞创作主旨非常豁显，即使文字繁复，篇幅冗长，也觉内容充实，形式与思想表里俱一。

偈文，是道经对神灵天尊表示歌颂赞扬之意的文体，行法事时献给这些尊神的颂赞、愿文，其源出自上古帝王、祖先祭享时的“颂”，即《诗经》三体之一的“颂”。故《文心雕龙·颂赞》云“容告神明谓之颂。风雅序人，故事兼变正；颂主告神，故义必纯美”。考《大明立成玄教斋醮仪》之偈本，皆为赞颂天尊上真的语辞，求其庇佑人灵，赐福降祥，必讴歌天尊，颂赞神灵，故《吟偈》曰：

祥云结就此灵幡，影落浮空散世间。缥缈灵风绕一举，含灵俱得脱幽关。②

道士超度仪式，将亡灵引向另一世界，通过对主宰者的歌颂，祈求祥云降临，福祥显世，度过险关幽隘，直入神仙世界。又《吟偈》云：

符命通溟漠，灵幡扬晓风。迁神超北府，飞马上南宫。③

此偈为度亡灵入仙宫而作，后有跋云：“志心遍召三途九夜六道四生有灵无祀男女幽魂，惟愿乘三宝，力三宝慈悲，此日今时来临法会。”④希望道教三宝尊君大发慈悲，超度亡灵进入美好幸福之乡，不再受苦受难。又《吟偈》云：

---

①《道藏》第9册，第6页。

② 同上，第3页。

③④ 同上，第5页。

太微回黄旗，无英命灵幡。摄召长夜府，开度受生魂。①

该偈之功能同前者，后有跋文云："志心遍召九州分野十美河沙雷皷天诛虎狼伤啖刀兵屠戮产死阵亡，有灵无祀男女幽魂，惟愿乘三宝慈悲此夜今时来临法会。"② 跋语造意亦同前。如果说偈文在颂神之中更多的带有情愿祈求的情感态度，使偈的文体性能更趋于实用目的的话，那么，道教斋醮、祭祀、祈愿活动的颂赞之体，则完全出于对天神地祉，上真尊神的顶礼膜拜和热烈讴歌，这类颂赞之体多为谀辞媚语，修饰华丽而风格奢靡。如《奉为灵仪上资云路往生仙界念灵宝慈慧礼请颂》云：

稽首明慧虚无尊，稽首皈依重玄主。裁成天地无得称，悉为众生作恃怙。慈悲五道转轮回，哀救三途地狱苦。皈依东极青玄尊，皈依六道慈悲父。皈依三清无上尊，永离生死长绵绵。出有入虚无所待，能令枯朽便成仙。千劫万劫难一遇，为众广说业因缘。回骸起死永长存，使其形神无变迁。③

该颂开头对虚无天尊，重玄天尊（皆道教尊神）极尽礼待夸耀赞颂之能事，其目的是取悦尊神，发挥颂赞之文的娱神作用，然后希望各种尊神超度亡灵，庇护他们不受苦难，永享神仙世界的福禄平安。因此，颂体夸饰强烈，正如《文心雕龙·颂赞》云"约举以尽情，昭灼以送文，此其体也"。所谓"尽情"，是指颂者倾情以侍神，虔诚以礼上；所谓"昭灼"是指造语华艳、昭明绚丽。

四篇偈文，其体所宣泄的"慈悲""善恶"之意，为儒释道所共有的思想成分，而以斋醮仪式阐释因缘、轮回等生死之意，则显系道佛合一的生命观之特色，故此道经"偈"体之文，三教融合的创作倾向和思想内容成为其突出的文体思想追求。

①②《道藏》第 9 册，第 6 页。

③ 同上，第 4 页。

戒体之文，是道教传授中的规范纪律之辞，是约束道徒遵守道规道纪的文字依据，其神圣性权威性不容亵渎，故《大明立成玄教斋醮仪》对“戒”体释曰：

> 道言：戒者，止也，所以止人非心，归于正定，故戒生定。儒者亦谓知止而后有定。但三洞众经，四辅秘典，演说戒法种种不同，惟《无上洞玄灵宝九真妙戒》者，诸戒之首，天人共仰，幽显咸遵，无上之上，洞玄中玄，万神之灵，一气之宝，妙贯三才，戒制六情。数定于阳，故分为九修而不伪，故名为真仙。凡仰之以为城郭，幽显资之以为梯航，灵魂受之以为法药。然受戒之法，静默为先；持戒之法，勤拳为上。法众皈依，同诚赞咏。①

教内的戒规，妙贯三才，沟通天人，融合三教，道教谓戒，儒者曰“知止”，佛家曰律，鬼人共遵，约束灵与肉，故《文心雕龙·诏策》云“戒者，慎也，禹称戒之用休”，是谓人人要谨慎奉守的清规戒律。由此可知，道经对“戒”体定义的阐释以及文体特征的认定是比较正确的。故《大明立成玄教斋醮仪》又云：

> 皈依既毕，戒法将传，幽壤豁若，春回宽对，焕然冰释，罪花凋落，功果圆成，法众皈依，当传九戒。②

法众一旦明了“戒”的含义和职能，则接着而来的是遵守和执行九大戒规：“第一戒者，克勤忠于君主；第二戒者，敬让孝养父母；第三戒者，不杀慈救众生；第四戒者，不淫正身处物；第五戒者，不盗推义损己；第六戒者，不嗔凶怒凌人；第七戒者，不诈谄贼害善；第八戒者，不骄傲忽至具；第九戒者，不二奉戒专一。”③九戒之条规，三教之融合，文意昭然，文体简净，创作目的明确。

启，道教斋醮祭祀仪式上主持者奉呈给天尊真人的奏文或称上

---

①《道藏》第9册，第6页。

②③ 同上，第7页。

章，与人间臣对君、下对上而献呈的奏启相似，其格式为：前抬头为尊称（人数一般较多），中间陈事，署款诚恳拜叩之意，如《大明立成玄教斋醮仪》之《与临坛法众等谨同诚上启》云：

虚无自然无极大道太上老君青玄救苦慈尊三十六部尊经玄中大法师祖师正一静应其君祖玄真师经籍度师列位真人：

玄坛应感，一切威灵，伏闻云宫法界，上瞻东极之光；风泽洞虚，下接北阴之境。考对莫逃于宪纲，摄提特启于玄科。凭丹简以出幽，迁神破妄；资玉眸而炼质，混景成真。慈尊之愿力宏深，仙圣之仁心显著，属建修之应感，随生化以逍遥。紫府清都，方罄仰瞻之志；潢污行潦，俯殚报效之诚。仰冀飙羽清尘，云车泛景。应物随机而显现，月印千江；排空驭气以飞翔，烟飘八极。旁流慈贶，鉴赏恭虔。谨运丹衷，用陈初献。①

这篇启奏之体，所言事宜，求各路尊神对亡灵庇护，引其进入无限光明之乡，态度虔诚，感情真挚，正如《文心雕龙·奏启》所云："启者，开也。启乃心，沃朕心……陈政言事，既奏之异条；让爵谢恩，亦表之别干。必敛饬入规，促其音节，辨要轻清，文而不侈，亦启之大略也。"以此关于启奏之体的创作要求和文学性内涵考衡上引"启"文，内容为言度脱之事，文采以清要促迫，质实不华为要，正符合文体条件。

二　道教乐章中的儒释道倾向

有明一代的道经文体比较发达进步，如前所述的各体篇章，诗文形式是其主要形态。除此之外，明代道教文体中还有一种乐章体形式，也表现出创作上儒释道三教融合的倾向，或者三教各尽其长，或者以点缀的形式镶嵌在音乐段落之中，这以明成祖朱棣《大明御制玄教乐章》为代表，集中反映了道经乐章体在艺术理论追求上趋向雅化的现象，该乐章收录在《正统道藏》中，下面我们来研讨它怎样通过儒释

①《道藏》第 9 册，第 7 页。

道的融合形式以表现其雅化过程。

《大明御制玄教乐章》今收录于明《正统道藏》第十九册，分为四个乐章十六首道曲，即醮坛赞咏乐章共十一曲，玄天上帝乐章共三曲，洪恩灵济真君乐章共一曲，大明御制天尊词曲共一曲，均为斋醮仪式举行过程中，歌咏天尊诸神的赞歌，由明成祖朱棣亲自作词谱曲，在体式上有五言诗、七言诗、杂言诗等多种形式，典雅、华丽、谀神的文学特色和宗教功能十分明显。而从吟唱的曲调来看，婉转、悠扬是其风格，儒礼、道法、佛缘相得益彰，从音乐艺术到文学理论诉求，都表现出清丽雅化取向，无怪乎出自明成祖御手。如《醮坛赞咏乐章》之十一曲，略举数例。如《迎神》云：

> 巍巍道德显至灵，阴阳斡运化育成。冥冥窈窕非常名，超离浩劫能长生。乘云驭飙来太清，频繁荐祀鉴忠诚。①

道家之道与德，常道与常名，长生与致仙，佛教的浩劫轮回，儒家的忠与诚，共同演奏出和谐统一的迎神典。在乐谱上，四十二字配上的调子是以工尺谱上的，分别为：合四一四尺一尺，五六工尺合四合；合四一四六工尺，六工尺一合四合；合四一四六工尺，六工尺一合四合。这种工尺谱成的神曲，因为要使曲音在云中与三清天中回荡才至于扣响天庭，故须悠长扬震，悦耳动听。在诗歌韵律上，灵、成、名、生、清、诚，一韵到底，不换韵，使音调拖得长远，无杂韵，更能振聋发聩。如《行道》云：

> 梵气缥缈布紫宸，开明三景耀五文。太初溟涬天地尊，化成万物播大均。呵卫森罗朝群真，众灵昭格鉴明禋。②

佛梵，道真，儒之天地君亲师伦理，同样是三教合一。曲调上与前一首比变化较大，多急促弦响，与《行道》的内容要求相一致，即道的化成万物是在有规律有节奏而又代替轮回不以人的意志为转移的周而复始

①②《道藏》第19册，第858页。

中进行，大钧造化转忽即过，所以生命轮回必须赶上大道和天地的节奏。其曲调为：合四一四尺一尺，六工尺一合四合；合四一四六工尺，六工尺一四工合；一尺工尺六工尺，六工尺一合四合。然韵律韵脚不变，仍是一韵到底，只是韵部有变化，为与节奏相合，故韵字也为急响之字，没有拖音（即所谓后鼻音），宸、文、尊、钧、真、禋，顿促之气更明显。又《请师》云：

> 玄范肇启万法张，元始太极妙阐扬。琅函秘笈仪文彰，玄门开廓道弥光。灵宝丕宣遍十方，度人济世福难量。①

太极，《周易·系辞上》云："易有太极，是生两仪，两仪生四象，四象生八卦，八卦定吉凶，吉凶生大业。"灵宝，道教三尊神之一，六朝灵宝道派又是中国中古道教的主要流派。度人济世，儒佛道三教共同倡导的善行善举。该乐章无疑是三教合一创作倾向典型代表之作。

值得注意的是，《行道》曲与《请师》曲提到了道教文体的几种特殊例子，如"五文""琅函""秘笈""仪文"等，这里包含着道教的文体意识和文章起源思想。"五文"即道教最早的五部原始经文：《道德真经》《通玄真经》《南华真经》《冲虚至德真经》《太平经》，这五部经文为后世无数道教典籍之所依据，道教理论也以此道教经典为基础。这种说法是从道教典籍的起源与滥觞来讲的。但另一种说法认为"五文"是指洪荒时代的灵宝五篇真文，据张君房《云笈七签·道教本始部》云："在昔帝喾时，太上遣三天真皇赍灵宝五篇真文以授帝喾，奉受供养，弥其年稔，法箓传乎世。帝喾将仙，乃封之于钟山。"②一说是夏禹治水时所得五篇灵宝真文，后来成为灵宝派的始经，又叫作五符真文。但不管怎样，这"五文"为洪荒远古之文字写成，难以辨认，是道教经典的发源文字，其文体字体非常所见，神秘玄奥。这些文字记载，都反映了道教经文之起源的情况。至于所谓"琅函""秘笈"，则是魏晋道教发展以

①《道藏》第 19 册，第 858 页。

② (宋)张君房纂辑《云笈七签》，第 13 页，华夏出版社 1996 年版。

来，道教内部自神其教，把道经、道法的传授渲染得极其神奇诡秘之后对于一些经文口诀、秘诀的雅称，甚至说得灵验神通真实可靠。“琅函”，又名“琅蚪琼文”，《飞行羽经》云“金书玉篆，乃琅蚪琼文也”①。而所谓“金书”，又称“玉牒金书”，是道教最早的刻在玉简金牒上的文字，据《三元布经》云：“凡刻金丹之书，盛以自然云锦之囊，封以三元宝神之章，藏于九天之上大有之宫，谓之玉牒金书。又云，以紫玉为简，生金为文，编以金缕，缠以青丝。《太上太真科》云：玉牒金书，七宝为简，又名紫简。”②所谓玉篆，据《玉清隐书》云：“有帝简金书玄玉篆籍，可以传《玄羽玉经》也。又云自非常图玉篆者，不得闻见上皇玉慧玉清之隐书，金玄隐玄之羽经也。”③以上记载，是道教对于道经文章之来源、性状、职能诸元素的宗教阐释，而从文章学或文体学观点来看，其实是对早期道经文体在形式载体、书写条件及文学价值、宗教价值上的全面认识。又如“秘笈”，也是道教内部对经典文章不可外传，需藏之名山、匿之深洞，天机不可泄露的神秘说法，为了让道教自神其教而敷衍成之。今《正统道藏》《云笈七签》以“秘”字名篇的经文比比皆是，如《曲素诀辞五行秘符》《太上金书秘字》《洞真中黄老君八道秘言经》《洞神秘篆》等等，这些经文典籍统称“秘笈”，反映了道教把经典文章神秘化的文章学思想。

前述三首道教醮坛乐章为形制简短者，但在此类赞咏乐章中，也有规模宏大，曲调慢逸之章，如《圣贤记》：

> 奉迎众真，降光来临，骖凤乘鸾，飙御随云，軿璠森罗，万灵缤纷，垂辉苍冥，紫微太微，回旋逍遥，垂云浮空，幡幢霓旌。至真洞玄，妙枢渊微。窈窕冥冥，一心赞扬。上清纯真，敷宣琳琅。十回度人摅至诚，清净极微妙，无形无声，无上光明。太初玄元，九霄玉虚，真源常清。仰回瑞光，照临九幽，超济沉沦，一

① (宋)张君房纂辑《云笈七签·三洞经教部》，第38页。

②③ 同上，第37页。

切咸脱，昏盲蠕动，含灵真，同阳和，潜敷昭苏咸泰亨，三光宣昭弥罗环，周相晶荧，叱风驾霆，下临瑶池，翱翔蓬瀛，鉴观万方，遍游人间，耀光扬灵，现身化形，三界虚空，十方万神，均荷鸿恩，世世安宁。①

该乐章歌词繁富，以四言句式为主调杂以三、七言，整齐中有变化，道真、儒圣、佛慈三教同章，发挥了道教玄乐的歌体与音乐优势。值得注意的是，乐曲歌辞中反复致意“真”，如“众真”“至真”“纯真”“真源”“灵真”等等。这些词语，是道教对于生命质地的界定和追求，包含着生命本性真纯、感情真挚、个性真诚等等纯朴的原生态状况，是道教提倡全真保性的养生思想和生命理念的表现。而与文学创作直接相关的，就是无论诗、文、乐等艺术形式都要以抒真情、写真性为创作的原动力和归宿，正象养真性才能延年益寿，呈真情才能得到尊神庇佑一样，只有抒发真情实感的文学艺术才能引起读者共鸣的。这些道教修身原则和文学艺术创作要求，又是与老庄道家关于“道”的客观真实性之本体论思想密切相关的。老庄一贯主张顺应万物自然之性，这自然之性就是一个真性，而守住真性，保持纯真，则是达到了生命最高境界的“真人”“至真”“真灵”“圣人”“至人”“神人”。故《庄子・刻意》云：“故素也者，谓其无所与杂也；纯也者，谓其不亏其神也。能体纯素，谓之真人。”纯朴素真，朴素自然者，是真人，这无疑是指个性情感纯朴真实的人才是真人。依此类推，在向尊神许愿求福之时，感情真纯，态度诚恳，无疑会得到神灵青睐和保佑。同理，文学以抒发真性情，真感情为鹄的，为追求之理想则其作品自然会经得起读者与时间的考验。生命之理在于养真守性，文学之理在于写真抒性，故《周易》云“修辞立其诚”，不立诚则无以“修辞”写文。庄子所云真人，其实是指人要保留孩提时代的纯朴，这显然又与老子所说的“婴儿”“孩之”有一脉相承之关

① 《道藏》第19册，第859页。

系,《老子》云“众人熙熙,如享太牢,如春登台。我独泊兮其未兆,沌沌兮如婴儿之未孩”,又云“载营魄抱一,能无离乎?专气致柔,能婴儿乎”,又云“知其雄,守其雌,为天下溪。为天下溪,常德不离,复归于婴儿”,又云“圣人在天下,歙之为天下浑其心,圣人皆孩之”。

而关于“圣人”“至人”“神人”,其实都是“真人”的异名,《老子》说“孔德之容,惟道是从”。道的原始本性,道的母源性是圣人恪守的准则。《庄子》说“圣人法天贵真,不拘于俗”,“圣人处物而不伤物”,自然、纯真,是圣人追求的理想。关于“至人”,《庄子》说“不离于真,谓之至人”,仍然把“真”作为衡量的至高标准。关于“神人”,庄子把其定性为只饮食自然界原汁原味的风云雨露而不食五谷、人间烟火的人,则更显示出人类社会最原始最古朴的生命状态,那更是真得不能再真的状态了,后来道教的神仙就来源于此。

除了上述乐章属于独立成章的曲调外,在明成祖御制的玄教乐章中,也有联章组章形式的乐曲。独章者每章一题,而联章者是一题多曲,《玄教乐章》的最后三部分大都是联章。《玄天上帝乐章》一题《迎仙客》八曲;《洪恩灵济真君乐章》一题《弘利益之曲》六曲。这三套联章表现出道经乐章体两个方面的文体思想:

一是仍然以儒释道三教合一为创作主旋律的思想旨趣,这在《洪恩灵济真君乐章》中尤显突出。该联曲有云:

> 俨圣容,昭至德,华萼联芳天所赐。道行崇忠孝,积光依玉府,盛名登仙籍。
>
> 配两仪,参日月,德感天封金玉阙。旋化机,振伟烈,赐福延寿,注生祛灾孽。显圣功,彰庙食,福地鳌峰灵气积,辟洞天,奠八极,誓愿济度,众生蒙阴骘。
>
> 弭旱灾,消水孽,愈疾蠲疴布惠泽。蝗不生,火自息,民物丰阜,总由神明德。
>
> 衍皇图,绵国祚,诞降洪恩长拥护。宠命加,封号着,香火永振,四时神灵驻。

仰威灵，瞻圣象，呵卫森严簇宝仗。诚意孚，神鉴降，护国庇民，万年昭灵贶。①

从所引联曲中不难发现，道教祭祀仪式中奏乐歌咏，祈求国泰民安，五谷丰登，百姓尽忠行孝，生命延年益寿，祈神普度众生，治病除灾，脱离苦海，天地慈悲，佛祖善心，儒道佛水乳交融，和合统一，此创作主题，是作为文学的诗歌和作为艺术的音乐的契心会合。

二是反复强调敬心诚意、至诚至心对于祭神祈福至高无上的重要意义，彰显乐章演奏和诗歌创作中诚心敬意关系到作品成功与否，抒诚心，写诚意是文学艺术创作的灵魂，祈神究其诚，"修辞立其诚"。如《弘利益之曲》所云：

敬顶礼玄天上帝金阙化身，荡魔大天尊，大天尊，大圣帝，大圣帝，大圣帝，感神明，都只在至诚心，天尊，大圣天尊。

大天尊，混元六天，传法教主，修真悟道，济度众迷。普惠三界，一切众生，普惠三界，一切众生，大天尊，消除灾障，人人感恩也，大圣天尊，感神明，都只在至诚心，天尊，大圣天尊。②

接下来的四个曲子，其末尾都重复咏唱和演奏"感神明，都只在至诚心，天尊，大圣天尊"，把至诚至敬之心作为感动神明，祈求神明消灾降祥，造福众生的唯一妙方，此见诚心敬意在社会发展、人生进程、天地运转中的极其重大至尚的价值。

作为祭祀音乐，也具有诗乐舞三位一体的特征，而且是在极其恭敬、虔诚、严肃的氛围下演奏，本身就要求乐曲、歌词典雅、庄严。而从明代御制的玄教乐章的乐曲与歌词两者来看，也确实体现了雅丽、庄重的艺术与文学诉求。前引独章或组章，词汇的深邃，语言的秾丽，风格的典重，一仍《诗经》雅颂传统，雅化倾向明显，这决定于儒释道思想作为文化中心倾向的明代思想的客观历史情况，也决定于道教斋醮仪

---

①《道藏》第 19 册，第 860 页。

② 同上，第 861 页。

式的宗教要求，这一点在有明一代铺天盖地而来道教青词创作的热潮中尤显突出。

第二节　明代道教青词创作的雅丽奢华

从文体学的角度来看，道教文体极其发达，体类繁富，文学价值、学术价值极高，举凡符、箓、咒、科、颂、赞、忏文、表、章、牒、青词、奉行、诰、榜文、通天轴、偈、白文、启、奏、绿章、诗、词、散曲、道情、道化剧、祭文、疏、愿文、道历、提纲……随着中国道教史的发展，这些文体也百花齐放，支撑起中国道教文学灿烂辉煌的大厦。而青词在有明一代发展到了顶峰，呈现出追求雅丽奢华的文学容光，作为对道教文学创作实践的抽象概括，迎来和凸显出雅化、贵族化的趋势，而这个现象，是由中国历史上奇特罕见的政治与宗教联姻的事件造成的，一言以蔽之，青词加宰相，是明代道教文学思想雅化的最简单最明了的注脚。

青词又叫绿章，是道教在斋醮仪式中献给天神的奏章祝文，因用朱笔写在青藤纸上，故称。后来由于文人争相仿作，逐渐发展成一种讲究骈骊对偶的文体。最早被使用是在六朝时期，到唐代才正式出现“青词”文体字样，李肇《翰林志》云：“凡太清宫道观荐告词文，用青藤纸朱字，谓之青词。”用这种方法而成的道教文体，后来就定型为一种专门的文体样式。到了南宋，随着道教科仪轨范的条理化、规范化，青词的写作格式便固定下来。据南宋著名道教学者吕元素所撰《道门定制》记载，其书写格式与教外奏章大致相同，字数多少不限，文字前后首尾留有空白，文成，封套，置方匣中，以呈献天神①。故《道门定制》云：“青词，止上三清玉帝，或专上五帝为善。……盖有青纸朱书以代

①《道门定制》七卷收录在《道藏》第 31 册中。

披肝沥血之谓也。"①

随着青词的流传与影响越来越广泛，文人写作青词的现象也越来越普遍。据统计，南宋著名文人兼儒道理论家的真德秀撰有青词126篇，从题材上看，所涉包括政治、文化及日常生活。举凡保国安民、祈晴祷雨、节庆感恩、祈福禳灾、入室迁堂等等，道教人士在举行斋醮活动时设词呈章都会涉及。在写作旨趣上，真德秀所代表的南宋青词较先唐以及唐代，格式定型化更成熟，篇幅较为适中，词风深晦雅重，书卷气很浓，有类《尚书》的"佶屈聱牙"，究其原因，一者因是上呈给神灵天尊故须庄重；一者是出自文人学究之手，故深奥隐晦。如保国安民题材之作，有《内中后殿设醮祈祷丰稔岁康保国安民青词》：

> 伏以天作之君，实司民物之命；政失于下，斯盩阴阳之和。乃者春夏以来，雨阳弗节。行都地震，骇变异之非常；近甸水灾，痛生灵之何罪。静言咎证，实儆眇躬。既克己以励省修之诚，且多方以行宽宥之令，庶尽弭灾之实，嘿面眷命之祥。更演冲科，冀垂景贶。五十风雨，长销乾溢之虞；四海九州，共洽丰穰之乐。控忱以祷，得请是期。无任虔祷之至。②

除了用传统骈文体式之外，典重深邃是其创作倾向，这由镕铸经史、贯通古今的学养所致。

再来看他祈晴祷雨题材的青词。此类作品数量最多，如《祈晴设醮青词》云：

> 伏以事天事地，夙罄精忱；时雨时阳，未臻休应。念兹蚕月，重以麦秋，讵意浃旬之间，偶遭霖涝之变。三盆将献，恐妨就簇之功；五谷最先，惧失食新之望。况连岁旱荒之相踵，而四方愁叹之未纾，重罹此灾，一至斯极。皇矣上帝，本溥博以好生；今此下民，将困穷而阽死。愿回慈愍，亟扫阴霾。庶宽寒馁之忧，少遣菲凉

---

①《道藏》，第31册中，第325页。

②《真文公全集》，《全宋文》卷七〇四，第328页。

之责。无任恳祷之至。①

而《下元水府祈雨青词》则云：

> 食是虞，谁非望雨，救民无术，惟有呼天。载念常阳之灾，莫如兹岁之酷。自春徂夏，甘霖未浃者累旬；由江暨淮，赤地殆逾千里。种植之工尽废，螟蝗之孽将尽，井无可汲之泉，粟有骤腾之价。皇矣上帝，本垂溥博之恩；今此下民，将履困穷之极。愿回哀愍，洊赐滂沱，以全大造覆育之功，以拯群生朝夕之命。兹为忱祷，尚冀矜从。②

合上两文观之，造语格式基本相同，语气一致，而出入经典之中，骈体对偶之句，文采雅重，文人化趋势非常明显。

至于节庆之日，病愈获福之后而生感恩之心，以及禳灾除害，或者华堂竣工，举家乔迁，都以青词呈献神灵，同样地表现出青词在南宋雅化庄重之气。如真德秀《建康府茅山崇禧观建启瑞庆节道场设醮青词》云：

> 伏以五百年王者之兴，自惭匪德；三十六洞天之胜，无越兹山。就蒇醮筵，肃迎仙驭，庶精诚之易彻，致景贶之遄臻。敢冀眇躬，独超广成子之寿？愿念率土，悉陶华胥氏之风。③

化取《诗经》用语，更采仙家人名语词，典故交叠，使语言风格愈显遂深府奥。在他的《母疾愈醮谢青词》里有仙语及经史之典，而《丙子立春日设醮为母祈福青词》《丙子芒种谢表禳蝗青词》亦语用怪诞，奇诡神秘，一副道教仙灵之像。至于《泉州入宅青词》以欣喜之情写非常之语，虽有教人读不懂之嫌，却亦显仙道慈爱之心。

---

①《全宋文》卷七〇四，第319页。

② 同上，第332—333页。

③ 同上，第328页。

金代道教非常发达，皇帝以下，全国信教风靡，祈福禳灾活动，都由道士主持，上至皇室求子求福，下至黎民消灾除患，斋醮仪式频繁，因此青词写作极为旺盛。据载，金章宗极其重视道教，《金史·章宗本纪》云："承安二年（1197）夏四月甲寅，如万宁宫。丙辰，命有司祈雨，望祭岳镇海渎于北郊。甲子，祈雨于社稷。尚书省奏，比岁北边调度颇多，请降僧道空名度牒紫褐师德号以助军储。从之。癸酉，亲王宣勒始用女直字。"①又载："泰和元年三月壬申，幸天长观。癸酉，如万宁宫。"②章宗甚至招道士为皇后产子嗣而举行斋醮活动，并亲自撰写青词，撰写之事被当时国史院编修朱阑记载下来，朱氏《十方大天长观普天大醮瑞应记》有详细之描述，其文曰：

> 明昌元年（1190）二月癸卯，皇太后微爽节宣之和。越翌日甲辰，皇帝朝隆庆宫，问安于慈训殿，还出寝门，行不能正履，朝夕视膳，畴咨药石，未尝解带，以为祷于上下神祇，著在典故。壬子，敕大天长观设普天大醮七昼夜。诏提点天长观事冲和大师孙明道曰："老君道教乃中国之教，不比释氏西胡之人，以击钹为事，自今以始，醮上不得用法器。"即日降普天大醮青词一通。其词曰："嗣天子臣谨上启三清四帝二后，伏以祗应丕绪，仰戴慈闱，惟日奉承。方备九州之养，赖天孚佑，克开万寿之祥，偶失时和，遽成微恙。爰款殊庭之邃，聿严密醮之科，所冀孝诚，俯回真驭，垂至神而洞鉴，锡景命之延洪，嘉与群生，永依大庇。臣无任悬祷之至，谨词。"辛酉，皇帝驾幸天长观行香，礼毕，车驾还宫。行礼官暨高功大法师闻启发牒，皇帝斋戒七日。癸亥，内降御书青词九通，沉檀四斤，龙脑十两。③

朱阑之文所记金章宗七日之醮，祭祀所献青词，骈俪之体，整词雅致，

①《金史·章宗本纪》，第241页，中华书局1975年版。
② 同上，第2456页。
③ 阎凤梧主编《全辽金文》，第2414页。

文丽雅化之迹显露端倪，较之南宋青词，更趋书面化，典丽庄重之气更浓，由此见出章宗学养丰厚，文采汉化的程度愈益提升。

青词发展到元代，凡文章大家都能习写青词，故道教的发展有因可寻，而青词的继作传承也有望可再。其中元好问和李俊民堪称青词之卓有成就者，李氏有作品17篇，元氏亦有作品五篇，即《太夫人五七青词》《刘宣抚设醮青词》《张喜千户青词》《樊守谢土词》《郡守天池祈求状》。如《太夫人五七青词》云：

> 恩重托身，生成之义等；礼名犹子，嗣续之道存。痛卵翼之未终，忽杯棬之永弃。敢伸悃愊，仰诉昊苍：伏念臣母张，妇德成家，母仪范世。俭必求于中礼，严不至于失慈。所以命臣者，其道公；所以拊臣者，其勤尽。三釜得暂荣之禄，百身无可赎之年。涓埃之愿莫施，风树之悲曷已！惟幽诚之有假，或冥福之可徼。敬叩元科，窃依真荫。土灰有望，倘沾再造之仁；草木何知，永戴曲全之赐。①

在元好问的青词作品里，举凡日常琐事，事无巨细，礼无大小，均可入文，生辰、升官、仙逝、祈雨、降福……无所不及，文字雅丽之时，未减生活俗俚之味，雅俗与之共赏，代表着青词在元代的一变。又如《樊守谢土词》云：

> 营建非时，事关于苍卒；阴阳干禁，理藉于祈禳。恭扣玄科，切依真荫。有相之道，何知阴骘之私；永建尔家，尚觊曲成之赐。②

破土建房亦可入青词，除了格式化，雅调化的旧套之外，题材之平庸俗套，却也不减高处。总之，雅俗同问文，青词有以变也。

青词发展到明代，可谓达到巅峰造极的境地。其表现有两个方面：一是青词与政治结下了不解之缘。由于最高统治者对于道教及青

① 阎凤梧主编《全辽金文》，第3300页。

② 同上，第3302页。

词文体内容与风格的喜好，凡在官场仕途上欲觅得进阶之望者，必须有写青词而且必须水平高超以至获宠的本领。纵观有明一代，尤其在明世宗一朝四五十年里，因青词而官运亨通获得擢升的三品以上官员不可胜数，终世宗为帝，从顾鼎臣开始一共有十四位辅臣相继执政，其中有九位因献呈青词以及青词写得甚讨世宗喜爱而位致宰辅者，以至政界和后来史学上对之有“青词宰相”的讥称，这九位“青词宰相”是：顾鼎臣、夏言、严嵩、徐阶、袁炜、严讷、李春芳、郭朴、高拱。二是青词之体追求华丽奢靡之风，写作者极尽阿谀歌颂之能事，造语雍容典雅，书卷气、脂粉味兼而得之，以致形成深奥隐晦，取巧作秀的应制之作，板滞死硬，华靡艳冶，直到清代大思想家龚自珍勇敢地站出来革洗明代青词此种痼疾和顽症，青词才获得真正的解放，迎来其勃勃生机。下面对明代青词上述两种表现形态中的雅丽华巧之文学思想含蕴进行剖析和探讨。

明世宗朱厚熜对道教的信仰超过以往任何一位明代皇帝，因此道教在他执政四十五年的时间里得到了极大的发展。而明世宗对道教信仰的一个重要表现就是崇尚道教斋醮科仪，因此斋仪中青词的创作成为朝中士大夫用来邀宠帝王得到擢升的重要途径。翻检《明史》世宗一朝由青词得宠升官的大品官员中，入掌内阁宰辅而权倾一时的第一人便是顾鼎臣。《明史·顾鼎臣传》载：“嘉靖初……拜礼部右侍郎。帝好长生术，内殿设斋醮。鼎臣进《步虚词》七章，且列上坛中应行事。帝优诏褒答，悉从之。词臣以青词结主知，由鼎臣倡也。”①《四库全书总目》亦云：“初，鼎臣以直讲筵受世宗恩眷，世宗好长生术，内殿设斋醮，鼎臣进步虚词七章，且列上坛中应行事宜，又享太庙，上命鼎臣及霍韬捧主，二人有期功当辞。”此见顾氏因青词而受明世宗的恩宠。今检《四库全书存目丛书》中所收顾氏《未斋集》中诗作，凡明世宗设醮祭祖活动，世宗都令顾氏作应制之诗，包括呈献青词，都是一口媚主献颂

① (清)张廷玉等撰《明史》，第 5115 页，中华书局 1974 年版。

的谀辞语气，但所作雅丽华赡，如《恭和圣制禘祭得祥诗》云：

> 巍巍禘祀肇元良，祖德天心眷圣皇。电绕虹流将协庆，喜珠灵燕总呈祥。①

忠君祈祥的内心表露于字里行间，语言华丽而谄媚。每当世宗祭祖陵之际，顾氏亦应宠侍驾而作词以谀，如《中元日恭侍圣驾祭长陵景陵道中即事》云：

> 祀罢陵宫已四更，殷雷急雨过山城。功兼创守先王业，义重烝尝圣主情。馈輓支离思国计，农田栉栗喜秋成。荒榛宿潦聊纡避，周道行看似砥平。②

抒发为朱明王朝守江山固社稷的耿耿忠心，感恩戴德的谄谀之态可掬，甚得世宗的宠爱和欢心。正因为如此受宠若惊，故祭祀中之身心疲惫、道路行走之坎坷艰难，都被抛到九霄云外，反以不平为平，艰苦为乐，辛酸为甜，由此可知顾氏道教祭祀青词作品的创作倾向和艺术追求。

谄谀过甚，免不了有伪饰虚弄之嫌，这正是顾鼎臣青词的缺陷所在，如《今岁有事于太庙恭捧孝宗皇帝神主不胜感悲口占短律》云：

> 微臣忆昔亲承宠，三十年来抱恨长。皇泽普天同涕泪，圣颜常日在羹墙。洋洋降陟知神在，翼翼斋明肃祼将。功德如斯应不悔，慈孙百世奉蒸尝。③

明孝宗朱佑樘对顾鼎臣也是宠幸有加，但他逝去几十年后，其故臣偶见羹墙不禁睹物思人，情理上应该感叹嘘唏，然从此口占之诗来看，亦多应制脸谱化格套，无非是颂赞圣恩祈祷朱氏香火百世传承而已，真情实感甚至动心之处实在难以寻见，此谀辞之作多所应酬之故，可见

① 顾鼎臣《顾文康公诗草》，第55册第477页，四库全书存目丛书。

② 同上，第489页。

③ 同上，第494—495页。

青词在官方大人手中由华赡丽雅而至枯燥板滞之变的痕迹。

据上引《明史》本传及《总目》所云顾氏上《步虚词》七章，考察其所著诗文集，今《四库全书存目丛书》所收《顾文康公文草》《诗草》以及《未斋集》，除了斋醮祭祀题材的专题诗作外，以《步虚词》命名的青词之作共七篇，这七篇诗作是以“乐章”的组诗形式创作的。

顾氏如此热衷于道教题材文学创作，除了皇帝信道对他发生影响外，其多与道教人士交往也是喜写步虚词、青词及其他道教文体的重要原因，这种交往，可从其写给道友的送别诗中看出，如他的《送周道士还吴》云：

> 天上新恩沾客羽，故山云水动遐思。清溪白鹤归来日，玉洞桃花未放时。肘后丹符谁得秘，箧中诗草共称奇。玄门处处尘埃满，分付东风着意吹。①

初春之际，桃花欲开不开之时，送别道友，一往情深，依依不舍，借此表达自己不恋凡俗、向往仙界的道情，并自诩所写送别诗以“奇”而称，亦是他诗趣上追求“奇”风的内心吐露。以这样的道教文学创作态度观之，其步虚词在“奇”调的思想指导下，自然向诡丽、瑰烂的风格发展，下面对他步虚青词的这种雅丽观念做进一步探讨。

前述顾鼎臣七篇乐章式《步虚词》分别是：1. 《太公太稷祈投乐章》；2. 《太祀殿祈谷乐章》；3. 《太庙岁暮祫祭乐章》；4. 《九庙时祫乐章》；5. 《九庙特飨乐章》；6. 《九庙通用乐章》；7. 《郊祀庆成乐章》。如第一乐章有云：

> 神兮临止，礼荐清醇。菲币在笥，初献式遵。神其鉴兹，享斯藻蘋。我祀伊何？祈报是因。神兮赐祉，财阜吾民。②

① 顾鼎臣《顾文康公诗草》，第 55 册第 490 页，四库全书存目丛书。
② 顾鼎臣《康文公续稿》卷三，第 55 册第 539 页，四库全书存目丛书。

承《诗经》之“颂”风，庄重浓丽的气象，敬畏恳切的诚心，把道教步虚词虔敬的宗教艺术风格发挥到极致，体现了顾氏青词追求富贵华丽风尚。此种文学倾向和诗歌艺术旨趣在第二乐章中有同样的表现，如云：

> 臣惟穹昊兮民物之初，为民请命兮祀礼昭。修筵率取兮祈洪休，臣衷微妙兮悃悃诚。摅遥瞻驾兮霁色辉，欢迎鼓舞兮迓龙舆。臣愧菲才兮后斯民，愿福斯民兮圣恩渠。①

袭楚辞体瑰丽绚烂风格，迎神降临的楚地巫风传统、“重淫祀”“敬鬼神”的宗教习俗使此类青词乐章雍荣华丽，典重矜庄。又如第三乐章中有云：

> 神之格兮慰我思，慰我思兮捧玉卮。捧来前兮慄慄，仰歆纳兮是幸。已而再举瑶浆，乐舞群张，小孙在位，陪助贤良，百工罗从，大礼肃将，惟我祖宗，显赐恩祥。②

“肃将”庄重，玉卮琼浆，华丽鲜艳，热烈之气氛与灿烂之美色交相辉映，使作品蒙上浓重的贵族气味。又如第四乐章有云：

> 皇祖降筵，列圣灵联。执事恐蹟，乐舞蹁跹。小孙捧盈兮敢弗虔。再酌兮玉浆，洁净兮馨香，祖宗重享兮锡胤昌。万岁兮此礼行进酒三觥，歌舞雍英，钟鼓轰铮。皇祖列圣，永享愚诚。③

又第五乐章云：

> 荐帛于篚，洁牲于俎。嘉我稷黍，酌我清酤。愚孙毖祀，奠献初举。翼翼精诚，对我皇祖。居然顾歆，永锡纯祜。④

---

① 顾鼎臣《康文公续稿》卷三，第 55 册第 539 页。
② 同上，第 540 页。
③ 同上，第 542 页。
④ 同上，第 543 页。

合此两章步虚词观之，笙歌鼓舞，气氛热烈，曲辞淫华，极尽奢丽铺张之能事，融《诗》雍华、汉赋敷丽于一体，同样体现顾氏青词对于华丽文采之追求。

从这些乐章青词以及顾氏其他祭祀活动中所作神曲、道情诗歌来看，顾鼎臣对于道教之事非常精熟，这无疑得力于他与道士来往交游的深切，前已引其《送周道士还吴》诗可知与道士之交情，在其文稿诗集中，还记载了他与杨道士、杨炼师、贺道人、袁道士等等道教人物的深情厚谊，正如他说："余与道士之祖野鹤先后识稔数世矣，其人皆谨朴可喜。"①此知他与道人交谊由来已久，而且所交者多为谨慎朴实之人。下面的几首诗，可见其对道教长生之术、神仙信仰迷恋之深，如《赠杨玄隐道会还昆》：

> 荏苒风尘二十年，此心尝为白云悬。遥知野鹤依丹灶，拟度飞虹访洞仙。春水北来瞻日月，名山南去任风烟。乘闲好些参同契，他日相逢共访玄。②

《周易参同契》为道教丹经之祖，顾氏相信仙丹对人体延年益寿的神奇作用，此首送杨玄隐道士之诗，一书自己羡仙企仙之愿，在诗风上与其道教青词截然不同，自然朴实，朗朗上口。

考察顾氏所有道教诗歌，所涉杨道士者有两人，一为杨玄隐（杨炼师），一为杨主持，此两道士寿满七十之际，顾氏曾分别为诗祝寿，如《寿玄隐杨炼师七十》云：

> 真隐何须远市缠，羽衣鸠杖自修然。诸缘谢却心如水，一炷焚来日似年。白发巢云看竹院，青牛锄雨种芒田。仙家七十须臾事，更拟南华岁八千。③

---

① 顾鼎臣《顾文康公诗草》，第55册第634—635页。
②③ 同上，第577页。

以老庄为师，文效自然，平淡写真清新可善。而《贺杨住持七十》则云：

> 借问道人何许瘦，身轻五岳好寻仙。飞来弱水三千里，看到浮生七十年。袖里芙蓉磨更利，园收薏苡服应便。壶中甲子休闲过，早勒青牛问又玄。①

以老庄养生之躯究道家玄之又玄之学，以简洁之学作朴素之诗，清"瘦"的风格一反步虚词肥艳的追求，此顾氏另一面的文学思想取向。

为了更能说明顾氏赠别诗与步虚词的艺术差异，不妨再看几首他的道教游览送别之作。如《暮游至道观》云：

> 琳宫再过思前度，前度刘郎是后身。古桧冥云春黤黮，连山映雨玉嶙峋。空怀缑岭吹笙客，不见清溪控鹤人。浮世茫茫真醉梦，若为踪迹老风尘。②

此诗描写的虽是道观的荒凉破落之景，但羡仙意识却非常明显，而那种对于世俗风尘的厌倦，那种人生如梦的迷茫与虚幻，在峭料、寒枯的诗风表现之中一览无余。又如《贺玄隐道会还昆和杨柳塘韵》：

> 表里山河舜化存，汉槎何处究河源。北鸿南雁故人别，弱柳繁桃春日喧。对酒且成华下醉，寄书不尽意中言。状元三应问潮戏，咸仰调元辅体成。③

该诗虽为赠别道友之作，但亦可当作一首发表作者诗歌思想的诗论看待。它谈到诗歌创作的言外之意的创作方法或意境、风格、语言要求等问题，虽然是借朋友之间书信往来的言不尽意的表情方式来表达，但实际上表现的是作者关于诗学史上热议的含蓄、委婉的艺术风格以及传统的随物赋形或象征比附的民族思维问题。"寄书不尽意中言"，实为一仍《周易》《老子》《庄子》"书不尽言""言不尽意""不言之教""得

---

① 顾鼎臣《顾文康公诗草》，第 55 册第 577 页。

② 同上，第 501 页。

③ 同上，第 634 页。

兔忘蹄”“得鱼忘筌”“得意忘言”的传统思维方式和文学言意关系理论，这正是道家道教、玄学思想在明代道教文学思想中的继承与弘扬。

顾鼎臣的上述道教诗歌，不是一时出于客套的应酬之作，而是发自内心的对道教仙术和长寿养生之道的热衷，兼及其在诗歌中的诗学思想，也是对于诗歌艺术的真正理解和参悟之后的感言，因此，这两个方面都体现了他对于生命感受和诗歌感受的“真”的表白，这可从他另一首《袁道士领劄住持清真观》中看出：

> 云馆琳宫古竹洲，青池绿树九迟留。月明华表归黄鹤，春暖玄田养白牛。未论烟霞共枕籍，且勤香火事焚修。巍巍圣寿非难祝，咫尺虚皇拜冕旒。

把清真观及其周边环境写得如此优美动人，适宜生存的居处，有益健康的自然景观，抒发了作者真实的眷恋与热爱。联系顾氏为官期间所作的惠民之举，如平抑赋役、筑墙护城等等，亦见他是一个求实之人，而从文学创作尤其是道情诗的写作来看，牵强应付的心态是不能把诗歌作得有灵性的。

从顾鼎臣的青词作品中发现，明代道教青词的发展在文体上出现了变化，即由唐宋的骈偶之文演变成诗体形式，这在顾氏之后的几位“青词宰相”的青词创作中更是如此。据《明史・宰辅年表》所载嘉靖帝十七年后的内阁辅臣中，十四人有九人以善撰道教青词而得到皇上恩宠因此晋级为朝廷宰辅要员前已述及者如夏言、袁炜、严嵩、严讷，更是九人中青词创作最丰者，下面来研讨其青词创作所内隐的道教文学观念。

夏言，据《明史》本传载：“（言）性警敏，善属文。……初，言撰青词及他文，最当帝意。”①嘉靖帝以夏言青词写得好而宠爱他，而且夏言在其他文体的写作上也有突出的才华，故“帝每作诗，辄赐言，悉酬和

① 《明史・夏言传》，第 5195 页。

勒石以进，帝益喜”①，“言豪迈有俊才，纵横辩博，人莫能屈”②。然而，自从大奸臣严嵩进入内阁后，每每陷害、挤排夏言，以致“（帝）日誉嵩而短言。言进青词往往失帝旨”③。可见，成也青词，败也青词，夏言今存《桂州诗集》，收录在《续修四库全书·集部》第1339册之中，今本《桂州诗集》收其青词步虚词34首，这些作品既是夏言文才卓俊的突出表现，也是我们研究其道教文学思想的文献。虽多为应制之作，但亦代表了明代道教文学及其思想的普遍情形。

嘉靖时期，朝廷常于万寿节设醮祈福，活动热烈，皇上亲临，道士持仪，辅臣侍从，故夏言有步虚词青词《万寿节设醮朝天宫五首》，其一曰：

> 元和凝正气，紫庭降圣人。握符宰亿兆，万化归陶钧。清秋万宝成，会此绕电辰。焚香集众仙，翳鹤参麒麟。升坛演灵范，御接咸帝真。虎书飞三天，直达太微宸。玉名注金箓，坐阅千亿春。④

此诗为皇帝生辰之庆而作，祈福祈寿的颂谀之意当是诗歌的主气氛，至高无上的权威主宰万亿生民，万民跪拜，庄严威赫又不失热烈辉煌，全诗笼罩着灿烂璀耀的灵光，以显皇帝的威严与尊贵，而“直达太微宸”又宣誓了这种统率宇宙的权威乃为天帝意旨的“奉天承运”之征预。因此，诗歌包含着神灵降幅、皇天庇佑使君王坐享亿载的谀颂思想，而华丽奢煌的艺术风格，正是谀颂诗的特质所在。其二云：

> 至人御大宝，清心符元宗。吐词谐琼文，作念与天通。绛节期羽衣，法筵敞琳宫。延首三素云，明景发太空。玉音振琅琅，如

---

①《明史·夏言传》，第5193页。

② 同上，第5198页。

③ 同上，第5197页。

④（明）夏言《桂洲诗集》卷一三，第1339册第281页，续修四库全书。

在虚无中。九玄鉴明德，慈寿衍无穷。八极灭游氛，万域遨祥风。①

这里除了与前首相同的诗风诗趣外，还提出了“吐词谐琼文”“玉音琅琅如在虚无”的诗歌思想。所谓“吐词谐琼文”，是说创作诗歌或遣词成诗必须契合、和谐于道教的“琼文”，“琼文”是道教内部对于道教经典起源、创作及其质性的雅称，是指那种延年益寿、修道成仙的金书玉籍，它们珍贵如琼宝，万能如神物，故以“琼文”目之，如相传在南北朝时期产生的上清经典、灵宝经典、三皇经文等等，故宋代张君房所编《云笈七签》引《飞行羽经》云：“金书玉篆，乃琅虬琼文。”②“吐词谐琼文”所强调的是作诗写词要与道教的神仙宗教信仰相契合，要体现诗歌作为宣教工具的价值与功能，这显然是一种极具道教色彩的宗教诗学思想。至于这种功用价值的诗歌在艺术特质上的要求，则应该是琅琅作响，如空阔寥廓的深山大谷中发出的清脆响亮的声音，让听觉感受到它的悦耳悠扬，振聋发聩，有省悟人生、召唤万物的特殊功效。这种诗歌思想不禁让我们联想起唐代著名诗人陈子昂在批评齐梁绮靡诗风、力倡和继承汉魏风骨时提出的诗歌革新理论，其《送东方左使虬修竹篇序》云：“文章道弊五百年矣，汉魏风骨，晋宋莫传，然而文献有可征者。仆尝暇时观齐梁间诗，彩丽竞繁，而兴寄都绝，每以永叹。思古人常恐逶迤颓靡，风雅不作，以耿耿也。一昨于解三处见明公《咏孤桐篇》，骨气端翔，音情顿挫，光英朗练，有金石声。”陈子昂力主戒除齐梁宫体之诗，要求诗人创作出骨气轩昂、光英朗练、掷地有声的诗歌，从诗之神韵、风采到内容都作了更高更强的要求，这个诗学号角，吹响了盛唐诗歌到来的前奏。夏言这首步虚词，在他为皇帝生辰媚言谀词的同时，他可能根本没想到，还有一种意外的诗学思想上的收获等待后人去开挖发掘。文学创作上往往有些怪象，当作家进行创作时，根

① (明)夏言《桂州诗集》卷一三，第 1339 册第 281—282 页，续修四库全书。
② (宋)张君房《云笈七签》，第 38 页，华夏出版社 1996 年版。

本没想到他的作品会潜藏着某种重大的艺术含蕴,甚至有其巨大的价值或影响力。也许这就是文学尤其是诗歌具有神奇的魅力之原因吧。作为“青词宰相”的夏言,历史在讥笑他的同时,历史也没有忘记他的“利好”一面。

夏言在向皇帝叩贺生辰,以华丽的辞藻献媚谀颂的同时,还意想不到地涉及了文章写作发言遣词要敬心诚意、衷心恳诚的诗歌观念,其第三首步虚词云:

> 皇心契冲漠,寅礼道极尊。修诚藉净侣,陈词叩天阍。玉帝登金堂,万神罗紫垣。重玄鉴精意,锡羡开洪源。夜瞻北斗枢,星虹耀乾坤。东海濯朝阳,台景何纷纷。子孙庆千亿,率土谐愿言。①

该诗坦言,作为万民者,向至高无上的皇帝贺拜生辰,好像下民向天祝寿一样,都必须发自肺腑地出言陈词,“万寿无疆”。这里提到的“修诚”以“陈词”,虽面对的是祝寿一事,但仍然可以推及到用语言词汇完成的文学创作,包括诗词写作,事虽不一,可本质一致。这种修辞观,其实也是对《周易》早就强调的文章写作的基本原则“修辞立其诚”的继承弘扬。《周易·文言》云:“君子进德修业。忠信,所以进德也。修辞立其诚,所以居业也。”所谓“修辞立其诚”,是要求创作文章者将词语、语言和人的内心思想感情、思想品德直接联系起来,要求思想纯正,道德高尚,感情真诚,这样发出来的语言,写出来的文辞,就会格高调远,金玉良言。

这种心诚而辞高的“心言”关系论,孔子把它定格为“有德者必有言,有言者未必有德”(《论语·宪问》)的文学定论,孟子则更直截了当地的把心言关系归纳为如下几种:“诐辞知其所蔽,淫辞知其所陷,邪辞知其所离,遁辞知其所穷。”(《孟子·公孙丑上》)这里所归类的几种心言关系,其实也是对《周易·系辞》所述什么样的人就会有什么样的

① (明)夏言《桂州诗集》卷一三,第1339册第282页。

语言表白的观点之回应,《系辞》云:“将叛者其辞惭,中心疑者其辞枝,吉人之辞寡,躁人之辞多,诬善之人其辞游,失其守者其辞屈。”综而观之,上述论断已经染指到文学家、诗人的思想品格、个性、道德修养与作品的语言、风格之关系,而这个关系则一直是文学思想、文学理论中一个不可回避的重大问题,道教文学、道教诗歌包括步虚词、青词创作中也是无法回避的,所以夏言在这首步虚词中所论及者,不约而同地关注了心与辞的关系问题,只是带有宗教性质,或者说专门从神仙道教文学的角度回答了这个整文学创作中普遍存在的问题罢了。

上述关于诗歌语言要有琅琅金石之声,诚与言相得益彰的诗学理论,在夏言《万寿节设醮朝天宫》第五首中也有同样的表述,如云:“空音发要眇,真精凝玉华。”①如果说前几首是对语言应有刚健之美的要求的话,那么这里强调的是诗歌语言风格的“要眇宜修”,婉丽柔美,充满阴柔之气的作品,也是美之美者。

夏言又有《恭和御制钟粹宫成奉安云真二首》,其二云:

> 中天腾瑞气,北斗会元辰。绛节纷朝帝,金钟静集神。精灵通海岳,福履协天人。彩婺辉南极,前星耀子旻。②

钟粹宫是嘉靖帝下旨修建的道教宫殿,建成之日,举行盛大庆典,就有斋醮仪式的进行,夏言为此而作这两首步虚词。作品用华丽的语词,灵动的笔触,描写了宫观的金碧辉煌,霭霭瑞气缠绕,楼宇高耸入云,与天宫紫微交相辉映,显然,诗风艳灿,奢华之气象,表现出华章丽句的一派雍容赫贵。但另一方面,作品也建构了一个由动静相衬而成的道教音乐演奏舞台,“金钟静集神”,把一种由撞击乐器演奏的道曲的发音原则定义在演奏者要聚精会神、静思默想下完成,则是强调了在弹奏或在文学艺术创作之前,主体必须要做到的准备工夫,演奏前的虚静空灵状态,是爆发惊天地、泣鬼神的美妙音响之前的必需环节,这也正好回应了中国古代文学理论家们一再强调的关于创作构思前做

①② 夏言《桂洲诗集》卷一三,第1339册第282页。

好虚静准备的论断，刘勰在《文心雕龙·神思》中说："陶钧文思，贵在虚静，疏瀹五藏，澡雪精神。"即谓构思前，要虚静安宁，怎么做？要把五脏六腑清洗干净，要把精神血脉澡雪涮新，然后进入创作环节，握笔挥成，一蹴而就。夏言又说"精灵通海岳"，是说金钟乐器的演奏者经过了"静神"之后，一旦进入演奏，则其灵魂、神思与海岳相通，这也就是刘勰所说的"神与物游"了，即主客统一、天人合一的最高创作境界了。而这种境界，正是道家文学思想中反复艳称的物我齐一的艺术理论的重要内容。

在另一次嘉靖帝诞辰所举行的万寿节醮仪活动中，夏言又作了青词组诗七首，仍然延续了他典雅华丽的诗风余绪，如第二首云：

> 珠帻拖琳帔，文缡曳玉珰。冥心蹑灵景，稽首觐虚皇。贝阙青云气，霞宫紫石光。未须生羽翼，聊复得翱翔。①

如果说这首诗充满了珠光宝气，则一点也不为过：珠、琳、缡、玉、珰、灵景，名副其实；如果说该步虚词色彩华丽，也是一点不为过：青、霞（赤）、紫、贝（白）、文（杂色），可谓五色交辉，七彩斑斓。这足以验证它的奢华风尚了。又如第五首中，类似的遣词造句有：明、绛、丽、瑶、金、玉，亦尽华靡奢丽之能事。

在道教内部，有一种关于道教经典之产生渊源的神秘深奥之天文观，认为道教典籍、经典文章的来源是"天文"降世，张君房说："寻道教经诰，起自三元，从本降迹，成于五德；以三就五，乃成八会，其八会之字，妙气所成，八角垂芒，凝空云篆。太真按笔，玉妃拂筵；黄金为书，白玉为简，秘于诸天之上，藏于七宝玄台，有道即见，无道即隐。盖是自然天书，非关仓颉所作。"②所谓"自然天书"是把道教典籍作为一种

① （明）夏言《桂洲诗集》卷一三，第1339册第282页。

② （宋）张君房《云笈七签》卷三，第12页。

"天文"来认定，是一种自然天成、神秘玄奥的金文玉简①，故对这些经书的称呼往往有"宝笈""秘笈""琼文""金箓""玉符""龙章""天书""凤文""丹书""琅简""蕊书"……不胜枚举。受这种道教天文观的影响，夏言的步虚词也从宣传道教信仰、热衷道教神仙、崇拜道教经典的神奇作用等宗教目的出发，赞美道典的神圣威严，表现了对道教天文观的维护，如第一首有云"宝文开三洞，琅书秘九玄"②，这是涂抹道典的神秘色彩；又如第七首有云"玉符贞帝历，金箓介皇釐"③，这是对道教符箓书籍的尊称与敬重，信仰的心理尽现眼底。这种道教经书起源或者说文章起源的思想，宗教色彩或宗教特质已是不言而喻，这才是真正属于道教的文学思想。

关于文学艺术作品的优劣问题，老庄道家早就发明了以音乐为例证来阐明的"人籁""地籁""天籁"（天乐）命题，只有"天籁"才是最美妙动听的音乐（文学艺术），《庄子·齐物论》"地籁则众窍是矣，人籁则比竹是矣"，"吹万不同，而使其不自已也，咸其自取，怒者其谁邪"。人籁，就是人们借助于丝竹管弦而吹奏出来的声音，人为之所适，为最低等的音乐（艺术）；地籁，是自然界、山林江湖各种孔窍由于风的影响而发出的声音，风力大决定其声音的优劣，必须依赖"风"作为外力来推动，因此也不是最美好最自然优美的音乐（艺术）；天籁，是指的众窍的自鸣之美，他们有各自的天生之形，承受自然飘来之风而发出"自然"之声音，它不受任何外力的制约，是绝对的无待之音乐，是最高等级最高水平的音乐——"天乐"（艺术），故《庄子·天道》云"与天和者，谓之天乐"，这个"天"，就是无所待的自然，天乐就是顺乎自然，与自然元气相应，与天道相和的"至乐"，它"听之不闻其声，视之不见其形，充满天地，包裹六极"（《庄子·天运》）。由于道教是以道家思想为理论基础

① 参见蒋振华《汉魏六朝道教文学思想研究》，第 265 页，中南大学出版社 2006 年版。

② （明）夏言《桂洲诗集》卷一三，第 1339 册第 282 页。

③ 同上，第 283 页。

的本土宗教，其道教文艺，包括道教音乐，都是建立在老庄道家哲学、道家文艺思想等等理论内容之基础上的，因此，道教业内人士提出任何门类的理论，言必称道家，言必在道家文献里找依据，以此来解读夏言步虚词中指称的“妙乐”“天籁”，显然是指道教仪式中演奏的道教音乐的理想境界和最高要求，故其步虚词《万寿节醮坛七首》之第四首有云“天籁自分明之语”，言下之意，“天籁”相对于“人籁”“地籁”而言，其优劣高下自然分明，这里显然内隐庄子所说的三籁之优劣意思，无需分辨，自然分明。又第五首步虚词中有云“旋空妙乐闻”，破空而来的精美音乐，优妙绝伦，惟其如此，它发自天然，无需依傍，而且是真情实感之自然生发，“真气自氤氲”①，意谓是演奏者的真诚恳切的精气神与自然界本真的“气场”相结合而成，是一种水乳交融、天人合一的艺术境界。

在夏言的步虚词里，有对第三次嘉靖帝生辰祈醮活动的青词抒写，题目亦为《圣寿醮筵》，共有作品十首。如第一首有“八会演玄文”②之句，“八会”是道教起源文书，《云笈七签》引《道门大论》曰：“阴阳初分，有三元五德八会之气，以成飞天之书，后撰为八龙云篆明光之章。陆先生解三才，谓之三元。三元既立，五行咸具。以五行为五位，三五和会，谓之八会，为众书之文。又有八龙云篆明光之章，自然飞玄之气，结空成文字，方一丈，肇于诸天之内，生立一切也。按《真诰》紫微夫人说，三元八会之书，建文章之祖，八龙云篆是根宗所起，有书之始也。”③

细读夏言此组步虚词仍然反映了他对于华丽词风的追求旨趣，如第二首云：

> 华渚流虹日，枢星绕电辰。普天归善颂，一本极明禋。宫树

---

①② 夏言《桂州诗集》卷一三，第 1339 册第 283 页。

③ (宋)张君房《云笈七签》，第 35 页。

> 飘仙驭，天花散帝宸。碧坛新月色，扬影共千春。①

诗歌一开句就以华丽之色定调，接下来是电光明禋，五彩天花，碧坛新月，犹似春天山花烂漫，阳光妩媚，华艳之感，字里行间充斥满满。又第十首更是华丽之至：

> 五玉分兰席，千官捧桂筵。冕旒朝日月，殿陛接人天。白鹤盘看箓，青鸾下彩烟。诸真何以颂，特奏紫芝篇。②

《桂洲诗集》中有夏言第四次为明嘉靖帝祝诞辰作的十首步虚词，仍名《圣节祝寿一十首》。第二首云：

> 祥云笼凤阙，瑞霭涌龙池。愿上尧封祝，赓歌天保诗。皇图今有象，宝契属无为。岁岁瑶池乐，霞浆泛玉卮。③

依然是谀颂之作，雅丽奢华，璀璨光艳。然"天保诗""瑶池乐"，即谓那种自然而成的"天籁"之音，当然也包含着神灵庇佑的宗教信仰。又第七首云：

> 缄诚启秘祝，封检叩真玄。愿锡千秋日，长为万姓天。祥风生桂域，喜气蔼兰烟。为念劬劳日，皇情倍怆然。④

在向高真圣帝启奏稽礼时端庄肃穆、以诚相待，按照道教经典来源的神秘圣洁之说，在启读"圣经"时同样要以虔诚恳切之心待之，那么，撰写、创作这些经典，甚至宽泛普延到文学艺术创作，何尝不需要有"缄诚"之心呢？另一个问题是，作家与其写作对象的感情共鸣问题。文学创作主体与客体保持一致，当然主要是态度和情感上的一致，所谓观山则情满于山，观海则意溢于海，与对象共呼吸，这就是该步虚词所说的"为念劬劳日，皇情倍怆然"的文学思想内涵。

---

① 夏言《桂州诗集》卷一三，第1339册第283页。
②③ 同上，第284页。
④ 同上，第285页。

而此组步虚词的最后一首更是把华丽奢艳的诗歌风格置于殿后，更令人回味无穷，饶有兴意，其云：

> 日月清都丽，宫坛寿箓开。祥云三极殿，仙露万年杯。玉烛调千历，金瓯奠九垓。前星森北极，光景丽三台。①

首句和尾句各嵌上一个丽字，构成首尾呼应、前后一致的诗风诗旨，而中部同样是金玉满堂、珠光宝气的巧妙安排，显然，作者把这首步虚词以这样的结构安排和位次安排置于全部步虚词之最后，既开诚布公、又词含暗意的明暗相需为用而又相得益彰的作诗特点，把他三十四首步虚词所表现的华靡艳丽而不失典雅的诗歌思想划上圆满的句号。

通考夏言《桂洲诗集》，虽曰其青词步虚词"最当帝意"，属应制谀奉之词，为善听歌颂者所喜爱，然夏氏其他文体或者说其他题材的诗歌，却不像应制之作那样平滞枯燥，矫揉造作，伪饰虚夸，而是有他的真情实感饱含在作品之中的，比如他的游览写景之作，即使透露出因幽静山水和优美风景而生发的羡仙意识，却也是肺腑发出，确实折射了他企图摆脱复杂险恶的政治斗争和你死我活的官场较量这个是非之地的愿景，这以《游仙岩》最具代表性：

> 玉洞灵崖天下稀，丹霞赤雾望中微。古藤袅袅猿猱接，远水悠悠鸥鹭飞。十里风烟迷客棹，半崖花竹隐僧扉。此中似有寻真路，尘土何年遂拂衣。②

把仙岩环境写得如此富有诗情画意，那种厌倦了官场想到此松缓一下精神，做一回自由自在的仙人隐者，那应该是一种真心的表白。宦海生涯，尔虞我诈，到处隐祸藏凶，一不小心就灾祸降临，这无疑让作者时刻心惊胆颤。而事实是，嘉靖皇帝崇信道教，喜欢戴香叶巾，自己戴

① 夏言《桂州诗集》卷一三，第1339册第285页。
② 同上，第309页。

还不过瘾，还让宫人仿制好几顶，赐给夏言、严嵩等大臣。可夏言不从，认为这不是大臣所用者，公然不戴。严嵩为了讨好皇帝，每次朝见皇上都戴香叶巾，上面再戴上官帽，并故意在帽外露出一段裹住香叶巾的轻纱，以讨好皇帝，虽然不伦不类，嘉靖见了还是非常喜欢，从此慢慢疏远了夏言，严嵩发觉后乘机陷害夏言，在嘉靖前诬蔑夏言有轻慢侵上之罪，嘉靖一怒之下，就将夏言革职了，于是严嵩就替代夏言接了相位。此事记载于《明史·严嵩传》："帝以奉道尝御香叶冠，因刻沉水香冠五，赐言等。言不奉诏，帝怒甚。嵩因召对冠之，笼以轻纱。帝见，益内亲嵩。嵩遂倾言，斥之，言去。"①

严嵩代替了夏言的相位，成了嘉靖帝最宠爱的青词宰相，故《明史》本传云："醮祀青词，非嵩无当帝意者。"②但是由于严嵩的独断专横，"久之，帝微觉嵩横……所进青词，又多假于他人不能工，以此积失帝欢"③。具有讽刺意味的是，因青词或得或失，无独有偶，继夏言之后，又出现一个"成也青词，败也青词"的严嵩。当然，其青词虽失帝欢，但其权势却愈益威重。今检严嵩《钤山堂集》，其所作步虚词青词共四首，其他涉道题材共三首。尤其是严氏步虚词，同样表达出追求华丽奢靡风格的艺术倾向，与前述顾鼎臣、夏言等共同打造出明代青词华丽靡艳的道教文学思想态势。其《步虚词》(一)云：

> 高高黄金阙，隐隐白玉楼。中有虚皇居，华景荫丹霄。朱阳洞明镜，清炁散空廖。寤寐思真域，但觉形神起。④

黄金、白玉、朱阳、丹霞、青气，形成华丽富贵的气态，诗风奢靡。其二云：

> 绛宫吸灵气，玉诀飞天罡。翕尔生光电，依然蹑洞阳。赫奕

①②《明史·严嵩传》，第7915页。

③ 同上，第7916—7918页。

④ 严嵩《钤山堂集》卷一六，第1336册第150页，续修四库全书。

三皇箓，灿烂九霞章。飞身朝玉阙，羽盖凌扶桑。①

从字词上看，绛、赫奕、灿烂、九霞、玉、光电、羽盖（一般为黄色或青色），各种词性融合一体，尽显辉煌、华艳、斑斓、绚丽之气象，无疑是典型的华丽之作。其三云：

振佩入琼都，云扉是几重。鸾情依日观，凤想结霞峰。魂莹澄真识，信斋清道容。五色金光发，相将随步虚。②

毋庸多言，诗人已明说五色华丽、金光璀璨的描写，诗歌所抒写的是彩霞般绚烂的境界。倒是值得强调的是作品中的"心斋"观念，语出《庄子·人间世》："颜回曰：'回之家贫，唯不饮酒不茹荤者数月矣。如此，则可以为斋乎？'（仲尼）曰：'是祭祀之斋，非心斋也。'回曰：'敢问心斋。'仲尼曰：'若一志，无听之以耳而听之以心，无听之以心而听之以气。耳止于听，心止于符。气也者，虚而待物者也。唯道集虚。虚者，心斋也。'" 庄子在这里谈到的是如何体认"道"的问题，意谓人类在接触和认识宇宙万物时，只有保持虚宁清净状态，心智纯一，排除杂念，才能体认万物内在的本质、规律——道。由此泛化，沿用到文学创作这种精神活动，这种考察和反映事物、人类生活的心理活动，无疑也要有一个"心斋"的过程。对此，刘勰称之为"虚静"，"疏瀹五藏，澡雪精神"（《文心雕龙·神思》）。其四云：

凌晨吸丹景，入夜漱玉泉。百关弥舒旷，重台复湛然。冥思玄霄上，驰神玉阙前。无劳生羽翼，自可揖真仙。③

相对前三首青词来说，本首略为逊色，华丽程度有所减弱，但丹景、玉泉、云霄、玉阙，仍不失满目琳琅，艳丽华美。

因为是邀宠的需要，是故严嵩的青词多尽华丽媚主之能事，以求仕途上之平步青云，因而应制之作显虚伪矫饰。而考之以严嵩其他题

① 严嵩《钤山堂集》卷一六，第 1336 册第 150 页，续修四库全书。
②③ 同上，第 151 页。

材的诗作，确实另有一番艺术天地。如写景诗《雪霁登钤山》云：

> 千峰积瑶素，寰宇映空明。仙人好赤脚，独蹑层冰行。叠石疑琼岛，高楼思玉京。劲风仍振木，朗月已辉城。永夜山中宿，山泉松涧鸣。①

雪过天晴，阳光映雪，空明耀目，红妆素裹，河山实在妩媚妖娆，其中又有仙人逍遥自在，快活自由，劲风吹拂，人与物充满着生命的律动，而暖阳融雪，雪水入溪，溪流澄澈，潺潺流淌，撞击石崖，叮叮作响，仿佛王维“明月松间照，清泉石上流”的空明静谧之景的再现。此诗不减盛唐诗境之高处，故杨慎曰“句句欲活，神爽飞越”。明丽、空灵、清幽、灵动，这种诗趣追求，严氏常落笔于一个“飞”字以体现诗的律动和自然的张力。再看两首写景诗，其一曰《严陵祠》：

> 严陵七里滩，叠嶂俯澄湾。云物澹堪赏，风标邈未攀。龙飞初白水，鱼钓富春山。千岁见孤庙，苍苍烟雾间。②

在霭霭烟雾之中，因为云雾的出没无常，高耸山崖的千年古刹仿佛在空中飞动，这样，就把一所建筑写得灵活富有神气，而脍炙人口的严光的传说由此得以突显，诗人渴望为隐士的情怀作为作品的主题也就水到渠成，这一切，都源于把一座静的庙宇化为飞动的人的灵魂。其二曰《拜陵庙作》：

> 六帝神游回，诸陵御气浓。泉飞千尺瀑，枝偃万年松。一自仙城闭，徒看云壑重。遗亏小臣抱，怅望鼎湖龙。③

整首诗全是飞动的形象和画面：六帝神游，诸陵御气，千尺飞瀑，黄帝驾龙上天，臣子攀龙附凤……难怪杨慎一概点评为“神爽飞越”。

综上观之，严嵩诗以表现飞动的画面作为其诗歌创作原则，而且大多运用在涉道写仙主题的作品上，这个主题又往往借写景来蕴含，

---

① 严嵩《钤山堂集》卷二，第1336册第28页。

②③ 同上，第42页。

究其原因，主要是因为作者对这类仙道题材之“仙”的含义之理解深刻。根据葛洪所建立的神仙道教理论关于“仙”的思想内容，其中包括人类追求一种自由自在、天马行空的行为方式和精神境界的表述，这可以用一个“飞”字来概括，故仙道理论中有“飞仙”的概念，如明代的张三丰就是这种来无影去无踪、飞走自由的飞仙或隐仙。受此影响，严嵩仙道写景诗多喜写“飞”之因迎刃而解。

严讷也是嘉靖时期著名的青词宰相，据《明史》本传云：“嘉靖二十年成进士……寻与李春芳入直西苑，撰青词，超授翰林学士。……所撰青词皆称旨。”①而他对于青词的写作又刻苦勤勉，一意要讨好皇上，以致写作积劳成疾，故本传又云：“讷晨出理部事，暮宿直庐，供奉青词，小心谨畏，至成疾久不愈。”②《四库全书总目》亦云：“所撰青词皆称旨，然文格未能拔俗，集中亦大抵应酬之作。”③有《严文靖公集》十二卷，诗一卷，今存《四库全书存目丛书》之中。严讷青词亦多步虚词形式，像严嵩等人青词一样，追求华丽雅重，谀颂之意甚浓，如《圣诞习仪玄元宫》云：

> 柏台飞鹊曙星稀，桂域鸣鸡晓月微。仗簇紫虚凌羽驾，香飘丹殿袭芝衣。天宫窈窕群仙集，宸极巍峨万国归。欲向琐闱歌圣寿，试开金箓问玄机。④

这首青词为嘉靖寿诞而作，通过对仙界热闹贵盛的祝寿场面的描写来影射人间对君主圣诞的恭贺，谀颂祈福之意显然明了，而典雅华靡之风从环境气氛中可以感知。他的另两首青词《中弼堂》和《庆源堂》依复如此，前者云：

> 帝简资王佐，师臣翊圣君。持衡长秉直，荷宠转输勤。仙宇含云藻，天题焕斗文。图开龙峤侧，堂启凤皋渍。胜地薇垣应，陲

①②《明史·严讷传》，第17册第5116页。

③《四库全书总目》，第1592页下。

④ 严讷《严文靖公集》，第107册第725页，四库全书存目丛书。

恩紫极分。从今昭一德，千载著功勋。①

“忠弼堂”被描绘成仙宇琼阁，云藻斗文焕烂璀璨，紫微高照，光华四射，一派华丽气象。这种描写，使作品蒙上彩丽艳妖气氛，足显“忠弼堂”的贵重典雅。而“云藻”“斗文”，又是道教之文学体裁，前者以华词丽句为风格，后者以瑰丽谲怪为特征。所谓“云藻”，据《内音玉字经》云：“皇人曰：《诸天内音》自然玉字，云气所成，字方一丈，八角垂芒，精光乱眼。灵书八会，字无正形。其趣宛奥，其辞艳隐，难可寻详。”②而所谓“斗文”即类似于蝌蚪状的道教符文，又称符字。据《云笈七签》说：“一切万物，莫不以精气为用。故二仪三景，皆以精气行乎其中。以道之精气布之简墨，会物之精气以却邪伪，辅助正真；召会群灵，制御生死；保持劫运，安镇五方。然此符本于结空太真，仰写天文，分置方位，区别图像符书之异。符者，通取云物星辰之势；书者，则析音句诠量之旨；图者，画取灵变之状。然符中有书，参似图像；书中有图，形声并用。故有八体六文，更相发显。”③无论是“云藻”还是“斗文”，都富有神秘宗教色彩，其构成来源，都与精气、神灵有关，因此，严讷此诗援引道教文章起源理论的道教功能之说，把“忠弼堂”这样一座建筑外观上的文字装饰说成是与道教文章的神秘来源有关系的存在，从而增添了它的神圣威灵的宗教色彩，也表现了诗人对于宗教文体起源的宗教认同。再来看严讷的《庆源堂》：

蓬壶别业五湖边，犹记仙宗卜胜年。人杰总看乘驷马，地灵先为集三鳣。叡澜洛汭遥回合，紫气函关近接连。滚滚后贤真玉峙，戟门长映锦衣鲜。④

与“忠弼堂”的描写相比，“庆源堂”显得光鲜洁净，但同样不减富贵奢

① 严讷《严文靖公集》，第 107 册第 725 页。
② 张君房《云笈七签》，第 37 页。
③ 同上，第 36 页。
④ 严讷《严文靖公集》，第 107 册第 724 页。

华之气，是诗人一以贯之的风格艺术之追求。最显严讷华丽诗风的道教诗歌是他的《琼翰流辉楼》：

> 云构开仙第，龙文焕帝章。朱华呈宝瑞，彤霱叶明祥。玉笈纶音闷，璇题睿翰扬。山川迎气色，日月让辉光。贺燕回雕槛，翔红落画梁。应知多景福，垂耀与天长。①

该首步虚词几乎句句华辞丽藻，甚至连诗题也流光溢彩，是有明一代青词宰相作品中最名副其实的“七宝楼台”。诗中又有“龙文”之体的记载，这也是道教文体学中的一种称呼，又叫“龙章”，两名一体，其出处和内涵皆见《灵宝无量度人上品妙经》：“赤明开图，运度自然；元始安镇，敷落五篇；赤书玉字，八威龙文；保制劫运，使天长存。此之龙章也。”②“龙章”又往往与“凤文”并称，都是道教对经文文体的称呼，因其在形式上是云篆凝结而成，形似龙凤，故称。这是在文章及其体式的起源上，道教自神设教的宗教起源思想之反映，正像儒家也神话其经典之起源一样，其有“河出图”“洛出书”之说，比而论之，儒道都在制造经典上有相同的思维理念，即都把经典文章的起源敷衍得神圣不可亵渎。

袁炜是世宗朝另一个以“青词”而受宠的宰辅，据《明史》本传云：“袁炜，字懋中，慈溪人。嘉靖十七年会试第一，殿试第三，授编修。炜性行不羁，为御史包孝所劾，帝宥不罪。进侍读。久之，简直西苑。撰青词，最称旨。”③同传又云：“炜才思敏捷，帝中夜出片纸，命撰青词，举笔立成。遇中外献瑞，辄极辞颂美。帝畜一猫死，命儒臣撰词以醮。炜词有‘化狮作龙’语，帝大喜悦。其诡词媚上多类此。以故帝急枋用之，恩赐稠叠，他人莫敢望。自嘉靖中年，帝专事焚修，词臣率供奉青

---

① 严讷《严文靖公集》，第107册第724页。

②《道藏》，第1册第103页。

③《明史·袁炜传》，第17册第5117页。

词。工者立超擢，卒至入阁。时谓李春芳、严讷、郭朴及炜为‘青词宰相’。”①由此可见：一、以嘉靖帝为代表的统治阶层对道教斋醮活动、青词写作以及由此带来的道教信仰之热情笃信；二、根据青词创作水平之高低作为阶级升降的标准，则最高统治者之昏聩愚昧可见一斑；三、于青词的特性是尽谀颂阿附之能事，则可窥见以世宗为代表的明代上流社会文章风格的追求华靡奢丽，成为一种主流与时尚。《明史》本传所记袁炜青词火爆如此，但是，青词的辑录、存留及传续之情况却不太乐观，据《四库全书总目》云：“申时行称炜所谓诗甚多，岁久散逸，其孙景祖、景高搜遗草，得若千首，名之曰《诗略》，案：《明史·艺文志》袁炜诗集八卷，是炜别有全集，此其选本，故题曰《诗略》耳。集中佳句寥寥，不识何以狂傲如是(《明史》本传载炜自负能文，辄肆诋毁他人之作——引者注)。又两卷无一应制之作，总稡登削之矣。”②由此可知：一、袁炜诗歌水平并不高；二、袁炜青词保留及存留后世者寥寥无几。我们清理四库、续修四库以及存目丛书，有《袁文荣公诗略》二卷，而青词或类似于青词的诗歌确实只有两三首，如《贺赵方泉侍御双亲斋寿》云：

三岛古仙宅，青霞开洞天。柯山留奇迹，丹室藏真诠。亦有江郎石，秀拔凌苍烟。上承金茎露，下覆璚芝田。逍遥并玄圃，华滋抱芳泉。中有遗世翁，考槃乐天年。夫妇相引翼，如宾媲昔贤。传经绍先业，华闻蜚三鳣。灵穴吐珍秘，英胤征奎躔。濯濯赤麟衰，翩翩朱凤骞。献策辞上第，中祕缮瑶编。出握西台宪，豸绣明骢辕。二老载色笑，有子翔重云。家食天上禄，花甲相蝉联。仙都纷紫翠，祥光照华筵。酡颜锦瑟静，华发赪霞鲜。仙郎待宪节，揽辔澄幽燕。瞻云太行岫，梦绕庭闱前。宁亲愿良切，报虫哀尤专。欲将宫锦烂，归翻庭彩妍。望望违所适，含

① 《明史·袁炜传》，第17册第5118页。
② 永瑢等撰《四库全书总目》，第1591页上。

情还自怜。①

寿诞举行斋醮祝寿祈福仪式，自然礼节盛大，场面五彩缤纷，因此，此步虚词亦显华丽气派，精选色彩、性状、外形等方面的形容词，而且造语雅重，格调雍容。举凡青霞、丹室、苍烟、金茎、璚芝、玄圃、华滋、灵珍、朱凤、翻瑶、重玄 、紫翠、祥光、华筵、酡颜、锦瑟、华颓、霞鲜、锦烂、彩妍，几乎无一句无丽辞，无一字不华丽，即以“华”字为词素的词凡三处，足见作者写此青词必求华彩、求华艳的诗歌艺术倾向。这种情况，也只有在明代宰相的青词作品中才能看到，因此，我们说，青词由唐宋而下，从学究之风演变到谀颂的华丽庸俗之气，是道教青词在明代尤其是世宗一朝四五十年间所发生的重要变化，也体现了道教发展到明朝，其媚俗倾向越来越明显，预示着道教逐渐走向衰落，至少在人们信仰的心态上已经远离了它的教理、教义的初衷了。

世宗一朝，以青词而得嘉靖皇帝宠爱擢升的尚有徐阶、李春芳、郭朴和高拱，其中李、郭亦被称为“青词宰相”。徐阶，据《明史》本传云：“帝察阶勤，又所撰青词独称旨，召直无逸殿。与大学士张治、李本俱赐飞鱼服及上方珍馔，上尊无虚日。廷推吏部尚书，不听，不欲阶去左右也。”②此见徐阶所作青词被皇帝青睐的程度，到了左右不离帝王的地步。后来由于徐阶参加皇帝指令的祈福斋醮活动有故意拖延之嫌，奸相严嵩趁机在世宗面前诋毁，世宗就有疏远之意，于是徐阶又通过谨慎地把青词写好，再次赢得嘉靖皇帝的重视，故《明史》本传云：“帝又使阶往邯郸落成吕仙祠，阶不欲行，乃以议附庙解，得缓期。至寇逼城，帝益懈，乃使尚书顾可学行，而内衔阶。……嵩因谓阶可间也，中伤之百方。一日独召对，语及阶，嵩徐曰：‘阶所乏非才，但多二心耳。’盖以其尝请立太子也。阶危甚，度未可与争，乃谨事嵩，而益精治斋词

① 袁炜《袁文荣公诗略》，第104册第355页，四库全书存目丛书。

②《明史·徐阶传》，第19册第5632页。

迎帝意，左右亦多为地者。帝怒渐解。”①写几首青词竟能让自己转危为安，重新得到皇帝的宠爱，把自己从万丈深渊拉回，可见嘉靖皇帝对于道教斋醮仪式及其文学表达方式是多么的热衷，当然，《明史》也暗讽了这个皇帝的昏庸愚蠢，然稽查徐阶今存于续修四库全书中的《岳庙集》，却不载其青词之作，故我们亦无从研考其创作实情。从《明史》本传中我们只约略知其青词受皇帝嘉许之大致。

另两名“青词宰相”是李春芳和郭朴。据《明史・李春芳传》载：“李春芳，字子实，扬州兴化人。嘉靖二十六年举进士第一，除修撰。简入西苑撰青词，大被帝眷，与侍读严讷超擢翰林学士。”②遗憾的是，与徐阶一样，今亦不传其所撰青词，故《四库全书总目》云：“春芳与严讷、郭朴、袁炜同有青词宰相之目，然所作皆不传。”③李春芳有《贻安堂集》十卷，“是集为其子茂材所编，疏表序记之文居多，诗则不满一卷。春芳不规规以文墨见长。”④至于郭朴，史传亦云其为青词宰相。而高拱亦以青词受帝之青睐，《明史》本传云：“（嘉靖）四十一年擢礼部左侍郎，寻改吏部兼学士，掌詹事府事。进礼部尚书，召入直庐，撰青词，赐飞鱼服。”⑤然郭、高两人之青词今亦不传，其中只有高拱《高文襄公集》四十四卷收于《续修四库全书》中，据《明史・艺文志》作《献忱集》五卷，诗文集四十四卷。《四库全书总目》云：“今《献忱集》即在卷内，而四十四卷中有文无诗。殊不可解。”⑥检其集，亦无青词之所收录。

有明一代，尤其是世宗一朝，由于对道教的信仰，已经成为自统治者到朝廷官吏普遍笃信之事，故道教斋仪祭祀成为他们政治乃至日常生活的重要部分，因此青词创作成为求仕者必修之课，故青词创作在

---

①《明史・徐阶传》，第 19 册第 5633 页。

②《明史・李春芳传》，第 17 册第 5118 页。

③④《四库全书总目》，第 1195 页上。

⑤《明史・高拱传》，第 19 册第 5638 页。

⑥《四库全书总目》，第 1592 页下。

明代出现空前盛况；而从曲意逢迎、讨好皇帝以进高官厚禄的目的出发，青词呈现媚主求荣、华丽取宠、谀颂求赡的艺术取向，质言之，明代青词的华丽庸俗，已表现出对于唐宋青词典雅学究之风的改变甚至颠覆。

第三节　张宇初的道教文学思想

张宇初（1361—1410），明代初期著名道教思想家和道教学者，正一天师道第四十三代传人，深得明太祖、惠帝、成祖的重视。洪武十二年（1379），年仅十七岁的张宇初制授“正一嗣教道合无为阐祖光范真人”，领道教事，诏赴京，赐法衣金印。洪武十八年（1385），命祷雨神乐观。洪武二十三年（1390），奏请重建太上清宫，次年赐正一玄坛铜章视六品。成祖即位，赐钱修葺太上清宫。永乐四年（1406），诏命编辑明代道藏。张宇初博学能文，著述丰富，创作勤勉。道教著述有《道门十规》一卷，《度人经通义》四卷，《龙虎山志》十卷；文学作品有诗文集《岘泉集》十二卷，均收藏于《道藏》中。

一　张宇初的道教哲学思想

张宇初的道教哲学思想，集中体现在他的著作《道门十规》《岘泉集》之中，主要内容有如下几个方面：

第一，主张性命双修，内外丹道兼融。道教也是一个强调人体生命修养的宗教。这种修养，包括养生（身、命）与养性（心性）两个方面。魏晋以来，金丹道教如丹鼎派魏伯阳等强调人体躯壳的炼养，以至晋宋以来尤其是唐代以来，丹道发达，炼丹服丹成为热捧的时尚。南宋以后，由于吸取唐代吃丹中毒导致生命死亡的惨痛教训，许多道教人物主张修炼人体内丹，认为内丹炼法为养生之本，到金元明初，业内对于内丹的重视更为突出，张宇初就是其中之代表。他力主人体内外兼修，即性命双修，把内丹与外丹结合起来。质言之，就是主张形神兼修。他说：

> 近世以禅为性宗，道为命宗，全真为性命双修，正一则唯习科教。孰知学道之本，非性命二事而何？虽科教之设，亦惟性命之学而已。①

这种性命双修理论，是对全真教提倡修炼“真功”、全真保性的“虚静”理论的继承发扬。性与命的关系就是人体神与形的关系，这是道家哲学、文学之命题的延伸，老庄强调形神统一而又以神为重，如精气神统帅形器体，作为文学，则主张神思对于外物的研摩考察，主客体的统一。

第二，性命双修之法，以致虚极守静笃为要。张宇初重视修炼时讲究静定，要求涤除杂念，心无滞碍，回到老庄的虚静、坐忘与心斋的状态。在炼功的环境上，主张修道者选择山明水秀、形全气圆的地方隐居静修。他说：

> 自上古以来，太上历劫化现诸师之修炼成道，皆自静定之功，庶得道功克就，神通自在。迨宋金之初，重阳王祖师遇钟吕之传，始立全真之教，盖本经曰：“养其无体，体故全真，是教则犹以坐圜守静为要。”②

这种“坐圜守静”之法，既类似于禅宗的“打坐”，又是老庄道家虚静无为的炼养思想的运用。这种“静修”之法，也关联和影响着文学创作时的静观默想的构思，是文学虚静论、凝神论的哲学基础。

“静修”之法，关键是人体之“心”所起的作用。故张宇初强调炼养时，主体的人要反观于心，修道就是修心的功夫，因此道与心要统一，两者是一种对应关系，道的存在就是心的存在，因此修道以修心为前提。这种思想既是儒家心道修养思想的继承，又是道家、佛教心性理

---

① 张宇初《道门十规》，见《道藏》，第32册第151页。

②《道藏》，第32册第148页。

论的发挥。心的重要性是最高的,是类似于“太极”的东西,他说:

> 故知道者,不观于物而反观于心也。盖心统性情,而理具于心,气囿于形,皆天命流行而赋焉,曰虚灵,曰太极,曰中,曰一,皆心之本然也。是曰心为太极也。①

这种“心”为“太极”的思想,显然受北宋以来邵雍等人“心官”理论的影响,既是关乎哲学思辨,也关乎以心灵主体、精神活动为主要特征的文学创作。

第三,强调“静修”以养性命的根本或曰出发点是儒道的统一,这个“本”——儒道合一——是安身立命的方向。他说:

> 学必有本焉,经世出世之谓也。故学非所当务,则不足志也矣。其所当务者,经世之学,则圣贤之道焉。……必求夫出世之道焉,则吾老庄之谓是也。②

儒家的经世,道家的出世,是对立统一的,两者必须结合统一起来。以此为出发点,他提出了儒道同源的思想,他说:

> 道不行则退而独善,以全其进退于用舍之间而已矣。故高举远引之士,将欲超脱幻化,凌厉氛垢,必求夫出世之道焉,则吾老庄之谓是也。③

这就是说,儒家有进取之士,是指那种达则兼济天下、穷则独善其身的人;相反那些既不能兼济又不能独善的士人,于是隐而于山林之隐士、高士,就成了道家之人物了,故儒道同源,内圣外王成为儒道共同的理想。这种既重儒又重道的统一观,使他对于儒道之经典,儒道之文章尤其看重,因此成为他“道统说”为特征的文学思想的源泉。

第四,强调修道过程要遵循宇宙万物内在的自然规律,要谨守道

---

①《道藏》,第32册第147页。

② 张宇初《岘泉集》卷一,《道藏》,第33册第182页。

③ 同上,第183页。

家虚无自然的原则，因此提出了畅玄、玄一的修炼原则。他说：

> 或问曰："道家者流，其谓玄者，何也？"曰："玄，天也，即'道之大原出于天'也"曰："其始乎'玄之又玄'之谓乎？"曰："然。"①

这里所说的"天""然"，就是宇宙万物之规律，其内在的逻辑必然性。修养性命必须遵循宇宙万物规律，顺其自然，虚无为要，人体内部也有其结构特点和形神规律，因此，也要顺其自然，如庖丁解牛，"因其固然"。故张宇初又说：

> 吾闻诸史氏曰：道家者流，使人精神专一，动合无形，赡足万物。其为术也，因阴阳之大顺，采儒墨之善，撮名法之要，与时迁徙，应物变化，立俗施事，无所不宜。指约而易操，事少而功多。至于大道之要，去健羡，黜聪明。释此而任术，则无所取焉。②

要言之，在张宇初看来，双修性命要做到"虚无为本，因循为用"，这是一个宇宙万物的普遍原则。循此出发，张宇初提出了素朴为务的文学风格论。

第五，给道教正本清源，树立道家道教的正统来源，以与儒家正统分庭抗礼。张宇初把老子作为道教教主，正是为了抗衡儒家把孔子作为创始人，他说道教"虽有道经师三宝之分，而始自太上授道德五千言于关令尹"③，"太上"就是老子。张宇初是承袭道教关于老子历代"降迹示现"的神语，给历史人物的老子涂上神圣的光环，将"老子"的出身又上溯到黄帝时代的广成子，这显然又与儒家的本源人物黄帝相提并论了。他说：

> 三代以前，则黄帝问道广成子，即太上也。及曰生于殷末周初，在文王时为柱下史，迨武王时迁藏室史，其所著则《道德》上下

① 张宇初《岘泉集》卷一，《道藏》，第 33 册第 184 页。
② 同上，第 185 页。
③ 张宇初《道门十规》，《道藏》，第 32 册第 146 页。

经，其徒则有关、文、庄、列、亢仓、柏矩之流，其言则有修齐治平、富国强兵、经世出世之术互有见之矣。①

显然，他把道教的道统源流溯源于有文献可考、谈经世出世之术、历代为帝王师的思想家老子，从而立起了与儒家创始人、道统源流之始的孔子并驾齐驱的历史丰碑，这无疑对道教的发展生存是有十分重要的信史意义。

二　张宇初的道教文学思想

张宇初不但是一个正一天师道的优秀嗣主和卓越传人，也是一个思辨深邃的道教哲学家，更是一个才思敏捷、想象力丰富的道教文学家。他的诗文集《岘泉集》在道教界影响极大、文学成就极高。受其道教哲学思想的影响，张宇初的《岘泉集》包含着丰富的道教文学思想，在这里，我们做一深入全面的挖掘和探究。

第一，关于道统与文统的关系问题。道与文的关系问题，宽泛地说，就是文学的内容与形式的关系问题，但在古人的文学理论理念中，往往把道理解为不同的思想倾向，有儒的，有道的，有佛的，还有其他内容的，不过就主流方向而言，"道"之争，主要是儒道两家之争，而在儒家内部，道统与文统的关系问题作为文学理论的范畴，发展到中唐古文运动，才出现最为激烈最为尖锐的讨论，这又与佛教在中唐的被狂热信仰有关，以韩愈、柳宗元等人对道统与文统的关系之讨论最富代表性和影响力，基本上确定了两者各自的内涵以及它们之间的正确关系，且基本上为古代文学理论领域所认同。

首先来看韩柳的"道统"。韩柳所讲的"道"，就是儒家孔孟思想，韩愈称之为"古道"，而确切所指，是孔孟中仁政与民本的核心思想。韩愈说"愈之志在古道，又甚好其言辞"（《答陈生书》），"斯道也，何道也？曰：斯吾所谓道也，非向所谓老与佛之道也。尧以是传之舜，舜以

① 《道藏》，第32册第147页。

是传之禹,禹以是传之汤,汤以是传之文武周公,文武周公传之孔子,孔子传之孟轲,轲之死,不得其传焉”(《原道》)。这段论著中,提出了儒家之道的源流问题,也就是所谓的“道统”问题,即把儒家自尧舜禹而至孔孟的思想统属问题予以条叙和系统程式化,有了这个统属,这个总纲,人类社会其他思想文化就能纲举目张。那么儒家道统思想的根本内核是什么?韩愈指出“凡吾所谓道德云者,含仁与义言之也,天下之公言也”(《原道》)。柳宗元也指出“宗元早岁与负罪者亲善,始奇甚能,谓可以共立仁义,裨教化,过不自料,勤勤勉勉,唯以忠正信义为志,以兴尧舜孔子之道,利安元元为务”(《寄许京兆孟容书》)。

再来看韩柳的“文统”。先秦至中唐,文章体式多变,先秦两汉以奇句单行为特征的散文是人们政治生活、日常生活中表达思想、感情的最普遍的文体,但魏晋以降,至南北朝,一种讲究对偶形式而在思想表达、生活内容之反映上受到严格限制的“骈文”应时而生,散文与骈文,孰优孰劣?孰能经得起历史长河的洗礼,孰能更深刻全面地反映和表达思想?……至中唐古文运动的出现,引起了领导者们的巨大重视。于是,韩柳便站在时代潮流的前沿,大胆提出了要正人视听、名正言顺的“文统”论,即以古圣人贤哲的文章为“师范”,把先秦两汉那种“奇句单行”的散体文作为文体之统属与管键,反对空洞的形式主义的骈文。但师古圣人之文,又不能囫囵吞枣,要推陈出新,故韩愈指出“或问为文宜何师?必谨对曰:宜师古圣贤人。曰:古圣贤人所为书具存,辞皆不同,宜何师?必谨对曰:师其意,不师其辞”(《答刘正夫书》)。韩愈又提出“词必己出”“惟陈言之务去”的古文语言推陈出新的文统论。柳宗元亦指出“为文之士,亦多渔猎前作,戕贼文史,抉其意,抽其华,置齿牙间,遇事蜂起,金声玉耀,诳聋瞽之人,侥一时之声。虽终沦弃,而其夺朱乱雅,为害已甚”(《与友人论文书》)。显然,柳宗元坚决反对和严厉批评那些模仿前人、拾人牙慧而毫无创新、毫无己意的文章和语言,主张学习先秦两汉奇句单行的散文精华。

最后来看韩柳关于“道统”与“文统”之关系。韩柳倡导唐代的古文运动,提倡恢复先秦两汉奇句单行的散文传统,主要是针对魏晋以来儒学衰微、佛老盛行、信仰混乱而进行的儒学复古运动，因此，在“道统”与“文统”关系上，他们旗帜鲜明地提出“文以明道”“文以载道”的口号并躬行实践。韩愈说“君子居其位，则思死其官。未得位，则思修其辞以明其道”（《争臣论》），他又说“愈之所志于古者，不惟其辞之好，好其道焉尔”（《答李秀才书》），又说“愈之为古文，岂独取其句读不类于今者耶？……通其辞者，本志于古道者也”（《题欧阳生哀辞后》）。在对待道与辞、古道与古文的关系时，把道对于辞、古道对于古文的决定性三致其意，提出古文辞是为古道服务的，爱好古道才喜好古辞，此见道对于文的决定作用、“道统”对于“文统”的统帅作用。

在对待道与文、“道统”与“文统”的关系上，柳宗元更是继承发扬汉语的道对文的决定论，更系统全面地阐述了“文以明道”的关系原则，他说：“始吾幼且少，为文章，以辞为工。及长，乃知文者以明道，是固不苟为炳炳烺烺，务采色、夸声音而以为能也。凡吾所陈，皆自谓近道，而不知道之果近乎、远乎？吾子好道而可吾文，或者其于道不远矣。”①柳宗元是为道而作文的，不是为文而作文的。这“道”当然指儒家之道，所以他对儒家五经极其重视并从中找到、吸取为文为人的原动力。

由于张宇初的道教思想是以兼采儒释道三教为特征的，因此，在对待道统与文统的文学思想问题时，亦受儒家道统文统关系原则的影响，从他的道教信仰思想出发而仿效儒家文道关系的处理模式，对这个关系进行了辩证统一的正确处理。

首先，他为道教树立统脉，把道教始祖溯源并确立为老子（太上老君），而且也像儒家道统把孔子思想来源上溯到炎黄尧舜一样，张氏把老子的出身上溯到黄帝时代的广成子，这已如前所述。

其次，在树立了道教道统之源的同时，强调不言之教的妙渺无为之状，主张尽在不言之中的传道受教方式。他说：

---

① 柳宗元《柳宗元集》，第871页，中华书局1979年版。

> 自秦汉以来，方士竞出。若文、成、武利之以金石草木，徒杀身取祸，道称方术矣。外而施之，则有祷祈祠祝之事。……然二者，太上之初所未彰显，后之不究其本，不探其源者，流而忘返，眩异失同，则去太上立教之本，虚无清静无为不言之妙日远矣。凡习吾道者，必根据经书探索源流，务归于正，勿为邪说淫辞之所汩。①

道教之"道"，清静无为，重生养性，性命双修，无须用淫辞邪说去传播，去阐明，要用不言之言，无声之音，无形之象去感悟和接受，这种"文统"理论，无疑又是从道教始祖的"道统"经典中继承和吸取的，老子云"不言之教，无为之益，天下希及之。"（第四十三章），又云"大方无隅，大器晚成，大音希声，大象无形"（第四十一章），又云"信言不美，美言不信，善者不辩，辩者不善"（第八十一章）。道教的道统始祖太上老君老子提倡"不言之教"，即是以虚无不为的传道方式让接受者去默默体悟宇宙天地之道的深邃博大，可是，后之传道者，尤其是道教业内有人将道家道教庸俗化、低劣媚俗地走向邪门左道，大开邪说淫辞之风。因此，张宇初以弘扬道教之道统的历史责任感，力辟众说，匡扶道统，正本清源，承绪继统，大声疾呼回归"清静无为不言之妙"，"务归于正"，这个"正"，就是老子传道的无声、无言、无形、无为之"本"。

再次，在确立道家道教之道统源流的同时，张宇初并未否定儒家道统源流的客观存在，他认为儒家道统之源头或统属是以唐虞三代为起始的，他说：

> 三代之始，道在唐虞，后之言道者，必曰是焉。盖道明者三皇，德著者五帝，法备者三王。以尧舜禹汤文武之为君，尽君道也；皋陶伊傅周召之为臣，尽臣道也；孔子颜曾思孟之为师，尽师道也。千万世之所法者，未之有改也。②

---

① 张宇初《道门十规》，《道藏》，第 32 册第 147 页。

② 张宇初《岘泉集》卷一《慎本》，《道藏》，第 33 册第 183 页。

张宇初树立儒家道统，既为他建构道家道统寻找参照系，以此参照系为依据，使其道家道统立于不败之地，又体现了他调和儒道的思想倾向。不仅如此，张宇初又把儒家道统的道德内涵与其表现形式或载体形式——辩证地统一起来，提出了道“蕴之为德行，发而为文章”，可以为天地立心，为生民立命的文道观，他说：

> 学必有本焉，经世出世之谓也。故学非所当务，则不足志矣，其所当务者，经世之学，则圣贤之道焉。圣贤之道者何？道德性命仁义之谓也。……圣贤远矣，而其道俱在者，六经焉。夫易以著阴阳，推造化之变通也；诗以道性情，别风雅之正变也；书以纪政事，序号令之因革也；春秋以示赏罚、明尊王抑霸之统也；礼以谨节文，明上下等役之分也；乐以致气连，达天地之和也。凡圣贤传心授道之要于是乎具，蔑有加矣。然六经之精微幽妙悉具，夫吾心昭晰明著，何莫由夫是哉？自尧舜相传，惟曰执中持敬宅心而已耳。孔子之谓仁，子思之谓诚，大学之谓敬，孟子之谓心，中庸之谓中，其归一也。能造乎天人一致之工，则致中和、存诚明、穷事物之理，尽人物之性，然后位天地、育万物、裁成天地之道，辅相天地之宜，是以智周乎万物而道济乎天下也。此君子之道，本诸身，征诸庶民，考诸三王，建诸天地，质诸鬼神，百世以俟圣人而不惑。大而为天地立极，生民立命，维持纲常，扶持世教，孜孜焉，矻矻焉。守之为大经，行之为大法，明则有礼乐，幽则有鬼神，故不可一日而废焉，须臾而离也。必致戒谨恐惧之工，于慎独之顷，操舍之际，而后体立而用行矣。始则止而后定，定而后静，静而后安，安而后虑，虑而后得。久则曲能有诚，诚则形，形则著，著则明，明则动，动则变，变则化，莫不得诸己者。其惟尽性致命矣乎？居仁由义矣乎？敛之则退藏于密，施之则小而为天下国家用，大而用天下国家者也。下建荀杨董韩周程邵张朱吕之言，皆所以载道，足以羽翼夫经者欤。左氏屈贾班马李柳欧苏曾王之文，皆属辞言道而作，非载夫道，虽工无取焉。是故蕴之为德行，发而为文

章，皆得夫道之正也。①

在这里，张宇初从儒家道统的角度阐述了儒道与文章的辩证关系，归结为一个真理式命题就是"文以载道"或"文以明道"，即自儒家六经以降，一切的文人学子之文都是为羽翼经典服务的。很明显，这是唐宋古文运动以来文道理论在张宇初文学思想中的延续和弘扬。

以儒家文道关系论为基础，张宇初又引申出道家道教的问道关系模式，这种模式仍然是"文以载道"的重复，只不过是"道"的内容变换成道家道教的内容了。如果说儒家是入世之道，则道家道教为出世之道，故他说：

自秦汉以下，有记诵之学，词章之学，智术之学，于是有别焉。举无以逮夫圣贤之学也，其立言将以泽万世、垂不泯也。穷天地之大不知其至焉；合阴阳之和不知其信焉，极鬼神之幽不知其秘焉，又岂徒藻绘雕琢、剽猎缘饰以惊世衔俗之为足哉？苟不求夫真知实践，则何出处语默唯义之从哉？此孔孟间关列国将以行其道焉，道不行则退而独善以全其进退于用舍之间而已矣。故高举远引之士将欲超脱幻化，凌厉氛垢，必求夫出世之道焉，则吾老庄之谓是也。②

显然，如要退而独善其身，高举远引，超脱幻化，则必从老庄出世之道中求得知解。

第二，关于文章（言）与品行（德）的关系问题。张宇初由于从少年时代就开始饱读儒经，因此，深受儒家道德文章关系思想之影响，在他二十多年的文学创作过程中，继承儒家道德根本论的文学理论，提出了文章正宗源流学。他在《书文章正宗后》中有云：

三光五岳之气发而为文，文所以载道也。文著而后道明，而

① 张宇初《岘泉集》卷一《慎本》，《道藏》，第33册第182页。
② 张宇初《岘泉集》卷一，《道藏》，第33册第183页。

必本诸气焉。元气行乎天地，而道所以立矣。古之有德者必有言，盖其和顺积中，英华发乎外也。非道充义明，其能见于言哉？是以真文忠公，集文章正宗，以得源流之正者，曰正宗也。其编次之目凡四，其体本乎古，其指原乎经，否是，辞虽工，不录也。首曰辞命，次曰议论，次曰叙事，次曰诗赋，惟虞夏列国西汉及唐初之文，本于左氏；继而可则者，班马韩柳，续以欧苏曾王首焉，余所不载，其立法辨制严矣。盖以道德为之基，理义为主，而发乎词章者，必得性情之正而后合乎是也。由是观之，则虽古人之言允合者，亦几希矣。矧后之未达乎此而妄谓之文，欲求名家合辙者，其可得乎？然亦惟道未之著，气未之充焉耳。夫学也，所以穷理以致用，必本乎道，养乎气。知所养则气充而道立，文有不工者乎？余志于文凡二十余年间，探其要，六经而下，若汉唐诸家，尽味之，将上溯三代之言以究，与经为之表里者焉。所愧学力驽怠，未之博洽贯通，深所自惧。及究是编而后明彻，廓达而信之，益笃得之，益大矣。或所适未正，所养未至，而不足预是者，亦了然可辨矣。嗟夫，世之鲜知此者，惟藻绘雕饰、纤碎委靡，视此不啻千里之远，万仞之危，孰知其行之未至，亦必由其方而后达也哉？其或知探源流之绪于菁华抹截者，求之无斁，其于文忠之余意，孰无所得哉？且获忝继其末者，得不自幸欤？①

这是张宇初文学思想体系中最系统表述其思想内涵的文字，该文兼表儒道文学思想内容。从儒道方面来看，有如下几个意思：

一、强调儒家仁义道德是为文造言的根本、根基，儒家经典是文学的正宗，从而构建起他的文学正宗源流学说。但是，这种学说仍然是建立在儒家文学思想史的传统基础之上的。《周易・文言》云："君子进德修业，忠信，所以进德也。修辞立其诚，所以居业也。"立德立功立言"三不朽"，德是首要的，第一位的。而德的最重要的内

① 张宇初《岘泉集》卷一，《道藏》，第33册第200页。

容就是忠信诚意，因此，从事文章修辞这种“立言”之事业，必须以“诚意”为根本，这叫作“修辞立其诚”。《论语·宪问》：“子曰：有德者必有言，有言者不必有德。”道德情操，仁义忠信等等，是儒家用以化人伦、教众类的最高原则，一个道德修养高尚的人，其发而为文，作而为言，亦必精工上等，因此，德行文章，主次轻重不言而喻。《孟子·万章》云：“颂其诗，读其书，不知其人，可乎？是以论其世也，是尚友也。”孟子认为有什么样的人品，就有什么样的诗书，故他强调“养浩然之气”，只有道德高尚、气质高尚者，其为诗作文才超世逸群。汉唐以降，对于仁义道德和儒家经典的重视，如颜之推、韩愈、欧阳修等，都表现出捍卫儒家文德观的态度，他们对于完善儒家文德理论，呕心沥血，尤其是程朱理学以来，更把道德张扬到极致，强调修心养性、敬心诚意对于作文的决定意义。如颜之推在《颜氏家训·文章》中云：“夫文章者，原出五经：诏命策檄，生于《书》者也。序述论议，生于《易》者也。歌咏赋颂，生于《诗》者也。祭祀哀诔，生于《礼》者也。书奏箴铭，生于《春秋》者也。”儒家五经，道德文章之所在，德言之精粹，万世文章之祖，颜氏在这里从文体学的角度对各种文体的渊源、真义进行了界定，其所与刘勰强调的文章正宗的宗经思想是一脉相承的，而张宇初的文章正宗源流学正是对颜刘宗经思想的继承。刘勰说：“三极彝训，其书曰经。经也者，恒久之至道，不刊之鸿教也。故象天地，效鬼神，参物序，制人纪，洞性灵之奥区，极文章之骨髓者也。皇世《三坟》，帝代《五典》，重以《八索》，申以《九丘》，岁历绵暧，条流纷糅，自夫子删述，而大宝咸耀。于是《易》张‘十翼’，《书》标‘七观’，《诗》列‘四始’，《礼》正‘五经’，《春秋》‘五例’。义既埏乎性情，辞亦匠于文理；故能开学养正，昭明有融。”刘勰把自三皇五帝以下一切儒家典籍奉为不刊之文，万世之师，看重的是它们的道德经教，为文者效法学习的楷模，足见其对于文德关系的重视，而尤以德为作文者之根基。

唐宋古文学家仍以儒家道德为至高圭臬，提出了德为根本之理论。韩愈云“将蕲至于古之立言者，则无望其速成，无诱于势利，养其根而俟其实，加其膏而希其光。根之茂者其实遂，膏之沃者其光晔，仁义之人，其言蔼如也”(《答李翊书》)，仁义道德的修养是作文的根本，正像一棵树，如果它的根基深厚而茂盛，则其所结果实将充实饱满，韩愈把道德文章的关系又以气与言的关系形式来说明，提出了“气盛言宜”的观点。他说“气，水也；言，浮物也。水大而物之浮者大小毕浮。气之与言犹是也，气盛则言之短长与声之高下者皆宜”(《答李翊书》)，这里的“气”，既是指作家的道德情操，伦理道义，即孟子说的充塞于天地之间的仁义道德，又是指为文者的个性特征，两者充实饱满则写出来的文章自然精工纯粹，是不朽之文，不刊之论。欧阳修也说“大抵道胜者则文不难而自至也”(《答吴充秀才书》)。这里的“道”，自然是指儒家道德方面的内容，认为“道”对于文章起决定作用。

到了两宋理学的时代，周程张朱更是以道学家的面孔谈及道与文的关系问题。周敦颐说：“文辞，艺也；道德，实也。笃其实而艺者书之，美则爱，爱则传焉。贤者得以学而至之，是为教。故曰：‘言之无文，行之不远。’然不贤者，虽父兄临之，师保勉之，不学也；强之不从也。不知务道德而第以文辞为能者，艺焉而已。噫！弊也久矣。”(《文辞》)。“道德”为“实”，“文辞”为“艺”，这与韩愈所说无二。二程子从维护儒家道德传统的角度出发，甚至于提出了“作文害道”“学诗妨事”的极其偏激的主张。程颐说：“问：作文害道否？曰：害也。凡为文不专意则不工，若专意则志局于此，又安能与天地同其大也。书云‘玩物丧志’，为文亦玩物也。吕与叔有诗云：‘学如元凯方成癖，文似相如殆类俳。独立孔门无一事，只输颜氏得心斋。’此诗甚好。古之学者，惟务养情性，其他则不学。今为文者，专务章句，悦人耳目。既务悦人，非俳优而何?”程颐认为为文有害于儒家道德的培养与修炼，因为为文是一种使人在感官上快乐愉悦的玩好之事，而玩物是会丧志的，故他反对为文。作诗也是如此，所以他又提出了“学诗妨事”的主张，他说：“或问：诗可学否？曰：既学时须是用功方合诗人格，既用功，甚妨事。古人诗云：‘吟成五个字，用破一生心。”又谓：“可惜一生心，用在五字上。’此言甚当。”从这里可以看出，程子对于那种用心作诗的事情是极力反对的，他认为这有害于道德修养，耽误修心养性、修道布教的时间，所以他贬低杜甫，对于杜甫的一些诗歌大加批评，如云杜诗“穿花蛱蝶深深见，点水蜻蜓款款飞”是“闲言语”，无益于修道建德。

朱熹在对待道德与文章的关系上，虽然没有程子那样偏激，但还是强调道德的重要性，或者主张道与文要统一，他说“道者，文之根本；文者，道之枝叶。惟其根本乎道，所以发之于文，皆道也。三代圣贤文章，皆从此心写出。文便是道”，他又说“这文皆是从道中流出，岂有文反能贯道之理。文是文，道是道，文只如吃饭时下饭耳。若以文贯道，却是把本为末。以末为本，可乎”，“裂道与文以为两物，而于其轻重缓急本末宾主之分，又未免于倒悬而逆置之也”。

从上述梳理中可知，张宇初在其《书文章正宗后》中提出的文章正宗道统源流学说，是在两千年传统文道关系史的基础上进行继承、发扬的结果，是他对于儒家文学思想以一个道家道教者的身份来认同这份思想遗产的，但正由于此，所以也没有溢出其本职工作即道教传承活动的范畴，他仍然用道教的宗教文章源流观来阐释文章的构成原理。

二、探讨了文学、文章起源于天地山川、宇宙自然之元气的产生学说。“三光五岳之气发而为文，文所以载道也。文著而后道明，而必本诸气焉”，载道之文是因为流行布施、构成宇宙天地的气之所产生的。这个观点，既是道教内部“一气化三清”“气生文章”的宗教文源论的继承，又是对传统文学理论尤其是魏晋南北朝文学理论关于文章起源学说的延承与传续。从道教内部来看，他们把道经文章分为三类，即洞真类、洞玄类、洞神类，这三类经文都是由“一气化三清”的三清圣主所出，则显知这三类文章亦是由“气”所出。而“气”就是构成宇宙万物的“元气”，故《隋书·经籍志》云：“道经者，云有元始天尊，生于太元之先，禀自然之气，冲虚凝远，莫知其极，所以说天地沦坏，劫数终尽，略与佛经同……禀元一之气，自然而有，非所造为。”①这种元气生文

① 魏徵《隋书》，第1091页，中华书局1973年版。

理论，带有神秘的道教宗教色彩，而张宇初的“三光五岳之气发而为文”的文章起源论，显然维护和张扬了道教的宗教文学起源论。从传统文学理论看，张宇初的文章源起论又是与刘勰等人的文源论相一致的。刘勰说：“文之为德也大矣，与天地并生者何哉？夫玄黄色杂，方圆体分，日月叠璧，以垂丽天之象；山川焕绮，以铺理地之形：此盖道之文也。仰观吐曜，俯察含章，高卑定位，故两仪既生矣。惟人参之，性灵所钟，是谓三才，为五行之秀，实天地之心。心生而言立，言立而文明，自然之道也。傍及万品，动植皆文：龙凤以藻绘呈瑞，虎豹以炳蔚凝姿；云霞雕色，有逾画工之妙；草木贲华，无待锦匠之奇。夫岂外饰，盖自然耳。至于林籁结响，调如竽瑟；泉石激韵，和若球锽。故形立则章成矣，声发则文生矣。”（《文心雕龙·原道》）文章是与天地并生的，而按照中国哲学的宇宙构成论来说，天地是阴阳之气产生、形成的，那么文章自然也由天地元气产生，这文章就包括刘勰在这里说的天文、地理、人文。

三、关于气。综合上面两条观之，张宇初在《书文章正宗后》中谈及的关于文章、文学之“气”的概念，有两个方面的内涵，一是指构成宇宙、生成文章的自然属性层面的“元气”，一是指作者通过读书（主要是儒家经典）识理、不断炼养修造后形成的充塞天地社会之中，具有社会属性和高尚道德伦理的凛然正气，即他们说的本乎道而养成的“气”。质言之，张宇初的文章、文学之“气”，是调和融合了儒道思想的具有自然属性和社会伦理属性的统一体。

四、张宇初一贯反对那种藻绘雕饰、华丽奢侈的文风。在《书文章正宗后》及前引《慎本》一文中，都批评“藻绘雕琢、剽窃缘饰以惊世衒俗之徒”所作文章，这又是与道家道教内部一贯提倡自然简朴的文风一脉相承的。老子说“人法地，地法天，天法道，道法自然”，又说“为天下谷，常德乃是，复归于朴”。庄子说“朴素而天下莫能与之争美”。在表达上，老庄主张用最少量简洁的语言来表达深奥复杂的思想，老子说“大巧若拙、大辩若讷”，又说“信言不美，美言不信；善者不辩，辩者不善”，庄子也说“大道不称，大辩不言”。道教典籍继承老庄的这种自然朴素、简洁质朴的语言风格，如《老子河上公章句》云“归射质朴，不复为文饰”，又说“我常无欲，去华文，微服饰，民则随我质朴”。《太平经》云“太平道，其文约，其国富，天之命，身之宝”①，《太上灵宝净明洞神上品经》亦云“质而可用之谓文”②，又《上清大洞真经》称赞点评《三十九章经》的文风是“其文质于无文，判于溟涬混沌之始，而其开廓生植之著则可闻而质矣”③。南朝著名道教学者、道士顾欢在《夷夏论》中更是比较了佛道在文风上的优劣，指出了道教文风质、实、简的高尚之处，“佛教文而博，道教质而精。精非粗人所信，博非精人所能。佛言华而引，道言实而折。折则明者独进，引则昧者竞前。佛经繁而显，道经简而幽。幽则妙门难见，显则正路易遵。遵正则归途不迷，见妙则百虑咸得”④。尚简的文风传统，是张宇初文学主张的历史基础。

第三，张宇初从不同宗教有不同的信仰出发，提出了文学创作、文章写作（为文用语）亦有不同的职责、使命的文学观点。他在《三十代天师虚靖真君语录后序》中云：

> 宇宙之间，钟光岳灵淑之气者，惟人。而人之修乎身也，有诸内必形诸外。固凡蕴蓄之素者，其能已于言乎？虽老庄氏之学，堕肢体，黜聪明，凡役乎外者，一切斥绝，务一返乎内而至于垂世立教之道，亦必因言而后达且著焉。由是观之，游方之外者，岂以言为无所用者哉？盖其于言也，若太虚行云，澄渊微澜，随其动止而成文，不可以迹求之也欤。与儒之于言也，达则雄迈放逸之情肆，穷则羁旅感慨之语发者，异矣。虽然，其道隆神化之久与天为徒，又岂必以言之有无而后谓之仙哉？⑤

① 王明《太平经合校》，第697页，中华书局1960年版。
②《道藏》，第24册第608页。
③《道藏》，第1册第555页。
④ 梁僧祐《弘明集》，卷七第45页，上海古籍出版社1991年版。
⑤ 张宇初《岘泉集》卷二，《道藏》，第33册第205页。

张氏认为，由于宗教信仰、人生出处的不同，儒道两家在文学追求、文章创作之缘由上也是不同的。道家道教之所以发而为文，“务一返乎内而至于垂世立教之道”，不蕲乎外在的功名利禄而务以达到内在的清心淡欲之修养为目的，故此乃为通达之事业，无所谓穷与达之分，而只一意视之为达且著者焉，因此，“言”（发而为文之言）是无条件地具有实际价值和实用意义的。而儒家在对待为何造文用言上，却有强烈的功利色彩，当人生通达顺畅之时，其为文则雄迈放逸，情感一发而不收，肆情恣意；当人生坎坷多舛，偃蹇多艰，穷困潦倒，就满腹牢骚，视一切言语为无用之物，或者一味的沮丧低沉，凡此种种，张氏认为皆不是一个通达之士所为，只有道家道教的那种内在修养高尚者，才不在乎人生通达与否，而是同样达观豁旷，仍然拿起文学之笔，造文章之语，作有用经久之言。以此验之，三十代天师虚靖真君堪当受之，当之无愧。故张氏又云：

> 太真君流示世教之语，陶冶性灵之篇，又皆足以警迷启蔽，非游神于胚晖坱轧之初，蝉蜕于轇轕尘滓之表，无毫忽足以介其中者，其所造诣能若是哉。四方传诵愿见者，惜不获其全。往尝刊布，久亦遗缺，间求之名山，重锓梓以广其传，庶俾冠褐之士，慕向之流，探索于言外意表以悟火符之秘，穷铅汞之妙，有余师矣。以是而进乎道德之域，若所谓广漠之野，虚无之滨，当层峰乔木之间，风清月霁之夕，哦咏其空歌灵韵，林唱泉答，又焉知其霓旌霞珮之不来降也哉？其可不与老庄氏之言而并传乎？①

张宇初在这里赞赏三十代天师虚靖真君张继先以陶冶性灵之篇抒发其隐逸遁世之怀，其诗文歌赋足以与老庄之典垂传后世，不计通达之情，不求显豁之欲，探索言外意表之境，实乃世间高人。

第四，关于诗歌源流、传承的正统诗史观。中国古代文学的发展历史，由于受儒家正统思想的影响，决定了其发展趋势或历史走向注

① 张宇初《岘泉集》卷二，《道藏》，第33册第206页。

定是正统的诗歌史，即由儒家经典《诗经》所开创的风雅传统。张宇初虽然是一个道教学者，由于所受教育和阅读儒家经典的学养原因，也是以继承、弘扬儒家正统诗学思想、重视正统诗歌传承为己任，一方面他在诸多为友人所作诗集的序文中强调风雅传统延续承继的重要性，另一方面又以风雅的标准来要求当时的诗歌创作，符合这个标准的，就为他树碑立传，乐为其写序作跋。张氏所作《张嘉定集叙》《宗濂稿叙》《云溪诗集叙》集中表达了上述两个主要内容。《张嘉定集叙》中有云：

> 公（指张率，字孟循，因授知州嘉定，故称张嘉定。——引者注）之诗，其体裁风致，本乎风雅，而浸淫乎汉魏六朝，若盛唐初元而下所不道也。盖其气岸魁伟，美姿表，故吐辞运思，捷若神助。宿构不假穷索苦思，而成其雄浑。渊永若穹华之云，长江之澜，不可涯测而迹求者。是所以浅陋庸隘者所不能造也。此其知名王公学士大夫间，信不虚得矣。……公之学优辞敏，不惟骈华竞秀于一时。而其盛德伟望，已尝见于事功，其遗声潜耀，岂竟泯泯澌坠者哉？①

在这篇叙文里，张宇初标榜“风雅”和“汉魏风骨”，而这正是士大夫文人提倡和践行的诗歌风格与创作旨趣。陈子昂就说“文章道弊五百年矣。汉魏风骨，晋宋莫传，然而文献有可征者。仆尝暇时观齐梁间诗，彩丽竞繁，而兴寄都绝，每以永叹。思古人常恐逦迤颓靡，风雅不作，以耿耿也”（《与东方左史虬修竹篇序》）。风雅之作，切合现实、讽喻时弊，而汉魏风骨，正是以建安诗歌为代表的“汉末实录”，这些健康充实的诗歌，正如陈子昂所说“骨气端翔，音情顿挫，光英朗练，有金石声”（《与东方左史虬修竹篇序》）。杜甫无疑是正统风雅诗歌和汉魏风骨忠实继承者，其诗作代表正统文人诗歌创作的最高成就，他提出“别裁伪体亲风雅，转益多师是汝师”，正因为如此，才造就他为“诗圣”。由

① 张宇初《岘泉集》卷二，《道藏》，第 33 册第 210 页。

于有这样的思想高度，所以哪怕对于“初唐四杰”中有很高成就的卢、王，杜甫也批评他们“劣于汉魏近风骚”，可见汉魏风骨和《诗经》风雅之作被杜甫所重视。

正因为受传统诗学理论的影响，也由于接受传统儒家思想的教育，所以张宇初在对待文学遗产的态度上，以“本乎风雅”“浸淫乎汉魏六朝”作为他的文学史观，主要是他的诗史观，同时，这种风雅、风骨理论，也是他对于诗歌创作的原则要求。他的西周而汉魏，汉魏而盛唐的诗史观，对于他以后的前七子、后七子的诗文理论所提倡的“文必秦汉，诗必盛唐”“大历以后书勿读”的创作原则，一方面在观念上有影响的倾向，另一方面在态度上也有传承的痕迹。

对于传统的继承与推陈出新，主张有因袭才有创造的诗歌思想，张宇初在他的《云溪诗集叙》中有所表述：

> 孟子之言曰：王者之迹熄而《诗》亡，《诗》亡然后《春秋》作。夫诗，岂易言哉？自三百篇古赋之下，汉之苏李，魏之曹王刘应，去风雅未远，始有以变之。晋初，阮陆潘左之徒尤未湮坠。逮六朝鲍谢颜张出而音韵柔嫚，体格绮丽，则风雅之淳日漓矣。暨唐初，宋杜陈刘，盛唐，韦柳王孟作而气度、音节雄逸壮迈，度越于前者也。而集大成者必曰少陵杜氏，在当时如高李岑贾，亦莫之等焉。则杜氏之于穷达忻戚，发乎声歌者，有合乎风雅而足为楷法矣。唐末，风俗侈靡。宋之称善者，苏子瞻、梅圣俞、石延年、王介甫、欧、苏、朱、杨而已。及元，范、杨、虞、揭辈，倡遗音于绝响之余，直追盛唐，一时禁林之儒生，四方之士人，莫不宗师之。凡江东西之间，言能诗者尤盛，盖得乎己者，高而宇宙山川之大，近而卉木禽虫之微，无巨细妍丑之辨，接于目者会于心，其操辞运思，若江海之奔而不可遏矣。故代之辞人墨客以是名者，骈华竞秀，栉比鳞次，及求之大章全帙，可以跻古而式后者，复几何人哉？然则三百篇之删取，虽出于庸人愚妇之言者，其风刺美怨，皆足以荐之廊庙，裨之政化，而王泽具存焉。其曰《诗》既亡而以《春秋》续

之，则为诗者必欲继其亡者焉，是以后之学者苟不操源溯流，发乎性情之正，资养之实，务趋于模测雕饰，窥古人之余膏剩馥，惟将和铅吮墨、剽猎纤碎，骋驾于兰茗月露之顷以夸时自足，是岂足与言诗也哉？①

在这篇叙文里，张宇初梳理了一条自西周初《诗经》创作以来至于元初大约2300年的中国诗歌发展轨迹，即中国诗歌发展史。对于这个中国诗歌的历史进程，他归纳出了中国诗歌发展的两条规律，一条是继承（因袭），另一条是“变之”即推陈出新。就继承来讲，无疑是继承优秀的正能量的传统内容，如《诗》的风雅刺怨；就“变之”来讲，无疑是变革废除那些消极的糟粕的负能量之内容，如六朝齐梁绮丽靡萎。中国诗歌，推而言之，中国文学不遵循这两条规律发展，就不会走出一条辉煌灿烂的历史大道。除此之外，这篇叙文还表现了张宇初对于诗歌本质的认识，认为诗歌是“发乎性情之正、资养之实”的精神产品，诗是写人的性情的。这个诗歌思想非同小可，作为明初道教诗人，能提出对于诗歌本质认识的诗学观点，值得进一步演绎和阐释。

第一，这种强调诗歌是抒性情的理论，正是道家道教思想在文学创作上的应用和体现。道家提倡的顺其自然，“道法自然”的哲学思想，用来指导人的为人处事，强调的也是人的自然状态的存在和展示，这种自然状态就是人固有的本真、真我，即老子说的“婴儿”状态，庄子说的“赤子”状态，后来文学家和文学理论家将其延展、引申到文学领域，即产生了文学要抒写真性情的理论命题。这个命题认为，纯正、真正的人的情感、性情，才是文学创作要表达和抒发的对象，而只有抒写真性情、正情感的文学作品，才是体现文学本质的，因此，在这种指导思想影响下，魏晋时期的文学理论界，第一次提出了诗是缘情即抒真性情的文体形式的观点，故陆机说“诗缘情而绮靡”。道教一贯主张信仰者必须以真诚、虔诚之心对待神灵、对待

① 张宇初《岘泉集》卷二，《道藏》，第33册第211页。

“道”,不允许任何伪饰、虚假、华丽的表现存在,从早期道教如太平道、五斗米道开始,就力戒浮华,信道者在语言、情感等方面都要真情实言,反对浮夸、诞饰的说话和动作,在《太平经》《老子想尔注》以及魏晋的道教著作中,都提出日常交谈和文学书面语言的真实诚恳,这都是从人的真性情、真我、自然等本质出发提出的文学原则。

第二,张宇初“发乎性情之正”的诗学观念,从整个明代“主性灵”的文学主流上看,由于张宇初生活在明初,因此,他的这一观念确有启明代主流文学——性灵文学理论端绪的功绩。如稍后于张宇初的明代前七子、后七子,前者如何景明主张和重视诗歌意象的合于自然,他说“意象应曰合,意象乖曰离,是故乾坤之卦,体天地之撰,意象尽矣”(《与李空同论诗书》)。又如徐祯卿非常强调诗的情感和心的作用,认为诗歌的本源在情,“情者,心之精也,情无定位,触感而兴,既动于中,必形于声”(《谈艺录》)。诗歌是人的情感性情从内心中发出的声音。后者最著名的诗人王世贞重视诗歌表现人的性情之真,开明代中期公安派之先河。前后七子之后,沿着性情的诗学理论一路走来的,有王阳明的心学及其文艺思想,李贽的“童心说”,焦竑、汤显祖的“情真”说,公安派和竟陵派的“性灵说”,以及胡应麟的“神韵说”,尤其是胡应麟的“神韵说”,直接开启清代王士禛的神韵理论。从上述梳理中可以看出,作为明初道教学者、道教文学作家和理论家的张宇初,其所提倡的诗歌创作必须追本溯源、返本归原和发性情之纯正、资养之真实的创作理论,不但抓住了以诗歌为代表的文学实质——真情,而且大胆抨击那些违背文学本质、一味模拟雕饰、机械因袭前人而毫无创新性的文学以及文人。

诗关乎性情,而性情又以真诚纯正为本,这种诗本论在张宇初的另一篇《宗濂稿叙》中亦有明确地表述:

> (宗濂)鲜为文辞,或强缀作,必稽诸经,一出于纯正。……君(敬称宗濂,《宗濂稿》之作者——引者注)育天地之和,山川之秀,蒙先世之泽,质淳气清,性行端洁,自非庸儒俗生所能至。内既足

> 于身而外亦无待乎人者也。故其言论风旨，一本诸简易之理，精微之得，道不待究而自明，诚不俟立而自著，是所以得之本心也欤？宜其施诸事为，训诸讲解，举不论于口耳之习，言辞之辨，一存乎端本诚身而已矣。本端身诚，则圣人之道，经世之法具矣，尚何俟其繁赘也哉？其策问、讲议、叙说皆发乎正大之要，存养之方。陆门之杨钱，殆不是过也。其诗歌篇什，得乎性情之实，而韦孟之闲雅，陶柳之冲澹有焉，惜未之大用，无以发其和粹之蓄，岂圣代之可多见也乎？①

“端本诚身”，是文学创作包括诗文创作的普遍规律，端正、纯正之心，真诚、本然之情，是文学不朽的唯一原因，有了此端与诚，其作品自然高大，超乎寻常之上。显然，这种文学理论、诗歌原则，无疑是以自然为宗的道家道教思想催生的文学观。在这篇叙文中，值得一提的是张宇初特别强调和赞赏的韦孟陶柳，韦应物、孟浩然、陶渊明、柳宗元正是受道教思想影响的“自然”诗派的代表人物，这个流派源远流长，影响深远，正是端正之本，真诚之身的艺术化身，张氏树立这四面旗帜，正是为了阐释自然性情的具体表现内容怎样在这些诗人诗作中被淋漓尽致地发挥出来，以致形成闲雅、冲澹的诗歌风格，天然新鲜，真纯恬淡，历久弥新。

三　张宇初文学创作之艺术取向

道教自创建以来，历朝历代都不乏业内卓有成就的道教文学家，自汉魏六朝而唐宋而金元明清，可与教外文人骚客之辉煌成就媲美者举不胜举，葛洪、陆修静、陶弘景、寇谦之、成玄英、王悬河、王玄览、司马承祯、吴筠、杜光庭、施肩吾、陈抟、张伯端、白玉蟾、吕元素、李冶、鱼玄机、薛涛、全真七子……可谓琳琅满目，如珠落玉盘。而有明一代，道教人士文学成就斐然著世者亦有目共睹，明初及早期有张宇初、赵

① 张宇初《岘泉集》卷二，《道藏》，第33册第210页。

宜真，中期有张三丰，后期有陆西星、王常月等。其中尤以张宇初、张三丰文学创作硕果为甚，张宇初的道教文学创作成就表现在如下几个方面：

第一，张宇初各体兼工。今本《道藏》所收张宇初《岘泉集》共十二卷，这部文集所涉文体情况如下表：

卷数	文体	数量	小计（总计）	卷数	文体	数量	小计（总计）
一	杂著	14	14	七	疏	2	93
二	序(叙)	18	32	八	赋	1	94
三	记	17	49	八	操	3	97
四	说	3	52	八	五言诗	25	122
四	传	3	55	八	五言杂诗	19	141
四	书	1	56	九	五言古诗	64	205
五	铭	7	63	十	五言律诗	28	233
五	箴	1	64	十	五言排律	5	238
五	赞	13	77	十一	七言律诗	112	350
六	青词	8	85	十二	七言长歌	4	354
六	上梁文	3	88	十二	七言绝句	17	371
七	普说	3	91	十二	词	12	383

从上表可知，传统的诗和文是张宇初用来书写道教内容的主要文体样式。在诗歌一体中，正统五言、七言所占比重特别之多，占总数的71%；在散文一体中，又涉及普遍运用的各种文体类型，而论体、叙(序)体、记体又是最广为运用的文体，在散文中所占比例名列前茅，分别占散文的14%、18.5%、17.5%。从青词创作来看，亦占全部散文的8%，比例亦不小。因此，作为道教文学家，张宇初在文体创作的活动中，是以认同正统文学体式的态度来进行创作的，其成就也就具有代

表性。

第二，题材丰富多样，一体一用，不同题材用不同文体来写，达到了体用统一的目标，所涉内容主要有以下几个方面：

一是阐述道家道教哲学思想和宗教信仰鹄的，同时主张儒释道三教结合。这个题材内容主要运用论、序、记等文体来表达。作品主要有《慎本》《玄问》《太极释》《先天图论》《河图原》《太上混元实录序》《汉天师世家序》《生神章注序》《妙灵观记》《正一玄坛题名记》等等。这方面的题材内容或思想内容，前已引述，此不重引。

二是记游、写景、题记、赠别题材的诗文数量巨大。这类作品往往借题发挥，或宣教布道，或抒情写意，或指陈时弊，或寄寓理思。主要作品有《妙灵观记》《福庆观记》《义度记》《诒善亭记》《企云楼记》《桃溪丹室记》《正一玄坛名记》《题清白轩》《题继志斋》《题山林幽居图》《山居晚兴》《春雨》《游西山玉隆宫》《游仙岩》《赠御风子序》《送琴士朱宗明序》等等。

三是阐述其道教文学思想尤其是诗歌思想的文章，是张宇初文体中的主要题材。这方面的作品主要有《书文章正宗后》《太上混元实录序》《龙虎山志序》《汉天师世家序》《三十代天师虚靖真君语录后序》《张嘉定集叙》《宗濂稿叙》《云溪诗集叙》《游仙岩诗序》《还真集序》。关于文学思想、诗学理论的具体内容，前已述及，此不赘论。

第三，艺术技巧、审美水准达到了很高的水平，代表着明代道教文学在艺术和审美上的最高成就，表现在以下几个方面：

一是说理透辟，逻辑严密，喻譬丰赡。如《冲道》云：

> 至虚之中，块圠无垠，而万有实之。实居于虚之中，寥漠无际，一气虚之。非虚，则物不能变化周流，若无所容以神其机，而实者有屈伸聚散存焉。非实，则气之絪缊合辟，若无所凭以藏其用，而虚者有升降消长系焉。①

① 《岘泉集》卷一《道冲》，《道藏》，第33册第181页。

此处论证虚与实的相生相用关系，正反相对，使逻辑推理极其严谨周密，接下来由形而上下移到生活实处，由抽象理论落实到具体实际：

夫天地之大，以太虚为体而万物生生化化于两间而不息者。一阴一阳，动静往来而已矣。凡寒暑之变，昼夜之殊，天之运而不息者，昭而日星，威而雷霆，润而风雨霜露；地之运而不息者，峙而山岳，流而江海，蕃而草木鸟兽。若洪纤高下之众，肖翘蠕动之微，一皆囿于至虚之中而不可测其幽微神妙者。①

这几句议论先用总括一句“太虚为体而万物生生化化于两间”引领后面的“实”在“虚”的具体可见之“化”，最后用“一皆囿于至虚之中而不可测其幽微神妙”以与开头呼应，构成一个封闭无隙的思维团块，论点论证论据三者捆绑得严严实实，滴水不漏，以此体现这种说理（虚实关系之理——“冲道”）文的逻辑谨严、透彻，而喻譬生动形象。

二是将议论与抒情紧密结合，一方面以道家“物物而不物于物”的超逸放旷作为自己修身养性、为人处事的生命要义，另一方面又没有把自己完全与世隔绝起来，表现出不食人间烟火的伪饰、矫揉造作，而是从道家“自然”“真我”“本我”的生命状态出发来接人待物。如《赠御风子序》云：

世之具形气者，有生于无，而无复归于有，故形载乎气而气御乎形也。元气运天地而阴阳行焉。天之覆，地之载，日月之明，四时之序，昼夜之续，鬼神之变，万物之众，其运行而不息者，皆有无自相生化者也。古之善训人者，惟使趋乎道而已。知趋乎道，则达有无生化之机矣。然世之谓学者，苟声务华，饰外忘内，其于生化之有无，又岂能潜求默识也哉？

余居耆山中，闲游鹤松下，值一道者，蓬累翛然，揖而言曰：“吾游江海间久矣，尝扣异人以金液还丹之道，信夫列御寇指尻轮

①《岘泉集》卷一《道冲》，《道藏》，第33册第181页。

神马之说，而有御风之神化者也。吾虽未知能也，其然乎？其不然乎？愿有以发之。”曰：“风之为物也，声而不形，蒙庄氏谓之大块噫气是焉。其御也，果有凭乎？所凭虚者，则何致福之数数然也？所凭者非虚，又何福之可致耶？况数数也哉！是故难免乎犹有所待者也，孰若无所御而行，是无待于外矣。故乘天地之正而御六气之辨以游乎无穷者，彼且恶乎待哉？彼列御寇之御乎尻轮神马者，乃一气之往来无穷，是托乎御风也，果何待哉？故其游之不息，非以边涯可得而测焉，况旬有五日而后返耶。有息而后返，返而未尝不息矣，特有之所以乘无，无之所以御有也。及乎非有非无而生生化化之机尽矣。子之于学也，必求夫天地之正，六气之辨，修之于己，日积月至而后形神气化亦御乎尻轮神马之无穷，则风不待御而行矣。其视致福，乃吾无所用者哉？舍是而欲之，虽使飞廉列缺侍乎飙车霆辙，驾乎云道星衢，尚何能御哉？虽然，凡造乎道者，必去浮幻，绝识染，形如槁木，心若死灰，厌视世之贵者为埃壤，身之重者若土苴，则其自待也，轻举天下，无毫发之足累其中，犹凭虚而行，不假于御而莫知止也。虽天地之外，不可以迹限之也。矧子以刚劲之质，参究之学，使洞视有无之表，而游乎逍遥之墟，广漠之野，若万窍之怒号，众窍之为虚，寥寥乎之不闻，叨叨乎之不见，又何众窍之谓地籁，比竹之谓人籁，吹万之谓天籁也乎？惟听于无声，视于无形，则有无之间皆一吹万也，斯求造物者之所凭哉！而吾独不得而至焉，子其勉之道者。”因请以自号，并录其言而别。①

本文论述有无相生之道，有待无待之差，作者在正反论证，虚实设彀之中，反复再三，苦口婆心地为对方释疑解惑，所论入理，所言含情，议论抒情相得益彰，使问道者满意而去，得道而别，文章声情并茂，情理相融，实乃文中翘楚。

---

① 张宇初《岘泉集》卷二，《道藏》，第33册第212—213页。

又如《送琴士朱宗明序》云：

乐之所以致和也，极乎天而蟠乎地，行乎阴阳而通乎鬼神，是故大乐与天地同和。其感于物而动乃形于声，声成文谓之音，音之发，有喜怒哀乐欣戚邪正存焉，此君子之于琴瑟，斯须不可去也。故曰：琴，操之统也，君子所当御也。盖凡接于耳目，具于四体，必礼以节之，而琴足以闲邪涤非，怡心养性，是得乎性情之正焉。其与夫鸾和珮玉、雅颂之音无故不彻也，宜矣。其由羲农虞舜文王孔子而下，伯牙屈宋之作也，或感于忧思，形于悲叹，放于悦怿。始于斋浤沓沲，划然若怒，终而飒爽激烈，凄然若悲。其急也，风雨震而崖石裂焉；其缓也，波涛作而蛟龙兴焉；其大也，麒骥骤而干戚举焉；其微也，泉溜滴而蛩螯语焉。此其千态万状，不可得而尽也。信能与阴阳相摩，天地相荡也矣，在夫得之心而应之手也，非习之有素不亦难乎？且必得乎性情之正而后不失乎圣贤之余韵也，岂徒悦乎流俗之观听也欤？昔之称师襄、师旷、师文者，其去远矣，其下损益者，雍门周、司马相如、蔡邕、孙登、嵇康、桓谭、杨收之徒，各擅其说；近代之以是名者，惟晓山徐氏子方、袁氏敏仲、毛氏伯振、杨氏学于徐袁而鸣一时者起敬冷氏，是有江淛（浙）二操之辨，后皆徐袁为宗焉。

余少嗜其学，闻于通都大邑，遇鸣于是者必叩焉。其曰淛学者皆然，而徒夸多竞靡而已，求其音节雄逸，声度幽远者亦甚鲜矣。闽士朱宗明氏师于袁冷其友也，今春来游吾山，相与扫石鼓于岘泉之上，其曲也调也，皆清深雅淡，雄逸飘纵，信非夸多竞美者比也。采其论说，必以得性情之正为要，少游四方，多所资访。我朝国初首以荐赴京，力辞获还。凡闽之巨室大姓，更相延致之。而其齿发向暮，乃得乎音之妙者，宜非一日也。然昔人谓之高山流水者，获与之陶情写意于风林月磵中矣。其别去也，岂不梦寐乎吾天籁云涛之听也乎？而亦果何为黄钟白雪之音也？特恐均不能忘乎耳哉？于其行，遂抱琴鼓之溪之浒，再鼓而不知其有离

> 声也，乃序其概以为赠。①

很明显，本文先议论说理，阐述了音乐的发生缘由、性质、品第、境界，尤其强调人之正性情是音乐有“天籁”之响的根基这个音乐灵魂之论，与他一贯强调的文学为人之正性情之抒发的正统文学思想是一脉相承的，此见张宇初音乐理论的主流意识——道统意识非常鲜明。文章后半部分抒发对知音友人的依依惜别之情，款款情愫，娓娓道来，深烙人心，读之依依不舍，手不释卷。

三是写景生动形象，以简洁的笔触，继承宋词中的白描传统，生动逼真地勾勒所见所闻，给读者清晰而丰满的画面，从中获得文学艺术之享受。如《翠微观记》：

> 抚之翠微观道士严与敬氏间持揭文安公所撰《翠微观记》，其修创之颠末，谒余文。余未遑执笔。今春，谒南丰侍宸王真君祠，道过翠微观，其膏田沃壤，溪山回揖，皆层青叠翠，蜿蜒十余里。而冈阜支麓，起伏不已，信风气所会之佳处也。②

寥寥数笔，把翠微观之环境位置、景色风貌勾勒得清楚分明，蕴藏着人杰地灵的人文地理含蕴。又如《义渡记》：

> 南丰之为州，今为盱之上县，山水崇秀，人物繁夥，而商帆贾舶，常往返为市。其道则上通南昌，沿赣下达盱抚闽广，而义渡适当其要冲，舟不可设也。溪去县五百里，而近溪上，重冈叠楚，引暎若环带，北面军峰之秀，是为神龟冈也。③

此处描绘义渡作为一个舟船停泊的港口或渡口，突出其水文特色，将山水的自然与人文景观交相图画，生动简洁的描写让读者联想舟舶往返、商贾云集的热闹繁荣场面，确属写景之力作。再如《妙灵观记》：

> 天下名山川，古今真仙之名迹，在在有焉。而大江之东西，犹

---

① 张宇初《岘泉集》卷二，《道藏》，第33册第213页。

②③ 同上，第219页。

为仙真窟宅，晋许旌阳兴于豫章，以地灵故。而法闸既袪蛟孽、遗五陵八伯地仙之谶，尝游郡之建昌，道过南丰州望，军峰之秀，曰异日当产一地行仙也。迨宋王侍宸以道著，则其人矣。按行实侍宸姓王氏，名文卿，字子道，号冲和子，世为抚之临川人，后徙居建昌之南丰，今为县神龟冈，去县五里而近大溪，南环军峰，北峙支阜，蜿蜒起伏，而气集焉。①

与前面几篇写景文一样，此处亦简洁地勾画妙灵观的环境地势，虽然文辞立意有雷同之处，但形貌鲜明，外观清晰，则是其写作效果。

四是诗歌创作上，着重心灵感受与真实情感的描写和抒发，较之张宇初的散文，更强调性情与精神的吐露，大概这将预示着有明一代的性灵文学首先要在道教文人那里开始酝酿，然后到教外文士的文学园地里繁荣昌盛，这一点，我们将有专章来研究两者的关系。下面分析张宇初诗歌的上述特征。

道家哲学除了体认世界的产生与本源等哲学本体论问题，还把作为对世界之认识的观点，运用到对人类的生命体验的过程中去，因此，用心灵去感知世界、感受生命的性与情，是张宇初诗歌抒写的一个重要原则，如《拟古》第一首云：

朝阳升东树，微月流西岭。鸣河溯急澜，众鸟亦交吟。春夏气候殊，凉燠自骎寻。遐慕期永托，斯人蔼兰襟。邈然与世隔，空睇瑶华音。骞修曷为言，感慨授吾簪。②

太阳东升，月亮西沉，春去暑来，暖往寒至，人类生命在接受大自然规律制约的同时，亦感慨自身生命躯壳的好坏转换、冷暖交替，从而抒发对生命长久的渴望之感，希望通过性命的修养达到长生久寿的瑶台神仙之境，因此，该诗写感慨，写性命，写性情。又如第二首云：

①《道藏》，第 33 册第 217 页。
② 同上，第 251 页。

> 灵阴晦阳彩，清风入床帏。梁燕巢旧垒，滨鸿起高飞。庭木郁南荣，川流迅东归。枳棘塞道途，踌躇竟何之。陟彼崇丘高，芭萧四纷披。去去勿复言，缁尘易沾衣。①

该诗刻画了一个踌躇不前、犹豫不决的生命形象，为何至此？就是因为世事多蹇，现实险恶，谗慝之人遮蔽、陷害忠良之士，正像阴翳晦暗了阳光，乌云遮蔽了太阳，使得尽忠尽义之人道遇千难万险，有如“枳棘塞道途”，理想断然不能实现，因此只好离世遁隐，愤然远离这个社会，“去去勿复言”，再也不能留恋这样的尘世了，黑暗社会的肮脏随时会沾黑染脏高洁之士的身服，登上高高的山岗，去寻找安静、清洁而自由逍遥的世外桃源，这才是生命的追求之处，才是人生感悟的最终归宿之所，很显然，该诗吐露的性命之悟有惊世骇俗、警世醒人的艺术效果。而《拟古》的第四首更是把世俗生命对荣华富贵的追求值(取向)视如敝屣，一种高洁之心虽然在感叹自己生命老大却无所成就的遗憾之中表露，但毕竟守住了诗人雅致而纯正的性命之尊：

> 东山高且夷，溪流急何深。翔鸟奋高飞，浮云结重阴。春芳茂百卉，悲风荡阳林。荣悴等朝暮，老大徒骎骎。富贵焉苟图，窭空耻千金。商山紫芝秀，园绮终何心。②

用商山四皓之典，表隐居离世、清净纯白之心，生命的外壳虽然老大沧桑，可性命的内质却情志高远，独守清高的人性之正巍巍然不可冒犯。

当然，由于作者毕竟是生活在俗务纷扰、事务繁杂的现实社会之中，免不了有几许烦心事、不达路困扰着他的身心，此情此景，常常通过苦闷、彷徨、孤独、失落的心绪来表现，因此，积郁在诗人心灵深处的生命忧患、成与败的纠结、荣与衰的计较，也一并发散在作品中，如第五首云：

> 驱车出西城，城野多芳树。霏霭沾裳襦，繁阴蔽庭户。寒日

①②《道藏》，第33册第251页。

下长河，迢迢南征路。念我久离居，行行重回顾。人生百年内，忧欢知几度。明月照崇冈，众星才四五。怅望欲何之，凄凄秋风暮。①

月明星稀的秋夜，诗人独自驱车出城，一个离家很久的异乡之人找不到前程，只好独自出来解闷消愁，远望长路漫漫，无穷无尽地向远处伸展，孤独者只能感叹嘘唏，一种找不着北、前途渺茫的失意之感油然而生，人生多艰，路途多舛，短暂的生命里，多少忧与愁、欢与乐，都是无法把握的。此诗中抒发的内心情感以及由此表现的诗人个性、性情，完全可以说，是正始时代阮籍现象的一个翻版，张宇初的这首诗几乎重构了一个阮籍形象，当然也是他自我形象的艺术描写，比较一下阮籍的诗作就可发现他们两者之间何其相似，阮籍《咏怀》第一首云："夜中不能寐，起坐弹鸣琴。薄帷鉴明月，清风吹我衿。孤鸿号外野，翔鸟鸣北林。徘徊将何见？忧思独伤心。"这是一个孤独苦闷、徘徊不前而前途无望的失意诗人。又阮籍《咏怀》第四首云："独坐空堂上，谁可与欢者。出门临永路，不见行车马。登高望九洲，悠悠分旷野。孤鸟西北飞，离兽东南下。日暮思亲友，晤言用自写。"这里的独坐者离群索居，久与人绝，与张宇初是诗中的形象完全一致，他们内心中的苦闷离愁，人生失意都在字里行间饱含蕴蓄。再看张宇初《拟古》第六首：

入冬寒气至，北风吹杨园。落木号秋声，夕景照西轩。不知夜未央，星彩明且繁。秣马涉坚冰，游子嗟怒难。念我平生怀，接迹难为言。冰丝抽妙音，余响流云端。矫首千古思，转烛复岁寒。②

这首诗同样有阮籍诗中的"我"和《古诗十九首》中的游子情结。从作品中得知诗人的性情描写，把一个真性情、真情感的落寞者、孤苦者悉数刻划得真实而生动。

---

①②《道藏》，第33册第251页。

就诗歌体式而论，其最突出的文学成就就在于各体擅长，全面发展，其中以五言古诗成就最大，作品数量最多，计 64 首。所写包含题字诗、纪游诗、即兴诗、赠别诗、写景诗、遣怀诗等等。篇幅形制上自由随意，长短不拘，决定于创作主体内容在性情的强弱程度与兴致之高低。

张宇初的五言题字诗往往将理与情、道与性融合为有机整体，多在理的阐述中饱含情意，如《题冷风台图》：

> 蒙庄悟吹万，达生谁足论。俯仰宇宙间，衰荣等毫均。斯人慕贞操，息此林水滨。明月度清濑，空歌入流云。飞鸿远莫睨，遗曲怀阳春。①

先陈老庄达生遗世之理，后抒依山傍水之情，情理交融，不露痕迹。其他如《题继善堂》《题梦鹤轩》《题继志斋》《题静学斋》《题修省斋》等等皆属此类。

张宇初的五言纪游诗多长篇巨什，且多为道家道教思想内涵，没有摆脱六朝玄言诗与山水诗的窠臼，理思浓厚，写景呆滞，如《游西山玉隆宫》《游仙岩》等，涉理奥涩，学究气浓。

张宇初的五言即兴诗恰好与纪游诗形成鲜明对比，篇什短小精悍，情感灵动，性情强烈，兴之所之，性情中人，一览无余。此类诗作多在题面上以“兴”“偶”等字眼示之，如《己亥季夏还山居偶兴》：

> 末夏炽余暑，幽期谐素衿。川原蔽繁绿，溪渚澄苍浔。田舍静鸡犬，荒溪抱深林。圆渊敞灵构，叠嶂罗高岑。荷气薄朝露，鱼波衣重阴。披荆遂恬息，濯涧清闲心。遗世匪尘傲，养真宜自任。秋风动早思，写我丘中琴。②

夏末余暑，山林繁绿，景色鲜活，朝露晚霞，引人忘返，诗人任性随情留

---

①《道藏》，第 33 册第 259 页。

② 同上，第 256 页。

连于此，其惬意遣兴自可想知，是故此作兴之所至亦随景之所宜。又如《山居晚兴》中有云：

> 孤节入暝壑，秋思满丘山。适此松桂托，倦翮宜知还。……余龄付寂寞，卧疾穷幽潺。①

一种自知老之已至、风烛残年而托与自然山水的兴感，触景而发，随物而生，无疑亦是兴之所至。其他还有《晚兴偶成》《观雨偶兴》等。

张宇初五言古诗中的赠别诗不像传统送别诗那样以抒情为务，情景交融，而是以理相劝，情寓理中，看似说教，实则语重心长，如《山居小酌赠王吉二高士》：

> 初阳暖旭霁，静侣喜联访。衡宇澹朝晖，林泉足清旷。偶延云水娱，岂谓匏罇广。久谢埃壒情，禽鱼遂间敞。虚恬与道俱，澹漠益天放。了观蜩莺趋，昏昼溺尘网。慨慕郑李招，奚能汩飘浪。愧予日衰钝，静退托榛莽。何幸协耆英，浩歌激萧爽。②

以道家生命哲学理论告诫劝勉好友，胜似缠绵难舍的世俗离别之情。

张宇初的五言写景诗也不同于一般的写景抒情，而是摆脱俗念，以道家道教之理思寄存于自然景物之描写中，尽显本行（宗教）之主旨特色，是真正意义上的宗教写景文学，如《春雨》：

> 霏雨集崇阜，言旋白云岭。婴尘感浮虑，惬静惟中林。水木寄恬逸，芳春意弥深。游鱼跃圆泡，悦鸟鸣丛阴。近涧始流长，落花荒径侵。愧无先机识，空此怀冲襟。天道属幽默，存诚惟素心。慎修匪有俟，斯志将谁任。③

诗人表达一种愿景，希望在春意盎然的自然怀抱之中，修炼道家道教倡导的清静素心，玄默安逸，体验道的“机识”，感悟道的“冲淡”。与其说该诗是在写景，不如说诗人是在述理，六朝玄言诗抒理思的痕迹非

---

①《道藏》，第33册第256页。

②③ 同上，第257页。

常浓深。再如《野眺》其二：

> 天霁风稍息，朝云渡冥鸿。江草澹微旭，芦洲散行踪。言旋情既舒，息倦惟蒿蓬。寄形区宇内，浮生随化终。穷达奚足念，百感徒烦忡。存诚返自然，修己惟时中。何当谢蹇拙，永托巢由风。①

诗歌对厌倦奔波尘世生活的生命的描写，体悟出生命犹如寄形宇内的行李，随时会跟着自然造化消亡失没，但是，也只有融入自然，重返自然，才是生命的最终归宿，但这种领悟，必须以修己养心为前提，其中保持原本的质朴、拙讷，不失去本然之性，才是遗世高蹈，托风巢父许由的第一要着。显然，道家道教的理思、生命理论、隐居思想满纸流溢。从立意构思上看，该诗与谢灵运的山水写景又保留玄言诗的痕迹的建构极其相类，如谢灵运《登池上楼》中有云："索居易永久，离群难处心。持操岂独古，无闷征在今。"同样表达一种修己养德的志趣，谈玄理极其明显。像上述写景诗，张宇初还作有《元夕后喜晴登靖通庵》《寒雨》《观凿泉》《登华盖山》《山雨》等。

张宇初的遣怀诗多抒发怀抱，主要是对人生世事的感悟，亦寓含老庄道家生命哲学。此类诗歌多以"遣"或"兴"字为题，既有触景感兴之作，也有积郁而喷发遣闷之篇。前者代表作有《九日登樵坡自遣》，后者代表作有《水槛遣怀》。如前者云：

> 朝旭解微阴，侵晨步幽谷。丘园遂远托，世网何局促。千嶂耸瑶昆，孤泉漱鸣玉。衡门藉崇丘，虚牖面漪竹。物候感湍驶，劳生信羁梏。君子慎行藏，得丧奚荣辱。谮巧竞危机，孚诚愧钩曲。抱中守义命，肥遁素安足。怅怀箕颍徒，瓢弃曷所欲。脱屐抚乔松，倾醪对丛菊。秋花艳夕姿，聊复适心目。长啸邈空冥，达观耻流俗。傲睨云汉期，岂暇忘鹿逐。居虚了无贵，委

① 《道藏》，第33册第268页。

顺焉蹦蠲。①

面对自然美景，大好河山，触景感兴，抒遣委顺自然的情怀，老庄人生观跃然纸上。后者云：

好遁契遐举，端居无外萦。方池敞静构，水木含余清。苦雨厌行潦，寂寥谐素情。园渊足鉴止，内炯符清明。风涧骤喧瀑，云岑高隐冥。幽篁解初箨，野卉飘残英。畎谷增夏绿，阅时尘虑盈。玄浑有定命，少洽鸥鹭盟。②

端居久坐，万种感慨郁积胸中，偶听风声紧起，流水潺潺，便喷涌而出，感物兴怀，写成此作。

作为道教文学家，张宇初在明代道教青词创作史上，从现存为数不多的作品来看，开明代道教青词华赡媚妩之端绪，但由于创作于明初，雕琢富丽之态尚不太明显，而真情实感似乎略占上风，下面略举数例为证。

《张氏明荐父青词》：

自天降质，情有祷于玄穹；由父生身，恩敢忘于幽壤。摅忱请命，惕过陈词。伏念先考某生际时昌没，逢家难，襁怀绮绣，早罹失怙之哀；步陟荆榛，粗遂贲园之托。届诞之辰，适近云亡之日，乃先亲违终养之嗟，而弟有溺渊之恨，累欲陈于醮拔，竟连阻于尘羁。爰致荐修，俾谐超悟，伏愿丹书释罪青简垂慈，性地朗明，悉洗无涯之沉滞；泉局洞照，普资已往之迷沦。凡属含灵，均斋解脱。③

俪辞偶句，对仗工稳，语言雅丽，用语奥涩、苦深，略显雍容华贵之态，但真情奉荐，惶恐之心历历可见。

①《道藏》，第 33 册第 255—256 页。

② 同上，第 257 页。

③ 同上，第 237—238 页。

《酬醮早朝青词》：

> 乾道统天，为凡世民彝之主宰；皇中建极，启玄科请祷之梯航。秉叩夙符，陈情昭谢，伏念臣某传宗未冠，袭职孔艰。灾非鼎沸之屡贻，继嗣渊临之数，见志实乖于修涤，躬有赖于祈禳，时历因循，圆宝台之万遍；恩垂罔极，答睿泽于一诚。仰怀高厚之慈，尤冀回旋之造。朝仪晓肃，盟款是酬。伏愿释宥无方，矜容有在，仙曹录命，早育秀于春阳；玄教增辉，日斋明于景曜。①

此篇青词典重庄雅，词丰语赡，华丽之表眼花缭乱，实开有明一代青词艳媚之先河。

张宇初青词今收于《道藏》之《岘泉集》共八篇，形制虽为中篇，但与后来严嵩等“青词宰相”所作，在内容、风格上大体一致，媚上夸耀之心，雍容华丽之格，是明代青词的主导风尚，表现了他们对辞章华丽的追求。

值得注意的是，张宇初还有“词”之一体收存于其《岘泉集》中，共有 12 首，题材亦较丰富，涉及仙道、法事、学问、修养、闲居、雅趣、世事、悟道、友情等等，风格也多种多样，下面略作分析。如《沁园春·登真》云：

> 溟滓鸿蒙，肇自先天，无极之初，暨阴阳分判，乾坤定位，循环动静，真宰中居，一点灵明，辉天朗地，亘古圆融无智愚。尘缘断，看碧潭镜净，月莹心珠。　　八荒洞照，无隅中宵永，冰壶玉液酥正，真铅投汞，坎离交姤，火龙水虎，橐籥吹嘘，白雪凝舆，黄芽满鼎，雷震昆仑，彻太虚。功成后，俟胎圆神化，同赴天衢。②

该词作叙述炼丹方法、过程、步骤，宣传成仙致仙的宗教神仙思想，朴实严谨，风格平淡，道教隐喻运用较多，使作品蒙上一层神秘色彩。如

①《道藏》，第 33 册第 238 页。
② 同上，第 279 页。

《水调歌头·法海》：

> 先天无象始，父母未生前，一真独露光明，亘古著灵源。纵闭阴阳，内运颠倒，五行攒簇，浩气养三田。发用杀机处，雷电震无边。　　既非心，又非法，亦非禅，幽微奥妙，千金不与世人传。莫认符涂咒诀，直悟玄关，宗祖将在，自己神全。瓦砾兼沙草，济世自超然。①

道教炼养之法，贵在养气，气聚丹田，浩然超逸，磅礴天地，气宇轩昂，命乃长生。此词气韵充沛，豪迈俊爽，有宋词豪放派之遗风。如《风入松·问学》：

> 十年灯影夜相亲，寒暑迭催频。短窗几度停犀管，残编尽知味何人。帘外雪深风紧，梅花偏旺诗神。　　千经万史足经纶，学业志弥纶。天根月窟间今古，文章事多少迷津。收敛虚灵莹彻，杖藜随处阳春。②

十年治学寒窗苦，出经入史几多辛，好在能顺自然，惬风景，悟造化，不困死，有一种洒脱飘逸的质性气度，词风潇洒旷放。

总之，张宇初的词内涵充实，风格自由，既不恪守风月才情，也不仿效某家某派，而是兼容并蓄，从自家宗教根底入手，又从诸子百家中妙手获来，成就了他的文学造诣。

---

①《道藏》，第33册第279页。

② 同上，第280页。

第六章　明代道教文学思想的俗化

明代中期开始至明亡，道教主要由两个流派主宰，一个是全真派，继承元明全真派之统绪；另一个是正一派，以斋醮祈禳为职事，其宗教行为与民风民俗关系紧密，其信众和影响力较全真派多，受到明中叶以来最高统治者的重视。在这个时期，主持正一道的嗣教主是张宇初开始的第四十三代正一道传人直至第四十九代传人，此外，还有兼修全真北派修炼思想的"隐仙"张三丰。从道教仙法、宗教思想、学识修炼、文学创作诸方面考衡，最能体现明中叶正一道派与民俗化倾向的代表人物就是张三丰，他的文集《三丰全书》中极其丰富的道教文学思想，典型地表现了向民间化、通俗化方向发展的轨迹，是明代道教文学思想由雅化向俗化转型的重要作家和道教文学思想家。不仅如此，正是由于上述人物倡导的宗教民俗化，也使得这种信仰风格或信仰特色在他们承担的由最高统治者诏令的道书的编撰过程中，同样从民俗或普通信众下层文化诉求的嗜好上去遴选道书的文体和思想内容，因此，至明英宗正统九年(1444)编撰而成的道教丛书《正统道藏》，也体现了道教典籍和作品在文体安排上的大众化色彩。综合上述两种情况，明中叶以来，道教文学思想表现为鲜明的俗化倾向，下面分两节详细论之。

第一节　张三丰道教文学思想与创作的俗化

一　张三丰生平及创作概述

关于张三丰的生平活动时间，颇多传说，有南宋末年至金元之间者，有元末至明中叶者，有明清之际者，众说纷纭，莫衷一是。而从他的学术渊源与行为风范看，承北宋陈抟学术传统，以隐伏潜行为生活态度，名望甚高，在民间形成了一个以三丰为祖师吸纳天师道、正一道等道流精华的“隐仙派”“隐派”或“犹龙派”。今北京白云观1926年抄本《诸真宗派总簿》所载以张三丰为祖师的道派不下十数支，到了明中期，张三丰被推崇为自唐宋吕洞宾之后而最负盛名的来无影去无踪的活神仙。关于张三丰行迹的史料颇多，现有《明史·方技传·张三丰传》，明祇园居士《微异录·张三丰传》，明郎瑛《七修类稿·张三丰别传》，明陆西星《淮海杂记·三丰传》，明汪锡龄《三丰先生本传》，此外，还有数种缺名或未署名的张三丰传记和编年，我们以正史《明史》为据，摘其事迹于后：

> 张三丰，辽东懿州人，名全一，一名君宝，三丰其号也。以其不饰边幅，又号张邋遢。颀而伟，龟形鹤背，大耳圆目，须髯如戟。寒暑惟一衲一蓑，所啖升斗辄尽，或数日一食，或数月不食。书经目不忘，游处无恒，或云能一日千里。善嬉谐，旁若无人。尝游武当诸岩壑，语人曰：“此山异日必大兴。”时五龙、南岩、紫霄俱毁于兵，三丰与其徒去荆榛，辟瓦砾，创草庐居之，已而舍去。
>
> 太祖故闻其名，洪武二十四年遣使觅之不得。后居宝鸡之金台观。一日自言当死，留颂而逝，县人共棺殓之。及葬，闻棺内有声，启视则复活。乃游四川，见蜀献王。复入武当，历襄汉，踪迹益奇幻。

> 永乐中，成祖遣给事中胡濙偕内侍朱祥赍玺书香币往访，遍历荒郊，积数年不遇。乃命工部侍郎郭琎、隆平侯张信等，督丁夫三十余万人，大营武当宫观，费以百万计。既成，赐名太和太岳山，设官铸印以守，竟符三丰言。
>
> 或言三丰金时人，元初与刘秉忠同师，后学道于鹿邑之太清宫，然皆不可考。天顺三年，英宗赐诰，赠为通微显化真人，终莫测其存亡也。①

从记中可知，张三丰聪颖慧性，学识广博，诗文卓越，嬉谐幽默，谈笑自若，洒脱不羁，这些风格，更容易使市井俗民追捧从往，为他的宗教信仰、文学趋向的俗化、大众化打下了群众基础。再看其他史料记载，陆西星《淮海杂记》云：

> 三丰老仙，龙虎裔孙也。其祖裕贤公，学能兼占象。移家于金之懿州，与子昌隐于民间。及懿为元人所拔，始稍稍以名字闻，然昌公固优游世外者也。
>
> 降诞之夕，母梦斗母元君手招大鹤止屋，长啸三声而惊寤，遂就褥焉。幼有异质，长负才艺。游燕京，故交刘秉忠见而奇之曰"真仙才也"。默挈之，久乃得一宰于中山苦寒之地，以丁忧归，遂不复出。
>
> 尝言"富贵如风灯草露，光阴似雨电浮沤"，乃决志求道。访师终南，得闻火龙妙谛。渐乃佯狂垢污，人不能识。生平诗文，每起稿于树皮苔肉、茶汤匕箸间，积数十年犹能记诵，然未尝录以示人也。故元朝文艺中无有知者。②

张三丰从小隐于民间，又不修边幅，这是他深得普通信众追捧的底层基础。尤其是文学创作，其诗文多"起稿于树皮苔肉、茶汤匕箸间"，正

① 张廷玉等撰《明史·方技传·张三丰传》，第 7641 页，中华书局 1974 年版。
② 陈全林点校《张三丰全集》之《传记篇》，第 2—3 页，团结出版社 2008 年版。

是他的创作和思想民俗化、大众化的根本原因，因此，我们梳理他的文学思想风格，找到了其症结所在。

张三丰创作旺盛，著述丰赡，陆西星记载为“游诗若干篇、宝诰数章、丹诀一函”①，汪锡龄记载为“《丹经秘诀》一章，及《捷要篇》二卷”②。今人陈全林搜罗南宋金元明清以来文献，汇编成《张三丰先生全书》，收录张三丰的著述与文学创作如下：1.《道论》五篇；2.《训诰》三十篇；3.《语录》两篇；4.《仙经》三篇；5.《丹诀》五十八篇；6.《道术》五十四篇；7. 诗歌三百七十二首；8. 古文十八篇，诗论一篇，合计五百四十三篇（首）。这个集本，采集对象较多，一是采集于清朝雍正时期剑南观察使汪锡龄所编《三丰祖师全集》，汪辑有三丰丹经二卷，诗文若干，显迹三十余则。一是采集于同时西蜀李西月补辑的《张三丰先生全集》8卷，《道藏辑要》收录了李本。三是采集于清乾嘉年间刘一明所撰《道书十二种》中的张三丰《无根树》丹词，以及闵一得《古书隐楼藏书》中的《三丰真人玄谭全集》和《三丰真人破疑直指全卷》等。这些著述及作品，包含着张三丰丰富的道教思想，在这里，有必要厘清他的思想线索与内涵。

首先，张三丰提出了“道”为儒释道三教共同之源的理论。他认为“道”统生天地人间，含阴阳动静之机，具造化玄微之妙，统无极，生太极，是万物的根本、本始和主宰。其《大道论》云：

> 予也不才，窃尝学览百家，理综三教，并知三教之同此一道也。儒离此道不成儒，佛离此道不成佛，仙离此道不成仙。而仙家特称为道门，是更以道自任也。复何言哉！平允论之曰：儒也者，行道济时者也；佛也者，悟道觉世者也；仙也者，藏道度人者也。各讲各的妙处，合讲合的好处，何必口舌是非哉！夫道者，无

① 陈全林点校《张三丰全集》之《传记篇》，第3页，团结出版社2008年版。

② 同上，第5页。

非"穷理尽性，以至于命"而已矣。①

儒佛道三教都源于统生天地人的"道"，而三教的归宿也在于"穷理尽性，以至于命"，来龙去脉均是相同的，同源一道，同遵一道，三教平等，同处天地之间。

其次，张三丰指出，既然三教的归宿是一致的，即以尽性命之修为鹄的，那么就要把性与命修炼的关键和窍门把握好，提出了性命双修的丹道理论。其基本内容有：一是"学道以丹基为本，丹基既凝，即可回家，躬耕养亲，做几年高士醇儒，然后入山寻师，了全大道。彼抛家绝妻、诵经焚香者，不过混日之徒耳，乌是道哉"②，这里讲的丹基就是抛弃名利欲望的心性修养，淡泊明志的节操品行。一是"修道以修身为大，然修身必先正心诚意。意诚心正，则物欲皆除，然后讲立基之本"③，这里主张修炼者要端正诚恳，才能延年益寿，学得真仙。

第三，张三丰认为要修炼好仙道，修炼好性命，就必须具备发挥人的本心、灵性到自由洒脱之境的基本条件，这个条件既包括后天的学养，更需要悟道的灵性或性灵，这既是修道的前提，也是传道、著道的前提，在这一点上，张三丰把修道的精神活动与文学艺术创作、学术研究的精神活动贯通起来了，质言之，凡是精神活动的事情，都要具备"悟"和修"性灵"的前提。

二　张三丰的诗论——灵性与浅白

从他的修道理论强调性灵和悟性以及诚意敬心的操持原则出发，张三丰以其诗歌创作之实践，总结出了一套诗歌思想主张，其核心的观点就是提倡诗写人的灵性，在诗歌风格和语言上力主浅白通俗，体

① 陈全林点校《张三丰全集》，第21页。
② 同上，第36页。
③ 同上，第33页。

现了张三丰诗学思想与修道理论紧密的逻辑关系。

（一）诗主灵性，清朗飘逸是灵性的内核

何谓灵性，在不同人、不同作品那里有否区别？灵性与诗歌关系怎样？诗风是否由灵性决定？对此，张三丰都作了全面的论述，他说：

> 张子曰：《书》曰“诗言志”，注曰“在心为志，发言为诗”，是知志也者，乃人心中之灵性；诗也者，特灵性之流露也。神仙七返九还，炼此虚灵妙性，以成万古不死之谷神，见于日月光气之外则有像，隐于日月光气之中则无形。神之所至，发为诗歌。诗不同，灵性有各异也。吾尝与诸仙往来旷野，出没烟霞，每见群真妙句，辄心记而笔存之，以入于《水石闲谈》之类。①

在这里，张三丰将儒家诗学概念“诗言志”与道家的文艺思想关合起来解释“志”为何物，指出“志”是人的虚灵妙性的“心灵”，是客观存在于人体内的主宰人的思想行为的“心志”，援道释儒，解决了诗学领域中古代儒家思想占统治地位的封建社会何为“志”而又纠缠不清的“诗言志”的“志”的含义。自《尚书·尧典》首提“诗言志”以来，关于“志”，有解为“意图”者，有解为“理念”者，有解为“愿望”者，有解为“理想”者，有解为“抱负”者，有解为“志趣”者……张三丰从道家本体论与构成论哲学出发，将“志”阐释为存在于人的身体内心的心灵物件，是一个客观存在的实体，它指导和决定人的行为与思想，因此，当人们写诗作文时，这诗文便是“灵性之流露”，是“心”之所为。而心是产生思想、产生行为的原动力，故而人写出的诗文也就包含了人的思想和性情。从修道炼身的行为来看，它是人的“虚灵妙性”在施为，比如神仙所炼的“七返九还”的功夫，便是人锤炼自己的“虚灵妙性”之表现，目的是要“成万古不死之谷神”（神仙）。而这种炼养功夫，可显可隐，显隐差异悬殊，或“见于日月光气之外”，或

① 陈全林点校《张三丰全集》，第259页。

"隐于日月光气之中"，前者则成为形象或物象，后者则无形无貌、无影无踪。这种境况，就是达到了"神化"之境。从作诗方面讲，经过上述的相同过程，作诗者如果也达到"神之所至"，则"发为诗歌"——一首诗歌也就呼之而出。但是，客观的情况是，不同的人，不同的性灵，也就会有"诗不同"的结局，这又何解呢？原因很简单："灵性有各异也"，即人的心性、聪慧、悟性、灵馨不同而造成的，于是，这里的"灵性"就有两个含义了：一是指人人都是有的心的本体；一是掺杂着后天获得的学识、悟性以及智慧、聪明度的高低，后者再向前发展，就会表现出人的个性、气质、性情的差异。张三丰的这个"诗不同，灵性有各异也"的诗有高低优劣的差异论，其所包含的思想背景极其深远而丰富。从历史渊源来看，这个理论远承曹丕所说的文气论，"文以气为主。气之清浊有体，不可力强而致。譬诸音乐，曲度虽均，节奏同检，至于引气不齐，巧拙有素，虽在父兄，不能以移子弟"。"引气不齐"正是张三丰"灵性有异"的诗学理论的渊源。而刘勰也说"才有庸俊，气有刚柔，学有浅深，习有雅郑；并情性所铄，陶染所凝，是以笔区云谲，文苑波诡者矣。故辞理庸俊，莫能翻其才；风趣刚柔，宁或改其气；事义浅深，未闻乖其学；体式雅郑，鲜有反其习：各师成心，其异如面"，"师成心，其异如面"正是"灵性有异"的前导。从内涵的丰富性讲，"诗不同，灵性有各异也"的诗学理论，融入了明代心学思潮和"性灵"文学的元素或义项。关于这一点，我们在本书的第七章有专门的论述。

弄清和理解了"灵性"的概念，张三丰又怎么认定诗歌的高低优劣呢？或者说，哪些诗歌是真正符合"灵性之流露"的理论原则和创作要求的呢？对此，张三丰贯通儒道两种文学思想，从中尤其是从历史沉淀与现实存在中的诗人诗作入手，用具体形象而充满说服力的个案来进行对号入座，铁案如山地映对和验证何为"灵性"之诗。

首先从自家园地——道教诗歌领域点将，如他对吕洞宾的诗评价云"吕翁诗，提笔甚高，发声最明，游行之句，美不胜收。今录数首，以见先生灵性不与人同也”①。吕洞宾（吕岩）是唐宋以来最负盛名的道教人物，八仙之一，有诗文集《纯阳真人浑成集》存世，收于《正统道藏》中，其诗歌有很高的艺术价值。张三丰这里从境界（高）、音韵（朗）、审美（美）诸方面来界定吕洞宾的诗歌“灵性不与人同”，显然指吕诗的旨趣、情性、风格等方面而言的，高、朗、美成了“灵性”的注解或同一语。而这些义界，又是与道教追求的清逸高远、不同流俗相一致的。张三丰还实证了吕的几首诗，如：《七夕游岳云仙院》：“始罢缑山宴，重来古寺游。疏风梧叶院，细雨豆花秋。远嶂云初敛，长天雾乍收。新凉今若此，玉笛倚高楼。”②此诗意境，不减王维“空山新雨后，天气晚来秋”之高处，一个“新凉”清爽的秋夕，把诗的高远、朗逸和盘托出，着实是一种“灵性”的自然流露，对于大自然的彻悟，只有如吕岩仙道之流者才能做到。又如《过武昌城楼》：“武昌城郭故依然，楚国人家近水边。槛外大江淘日夜，阁中长剑倚云天。词人坐啸南楼月，渔父歌回西塞烟。吹笛老翁闲更甚，朗吟一首响千年。”③该诗记写登武昌城楼所见所感，清朗的月夜，高亢嘹亮的歌声，波涛滚滚的大江，寒光闪闪的亮剑，豪迈朗丽的诗歌风格，着实是诗人灵性喷发的结果。诗中形象倚剑高耸，有一种酣畅淋漓而不可阻挡的傲世雄风，故三丰先生视之为神品，而分属于灵性流露的建构。

吕岩另有一首《同韩清夫游匡庐六绝句》，长至二十四句，张三丰评曰“清朗可爱”④，也是从性灵流露的批判原则和诗歌要求来评价的，足见“灵性”一旦发出则显现为清朗的风格特征，成了“灵性”的重要含蕴。

在张三丰看来，只要诗歌是由灵性流露出来的，那么它还可以表现为雄阔、飘逸的审美意蕴，这两个诗学追求，他又列举了道教人士的诗为证。一个是与吕岩同时代的道教诗人韩清夫先生，其《和吕祖》云：“虎在门前鹤在庐，瑶笙婉转笛相如。我来不是云山客，湘水之流

①②③ 陈全林点校《张三丰全集》，第259页。
④ 同上，第260页。

曲折书。”[1]张三丰评此诗曰“语皆雄阔”[2]。另一个也是生活在唐代的著名道士、道号清逸仙人者，其《修禊节降双清阁》：“读书迈千古，携剑干诸侯。琐琐不中意，大醉隐糟邱。黄唐原不远，秦汉如急流。忽忽眼前事，浑然无所愁。青山行吟老，颇爱谢宣楼。题诗十万首，付与天地留。我自有真宰，浩乎归瀛洲。今日谈修禊，茫茫付一瓯。海仙执简召，随风过十洲。东行三神山，群真同遨游。一饮五千斗，撑肠文字流。无何有之乡，长啸去海头。”[3]张三丰评此诗曰“性灵飘逸”[4]，其依据一是他自己界定的“性灵”内涵，二是南朝诗人谢朓对清逸仙人的影响。谢朓诗以写山水擅长，细腻清丽，李白推崇并称道其诗“清发”，有仙道之气，这正是张三丰引为同调的根据。

除了上述几位道教诗人的作品符合张三丰的“性灵流露”理论标准外，还有南宋及以后的一些道教文人受到其青睐，如白玉蟾（宋）、张紫琼（元）、希夷老祖（宋）、火龙先生（宋）、飞霞仙子（明）、陆潜虚（明）等，张三丰评其诗分别为“高逸”“秀劲”“俊逸”“淡虚”“飞灵”“虚灵”，虽然名目较多，但总离不开“性灵”的本质内涵如清、逸、灵等人的神性、灵腑之类的质地状态，而且道教修炼所需的悟彻、了悟等宗教义理因素始终被裹挟其中。下面略举白玉蟾的“高逸”和张紫琼的“秀劲”以说明。前者有《赠圆阳山人》云：“归山隐迹话长生，日逐闲云自在行。处处回光来返照，朝朝对境要忘情。扫除尘土劳人梦，署起乾坤散客名。莫道幽居研炼苦，游心冥漠自空清。”[5]离尘出世的清高自守，孤高自傲的绝世超群，正是诗人性灵的自我写照。后者有《自赠》云：“心如雪夜钟声，貌似雪天梅格。白云深处闲行，那识仙家旷逸。”[6]这首六言诗斩截有力但又像雪中印迹，柔中有刚，而远行者心灵的超逸脱俗，又是仙家追求的终极目标，因此评曰“秀劲”，着实深中肯綮。

---

①② 陈全林点校《张三丰全集》，第260页。

③④ 同上，第261页。

⑤⑥ 同上，第264页。

其次，张三丰从儒家文学历史发展的长河中检点出典型文人来考量他的“灵性流露”的诗学原理，在万变不离灵性之宗的前提下，也生发出了许多评诗概念和术语，现以北宋大诗人苏轼和大理学家劭雍为例来分析其诗学理论。张三丰评苏轼诗云：“东坡先生，仙才与太白并峙，乘风啸月，灵性长存。清丽绵芊之笔，不减当年灵性，非真仙不能也。”①这里两处用“灵性”来指称苏轼诗的风格气质，而且与道家仙学关联起来，将道家人格与文学气质并称，甚至将无思想无灵魂的写作之笔也赋予了人的思想特质，因此“清丽”的仙风道骨自然也粘贴到了笔杆之上。符合这种“灵性流露”的诗歌标准的作品，张三丰从苏轼大量的篇什中遴选了十首之多，其中只有一首词《些些语》，现略举数例于后。苏轼《江南送秋》云：“片片秋云远，茫茫秋水多。青山红树外，征雁渺关河。蓟北寒逾峭，江南气已和。小阳春甫到，迎送两相过。”②本是秋意正浓，凉心寒意，却因为迎送两依依，内心反倒充满情谊的温暖，故把凉冷的秋天也当作小阳春般的暖融融之景，正是诗人悟透宇宙自然与人间真谛的灵性流露。又苏轼《自题笠屐图》云：“山人故态本狂奴，醉写田间笠屐图。好句有时堪作画，闲心无日不提壶。楼头赏月邀禅客，谷口冲烟访钓徒。自去自来随自得，一声长啸入林枢。”③灵性就是诗人本有的狂态与醉意，这种狂，是对尘世的厌弃而产生的目空俗气；这种醉，是内心清醒的对低俗的鄙夷。灵性也是诗人自由自在的表现，是品酒的雅致，赏月的清高，垂钓的愿与不愿，吟啸的潇洒。灵性更是诗话艺术那种更高于本能生活的超远和淡泊，而诗与画的水溶交融，更能体现这种超逸灵性的本质和外形的统一，无意有意之中，又展示了诗人诗画一体的文艺理论思想，因此，本诗与其说张三丰在阐释“灵性”的内涵，不如说他是在发表诗画一体的艺术观点，职是之故，尤显其价值和意义。又苏轼《过东峰》云：“不到东峰久，

---

① 陈全林点校《张三丰全集》，第 262—263 页。

②③ 同上，第 262 页。

江山仍似前。芭蕉落满地，雪意好参禅。”[①]此诗写苏轼对于景与诗的关系的看法，可以说是苏轼的一个诗歌思想的表述，也间接地反映了张三丰的诗歌观点。在苏轼看来，客观物象、客观景物（这首诗里说的雪景）是引发诗人参悟禅道，参悟人生的“触点”、中介、关联物，以佛理来说，雪的干净、洁白，正象征佛理看空一切的意思，而人生只有看空一切，四大皆空，则生命毫无挂碍，毫无牵累。同样，雪的这个特质，也引发诗人作诗吟句的灵感，诗只有作得空灵透碧，保持灵性的流露，则像领悟禅道一样，也自然格调高远，沁人心脾，所谓“表里俱澄彻”。从雪中参悟出来的禅意，其实就是一种心性炼养的功夫，修禅、修道，正是苏轼豁达放旷的为人风格的成因。从道家道教的心性修养上去考察苏轼，我们发现苏轼显然接受了道家道教心性与精气神等理论观念的影响。

苏轼从小信仰道教，据《东坡志林》载他八岁即拜眉山道士张易简为师，又《东坡诗话》也有同样的记载，如云“予幼时尝学道于张易简观中”。随着他对道教的身心与心性修炼理论认识的越来越深刻，开始把道教的修炼操持分为清静无为的黄老修心之学和以丹药、符箓为小技的养形养外之学，并以黄老修心为本，以养形养外为末，处理两者关系的原则是“修其本而末自应”（《上清储祥宫碑》）。清静无为的黄老道教是以心性修养为修身目标的，它强调于清宁静谧之中养气养神，苏轼所认为的“本”正是指此。当然，由于苏轼又受佛教禅宗之禅理艺术的影响，尤其是他被贬黄州之后更加潜心于以安心调气为养生之法，因此，他的人格修炼、人身修养的理论内涵就综合了道教与佛教的相通相同之处而形成了自己的治心养气思想，并以之作为一种心性品德修养、人格自立的原则。苏轼在《次韵子由寄题孔平仲草庵》中云“逢人欲觅安心法，到处先为问道庵”[②]，又在其《赠黄仙人》中云“绝学

---

① 陈全林点校《张三丰全集》，第263页。

②《苏轼诗集》卷二一，第144页，中华书局1982年版。

已生真定慧，说禅长笑老浮屠"①。此见禅宗的养心治气思想于他是何等重要。而他在黄州所撰《答秦太虚书》中则认为道士的养炼修身也是急于要实行的："吾侪渐衰，不可复作少年调度，当速用道书方士言，厚自养炼。"②对于上述兼宗佛、道的苏轼之养心之道，秦观最有体会，他在《答傅彬老简》中说："苏轼之道，最深于性命自得之际，其次则器足以任重，识足以致远。至于议论文章乃其与世周旋，至粗者也。"这就是说，苏轼把"性命自得"即治心养气看成人生之首选，"议论文章"只是辅助修心养性治气的"粗者"，这确实深中肯綮，苏轼的诗文创作，正是为治心养气的人格修养服务的，所谓"以学问为诗"，就是要在诗歌作品中容纳道教与佛理的治心养气的方法内容，增进身心健康的学问知识。苏轼把佛教的禅理和道教的气术合而为一，以此作为治心养气的重要手段，他在《与刘贡父书》中说："禅理气术，比来加进否？世间关身事，持有此耳。"③认为禅理艺术那些有关心性精气修养的东西才是和自身体格息息相关的，作诗作文就是要把这些东西写进去有益于健康，故他又说："暂借好诗消永夜，每逢佳处辄参禅。"④又云："谁似濮阳公子贤，饮酒食肉自得仙。平生寓物不留物，在家学得忘家禅。"⑤根据苏轼"每逢佳处辄参禅"的生活原则，如张三丰所选苏轼《过东峰》诗中的芭蕉满地、雪舞花飞的美景佳处，能不焕发出参禅的呼喊与参禅的功夫吗？张三丰欣赏的，正是苏东坡真仙这种"修本末应"——养心为本，作诗为末的诗学理论，这也正是张三丰借人说话的表达诗歌观点的巧妙方式。张三丰又录苏轼《游湖口占》云："细细疏烟瑟瑟波，水心亭外画船多。瑶笙十里谁家舫？听得红儿唱棹歌。风斜雨细葛衫轻，三两银刀出水明。我爱芰荷香不断，竹西深处有人

①《苏轼诗集》卷二一，第164页，中华书局1982年版。
② 同上，第656页。
③ 同上，第588页。
④⑤ 同上，第272页。

行。”①烟雨轻飞，波纹轻拂，只听见水面如画的舟船里，穿红戴绿的少男少女吹笙击瑶，逗引得鱼儿探头出水，而一位葛巾青衫的老者见此情景，也禁不住观赏自乐，然更乐者是荷花飘香，扑鼻而来，刺激得他流连忘返，而恰好又有竹西那边传来行人轻轻的脚步声，好像也是赏景踏青，寻找大自然的美妙与游客欢快陶醉的身影，正好与老翁心心相印，同趣相投。这样的描写，正是那种自然流露出来的性灵之所促成，因此，灵性之美所建构的诗意之妙，正是苏东坡之为真仙的高人之处，故张三丰评为“清丽绵芊之笔，不减当年灵性，非真仙不能也”②。

在张三丰看来，灵性的流露，除了让诗清丽轻巧，婉转雅致外，往往也有其豪迈英气、雄俊勃发的另一种涵蕴，故他又赞美苏东坡意气风发、少年狂猛的一面，来看苏轼《咏磨刀雨》：“荆州洒遍雨如膏，竟为英雄励宝刀。最是武昌城下水，千秋呜咽卷雷涛。”③苏轼该诗实为其词《念奴娇·大江东去》的姐妹篇，主旨立意当属一致，武昌城下的长江水，其呜咽雷鸣之声正是赤壁上拍岸之惊涛骇浪的怒吼，两者同时寓含诗人雄姿英发、主宰天地、创造历史的英雄之气，这种势不可挡、笑傲天宇的大度与气吞山河的英姿，正是苏轼积久深厚的灵光性情之流露，在张三丰看来，自是从古至今无与伦比。

像张三丰的行事风格和生命态度一样，苏轼对于出处和生存，也是那样的豁达放旷，无所挂碍，来无影，去无踪，散游天地，缥缈不定，“神游八极万缘虚”，“小舟从此去，江海寄余生”，确实是隐仙逍遥，故博得张三丰的极度赞赏。其《自赠》云：“平生不作愁眉事，今日东坡作散仙。解向江山留胜迹，长将姓字挂云烟。”④不要知道我是谁，且把名字姓氏留与飘忽不定的过眼云烟，我只向江山寻景，向大地寻春，散脚迹于天涯，留身影于海角，只是任性而去，随心而往，性灵所致，发而为诗，诗写游意，文书客心，性、心、意在逍遥徜徉中修炼，而诗、词、文正为这种修炼而建，本末之关系，正是诗人关于诗歌乃至文学的理论

---

①《苏轼诗集》卷二一，第 201 页，中华书局 1982 年版。

②③④ 陈全林点校《张三丰全集》，第 263 页。

思考。

下面来看张三丰对宋代理学大师劭雍诗歌的评价。劭雍(1011—1077),字尧夫,世称康节先生。北宋著名思想家,大儒士,后隐处,学仙道,承陈抟易学,著书立说,有诗文集《伊川击壤歌》传世,今收于《正统道藏》有诗2000余首。张三丰评其诗云"浑浑灏灏,有仙气"①,并盛赞《观易吟》:"庖牺大圣人,画卦传万古。阴阳变化机,乾坤为易祖。吾隐安乐窝,天地乃同伍。窥破圣贤心,恬淡自得所。"② 劭雍精于易学,博通儒经,建功立德之望,圣贤先哲之修,从小至长,未尝忘怀。然又贯融道仙之学,出处自得,晚年避世入隐,自题居处为"安乐窝",参破尘世,悟得仙真之谛,故恬淡自然而随心所欲,放心玄远,灵性自若,真是出入儒道之间如鱼得水,故吟诗作文皆率性而为。

张三丰的诗歌思想从道教仙学的宗教思想出发力倡灵性的流露,与修仙学道的心性炼养关合起来,故作诗的标准以悟道、参仙为宗旨。但是因为道教仙学是建立在道家思想基础上的宗教理论,而道家思想的核心就是无为清净的处世哲学,将这一世界观指导人类其他意识形态活动,包括审美的、文学的、艺术的,则要求以自然朴实作为外化的表现,因此,平实、晓白、浅近等等就成为此类精神活动的最高追求,落实在张三丰的诗歌创作上,则有另一种理论诉求——浅白,这是为适应道教信仰必须走向通俗化、大众化、底层化的生存环境之内在逻辑而预设的,也是明代中叶以来,中国道教发展的内在趋势。那么,他的这种文学理论的俗化具体有哪些意义内涵呢?或者说,追求浅白的诗歌,其表现方式是什么。我们梳理他全部的诗歌创作发现有如下几个方面。

一是提倡以画入诗。张三丰《游辽阳诸山作》诗云:

> 千里辽阳自往还,眼中山色画中看。人夸地气来长白,我欲云峰炼大丹。风过列屏横淡霭,雨余群嶂各高寒。此间好觅长生

①② 均收入陈全林点校《张三丰全集》,第263页。

路，人世休言出世难。①

所谓以画入诗，即用诗的形式描摹景物、图像或形象。中国画以画山水开端，兴盛于魏晋南北朝。宗炳在其《山水画论》中谈到山水画的相关理论时指出“山水以形媚道而仁者乐”，这是说山水自然形象之中蕴含着“理”，绘画者从外观形象上去体悟其中之理，发现山水中有灵性、有灵趣的东西，依次推论，诗人描写山水，写景状物，也是要把山水的灵魂展示出来，因此，以画入诗是必然的手段或艺术技巧。正因为弄懂了这一点，历代诗人骚客多以画入诗，让人们在形象描绘中直观地把握自然的内在奥妙，这种以画入诗，通过平易简洁的画面，最快捷最明白的让读者接受。在这方面，盛唐著名诗人王维堪称最有艺术成就者，苏轼激赏王维诗云“味摩诘之诗，诗中有画；观摩诘之画，画中有诗”。这是对王维诗画一体的精湛的艺术技巧、爽心悦目的审美效果的醉心称道。张三丰继承我国自六朝以来传统的诗画一体的艺术理论，要求诗人以画入诗，既把自然之美以艺术之画摄入诗中，又使诗歌承载自然之理、自然之趣，最终通过通俗晓畅的语言风格、明白浅近的审美感受把诗歌玩味、欣赏。就张三丰这首《游辽阳诸山作》来说，画面内容有：千里龙蛇，云峰高耸，淡霭飞渡，群嶂青翠，色相朦胧；画面潜藏的妙趣是：丹道养生，出世隔尘，快活神仙，逍遥自在。整首诗由于以这种生动而明丽的画面带入，很容易让人联想神仙世界的山林之乐，因此，我们说作者在这里提倡以画入诗，为的是让诗歌走一条浅白易晓的拉近传道与受道之关系的俗化之路，这正是张三丰作为隐仙派的创作目的之所在。再如张三丰《早起观日》诗云：

天鸡一唱海门开，日涌波涛出海来。万里眼光红不断，三山头脑绿成堆。遥闻笙鹤从空降，只见云龙带雨回。别有飞仙挥鹿麈，令人企首望蓬莱。②

① 陈全林点校《张三丰全集》，第 201 页。

② 同上，第 205 页。

诗的画面或画中形象有：天鸡高唱，红日喷涌，波涛滚动，山头堆绿，笙鹤空降，云龙带雨，飞仙挥尘，蓬莱远眺……一幅幅鲜活的画面，生动的形象，蕴含着仙风道骨的自由，对神仙境界的向往，对美妙蓬莱的奢望，对人世沧桑的遁避，对牵累烦赘的摆脱，凡此种种，都在这些诱惑力极强的画面中包含得丰富厚实，读者一看画面就能弄懂诗的主旨，把握诗人要诉说要表达的意图，因此，以画入诗是道教作家们尤其是隐仙张三丰最愿意提倡的诗歌原则，构成了他浅白通俗的诗学倾向。

二是主张信手写诗。先来阅读张三丰两首提倡信手写诗的诗学理论的诗歌作品。其一是《游戏吟》：

> 游戏红尘下翠微，神仙事业只慈悲。平心什物原非有，信手敲诗不用推。龙气运舒云片片，鹤声商咏冢累累。愿人共悟长生理，天海飞吟乐唱随。①

在这里，张三丰提出了一个与唐代多数苦吟诗人相反对立的诗学观，即信手作诗，反对推敲苦吟，“信手敲诗不用推”，信手写来，显然是指诗歌要从心源深处，从人的性灵深处自然流淌，不要去冥思苦想、煞费苦心。道教是养生爱身的宗教，因为“苦吟”会伤心害身，这是违背道教的宗教信仰的。而从一般的爱惜生命的观点来看，苦吟有害健康，它使创作者心力交瘁，白发早生，摧肝裂肺。关于这一点，早在魏晋南北朝就有许多文学理论家和作家意识到了，提出了要把文学创作作为一种娱乐养心养神养命的精神活动来看待。对此我们在这里稍作一番梳理。

东晋陶渊明主张把文学创作作为一种自娱自乐的活动，他说：“常著文章以自娱，颇示己志，忘怀得失，以此自终……酣觞赋诗，以乐其志。”②陆氏兄弟则提出作文写诗以忘忧解愁为目的，不要苦作文，如陆云对兄陆机说：“文章既可自羡，且解愁忘忧。但作之不工，烦劳而

---

① 陈全林点校《张三丰全集》，第 234 页。
② 逯钦立校辑《陶渊明集》，第 175 页，中华书局 1979 年版。

弃力，故久绝意耳。为以解愁而作文，极不苦作文，但无新奇，而体力甚困瘁耳。”①陆云坚决反对苦苦作文而劳心劳力以至心力交瘁的事。到了刘勰那里，他更是极力提倡作文吟诗者要养气，反对“钻励过分”，他在《文心雕龙·养气》中提出了文人创作过程中碰到的劳心劳力的问题并找到了解决的办法，他说：“昔王充著述，制养气之篇，验己而作，岂虚造哉？夫耳目口鼻，生之役也；心虑言辞，神之用也。率志委和，则理融而情畅；钻砺过分，则神疲而气衰：此性情之数也。”“故宜从容率情，优柔适会，是以吐纳文艺，务在节宣，清和其心，调畅其气，烦而即舍，勿使壅滞；意得则舒怀以命笔，理伏则投笔以卷怀，逍遥以针劳，谈笑以药倦，常弄闲于才锋，贾馀于文勇，使刃发如新，凑理勿滞，虽非胎息之万术，斯亦卫气之一方也。”需要说明的是，在这里，刘勰是借用当时道教界的养生词汇来谈其文学养气主张的，这正好也是张三丰将道教养生理论贯彻到诗歌创作中的历史背景，六朝道教思想内容的诸多方面对文学创作影响巨大，而且自此以后一直没有消歇。

再回到张三丰上引那首诗，他提倡信手作诗，对贾岛、孟郊等推敲诗人不太满意，从而提出“信手”的概念。这个概念是从创作主体的心灵与性情角度提出来的，认为只有随心之所致的立意构思，才是自然不做作的，而那些刻意雕琢、苦心经营的篇什，免不了聱牙诘口。因此，信手拈来，一定通俗自然，明白晓畅，普通百姓，下层人民，市井乡里，老幼妇孺，皆弄得懂，这正是张三丰主张的诗歌俗化的目的。

同样强调信手写诗的话语在张三丰所转录的吕岩所作《同韩清夫游匡庐六绝句》中，这里只摘六绝句中的其四和其五。其四云：“信口歌成信手题，剔残苔藓翠高低。忽闻梵鼓来烟际，林木葱茏过虎溪。”②其五云：“一字诗成一字飞，天边黄鹤载余归。坛前有客难留

① 黄葵点校《陆云集》，第 144 页，中华书局 1988 年版。

② 陈全林点校《张三丰全集》，第 260 页。

我，心似闲云入翠微。”①诗，既可用手写成，亦可用口吟得，但都以信手脱口而为乃最上乘，一者是心灵自然流露，再者是真才华真学识的表现，文学史上举步成诗，下笔成文，脱口成章者，正是才高八斗者之所能为。至于“一字诗成一字飞”，正好描绘了那种来得快，信手信口而随心所欲、随意挥洒的那种生动逼真的成诗模样，这才是最能被称得上的通俗、直白、浅近之诗，所以，张三丰在这里昭示了他对于诗要俗化的诗学观点：只有体现了“信”字，才是通俗浅白的灵魂与本质，作诗的要害和关键就在这里。

三是把自然与诗相提并论，提出了自然是诗、诗是自然的诗学观。道家道教的思想核心就是自然说。而其中一个重要的元素或含义就是浅白、通俗、朴实，落实在诗歌或文学追求上，更是如此，所以，张三丰从此一道教思想出发，把他追求的文学创作的俗化放在诗与自然的同一意义上来，他说：

> 一只船儿坐卧宽，风波险处自平安。云淡淡，水漫漫，洞庭烟雨当诗看。晓来独坐君山下，只见芦花扑钓竿。②

“洞庭烟雨当诗看”，主要在于寓意感官对于自然的把握，诗既是自然的外化，又是以自然为依据的。一方面，自然就是诗，诗没有什么高超深奥的地方，也没有什么超人之处，但另一方面诗又是深奥的，洞庭烟雨是诗，含义究竟是什么，确实要费一番功夫才能理解个中壶奥，这个含义，仁者见仁，智者见智，有人看出是客观真实的烟雨，有人把它当作诗情画意，有人把它理解为看不明白，因为烟雨朦胧，缥缈虚幻……凡此种种，不一而足，却见仁见智。

但从道家的自然观来说，自然就是一切存在的本来状态，这些存在都是自然而然的，它存在，它之所以存在，都是顺其自然的。什么是诗？可以直白地说，自然就是诗。而自然至少有两义，一是客观的存

① 陈全林点校《张三丰全集》，第 260 页。

② 同上，第 236 页。

在，一是为什么存在，综合两者观之，“洞庭烟雨当诗看”，也包含这两个方面的内涵，一是诗是客观存在的，它像洞庭烟雨一样是一个客观存在；一是诗为什么而存在，它也是顺其自然的，自然而然的，正像洞庭烟雨为什么而有、为什么而存在一样，也是自然而然、顺其自然的。职是之故，自然是诗，诗是自然正是张三丰对于诗之成因最简单明白的俗化处理：自然是简单的，诗是自然，则诗是最简单通俗的东西，像洞庭烟雨一样，一看就明白那是烟雨，它不过是生于洞庭湖上。以此读诗，即把诗与自然关合起来，一切问题就弄懂了，这个叫作“迎刃而解”。

四是作诗不拘格套，不讲韵律，这是张三丰追求诗的俗化最重要的内容。他在《秋夜与诸生复集轩然台》之二中云：

> 此乐今年少，今宵莫负之。听风兼听雨，谈道复谈诗。各唱无根树，休夸限韵诗。不拘诸法律，高咏自怡怡。①

作诗不要限于押韵，不要拘泥于诗的法则和韵律，只要从怡心入道出发又回归乐心畅怀的宗旨，那么人生就没有辜负你的少年时日。很明显，这首诗不啻为张三丰向传统咬文嚼字、字法拘韵的格律诗的挑战书。在张三丰看来，复杂多法的近体诗是束缚诗人性灵自然流露的巨大障碍，它们那些格律、平仄、韵脚、捆绑了诗人的创作自由和个性张扬，这样做出来的诗必然是千篇一律，毫无诗人灵性的真实流露，更遑论飞动逍遥、洒脱生动的艺术境界。这种诗论，仍然源于道家道教神仙学说所主张的自由精神和快乐神仙的哲学思想、人生态度和宗教信仰。只有不拘格套、不讲韵律的自由诗作，才是走向大众化、通俗化、晓畅明白的自然之境的理想之路。由此，我们又联想起明代心学和受心学影响的不拘格套的公安派、竟陵派、童心派、真情派等性灵文学纷纷登上历史舞台的大背景，则张三丰所追求的诗歌的俗化就更显意义重大了。

① 陈全林点校《张三丰全集》，第 255 页。

近体诗主要是讲究填写时的平仄、韵脚以及其他规则，确实禁锢诗人的创作自由，有学者形容这种律诗的创作是一种戴着镣铐或枷锁跳舞的活动，所以作为道教人物追求自由神仙生活，隐出不定的张三丰来说，做这样的诗歌简直是对人的灵性的压抑，又谈何“灵性的流露”呢？所以他又说“佳句谁能道，前人总未经。自拈蕉叶写，草字作龙形”①，他认为前人不知道摆脱禁句的约束将是一种什么样的自由境界，没有经历这种活脱自由的灵性抒写的人，总是在规矩的禁区里折腾挪闪，又怎能获得诗性的自由享受呢。三丰隐仙，随意拈取一片蕉叶，在上面龙飞凤舞，草字写诗，性灵跳跃，灵感飞腾，一首淋漓尽致地体现生命风采、寻找理想境界的诗歌便横空出世，那是怎样的一种精神愉悦和生命升华啊！

（二）丰富多彩的诗歌风格追求

张三丰在诗歌思想上虽然力倡灵性自由与浅白明畅以体现其对于明代道教文学思想向俗化发展的时代要求，但在他的数百首诗歌创作中却创造了丰富多彩的诗歌风格，没有固定的某种风格模式，而是随物赋形，不拘一格，正体现了他摆脱束缚、张扬自我的个性与气质。他的诗全部保存在《云水前集》《后集》《三集》之中，而90%以上是游览纪胜诗，这是与他作为一个来无影去无踪、来去自由的隐仙身份密不可分的，取名“云水”，正是出家人行脚天涯如行云流水飘忽不定的寓意。粗略统计一下，这类纪游写景的诗歌共372首，在风格上，有李白诗的飘逸，王维诗的清新，孟浩然诗的自然，苏轼诗的宏厚，白居易诗的浅近……总之，不可胜数。张三丰特喜唐诗，尤其是唐诗中的那种禅意幽趣与仙道灵气深深吸引着他，所以他标举前贤，追步先哲，是故将其诗与唐诗比，亦堪称不减唐人高处。

张三丰诗有李白诗的豪放飘逸。《登华表山》云：

华表山高爽气凌，令威骑鹤此飞升。乍看雨脚从空至，未必

① 陈全林点校《张三丰全集》，第255页。

云头阻我登。独立峰峦心旷远，遥观渤海兴奔腾。他年愿步丁公后，长啸蓬邱第一层。①

诗人登上险峻的华表山（在辽东），居高临下，直眺渤海，波涛汹涌，气势壮阔。登高驰骋想象力，浮出《搜神后记》中记载的学仙道驾鹤升天的同乡人丁令威，一种迫切成仙的愿望油然而生。诗歌展示诗人的凌云之志，此情此景，此心此愿造就了雄奇豪爽的诗歌意境，使作品超拔高迈，雄肆放旷。又《登衡山》云：

毕昴精凝处，恒山气象高。藤萝牵绝壁，松柏吼飞涛。朔野何空阔，灵风乃怒号。结庐仙岭上，望里兴飞豪。②

登高而望，气象万千，松柏密浓，风声怒吼，森气严严，放眼四眺，豪气冲天，同样地表现一种豪迈雄阔之风气。又《登丹岩山》云：

丹岩顶上蓬莱阁，可望蓬莱不可却。天风海水荡心胸，苍苍浪浪自开阖。我到东牟眼界空，诗情豪放若英雄。朝瞰远出扶桑外，楼台贝阙金银宫。拍手长歌云鹤起，仙人冉冉来前矣。把杯祭海祝海神，为展光明千万里。遥情欲观海外天，天浮海际海无边。欲驾飙车飞过去，未能羽化心茫然。③

丹岩山，在今山东蓬莱境内，登上山顶，极目远眺，天海茫茫，蓬莱仙岛，时隐时显，面对波涛壮阔的海天气象，诗人逞豪情，放高声，有气吞万里，笼括宇宙之胸怀，英雄浩气，直冲云霄。此诗可与曹操的《步出夏门行·观沧海》一比高低，其气势，其豪情，实在伯仲之间，操诗云："东临碣石，以观沧海。水何澹澹，山岛竦峙。树木丛生，百草丰茂。秋风萧瑟，洪波涌起。日月之行，若出其中；星汉灿烂，若出其里。"陈

① 陈全林点校《张三丰全集》，第 201 页。
② 同上，第 204 页。
③ 同上，第 205—206 页。

全林先生评张三丰诗“有魏晋之风骨，唐人之灵韵”①，当指张三丰此类承曹魏诗风的作品。

再看三丰诗有李白之飘逸。其《三十二岁北游》云：

> 幽冀重来感慨忘，乌纱改作道人装。明朝佩剑携琴去，却上西山望太行。②

诗中所写诗人形象有谪仙人李白的飘逸之神态。挂起乌纱帽，佩剑携琴云游四方，似神仙穿山走岭，淌水点波，一飞而过，那飘忽御风的洒脱，非学道入神者不可能。又《关中旅寺有怀》云：

> 抛别家山处处游，塞云关月几经秋。丁公有志归华表，子晋何时返故邱？今日渭南如旅雁，去年河北似浮鸥。溪泉放艇寻诗句，两岸风篁几万头。③

同样，诗人于神州大地，大江南北，五岳三山，九流十水，时而乘云驾雾，时而放艇划棹，轻如飞雁，快如利箭，遨游穹宇，飘逸翱翔，吟咏此诗，仙风道骨，何其乐哉！更有趣者，在如此放艇神速的漂游之中还能寻诗作句，着实给接受者以灵性飞动，思如泉涌之快感。

张三丰诗又有王维诗的清新爽净。在唐代成就卓越的山水田园诗人中，王维是以诗境诗风的清新明丽见称的，这主要源自于对幽静碧落的秋景，雨洗过后的田园山色，明月照射下的栖息之所等居处生存环境的描写，如《山居秋暝》：“空山新雨后，天气晚来秋。明月松间照，清泉石上流。竹喧归浣女，莲动下渔舟。随意春芳歇，王孙自可留。”多么清新静谧、明丽灵动的画面，而雨洗过后的空山，晚秋的明月，清澈的泉流……直让人彻身清爽，表里俱澄静。正由于张三丰诗学盛唐，从王维此种诗歌神韵和境界中受到熏陶，因此，诗歌也透露出

① 陈全林点校《张三丰全集・前言》，第30页。

② 陈全林点校《张三丰全集》，第204页。

③ 同上，第207页。

清新爽净，也以凉雨、明月、清山等意象出之，如《岳阳楼晚步》云：

虫声唧唧透窗幽，一片新凉已似秋。残雨尚闻檐际落，莫将长笛倚高楼。①

一阵秋雨更添一分新凉，而清幽的借居之处在雨滴声中更显静谧，“天凉好个秋”正是给人清新之感，该诗与前引王维《山居秋暝》有异曲同工之妙。再如《读元故提举杨廉夫先生集》云：

铁涯吹铁笛，清韵满崖中。末世声名大，深山气象空。为文超宇宙，守节老英雄。惟有华亭月，清高似此公。②

诗虽赞美元末大文豪杨维桢的气节清高，但对其诗的清幽雅韵亦推崇备至，指出并激赏其诗清新深邃的浓厚气象，可以说也是张三丰诗歌的代言之声。

张三丰诗歌中那些写景尤其是写明月的短制，更显清淡雅致的格调，如《雷泽晚行》：

水复山重路渺茫，此中应是白云乡。晚来独自行雷泽，明月清风望首阳。③

白云飘忽，水泽轻波，明月清风，行者仙真，别有一种淡雅清爽的风味。

清雅的意蕴，诗人有时也把它蕴含在物象之中，如青竹、白莲往往寓意诗人某种节操品格，这与单一的客观存在的清风明月等又有所不同，如《静中乐》云：

静中乐事倩谁传，鱼鸟亲人喜欲颠。野步安闲真福地，山居快活即壶天。将云补嶂浮青竹，引水通池养白莲。都是一般清意味，谁知幽客自陶然。④

① 陈全林点校《张三丰全集》，第230页。
② 同上，第218页。
③ 同上，第206页。
④ 同上，第226页。

最能代表张三丰清新风格的诗作是《听梦九子思敏读书》：

> 最宜听是读书声，隔院传来字字明。杨柳当窗草满地，春宵雨过一斋清。①

在中国诗歌史上，对于清新之景的描写，一般都注意观察雨后的山色或居处的环境从而突发自然雨水对于刷新空气、洗涤物体的即时效果，这从南朝谢灵运的山水诗中已见端倪，至盛唐山水田园诗人巨擘王维把这种景致的描写推向极端，此后仍绵绵不断地继承这个创作传统，张三丰的诗作依然清韵缭绕，风格清新而淡雅别致。又如他有专门以清为题材的《清吟》，字里行间充斥着对“清”的喜爱：

> 清茗清香清道心，清斋清夜鼓清琴。人能避浊谈清净，跳入云山不可寻。②

以“清”为人生至境，以“清”为审美中心，以“清”为理想追求，无疑源自道家清净无为的哲学观、世界观、宇宙观、审美观……由此观之，“清”是一切道家思想的中心和表现形态，衍生出后世诸多学科门类所理想化的概念和范畴，以及以“清”为词素的文化元素。就文学领域而言，在诗的文体里，无论从上述哪个观念意识中，都可构成“清”为词素的文学概念，即以张三丰的诗歌为例，我们盘点和统计其以“清”为词素的诗学概念就有（同名异作者不重摘）：

诗学概念（或词语）	出处（诗名）	诗学概念（或词语）	出处（诗名）
清酒	《遥挽刘仲晦相公》	清坐	《游峨眉小雷门》
清河	《赠棠邑令家希孟弟》	清意	《静中乐》
清风	《雷泽晚行》	清兴	《山行夜过清晖阁》

① 陈全林点校《张三丰全集》，第 33 页。
② 同上，第 246 页。

续表

诗学概念（或词语）	出处（诗名）	诗学概念（或词语）	出处（诗名）
清心	《赠金粟道人》	清音	《九峰山》
清晖	《入蜀》	清讴	《髯仙双清阁原韵》
清操	《赠焦贻谟先生》	静静清清	《用涵虚韵》
清空	《闲吟》(三)	清明	《乌龙绝顶》
清韵、清高	《读元故提举杨廉夫先生集》	清白	《元夕过扬子新筑蟠山草堂》
冰清	《滇南会沈子三山兼赠令倩余十舍》	清茗、清香、清静、清斋、清夜、清琴	《清吟》
澄清	《平越福泉山礼斗吟》	清凉	《白云青云两溪》
清波	《北津楼》	清净	《示刘白酒李鱼溪》
清华	《凌云峰》	太清	《新秋即事仿回翁体》
清腴	《读〈蒲庵集〉》		

三丰诗又有孟浩然之自然平淡。自然平淡之诗风一格，本创自隐逸诗人陶渊明，为什么在此指称张三丰诗有孟浩然之自然平淡呢？这是因为张三丰的诗学继承路径主要是在学唐宗宋。而唐代山水诗尤其是孟浩然的山水诗更表现为一种意境的自然淡泊，而非像陶潜那样更多的是客观存在的农村自然田园景象，所以相较而言孟浩然追求的更是一种理想状态的精神层面，而这正符合道教神仙追求的精神意境，是故张三丰所称道和所体现者乃孟浩然之神韵。下面以诗证之。张三丰《游蜀》云：

阆苑归来蜀地游，一身时被白云留。烟蓑雨笠闲装束，化个农夫乐自由。[1]

张三丰经常出没于蜀山蜀水之中，有时又忽然在田间地头和山野村夫拉家常，话农活，谈桑麻，身穿蓑衣，头戴斗笠，恬淡优美的农村自然景色，山清水秀的田园风光，给诗歌蒙上一层平易淡远的格调，把诗人的幽雅与自然的妙趣和谐地统一在白云遮蔽的背景之下，既有陶诗中的农村快乐，又有孟诗中的理想高境。

田园自然、清淡平实，因此作诗也要像水云一样淡淡疏朗，其《自题画像》就标榜这种诗歌思想：

风日清于酒，水云淡若诗。乾坤壶里坐，这个老仙诗。[2]

风日清，诗则淡，风日乃自然之象，水云亦然，但有淡意，作诗如水云淡泊，则诗歌乃真自然也。前人评陶诗"一语天然万古新"，又何尝不可拿来评三丰之诗呢？苏轼所云陶诗平淡无奇，愈淡愈浓，三丰作为崇拜苏公的追捧者，如果苏公见三丰此类诗作，必然评鉴为陶诗再世，亦不虚言也。

张三丰诗歌的自然平淡，还表现在语言的口语化、通俗化上，这也是其诗俗化的一种表现形态。传统的田园诗，自陶潜开创以来，其自然平淡的衡量标准就是语言的大众化，浅近明白，如家常话，田家语，如《农人引》所描写的景色，就是用"田家乐"的语言来表现的：

场圃当窗面面佳，客来相与话农怀。田家乐，洵不乖，春风春雨到茅斋。[3]

陶渊明笔下"披草共来往"的诗人与农友叙谈农事和友情的场面，王维、孟浩然与农夫交谈的情景，都是在田园语的运用中构成的。

---

① 陈全林点校《张三丰全集》，第226页。

② 同上，第234页。

③ 同上，第236页。

张三丰诗歌又有白居易的浅近。诗歌的平淡自然，田家语、口语固然是一方面，但阅读白居易诗，议论化的色彩已显端倪，这是为什么北宋初期的诗人被人们评价为宗白或白体化趋势形成的原因。这种议论化色彩或者是长句形式，或者是语气语调乡土化、加长拖延，这些状况都可被视为浅近的内涵。以此来考察张三丰诗，确乎有学白居易浅近之表现，如《重游剑南歌并引》：

化鸾化鹤化云烟。又化渔樵与老仙。隐显遨游度有缘，少微星照九峰巅。或寻崖谷咏诗篇，或观水石弄溪泉，或骑黄犊来山前，或抱青琴坐松边。不知不悔住林园，不忮不求养性田。是皆处士与高贤，我愿访之共周旋。妙绝青衣古洞天，峨眉一气相钩连。倒拖铁杖寻幽偏，中有数人谈自然。快哉乎！不到剑南今百年，再来犹是张玄玄。①

散文化、议论化，是这首诗最明显的特点，虽然脱胎于乐府体，但仍表现出长句与散句的结合的痕迹，故诗歌浅近通俗，也就有目共睹了。白居易的新乐府运动，与其说是对旧乐府的改造，其实仍然没有跳出如来佛的巴掌，这对张三丰依然潜移默化地影响着。再看张三丰的《乐乐乐》：

说说说，乐乐乐，风正停，月未出，滩正明，秋气肃。我有一道情，深深浅浅说。人能脱尽尘中俗，后天真气频温服。不怕风寒，不遭瘟疫，年可延兮嗣可续。万般都是精神作，精神作兮获多福。不要符来不要药，但遇天行尽扫却，乐乐乐。②

这样的诗歌，浅俗得不能再浅俗了，散文化，乡土化，语气长，语调大，新旧乐府、白居易、张籍、王建的影子太厚重了。

---

① 陈全林点校《张三丰全集》，第 226 页。

② 同上，第 257 页。

三 张三丰其他诗论片断

张三丰的诗歌思想的中心是关于灵性与俗化问题，且主张风格多元化。但从一个具有丰富道教思想内涵和文学创作很丰盛的文人隐仙的角度来看，他对于文学思想的其他方面，也有诸多建构。

一是强调文学创作的题材来源必须以亲历之事即我们常说的社会生活为源泉，根据他的亲身体会，如果一旦无所事事，自己没有经历什么，身边没有发生什么，就不会有诗的诞生，所以他说："九年无事亦无诗，默默昏昏不自知。天下有人能似我，愿拈丹诀尽传之。"① 诗人很长一段时间无事可作，也就无诗可写了，显见事功与诗歌或者更大一点说文学与生活的关系是多么密切。文学来源于生活，作为道教文人的张三丰也不例外。我们看他如此多的诗文作品，都是源自于他所经历的社会生活，或者是对他人的社会生活的创构与书写。

一是关于诗或文学与某种触发媒介的关系问题。张三丰特别强调诗与酒的关系，认为酒作为一个开启创作灵感的中介，对于作家来说具有一种不可替代的作用。也许这是中国文人灵感发动的一个普遍的发动机，李白就高言"斗酒诗百篇"，而这对于极其崇拜诗仙的张三丰来说，更是一个颠扑不破的真理，以至中国文学史上诗与酒的关系是文人普遍存在的现象，故张三丰说："王先生，忠义全，自号大呆子，亦曰性天然。埋名隐性如疯癫。或住玉华丘壑内，或住金华山泽边。山边村落时来往，士人诗酒相周旋。醉后出神思故主，两眼汪汪哭向天。平常衣服与人异，披麻戴笠心事传。先生间与野人言，死后将吾系树颠。得非地无干净土，一心愿做鹤巢仙？"②"诗酒相周旋"，正是诗与酒相纠相结、相辅相成、彼此依赖的密不可分关系，无酒不成诗，无诗不饮酒，古往今来，文人骚客，概莫能外。不仅酒与诗关系密

① 陈全林点校《张三丰全集》，第 212 页。

② 同上，第 222 页。

切，诗离不开酒，而且酒饮越多，诗就越豪放，兴感越浓厚，故张三丰云："酒多诗益放，山静室弥清。今夕乃何夕，笔情谈道情。"①酒多诗放之说，正好呼应了张三丰所崇拜的李白"斗酒诗百篇"的说法。

一是关于创作主体的境界问题。张三丰强调作家或诗人的胸怀心襟必须开阔宏大，这样作出来的诗歌一则显示创作主体的涵养程度，一则能使诗歌具有恢宏的气度，吞吐宇宙的壮大之美，从理论上来说，陆机已开其先端，《文赋》云："精骛八极，心游万仞"，"观古今于须臾，抚四海之一瞬"，"笼天地于形内，挫万物于笔端。"从创作上来说，曹操早有包举宇宙于方寸之中的壮丽诗篇："东临碣石，以观沧海。水何澹澹，山岛竦峙。树木丛生，百草丰茂。秋风萧瑟，洪波涌起。日月之行，若出其中，星汉灿烂，若出其里。"大海把日月星辰、宇宙天地容纳其中，诗人则把波涛汹涌、辽阔澎湃的大海笼于胸怀，境界何其高远，气势何其壮观。既有前贤圣哲之理论与实践的典范，则张三丰承而续其余绪，故云："漠漠连朝雨，濛濛万树云。江声随岸转，渔唱隔溪闻。天地诗中大，楼台画里分。绮窗斜倚处，仙客远尘氛。"②"天地诗中大"，正是讲的诗人要有宽广阔大的胸怀，把广阔的天地容纳于内心，这当然需要广大的心胸才能容纳。其实这里强调的正是创作主体的境界修养，境界高远，诗歌才有气势，才是好诗。但另一方面，诗人也在暗示作为天地之中的人，也要有包容一切，接受万有的道德情怀，做人、修仙、修道，都不能舍弃这一点，这样人生才是洒脱旷达的人生，人品才是高尚远大的人品，生命才是长久安逸的生命。

一是关于诗因何来，诗为甚而作的问题，亦即文学的因果关系。关于诗因何而来，张三丰说："仙骨一身笔一枝，兴来高唱百篇诗。从今更长金丹价，万两黄金莫卖之。"③"兴"为诗之"因"，因兴而发为诗，这里的兴，即诗人内在的兴发，性灵的感动，情感的摇动，心有所动则

---

① 陈全林点校《张三丰全集》，第 212 页。
② 同上，第 228 页。
③ 同上，第 236 页。

发而为诗。关于此，张三丰也是在继承古代关于“诗”的产生原理的基础上的引申发挥。早在上古汉魏六朝，理论家们就已提出并解决了诗的本源问题。从《毛诗序》到《谢灵运传论》，从刘勰到沈约、萧绎、颜之推、孔颖达，都已指出由于人心之所动而感、发为诗，萧绎云“情灵摇荡”乃成诗，灵即性灵、心灵、心性、心情。

关于诗为甚而作，张三丰说：“桥窄让人先过去，天空由我独飞行。新诗两句传心迹，又见吹来海月清。”①诗人所作的两句诗是为“传心迹”而作的，“心迹”是什么？就是诗人内心的感情、愿望、意趣，更拔高一点说，则是诗人的理想、抱负、志向。联系张三丰所处的明代心学环境，这心迹恐怕是指内心的“灵明”，创作主体的心灵世界，被王阳明称为“良知”的东西，亦即被张三丰称之为灵性的东西。其实这个问题，就是中国诗学理论的开山之祖《尚书·尧典》中的“诗言志”的“志”。“志”即“志意”，《史记·五帝本纪》称为“诗言意”，《毛诗序》阐释为“诗者，志之所之也，在心为志，发言为诗。情动于中而形于言，言之不足故嗟叹之，嗟叹之不足故咏歌之，咏歌之不足，不如手之舞之，足之蹈之也。”孔颖达《正义》释之曰：“诗者，人志意之所之适也。虽有所适，犹未发口，蕴藏在心，谓之为志，发见于言，乃名为诗。言作诗者，所以舒心志愤懑，而卒成于歌咏。故《虞书》谓之‘诗言志’也。包管万虑，其名曰心。感物而动，乃呼为志。志之所适，外物感焉。言悦豫之志则和乐兴而颂声作，忧愁之志则哀伤起而怨刺生。《艺文志》云‘乐之情感，歌咏之声发哀’，此之谓也。”至于张三丰所言“传心迹”，则包含了上述所云的悦豫、忧愁等各种各样所谓人之常情。

一是关于诗的娱乐功能问题。孔子早就提出“兴观群怨”说，但文学的娱乐功能，是魏晋南北朝才被提出来的。对此，我们在前文略有论及，笔者亦就此问题撰专文论述，参见《文艺研究》2010年第六期《魏晋南朝文学思想中的娱乐养生倾向及其生成》。张三丰在谈及诗的娱

① 陈全林点校《张三丰全集》，第232页。

乐作用时将诗与酒相提并论，他说："不可居无竹，悠然别有天。庐中藏日月，崖外拥林泉。诗酒娱千古，乾坤付七弦。最怜好风景，灯月照门前。"[①]道教也是一种提倡娱情养性的宗教，心身的快乐显然是让生命健康的重要方式，这种快乐离不开居住环境的幽雅宁静，丝竹琴弦的养心，琴棋书法的养性，尤其是诗酒相酬，更是让精神与肉体达到欢乐的境地，这种别开生面的对于养生活动的理解及运用，恐怕是道教不同于佛教及其他禁欲宗教的一个显著标志，所以在道教人士那里，饮酒茹荤是不禁止的，更何况酒能有助于诗兴大发，诗酒交融，极尽欢娱之能事，又何乐而不为呢？弄懂了这个中奥妙，张三丰把诗酒统一起来，认为两者都有娱乐养生之功效，则不足为奇了。

第二节　张三丰文学创作之成就

张三丰除了在明代道教文学史上贡献了丰富的文学理论之外，还为道教文学史以致整个中国古代文学史贡献了大量的文学作品，无论在主题上、题材上、艺术上都取得重大的成就。

一　文体创作上的多元化

张三丰的文学创作，以传统诗文作品所占数量比最大。而就诗文而论，文体种类极其繁多，下面是统计数字。在文体方面，论体 31 篇，训诰体 30 篇，语录体 2 篇，经文 3 篇，诀体 69 篇，符文 1 篇，传体 6 篇，序跋记解 4 篇，书疏图话 5 篇，赋 1 篇，鉴考 2 篇，合计 154 篇。在诗方面，共计 372 首，包括绝句、律诗（七律、五律、排律、长律）、乐府（古、新）、四言、联句、歌行（亦可视为乐府）、引、吟、词等等。以下就各体之文学实绩或特色略论之。

---

① 陈全林点校《张三丰全集》，第 244 页。

张三丰的论体散文多阐述其金丹大道思想，如《大道论》从道家关于“道”的宇宙本体论和生成论入手论及丹道的根本要义，再对道教自身的宗教繁多而又混乱的现象，批驳和澄清那些旁门左道的危害，立起金丹大道性命双修的正确而对生命延年益寿的实际效用大为有益的真理性结论，指出道教的根本教义之所在，然后把当时乃至整个中国历史上儒释道三教相通相同的基点(共同点)定位于三教同源之上，认为三教的根本点——道即关于世界本源的共同性认识都是一致的，这个共同的认识就是大道，于是三教同源的思想得以坚定地确定下来。全文说理透辟，分析精当，结论稳当，艺术性强。如云：

予也不才，窃尝学览百家，理综三教，并知三教之同此一道也。儒离此道不成儒，佛离此道不成佛，仙离此道不成仙，而仙家特称为道门；是更以道自任也，复何言哉！平允论之曰：儒也者，行道济时者也；佛也者，悟道觉世者也；仙也者，藏道度人者也。各讲各的妙处，各讲各的好处。何必口舌是非哉？失道者，无非“穷理尽性，以至于命”而已矣。①

抓住三教的本质而归之于一的特点，说服力极强，言简意赅，态度观点斩截有力，实为论体之精华。

训诰之体，据《文心雕龙》的解释，是属于上级对下级的训令告布之言，尤其是君对臣而言，故《尚书》有誓、令、训、诰之体。张三丰运用此两体成文，表示了自己作为“隐仙派”的师父身份而教导、敬告其信徒门弟子的言论，沿用文体初本之义。此类文体形制短小，要义精炼，符合体式规范与要求，表现了他“天地君亲师”的传统等级观念和写作原则，既承祖训，又传嗣代，而文笔整饬，兹引数例说明。如《毁誉篇》云：

人何以故而毁我？人何以故而誉我？彼何以故而毁人？彼

① 陈全林点校《张三丰全集》，第21页。

何以故而誉人？望人誉而功不至，斯毁之矣；防人毁而过能悛，斯誉之矣。是故毁誉我者无其渐，我招毁誉有其渐；毁誉人者无其因，人招毁誉有其因。吾爱天下人，不求誉而行可誉之事；吾恶天下人，不畏毁而行可毁之端；吾耻天下人，不知毁誉而湮没以终。湮没以终，人不毁而自毁也。生前以有过自毁者，人必誉之；生平以有功自誉者，人必毁之。虽然，誉人而过乎其实，标榜之风必起矣；毁人而过乎其实，求全之辈可诛矣。世人勉之戒之。①

探索因果，返本求源，正反论证，对比辨析，语重心长，告诫训教之苦衷历历可见，警世喻人之作用立竿见影，训诰之意名实相符。又《穷达篇》云：

达之人兮无穷愁，愁之人兮少德修。荣枯两途兮一春一秋，吾亦两居兮隐显自由。人命忙忙兮其驶如箭，达何足欢兮穷何足叹！境可缚兮非英雄，命可安兮且闲玩。读书养道兮浩气犹龙，颜瓢点瑟兮孔许其同，原襟宓琴兮吾亦可从。庐中龙兮上云霄，湖上驴兮自逍遥。云之出兮为霖雨，流之退兮访松乔。抑或无心仕进兮严竿王樵，何必自苦兮闷死蓬蒿！②

用骚体之名行训诰之实，这是张三丰训诰之体的新变，以呼语当面训斥、教诲、警告的作用也许来得更快更强。既用骚体，则出经入史，出仙入道，典故就不可避免了，本篇正是运用大量史料与神仙传说，把真实性与幻想性结合起来，真幻难分，更增说教的吸引力，受到很好的劝诫效果，确有楚骚之遗风。又《修短篇》云：

谁合修，谁合短？皇矣下观，愿无别眼。欲教民物共生长，大块芸芸必充满。是故仁则寿，恶则谴；功则寿，过则减；养则寿，戕则损。仙佛圣贤劫可免，以歌当话招流返！③

对于命长命短的养存之道，教导得理，训诰深刻，形式上三言两语，足

①②③ 陈全林点校《张三丰全集》，第45页。

显训诰之体的特质，方便铭记，利于施行。又《虚无篇》云：

> 虚无者，老释同传之旨也。虚者何？虚心也。心虚故神清，神清故性慧，大超脱、大解悟从此生矣。无者何？无我也。无我故无人，无人故无欲，大清净、大欢喜从此得也。今汝两门人，不明虚无，只探实有。“实有”二字，其名亦佳，究竟入迷者如谷之数。日求“实”而谈金石，无一得也；日求“有”而参禅偈，生六尘也。无量恒河沙，谁是第一波罗密哉？吾悯尔等愚，吾开尔等智。观心虚而至性慧，知虚之能取实也；观无我而至无欲，知无之能包有也。孔子毋我，颜子斋心，虽儒家尚如是也，况尔等乎？①

对于虚无的阐释，用语通俗，口语化，又将佛道对比描述，使虚无的概念由抽象义转变为具象义，深入浅出，体现了训诰之体的实用功能，把虚无的学究气俗化，扩大信众的接受面，收到了很好的宣传效果。

张三丰的语录体散文回归先秦语录体散文中春秋时期独白、自言的语体角色形式，全部用“张子曰”引起所要告白于道教信仰者的思想内容。有时将此三字稍作变动，使之不至于板滞生硬，如“张子谓忍受、忍辱二道士曰”，“张子谓卓庵曰”，“张子谓山中人曰”，“张子谓调理劳瘵者曰”，“张子谓山居道流曰”等等；有时在单调格套的说白训教中。穿插叙事成分的故事性、情节性，把告白与叙事结合起来，使散文摇曳生姿，富有艺趣。如《闲谈》中有云：

> 三月三日，山中诸子浴乎锦水之湄，风乎青林之下，听子归啼，忽有木叶坠地，折叠如函，启视之，则有如鱼子兰者封裹其内。问之土人，曰：“杜宇珠也”。问有何用？曰：“弗知也。”话张子戴笠逍遥而来，与二三子言曰：“汝欲知杜宇珠之故乎？蜀王入山之后，蜀人思之，故王命子归赐蜀民以珠。子归者，蜀王之鸟使，原名谢豹。”②

① 陈全林点校《张三丰全集》，第47页。

② 同上，第57页。

此段文字将叙事与对白融合，取境《论语》中“东鲁春风”又极富道教神仙色彩，且化用杜宇神话为宣教之用。张三丰语录体散文的上述特色多表现于《水石闲潭》和《玄潭》两个辑本里，对话的篇幅繁复冗长，此多不引。

张三丰传体散文多写仙道中人物，所传者虽不多，但却从仙道特色出发，大异于传统传记以年系事的规范，往往抓住极具神秘仙道趣味的个案或节点来渲染其奇诡处，真正以传奇为职能，不忘宣教之使命，而且一般篇幅短小精悍，点到为止，如《陈雷谷传》：

> 雷谷仙翁陈可复，定海人也。生而疏爽，丰骨不凡。自少好仙术，无功名意。遇平江林道人铨，传以召雷法。时值大旱，祷仍莫应。或有戏者曰：“陈道士能召雷雨。”命至官庭。将俟其不验而侮辱之。可复即以法兴云，须臾雷电大作，雨下尺馀。
>
> 常至鄞之天庆观。中秋有方士赏月，可复不与其会。戏以墨水噀空，顷即乌云蔽月而雨黑雨，坐客惊避，衣尽缁矣。众知其所为，延之入席，云收雾敛，月复朗然。
>
> 其响应率皆类此。至元间世祖诏见，命主长春宫。暇则杜门静坐，不与客见焉。①

本传敷衍涂饰，增绘渲染，将传主的神奇功力赞赏致极，读之惊世骇俗，表面上耸人听闻，实际上乃张显文学的想象力，与传统传记求实平铺，欲使读者作信史看大相径庭而大异其趣，道教人物传记皆属此类，张三传亦承自己教内业内之传统。

张三丰的赋文存世者仅一篇，却别致精巧，将铺陈描写、寓意熔为一体且又综合散体、骈体、骚体、诗体于短制之中，非文学高手、才思敏捷者不能作，该赋名《刀尺赋》，其文曰：

> 三丰先生常携刀尺以遨游，空乎两大，浩乎十洲，客有怪者，

① 陈全林点校《张三丰全集》，第 266 页。

不知其由，先生乃为之赋曰：

是刀也，能开混沌；斯尺也，用絜蓬莱。故相随而不失，知造化之剪裁。尔其百点明星，双叉皎雪。绳墨从之，锋芒赌若。分修短兮合宜，剪水云兮快绝。期妙用之无方，岂微能之足述。至如裁妙理，削尘嚣，量度数，别昏朝。火功寸寸，风信刁刁，胎养刻刻，羽衣飘飘。度龙门至万仞，如虎剑之两条。梦益州而不愿，与方丈而同超。

刀兮刀兮，妙之又妙；尺兮尺兮，要所必要。匪欧冶之能镕，匪公输之能造。与我偕行，任他嘲笑。将求织女之云绡，缝出仙翁之衣帽。歌曰：

一刀一尺遍天涯，四海无家却有家。破衲补成云片片，袖中笼住大丹砂。①

该赋极陈刀尺之妙用与功能，而白描刀尺之外观与形貌，而宣教布道的寓意深刻广泛，言在此而意在彼。体式多元，韵散结合，参差错落，各体皆工，在赋史上独具一格。

二　近体诗灵性挥洒，量多质高

张三丰的近体诗，就题材内容来讲，绝大部分是借写游览山水来宣道布教，有近三百首之多，收录在其《水云前集》《水云后集》和《水云三集》之中，陈全林先生评此类诗“混于唐人诗集，也难分辨”，“有魏晋之风骨，唐人之灵韵，宋元以降，无出其右者”②。虽有拔高之嫌，“但从诗中可见张三丰‘天地与我合一，万物与我并生’的仙道风神，大有‘江山为我留胜迹，我为江山写精神’的高古气象”③，却倒是客观允当的。

张三丰的五言绝句所作不多，仅十一首，如下：

---

① 陈全林点校《张三丰全集》，第277页。

②③ 陈全林点校《张三丰全集·前言》，第30、31页。

楼观沧海日，壁挂昆仑图。大隐在朝市，尘中一丈夫。（《集古》）

得剑除烦恼，弹琴引静机。道心从此悟，流水过渔矶。（《示梦九》）

天外风吹鹤，池中水见龙。我今长啸去，三十六云峰。（《题黄山石》）

凿石得清泉，泉流仍洗石。戴笠出山来，一笑空烟碧。（《石生泉》）

亭亭天亭峰，跨鹤上崖去。空山静无人，独与云相遇。（《天亭山》）

风日清于酒，水云淡若诗。乾坤壶里坐，这个老仙师。（《自题画像》）

分神游海岳，长啸过江峰。秋气满楼阁，高窗云自封。（《江楼》）

天谷本天生，长歌石窍鸣。栖神须此地，坐炼大丹成。（《天谷洞》）

吾从海岳来，带得海云至。栖神须此地，坐炼大丹成。（《游潮阳寺》）

夜静高楼上，秋江见远灯。渔家相笑语，并坐补丝缯。（《高楼秋夜》）

楼外大江来，青山隔岸开。峨云遮不断，我自海峰回。（《对景》）①

从上引十一首五言绝句中发现，主旨多为纪游山川海岳，抒写来去不定的飘忽神仙形象，这正是诗人被民间称为“隐仙”的重要依据。然虽为绝句体，但并不符合近体诗的严格意义，对仗自由，比较工稳的对句只寥寥五对，分布在第一、二、三、六、七首中的前两句，而不是其整首

① 陈全林点校《张三丰全集》，第226页。

四句皆对，此见频率之低，它们是："楼观沧海日，壁挂昆仑图"，"得剑除烦恼，弹琴引静机"，"天外风吹鹤，池中水见龙"，"风日清于酒，水云淡若诗"，"分神游海岳，长啸过江峰"。至于韵律，则显松散，而且有犯小忌之嫌，如第六首之二、四句同字相押（"诗"）。虽然如此，却正好表现了诗人作为一个追求自由生命而要成逍遥神仙的道教徒的灵性流露，这种灵性，就是思想、精神的率性、自然，不拘形式规范的约束，正是"隐仙"的本质反映。

张三丰以七言绝句创作最为旺盛，有137首，占全部诗作的三分之一。题材广泛，艺术性高，风格多样，最具唐诗神韵，略举数例论之，以窥全豹。《徂徕山》云：

> 百丈奇峦百树松，松松古干老苍龙。山间六逸今安在？几度言寻到此峰。①

该七绝雄浑苍劲，几度寻仙，不畏艰难险阻，饱尝风霜雨露，苍老遒劲的古松古柏，正象征寻者白发沧桑艰难跋涉的顽强毅力，是故高古的诗品、人品相得益彰。而这种寻仙终老的人生苍凉之感，又往往通过物是人非的对比来体现，故《辽阳积翠村》其云：

> 手执长弓逐鸟飞，有谁知是老翁归。白杨墓上留诗句，城郭人民半是非。②

如此悲凉暮景，恐怕所留之诗也太暗淡苍凉了吧。

但是，当诗人以道家出世的思想一旦洗刷了这些沉淀太深的苍老衰凉之后，清心淡意又使其生命之灵如诗如画，于是一股轻飘任性的仙道气质扑鼻而来，故《赠金粟道人》云：

> 玉山佳处好园亭，多少游人入画屏。蓦地将来都撤去，清心

---

① 陈全林点校《张三丰全集》，第206页。

② 同上，209页。

澹虑水泠泠。①

这个游人已然坠入如画的自然山水之中，山水又焕发了他青春般的风采，画中之仙已不是美妙的幻想，而是真切的现实，故《西湖二首》其一又云：

湖上红亭亭上人，亭前水写眼前身。青蓑绿笠何为者？我是烟波画里人。②

披蓑戴笠的仙人形象，既在画中，又在人前，真幻难分，分明是画，又实在是人，诗歌的艺术魅力就在于你难以捕捉这如影随形的形象之壶奥，因此，我们说张三丰的诗有李白的飘逸正是指此。

张三丰更多的诗是描写他那种来去自由、不受王权约束，俨然生活在另一个自由王国的另类形象，这里的"另类"，是指身在"普通之下，莫非王土，四海之滨，莫非王臣"的现实世界，而心在山青水流的自然王国之中，如《却聘吟》云：

流水行云不自收，朝廷何必苦征求。从今更要藏名姓，山北山南任我游。③

不受明太祖朱元璋的聘令，敢于与朝廷对抗，抗旨不仕，真是李白再世，这也是他仰慕李白的重要原因。据《明史·方技传》载："太祖故闻其名，洪武二十四年遣使觅之不得。"又据汪锡龄述《三丰先生本传》云："洪武十七年甲子，太祖以华夷宾服，诏求先生，不赴，十八年，又强沈万三敦请，亦不服。"三次抗旨辞聘，足见三丰隐仙之避世高蹈，甘心过逍遥自在的神仙生活。当沈万三奉旨应聘，三丰有《别万三》诗云：

群雄扰扰尽征戡，我与先生把道谈。今日东南王气盛，他年

①② 陈全林点校《张三丰全集》，第 215 页。

③ 同上，第 218 页。

晤子到西南。[1]

诗中不但拒辞聘令，而且反过来劝奉来者隐居山野，盼望他年与之西南某山岩之中相见。

由于张三丰所提倡的道教信仰思想是以做快活隐仙为宗旨的，因此，时刻以轻松放旷之心面对人生，包括每个日子的度过都要求在一种舒服畅达的情绪下进行，这样一来，一举一动都成为愉快的符号，生命才是富有诗情画意的选择，哪怕是一个饮茶采莲的小生活，都以愉快之心待之，也体现自由生命的意义，故他的《采莲歌》云：

莲叶莲花正满塘，纳凉人坐水中央。忽闻艇子撑烟外，荡得芙蓉满涧香。[2]

欢快的艇子，荡起的浪花，怒放的莲花，绽开的心花，诗人以轻快的格调抒写这首快乐沁心的小诗，让我们感受到他多么惬意的生命律动。至于读书品茶，过一种清淡芬芳的简单生活，也快乐无比，故《题陈道人像》其一云：

卷帘相与看新晴，小阁茶烟气味清，朗诵黄庭书一卷，梅花帐里坐先生。[3]

书房中，纱帐里，品清香，读经书，悠哉乐哉，饶多意趣，读该诗一股清新的书香与茶香融合的味道，活写出快乐神仙的洒脱与轻松。诗人有时清风凉月之下，谈玄把酒，亦显道骨仙风气质，故《山斋夜集》云：

清风洒洒飘林外，凉月纤纤挂竹梢。此夜花斋同把酒，谈玄拍手尽仙曹。[4]

清风明月正是隐世高蹈者寻仙好去处，但也是诗人张三丰诗歌追求的

① 陈全林点校《张三丰全集》，第215页。
② 同上，第227页。
③ 同上，第233页。
④ 同上，第241页。

高洁境界，这种境界在他的道教界和仙道友人中产生了强烈的共鸣，自足之余，他亦激赏他的同道之感写之于诗，故《竹抱斋听门人杨蟠山读予〈云水前集〉》云：

> 杨生矫矫瘦丰姿，爱我当年云水诗。竹院清风明月夜，听他搔首咏迟迟。①

同气相求，同声相应，作者与读者，彼此心契，清风明月是他们共同的家园景观；吟诗作画，是他们共同的生命情调，这就是信仰之使就。这种格调与气氛不只是在张杨之间弥漫，在张三丰为代表的师弟门派这种广为流行，正如其《重阳后一日》所说：

> 烟村江树景茫茫，画意诗情引兴长。寄语山坛诸弟子，不妨赏雨补重阳。②

张三丰的七言绝句，除了前述多属清韵悠唱之调，还有龙吟虎啸之声，显示丹道学者在长期的心性修养中所练就的浑厚深沉之骨气神采，如《鹤鸣山》云：

> 道士来时石鹤鸣，飞神天谷署长生。只今两涧潺湲水，助我龙吟虎啸声。③

诗人的龙吟虎啸，源自于内心的浩然之气，即饱经后天修养，不沾染世俗名利的心正意诚之勇，有如万里海涛，怒向污浊邪恶之岸，喷出振聋发聩之响，这个叫作“惊涛拍岸”，故《销夏》云：

> 销夏宜于古佛楼，群山众水座前收。江风满袖云涛吼，一笑长吟浩气流。④

---

① 陈全林点校《张三丰全集》，第243页。
② 同上，第227页。
③ 同上，第248页。
④ 同上，第253页。

这种浩然之气，不仅使修善者情操品德堪当世范，即使对于生命躯体来说，也利于延年益寿，因此是形神兼备的根基和关键，这正体现了张三丰隐仙道派“性命”双修的宗教鹄的，故《堪叹》云：

> 堪叹世人不学仙，四时常怕病来缠。岂知一气原无敌，气满身中命可延。①

在律诗创作上，像张三丰的五绝、七绝一样，其体式也分五律、七律，但排律少见。下面分而述之。

张三丰的五律诗以描写道教洞天福地的仙居胜景为主要题材，将文学艺术与宗教信仰融为一体，风格朴实，语言平易，俗化倾向比较明显。如他的《王屋山》云：

> 海内大洞天，王屋称第一。终古飞白云，至今护元室。岩壑响笙簧，峰尖挂日月。我欲结茅居，炼取神仙质。②

王屋山，道教第一洞天，号小有青虚天，在河南济源西北，山势险峻，三重环抱，谷深洞幽，因状若王者之屋，故称王屋山。山中道观密集，有奉仙观，阳台观，灵都观等。唐宋高道如司马承祯、鲁真人、贺兰栖真等在此修道。主峰有天坛，两侧为日精峰和月华峰，故三丰此诗写到“封尖挂日月”。山之南麓有愚公村、愚公洞、愚公井等古迹，即《列子·汤问》中所写“愚公移山”之故事发生地。

张三丰五言律诗写景常以清幽出之，动静描写相互映衬，且多大面积的客观抹画，而清远之意流于笔端，如《山行夜过清晖阁》云：

> 拍手时吟啸，徐虚度翠微。千崖新雨洗，万嶂湿云飞。夜阁琴声静，秋阶草色肥。泠然清兴运，倚树立岩扉。③

青翠欲滴的山峰，新雨刚过，洁净亮丽，顶上湿云带雨，正飘忽在清晖阁上。屋内琴声脆响，使刚下过雨的山林更增几分寂静，在明媚的月

---

① 陈全林点校《张三丰全集》，第 256 页。

②③ 同上，第 207 页。

光下，阁的前阶由于雨水的滋润，小草忽然长高长大，肥实茁壮，诗人（夜行者）站在石岩旁的古树下，浮想联翩，触景生意，清远悠韵自灵府中发出。全诗意境清幽，感兴悠远，营造了一幅清空而宁静的艺术画面，实为上乘之佳构。

动静结合，以动衬静，突显仙道胜境的悠远清宁，以艺术的、审美的高格调以示与尘俗的截然分明，张显仙道信仰的高风雅致，是张三丰诗歌的热烈爱好和追求，除上引之诗作外，尚有《轩然台》：

> 轩然台上客，静坐远尘氛。树影浮丹嶂，钟声叩白云。三峨空际立，九顶望中分。好是长江上，秋潮静夜闻。[①]

静夜的钟声、潮声，更让这山林中的庵阁沉寂宁静，更重要的是，那个静坐轩台上的主人之内心已是无动于外界任何的诱惑，世俗的尘氛已经远离他十万八千里之遥了。

张三丰诗亦学老杜，雄阔的视野，“会当凌绝顶”的气势，使诗歌灵动飞翔，浩气贯长空，故《长生宫》云：

> 翠木参天处，云行到此宫。路抄黄叶外，山在赤城中。别院供回老，遗辉想范公。来朝凌绝顶，浩气驭长空。[②]

这股浩气，是修道锤炼出来的风骨正气，那种凛然不可侵犯，不可亵渎的高尚操守，它能驾驭宇宙，雄视天穹。这种浩气，诗人将其认定为人之本性，从清心寡欲中来，至坚韧浩大而就，故又有《示朱生李生》云：

> 二子将稀古，抽身远市喧。澄心宜寡欲，养气戒多言。阆水辞千里，佳山住一番。从今寻本性，自此脱尘樊。[③]

又有《示刘白酒李鱼溪》云：

---

① 陈全林点校《张三丰全集》，第 243 页。

② 同上，第 247 页。

③ 同上，第 257 页。

白酒渔竿客，青山道衲风。二生皆可笑，年壮鬓须翁。世外烟霞古，江边气象空。早研清净理，几片白云中。①

“气”，构成张三丰五言诗的核心，是他炼养、修仙、崇德的根本所在。

五言律诗本五言八句，自近体诗定型、成熟以来，已为诗家所共识。但到了自由任性的隐仙张三丰手里，却创作了不拘此格的五律，处于正律和排律之间，即超过八句，又不至于十六句以上，主要为十句、十二句、十四句等形制，足见挥洒自由、不拘格套的创作倾向，如《巴岳山赠僧定一》共十句：

巴川挺巴岳，苍苍翠几重。不是匡庐山，中有香炉峰。偶焉此驻足，欣与高僧逢。我有竹枝杖，变化为青龙。持以赠禅客，他日倘相从。②

友人相赠，亦以有助于生命健康的道教法物为礼，总离不开宗教信仰宗旨的宣传，而诗无格律之束缚，重字、叠字、口语、借代、象征揉为一炉而又诗意浓厚。十句以上如十二句者有《石室山用五言全仄书石上》更是全用仄声字，犯忌严重，然诗人无所顾忌，挥洒自由，依然口语化倾向明显，如“忽见伐木者，对面两静立。问我姓与字，一笑不可识”③。几乎为散文化的语言，脱口而出，明白如话。十四句者如《庐山雨后题石》，正如诗中所云“信手写龙蛇，字字作活像”④，只有信手而作的诗，才生龙活虎，形象逼真。“我”字反复出现，是为了凸显修道主体的先入为主的宗教旨趣。

张三丰的七言律诗远多出于五言体诗，统计约略 78 首，在题材上有如下几类：

第一类是登高游览以抒怀抱，写景见长，抒情强烈。前述《登华山表》《游辽阳诸山作》是典型的此类诗歌，前者写诗人登临华表山（在今

① 陈全林点校《张三丰全集》，第 257 页。

②③ 同上，第 221 页。

④ 同上，第 226 页。

辽东），感受山之高、气之爽，于是遥望千年前在此修道成仙的真人丁令威，感慨万千，借以抒怀，以为仿效，羡仙意识极其浓厚。今人陈全林先生云此诗“有李白诗歌的豪放”①，不为虚言。其他登游之作还有《游岱宗步希孟弟原韵》《登丹岩山》《游中条山》《关中旅寺有怀》《华岳》《衡岳》《游庐山》《游新津老君山》《游罗浮山》《雨后看峨眉》《雨中看覆蓬山》等等。张三丰足迹遍及祖国名山大川，除了修仙访道的宗教旨趣要表达之外，对大好河山优美、壮美等各种美景的痴心热爱也需要强烈抒发，因此，这类诗歌是有很高的正能量和积极意义。如雄伟的五岳，诗人登高远眺，赞赏不已，东岳泰山，诗人有《游岱宗步希孟弟原韵》：

> 轶荡天门上石关，人生到此拓雄观。西崖宛峙神仙阜，东海谁投任子牵。七十二家封禅古，三千余异范围宽。与君共坐秦松下，一阵天风扑面寒。②

岱宗即东岳泰山，道教称之为第二小洞天，以气势磅礴雄伟著称，景色壮丽，脍炙人口的杜甫《望岳》千古绝唱“会当凌绝顶，一览众山小”，气贯长虹，雄视寰宇。张三丰诗学杜甫，此诗“人生到此拓雄观”即从杜诗中化出。但更有意义的是，诗人将历史上许多帝王到东岳封禅的史事融入写景之中，饱含诗人对历史兴衰的深刻思考，天道与人事之关系让人掩卷深思，则此诗的意蕴更加深邃丰厚，神仙之事，历史之变，孰真孰幻，何真何幻，人类自当谨慎对待。

西岳华山，道教称为第四小洞天，素以“奇险天下第一山”著名，历代游览隐居修道者甚多，其中有北宋著名道士陈抟在此修炼，曾卧百余日不起，山上多宫观道宇，风景峻秀。张三丰亦多次游览华山，写有诗歌《华岳》云：

> 巉巉大华俯全秦，百二河山此地尊。云起谪仙搔首处，雨过

① 陈全林点校《张三丰全集》，第31页。

② 同上，第207页。

神女洗头盆。闲从翠嶂寻松实，醉看青天枕石根。我爱希夷高卧迹，应携后进入玄门。①

诗写华山险峻巉刻，表达对高道希夷先生陈抟的向往与仰慕，抒发其修道致仙之感，真实亲切。

南岳衡山亦是张三丰游历过的名山。衡岳是道教第三小洞天，山势雄伟，风景绚丽，古木翠绿，花草飘香，天师派道教创始人魏华存在此修道，唐代司马承祯在衡岳讲道传经。张三丰作有七律《衡岳》云：

今日完全五岳游，身骑黄鹤驻峰头。曾于北镇先寻访，直到南衡始罢休。万里漫云燕楚隔，两山刚被坎离收。天然道妙同行辙，又看湘披九面流。②

诗中可知南岳是张三丰游览五岳名山的最后一站，至此，了却了他要遍游五岳的夙愿，可谓历尽艰险，终成正果，因此从诗人情感与经历看，此诗抒慨尤多于写景，就可以理解的了。

由于张三丰对中岳嵩山（道教第六小洞天）和北岳恒山（道教第五小洞天）的游览诗《嵩岳》《恒岳》分别用的是七言排律（十六句）和五律的形式，此处就不作分析了。

第二类是直接抒发个人怀抱、有感而发的诗篇，如《书怀》《道走河南公卿颇有闻余名者书此笑之》《晚步咸阳》《静中乐》《初春》《咏红叶示人》《游戏吟》等。如第一首《书怀》，径直以抒发怀抱为题，毫不隐讳，其诗云：

心命惶惶亦可怜，风灯雨电逼华年。不登浪苑终为鬼，何处云峰始遇仙。九死常存担道力，三生又恐落尘缘。瓣香预向终南祝，应有真人坐石边。③

① 陈全林点校《张三丰全集》，第207—208页。
② 同上，第212页。
③ 同上，第211页。

诗人诚惶诚恐于生命苦短，年华如花开花落，电闪雷鸣，都只一刹那之久，感慨于此，固有寻仙之愿，渴望延年益寿，生命永驻。如果说这是对生命脆弱而生命永恒的忧心忡忡，毋宁说这是人生多变、世事苍凉的必然之感。因此，哲理含蕴极其深刻。又《咏红叶示人》云：

> 草木无情却有情，丹枫乌桕可怜生。登楼笑指寒山醉，倚槛初疑小雪晴。真气已枯空有色，夕阳相对总无声。瞬间独爱梅花好，守白凌霜体自贞。①

草木凋零，立即想起人生短暂；夕阳西下，马上产生生命暮年之感。但这些都不算什么，虽然人生如白驹过隙，但只要修得道德之高尚，节操之高洁，如同梅花傲霜斗雪，留得清白骨气傲视世间万物，也知足常乐，也是一种永恒如宇宙，坚固如磐石，这显然是以炼神为主旨的内丹道思想的艺术再现。

第三类是劝慰赠送友人的作品，感情真挚、肺腑相见，忠肝义胆，侠义情怀，布满诗中。这类诗作有《壮郎家光弼相遇》《赠沈万山》《题玄天观寄蜀王》《滇南会沈三子山兼赠令倩余十舍》《赠长乙山居主人》等。如第一首：

> 君我相逢姓不同，莫将高尚托虚空。而今气象兼舒惨，自古贤豪善始终。千载西湖多隐遁，六桥南渡老英雄。骑驴放艇留佳话，请与先生道此风。②

杭州西湖偶遇本家，正值对方有湖山之志，三丰乘势劝之退隐西湖，因为气象舒惨，世事变幻莫测，故以此诗为之壮行，诗中倾吐肺腑，心怀善意，引历史上贤豪高德之士为范，规劝其早日入道。

处于乱世，奉劝友人遁入山林，这是一种选择。但是又有一些朋友汲于仕途，想通过各种途径跻身官场，对此，张三丰劝慰对方学习陶

---

① 陈全林点校《张三丰全集》，第 231 页。

② 同上，第 214 页。

潜，抽身俗务，学老庄高蹈遗世，故其《题玄天观寄蜀王》云：

> 等闲钓罢海中鳌，一笑归来祖陶潜。花吐碧桃春正好，笋抽翠竹节还高。心怀凤阙龙鳞会，身寓龟城马足劳。何必终南论捷径，宦情于我似鸿毛。①

终南捷径，盛行于唐代的一条曲折的为官之道，官宦之路，张三丰视如鸿毛，比之敝屣，终不如垂钓海滨，怡情养性，好个自在。

规劝友人读书著说，谈玄论道，远离俗务，也是一种神仙活法，故《赠长乙山居主人》云：

> 秋雨连宵暑气除，中元佳夕画难如。溪风岭月神仙友，豆架瓜棚处士庐。我辈遵行老氏法，山人能注孔门书。焚香读《易》谈玄理，儒道同源天地初。②

清凉的初秋，是在几场大雨洗过之后焕发的良辰美景，连妙手回春的画师都难以再现的佳境，当饱尝了这自然恬淡之味、友人终将要离去的时候，深情地劝告他孔老之经书，不可不读，读其书，研其理，注其文，味其奥，谈其玄，儒道融通，探共同之本，索相同之源，何其快哉！颈联和尾联，再现了张衡在《归田赋》里构想的隐居生活之情景，该赋有云："感老氏之遗诫，将回驾乎蓬庐。弹五弦之妙指，咏周孔之图书。"

上述三类张三丰的七言律诗，均扣紧情思的抒发来遣词造句，即使登高写景，也因景兴发，情景交融，更遑论其抒怀抱、赠友人之作了。这个现象正是诗人倡导的"诗歌及灵性流露"之实践履行，体现了诗性气质的全方位彰显，是理论与创作相结合的典型。

在诗歌体式上，如前所述之近体外，尚有古体（包括乐府体）、词、曲等等。这里摭取其乐府体略论之。古乐府在歌题上名目繁多，举凡

---

① 陈全林点校《张三丰全集》，第 218 页。

② 同上，第 248 页。

歌、吟、引等共计 22 首，是张三丰主要的乐府体式，继承汉乐府在题材、风格及语言上之传统，又糅进了他诗写灵性的理论主张，如《蹑云歌赐梦九》：

君莫羡，鸿行远，鹤翥空。君莫夸，豹披雾，虎啸风。听我歌一曲，其气更熊熊。渥洼余吾生青龙，是名天马马之雄。西涉流沙数万里，一蹴上与青云通。云程迢迢，云气濛濛，云衢渺渺，云影溶溶。忽然几阵罡风吹入四蹄上，直踏十三万仞来苍穹。噫嘻乎！快不可追，高不可及，怕有仙之人兮与尔长相后。①

这是一首典型的杂言体乐府歌行，造语构句，挥洒自由，双声、叠韵、复词等《诗经》民歌和汉乐府的语言特色保存完好，韵散结合，奇偶相生，尽显乐府歌行的自由随意。而呼告之语与骚体的运用，又模仿李白乐府歌行体《蜀道难》的格式，如“噫嘻乎！快不可追，高不可及，怕有仙之人兮与尔长相后”，基本相似于李白诗句“噫吁嚱，危乎高哉！蜀道之难，难于上青天，使人听此凋朱颜”。张三丰对谪仙人李白景仰备至，从他对太白诗的模仿中可以得知。不仅如此，张三丰曾直言自己对李白诗钦佩以至拜倒，如其《诗仙院祀太白、东坡》云：

瓣香常拜两公诗，文彩风流后进师。千古精神若相接，大家乘月上峨眉。②

李白的才情神韵，文采风流，令三丰这个道教业内的大诗人如痴如醉，也正因为刻苦学习，砥砺践行太白的作诗风范，才使自己取得诗歌创作上的诸多成就，令道教内部乃至教外崇拜尊重。张三丰另一首乐府《御风吟》云：

生不愿，歌大风，怀壮士，亦不愿乘风破万里，尝愿身如古列子，仙乎！仙乎！其乐也，只今日道成有如此，飘飘然，泠泠然，浩

---

① 陈全林点校《张三丰全集》，第 227 页。
② 同上，第 243 页。

浩然，凭虚御风，而不知其所止。[1]

该乐府诗鄙弃功名事业、平步青云的凌云壮志和高远理想，只愿像列子一样御风而行做快活神仙，隐逸思想于长短自由的乐府吟中历历可见。与其说是诗的形式，毋宁说是脱口而出的家常话语，体现了古乐府诗朴素平实的创作风格。

三　五彩缤纷的月意象

由于张三丰浪漫神秘的“隐仙”气质，加上他生命的绝大部分在遨游祖国的秀美河山中度过，在这个过程中，自然界有多少美丽动人的物象进入他诗意般的遐想之中，从而使得他的诗歌创作摄入了足够的而又含蓄深刻的客观形象，其中“月亮”形象被无数次地生动入诗，自六朝以来月意象被写进诗歌中后，翻检中国诗歌史，粗略地统计表明，张三丰是刻划月意象最多的诗人。根据不同的分类标准，他的月意象大体有如下数类，而且每一类均含义深刻，名目繁多，兹分述之。

第一类，根据时令、季节而命名的月意象。主要有：夜月、秋月、春月、雪月（冬月）等。如《西峰亭》写“夜月”：

夜月归来客掩关，江亭留水响空山。倚楼长啸鹤声起，天外孤烟岭上还。[2]

此处的“夜月”意象，无特殊内涵，泛指一般情况下诗人历游山水，披星戴月而归的情景，多少也寓含着游客对山水美景的迷恋以致流连忘返月出晚归的意思。类似的月意象又可见于《示隐士二绝》（其一）：

久识团阳是隐星，峨眉山下养真灵。闲邀野士谈丹诀，夜月寒烟户不扃。[3]

---

① 陈全林点校《张三丰全集》，第228页。
② 同上，第231页。
③ 同上，第252页。

夜月深沉，月光下漏，朋友津津乐道于神仙丹道，竟不知寒意已浓，仍兴犹未尽。

秋天的月景，在中国传统诗歌中，多被蒙上几许离愁别意，以致人们一谈到秋月，马上就抒发思人怀乡之绪，意境凄迷，或哀伤淡淡。但是，对于张三丰来说，由于他对于人生况味的深刻理解，尤其是把握了顺应自然的老庄之道，因此，他对秋月的描写，也多从道法自然的规律去应对秋月，将之作为春秋代序东升西落的合乎逻辑的必然来对待，因此，诗歌也就没有了那种时光易逝，春花秋月的飘忽之感，故《新秋》云：

斗柄横天汉，新秋渐指西。梧桐风乍起，吹月过桥堤。①

北斗星斗柄的指向，表示气候季节的变化，随着秋天的到来，月亮也会改变其运行轨迹，这种现象，完全是自然规律在起作用，因此，时光易逝，由春而夏而秋而冬，是不可改变的必然性，生命在这个规律面前，只有遵守听从，风吹月亮过桥堤，是不可抗拒的，因此，这诗中的月意象，表达了诗人以一种乐观开朗的心态顺应自然的唯物主义精神们，也正是诗人对于生命把握了悟得彻底通达的表现。

如果按照季的单位来计算顺序的话，冬天则是一年的末了和结束。人们一旦面临一年的尾声，往往有一种低沉痛惜之感，似乎一切都要结束了，尤其是白雪皑皑、大雪纷飞的岁末，更令人沮丧颓废。但是，正因为张三丰对自然规律的深刻理解，所以每当看到寒风冷雪与皎洁月光共舞于天穹时，诗人都有别样的寓意，其中《回轩然台》云：

今夕分神下太清，天风吹下玉箫声。云衢开展三霄静，雪月交辉万里明。候我全身骑鹤降，寄君一语待鸡鸣。青衣岛上清漪观，楼阁参差似碧城。②

---

① 陈全林点校《张三丰全集》，第 253 页。
② 同上，第 252 页。

一轮雪月，寒光闪闪，本让人心寒意冷，可大彻大悟的诗人却反向思维，他所看到的是万里空明、淡泊无尘的宽广胸怀，他所感受的是包容宇宙、如清凉的白雪与皎洁的月光交相辉映的明丽的精神自由世界，而这圆雪月，寓意着仙人的明达豁然。

第二类，根据一月里或一年里月升月沉、月缺月圆的状况而命名的月意象，主要有：落月、圆月、弯月（初月）、斜月等。此种月意象与前面那种还是有区别的，虽然在大类上都是有时间标准的性质，但第二类是从月亮圆缺的程度亦即月亮自转的标准来讲的。这类月意象的诗歌较多，如《由夔府下江陵作》云：

> 十二巫峰历历游，夔门长啸下荆州。朝吟落月峨眉碛，暮对斜阳燕尾洲。山水苍茫怀道侣，乾坤浩荡少仙俦。不如自跨辽东鹤，乘舆还乡省故邱。①

张三丰从朝到暮，从岁初到岁末的云游，必然是一种看月升月落、云卷云舒的野外生活，“落月”暗示了漫游人对一天的游历计划实施得早，黎明即起，此时，月亮还挂在西房，正要消失下沉在地平线上，天刚蒙蒙亮，游人便起床打点行李，准备一天的旅游了。可想而知，这又是一个怎样忘怀世俗、尽与天地精神往来的逍遥客啊。

圆月是中国古典诗词中出现频率最高的物象了，这不仅因为中华民族追求完美圆满的心理，而且也因为一月之中甚至一年之中少见的月圆现象更让人们觉得美好的人和事是那么来之不易。张三丰所写圆月多为后一种情况，如《丹城作歌》中有云：“八两真铅汞半斤，月圆花观景难论。捉虎擒龙浑易事，先天一气要殷勤。”②此虽说的是炼丹事非易事，要殷勤刻苦，但用难见的月圆花现之景来比喻，确实也能把两者的相似之处揭示出来。

圆月既难见，言外之意就是缺月最为多了，所以如“弯月”“斜月”

① 陈全林点校《张三丰全集》，第 209 页。

② 同上，第 211 页。

者在张三丰诗中就比较多了。其《还蜀吟》云：

> 六合是我家，二曜为我烛。我虽辽东人，游蜀似还蜀。淡淡巫山云，弯弯峨眉月。鲜鲜锦江波，熙熙巴子国。到处阐玄风，颠狂自怡悦。鸾驭止何方？又到青城宿。①

云游至哪，哪就是家，这种云游随遇而安，随时而游，一轮弯月，月初月底，不择时日，兴之所至，亦如月亮的阴晴圆缺，顺其自然，所以，诗人所相伴者，弯弯的峨眉月，不论朝与夕，与大自然为伍。这种兴之所至的云游，在另一首有弯月意象的《南峰》诗里同样有所描述：

> 随兴游山即爱山，山中山外与云还。青蓑绿笠行峰顶，初五峨眉月正弯。②

斜月，一般是一种正在升起或正要下沉的悬空状态，但以后者居多，表示夜将去之意，类似于落月的含义，其《轩然台》云：

> 白云深处晓鸡鸣，听到铜壶第五更。群雁早冲秋塞远，七星高映斗坛清。乾坤大笑无边际，海岛飞吟有色声。好是山楼横玉笛，早秋斜月过江城。③

显然，这里的斜月，寓意黎明的到来。诗人为什么看见斜月而入之于诗，无非是两种情况：一是诗人彻夜未眠，观赏月夜之景，横吹悠扬之笛，吸纳清凉之气，炼养神仙之身。一是黎明即起，拂晓便准备云游之装。开启新的一天新的远行。

第三类，根据月亮发光的程度即亮度的标准来认定的月意象，此类意象尤为居多，主要有明月（出现频率最高）、净月、疏月、灯月、朦胧月、黑月等等。

在全部张三丰构建的月意象的诗歌作品中，"明月"意象的有 12

---

① 陈全林点校《张三丰全集》，第 216 页。

② 同上，第 241 页。

③ 同上，第 244 页。

首之众，多写夏秋之季的夜晚，皓月当空，月光普照，明亮如昼，此时，诗人就是一个快活神仙的身份，正披星戴月，或云游了一天之后回归住处；或在如此明媚的夜晚遐想万千，远望天宇，激动不已；或者静坐山头，玩赏明月……如《雷泽晚行》云：

> 水复山重路渺茫，此中应是白云乡。晚来独自行雷泽，明月清风望首阳。①

月光明亮的夜晚，诗人行走在雷泽之畔，抬头远望首阳之山，一种出世避隐的羡慕千古高士伯夷叔齐的情绪油然而生，因景生情颇具诗意。又如《扶风明月山中有清风洞过而口占》：

> 明月山头玩明月，清风洞口坐清风。吟风啸月吾将老，对月听风响未终。②

明月下，清风里，吟赏烟霞，呼吸阴阳，天人合一。从月亮在一年一月中最明亮的节点来说，深秋时节的二更月是最明丽的，此时赏月，如果有笙箫相伴，则是最为醉人痴心者也，故张三丰《维扬口占三绝》其二云：

> 瓜步潮声夹雨声，秋随鸿雁到芜城。只今明月二分夜，犹爱吴侬度风笙。③

诗人云游至扬州，正是深秋月明时，二更鼓起，潮声雨声，歌声笙声，如凤鸣凰响，明丽而清脆，真是人间难得几回闻。明月除了是作为精神愉悦、心灵欣赏的客观存在外，还可以作为一种洗涮人世污垢、荡涤内心灵府杂质的“清洁膏”，这无疑是赋予了一种道家遁世远害的高尚情怀，故张三丰《示槃山》云：

---

① 陈全林点校《张三丰全集》，第206页。
② 同上，第208页。
③ 同上，第231页。

> 莫要忧来莫要愁，莫将尘虑扰心头。山间明月江中水，涤荡胸怀万事休。①

清亮的明月，清澈的江水，唯有它们才可洗荡尘世的俗念与臭腐，使人的胸怀变得宽广豁达，包容天地宇宙，吸纳万象色空。

月光的亮度，有时也称为“净月”，在光鲜明亮程度上略次于明月，但更多地包含着作者对世俗的轻蔑之态，将大自然的洁净（月亮是最有代表意义的）与人世间的肮脏作鲜明对比，故作为隐仙的张三丰，其诗歌才有“净月”的意象，如《天目仙居歌》中“石池高注两峰头，波光圆净如日月”，水波圆融洁净，有如日月，亦即日月也有净洁状态，这种状态是指一尘不染，洁白如冰，但这里更多的是诗人对脏臭的世俗社会的反讽，故同篇又云：“闲来便到杭州去，笑傲湖山得真趣。”② 湖山真趣是什么？就是如明月般皎洁的远离人世的真性灵，没有被世俗玷污的原生态的童趣与真心。

“疏月”是张三丰诗歌中的一种月意象，在亮度上比明月、净月略显微弱，但却更多地伴随着星光稀少、微风吹送、树影婆娑的景致，因此，诗情画意更为浓厚一些，作品也更具淡雅清香之气，如其《过三香阁赠居》云：

> 喤喤虎啸出山冈，课课鱼声响佛堂。最是梅花疏月外，儒书读到五更长。③

月疏玄淡，风送梅香，木鱼佛鼓，经书朗朗，正是一种雅致深远的意境，而心灵也澄彻宁静。

如果说疏月还是一种视力不受限制而见者清的状态，那么程度再恶化一点，恐怕要助以油灯，才能灯月相得益彰，此时的月亮，故称为灯月，张三丰《长乙山房留题》云：

---

①② 陈全林点校《张三丰全集》，第 214 页。

③ 同上，第 232 页。

> 不可居无竹，悠然别有天。庐中藏日月，崖外拥林泉。诗酒娱千古，乾坤付七弦。最怜好风景，灯月照门前。①

远处是月，近身是灯，月于诗酒娱情，自是好风景，然于读书弹琴，却有欠缺之处，故必助以膏灯方能指认明确，圣贤书籍不至认读不清错误理解，此时之灯月，既各司其职，又协同配合，共让主人臻于青竹之高境。

朦胧月的景况更暗淡一生，于人事物类的行为多有不便，但从文学审美角度来讲，其给予人们想象、幻梦般的感觉却更为具有吸引力，所谓朦胧美是更能激发审美主体去探寻奥妙的美学范畴，这种美把真假混淆，理想与现实模糊在一起，真幻难辨，扑朔迷离，有如水月镜花般的闪烁而真实。张三丰表现朦胧美范畴的月意象诗就是写朦胧月的作品，如《潮阳宫》：

> 蛩语啾啾闹佛堂，极凄凉处不凄凉。闲吟十二栏杆外，月色朦胧到上方。②

朦胧月色之下，嘈嘈杂杂的蟋蟀之声，又混合着诗人低吟浅唱的月光曲，构成一幅立体的看不清、听不实的迷蒙景象，视觉的渺茫，听觉的蒙混，似有却无，似真却幻，似实却虚的美妙幻景，全是由于朦胧月的意象而生发，诗歌充满了凄意凉绪、格调低迷但不乏韵味。

"黑月"是张三丰诗歌中最暗弱、最"凶煞"的意象，但唯其如此，才显其对于自由云游生活的坚定追求与执着向往，月黑风高，古为杀人放火的好时候，但云游者毫无惧色，逍遥在他认定的天地自然之中，听流水潺潺，看云卷云舒，故其《晚景》云：

> 月黑山深虎啸风，壮夫行过剑光红。神仙采药归来晚，听得

① 陈全林点校《张三丰全集》，第 244 页。

② 同上，第 241 页。

> 樵歌唱水中。①

“壮夫”正是由“月黑”所衬托出来的勇者形象，因此，这个黑月意象的含蕴是截然不同于前述诸种月意象的，从而诗人将月意象的内涵又开拓了一层。

第四类，根据月亮呈现的空间节点来塑造的月意象，这个空间节点可以是实实在在的地名，也可以是以某个地理概念如山、水、河、溪、海等为词素的位置，也可以是空中悬挂状态为标准的，这样构成的月意象包括关月、南嶂月、溪月、海月、山月、水月、烟树月等等。

“关月”。“关月”是古代诗歌中被经常书写描绘的月意象，全称“关山月”，在宋词中甚至有人以此为词牌名。从人之常情来讲，关山悬月，让远戍边关者油然而生思乡恋人之情，故以关月为题材的文体样式和文学作品数不胜数，如王昌龄《从军行》其二：“琵琶起舞换新声，总是关山旧别情。撩乱边愁听不尽，高高秋月照长城。”这是典型的通过写关山月景来抒发戍卒离别之情、思乡之绪的七绝诗。张三丰的“关月”意象诗，题材内容上继承传统，依然抒发归乡思乡之感，但格调上毫无感伤、沉思之嫌，代之以轻松愉快、飘逸放达的气质，如《观中旅寺有怀》：

> 抛别家山处处游，塞云关月几经秋。丁公有志归华表，子晋何时返故丘。今日渭南如旅雁，去年河北似浮鸥。溪泉放艇寻诗句，两岸风篁几万头。②

抛家别乡，长年累月遨游异地他乡，多少关山隘山，多少月圆月缺，几经秋雨，几经冬霜，厌倦疲惫，何尝不想返归故里，停脚歇息，学丁公子晋，回到家乡呢？旅雁浮鸥的生活，早该结束了。但另一方面，他乡亦可当故乡，“海内存知己，天涯若比邻”，能如是，沉重的心立马可以放飞如自由之鸟，放艇寻诗，心绪即刻如急湍上漂流的木船，箭一般地划

---

① 陈全林点校《张三丰全集》，第 229 页。

② 同上，第 207 页。

向远方。

“南嶂月”。以某一确切的地点悬挂的月亮入诗，构成“××月”的意象结构，是张三丰诗歌中月意象的独特创新，如“南嶂月”，见于《道走河南公卿颇有闻余名者书此笑之》云：

> 弃却功名浪荡游，常将冷眼看公侯。文官武将皆尘土，绿黛红妆尽髑髅。鹤驾高飞南嶂月，鸦声乱噪北邙秋。离离草色俱凋谢，早向云山问路头。①

南嶂，在今河南安阳境内，诗人游历至河南安阳南嶂小镇，已是月出东山之时，可游兴依然不减，月光照耀，风轻云淡，好个去处，尽把功名利禄视如髑髅，一心扑在绿水青山之中，显隐仙风度。

三丰的游历，多于山、水、河、溪，大海云涛，烟树茂草之地，每至此种令人流连忘返之处，往往是月出月斜、月升月落之时，因此，诗人一概提炼为“山月”“水月”“溪月”“海月”“烟树月”等等意象。现分别拣取一首诗品读之。

“山月”。《约诸子游青城洞天二首》其二云：

> 仙院依然展碧窗，青城细话景无双。一声清磬云门晓，山月依楼未过江。②

青城山，一名赤城山，道教圣地，天下第五名山，在今四川灌县，相传黄帝访道于此，道教创始人张陵来此设坛布道，历代高道都曾游历此山。张三丰此时记录其于山月高悬之际攀登至山中天师洞旁高楼上望江赏月，与仙院道士谈仙论道。诗歌劲拔浑成，真灵性流出。

“水月”。《自述与汪子》云：

> 做尽疯狂妆尽呆，归真守道远尘埃。风波险处抽身转，水月光中鉴面来。山顶时闻元鹤啸，石头小坐白云陪。者般景象谁能

---

① 陈全林点校《张三丰全集》，第 212 页。

② 同上，第 247 页。

得？说与同门笑眼开。①

这里的“水月”意象，泛指平日里月亮照耀平湖淡水，使波光粼粼，水月相映的景致，这风景，自然也给云游者沁心爽目的美感，更透露出归真守道明心澄性的悟道追求。诗歌清淡从容，格调欢快轻巧，无疑为上品好诗。

“溪月”。《游庐山》云：

> 远望屏嶂九叠张，到来初识是仙乡。唤回山虎吟溪月，呼起云龙抱石梁。高岸吼时飞瀑布，谈烟浮处满炉香。道人分外添幽兴，消受匡庐日月长。②

此诗所构“溪月”意象，取自典故“虎溪三笑”。据《高僧传·慧远传》载，晋代高僧隐居庐山，誓与俗世隔绝，发誓不下山，常与高道陆修静、名士陶渊明交游。慧远尝豢养一虎，相随不离。有次慧远送陆陶二人下山，共到一溪水边，正要迈步过溪，虎突发长啸之声，以示提醒主人不要过溪，一过溪就下山了，就走入世俗了。三人闻虎啸，亦相视大笑，故此溪云虎溪，三人顾视故称“虎溪三笑”。张三丰化用此典故，取溪上天空月亮照明之状构建意象以隐含其对隐士之向往。诗歌气象雄浑，意境高远深邃。

“海月”。《臣泸硖子中行》云：

> 桥窄让人先过去，天空由我独飞行。新诗两句传心迹，又见吹来海月清。③

诗的清灵，是心的传递；海上明月的清亮，正与灵性融和一体，足显海阔天空的宽广之怀，这就是诗人诗情、诗心与诗景的和谐统一。

如果说海月虽然遥远但却清明的话，那么雾霭腾腾、烟云缭绕的

---

① 陈全林点校《张三丰全集》，第 227 页。
② 同上，第 213 页。
③ 同上，第 232 页。

树梢悬挂的月亮则给人迷茫渺渺，遐想无限的美景佳境，故“烟树月”的意象则成为诗人的审美佳构了，《元夕轩然台》云：

> 高会逢元夕，楼台与岁新。江山俨如画，灯火尽皆春。洒落千山雨，消除万里尘。濛濛烟树月，此处见吾真。①

雾雨濛濛，却把万树千山洗涤得干干净净，一片澄彻清亮的世界，大自然的真纯素朴展示在诗人面前，与其内心灵府的真诚交相辉映，真可谓“表里俱澄彻”，修道得真淳。

第五类，其他月意象。是指没有某一评判标准故而归纳不出数个以上属于同一称呼的随意命名而散见零星的月意象如“凉月”“净月”“孤月”等。如《带月过武功飞行至栈》：

> 布衲椰瓢欠整齐，夜来飞过渭河西。白云叫破梁山雁，凉月催回鲁店鸡。出世多游秦蜀路，摩崖自看往来题。身行险栈如夷坦，始识鸾车胜马蹄。②

此诗中的“凉月”意象有两层含义：一是暗示夜间气温的降低，一是暗示世间人事俗务的冷恶，与尾联中的“险栈”相呼应，然对于一个遗世高蹈的隐仙来说，却又视之如平夷坦途，一种不屑一顾的风度神韵力透纸背。诗歌深邃蕴藉，意趣遥远。又如《赠广海和尚》云：

> 深入浮屠断世情，奢摩他行恰相应。天花隐隐呈微瑞，风叶琅琅咏大乘。室密昼闲云作盖，庭空静月亦为灯。定中万象无何有，到此谁能见老僧。③

此诗中的“静月”意象，融合了佛教的空静观和道家的“虚静”理论，当诗人看空一切的时候，也就是以静观物之时，则月亮也隐含着深深的静谧与清虚。僧道的合一，是张三丰一生追求的最高境界。

---

① 陈全林点校《张三丰全集》，第 237 页。

② 同上，第 213 页。

③ 同上，第 214 页。

第三节　《正统道藏》文体分类的大众化趋向

道教自东汉产生以来，其业内学者、道教信徒著述和编纂了浩如烟海的道教经书、典籍及其他文献。如何将这么多的文献按照科学标准分门别类，以便于道教界阅读、使用，最终起到宣道布教的作用，这个事关道教生存、发展的千秋功业，自南朝著名道教领袖、学识渊博的道教学者陆修静开始。陆修静对道教文献进行分类整理和编纂，开创了“三洞四辅十二类”的编纂体例，形成了道教文献总汇的优秀传统，为后来道教文献汇编成卷帙浩繁的文献书库打下了坚实的基础。道教发展到唐代的开元时期，道教中有识之士将所有流传存现的道书编辑成藏，称之为《开元道藏》。至北宋真宗时，诏令王钦若总领修校，编成《宝文统录》，同时又令张君房主持编校了《大宋天宫宝藏》，至宋徽宗时，又令元妙宗、王道坚等校订道书成《政和万寿道藏》，至金朝，章宗诏令孙明道补辑完善，成《大金玄都宝藏》，凡 7800 卷。由于金元之间战乱频仍，道书遭遇毁损、散佚、烧焚的巨大劫难，印版焚毁，重新寻找、整合、辑佚和编纂工作迫在眉睫，至明朝成祖登基，敕令天师道第四十三代传人正一天师主教张宇初重修道藏，宇初卒后，又诏命第四十四代天师主教张宇清继续主持编修事宜，直至英宗正统九年（1444）竣工刊版，题名《正统道藏》。从此，《正统道藏》传播至今，成为道教最系统、最完备、最权威的道教丛书，在体例上，仍沿袭前代（自陆修静创体以来）编排体例，按三洞、四辅、十二类编排，以千字文为函目，共 5305 卷，480 函，收入道书 1428 种。在这三洞、四辅、十二类三大门类之中，基本上按道经文体的标准来辑目，反映了道教图书文籍以文体系篇的体例思想，而这些文体分类，又是从考虑普通信众的接受能力和阅读水准等因素来划分的，总的趋向和风格是大众化，由雅向俗的转化。

一　宗教文体的文学俗化

从南朝陆修静把道经文体限定为十二类开始，道教内部不断吸收中国古代文学关于文体分类的理论标准，不断使宗教文体向文学文体靠拢，尽量使自身雅化起来。但是，为了广纳信众、扩大宗教影响的需要，宗教文体又不能向学究化、束之高阁的正雅文学方向发展太快，逼近太近，必须兼顾大众化、俗化的趋势，否则道教的流播、影响乃至生存都将受到严重的挑战。职是之故，张宇初、张宇清等道教学者在编纂道教文献时，尽量使宗教文体向文学俗化的方向靠拢。所谓文学俗化，就是指道教文章体式既具有文学性质，又能适应下层俗众的宗教、观赏以及实用的要求。在这个原则之下，《正统道藏》的编纂刊行才有可能。

下面我们把《正统道藏》之主要文体俗化趋势作一梳理。

1. 经注或注疏

“经注”，顾名思义，是对经典文本的注释、解义，故《文心雕龙·论说》云“注者主解”。同篇又云“释经则与传注参体”。也就是说，解释经典的文体兴盛于汉代，自董仲舒提出“罢黜百家、独尊儒术”后，汉代对儒家经典的推崇成了学术思想领域的正统，注经解经传经授经成了一代风尚；产生了以训诂、义理为主要形式的章句之学，这就是中国的古典阐释学。道教自产生以后，业内造经、著经活动蔚为壮观，由于道教经典的深奥典雅，从信众对象知识结构、文化水平偏于低劣，平民信众占比重居绝大多数的情况出发，需要对经典进行通俗的注释、讲解，因此经注或注疏之体应运而生，自陆修静开创三洞、四辅、十二类的道经书目体系后，注经的文献便大量产生了，所以自唐《开元道藏》以降，便收录有大量的经注或注疏的文体样式，适应了广大普通信众和道教读者的要求。

统计表明《正统道藏》经注之体，约略有 125 篇，这些经注文体，称呼繁多，但实质一致，如有“注解”“注”“通义”“疏义”“讲义”“疏”“集解”“解义”“注释”“解”“镜注”“指归”“全解”“次解”“口义”“发挥”“集义”“纂微”“衍义”“取善”“义解”“外旨”“释文”“订正”“循本”“新传”“释疑”“发微”等等，不一而足，但都是对道教经典的解释。值得一提的是，历代帝王对某部道教经典包括原始道家典籍的注释则称之为“御注”，如唐玄宗《御注道德真经》，但也有不称“御注”而与普通注疏相同的如宋徽宗《道德真经解义》。兹举例说明如下。

《元始无量度人上品妙经注》。这个注本是关于道教最高神元始天尊《度人经》的疏释本，原题“东海青元真人注，清河老人颂，净明道子郭冈凤参校并赞”，共 3 卷，收于明《正统道藏》第 2 册，前有清河老人序云是书“条分八事，详释二章。首明理性之因，终显命根之秘”。后附所谓“诵《度人经》应验事迹 5 条”。这个《度人经》，其全称或云《太上洞玄灵宝、无量度人上品妙经》，又称《元始无量度人上品妙经》，或云《灵宝无量度人上品妙经》，收录于明《正统道藏》，而且是排列于整个《道藏》的首位，足见此经对于道教的重要性。对《度人经》作注解的文体本子非常多，但以 3 卷本东海青元真人注本最为重要、最为流行。

《元始无量度人上品妙经注》在经文注体上的文学俗化倾向，主要表现在对经文以及用颂体来注释上，我们选取三卷注文中有代表性的例子来说明。本经卷上开篇云：

> 太上二字之妙言不能尽，浑沦未判，此一气包括在恍惚之中，无名无形，含真一之灵，即其象也。太者，大也，为至大之称。上者，尊也，处崇高之位。昔天地未分，先肇五太：太虚、太无、太素、太质、太极也。五太既分，然后三才立，乾坤叙位，道大、天大、地大、王亦大。道得一而成其大，故曰太也。上者，聚三才之质者，故成上也。太上为道德之祖，天地之根，故标经之首洞玄者，乃三洞之品，洞真、洞玄、洞神是也。又曰洞者，通也，达也；玄者，奥也，妙也。谓元始洞达玄一不二之道，以御灵宝也。灵宝者，玉宸道君受元始玄一之气，化生为赤明劫位灵宝之宫，明此经乃道君受元始之教也。灵者，含育万物，变化莫穷。宝者，光明莹彻，人

所珍爱，而此灵宝为万化之始，神明之宗，罗络诸天，生成万有，莫不由之。无量度人者，乃元始上圣自浩劫已来，广化众生，超凡入圣，算预莫及，穷古及今，无边际也。……

颂曰：大道施张结洞玄，济人利物极无边。凡胎欲作飞升客，为我清心读妙篇。①

此段注文是对经题的注释。因此经的全称为《太上元始无量度人上品妙经》，故注文先从太上开始作注。整篇注文通俗明白，讲解训释浅近易懂，文言白话交织使用，文白相间，简单明了，且句句在理，又深入浅出。因此，大众化、俗化趋势极其明显。而末尾以颂体形式画龙点睛地概括全篇注文，更是言简意赅，有如口语家常话，不同文化层次，不同身份地位的道教信众都读而能懂，诵而能记，充分体现了注文明白浅显、大众普遍接受的文体要求和基本特征。本卷中篇云：

元为万物之根，立乎大象之首，寥廓而幽远，运化而不穷。人能深其根、固其蒂，与天相久矣。

颂曰：自已根宗欲了真，铁鞋踏破慢劳形。痴儿住舍须千载，今日方能识主人。②

此篇注文是对“元”字的注释之文，文体上散体与韵体结合，语体上雅俗共赏而俗化倾向尤显，造语口语化，如“铁屑踏破”“痴儿”“今日”等等皆显俚语俗化特色。即使散体中的骈偶之句，也为家常之话，读之易懂。本经卷三对“玄”字的注解为：

玄者，紫微天心玄都中宫也。太皇即明皇道君，上帝高真即灵宝至真也。言玄都中有此上真，当泛景太霞之上，啸咏大洞之章，开度学人，于是金真结而朗郁，流声响于云营，玉音收摄于散气，灵风混合而生烟。遍紫虚而郁秀，乃辅翼乎万仙，故千和而万

①《道藏》，第2册第251页。

② 同上，第262页。

> 合成灵宝，而登真修真之士使梵气回旋，帝真在定，金光朗彻，流云徘徊，自然虎啸风生，龙吟气聚，大宝无不媾成也。
>
> 颂曰：祖气朝元玄又玄，太皇面目俨然全。风烟聚散神光定，精炼成容合自然。①

此文对“玄”的注释，除了将其内涵详细描述阐释外，同时保留了“玄”应具备的风格特点：神秘性。然释文尽管有些雅气，但读之还是流畅明白如话的，在三卷十余万字的释文中，本篇可以说是最典雅古奥的文字了，但尚如此通俗，可见整个注文对于俗化的追求，因为有一个中心价值取向必须遵守：要广纳普通信众，则必须使道教读物通俗化，让人人读得懂，信得过，道教自身才能长久生存发展。

《洞玄灵宝度人经大梵隐语疏义》。本《疏义》也是对《度人经》的注本，属注释之文体，一卷，不题撰人。专门解释《度人经》中的梵语，可以说是明《正统道藏》中罕见的对于外文的注释本。我们以该注之“第二解隐语”为例来考察其注体的大众化倾向。

> 第二科隐语二字者，大梵之音，与地上不同，而有用与不用，故隐显之事生也。隐者，隐秘不显于外也，此中亦有隐显。今但言隐语者，有二种事，一者书是梵书，音是梵音，而随地上之用。地上之音显其外，大梵之音隐其中。以此物覆梵音，梵音蕴不用，隐在于内，故言隐语，以明应变之事也。二者今以一字之中，含众多事义，若直就一字而求事义不可见，自非解诀其旨不显，故言隐语，以明玄奥之理也。隐语之中有四，一者隐名，二者隐讳，三者隐事，四者隐义也。不言名讳事义而言隐语者，何也？语者，悟也，其字吾言，以吾之言而示语开悟人心，故以语为称也。②

---

①《道藏》，第2册第277页。

② 同上，第520页。

此文对“隐语”的解释条理清楚，分类简捷，释义明确，易于操作，对于梵音的隐语特色之理解裨益多多。这与刘勰在《文心雕龙》中释“隐”相同，刘氏云：“云隐者，隐也；遁辞以隐意，谲譬以指事也。”两相比较，对于隐语的定义与解释基本是一致的。

《黄帝阴符经讲义》。这是对《阴符经》的注释本之一，其注释体以讲义形式出现，作者为宋代夏元鼎，共四卷，前有楼昉序。该四卷本讲义要言不烦，深中肯綮，亦是白话语言所占比重居多，俗化倾向明显。以注“经曰：观天之道，执天之行，尽矣”为例说明之：

> 天命之谓性，率性之谓道。道也者，非可仰求于冥漠之表也。天道在吾身，我能尽其观之之妙，则目击道存，至道不繁矣。要当执天之行，须臾不离于十二时中，一语一默，一呼一吸，阴开阳辟，西没东升，风云发泄于七窍，坎离交会于元宫，天以是道而运行乎万化，我以是道而操履于一身。寒暑同其往来，日月与之交合，乾健以之不息，日用自然无穷，不知我之为天而天之为我也，所谓我命在我不在天，其以是乎谓之尽矣，不可以有加矣。①

此文对经文中十字之释义与讲解，以日常所见普通的生活事理来解释“天道”与“天行”以及“尽矣”之内涵，深入浅出，散文句式长短自由明白，间以骈偶，错落有致，古文与时文相得益彰，既对传统奇句单行的散文运用自如，又将传统骈俪文以浅近之词汇出之，所以俗化色彩浓厚。

2. 诀或玉诀

诀文是道教重要文体形式，主要有简、繁两体。简体之诀类似于口诀，是道教人士熟记于心的念诵之文，一般用于施行法术之时，背诵一些成为韵文的道教语录，祈福禳灾，故业内有掐诀或捏诀之称。但此类文体没有收入明《正统道藏》，而是在道教内部师徒之间以极其隐秘的形式口口相传，故又称为“秘诀”。繁体形式则是一种篇幅较长的

① 《道藏》，第2册第722页。

文章体式了，故南朝陆修静解释说："玉诀，一者序理更明理，二者事中复有事。诀者决也，解决玉书八会之文，故曰玉诀。"北宋张君房撰《云笈七签》引《定志经》云："出思微之义，事中复有事，如玉诀中复明传经及盟授威仪之事。然诸经中凡有解决，皆通谓之玉诀也。"①因此，玉诀之文也成了道教的重要典籍文献。查明代《正统道藏》所收此类文体凡 48 种。现略举数例以见其俗化倾向。

《阴符经三皇玉诀》。该诀共三卷，每卷的诀文简短精致，采用先秦散文一问一答的对话体（问答体）形式，易于记忆，同时又有答疑解难的作用。如卷上云：

> 皇帝曰："人皇者，何也？"
>
> 广成子曰："人皇者，在天地之间，虚无至理。为天皇一气，地皇一气，太空虚中相合，化金木五星为中宫，合乾坤八卦，保护化神。乃仙境，主中元，人皇之祖气也。"②

此段诀文解释"人皇"之含义，句式简短，或三言为句，或四言为句，或五言为句，灵活多样，易于记诵，句意浅显，便于理解，显然是为了迎合普通信众的文化知识结构，不作典雅深奥之语，俗化色彩很浓。又如卷中云：

> 黄帝曰："天下莫能知，莫能见，何也？"
>
> 广成子曰："为世人贪慕嗜欲，而好欲纵淫乱者，为不知天道而亡其机，昧其精而奔其神也。莫能知者，天道机密阴阳不知也；不识造化所为，不知者，亡精神，散血气焉。得知也？欲要知者静心养性，固气保神灵，而自知道也，见其神也，故曰：天下莫能知，莫能见也。"③

---

① (宗)张君房《云笈七签》，第 36 页，华夏出版社 1996 年版。

②《道藏》，第 2 册第 791 页。

③ 同上，第 797 页。

此段诀文篇幅略长于前者，但亦通俗明白，散句自由，长短不拘，内容丰富，解释清楚。又如卷下云：

黄帝曰："绝利一源，用师十倍，何也？"

天真皇人曰："绝名弃利，元气自守。绝巧弃智，盗贼无有。绝于声色，更用元气，抱一守中，胜贵人十倍。太上用大道，至于天下为圣师，藏火于中源，久而不动，动而自然合乎大道，焉用智巧？故离其欲而胜师十倍。故曰绝利一源，用师十倍也。"①

该诀文以韵语为主，韵律比较和谐，语言通俗，口语化比较明显，师徒之间的传播接受也较便利。

《胎息秘要歌诀》。此歌诀共一卷，全篇为五言歌诗与七言歌诗形式，韵律齐整，朗朗上口，既是诗化的传授口诀，又是大众化的记诵体作品。全诀共分九部分，即九篇诗题，分别为《闭气》《布气》《六气》《调液》《饮食所宜》《饮食杂忌》《休粮》《慎守》《九载功变》等，叙述炼气养神、调液辟谷等道教养生术，非常切合"序理更明事理"的诀文要求。下面分举五言诀和七言诀以说明。《闭气》云：

忽然身染疾，非理有损伤。敛意归闲室，脱衣卧木床。仰卧兼握固，扣齿与焚香。三十六咽足，丹田气越常。随心连引到，损处最为良。汗出以为度，省求广利方。②

该诀几乎句句都是口语，议论化、散文化，信口说来，明白易晓，此见明代《正统道藏》选编者的选诀标准是以俗化、大众化、口语化为要求的。又如《慎守》云：

精气切须坚慎守，益身保命得长久。人多嗜欲丧形躯，谁肯消除全永寿。未病忧病病难成，已灾去灾灾遣否？临终始解惜危身，不及噬脐身已朽。胎息纵然励力修，欲情不断也殃咎。阴丹

① 《道藏》，第2册第798页。

② 同上，第869页。

体得道方全，如此之人还少有。①

虽为七言诗歌，押韵也比较讲究，但语言确是口语化，就像平常说家常、讲俗话一样通俗易懂。

3. 符文、符记、符图

这类文体是道教用以震慑鬼神、降邪压魔的实用性、灵验性都很强的应用文。一般在符图后配以文字，故称符文、符记或符图。在《正统道藏》中，符文等文献收录颇多，共 26 种，代表性作品有《三洞神符记》《上清洞真元经五籍符》《上清琼宫灵飞六甲左右上符》等。现以《三洞神符记》为例来看这种文体的特征及其详细类项。

《三洞神符记》并不是传统文学体裁中的"记"，传统"记"体特征如刘勰所说"记之言志，进己志也"，考《三洞神符记》可知，该文并不是"言志"之作。它将道教符文的内涵、种类予以条述，说明符的作用、功能、来源以及定义的范畴，因此，只起传播、介绍、推广道教符文的宗教功能之作用，注重其为广大信众所接受的普泛性、可读性、通俗性。《三洞神符记》共记录了"云篆""八体六书六文""符字""八显""玉字诀""黄文帝书""天书""龙章""玉牒金书""石字""题素""玉字""文生东""玉篆""玉篇""玉札""丹书墨箓""玉策""福连之书""琅蚪琼文""白银之编""赤书""火炼真文""金壶墨汁字""琼札""紫字""自然之字""四会成字""琅简蕊书""石碛""书符诀"，《东方苍精飞云玉篇》《南方赤字玄精凝章玉篇》《西方流精神英玉篇》《北方紫册玄冥玉篇》等共计 35 篇符文、符记、符图之作，后四篇配以符图。从结构上看，《三洞神符记》显然不属于传统文体之"记"的定义范畴，下面略举几类以示其特点与风格。

云篆："又有云篆明光之章，为顺形梵书，文别为六十四种，播于三十六天。今经书相传，皆以隶字解天书，相杂而行也。"②这种符文被

① 《道藏》，第 2 册第 870 页。

② 同上，第 143 页。

道教神化为流传于三十六天的“天书”，用人间隶字写成，是道教神书。

符字：“一切万物，莫不以精气为用，故二仪三景，皆以精气行乎其中，万物既有，亦以精气行乎其中也。是则五行六物，莫不有精气者也。以道之精气布之简墨，会物之精气以却邪伪，辅助正真，召会群灵，制御生死，保持劫运，安镇五方。然此符本于结空太真，仰写天文，分置方位，区别图象符书之异。符者，通取云物星辰之势；书者，别析音句，铨量之旨；图者，画取灵变之状。然符中有书，参似图象；书中有图，形声并用，故有八体六文，更相发显。”①这是对“符”体最为完整、标准、全面而通俗的定义。“符”之形成、结构、功用，符与图之关系，再明细、清楚不过了。

黄文帝书：“三皇经云：皇文帝书皆出自然虚无空中，结气成字，无祖无先，无穷无极，随运隐显，绵绵常存。”②此种文体之出处、形成、寿命神乎其神，但又让读者感觉明白易晓，风格简省、明亮。

玉牒金书：“三元布经，皆刻金丹之书，盛以自然云锦之囊，封以三元宝神之章，藏于九天之上，大有之宫，谓之玉牒金书。又云：以紫玉为简，生金为文，编以金缕，缠以青丝。太上太真科云：玉牒金书，七宝为简，又名紫简。”③对符文名称、来源于性状的阐释简单明了，又将道教符书的神秘性彰显得十分突出。

玉字：“内音玉字经云：天真皇人曰：诸天内音，自然玉字，字方一丈，自然而见空玄之上，八角垂芒，精光乱眼，灵书八会，字无正形，其趣宛奥，难可寻详。皆诸天之中，大梵隐语，结飞玄之气，和合五方之音，生于元始之上，出于空洞之中，随运开度，普成天地之功。天尊命天真皇人注解其正音，使皇道清畅，泽被十方。皇人不敢违命，按笔注解之，曰形魂顿丧，率我所见，聊注其文。五合之义，其道足以开度天人也。和合五方无量之音，以成诸天内音，故曰五合之义也。”④“玉

---

①《道藏》，第2册第143—144页。

②③ 同上，第144页。

④ 同上，第145页。

字”之体虽也充满神奇的道教色彩，但此文对之的阐释亦是清楚简明，如家常之语娓娓道来。

紫字：“八素经云：八素真经玄文，生于太空之内，见于西龟之山，玄圃之上，积石之阴，八素高玄羽章，灵文郁乎洞标，紫字焕乎琼林，神光流辉于九元，金音虚朗于紫天。文威焕赫，气布紫庭。众真晏礼，称度上清。”①这种道教文体，以绘色之故而命名，顾名可思义。

书符诀：“收视返听，摄念存诚。心若太虚，内外贞白。元始即我，我即元始。意到运笔，一气成符。若符中点画微有不同，不必拘泥，贵乎信笔而成，心中得意妙处也。但清微中抹笔之法，须分水火，如祈雨雪，行水炼治阳病，悉用水笔。祈晴起电，动雷，祛瘟，行火炼治阴病，悉用火笔。或三天讳，或五帝讳，随宜用之。”② 此文记符诀之体的形成、作用（功用），其中阐述了握笔画符的原则、方法，是一篇比较有代表性的关于“符”之创作原理的文学理论文章③，此书符诀的实用性强，宗教应用性强。

4. 志、记、传

这几类文体在《道藏》中尤其居多，“志”体一般记叙道教圣地、宫观等的开辟、建创等大事，“记”体一般对道教史事作记叙、描写，而“传”体一般为道教人物、神仙真人等生平经历的记述。如《仙都志》《天台山志》《茅山志》《周氏冥通记》《桓真人升仙记》《历代崇道记》《紫阳真人内传》《华阳陶隐居内传》等等。这三类文体普遍表现为叙事性强，俗化倾向明显，容易阅读，此不多论。

二　《续道藏》的文献文体编纂原则

明英宗正统九年《正统道藏》修成之后，考虑到散佚在各地的道教典籍为数巨大，明神宗万历五年（1577），正一教第五十代天师张国祥

---

①②《道藏》，第 2 册第 147 页。

③ 关于道符的文学思想，参见拙著《汉魏六朝道教文学思想研究》，中南大学出版社 2006 年版。

始纂修道藏，于神宗万历三十五年(1607)编成，耗时三十载，将《正统道藏》漏收以及它之后一两百年间新问世的道书一并收编成帙，以《千字文》为函目，自杜字至缨字，凡 32 函，180 卷，取名《续道藏》，因为是对《正统道藏》的续编，故又称《正统续道藏》。共收道书 56 种，绝大部分为元明道书，其中又以明代新出道书居多，对于保存道教文献有重大价值，也为研究明代道教史、明史及道教文体提供了重要资料，是值得我们研究的。

从道教文体来讲，《续道藏》沿袭了《正统道藏》的文体分类原则，按照传统的道经"三洞四辅十二类"分类法，分为三洞，即洞真、洞玄、洞神，分主三类道教经系，洞真类为《上清经》系，洞玄类为《灵宝经》系，洞神类为《三皇经》系。四辅，即太玄、太平、太清、正一，是对三洞的辅佐和补充，以太玄辅洞真，以太平辅洞玄，以太清辅洞神，而以正一类通贯三洞。三洞之下又各分为十二类道经，多半以文体形式出之。这十二类是：1. 本文，2. 神符，3. 玉诀，4. 灵图，5. 谱录，6. 戒律，7. 威仪，8. 方法，9. 众术，10. 记传，11. 赞颂，12. 表奏。

这十二类道经文体，按道教界及编纂者的解释，可以分述于后：

以南朝道教学者陆修静为代表的解释为：

第一，本文，经之本源自然天书，八会之文。凡一千一百九十字……

第二，神符，自然云篆之文，凡有(十六五)条神真符信，召会群灵，制勒百方，摄气御远，保命留年。

第三，玉诀，玄圣所述解释天书八会之文。

第四，灵图，玄圣所述神化灵变之象。

第五，谱录，玄圣所述名讳神宫位第。

第七，威仪，玄圣所述法宪仪序，斋谢品格。

第八，方决，玄圣所述神药灵芝，柔金水玉之法。

第九，众术，玄圣所述思神存真，心斋坐忘，步虚飞空，餐吸五方元，道引三光之法。

第十，记传，玄圣所述学业，得道成真之法。

第十一，玄章，赞颂众圣之辞。

第十二，表奏，玄圣所述传授经文，登坛告盟之仪。

从上述十二类道经文体概念中可知，其与传统文学文体既有联系又有区别，但宗教色彩要浓厚得多。如“谱录”，传统文学文体是指家谱之体，道教内部也有家族、门派的含义，但“神宫位第”则是道教界所独有。

《续道藏》编纂者对十二类的解释基本沿用传统说法，但又吸收了南朝另一位道教学者宋文明对十二类文体的补充改进之说，其概念或定义为：

第一，本文，一者叙变文，二者论应用。

第二，神符，一者叙功用，二者较异同。神者以变通不测以为言，符者，扶也，合也。文以分理，符以合契。

第三，玉诀，一者序理更明理，二者事中复有事。

第四，灵图，一者论体制，二者行藏。图者度也，虑也，量其分度也。

第五，谱录，一者序谱录之体，二者序谱录之用。谱者绪也；论者记也。

第六，戒律，一者论戒名体，二者事用论戒。戒，界也，外也；善恶之心，于此为断，为其界域，故言界也。

第七，威仪，一者序名教，二者论功德。威者，畏也。仪者，宜也。戒威德言，故可畏也。

第八，方法，一者序名数，二者述变易。

第九，众术，一者论冥通，二者论变化。

第十，记传，一者论其根源，二者论其阶次。

第十一，一者序名状，二者论变通。赞以表事，颂以歌德也。

第十二，表奏，一者论事，二者述心，申明心事，上奏大道。

将上述两相对比，后者阐释分理论与应用两方面，更细述其宗教功能，更条分其文学特质，更浅近明白，将宗教表达与文学文体之俗化融合为一。

第七章　明代道教文学思想与明代文学思潮

明代道教在总体发展上呈现的是波浪式迂回曲折的趋势，但无论其进展如何，比如说有繁盛的短暂也好，有回光返照的辉煌也好，但总挡不住走下坡路的颓势，而且这种式微也标志着整个中国古代道教历经了一千多年之后走向沉寂。这是从宗教信仰上考察得出的结论。然而，从思想史的角度上看，尤其从道教哲学史的角度看，明代道教思想尤其是道教哲学思想仍然是成果丰硕的，而且构成了整个明代思想的重要组成部分。从思想构成的元素看，明代文学思想是明代思想的重要元素；从明代文学思想依附于几次重大的文学思潮运动的情况来看，明代道教文学思想和明代文学思潮存在着相互依赖、互为融通的关系，因此，清理和梳通两者之间的关系，对于了解明代文学思想的全貌，探讨明代文学创作繁荣发达的原因，不失为一个较有理论意义的独特视角。

第一节　明代道教文学思想与“童心”说

如前所述，明代道教文学思想中有两个重要的内容，一是明代道家思想、道教哲学最杰出的代表人物张宇初提出的“诗发乎性情之正、养资之实”的主真情的诗歌思想；一是明代最有影响的道教著名人物“隐仙”张三丰提出的“诗是知志也者，乃人心中之灵性；诗也者，特灵性之流露也”的主灵性的诗学主张。在本节我们先考察张宇初“主真情”的诗歌思想与明代“童心说”“主情说”等文学思潮的关系。

一　张宇初道教哲学思想与其文学思想之关系

张宇初作为明代著名道教领袖，在明代道教文学史上卓然为一大家，其各体文学作品收录在《岘泉集》中，共十二卷，其中论及文学创作思想者主要是“序”文，多为谈诗论诗思想，其中一个重要的诗歌思想是关于诗抒真情的观点，《云溪诗集叙》云：

> 夫诗，岂易言哉？自三百篇古赋之下，汉之苏李，魏之曹王刘应，去风雅未远，始有以变之。晋初，阮陆潘左之徒尤未湮坠。逮六朝鲍谢颜张出而音韵柔嫚，体格绮丽，则风雅之淳日漓矣。暨唐初，宋杜陈刘，盛唐，韦柳王孟作而气度、音节雄逸壮迈，度越于前者也。而集大成者必曰少陵杜氏，在当时如高李岑贾，亦莫之等焉。则杜氏之于穷达圻戚，发乎声歌者，有合乎风雅而足为楷法矣。唐末，风俗侈靡。宋之称善者，苏子瞻、梅圣俞、石延年、王介甫、欧、苏、朱、杨而已。及元，范、杨、虞、揭辈，倡遗音于绝响之余，直追盛唐，一时禁林之儒生，四方之士人，莫不宗师之。凡江东西之间，言能诗者尤盛，盖得乎己者，高而宇宙山川之大，近而卉木禽虫之微，无巨细妍丑之辨，接于目者会于心，其操辞运思，若江海之奔而不可遏矣。故代之辞人墨客以是名者，骈华竞秀，栉比鳞次，及求之大章全帙，可以跻古而式后者，复几何人哉？然则三百篇之删取，虽出于庸人愚妇之言者，其风刺美怨，皆足以荐之廊庙，裨之政化，而王泽具存焉。其曰《诗》既亡而以《春秋》续之，则为诗者必欲继其亡者焉，是以后之学者苟不操源溯流，发乎性情之正，资养之实，务趋于模测雕饰，窥古人之余膏剩馥，惟将和铅吮墨、剽猎纤碎，骋驾于兰茗月露之顷以夸时自足，是岂足与言诗也哉？[①]

张宇初认为，诗歌“发乎性情之正，资养之实”，“正”，是指合乎诗的创

---

①《道藏》，第33册第211页。

作者内在情性的真与外在伦理道德的端正；而"实"，显系合乎生活真实的客观存在，合而观之，诗歌是诗人对于客观生活真情实感的抒写，它不是刻板的对于身外之物的模拟，也不是矫揉造作的雕饰。这种主真情的诗歌思想，一方面与张宇初的道教哲学或道教世界观有密切的内在逻辑关系，另一方面，对于他之后的明代重要 的两股文学思潮——李贽的"童心说"和汤显祖的"主情论"产生了深远的影响。

我们来看张宇初的主真情的诗歌思想与其道教哲学的关系。

张宇初认为，道教以超脱虚幻的生命，了悟生死之正理为根本之务，这必须以道教修炼目标为追求之功，而修炼的目标就是"真人"的境界。"真人"是一种什么状态呢？他说："（真人）乃积心善行，绝世所欲，不兴妄想，无有染着，不滞有无，永绝生灭"[①]的淳朴未染之人。这种"真人"品质，其实就是老庄道家的理想人格，是与自然合一，即"天人合一"的绝真无瑕的"羲皇上人"。《庄子·大宗师》说："何谓真人，古之真人，不逆寡，不雄成，不谟士。若然者，过而弗悔，当而不自得也。若然者，登高不栗，入水不濡，入火不热，是知之能登假于道者也若此。"即是说真人，完全顺应乎自然之道，以从容坦荡之心淡然对待自然现象，弃假纯真。故《庄子·刻意》又云："故素也者，谓其无所与杂也；纯也者，谓其不亏其神也。能体纯素，谓之真人。"所谓纯素，就是那种纯朴、淡素的原始真实状态，体纯素者，就是真心纯洁，不染不杂的真诚洁净的心灵。职是之故，张宇初以老庄道家哲学的处世态度和人生观要求道教信仰者"不兴妄想，无有染着"，达到纯真赤诚的生命境界，由此，他提出了生命双修、全真参悟的修道修行方法，他说：

> 近世以禅为性宗，道为命宗，全真为性命双修，正一惟习科教。孰知学道之本非性命二事而何？虽科教之设，亦惟性命之

①《道藏》，第 33 册第 148 页。

学而已。①

张宇初在这里批评了佛教只修性，道家只修命，而赞扬和提倡全真教的性命双修。那么，性命怎么双修呢？张宇初提出了两个最主要的修炼方法：宁静、致诚。

所谓宁静，即保持修炼者心灵或灵府的虚静，练就一种"静定之功"，他说：

> 自上古以来，太上历劫化现诸师之修炼成道，皆自静定之功，庶得道功克就，神通自在。迨宋金之初，重阳王祖师遇钟吕之传，始立全真之教，盖本经曰：养其无体，体故全真。是教则犹以坐圆宁静为要。②

张宇初提出一种"坐圆宁静"的静定功夫，即类似于佛教的坐禅或禅定，只不过不主张观想，而是要涤除杂念，即老子说的"涤除玄览"，心无滞碍，或谓心无旁骛，回到老子所说的"致虚极，守静笃"的状态，具体做法是先研习经典，然后选择山明水秀、形全气圆之地创立庵舍，隐居静修。

其实这种性命双修的静定功夫，正与文学创作开始前的虚静凝神的准备状态相似或者说两者融通。刘勰极其强调作家在构思前要虚静安宁，集中精神凝思静想，既把佛教的观想纳入立意构思之中，又把老庄的虚静心灵状态打进文学构思中，他在《文心雕龙·神思》中说："古人云：'形在江海之上，心存魏阙之下。'神思之谓也。文之思也，其神远矣。故寂然凝虑，思接千载；悄焉动容，视通万里；吟咏之间，吐纳珠玉之声；眉睫之前，卷舒风云之色：其思理之致乎？故思理为妙，神与物游。神居胸臆，而志气统其关键；物沿耳目，辞令管其枢机。枢机方通，则物无隐貌；关键将塞，则神有遁心。是以陶钧文思，贵在虚静，疏瀹五藏，澡雪精神。"这种"虚静""澡雪"的功夫，就是庄子所说的修

①②《道藏》，第 33 册第 148 页。

道主体必须要具备的“心斋”“坐忘”的体认环节。文学构思前，创作主体像修道主体一样保持高度的虚静和内心的空灵净洁，外物之象纷至沓来进入创作视野，生动的形象便立现脑海，急起直追，像老鹰捕鸡，秃鹫抓食，马上成之于笔，否则稍纵即逝。

理解了这种道教修持与文学构思内在本质一致的关系，就能理解张宇初强调的诗歌创作要“发乎性情之正，资养之实”的本质内涵。因为创作者性情的纯正、真实，正是其心灵处于虚静状态而无外界杂物污染时的表现，也就是说，虚静生“正”“实”，“正”“实”生诗歌，正是张宇初道教修持与文学创作的因果逻辑。

所谓“致诚”，是指修道主体必须做到两个昭示心灵的环节，一是信道修持前要洗心革面，严肃以待；一是修道持戒之中要诚心敬意，虚心致诚，故张宇初在《道门十规》中说：

> 从道之士，先当恭敬神明，焚修香火，积诵经诰，皈依大道……凡持诵之士，必当斋戒身心，洗心涤虑，存神默诵，诚如对越上帝，默与心神交会，心念无二，句字真正，调声正气，神畅气和，庶几有功。则玉音摄气，灵韵交孚，自然和天安地，善俗化民，福集祸消，存亡蒙惠。苟若口诵心违，形留神往，不存诚敬，手怠足扬，虽日诵千百卷，于己何益，又岂能消灾散祸也哉？若为人持诵犹当持敬存诚，以致斋主之敬以通信向之诚，庶不致虚，守以一诚。①

无论是自己崇道信教，还是代斋主祈神祷福，都必须以敬心诚意相待，此段文字正反两面都紧扣心诚、致诚、守敬、真心来强调信道的心理状态，斋前斋中斋后都离不开“修诚”。古人强调以诚相对，儒、佛、道都把人的“诚心”放在头等重要的位置上。修辞作文，从《周易》时代开始，就创建了“修辞立其诚”的精神活动原则，张宇初将中国传统文化中至诚至真的心灵文化借用到修道作文的精神活动领域，提出了如上

---

①《道藏》，第32册第147—148页。

所述的两个原则：一是道教信仰中的“致诚”，一是诗歌创作中的“发乎性情之正，资养之实”，而这种性情之正，显然是指内心情感的诚正忠心以及源自客观生活的真实诚恳。从因果关系上讲，两者既可以单线影响即崇道之诚推而广之于作文写诗之诚，又可以互相依存互为影响。

二　张宇初道教文学思想与李贽“童心说”

先来看李贽的“童心说”：

龙洞山农叙《西厢》，末语云：“知者谓我尚有童心可也。”夫童心者，真心也。若以童心为不可，是以真心为不可也。夫童心者，绝假纯真，最初一念之本心也。若失却童心，便失却真心；失却真心，便失却真人。人而非真，全不复有初矣。

童子者，人之初也；童心者，心之初也。夫心之初，曷可失也？然童心胡然而遽失也。盖方其始也，有闻见从耳目而入，而以为主于其内而童心失。其长也，有道理从闻见而入，而以为主于其内而童心失。其久也，道理闻见日以益多，则所知所觉日以益广，于是焉又知美名之可好也，而务欲以扬之而童心失。知不美之名之可丑也，而务欲以掩之而童心失。夫道理闻见，皆自多读书识义理而来也。古之圣人，曷尝不读书哉。然纵不读书，童心固自在也；纵多读书，亦以护此童心而使之勿失焉耳，非若学者反以多读书识义理而反障之也。夫学者既以多读书识义理障其童心矣，圣人又何用多著书立言以障学人为耶？童心既障，于是发而为言语，则言语不由衷；见而为政事，则政事无根柢；著而为文辞，则文辞不能达。非内含于章美也，非笃实生辉光也，欲求一句有德之言，卒不可得，所以者何？以童心既障，而以从外入者闻见道理为之心也。

夫既以闻见道理为心矣，则所言者皆闻见道理之言，非童心自出之言也，言虽工，于我何与？岂非以假人言假言，而事假事、文假文乎！盖其人既假，则无所不假矣。由是而以假言与假人言，则假人喜；以假事与假人道，则假人喜；以假文与假人谈，则假人喜。无所不假，则无所不喜。满场是假，矮人何辩也。然则虽有天下之至文，其湮灭于假人而不尽见于后世者，又岂少哉！何也？天下之至文，未有不出于童心焉者也。苟童心常存，则道理不行，闻见不立，无时不文，无人不文，无一样创制体格文字而非文者。诗何必古《选》，文何必先秦，降而为六朝，变而为近体，又变而为传奇，变而为院本，为杂剧，为《西厢曲》，为《水浒传》，为今之举子业，皆古今至文，不可得而时势先后论也。故吾因是而有感于童心者之自文也，更说什么六经，更说什么《语》《孟》乎！

夫六经、《语》《孟》，非其史官过为褒崇之词，则其臣子极为赞美之语，又不然，则其迂阔门徒、懵懂弟子，记忆师说，有头无尾，得后遗前，随其所见，笔之于书。后学不察，便谓出自圣人之口也，决定目之为经矣，孰知其大半非圣人之言乎？纵出自圣人，要亦有为而发，不过因病发药，随时处方，以救此一等懵懂弟子，迂阔门徒云耳。医药假病，方难定执，是岂可遽以为万世之至论乎？然则六经、《语》《孟》，乃道学之口实，假人之渊薮也，断断乎其不可以语于童心之言明矣。呜呼！吾又安得真正大圣人童心未曾失者而与之一言文哉！①

李贽的“童心说”有如下几方面的内涵：

第一，什么是“童心”。在李贽看来，童子是人之初，童心是心之初。惟有童子保持了人心纯真的本原。童子之心，是未受外来污染的绝假纯真之心。保持童心，就是保持本真自我；具有本真自我，才能使一个人的为人处世、立言行事皆是真的。如果本真自我一旦接受人类的知识见闻道理便失却了。

第二，为什么要保持童心。李贽认为，人一旦读书识理，闻道见

① 李贽《焚书》卷三，第98页，中华书局1961年版。

理，就足以掩蔽童心。这种态度，是李贽基于对当时虚伪世风和俗儒腐儒们对经书中的道理执成定局，食古不化，甚至文过饰非，卑鄙龌龊等丑恶现象的猛烈抨击而表现的“离经叛道”的反传统行为。因此，李贽倡导童心说，就是要提倡人返回赤子之心，返回本真自我，以纠正虚伪丑恶的世风。

第三，“童心说”的心学渊源。李贽的“童心说”思想，是心学大师王阳明的弟子王艮开创，由王襞、罗汝芳推衍、阐释、发挥的自信自立，一空依傍，而向下层民众生活，不空谈心性的泰州学派的基本精神在明代后期社会背景下发展的结果。泰州学派的创始人王艮创建了“百姓日用即道”的学说，认为百姓穿衣吃饭的日常行为就是道，这个道并不深奥玄虚，而且道并不是一种考量计较和拟议安排所得，道是存在于自然而然之中的。比如童子捧茶上饭便是道。王艮的次子王襞继承父亲“百姓日用即道”“道本自然”的思想，提出“不犯作手”的观点，认为“鸟啼花落，山峙川流，饥食渴饮，夏葛冬裘，至道无余蕴矣。”即是说，这些自然而然的客观现象没有什么深奥玄虚之处，它极简易，极纯真。“圣学惟无欺天性，聪明学者率其性而行之，是不自欺也。率性者，率此明德而已。父慈子孝，耳聪目明，天然良知，不待思虑以养之，是明其明德。一入思拟，一落意必，则即非本然矣，是曰自欺也。”①所谓率性，是指人本性中的自然处，而自然乃是最初始原本的状态，也即最真纯的那赤子之心。发展至罗汝芳，更是高举“赤子良心，不学不虑”的宗旨，主张顺适自然，当下一念即是出自本心之体，顺此当下，即是功夫，无需规矩戒律议论讲说，即所谓“解缆放船，顺风张棹”。对于上述诸人的思想学说，李贽赞赏备至，倾慕有加，如云：“阳明先生门徒遍天下，独有心斋为最英灵。心斋之后为徐波石，为颜山农。山农以布衣讲学，雄视一世而遭诬陷；波石以布政使清兵督战而死广南。云龙风虎，各从其类，然哉！盖心斋真英雄，故其徒亦英雄也；波石之后

① 黄宗羲《明儒学案》，第728页，中华书局1985年版。

为赵大洲，大洲之后为邓豁渠；山农之后为罗近溪，为何心隐，心隐之后为钱怀苏，为程后台，一代高似一代。所谓大海不宿死尸，龙门不点破额，岂不信乎！”①在这里，李贽除了赞赏泰州学派的思想外，还将其学术渊源与传承进行了清晰地梳理，从中可知李贽的学术思想路径无疑是从泰州学说中引申延展出来的。再来看他对王龙溪的重点嘉奖，则更知其向往泰州学派的思想取向：“世间讲学诸书，明快透髓，自古至今，未有如龙溪先生者。”②又云：“王龙溪先生新刻全部，真是大了手好汉，可谓三教宗师。可惜生同其时者徒贵耳而贱目。”③又云：“王阳明而后，其学大明，然非龙溪先生缉熙继续，亦未见得阳明先生之妙处。此有家者所以贵于有得力贤子，有道者所以尤贵有好得力儿孙也。”④在这里，李贽对王龙溪学术思想的赞赏三致其意，而王龙溪即王畿，正是王阳明心学左派的创始人，其学术发展流变而为狂禅派。李贽正是执狂禅派之牛耳的人物⑤。

第四，“童心说”的核心定位。李贽的“童心说”，重在一个“真”字，真即未受世俗观念特别是荣利、名位、财色等浸染的本真状态。有真心即是有童心，反过来童心即是真心，或只有童心未泯才是绝对的真心。童心不是不接受任何观念、任何经验的绝对心体，人的心体也不可能不接受道理见闻。由此看来，李贽之所谓童心，已不只是一个哲学学术思想上的概念，而是一个文学的观念。李贽的童心，并不认为是像佛教所说的“清净自性”，而是现实的人心。而现实的人心是感觉、识智、意志等心理内容的综合体，即是童心没有王龙溪所说的天赋良知的内容，它也不是一个能够长久不被刻画的空白，因此，人们只能保持文学上的童心——真心，不能保持哲学上的

① 李贽《焚书》卷三，第 80 页。
② 同上，第 47 页。
③ 同上，第 25 页。
④ 同上，第 28 页。
⑤ 参见嵇文甫《晚明思想史论》，第 16 页，东方出版社 1996 年版。

童心——空白。故李贽说：

> 天下之至文，未有不出于童心焉者也。苟童心常存，则道理不行，闻见不立，无时不文，无人不文，无一样创制体格文字而非文者。诗何必古选，文何必先秦，降而为六朝，变而为近体，又变而为传奇，变而为院本，为杂剧，为《西厢记》曲，为《水浒传》，为今之举子业，皆古今至文，不可得而时势先后论也。故吾因是而有感于童心者之自文也，更说什么六经，更说什么《语》《孟》乎！①

显然，李贽童心说的核心定位是一个文学理论、文学思想或文学观念。

第五，“童心说”的审美内涵，李贽的“童心说”，包含了他自然为美的美学思想。他认为，自然的东西出乎真性情，在形式上是美的，在内容上是美与善的统一，自然的东西是真善美的统一和结合。他说：

> 声色之来，发于性情，由乎自然，是可以牵合矫强而致乎？故自然发于情性，则自然止乎礼义，非情性之外复有礼义可止也。惟矫强乃失之，故以自然之为美耳，又非于情性之外复有所谓自然而然也。②

李贽以音乐为例说明了他的自然为美、自然的东西是真善美的统一的美学思想，他说：

> 性格清彻者音调自然宣畅，性格舒徐者音调自然疏缓，旷达者自然浩荡，雄迈者自然壮烈，沉郁者自然悲酸，古怪者自然奇绝。有是格，便有是调，皆情性自然之谓也。③

“清彻”“舒缓”“旷达”“雄迈”“沉郁”“古怪”等等，皆为美学风格之范畴，皆由人的性情——童心而决定，故童心说是他的美学思想的重要基石。

---

① 李贽《焚书》，第 99 页，中华书局 1961 年版。
② 同上，第 132 页。
③ 同上，第 133 页。

综合上述李贽“童心说”的诸多内涵合而观之，其思想内容侧重在文学审美方面，从渊源上看，既有继承心学之左派，又有吸取老庄之自然本色，返璞归真的哲学、文学思想之源头，也有当朝道教如张宇初“诗发乎性情之正，资养之实”，修道操持时“绝世所欲，不兴妄想，无有染着，不滞有无”的文学观念和道教哲学之影响。尤其是李贽的“天地之化工即天地之无工”①的审美思想，更源自庄子的“天地有大美而不言，四时有明法而不议，万物有成理而不说”（《庄子·知北游》）的“大美无言”“巧夺化工”的美学观念。而从李贽一生为斗士，为狂禅，为隐者等多种身份来看，则其“童心说”显然与心学、佛学、道教有不可分割的形影关系。

三　张宇初道教文学思想与汤显祖“主情”说

汤显祖的“主情”说，主要强调创作主体要抒真情，写灵气，其学说分别从诗文和戏曲两种文体的创作要求上来表现。首先来看他关于诗文创作上的“主情”思想。

汤显祖《耳伯麻姑游诗序》云：“世总为情，情生诗歌，而行于神。”他认为诗歌是由诗人的情感生发的，因此在对《尚书·尧典》所言“诗言志”的解释时，将“志”理解为情，故说“志也者，情也”。故同篇又云：“其诗之传者，神情合至，或一至焉，一无所至，而必曰传者，亦世所不许也。”诗所以能流传，是因为诗是“神”与“情”合二而成的，或者两者之中有一至者，则亦能传。故《合奇序》云：“予谓文章之妙不在步趋形似之间。自然灵气，恍惚而来，不思而至。怪怪奇奇，莫可名状。非物寻常得以合之。苏子瞻画枯株竹石，绝异古今画格，乃愈奇妙。若以画格程之，几不入格。米家山水人物，不多用意。略施数笔，形象宛然，正使有意为之，亦复不佳。故夫笔墨小技，可以入神而证圣。自非通人，谁与解此。”在这里，汤显祖以苏轼和米芾的画为例，说明文艺作

① 李贽《焚书》，第 96 页，中华书局 1961 年版。

品能够出神入化的原因乃在于作者“自然灵气”使然，这里的“自然灵气”即是指的艺术家与生俱来的性情、本真状态的情感。故汤显祖在《序丘毛伯稿》中说：“天下文章所以有生气者，全在士奇。士奇则心灵，心灵则飞动，能飞动则下上天地，来去古今，可以屈伸长短生灭如意，如意则可以无所不如。”此所谓心的灵动，无疑是指情的发用，气的飞动，一旦作家的情与气发动起来，而且是真情真气的发用，则其为文、为诗，将是生气旺然之作。

其次来看汤显祖关于戏曲创作上的“主情”理论。其《答吕姜山》云：

> 寄吴中曲论良是。“唱曲当知，作曲不尽当知也”。此语大可轩渠。凡文以意、趣、神、色为主，四者到时，或有丽辞俊音可用，尔时能一一顾九宫四声否？如必按字模声，即有窒滞迸拽之苦，恐不能成句矣。

此段戏曲话语，包含两个方面的戏曲思想。第一，戏曲创作不能单纯强调作曲的格律，反对以按字模声来损害作者感情的表现，必须抛弃和否定拘泥于寻宫数调以损害丽词俊音的运用。第二，强调戏曲文本和剧本应该以意、趣、神、色取胜，所谓意趣，指的是作者的意旨和风趣，所谓神色，是指的作者在作品中包含的情感以及构成戏剧作品的声韵文词，质言之，意、趣、神、色四者是指作品内容与形式的统一，其中意、趣、神决定色，即作品内容决定作品形式，思想感情决定艺术技巧。又《答凌初成》云：

> 不佞生非吴越通，智意短陋，加以举业之耗，道学之牵，不得一意横绝流畅于文赋律吕之事。独以单慧涉猎，妄意诵记操作。层积有窥，如暗中索路，闯入堂序，忽然雷光得自转折，始知上自葛天，下至胡元，皆是歌曲。曲者，句字转声而已。葛天短而胡元长，时势使然。总之，偶方奇圆，节数随异。四六之言，二字而节，五言三，七言四，歌诗者自然而然。乃至唱曲，三言四言，一字一节，故为缓音，以舒上下长句，使然而自然也。独想休文声病浮

切，发乎旷聪，伯琦四声无入，通乎朔响。安诗填词，率履无越。不佞少而习之，衰而未融。乃辱足下流赏，重以大制五种，缓隐浓淡，大合家门。至于才情，烂漫陆离，叹时道古，可笑可悲，定是名手。不佞《牡丹亭》记，大受吕玉绳改窜，云便吴歌。不佞哑然笑曰：昔有人嫌摩诘之冬景芭蕉，割蕉加梅，冬则冬矣，然非王摩诘冬景也。其中骀荡淫夷，转在笔墨之外耳。若夫北地之于文，犹新都之于曲。余子何道哉。

在这里，汤显祖对戏曲创作的看法有三：一，戏曲的声律音韵应该像诗歌的韵律节奏一样，是一种自然而然的合声入韵，亦像人之性情，是自然率性的表现。二，作家的才情如何表现，表现得如何，都以其时势自然而使之，如摩诘之冬景芭蕉，不可强为之转换。三，作家作品的意趣神色是第一位的，绝不能为了便于歌唱的音律需要而妨碍了意趣神色自由畅达的表现。

又《牡丹亭记题词》：

天下女子有情宁有如杜丽娘者乎？梦其人即病，病即弥连，至手画形容传于世而后死。死三年矣，复能溟莫中求得其所梦者而生。如丽娘者，乃可谓之有情人耳。情不知所起，一往而深。生者可以死，死可以生。生而不可与死，死而不可复生者，皆非情之至也。梦中之情，何必非真。天下岂少梦中之人耶？必因荐枕而成亲，待挂冠而为密者，皆形骸之论也。

嗟夫！人世之事，非人世所可尽，自非通人，恒以理相格耳。第云理之所必无，安知情之所必有邪？

汤显祖这篇题记，是他的戏曲主情理论的公开宣言，讴歌了主人公杜丽娘生死不渝的真挚之情，塑造了一个发出夺目光彩的向虚伪的封建礼教挑战的形象，体现了作者坚决反对在文学作品中进行理学的说教，抽象虚伪地为封建统治者卫道的斗争精神。又《董解元西厢题词》云：

余于声律之道，瞠乎未入其室也。《书》曰："诗言志，歌咏言，声依永，律和声。"

志也者，情也。先民所谓发乎情，止乎礼义者是也。嗟乎，万物之情，各有其志。董以董之情而索崔、张之情于花月徘徊之间，余亦以余之情而索董之情于笔墨烟波之际。董之发乎情也，铿金嘎石，可以如抗而如坠。余之发乎情也，宴酣啸傲，可以以翱而以翔。然则余于余定律和声处，虽于古人未之逮焉，而至如《书》之所称为言为永者，殆庶几其近之矣。

汤氏此一篇题词千言万语都在强调一个"情"字，"情"是戏曲的灵魂，是戏曲人物的"灵魂"。这种对"情"的高度重视和极度张扬的戏曲态度，在汤显祖评其他剧本的话语中亦酣畅淋漓地进行了表述，一个"情"字贯穿在对这些戏曲的评论中，如评《南柯记》和《邯郸记》（总称《二梦记》）云："因情成梦，因梦成戏。"评《红梅记》云"（《秋怀》一出）写闺怨亦宛而多情"，"（《城破》一出）丑净浑语直刺世情"，"（《寻遇》一出）曲、白都婉转多情"，"（《夜晤》一出）细腻有情"，凡此种种，不一而足。

汤显祖戏剧理论上的"主情说"最具代表性的戏曲论著是他的《宜黄县神清源师庙记》。限于篇幅，此不转引。该文倡导的"主情说"有三个方面的思想内涵。第一，汤显祖指出戏曲是人之"情"自然流露，他说："人生而有情。思欢怒愁，感于幽微，流于啸歌，形诸动摇。或一往而尽，或积日而不能自休。盖自凤凰鸟兽以至巴渝夷鬼，无不能舞能歌，以灵机自相转活，而况吾人。"在这里，汤显祖把戏曲看成表达情感的工具，戏曲的产生，是在诗词、歌舞文学艺术影响和催生的结果，也是表达情意的工具。第二，汤显祖认为，戏曲对于表现社会生活，揭示自然事物广泛而丰富多彩，其作用可以"生天地生鬼生神，极人物之万途，攒古今之千变"，它能够塑造形形色色的个性鲜明的人物，描写古今中外、古往今来千变万化而复杂繁富的社会生活和情景，能使人们"恍然如见千秋之人，发梦中之事。"第三，在汤显祖看来，正因为戏曲是作者真情实感的流露，戏曲中的人物也是“因情即生，因情而死”的至情之人，因此，戏曲也能让观众和读者得到情的感染，戏曲能产生“使天下无故而喜，无故而悲。或语或默，或鼓或疲，或端冕而听，或侧弁而咍，或窥观而笑，或市涌而排。乃至贵倨弛傲，贫啬争施。瞽者欲玩，聋者欲听，哑者欲叹，跛者欲起。无情者可使有情，无声者可使有声”的强烈的艺术感染力和情感诉求力。

通过上述对于汤显祖有关诗文与戏曲创作的“主情说”的话语表述的细致梳理，我们发现其“主情”文学思想的主要内涵涉及以下几个方面。

首先，从其所提倡的抒发真情、主情的情感内涵上看，这是针对明代以前后七子为代表的复古派的“世俗情感说”而发的一种文学抒情理论。

以李梦阳、何景明为代表的“前七子”和以李攀龙、王世贞为代表的“后七子”，不满于唐宋理学对人的世俗情感欲望的压抑和禁锢，倡导文学要抒发人本能欲望上的七情六欲，试图以此来矫正理学的偏激，使人性回归到原始本能的生理状态，因此，表现在文学创作中，除了号召世人渲染最原始最动物状态的情与欲之外，还把情感表述发展到滥情的方向。有感于此，汤显祖极力提倡文学包括诗文、戏曲应该描写和引导人之“至情”，这“至情”就是人的真情、赤子之心。这种情感是纯洁的，高尚的，完全和前后七子提倡的世俗之情截然不同，他们所提倡的情感，代表了世俗儒者与世俗文人的一般倾向。

第二，与前后七子的主情旨在突破封建礼教对人的世俗情感欲望的压抑不同，汤显祖提倡的文学写“至情”，是为了张扬创作主体个性的自由和解放，而不像前后七子那样虽然在文学创作中引导了世俗情感的宣泄，但这些文学的情感内容又被“文必秦汉”“诗必盛唐”的旧格套、旧缰绳所羁绊，创作主体仍然被围困在传统的“文法”之中。汤显祖则完全是自觉地、明确地以情作为自己文艺论的主要标榜，号召天下文人追求自我个性的凸显，从而引发了明代中后期新的文学思潮的涌动，这种新的文艺思潮的显著特点就是对传统思想、传统文学观念的背叛。

第三，由于汤显祖与当时佛学界人物以及禅思想的密集交往，深刻地接受了“即心即佛”“空妙无有”的随缘任性的自由主义论的影响，因此，汤显祖所倡导的“情”，就是那种人性本然中“无执”“无碍”的精神本体，是超越了世俗之情，也超越了理性之情的玄远高迈的生命精神世界，如杜丽娘的“情”，既可以至生至死，也能够大彻大悟，她的情，既非道德主义的伦理情感，也非单纯因景有感的审美情感，更非一切大大小小的日用伦常之类的世俗情感。

第四，由于以张宇初为代表的明代初期道教提倡的性命双修的炼养思潮以及张宇初倡导的“诗发乎性情之正，资养之实”的真情主义文学的深刻影响，发展到中晚明时期的心学、佛学、主情主义文学，从情理与文化渗透的逻辑方向上看，道教及其文学思想与后来事实上、逻辑上都存在着彼此互动作用的现象，将两者的内在思想本质联系起来考察，则汤显祖的主真情、倡至情以及其对作家个性自由的追求，显然与道家哲学、明代的道教思想、道教文学观念有一致相通的地方，因此，从文化思潮的普遍作用与影响的历史背景上考量，张宇初为代表的明代道家道教哲学、文学与汤显祖“主情说”存在某种内在相通的生发和作用力，应该是合乎历史逻辑的。

通过对汤显祖“主情说”之内涵的分析，以及明代的道家哲学、道家思想包括道教文学思想与汤显祖主情说之间的因果存在的揭示，我们可以将整个明代的主情主义思潮的历史地位定格在如下表述中：

明代的文学主情主义思潮有着时代的鲜明特征，作为一种世俗概念，已经超出了心学与佛学在发展过程中严格规定的定义，一方面，这种思潮的宗旨是一种精神上的彻底解放，而情感论只取其解放的形式，并驱使其进入自觉过程中，从而让思想和个性解放的意义具有普遍性，而当这种意义渗透入文字表述之中，就使文学文本如诗文戏曲的容载增添了更丰富以及不同以往任何时代的含义。另一方面，这种思潮自然要与统治者的主流宗旨发生冲突，因此这种主情主义也就表现为复杂多样，同时要根据社会的主流宗旨来做出不断地调整，改造自身的固有特性，带着明代社会的自身特征，以便使自己在社会主流宗旨的笼罩之下求得自身的发展。

第二节　明代道教文学思想与“性灵”说

明代道教文学思想中，继张宇初的“主情”说而来的，是著名道教隐仙派代表人物张三丰提出的“灵性”说，这个关于诗歌创作的文学思想一方面是道家道教哲学之顺物之性、顺乎自然的本体论哲学及其生命理论在文学思想领域的延展；另一方面，以张三丰在明代活动的历史时段主要在明代初期即洪武永乐时期来看，他的诗歌“灵性”说理论是中晚明嘉靖至万历年间名噪一时的三袁“性灵”文学思想的早期铺垫和前奏。一般来说，学界在探讨明万历公安三袁以及竟陵派的性灵文学理论及创作的影响因子、渊源来头时，大多归之于王阳明心学及佛学对其产生的影响，事实上，张三丰的“灵性”说诗论在内涵、造语及文化传承上，都可以找到性灵派文学的影子，只是没有被学界去发现而引起关注罢了。

一　张三丰的“灵性”说与其道教哲学之关系

张三丰“灵性”说诗论的话语阐述如下：

> 张子曰：《书》曰：“诗言志。”注曰：“在心为志，发言为诗。”是知志也者，乃人心中之灵性；诗也者，特灵性之流露也。神仙七返九还，炼此虚灵妙性，以成万古不死之谷神，见于日月光气之外则有象，隐于日月光气之中则无形。神之所至，发为诗歌。诗不同，灵性有各异也。吾尝与诸仙往来旷野，出没烟霞，每见群真妙句，辄心记而笔存之，以入于《水石闲谈》之类。

解读张三丰关于诗歌产生及其为何物者的“灵性”说内涵，有如下四个方面的意义：第一，对传统儒学的“诗言志”观进行非伦理，非义理的颠覆，舍弃儒家言志论中政治教化、道德规范的指向，而直指人的自然本性、自然心灵的所在。第二，“诗也者，特灵性之流露也”，这里的“灵性”显系诗作者内在的心灵情感、精神气质、性情修养、才气个性、神采骨骼等等内敛的灵魂之类东西。第三，这些潜藏或内隐于人体之内的灵魂气质，一方面具有与生俱来的天赋成分，另一方面，又像九转金丹一样，也是可以锤炼成此“虚灵妙性”的，这“虚灵妙性”亦可显亦可隐，可以有象，亦可无形，自由隐显，活脱飞动。第四，“灵性”一经被定义理解，灵性的全部内容都凝聚浓缩成“神”的形态，则诗歌可以由神发而形成，换言之，神灵的萌动，神采的飞动，神明的飞动，一变而成诗，再变而成文，三变而可成其他艺术。而由此变来的诗者、文者、他艺者，则无不真而动人。

张三丰的“灵性”说诗歌思想，正是他的道教哲学、宗教哲学尤其是宗教修持的内丹理论在文艺界的反映。由诗乃灵性之流露亦即诗之成正是创作主体尽其性灵、性情、神性、灵府、神灵而成者，由此我们反观他的道教修持主体只要能尽其性则内丹成的修炼理论，两者之间的相融相通就一目了然。张三丰在《大道论》中云：

> “一阴一阳之谓道”，修道者，修此阴阳之道也。一阴一阳，一性一命而已矣。《中庸》云：“修道之谓教”。三教圣人，皆本此道以立其教也。此道原于性、本于命。命犹“令”也，天以命而赐人以令也；性即“理”也，人以性而由天之理也。夫欲由其理，则外尽伦常者其理，内尽慎独者其理。忠孝友恭，衷乎内也，然著其光辉，则在外也；喜怒哀乐，见于外也，然守其未发，则在内也。明朗朗天，活泼泼地，尽其性而内丹成矣。夫欲全其令，则殷勤顾之者此令，依法用之者此令。存心养性，此顾命之勤劳也；集义生气，此用令之法度也。炼气化神，炼神还天，复其性，兼复其命，而外丹就矣。吾愿后之人修此正道，故直言之。①

① 陈全林点校《张三丰全集》，第 24 页。

“尽其性而内丹成”，这里的“性”除了一些天性、天理的自然性之外，更多的是人未发之时的“喜怒哀乐”之性情与内在的神气、精神，操持修炼者顺着这些“性”去实践，那么使性命长存的道教内丹法就能实行而且行之有效。内丹说是如此，外丹呢？张三丰也强调“复其性”“兼复其命”，如何复？则在于“炼气化神”，“炼神还天”，这神，是指人内在的气质、神灵、灵性；这天，就是自然而然的那个本始、本源、天然，如果炼养者的内在神气到一种自然本体的状态，即庄子说的“以天合天”，则外丹就矣，性命长存也就指日可待，大功告成了。

正因为“性”是成就内丹与外丹功法的不二法门，所以张三丰尤其强调炼性、修心、存心等一系列的“炼己”功夫。他在《道情歌》中云：

> 未炼还丹先炼性，未修大药且修心。心修自然丹信至，性情自然药材生。①

“性”，指修炼主体内心的心性智慧，与情感、灵机是异词同意，异称同指的。而“心”，无疑是指心灵内在的神气、心态、心理。综合观之，心与性是指修炼主体应该达到的一种灵性涵养，悟性天赋，只有将它们修炼到清彻、灵明、空虚、真空之境，才能实现长生不死、性命永恒的宗教理想。在《玄机直讲》中，张三丰亦云：“大道以修心炼性为首。性在心内，心包性外，是性为定理之主人，心为栖性之庐舍。修心者存心也；炼性者养性也。存心者坚固城郭，不使房屋倒塌，即筑基也；养性者浇培鄞鄂，务使内药成全，即炼己也。”②这是说“炼己”的功夫在于收摄心意，扫除杂念，万念俱消，最后使心灵中的神明、元神独照，灵性发用，神灵涌动，即刻升华到清净神仙之境，全身丹力发作，自由自在，沁人心脾，灵府澄彻，修炼主体大彻大悟地进入高尚超脱之地。

① 陈全林点校《张三丰全集》，第83页。

② 同上，第25页。

二　明代“性灵”说的历史渊源

作为文学思想上的“性灵”观念，远在六朝时期就已经被作家和理论家们建构了，发展到明清时期开始形成完整系统的理论表述，这个过程可以划分为两个阶段：六朝唐宋和明清。从意义差别，理论内涵上讲，这两个时期的“性灵”思想还是有差别的，或者是不尽相同的。在此我们可以作一下简单梳理。

六朝唐宋的“性灵”含义。这个时期文学观念或文学思想上的“性灵”概念，多指作家的心灵以及由此而产生的作家的思想、情感、气质、意绪等。我们按时间轴来略作梳理。

六朝时期文献中出现“性灵”一词或概念的载录主要在一些诗人、作家或理论家的话语中，如刘勰、张融、谢灵运、颜之推、庾信等。在文学理论话语中，最早讲到“性灵”的是齐梁间的刘勰。其《文心雕龙·原道》云：“文之为德也大矣，与天地并生者何哉？夫玄黄色杂，方圆体分，日月叠璧，以垂丽天之象；山川焕绮，以铺理地之形：此盖道之文也。仰观吐曜，俯察含章；高卑定位，故两仪既生矣。惟人参之，性灵所钟，是谓三才。为五行之秀，实天地之心。”刘勰在这里讲的“性灵”，是指构成宇宙三才（天、地、人）之一的“人”的元素，即指的人心，亦谓人是由心灵构成的有思维、有灵魂的才质，而这心灵又是天地间的灵气凝聚而成的，故刘勰又说：“（人）为五行之秀，实天地之心，心生而言立，言立而文明，自然之道也。”也就是说，有了人，有了人的心，就有了人之文，即人文，正好与天文、地理并立而为三。那么，“人文”也就是“心之文”，自然也就是“性灵之文”了。因此，刘勰的“性灵之文”，既是最早提到性灵文学的理论家，又把“性灵之文”的特质与内涵定义为人的内心世界流露之表现，从逻辑与概念的本质上讲，这与明代“性灵”说所持之主张有相同之处，或者说，明代“性灵”说的理论渊源在刘勰的文学理论里已初具形态。

据梁僧祐《弘明集》所收张融《答周颙书》云：“夫性灵之为性，能知者也；道德之为道，可知者也。”张融在这里讲的“性灵”，是指人的心所承担的某种性能、使命，即能够感知外在的事物，这种感知就是心的特征或性能，故可称之为“心性”，那么作为对文学的感知而言，就是性灵之文学。虽然张融所谈之性灵，本是从佛教对色界与外物的感认角度来考量或定义人的心性、性灵的，但我们同样可以类取借用到文学领域，因为两者的共同之点在于它们的活动都是人的心灵参与的意识活动。由此可知，文学之性灵与佛教之灵性有内在融通的渊源关系。

至于信佛至诚的谢灵运更是从佛学角度来认定性灵在接受佛理、感知物色中的重要作用，据僧祐《弘明集》所收何尚之《答宋文帝赞扬佛教事》所载谢灵运关于“性灵”的话语云：“六经典文，本在济俗为治耳；必求性灵真奥，岂得不以佛经为指南邪?”谢灵运对佛教经典崇尚有加，敬若神灵，因此非常重视佛经对于人类的救济之用，认为要探寻人类自身心灵之奥妙、真谛，非佛经不可。佛经与世俗的儒经只解决人的外在衣食住行问题大相径庭，前者决内，后者决外，其优劣差别，不言而喻，判然分明。谢灵运在这里阐释的到佛教经典中去“求性灵真奥”，其实是为了强调佛教的对于世界感知、认识的方式——内返式或返观式，意思说人类认知事物和宇宙自然，必须返观心灵，以人的性灵为依归，这其实就是老庄悟道、体认世界和宇宙的内观方式。谢灵运毕竟是一个文学家，一个性情中人、诗人，因此很自然地将佛教的这种返观内心的体认方式借用到对文学创作的认识中来，其在《归途赋序》中云：“事由于外，兴不由己，虽高才可推，求怀未惬。今量分告退，反身草泽，经途履运，用感其心。”谢灵运认为，文学创作主要是一种不由外境而兴起，而主要是由于人的内心返观之结果，是以人的一心之性灵为归宿和依靠的，亦即心的作用、性灵的作用起决定性，这与他阐释的佛教心性论的返观式是一致的，可见文学之性灵与佛家之性灵的一致关系。

北朝文章家颜之推也谈及“性灵”，但与谢灵运从佛教角度去认识不一样，他从儒家立场出发发表其对“性灵”之理解，并还指名道姓地批评过谢灵运。其《颜氏家训·文章》把天下文章分为二类，一是“原出于五经”的功用教化之文章，一是比较单纯的抒写个人心理性情和审美特性的文章，即所谓“文人”之文。关于后者，他说：“至于陶冶性灵，从容讽谏，入其滋味，亦乐事也，行有余力，则可习之。然而自古文人，多陷轻薄：屈原露才扬己，显暴君过……谢灵运空疏乱纪……每尝思之，原其所积，文章之体，标举兴会，发引性灵，使人矜伐，故忽于持操，果于进取。”显然，这类文章主要是“陶冶性灵”之作，均源自心有所感，“标举兴会，发引性灵”，就是说作者的心灵与外界相接触碰撞，于是兴从中来，感而发作，吟诗成文，皆是抒情写意、审美怡性之使然。那么颜氏所讲的“性灵”，就是后来晚明性灵派所说的心灵、情感、性情之意了。

南朝宋诗歌思想家钟嵘也提出过“性灵”的概念。他在评阮籍的诗歌时说：“其源出于《小雅》，无雕虫之巧。而《咏怀》之作，可以陶性灵，发幽思。言在耳目之内，情寄八荒之表。”认为“性灵”是指人的心灵、情感、气质等与心理因素有关的东西，包括审美情绪、意气精神等。“性灵”作为心灵、情感的含义，由南入北的庾信也有同样的表达，其《拟咏怀》诗第十九云：“愦愦天公晓，精神殊乏少。一郡催曙鸡。数处惊眠鸟。其觉乃于于，其忧惟悄悄。张仪称行薄，管仲称器小。天下有情人，居然性灵夭。”此诗末两句意谓天下有情人因种种原因而不能情投意合，情感、心愿遭受摧残而夭折丧亡。

唐宋时期关于“性灵”的认知，一方面继承六朝“性灵”的基本内涵，另一方面又特别重视心与情的融通，强调情感的独特性抒写，向“个性”的内涵发展的态势愈益明显。如晚唐李商隐在《献相国京兆公启》云：“人禀五行之秀，备七情之动，必有咏叹，以通性灵。”这是说人的感情借歌咏来表达，反过来，通过歌咏所要表达的就是包含在人的心灵深处的情感，显然，心与情是相通相契的。南宋著名诗人杨万里坚决反对江西诗派的剽窃古人，模仿老杜，而主张诗歌写灵趣、意趣，故清代袁枚在《随园诗话》里盛赞杨万里“风趣专写性灵”，意谓杨万里主张写性灵就是把诗歌写得有趣，这个趣无疑是指诗人的独特之兴趣、爱好，也就是体现诗人个性化的东西，即为这个诗人所独有的，比如杨万里自己的诗，就是写幽默、诙谐、活趣、意趣等内涵和风格。

“性灵说”发展到明代，在“三袁”的性灵说系统形成之前，亦有几个重要人物为他们正式在世上全面公开亮出性灵理论作了基础性铺垫，他们就是徐渭、屠隆、王世懋、焦竑。对此，黄卓越先生指出：“由整个晚明思潮的仔细勘察可知，‘性灵’并非袁宏道文艺思想的主要标识，更非由其独创，也非由其致力阐释而得以流行于世的概念。在此之前，大规模使用于各个角度，举其要意的是屠隆，并由此而对袁宏道等形成了一定影响。”①如屠隆在《文论》中云：“诗三百篇，多出于忠臣孝子之什，及闾阎匹夫匹妇童子之歌谣，大意主吟咏，抒性情，以风也，固非傅综诠次以为篇章者也。”此处所云性情，与“性灵”之意是相通的。又如屠隆在《与友人论诗文》中批评时人对唐诗的轻薄云：“唐人都不能随事触景，创出胸臆，或博汇古今奇文奥义，多所铺陈，而徒以天地山川风云草木数字，递相祖述，稍变换而为之，盖千篇一什也，而且自谓能抒发性灵，长于兴趣，安在其为诗?”这里所讲“性灵”“兴趣”与唐宋以前所云“性灵”之意基本是相通的，情感的成分比较明显，但更多的恐怕是逼近杨万里的意趣说而离三袁性灵派的直抒胸臆不远了。故同篇又说：“诗者非他，人声韵而成诗，以吟咏写性情者也。”“性情”即“性灵”的同一语。“性灵”或“性情”，屠隆有时亦用“机杼”取代，同指人心或心灵，如其在《沈嘉则先生诗选序》中云：“五言古诗亦出自机杼，而富才劲力，自令鲍、谢却走。”对五言古诗极力嘉评，与钟嵘所谓五言乃诗之有味者同调。诗缘何而生？即诗的产生起源问题，屠隆曾直言不讳地指出诗歌是因为人的情感而生的，大胆地提出诗歌来源于人性人情的观点，解决了诗的起源问题。他在《唐诗品汇选释断序》中云：“夫诗由性情生者也。诗自《三百篇》而降，作者多矣，乃世人往往好称唐人，何也？则其所托与者深也，谓其犹有风人之遗也。非独其有风人之遗也，则其生乎性情者也。夫性情有悲有喜，要之乎可喜矣。”在屠龙看来，诗歌产生于人们心灵深处各种各样的喜怒哀乐之

---

① 黄卓越《佛教与晚明文学思潮》，第 133 页，东方出版社 1997 年版。

情，喜怒哀乐，又皆是率性而发，且真实客观，诚恳炽烈。这基本上与袁宏道的抒性灵、写真情的理论相通一致了。

晚明三袁和钟惺、谭元春的“性灵”说除了直接继承文学自身的前期历史积淀，老庄道家道教、佛教以及明代心学等关于“性灵”意义的相关阐释和内涵，对他们创建“性灵说”理论也有重大影响。

从道家道教来说，主张重真情、崇个性、尚自然的文学观点，其滥觞或萌芽是来自老庄之思想。老子说“言善信”，倡言诚信真实之语。又云“敦兮其若朴”，敦厚真纯才是善者。又云“见素抱朴”，朴素真实之人才是“真人”。又云：“人法地，地法天，天法道，道法自然。”“自然”才是最高境界，庄子则反复提倡“真”，其含义包括真实、纯朴、自然、自由、个性化等词义。其《庄子·渔父》：“真者，精诚之至也。不精不诚，不能动人。故强哭者虽悲不哀，强怒者虽严不威，强亲者虽笑不和。真悲无声而哀，真怒未发而威，真亲未笑而和。真在内者，神动于外，是所以贵真也。其用于人理也，事亲则慈孝，事君则忠贞，饮酒则欢乐，处丧则悲哀。忠贞以功为主，饮酒以乐为主，处丧以哀为主，事亲以适为主，功成之美，无一其迹矣。……礼者，世俗之所为也；真者，所以受于天也，自然不可易也，故圣人法天贵真，不拘于俗。愚者反此，不能法天而恤于人，不知贵真，禄禄而受变于俗，故不足。”庄子强调自然状态、天然状态下之真，是一种完全与世俗虚伪的礼教相对立的人间真态，这与老子说的赤子、婴儿状态的品格是一致的，故道家强调的“贵真”思想，虽然对“情”的偏向成分较少，但从三袁“性灵说”理论的“真实”一面来检讨，则道家之“真”早已为其滥觞，则是不争的事实了。至于吸收老庄道家思想而建立起来的道教，业内许多文学家、思想家如明代的张宇初、张三丰提倡的写真情、灵性流露等诗歌思想，无疑也成了晚明“性灵说”的理论所关注和继承的部分，这在逻辑关系上当然是合理的。

佛教从南朝隋唐以来发展而产生了中国本土化的禅宗，其重要的教义是主张佛性存在于人的自然本体之中，这种思维方式继续向前发展，则走向张扬个体意识的一途，强调“识心见性”，即“自见本心，自见本性”，“为本心”，自心所成，成佛性就是自性所作，即慧能说的“佛是自性作，莫向身外求”，这种佛性自成的功夫主张本体和主体统一为一体，达到个性自足的高度境界。佛教禅宗的这种“识心见性”的体认思想影响袁宏道之所及，则是袁氏赋予他提倡的“性灵”以禅宗心性论的修禅主体之特征，即他说的“独谬谓古人诗文，各出己见，决不肯从人脚跟，以故宁今，不肯拾人一字。”①因此，袁宏道最终提出了“独抒性灵”的理论。

继唐慧能的“自性”说而来的是菏泽神会的“灵知”说。所谓“灵知”，是指心灵本体对于万象的自然明觉状态，这种状态也称作“慧”，直通心灵奥府的，具有智性聪慧的内涵，或者说就是智慧聪明之体现，故菏泽派弟子宗密将其师神会提出的这种“知”概称为“灵知”，其含义包括诸如“灵性”“灵心”“灵明”“灵觉”等元素。慧能的“灵知”说被唐代一些高僧化用于诗歌之中，提出了一些“性灵”观念，如诗僧贯休有诗云：“敢信文章有性灵”，此“性灵”显然与“灵知”“灵性”“灵明”之意相通，值得一提的是张三丰作为道士隐仙也主张诗歌乃“灵性”之流露。又如唐代另一位诗僧齐己也说：“远忆诸峰顶，曾栖此性灵。月华澄有象，诗思在无形。”“性灵”之能栖于峰顶，不为人之心灵、灵性而何？这种“灵性”是指人的心性、心灵的观点和看法，到宋代高僧契嵩那里，则公开地将其与儒家的“天命”划清界限，提出“性灵”是指人的灵性、智慧与气质等等概念，他说：“然郑氏者，岂能究乎性命之说耶？夫所谓天命之谓性者，天命则天地之数也，性则性灵也。盖谓人以天地之数而生，合之性灵者也。”综上所述可知，佛家之所谓“性灵”云云，实可谓通往袁氏“性灵”说的天桥。

明代心学是三袁“性灵”说理论的又一个重要渊薮。明代心学创始人王阳明创立的“良知”说，除了其借用当时的佛教禅学概念来阐释自己发明的许多概念外，其许多涉及“性灵”的思想对明代性灵说的文

① 袁宏道著，钱伯城笺校《袁宏道集笺校》，第781页，上海古籍出版社2008年版。

学理论是颇有启发的。王阳明说“心者身之主也，而心之虚灵明觉，即所谓本然之良知也”，显然，“良知”就是心之本体，而心是“虚灵明觉”的，这就是“性灵”。他又说“身之主为心，心之灵明是知”，心—灵明—性灵，三位一体，三者一也。他还说：“虚灵不昧，众理具而万事出。心外无理，心外无事。”虚灵即心灵，心灵即性灵，是主宰人的主体，是“良知”的原动力。王阳明弟子王畿继承和发挥了乃师的“良知”说，将“良知”称为“明觉”，“良知者，无所思，为自然之明觉。”意谓“良知”是一种原生态的自然，是与生俱来的心窍明悟，未到但必到的心灵开顿。有时王畿又称之为“灵明”，如云：“良知人人所同……一念灵明，便是入圣真种子，便是做人真面目。”“灵明”就是人心的真状态，即真人之必备者，做到了“真”，也就成了“圣人”，这种真人→圣人标准或路径，又正好与前述庄子所云“真人”“圣人”同义。有时王畿把“灵明”再度引发，于是又产生了“灵性”或“性灵”的含义，他说：“良知是性之灵，原是以万物为一体，明明德于天下原是一体，将此灵性发挥昭揭于天下，欲使物物皆在我。”“良知”“灵知”“灵明”“灵性”“性灵”“虚灵”等等这些心学理论上的概念被晚明“性灵”派借用到文学理论上，建立起主宰晚明文坛的文学理论。

三　晚明“性灵”说的理论内涵

中晚明创建“性灵”说文学理论的代表人物是湖北公安袁氏三兄弟，故“性灵派”又称公安派。公安三袁分别是长兄袁宗道（1560—1600），二弟袁宏道（1568—1610），三弟袁中道（1570—1626）。公安三袁都是李贽的学生，他们受心学（李贽受心学泰州学派影响最深）以及李贽“童心”说之影响深刻，在继承和弘扬上述儒、道、释以及传统文学理论关于“性灵”的种种阐释和多元内涵的基础上创立了明代最具市场、最反映时代特征的文学思想和理论学说——性灵说。这个理论具有以下四个方面的主要内容。

第一，提倡诗文创作必须表现作家或创作主体内心的真实情感，直接抒发作家的性灵，这种抒发性灵是人的主体本身的自然天性的流露，反对任何剽窃模仿，因袭抄沿。袁宏道说：

> 大都独抒性灵，不拘格套，非从自己胸臆流出不肯下笔。有时情与境会，顷刻千言，如水东注，令人夺魄。其间有佳处，亦有疵处，佳处自不必言，即疵处亦多本色独造语。然予则极喜其疵处；而所谓佳者，尚不能不以粉饰蹈袭为恨，以为未能尽脱近代文人气习故也。①

袁宏道此段文字是在给他的弟弟中道（字小修）诗作序中所说的话，原文《序小修诗》，其核心内容是赞扬三弟之诗全在一个“真”字，而这个“真”也正是袁宏道提出的“独抒性灵，不拘格套”的性灵说的基本内核，诗歌乃是从胸臆中自然流出的思想又与明初道教文学思想代表人物张三丰所提倡的“诗也者，特灵性之流露也”的原则完全一致。这种真情自然流露，其实就是任凭作者内心情绪自由挥写出来，故袁宏道称之为“任性而发”，不依准于某种范式和前人。这种“真”“任性”“胸臆流出”是他从业师李贽那里继承来的对于成规戒律的背叛，像李贽一样，袁宏道的文学思想是建立在不受宋明道学家的“天理”束缚，肯定“人欲”，主张思想解放、个性解放的叛逆思想基础上的，对此，宏道友人、湖广同乡文人江盈科赞许和引申宏道之“性灵说”云：“要以出自性灵者为真尔，流自性灵者，不期新而新；出自模拟者，力求脱旧而转得旧。由是以观诗，期于自性灵出耳，何必唐、何必初与盛之为沾沾也。”这既是江氏反对前后七子“文必秦汉”“诗必盛唐”的模拟守旧思想之表现，也为袁宏道代言诗必写性灵，反对模拟的理论主张。

第二，由于提倡性灵，所以公安派要求作家在诗文中表现个性、表现“趣”，因此，“趣”是“性灵”说理论的一个重要内容。所谓“趣”，就是指的一种审美感受和审美趣味，正像人们在生活中追求某种兴趣爱好一样，文学作品以追求审美上的“趣”作为目标，故袁宏道说：

---

① 袁宏道《袁中郎集》。

世上所难得者唯趣。趣如山上之色，水中之味，花中之光，女中之态，虽善说者不能下一语。唯会心者知之。今之人慕趣之名，求趣之似，于是有辨说书画、涉猎古董以为清；寄意玄虚，脱迹尘粉以为远；又其下则有如苏州之烧香煮茶者。此等皆趣之皮毛，何关神情。夫趣得之自然者深，得之学问者浅。当其为童子也，不知有趣，然无往而非趣也。面无端容，目无定睛；口喃喃而欲语，足跳跃而不定，人生之至乐，真无逾于此时者。孟子所谓不失赤子，老子所谓能婴儿，盖指此也。趣之正等正觉，最上乘也。山林之人，无拘无缚，得自在度日，故虽不求趣，而趣近之。愚不肖之近趣也，以无品也，品愈卑故所求愈下，或为酒肉，或为声伎，率心而行，无所忌惮，自以为绝望于世，故举世非笑之不顾也，此又一趣也。迨夫年渐长，官渐高，品渐大，有身如梏，有心如棘，毛孔骨节俱为闻见知识所缚，入理愈深，然其去趣愈远矣。（《叙陈正甫会心集》）①

袁宏道在这篇文章里所强调的文学书写之“趣”，是指类似于童子的天真无瑕的童趣，即孟子所说的“赤子之心”，老子所说的“能婴儿”，是一种发自内心自然而然的无虚假的真心，像山上之色，水中之味，花中之光，女中之态，是一种自然之趣。无疑，袁宏道是从文学艺术的审美旨趣上来要求文艺写什么，这个审美旨趣就是真性情、真性灵，是一种平淡、天真的自然美的追求，因此，这个“趣”，落实在审美风格上，就是一个“淡”，“淡”是文学的“真性灵”“真生命”，是一种最醇厚、最纯正的本色美、自然美，故宏道说：

苏子瞻酷嗜陶令诗，贵其淡而适也。凡物酿之得甘，炙之得苦，唯淡也不可造；不可造，是文之真性灵也。浓者不复薄，甘者不复辛，唯淡也无不可造；无不可造，是文之真变态也。风值水而

---

① 袁宏道《袁中郎集》。

漪生，日薄山而岚出，虽有顾、吴，不能设色也，淡之至也。元亮以之。东野、长江欲以人力取淡，刻露之极，遂成寒、瘦。香山之率也，玉局之放也，而一累于理，一累于学，故皆望岫焉而却，其才非不至也，非淡之本色也。①

第三，袁宏道提倡文学创作要追求“奇”的审美品格。他主张的“奇”，并不是那种刻意的标新立异，而是指符合于人之真性情、不模仿前人而极其自然者为“奇”。他说：“文章新奇，无定格式，只要发人所不能发，字法句法调法，一一从自己胸中流出，此真新奇也。”(《答李元善》)这里所主张的“新奇”，就在于它不师法陈规，不师法前人，而是以自然为师，凭心而发，这才是“新奇”的最高境界，这种境界又叫作以无法为法，故袁宏道说：

往与伯修过董玄宰。伯修曰：“近代画苑诸名家，如文征仲、唐伯虎、沈石田等，颇有古人笔意不？”玄宰曰：“近代高手，无一笔不肖古人者。夫无不肖，即无肖也，谓之无画可也。”余闻之悚然曰：“是见道语也！”故善画者，师物不师人；善学者，师心不师道；善为诗者，师森罗万象，不师先辈。法李唐者，岂谓其机格与字句哉？法其不为汉，不为魏，不为六朝之心而已，是真法者也。(《竹林集》)②

袁宏道此处所谓“师森罗万象”者，是指师法自然中包罗万象的形形色色的客观物象。他提出不师前人之成法，以千变万化的自然为法，也就是以无法为法，这就是袁氏所提倡的“新奇”。

第四，袁宏道认为文学是变化发展的，一个时代有一个时代之变，则一个时代之文学也有其变，因此，强调用“变”的观点看待文学，是袁氏文学理论的另一个重要内容。他说：“秦汉而学《六经》，岂复有秦汉之文？盛唐而学汉魏，岂复有盛唐之诗？惟夫代有升

①② 袁宏道《袁中郎集》。

降，而法不相沿，各极其变，各穷其趣，所以可贵，原不可以优劣论也。”(《叙小修诗》)在这里，袁宏道认为，时代在发展变化，文学也是随时代的发展变化而变化的，“各极其变”，先秦、汉魏、盛唐之文学都是时代发展使然，汉魏不因袭先秦，盛唐不因袭汉魏，所以才成就了“汉唐气象”。

那么，什么是“变”呢？袁宏道因此提出了继承和创新的文学观点，主张革新。他说：“文之不能不古而今，时使之也。妍媸之质，不逐目而逐时，是故草木之无情也，而鞓红鹤翎，不能不改观于左紫溪绯。唯识时之士为能堤其溃而通其所必变。夫古有古之时，今有今之时，袭古人语言之迹而冒以为古，是处严冬而袭夏之葛者也。《骚》之不袭《雅》也，《雅》之体穷于怨，不《骚》不足以寄也。后人有拟而为之者，终不肖也，何也？彼直求《骚》于《骚》之中也。至苏、李述别及《十九》等篇，骚之音节体制皆变矣，然不谓之真《骚》不可也。”①

在这段文字里，袁宏道阐述了一个很有价值的文学思想：只有革新才能真正有所继承。真正的继承，不是模仿，而应当是新的创造与发展。“时”的变化，必然要引起“物”的变化，这是一个不可抗拒的自然规律，因此，作家或诗人要有“通变”的观念，而不能抄袭传统。《骚》对《雅》而言，苏、李诗及《古诗十九首》对《骚》而言，都是在创新上的继承，而不是机械地模仿。

袁宏道关于“变”的文学思想，还有另一个方面的内容，即“法因于敝而成于过”，这是说任何事物的一种倾向发展到后来，必然会走向自己的反面，而为另一种矫正此种流弊的新倾向所代替。事物都有两面性，其优点往往掩盖其弱点，优点和弱点又互为依存，优点发展到极点，就会产生弊端，于是必然发生变化，这种“变”，是事物发展的必然结果，是符合事物发展的内在规律性的，文学的发展也是如此，故袁宏道说：

---

① 袁宏道《袁中郎集》。

> 矫六朝骈俪饤饾之习者，以流丽胜，饤饾者，固流丽之因也。然其过在轻纤。盛唐诸人以阔大矫之；已阔矣，又因阔而生莽，是故续盛唐者，以情实矫之；已实矣，又因实而生俚，是故续中唐者，以奇僻矫之；然奇则其境必狭，而僻则务为不根以相胜，故诗之道，至晚唐而益小。①

六朝至唐代各阶段（四分法）的文学就是在矫弊革新的发展流变之中显示出各自的特色，这是时代在变使然。

以公安派中三袁之袁宏道为代表的“性灵”说，其核心的思想内容是提倡抒写性灵，表现内心真情，反对模拟剽窃和亦步亦趋地蹈袭古人，理论界都将袁宏道之核心语句“独抒性灵，不拘格套”作为“性灵”说的标志性特征和概括性内容，从我们分析的上述四个方面看，又可用“真”“趣”“奇”“变”四个字来精准表示。

三袁中的三弟袁中道的“性灵”思想与乃兄宏道在本质上是一致的，即使他留存在其文集中的相关话语，充其量是对宏道思想的一些补充，如云“以真人而为真文”，“学其（指二兄宏道——引者注）发抒性灵，而力塞后来俚易之习”云云。

继公安三袁的性灵说理论之后，湖北竟陵人钟惺、谭元春承性灵说余风，以“幽深孤峭”“矫公安之俚俗”，亦可视为性灵派思想之余波。如谭元春所说的“真诗”“真有性灵之言”等等，虽然不及三袁之全面而中要害，但亦有其可取之处，尽管他们两人多为后世所诟病，这主要是由于他们创作上的狭隘僻涩，故成为“性灵”之末流了。

四　张三丰诗歌中所涉“性灵”之内涵元素

在张三丰的诗歌中，处处可见其诗歌主张的流露，关于“性灵”或“灵性”之意的词汇表述形式多样，丰富多彩。主要有“灵光”“真趣”“淡淡”“灵台”“淡”“性天”（与“天性”相当）、“真灵”“本性”等等，总的

---

① 袁宏道《袁中郎集》。

来说，这些词语一致的含义是心灵情感以及创作主体的精神层面，下面以其所在诗歌为例一一分析之。

“灵光”之例，见《真机诗共十七首》其三：

> 口诀还须口口传，又因口诀路通玄。能知火发灵光透，献出青龙惹妙铅。①

“灵光”指心灵、心脏之灵府，本诗讲道教仙学中的炼丹术，炼到一定火候即心灵透悟之际，则丹道成矣。作诗也一样，诗的发作，是由心灵发出的情感表现，诗歌达到了心灵流露、真情实感喷发而出的时候，这诗也就是上乘好诗了。

“真趣”之例，亦见《真机诗共十七首》其一：

> 贴胸交股动渠心。辅冀勾肩真气临。此是鼓琴真妙诀，不须徽指发清音。②

关于此诗，陈全林先生注解真妙，其注云：“龙鼓虎琴，贴胸交股，惹他心情；辅翼勾肩，乐他真趣。心情发，则清音至；兴趣乐，则妙理来。所谓‘无弦琴，到底清音来自中’，但得琴中趣，何劳弦上音。敲竹以舞我之物，鼓琴以惹彼之物，既舞我物，又惹彼物，清音自然发动，故曰‘清音未至当敲竹，敲竹相通好鼓琴。’”③以鼓与琴的演奏来说，通彼此之心情，撩拨物我之兴趣，才能产生共鸣，才能奏出美妙婉转之清音。写诗作文亦是如此，只有发自创作者内心的真情实感、只有将自然界、人生中最有趣者、也最能引发读者之兴趣、真趣者表达出来，其诗与文才永恒长久，生命永驻，永垂青史。显然，这“真趣”与袁宏道性灵说中提倡的“趣”，无论是爱好嗜求上，还是审美旨趣上完全一致，从历史的历时性看，张三丰的“真趣”说对袁宏道的“趣”论是有启发性和影响力的。

---

①②③ 陈全林点校《张三丰全集》，第190页。

“真趣”又见于《天目闲居歌》，诗云：

临安秀气钟天目，晨朝自放白云出。石池高注两峰头，波光圆净如日月。道家三十四洞天，琼册琅函万古传。结庐小住山之顶，青鸾白鹿共周旋。闲来便到杭州去，笑傲湖山得真趣。化作游仙倚杖行，三生石上谁相遇。梅花屿，杨柳堤，琼笙画舫自东西。道人长啸归山去，回观世上烟迷迷。①

诗人所指的“真趣”，是自然山水的胜景佳处所引发人们的审美情趣，既是自然本身的美好景色（外）和深厚含蕴（内），也是审美主体内在的兴致、好奇、追寻和快慰，这恰好是公安三袁之性灵理论中“趣”的内涵之特质所在，正因为如此，三袁之诗文才多写自然山水本色之美，丰富之趣，一如张三丰此诗写天目山的秀美灵性一样。

“淡淡”一例见于《还蜀吟》，该诗云：

六合是我家，二曜为我烛。我虽辽东人，游蜀似还蜀。淡淡巫山云，弯弯峨眉月。鲜鲜锦江波，熙熙巴子国。到处阐玄风，颠狂自怡悦。鸾驭止何方？又到青城宿。②

又“淡”一例见于《自题画像》，其云：

风日清于酒，水云淡若诗。乾坤壶里坐，这个老仙师。③

物质形态的日常生活和精神层面的审美生活中都包含着丰富多彩的“趣”，公安派的性灵说则力倡“趣”中之淡者，认为“淡”是文学创作的“真性灵”在艺术风貌和审美特征上的表现，“淡”是一种本色美、自然美，生活以淡为美，文学艺术以淡为美。观察上面张三丰的两首涉及“淡”的诗作，前者写自然山水之“淡”美，后者写文艺作品追求“淡”之美，或曰文艺之“淡”美，从立意构思上讲，张氏对“淡”的元素之认识与

① 陈全林点校《张三丰全集》，第 214 页。
② 同上，第 216 页。
③ 同上，第 234 页。

公安派性灵说对于“淡”的理解和层面把握有直接的且惊人的相似之处，或许其间有某种思维方式的潜在通感之作用吧。

“灵台”一例，见于《大峨遇梦九观察口占赠之》，其云：

> 上界神仙吏，人间大隐来。为民祈雨降，何日御风回？石向蓬山卧，桃曾阆苑栽。功成归去好，早早炼灵台。①

“灵台”本有两意，此诗中之“灵台”，两意兼得。一者为道教人士炼气炼功之所，一者为心灵、灵府，是道教炼修性命的关键部位，只有炼得心灵与道相通，与神仙对接，才能达到生命的最佳境界。炼仙功是如此，炼诗文创作的笔功何尝不如此？只有将创作主体的心灵与自然、社会、人类生活的万象物类接通起来，心与物游，或“神与物游”，才能创建、建构出好的广为传播、历久弥新、经久不衰的文艺。

“性天”一例，见于《赠李圆阳》，该诗云：

> 万无解印还家后，再有贪凡下界时。只把性天朝暮养，休将心地鬼神知。乾坤浩荡琴三弄，气息调和笛一枝。欲向阴阳修出世，须从阴阳外修之。②

这里“性天”与“心地”对举，包含的意义有心灵或灵府、性情、精神气质等等，养心养性养气养神，正是道教内丹的修炼范围。文学创作也包括养心养德，心地宽广，心胸开阔，良心善美，道德高尚者，其所抒发之情才为真、为实、为善、为美，因此，自先儒孔子以降至韩柳欧苏程朱周张均重视作家心灵与道德修养的重要性。而在道教业内，历代高功高道，均是德高望重者，即如明代张宇初、张三丰而言，皆是道德与文艺双馨之士。

“真灵”一例见于《示隐士二绝》其一：

> 久识团阳是隐星，峨眉山下养真灵。闲邀野士谈丹诀，夜月

① 陈全林点校《张三丰全集》，第 225 页。
② 同上，第 246 页。

寒烟户不扃。①

“真灵”之所养者，养心之谓也。道教修持所养功夫，养心养气，心气平和顺畅，则体内饱满自足，成为神仙指日可待。但养心气需要幽静明澈的自然环境，故道教徒在神州大地上发现了其所称为的三十六洞天、七十二福地，如此诗所云峨眉山即为道教第七洞天，炼功养心之胜地。修持上的养“真灵”又与文学上的养心养气养德自然是相通的，著名文学理论家刘勰在《文心雕龙》里专立《养气篇》来强调作家养心养气的重要性，他说：“吐纳文艺，务在节宣，清和其心，调畅其气，烦而即舍，勿使壅滞。意得则舒怀以命笔，理伏则投笔以卷怀。”清新调气，是文艺家必备的心理准备，所以性灵说提倡的“真”，自然也包含对于这个发真之源的心灵、灵府的健康上的强调和重视，像张三丰所强调的需“养真灵”一样，一颗健康善良的心灵才是好作品建构的前提。

“本性”一例见于《示朱生李生》，诗云：

二子将稀古，抽身远市喧。澄心宜寡欲，养气戒多言。阆水辞千里，佳山住一番。从今寻本性，自此脱尘樊。②

“澄心”“养气”，正是道教修持的重要内容和功课，与前一首所云“养真灵”是一个意思。而这个心气和真灵，正是人的本性所在，那么本性之谓者为何？很明显，“本性”在此处就是孟子所说的“赤子之心”，老子所说的“能婴儿”，这正是公安派性灵说所讲的“独抒性灵”之性灵，或叫作明灵、虚灵、良知（心学家术语）、灵觉（佛教之术语）等等，也就是李贽所说的“童子之心”即“童心”。张三丰在这里说寻“本性”，是谓去寻找和发现人的最原始的心灵状态、情感状态，也就是老庄所说的“复归于朴”——回到和探寻发现最古朴的心灵，它没有受任何外界的污染，是赤条条的干净清洁的本色，故云：“从今寻

① 陈全林点校《张三丰全集》，第252页。

② 同上，第257页。

本色，自此脱尘樊。”在这里，也隐含着张三丰的一些人生懊悔，几十年走过的风雨人生，其中也有被玷污过的时候，原本纯洁的心灵也曾被世俗的名利权位污染过，如今大彻大悟，决定弃暗投明，找回那颗原始的朴实的洁白无瑕的心，找回那天真、充满无邪童趣的本心，这颗本心只有热爱自然、热爱个性自由的份，正如陶潜所说的“性本爱丘山”，这“性”，就是童子之心，赤子之心，婴儿之心，未受任何污染的本色之心。

综观上述张三丰对“性灵”一词之内涵转换的诸多词语形态，我们发现内隐其中的一个共同原始义项则是“真”，当人们把这个“真”发挥到修道操持、文艺创作上来的时候，他就能成为“真人”、文学家和艺术家。但却有许多人还达不到这个成名成家的目标，何也？所悟真有别也，是故关键又在于“悟真”，对此，张三丰写有专文《“悟真”字解》来帮助人们怎样“悟真”，最后功成果满，修炼成功，其文曰：

> 噫！真何由悟哉？世人皆欲悟真，而悟之不真，非悟也，真之不悟，非真也。今即字义解明之。
>
> 悟者，觉也，求也；真者，实也，正也，夫人知之也。岂知“悟真”二字，书义亦深乎？悟从“吾”、“心”，先当以修心为本。太上云：“吾从无量劫来，观心得道”是也。真者何也？《六书》云：“人受气以生，目最先，神之所聚无非实也。”故从“目”从“匕”。匕者，化也。又从“丌”，丌者，气之形也。可知欲炼道者，须先炼目，炼目乃能聚气，炼目并可收心，所谓“机在目”者是也。识得此机，便知真机；识得此机，便知息机；识得此机，便入妙机。悟如是，真如是也，请以告天下之悟真者。①

悟得真者，修心为本，心是万事万物之本根，这心无疑是那纯真之心、赤子之心、童心、婴儿之心。张三丰道教的真心，张三丰文艺的灵性，直与明代三袁为代表的性灵说之文学理论、文学思想相融相通，当我

① 陈全林点校《张三丰全集》，第 277 页。

们在探讨性灵说之起源或缘起时，不应只将眼光放在文学自身、明代心学、明代佛学等源头上，也应放在明代张三丰，包括张宇初为代表的道教、道教文学思想上，这才是全面细致地解读性灵说成因的应有态度。

下篇　清代道教文学思想

本篇研究的清代道教文学思想，起讫为1644年—1840年，即清世祖顺治元年至宣宗道光二十年之间近两百年的道教文学思想。

中国道教是从明代后期开始走向衰落，尤其在上述近两百年的时间里，其衰落趋势无力回天。这种衰落主要表现为：

第一，最高统治者对道教严厉抑制，持批判否定的态度。我们以顺治、康熙、雍正、乾隆为例略作说明。顺治帝对道教不感兴趣，主张严查摒弃。据《清朝续文献通考》载："顺治三年(1646)，江西巡抚李翔凤进正一真人符四十幅，帝谕曰：致福之道，惟在敬天勤民，安所此事？朝廷一用，天下必致效尤，其置之。"①顺治根本不相信道教符幅，下令凉置一边，不予理睬，可见其抵触、压抑道教的态度。根据《世祖实录》载顺治六年(1649)诏曰："凡僧道巫瞽之流，止宜礼神推命，不许妄行法术，蛊惑愚众。如有违犯，治以重罪。著礼部严行稽察。"②顺治的态度更强硬了，对道教活动的禁令更严，而对违法犯乱者更是严惩不贷。康熙登位后，对道教亦持批判之态，主张严加管束。据《圣祖御制文·七询》载康熙阐述道教的作用时云："道法自然，为天地根，老氏之学，能养其真。流而成弊，刑名放荡，长生久视，语益惝恍。况神仙之杳渺，气历劫而难聚，纵白日兮飞升，与世道兮奚补？慨秦汉之往事，求方药而何愚！用清静而获效，宁化美于皇初。养身寿人，儒者有道，保合太和，何取黄老？"③康熙不但认为神仙道教无补于世，而且痛斥其愚劣放荡。康熙二十二年下诏对道教严加防范："一切僧道，原不可过于优崇，若一时优崇，日后渐加纵肆，或别致妄为，尔等识之。"④康熙二十六年(1687)又下诏明令禁止道教："至于僧道邪教，素悖礼法，其惑世诬民尤甚。愚人遇方术之士，闻其荒诞之言，辄以为有道，敬之

①《清朝续文献通考》，第1册第8493页，商务印书馆1936年版。

②《清实录》，第3册第357页，中华书局1985年版。

③《四库全书》，第495册第27页，台湾"商务印书馆"1986年版。

④《清实录》，第5册第132页，中华书局1985年版。

如神，殊堪嗤笑，俱宜严行禁止。”①雍正一朝，对待道教的态度比较温和，但到了乾隆时期，对道教则更进一步予以限制。如：“（乾隆）四年（1739），议奏：嗣后真人差委法员往各省开坛传度，一概永行禁止。如有法员潜往各省选道士、受箓者，一经发觉，将法员治罪，该真人一并处议。”②又如，据《清史稿》载：“（乾隆）五年（1740），正一真人诣京祝万寿，鸿胪寺卿疏言：‘道流卑贱，不宜滥厕朝班。’于是停朝觐筵宴例。”③关于正一真人的品秩，乾隆朝曾对其几次贬降，如乾隆十二年，其品秩由二品降为五品，又废除朝廷原来由道士充任太常寺乐官的制度。凡此种种，都表现了乾隆对道教的态度。到了嘉庆、道光时期，皇帝继续贬损道教，如对正一真人，沿袭乾隆的政策，继续贬降，据《癸巳存稿》卷一三《张天师旧事》云：“嘉庆九年（1804），换给三品印，二十四年（1819），仍定为五品。道光（1821—1850）初，停朝觐。”④有清一朝，自顺治至道光中叶历190余年，统治者对待道教是抑制多于支持，贬降多于安抚，且愈来愈严重，道教处境愈来愈艰难，不可避免衰落，这一点，连康熙帝都感慨“彼教已式微矣”⑤，且亲自作诗以述曰：“颓波日下岂能回，二氏于今日可哀。何必辟邪犹泥古，留资画景与诗材。”⑥道教如江河日下，大势已去，只可作为写诗画画的素材了。

第二，道教理论教义发展停滞。中国道教发展至南宋金元，通过许多新的道教流派的创立和对旧道派的改革，其教理教义得到了很大的阐释、发挥、弘扬，达到了一个新水平。进入明代以后，随着封建专制的加强，也随着封建社会的渐趋没落，道教也逐渐失去了改革创新的活力，教理教义自明代中后期开始停滞不前。到了清代如上述近200年内，更是相形见绌，很少创造出有一定理论深度的道书和思想

①《清实录》，第5册第385页，中华书局1985年版。

②《清朝续文献通考》，第1册第8494页，商务印书馆1936年版。

③《清史稿》，第12册第3332页，中华书局1977年版。

④《丛书集成初编》，第364册第380页，中华书局1985年版。

⑤⑥ 均见于《清朝野史大观》第5册第127—128页，上海书店1981年版。

家，大量充斥的是内丹书，其理论教义毫无新意与突破，一个没有创新理论的宗教，其生存发展是很难维持的。

第三，教团势力日渐衰弱。元代是中国道教的鼎盛期，全真教派、正一教派两大教团如日中天。明代开始沉寂，清初至中叶则衰落不振。这两个大派的支派，前者如龙门派，后者如龙虎、茅山、清微、神霄、净明、武当等派大都今不如昔，宫观也日趋破败，道众也日益减少，衰落现象，日渐显著。

第四，社会影响力减弱。道教理论的停滞不前，创新阙如，教团的缩小，道教对社会的影响力大为减弱，加上统治者的严格控制和贬抑，更削弱了道教在社会各阶层、各地方的影响力，其不衰落何以服人？

在清代道教如此颓废衰败的背景下，其道教文学思想的情景又如何呢？中国道教文学思想发展的历史表明，她的兴衰成败无疑决定于两个因素，一是中国道教的兴衰，一是中国道教文学的兴衰，而后者又决定于前者。梳理清代道教文学思想发展的历史真实，这两个因素在清代的衰落，也决定了此时的道教文学思想已经是日薄西山，逐渐走向消失并退出历史舞台了，其表现特点是：

第一，清代道教文学创作几无成果。不像金元道教文学那样，有全真七子等人将道教文学创作推向了黄金顶峰，也不像明代道教文学那样，有张宇初，张三丰等擅长吟诗写文的高道真人。清代道教文学几乎是一块空白。明《正统道藏》和《续道藏》编纂印行以后的道教典籍与文献，均被编入《藏外道书》中。查《藏外道书》发现，具有一定文学性或一定道教文学思想的书籍可谓寥寥无几，所录文集或有文学性可言者主要有：刘一明《会心集》《会心内集》《会心外集》，闵一得的《玄谭全集》，傅金铨的《邵子诗注》，娄近垣的《龙虎山志》等数种。

第二，由于清代道教的式微，道教学术思想无所创新，无所建树，学者们只好做一些对道教原典《老子》《庄子》进行诠释、注解之类的工作，这就不可避免地要对《老》《庄》文献中的文学思想进行阐释，结果是大量注本中的文学思想方面的内容只好回归到老庄的文学理念、文学追求上去，如自然、朴素、虚静等原始观念。因为这种阐释性工作要忠于原貌，所以就没有创新了。

第三，由于真积力久的道教文化之影响已深入国人骨髓，是故清代的小说、戏剧创作这些抛不开传统文化叙述的文学样式，不可避免地引入道教叙事，于是在结构安排、情节进展、思维模式等方面受到道教修炼、道教文学，诸如存想、思神、幻灭等道教文化的影响，因此，清代叙事文学体现了和道教上述内容极其密切的关系，也可以这样说，道教思维、道教文学构思等等对清代小说、戏剧产生了很大影响。

第八章　清代道教文学思想的回归

如前所述，清代道教以及道教学术思想的衰落，造成道教文学思想上亦无突破，墨守成规。这种守成主要表现在三个方面：一是向老庄自然朴素虚静的文学思想的回归；一是大量神魔小说叙事心理空间结构的建造上回归道教的逆向思维形式；一是许多仙道戏曲回归道教的夸张诙谐等修炼方式。

第一节　散文思想向老庄文学思想回归

有清一代，道教学术界对于老庄研究，沿袭汉魏唐宋以来的思路，围绕老庄思想中的自然无为以及虚静、精神、自由等内容做文章。在文学思想上，也多半是对老庄文本中文学观念，文学思想作一些阐释、引申，在倾向上多回归到老庄文本中的文学主张，以不言、自然、凝神、虚静为其主要的文学思想观念。下面分述之。

一　向老子文学思想的回归

清代老学研究没有创新性，表现出两个方面的特点，一是重考据，尤其是自乾嘉学风形成以来，考据成为老学之取向；一是重义理，注意阐发《老子》书中的道家思想内涵。从学者的身份构成来看，清代研究老学者主要是儒道身份的人，而尤以儒家者居多。粗略统计表明，儒家学者研究老学的成果主要有清世祖顺治帝《御注道德经》，纪昀《老子道德经校订》，王念孙《老子杂志》，王夫之《老子衍》等，共计 67 种。道家学者之成果相对来说略为逊色，主要有宋常星《道德经述义经问》，李涵虚（道士）《道德经注释》，滕云山（道士）《道德经浅解》，广灵（道士）《道德经浅注》，刘沅《纯阳子道德经解》，鲁史《纯阳帝君道德经解》，王恕存《重刊纯阳衍义道德经注》，唐鸿学《校刊严君平道德经指归》，李蠡《读老浅疏两卷》共计 12 种，全部收录在巴蜀书社 1994 年出版的《藏外道书》中。这些道家道教者们在从义理的角度阐释老子《道德经》中的文学观念时，基本上保留了老子文学主张的原貌，没有什么创造性地发挥和新的见解，我们从他们对于老子有关文学的几个观念的理解中就可发现这一点，下面举其要者来说明。

《老子》第二章有云："圣人处无为之事，行不言之教。"宋常星《道德经讲义》阐发为："无为者，自然之大道，本无所为，故以无为言之。不言者，因自然之大道本无所为，又且无所言也，故以不言明之。细想天地司其覆载，圣人司其教化，圣人之道德，便是天地之元气。天地以无心而运化，圣人议无为而教民；天地以不言而善应，圣人议寂静而感通，所以处无为者，盖因不待而事始成；行不言者，亦因不须言而教始明，感而遂通，过而即化，即是无为而为；感而遂通，即是不言而言也。经中教人，皆是性分中本然之妙理，不过欲人自悟其本性而已，性外何曾多言一字？故曰：是以圣人处无为之事，行不言之教。"①

又《老子》第五章有云："多言数穷，不如守中。"宋常星《道德经讲义》阐释如下："示人守中之义，人之言语，妙在中节，不贵于多，一言可以大悟，半句可以通玄，偌若频繁太甚，未有不理穷而辞拙者也，总不如守中，无太过，无不及，时然而后言，则言无瑕谪，语无口过，知此守中之妙，心自清而神自静，行不劳而气不散，寂然不动，感而遂通。"②

又《老子》第五十六章有云："知者不言，言者不知。"宋常星《道德经讲义》阐释如下："默契道体，谓之知。不言者，心与道合，惟自知自

① 《藏外道书》，第 22 册第 14 页，巴蜀书社 1994 年版。
② 同上，第 20 页。

行，未尝以言语显露其妙。切思至妙之理，得之于心，心与道合，知之既真，岂用言语敦敦，用于天下，皆是无为之化；行于天下，皆是不言之教，故曰知者不言。世间言道者，多因未悟，故多生议论；言论生而道愈晦，以无形无体之物，而欲以言语形容，或入于支离，或流于偏僻，而其心实未知道，故曰言者不知。"①

以上所录老子二、五、五十六三章关于"不言"，反对"多言"的语言观，在我国古代文学语言思想论史上影响深远。中国古代诗歌追求的含蓄委婉之风格，中国山水画强调的白描、渲染，都表现出用最少的文字语言来含蕴最丰富的思想意义之倾向，给读者留下广阔的想象发挥空间，因此，追求"意境"的深邃成了文人骚客趋之若鹜的东西，而在相应的文论话语中，就有"不著一字尽得风流"，"一切尽在不言中"，"含不尽之意于言外"，"言外之意"，"玄外之音"，"此时无声胜有声"等等响亮的口号，追本溯源，这无疑在《老子》中的上述相关章节里。

《老子》中的这些语言文学观，在清代道教学者的阐述中，一仍老子本意，宋常星亦不例外。他把"不言之教"理解为顺道适无的运化行为，推而广之，文学创作也是顺性而为的，性是自然，则无需多言，任其自然，乃是当然，每一个读者都顺着其性到作品中寻找自己需要的，那么这样的作品就起到感化人的作用，故宋氏说"感而遂通"，"过而即化"。相反，如果"多言"，不但会"理穷而辞拙"，因为语言文字总是有限的(这一点在后来的庄子文章里已被关注到了)，而且会劳神散气，有害身体，那么解决之办法就是"妙在中节，不贵于多，一言可以大悟"，甚至不言可以大彻。因为不言，是一种心与道默契的境界，这境界，才是最终极的目的，所以聪明的人是"不言"，"言者"是非智者。

老子沿着自己"不言"的体道和作文的思路，提出了"信言不美，美言不信，善言不辩，辩言不善"的美学范畴，他提倡一种完全摒弃人为而合乎天然的文艺，和以道相合的美的境界。这就是"信"即"真"的美

---

①《藏外道书》，第 22 册第 41 页，巴蜀书社 1994 年版。

与境，善的言与美。真的才是美的，真的境才是至境；善的语言是善的人心的流露，所以善的才是美的。对此，宋常星在其阐释里也进行了因袭继承。他说："言之有物，言之有征者，信言也。信言则句句着实，句句直朴，不为粉饰为听，自然不美。若美言则必巧好悦人，或称誉比拟以为工，而究其实，则虚诞无凭，故曰信言不美，美言不信，言可以发明天理，言可以道远人事者，善言也。善言则必与人心合，不徙以言争胜于人，不为巧辞奇说，自然不辩。若辩者，御人取足于口，席上之机锋其捷，人虽不得不屈，而是者能变为非，邪者能变为正，故曰善者不辩，辩者不善。心领神会，明觉四达。"①显然，遵循老子关于文学语言与文学态度、风格的思路，宋氏鲜明地反对粉饰为听、巧言悦人的虚假文学语言、矫伪的创作态度和华丽的风格，而弘扬老子的真实、自然、直朴的文学语言、态度和风格。老子所追求的天然真美的文学艺术，就是他提倡的"大音希声，大象无形"者。他认为最美的声音就是没有声音，最美最大最高的形象就是没有形象，这无疑是他的"不言"之理论向美的审美境界发展之表现，这种"无声""无象"之（音乐）审美观、（艺术）形象观，是直接开启庄子"天籁"思想的渊薮。

《老子》第七十八章有云："是以圣人云：受国之垢，是谓社稷主；受国之不祥，是谓天下王。正言若反。"对此，宋常星《道德经讲义》阐释为："王者，天下之所以往也，天下之所往，是以谓之王，故曰是谓天下王。圣人之言如此，乃真正言也。社稷主，天下王，宜乎至尊至贵，乃曰受国之垢，受国之不祥，是正言若反也。惟正言若反，乃知圣人之言，大有利于天下后世，而愈知柔之胜刚，弱之胜强，而奚用以刚强自处乎？""正言若反"，是老子在文学修辞上提出的一种方法，正话反说，往往比正说更让人信服。无论在散文还是诗歌之中，这种说话技巧的文学性更强，在议论文中叫作反面立论，在诗歌中叫作诗从对面飞来。前者突出的例子是《孟子》散文、贾谊散文等等。如《过秦论》云："向使

①《藏外道书》，第22册第54页。

山东之国，与陈涉度长絜大，比权量力，则不可同年而语矣。然秦以区区之地，致万乘之势，序八州而朝同列，百有余年矣；然后以六合为家，崤函为宫；一夫作难而七庙隳，身死人手，为天下笑者，何也？仁义不施而攻守之势异也。”反面论证，斩钉截铁，干脆利落，富有强大的说服力。又如李斯《谏逐客书》云：“向使四君却客而不内，疏士而不用，是使国无富利之实，而秦无强大之名也。”这与前面一大段所讲的使秦国逐步走向强大的四个君主重用外籍人才形成鲜明对比，从反面论证逐客的危害性，说服力无疑是坚决果断。后者突出的例子是杜甫诗，如其《月夜》云：“今夜鄜州月，闺中只独看。遥怜小儿女，未解忆长安。香雾云鬟湿，清辉玉臂寒。何时倚虚幌，双照泪痕干。”该诗本写自己远离故乡漂泊在外对妻儿的深切思念，但诗从妻儿（对方）落笔，即从反面下意，想象妻子思念自己的情景，从而使诗歌所写的思念之情更为深刻铭心，这种正话反说的写法，被诗学界称之为“诗从对面飞来”。追本溯源，此法之开先河之功显系于《老子》名下。

《老子》第十章有云：“专气致柔，能婴儿乎？涤除玄览，能无疵乎？”宋常星《道德经讲义》释云：“因专气致柔，所以无欲无知，无思无虑，神气故能抱一，魂魄故能相随。……神不能入气，气不能归神，真息不相依，故不能抱一。专气致柔，如婴儿有自然之妙。涤者，洒涤也；除者，除去也；玄览者，多见多闻，博古通今。疵者，病也。吾见今之学者，亦有博古今，通事物，广搜往事，射猎简编，要不过耳目见识之学，非真知真见。此等修行欲至无疵之地，不亦难乎？故曰：涤除玄览，细想真知真见者，出于形器之外，不在见闻之中，故所见者至广，所知者极大。一切玄览之经书，虽是圣人之心印，未得道时，不过借此为渡水之舟筏而已。既得道后，玄览之法尘，若不涤除而去，则心迹不忘，亦不能入于寂然不动地位。所以人不可认蹄作兔，执筌为鱼。当了一切法尘，当去一切玄览，譬如病愈药止。更无瑕疵之病，有害于我者。”①

---

①《藏外道书》，第22册第28页。

《老子》此条有两个层面的文学观念，一是主张文学构思时的凝神聚气，一是主张虚静的创作心理状态不存杂念，涤除私心。这两者后来都被文学理论家刘勰继承发扬，作了集大成的理论阐述。《文心雕龙·神思》云："古人云，形在江海之上，心存魏阙之下。神思之谓也。文之思也，其神远矣。故寂然凝虑，思接千载；悄焉动容，视通万里。吟咏之间，吐纳珠玉之声；眉睫之前，卷舒风云之色：其思理之致乎？故思理为妙，神与物游。神居胸臆，而志气统其关键；物沿耳目，而辞令管其枢机。枢机方通，则物无隐貌；关键将塞，则神有遁心。是以陶钧文思，贵在虚静，疏瀹五藏，澡雪精神。"刘勰提出，作家在写文构思时，必须全神贯注，集思凝神，心内心外都要处于虚静安然状态，五脏六腑清洗干干净净，然后万千物像才纷至沓来进入作家的脑海，这时，作家赶快捕捉住这些生动的形象，将其挫于笔端，见于纸上。这些物像时间上接连往古，空间上贯通宇宙。以此来考量宋常星所阐释的《老子》关于文学构思之两层含义，其着重于第二层意的引申阐述，即强调作者构思时的心无杂念，排除俗愿，有如过河即弃筏，得鱼则忘筌，得兔则忘蹄，不要执着于"念"，创作主体达到一种超脱高远的境界，即庄子说的"奔逸绝尘"之境。

《老子》第十六章云："致虚极，守静笃，万物并作，吾以观其复。"宋常星《道德经讲义》阐释说："造其极曰致，真空无象曰虚。虚而至虚曰极，专一不二曰守，寂然不动曰静。虚一浑厚，静而至静曰笃。致虚者，天之道也；守静者，地之道也。天之道若不致虚，至于至极之际，则万物之气质不实；地之道若不守静，至于至笃之妙，则万物之生机不有。是故，虚者乃造物之枢纽，静者乃品汇之根柢也。"①《老子》关于虚静之理论，既是静观宇宙天道的方法论，也对文学艺术的观察自然、观察社会和观察人生产生了深远之影响，徐复观曾经把中国的艺术灵魂概况为"虚静精神"，他说："从老子致虚极，守静笃起，发展到庄子的

①《藏外道书》，第 22 册第 34 页。

无己、丧我、心斋、坐忘，是以虚静作把握人生本质的功夫，同时即以此为人生的本质。并且宇宙万物，皆共此一本质，所以可称之为‘大本大宗’。故当一个人把握到自己的本质时，同时即把握到了宇宙万物的本质，他此时即与宇宙万物为一体，所以便就是天地与我并生，而万物与我为一。”①因此徐复观先生从老庄以虚静为人生之本质出发，提炼出中国的文艺也是“虚静精神”下的文艺或艺术。宋常星深谙老子这个体认道、体认宇宙的奥妙，将虚静理解为造物之枢纽，品汇之根柢，其中也包括对于文学艺术之体认。

《老子》第二十五章云：“人法地，地法天，天法道，道法自然。”宋常星《道德经讲义》对此阐释为：“自然者，无假运用，无假作为，无一法可增，无一法可减。道生男女，男女有人伦自然之妙；道生万物，万物有群分自然之妙；道生五行，五行有曲直从革自然之妙。目有自然之明，日有自然之照，故曰道法自然。此章发明大道自然之旨。”②老子作为道家学说创始人，开创了“自然”为宇宙万象之“本”的哲学理论体系，而哲学作为一种关于对宇宙万象之认识的方法论，也指导着由宇宙、社会人生抽绎出来的各个学科门类，如文学、艺术等。尤其在文学艺术上，以“自然”的观点考察之，则老子主张朴素、真实、纯厚的文艺，反对矫揉造作、虚假的文艺，因此，宋常星对于《老子》第二十五章所云“道法自然”的理解——“自然者，无假运用，无假作为”是准确恰当的。纵观古今中外，凡是上乘的经得起时间考验的文学艺术，无不是作者用真情实感，用纯朴自然的创作态度造就的。中国古代文学艺术史上，不乏以“真”作为文艺创作的最高原则的提倡和实践者，从陶渊明纯朴自然的田园诗，到元好问激赏的“一语天然万古新，豪华落尽见真淳”之“真淳”诗风；从建安诗歌的书写真生活、真时代到杜甫诗之为“诗史”，无不体现了老子所说的“道法自然”，无不印证了宋常星所说的“无假运用，无假作为”的本真自然之性。

---

① 徐复观《中国艺术精神》，第 49—50 页，华东师范大学出版社 2001 年版。

②《藏外道书》，第 22 册第 30 页。

以上节选的宋常星对于《老子》相关文学观点的阐释，代表有清一代道家道教人士注老解老以回归自然文风之倾向，宋氏《老子道德经讲义》本身亦为纯朴自然，平白晓畅之作，这与他嗜好老庄关系密切，史载他于康熙十八年致仕之后，专修清静无为之道，所著是书，康熙极为推崇，称“其言洞彻，秘义昭融，见之者如仰日月于中天，悟之者如探宝珠于沧海，因此特命锓梓，用广流传，凡宗室皇胄，暨文武臣工均皆敕读”①。

清代另一位著名道士李涵虚研读《道德经》颇有造诣，在继承老子思想主旨方面可谓深中肯綮，而对于《道德经》中的文学观念问题，亦是承继有加，阐释得当，回归之意甚是明确，如注《老子》第八十一章“信言不美，美言不信。善者不辩，辩者不善。知者不博，博者不知”云：“信、善、知，皆主立言，说此，全经结义也。笃实之论，一真而已，不尚虚华以悦世。求悦世者，虚华也，非笃实也，故曰信言不美，美言不信。继述之嘉，一是而已，不尚穿凿以惑人者，穿凿也，非继述也，故曰善者不辩，辩者不善。通达之文，一理而已，不欲泛滥以逞才，求逞才者，泛滥也，非通达也，故曰知者不博，博者不知。”②这段注文，作者明确指出老子是从立言方面来表达文学或文章语言的，李涵虚从文学语言的三个方面阐释老子之意，或者说他引申提出了关于文学语言的三个要求：第一，提倡书写真实之语，反对哗众取宠的虚华之文；第二，提倡顺理成章之言，反对穿凿附会之强辞霸语，显然这回归到了老子的自然观上；第三，提倡通达自由之文，内容充实有“道理”者，反对空洞无物卖弄才华的刻意做作之文，这也是对老子自然之文思想的回应。合而观之，真实，顺理，载道是李涵虚对文学或文章语言的原则要求，也体现了道教内部自老子开源以来一以贯之的真实自然的语言观，即以明清为例，这个传统在张宇初、张三丰的文学思想中继承发挥得非常突出，如张宇初提出“辞章者，必得性情之正”，“诗者，发乎性情之

①《四库全书总目提要》。

②《藏外道书》，第22册第114页。

实”，张三丰则提出“诗者，乃灵性之流露”，等等，均是指语言文辞上的求真务实，自然朴实。我们以张宇初的《宗濂稿叙》为例，来看看道教人士对于老子自然之语言观的阐扬：

余友倪君于正，少从学先师夏先生栢承，而授陆氏本心之说于彭先生孟悦。其践履笃实，推信于乡里者，虽庸夫愚妇皆知其为君子也。穷居陋巷，贫窭自守，慎交寡言，于师友请益不殆，而动容常若不足。间苦疾，鲜为文辞，或强缀作，必稽诸经，一出于纯正。余尝闻性理之说于彭公，其琢砺讨论，皆君之益，凡交处十余年，犹一日也。某年以荐辟除新建教谕间，两还乡里，获与研究古先贤哲前言往行，陶冷于疏林荒碉轩灯池月间。其意味醇殷，求之古人不多让也。洪武十七年春，服阕赴京，示微疾终。余悲不胜，尝勉其子衡，勿坠其手泽。后四年，衡持文若干篇，曰《宗濂稿》，请曰：“先君居新建时，县庠乃元江丞相宗濂书院也，故稿以是名。先君托知之深，莫公若也，愿叙其端。”余不获辞，读之再而感曰：夫士之为学，求足于人者多，求足于身者寡矣。君育天地之和，山川之秀，蒙先世之泽，质淳气清，性行端洁，自非庸儒俗生所能至。内既足于身，而外亦无待乎人者也。故其言论风旨，一本诸简易之理，精微之得道，不待究而自明，诚不俟立而自著，是所以得之本心也欤。宜其施诸事为，训诸讲解，举不论于口耳之习，言辞之辨，一存乎端本诚身而已矣。本端身诚，则圣人之道，经世之法具矣，尚何俟其繁赘也哉。其策问、讲义、叙说，皆发乎正大之要，存养之方。陆门之杨、钱，殆不是过也。其诗歌篇什，得乎性情之实，而韦、孟之闲雅，陶、柳之冲澹有焉。惜未之大用，无以发其和粹之蓄，岂圣代之可多见也乎。今凡新建学徒，在当时尝闻其言者尤有立，是岂其涵濡操励之工为少哉。惜其学本诸陆，而世之宗朱者，或有不与焉，是故其特立不惑，宜世之鲜知也矣。然究其会，同其言，可得而竟泯泯者乎。使其传之不替，岂不羽翼乎周、程、朱、陆之言，必矣。墓则友人吴君伯宗为之铭，惜余无足以发之。姑以义弗辞，叙其概焉。①

此文作为对彭孟悦《宗濂稿》之叙，概括了稿中诗文的创作特色：一，文稿全为本心之作。所谓本心，当是自然初始之真心或如李贽所说的"童心"，其外显的表现形态为"本端身诚"，这是承载和宣传圣人之道，经世之法所必须者。二，文如策问、讲义、叙说，乃为正大之要，存养之方之所为，质言之，文章诗是正大存养之所为者，何为正大？正端诚意之为正大。何为存养，自然修养之为存养。诗则性情之实之所发，性情之实，自是指人之本性自然原始纯正之状。三，文章诗歌以端诚自然为本，则发为言辞之风格，有如韦孟之娴雅，陶柳之冲淡，既已娴雅冲淡，则和粹蕴蓄，愈淡愈浓。

二　向庄子文学思想的回归

清代学术思想，较之宋明理学与心学，发生了巨大的改变与转型，其转型的显著标志是从宋学转变为汉学，即从侈谈心性的空浮虚泛之学风转变到埋头考证的实证之学风。这种转变的原因有二，一是出于对晚明心学极盛之后出现的种种弊端表现出强烈不满，二是对于明朝被满族人所亡之愤慨，这正如梁启超所指出："明季道学反动，学风自然要有蹈空而变核实，——由主观的推想而变为客观的考察，客观地考察有两条路：一是自然界现象方面，二是社会文献方面。"②在这种学术背景下的庄学研究又如何呢？显然与学术的大环境相一致，有如下四个方面的特点：

一是注重义理的阐述，发表了许多创新性的深刻的独见，发前人之所未发而鸣一家之所独鸣。其卓越的成果主要有王夫之的《庄子通》《庄子解》，比如他对庄子"齐物论"的阐释，认为庄子提出"齐物论"是对战国时期不同学术流派的弊病作出的深刻批评。王夫之认为，庄

① 《道藏》，第33册第210页。
② 梁启超《中国近三百年学术史》，第21页，天津古籍出版社2003年版。

子所指出的当时学术的分歧，物论的不齐，都是由于人们先已具有的不同之知。而这些所谓的知，都不过是“一孔之知”，但他们却不自知这是一孔之知，而误以为是唯一正确之知，于是自以为是，且往往不能自省自思，发展下去就成了相互攻击而不能走上真正的学术探讨之路。

二是注重历代对《庄子》一书进行诠注、训释之著作的汇编，其成果形式则是集注、集释类的书籍。其中最有成就者为郭庆藩的《庄子集释》和王先谦的《庄子集解》。

三是对《庄子》文本的训诂、考证。这是在有清一代的考据之学风影响下的对于《庄子》学说所进行研究的时代趋势，通过对《庄子》一书的字义、音韵等的考证，帮助人们对庄子思想及义理的理解。代表成果非常丰硕，主要有王念孙、陈澧、俞樾、孙诒让，卢文弨、罗振玉等大学问家的相关成果。

四是对于《庄子》文章、《庄子》的文学性、《庄子》的文学思想等的研究，这正是《庄子》最能影响文人的地方。这方面的研究所涉，包括《庄子》文章的笔法和章法，对于《庄子》所进行的文学批评或文学评论，庄子表达其思想的方式如隐喻借喻和寓言等等，在这个方面最有成就的学者则是将《庄子》称为“第一才子书”的金圣叹。清代庄学研究的这第四个特点，正是本书要研究的。但从道家道教的身份方面清理清代研究《庄子》文学性的学者构成，最有典型代表性的人物及其成果主要为金圣叹、宣颖、林云铭和胡文英，以下按此顺序条述。

金圣叹对《庄子》的文学评点。由于金圣叹对儒家礼义道德的强烈背叛，也由于他反清眷明最终遭到杀害的悲剧命运，皆由于受庄子思想之影响而追求的生命自由之境，有理由说金圣叹是受过道家隐士思想文化影响深刻的文人，尽管他最后走在佛家的空幻之路上。因此，我们在讨论金圣叹的《庄子》评点成就时，将其归为道家道教之流。

金圣叹对他认定的第一才子书《庄子》的文学评点，无论是其对《庄子》一书中某些思想内涵的借题发挥到文学理论上来的话语，亦或是他那些直接对《庄子》一书的文学思想表述的文本解读，总体表现出回归老庄道家自然、朴素、通俗的文学风格之倾向，这表现在以下三个方面：

第一，将《庄子》中深奥的哲理命题通俗晓畅地发挥到对于文学的解读上来。例如，《庄子·养生主》中“庖丁解牛”的寓言隐含着顺其自然、游刃有余的深刻哲理，金圣叹将此哲学命题发挥到对唐代诗人包何的一首诗上来进行诗作的解读，这首诗为《和程员外春日东郊即事》：“郎官休浣怜迟日，野老欢娱为有年。几处折花惊蝴蝶，数家留叶待蚕眠。藤垂委地萦珠履，泉迸侵阶浸绿钱。直到闭关朝谒去，莺声不散柳含烟。”①金圣叹对该诗后两联的解说为：

> 忽写藤萦泉浸，一似攀辕卧辙，不听郎官便去者，将东郊无情景物，特地写出一片至情，此又奇情妙笔也。七八，又言便使郎官假满终去，然东郊莺柳只是眷恋不已。作诗有何定态？《庄子》云：手触，肩倚，足履，膝踦，官自止，神自行。技之至此，盖真有之也矣。②

《庄子·养生主》中，庄子的本意赞赏庖丁由于顺着牛的自然结构而解剖牛所达到的“砉然响然，奏刀騞然，莫不中音。合于桑林之舞，乃中经首之会”的“游刃有余”的自由之境，金圣叹在品鉴包何诗的后两联时，将庄子之哲理通俗地引申到作诗的无拘定格而挥洒随意的自由境界，运用类比、比附的思维模式，以哲思来欣赏文学，明白如话地将抽象形象化，将深奥通俗化，这种文学文本解读显然是有意回归老庄自然通俗之文风的表现。

又如《庄子·齐物论》中有“庄周梦蝶”（亦称化蝶）的寓言：“昔者庄周梦为蝴蝶，栩栩然蝴蝶也，自喻适志与。不知周也。俄然觉，则蘧蘧周也，不知周之梦为蝴蝶与，蝴蝶之梦为周与？周与蝴蝶则必有分

---

① （清）彭定求等编《全唐诗》，第6册第2172页，中华书局1960年版。

②《金圣叹评点才子全集》，第1册第168—169页，光明日报出版社1997年版。

矣。此之谓物化。”①这个寓言所蕴含的哲学思想是庄子关于物我齐一的命题，金圣叹则以之来解说温庭筠的诗歌《伤李处士》。该诗末四句云：“花若有情应怅望，水因无事莫潺湲。须知有恨消难得，辜负《南华》第二篇。”②金圣叹认为，“化蝶”隐含的蝴蝶晓解齐物之论，是警醒世人要齐物我，等是非，不为是非所伤，不为外物所“物”，因此，将此理用来解读温庭筠《伤李处士》末四句：“看他句法无数变换。言花赖无情，故不‘怅望’耳。设使有情，应亦大不自遣。水若无事，绝不‘潺湲’矣，正为有事，遂至如此呜咽。盖言伤处士不独一我也。《南华经》第二篇，正指蝴蝶物化一段。在平日所悟道理，此时全用不着也。”③金圣叹认为，温庭筠为李处士伤感的，正是处士不能齐物我，不能一是非，金圣叹很巧妙地将“化蝶”的深刻含义深入浅出地解说了温诗的主旨，通俗而形象，晓白而自然。

第二，将《庄子》书中的某个思想观点或某个事理、道理来解说文学作品，目的在于提升这个作品的思想主旨或主题境界。例如，《庄子·人间世》看一段关于孔子与叶公子高的对话，叶公子高要到齐国去做官，孔子向他讲了一番关于命与义、子与亲、臣与君之关系的大道理，金圣叹就借这些大道理来解读高适的一首诗，该诗名《送李少府贬峡中王少府贬长沙》，诗曰：“嗟君此别意何如？驻马衔杯问谪居。巫峡啼猿数行泪，衡阳归雁几封书？青枫江上秋帆远，白帝城边古木疏。圣代即今多雨露，暂时分手莫踌躇。”④下面是金圣叹的解读：

> 《庄子·人间世》篇仲尼之语叶公曰：臣之于君，义也。无适而非君也，无所逃于天地之间，故事君者，不择地而安之，忠之盛也。奚暇至于悦生而恶死？夫子其行矣。今先生正用此段至论

① 郭庆藩《庄子集释》，第112页，中华书局1961年版。
②《全唐诗》，第17册第6718页，中华书局1960年版。
③《金圣叹评点才子全集》，第1册第365—366页，光明日报出版社1997年版。
④《全唐诗》，第6册第2233页，中华书局1960年版。

> 成妙诗也。妙绝在"嗟君此别意何如"之一句。"嗟",嗟其"意"也,非嗟其别也。如言君于此别,得无怨与？若诚有之,此非我所敢闻,君其试明语我。怨与不怨,为定"何如"如此,方是孝子忠臣,一片起敬起爱,不敢疾怨纯粹心地。乃下仍不免一问"谪居"者,既明人臣事居安之若命之义,然则君命巫峡,臣便听猿下泪,君命衡阳,臣便看雁寄书,犹言君命巫峡便巫峡,君命衡阳便衡阳也。若君不明此谊,而必谓"青枫""白帝",天远木疏,流离道途,悲苦万状者,则君固未解吾君爱眷群臣之盛心,今日只是暂时分手也。呜呼！如此诗,于三百篇,又何让焉！①

庄子本意借孔子之口,解说叶公子高的可悲之处在于不懂得性命道义为何物。然而,金圣叹借此来提升高适这首诗的主旨则为:孝子忠臣,一片起敬起爱,不敢疾怨纯粹心地。一下子就将诗歌内隐的含义明显化,通俗化。这种引庄解诗的评点方式,既是把哲学与文学关联并打通,又是一种别具一格的文学理论之表达方式。

又如,《庄子·天道》中有一个"轮扁斫轮"的寓言故事,故事讲到轮扁将齐桓公所读的书认为是"古人之糟魄已夫",其寓意是表现了庄子对经典的大胆质疑的态度,于是金圣叹借以来解读唐代诗人崔颢的《黄鹤楼》,金圣叹说:

> 凡古人有一言、一行、一句、一字,足以独步一时,占据千载者,须要信其莫不皆从读书养气中来。即如此一解诗,须要信其的的读书,如一、二便是他读得《庄子·天道》篇,轮扁告桓公:古人之不可传者死矣。君之所读者,乃古人之糟粕已夫,他便随手改削,用得恰好。②

我们知道,崔颢《黄鹤楼》的首联"昔人已乘黄鹤去,此地空余黄鹤楼",是按照律诗平起之常法而写的,金圣叹却要把这一联提升到如下的一

①《金圣叹评点才子全集》,第 1 册第 110 页。
② 同上,第 113 页。

个境界“一心想只是想昔人；双眼所望，只是望昔人”，“更无闲心管到此楼，闲眼抹到此楼”①之后，又转而歌颂赞赏这首诗曰：“胸是何等无心期，通身是何等气概，几曾又有是非得失，荣辱兴丧等事，可以污其笔端。”②所以，金圣叹认为崔颢此两句诗，是改造“轮扁斫轮”这个故事的精华与要义而成，虽然有牵强之嫌，但其想提升作品的主旨与境界的苦心，却是掩饰不过去的。

又如《庄子·逍遥游》中有“列子御风”的寓言故事，庄子是为了说明，“虽免乎行犹有所待者也”的非彻底自由的境界，认为“有所待”的自由不是逍遥游，金圣叹则以此来解读唐代韩翃的诗《同题仙游观》。该诗曰：“仙台下见五城楼，风物凄凄宿雨收。山色遥连秦树晚，砧声近极汉宫秋。疏松影落空坛静，细草香开小洞幽。何用别寻方外去，人间亦自有丹丘。”③金圣叹激赏本诗的首联和颔联，借庄子“列子御风”之旨评此两联云：

> 五城十二楼，前所传闻，殊未目睹，今日乃幸斗然亲见。“初”字妙，言实是生平之未经。况又加以近来雨过，巧值新晴，再写七字，又分外清绝也。山色远连，砧声近极，且不入观门，且先将观前观后观左观右无限风光，无限凄清，一例平放。“秦”字妙，“晚”字妙，“汉”字妙，“秋”字妙。不知是寓目，不知是送怀，我读之亦如列子御风，泠然其善，更不谓阅此诗时，正在三伏盛暑中坐矣。④

如前所述，“列子御风”的内涵，是庄子对列子所追求的有所待的自由之批评，认为列子的自由不是一种绝对逍遥的境界，是有很大的局限性的，不符合庄子的理想自由，但金圣叹却反用其意认为列子御风境界是超凡脱俗无比，自由无限的，并以此推及到韩翃此诗的前两联所

---

①《金圣叹评点才子全集》，第1册第113页。

② 同上，第114页。

③《全唐诗》，第8册第2752页。

④《金圣叹评点才子全集》，第1册第180页。

写的处境，其盎然的诗情画意，其绝妙的自由景致，其高超的艺术描写，给人带来的身心感受“正在三伏盛暑中坐矣”，即好像人坐在酷暑炎热的三伏天，饮凉茶，喝清水，沁人心脾，清凉爽极。此四句诗给欣赏者的审美感受正像列子御风一样“泠然善矣”，列子自由之局限反倒成就了此诗的适意之境界。

又如《庄子·秋水》中，讲到河伯与北海若的故事。河伯以为天下之美尽在已，及至顺流东行至北海，才知道自己如井底之蛙，“闻道百以为莫己若者”，于是在渺茫无垠的北海前面才发现自己“长见笑于大方之家。”北海若看在河伯能知自己丑的面上，愿意与他谈大道理。金圣叹将此故事的内涵用来欣读韦应物的诗《自巩洛舟行入黄河即事寄府县僚发》，该诗云：“绿水苍山路向东，东南山豁大河通。寒树依微远天外，夕阳明灭乱流中。”①金圣叹解说如下：

> 读一二(句)如读《水经注》相似，便将自洛入河，一路心眼都写出来。又如读《庄子》外篇《秋水》相似，便将于涯涘，乃知尔丑，何不至于子之门，实见笑于大方之家一段惭愧快活，都写出来，三四(句)，“寒树”“远天”“夕阳”“乱流”，言山豁河通后，有如许眼界也。②

考察写河伯与北海若故事的寓意，是想借北海若之口来表达物物等量齐观的大道理：“夫物，量无穷，时无止，分无常，终始无故。”金圣叹把庄子的寓意引申到诗歌的描写铺陈之中，用河伯经北海若的陈述大道理而后茅塞顿开的那种爽快之感来比况韦应物此诗中所写山涧小溪历经许多宛转狭窄之流淌后突然东南一转便与宽广开阔的大河相融相通的博大深邃之状，从而使诗歌境界主旨在通俗的对比映衬之中得到突显。

综上所述，金圣叹把《庄子》视为第一才子书，通过对诗歌(包括

---

①《全唐诗》，第 6 册第 2008 页。

②《金圣叹评点才子全集》，第 1 册第 192 页。

小说和戏曲）的点评，把深奥的哲理通俗化，用来或阐释诗歌的意境内涵，或提升作品的主旨关要，以通俗之笔法回归老庄自然朴素之取向。

宣颖对庄子文学思想的发挥。宣颖是清代初期人物，由于早年科举落第，便以著述为务，网罗群籍，奄贯宏通。晚年入住家乡（今江苏句容）之青元观，假以道士身份，注解《庄子》，取名《南华经解》，被收录在《藏外道书》中。在该书中，宣颖对《庄子》的文学思想进行了篇章结构、运笔行文等方面的文学批评，既有发挥阐扬，又有复归原貌。

第一，宣颖对《庄子》“道”与结构层次之关系的理解划分。在宣颖看来，庄子对“道”的阐发，总是表现出一种层递关系，往往通过三、五层次甚至更多层次将“道”的特性和本质表达出来，这种表述关系，宣颖称之为“循环之妙”。他说：“道之循环无端，不可得其终，不可得其始也。若欲穷究所起便是以有端测之矣。故但言循环之妙，此外无容拟之议也。”①下面举三例来说明。

例一：《庄子·知北游》中有记载“孔子问道于老聃”的寓言，宣颖认为这个故事的叙事结构按三个层次展开阐述道的本性、特质，从而揭示了道以及借以表达之的结构关系是一种层递循环之关系，他说：

> （老聃）总是说道窅然耳。夫道窅然难言哉，一句便尽矣！下用昭昭二句，一提遂详言万物之化，一本于无形之道，作二小段，更递入人生之形，莫非暂借，此无形之道，亦作二小段，盖道之窅然亦既明矣！虽然如此敷陈，不移于窅然之不难乎，言末一段，急收到同知之论，非至者所务，则道之不容言又明矣。②

宣颖在此段关于解读“孔子问道于老聃”之主旨与结构的关系话语中，其意思是说：道体虽窅却化见万物，为人者应悟道而体道，借万物以穷

---

①《藏外道书》，第22册第387页。

② 同上，第314页。

究道之精微，达到莫若以明的清明之境。宣颖认为庄子阐述的这个主旨，是按三个层次来递进阐述，每个层次有一个小中心，三个层次共同构成上述总主旨，这样，这个故事的一大段铺陈就表现出“道”与文章结构的层递循环关系。

例二：《庄子·齐物论》阐述了“道”的特性是隐微，具有莫若以明的澄澈性，宣颖认为庄子是从如下四个层次来阐述这个特质的：

> 道与言本无隐，何处不是，是第一层；偏见之人言道，又文以浮夸之说，而道始隐，言始隐是第二层；儒墨二家，自负言道宗匠，愤其隐也，而以此之是非，正彼之是非，是第三层；然以是非而正是非，未得也。莫若以本明者听之，是第四层。

宣颖把庄子释“道”性，表述得极具层递性，经宣颖剥笋式的探讨分割，亦以层层递进的结构模式，前后呼应关合的结构技巧把《庄子》一书主题与结构的关系解释得一清二楚，这段释文，可以用一个明了简洁的缩语来图式：显→隐→是非相正→本（显）。从这个图示可知，每一环节之间逻辑严密，因果递进极富有机性，而首尾关合，前后呼应，更是层递循环的基本素质和要求。

例三：《庄子·秋水》中有“河伯与北海若问答”的寓言，其主旨是为了阐述怎样悟出“识道”的方法。故事结构冗长，叙事篇幅宏大，宣颖对悟道之法进行了七层分析，以解剖这个故事之主旨与结构之关系特征，他说：

> 学道最忌识卑，第一番：要见大，见大似可忽小。第二番：不可忽小，然则小大俱当究心矣。第三番：小大一齐扫却，扫却小大，则物何故又有个贵贱，有个小大。第四番：本无贵贱小大，既无贵贱小大，学者何所适从，将何当为，何者当不为。第五番：为不为一齐放下，止是无方自化，如此似乎无取学道。第六番：知道者，超然物外，纯乎任天，则是无方自化，道之妙处，正天之妙处，岂不足贵，天人何足分别。第七番：自可以人灭天，岂可以故灭命？不可以故灭命，岂可以名丧德？凡七番披剥，用三句一束，结

出反真，盖渐引渐深，造乎极微而后止也。[①]

宣颖这段话，可谓一层进似一层。他解释的七番识道之法，先在篇首作题解，又在《秋水》的每一段（当然是关于上述寓言故事的每一段——作者注）批注下进一步说明，其目的是要将文字的表层意义与由心体道的过程加以详述，宣颖在此篇文字中，把以道心体道的渐进过程作细致的标解，最后将道的最高境界层层入理地表现出来，正如他在《自序》所说："噫！《庄子》之难读如是乎？予本不敢于《庄子》有加，但寻其窾会，细为标解，而不以我与焉。庶几《庄子》本来面目复见于天下，不致觌面旁猜而已。"[②]"本来面目复见于天下"，可见宣颖对《庄子》每一篇之思想内涵与结构关系之解读，就是为了复归《庄子》的原意，拨开历史上对于《庄子》的种种误读之迷雾，还原庄子的真实！

第二，宣颖对于《庄子》在章节上的构建，梳理出几种方法，主要有开宗明义法、正反法、顿挫法、连环法、翻落法等等。

开宗明义法。如《逍遥游》，宣颖认为，此篇以首段说明篇章的主旨，即开宗明义，"中间一段是通篇的正结构处，亦止得至人无己，神人无功，圣人无名三句耳。"[③]关于这三种人的主从关系，宣颖说："（庄子）先于前面隐列三种人次第，然后顺手点出三句，究竟又只为至人无己一句耳。神人无功，圣人无名，都是陪客，何以知之？看他上面宋荣子御六气四句是无己，一节进似一节，每故知至人句是主也。"[④]然后由文理推演，接着又说："至人无己三句后，而整用三大截发明之，其次第与前倒转，自无名，而无功，而无己，归于所重，以为一篇之结尾也。"[⑤]最后归纳出"至人无己"为《逍遥游》之重心。

正反法，即一正一反或一反一正相辅相成说明一个问题的方法。

---

① 《藏外道书》，第22册376页。
② 同上，第394页。
③ 同上，第242页。
④ 同上，第243页。
⑤ 同上，第244页。

如《人间世》，为了阐述如何致福避祸，庄子连用了三个寓言故事来说明，这三个故事分别是“螳臂当车”“养虎者”“爱马者”。宣颖认为“螳螂”一段“一喻反譬，言用己则致祸”，是从反面以明之。“养虎”一段，“一喻正譬，言顺物则受福”，是从正面以明之。“爱马”一段“就养虎后又带一喻反掉，虎至暴而顺之则驯，马易训而惊之则暴，物其可撄乎！”如此正反往复，相辅相成构成抱团式严密的逻辑关系。又如《骈拇》其中有“天下尽殉也”一段，包括几个小节，宣颖根据正反构建法将此数小节分割出孰正孰反的层面，分别如次：自“天下尽殉，君子殉仁义，小人殉财货，其殉一也”为一小节，乃“正”，是庄子笔锋横处与快处之结合点。自“吾所谓明也”，“直此以下，将前幅话说一气拢来，一反一正，为迤逦风沓之势，此节一反”。又下面“吾所谓臧，非仁义之谓也，臧于其德而已矣”一段，又为一正之小节。再以下“夫不自见而见彼，不自得而得彼者”一节“与下段，只就上尾衔尾一气滚下，又一反”。最后“适人之适而不自适其适”，“是同为淫僻也”，这里又是一正，“结处现出自己归来到道德上去，是一篇大章法”①。

顿挫法。此种行文方法类似于我们常说的一波三折或数个递进的修辞等行文技巧。如《马蹄》篇，其中有云：“马，蹄可以践霜雪，毛可以御风寒，龁草饮水，翘足而陆，此马之真性也。虽有义台路寝，无所用之，及至伯乐，曰：‘我善治马。’烧之，剔之，刻之，雒之。连之以羁絷，编之以皂栈，马之死者十二三矣；饥之，渴之，驰之，骤之，整之，齐之，前有橛饰之患，而后有鞭策之威，而马之死者已过半矣。”宣颖对这一段文字用了顿挫法来解说，他认为自“烧之”至“马之死者十二三矣”为一折，自“饥之”至“马之死者已过半矣”再为一折，一共用了两层转折顿挫来说明古今治天下者与伯乐治马过半的情形没有区别。

又如《庄子·天地》，其中有云：“知其愚者，非大愚者也；知其惑者，非大惑也。大惑者，终身不解；终身不灵。三人行而一人惑，所适

①《藏外道书》，第22册第316页。

者犹可致也,惑者少也;二人惑则劳而不至,惑者胜也。而今也以天下惑,予虽有祈向,不可得也。不亦悲乎!大声不入于里耳,折杨皇荂,则嗑然而笑。是故高言不止于众人之心,至言不出,俗言胜也。以二缶钟惑,而所适不得矣。而今也以天下惑,予虽有祈向,其庸可得邪!知其不可得也而强之,又一惑也,故莫若释之而不推。不推,谁其比忧!厉之人夜半生其子,遽取火而视之,汲汲然唯恐其似己也。"对于这段文字的解读鉴品,宣颖认为多重顿挫,比喻叠起,第一喻为"二人惑则劳而不至,惑者胜也",以迷惑者多则不能到达目的地比喻愚者多则事不成。第二喻为"折杨皇荂,则嗑然而笑",用世间的低俗小调市场广大以反喻高雅曲调占据不了凡人的心坎。第三喻为"二缶钟惑,而所适不得矣",用珍宝反而使人聚集糊涂比喻达不到目的。第四喻为"厉人夜半生子",用丑女人生孩子担心与自己相像来比喻自寻烦恼,多此一举。此四个接连不断的比喻,宣颖认为是一种递进修辞手法构成的顿挫形式,关于其艺术效果,他说:

> 深痛末俗,迷于至德,愈趋愈失,不可复挽。看他用譬喻数番顿挫,不胜留连致伤,至末一转,却就无可奈何中,忽用自宽,此是老庄胜场,不然几无收煞也。忽我一喻,陡住章法峭绝。①

连环法。这是一种在某个段落里将一段意反复层递申述而又层层相扣步步推进的行文方法。如《庄子·在宥》中开篇首段有近六百字,宣颖认为将其分为四个小节,它们章法连环,相互呼应,具体情况是:"天下不淫其性,不迁其德,有治天下者哉"乃为"在宥之妙如是";接下来以尧桀之例说明三代以下,"何暇安其性命之情哉"为"治天下之弊如是";再接下来一小节"天下将不安其性命"是"言治天下之弊更如是";最后以"君子不得已而临莅天下,莫若无为"是此段"转言在宥之妙更如是"。首尾两"妙"环抱着中间两"弊",构成相反相成的有机段落关系,结构封闭,关合紧密。

---

①《藏外道书》,第22册第348页。

翻落法。此法是就行文之效果气势而言的，指行文的正反颠倒，犹如大海波浪一翻一滚，一起一落，在于气势的汹涌澎湃。如《庄子·天地》，宣颖认为“君之多言而然，而行而善，则世俗谓之不屑臣”为一翻，以“世俗之所谓然而然之所谓善而善之”为一落，以“谓己道人，则勃然作色；谓己谀人，则怫然作色”为又一翻，以“终身道人，终身谀人”为一落，如此，使行文翻落起伏，有如大海之波，扬落有致。故宣颖说：

> 忽然借臣子说谀，以形容人情导谀。一翻一落又一翻一落，文情浮空而起，然后落入人君媚世，把一愚字煞服他，初读之奇，再读之爽，澜翻波涌层层历落，使人目不及瞬。①

第三，宣颖对于《庄子》进行的多方面多角度的文学批评，包括该书的创作方法，文意艺境，修辞装饰等方面，表现了宣颖解庄注庄，能将文学之美、道义之善与修辞之真三者紧密结合的文学批评模式。

关于文境之妙。宣颖对《庄子》一书所运用的行文构境的艺术技巧推崇备至，认为《庄子》的文境是一种巧夺天工、鬼斧神工的化境，庄子其人为真仙之才，庄子是大手笔，工侔造化，他说：

> 古今格物君子，无过庄子，其侔色揣身，写景摛情，真有化工之巧，能文之家如汉之班马，唐之韩柳，宋之欧苏，皆每拈一件成文，故每人不下千百篇，前后少雷同处。庄子篇篇是要则这一件事，所以未免有一二雷同之句，盖庄子先拣古今最难一件事不容言语者，却偏要洗发出来，若不是仙才变化，如何有言许多文字，不得更苛责其全部中一二语之重迭也。②

宣颖将庄子看成真仙之才，是才所创造的文章境界他归纳为如下几种：

①《藏外道书》，第 22 册第 346 页。

② 同上，第 241 页。

第一境，妙逸之境。如宣颖在批注《庄子·逍遥游》中“夫子立而天下治，而我犹尸之”时说“妙”；又在“吾自视缺然”下亦批曰：“妙”，在本段末尾，他批曰“词令逸品”。显然，宣颖把此段文字所描写的许由高远超逸的避世情怀提升到“神品”的高度，实则在张扬庄子高洁孤傲的生命境界。

第二境，诡谲之境。如宣颖在点评《庄子·逍遥游》开篇鲲鹏展翅九万里之描写时，认为庄子运用其轻摇之笔，描绘了一幅山带横空、波澜诡谲之境。宣颖说：

> 前文海达扶摇六息，都是说风，却不曾露出“风”字。引齐谐中间着此数节，洗发形容，与下语作一隔，如山带横空一般。看此一节，大鹏之所以横绝南北，直其如此源委，夫脱着鬣于海鸟，张羽毛于天门，乘长风而薄霄汉，扩云雾而煽太清，斯其超忽，岂复恒境也哉？止是随手澹宕之文，却波澜诡谲，令人欲迷。①

第三境，悄然之境。关于此境，宣颖用“红炉一点雪”来形容，意谓文中所描写的某种宇宙人生之至理，可于不知不觉之中去体味认知，于潜移默化、悄然寂静之中去把握，反过来，一切的至理至道，也在宇宙自然之中悄无声息地发生作用，影响天地人生，好比红炉中一点雪，飘忽而来，悄然而隐，寂然而灭，生生息息，顺其自然。故宣颖对《庄子·齐物论》中，地籁的杂奏，忽而寂收的悄然之境，以万马奔腾波涛汹涌誉之，后又以秋空夜静，收结其文之冷峭，直将庄子之心眼所见的万事万物只是一片空灵，天下人“终身役役，而不见成功，薾然疲役而不知所归，可不哀邪”，在此明白地理解庄子是“直从明眼慈心，流出一幅血泪来也”②。宣颖细细品味庄子为世人寄托的深情，认为庄子“透悟将世人一切为知觉形骸尽为幻化，使人大失所

---

①《藏外道书》，第 22 册第 249 页。

② 同上，第 561 页。

恃，迭迭感伤”[1]的道理，故由子綦丧我之言，发挥至空灵澹荡悄寂之境实则是“怪叹众生汶汶，反备自己，为普天一哭。”故宣颖评《齐物论》云：

> 写地籁忽而杂奏，忽而寂收，乃只是风作风济之故。以闻起以见收，不是置闻说见，止是写闻忽化为乌有，借眼色为耳根衬尾，妙笔！妙笔！初读之拉杂崩胜，如万马奔趋，洪涛汹涌，既读之希微杳冥，如秋空夜静，四顾悄然。原为申解丧我，今将地籁、天籁敷说一番，截然而止，更无一字挽及，末句劈面相诘子游，亦寂无所疑，真冰壶灌魄之文。乐出虚二句，与风窍虚一段配读之，又一样希微杳冥，如秋空夜静，四顾悄然，皆天机浩荡之文。不见其成功妙，不知其所为妙，经营一生，将谓托业千古，以我观之，不啻电光石火，霎时影现耳，是何结局耶！[2]

宣颖这篇点评《庄子·齐物论》的小文，对于庄子所写音乐寂然天成的绝妙之境，两次用“秋空夜静，四顾悄然”来描写这种境地的感觉效果，亦不啻为一篇短小美文。

关于文辞之美。《庄子》一书，文辞与修饰双美。文辞之美主要是语言字句的瑰丽诡谲之美，修饰之美主要是指“三言”之法的运用所造成的奇特之致。对此，宣颖认为《庄子》之文参透道体，以三言两语难以说清楚的就用各种修辞技巧来荡开其义，委婉道出，层层披剥，使精深之道以言外之意出之，形神相遇，美不胜收，故他说：“有时罕喻之，有时傍衬之，有时反跌之，有时白描之，有时紧刺之，有时宽泛之。”如此多的描述之语，概括起来，《庄子》一书的修辞技巧主要有：

譬喻。这是一种借彼喻此的修辞法，宣颖说：“庄子之文，长于譬喻。其玄映空明，解脱变化，有水月镜花之妙。且喻后出喻，喻中设喻，不啻峡云层起，海市幻生，从来无人及得。设喻之妙，沁人至微，除

---

① 《藏外道书》，第22册第561页。

② 同上，第563页。

是天仙，断不能奇想至此。”①

宣颖在这里把《庄子》一书中的譬喻分类为三：喻后喻、喻中喻、影喻。关于喻后出喻，宣颖说，《庄子·德充符》中有“丘也尝使于楚”一段，“人乎一喻，又带两喻，先作反跌，接连平两喻，又作正衬”。然后，他又将豚子食死母之例作为设喻，一喻之后又以刖者无本无足作为反跌，再以天子之诸侯御者作为另一喻，此两个正喻为两个衬笔，形成喻后出喻的修辞手法。关于喻中有（或夹）喻，宣颖以《逍遥游》为例说《逍遥游》先说鲲化为鹏，鹏南徙而九万里，借水再喻风，又叙蜩鸠，“文复生文，喻中夹喻”，“前半篇只是寄喻大鹏所到，蜩鸠不知而已，看他先说鲲化，次说形容九万里，次借水喻风，次叙蜩鸠，然后落出二虫何知”，“文复生文，喻中夹喻，如春云生起，层委迭属遂为垂天大观”，这种喻中有喻，宣颖认为可使文章产生一种奇特绝巧之美，一会儿气降，一会儿意耸，犹如层峰起伏，美之至矣②。关于影喻，宣颖认为是一种类似于铡刀一样的一刀两面之行文方法，他以《人间世》“天下有大戒二”一段为例，说“乍读两大戒，谓是以忠孝竦动诸梁，乃至读下，乃知是两个影子，以君影心，以子臣影身。为人臣子句，正接说身事，心一边事，不过借用臣子字，而切勿误认之，庄子取喻，真乃无奇不到，其映捶之妙，有千百伶俐”③。身与心正是构成人体的正反两面，即外者为身，内者为心，亦相当于刀的两面，外面与里面，外为身，里（内）为心，身心互为用，犹如身影统于一体。

映衬。这是说，凡《庄子》中用两种相反观念或事物使其语气增加，或使意义显明，以加深印象之行文者，谓之映衬。宣颖以《庄子·逍遥游》中“小知不及大知，小年不及大年”一段为例来说明这种方法，他说：

---

①《藏外道书》，第22册第551页。

② 同上，第242页。

③ 同上，第296页。

> 以上若干文字，只为要点小知不及大知一句，却即忙又衬一喻，作排句蝉联而下，洸洋自恣之甚也。此节只是陪衬小知不及大知，见得于年亦有然者，并非又叙一事也。此处已风沓收束前半篇矣。①

质言之，“小年不及大年”是来陪衬“小知不及大知”的。

林云铭对《庄子》的文学解读。林云铭为清代初期（顺治康熙）人，别号沤浮隐者，大体可归属于道家人物。著述丰富，所作《庄子因》，是清代影响较大的《庄子》注本。我们以严灵峰收录的《无求备斋庄子集成初编》为引用依据来把握林云铭对《庄子》所进行的文学评点、解读，以复原其道家道教的文学观念特质，必须注意的是，林氏并没有对《庄子》一书的全部文学含蕴作全面详细的阐释，多就该书的行文特色、结构章法、思维轨迹等进行梳理，教诫人们怎样去读《庄子》。

庄子在表述自己创建其学术著作时说：“以谬悠之说，荒唐之言，无端崖之辞，时恣纵而不傥，不以觭见之也。以天下为沈浊，不可与庄语，以卮言为曼衍，以重言为真，以寓言为广。”这就是被后世文学理论界所艳称的“三言”。对此，林云铭的解读是：

> 《庄子》只有三样说话……寓言者，本无此人此事，从空蓦撰出来；重言者，本非古人之事与言，而以其事与言属之；卮言者，随口而出，不论是非也。作者本如镜花水月，种种幻相，若认为典实，加以褒讥，何啻说梦。

林云铭对《庄子》“三言”的解释一出，便成为“三言”定义的权威称谓，复原了庄子在《天下》篇的自我定义。这也是《庄子》一书的语言类属和文章或著作的结构特征，用今天的话来说就是：卮言，指随口说出来的无心之言；重言，托为时贤先哲之言，为人所倚重之言；寓言，寄寓之言。通观《庄子》一书的情况，该书中语言或为无心自然之言，或托为

---

①《藏外道书》，第 22 册第 243 页。

神农黄帝孔子颜渊之言，或为有寄寓之言，都不是指实在之言，而是暗示象征性的语言，目的是为了引导人们去体会和领悟道家之“道”，故《庄子·寓言》说：“寓言十九，重言十七，卮言日出，和以天倪。”这就是说，《庄子》这部书，十分之九（虚数，言其多也）都是寄寓之言，需要读者通过联想或想象才能理解作者的创作意图；十分之七（同上）都是假托为人们所倚重的先哲时修所说的话；而无心之言则层出不穷，均合乎自然之旨。统观之，这“三言”都不是作者对现实的真实表述，而是为了让人们体会“道”的特征从而运用这些象征性语言的。

林云铭指出，后世人们在解读《庄子》一书时，必须遵循“读其人而知其人”的原则去解读，这就是说，要在阅读时，注意庄子所处的时代特点，并进而体会庄子所以那样说话和提出那样的思想观点的内在原因，而不要被一些话语的表面意味所迷惑，应该认真去寻思庄子及其后学隐含在文字之中的本义，他说：

> 庄子生于战国，兵刑法术之家徒乱人国，其所云“绝圣弃智”“掊斗折衡”等语，皆本于愤世嫉邪之太甚，读者不以词害意可也。

林云铭提出的这种不以词害意的读庄之法，与孟子提出的“知人论世”的文学批评理论一致，孟子说：“故说诗者，不以文害辞，不以辞害志。以意逆志，是为得之。”（《万章》）孟子提倡通过对诗意文本的理解去推求作者之本意的文学批评观或文本解读论，主张不能以个别文字影响对原诗本意的认识，孟子说：“一乡之善士，斯友一乡之善士；一国之善士，斯友一国之善士，天下之善士，斯友天下之善士。以友天下之善士为未足，又尚论古之人。颂其诗，读其书，不知其人，可乎？是以论其世也，是尚友也。”（《万章》）孟子由交友问题论及读诗知人问题，他认为对于古人不仅要“颂其诗，读其书”，而且还必须“知其人”，而要“知其人”就必须“论其世”。从而涉及了要了解作品必须先了解作者；要了解作者应当了解其时代的问题，这就是文学批评和文学鉴赏的方法问题。将林云铭的读《庄》之法与孟子的读诗之法联系起来考察，两者所说完全一致。

此外，林云铭还提出了许多读《庄子》的方法，他说："《庄子》当以观贝之法读之，正视之似白，侧视之似紫，睨视之似绿，究竟俱非本色。才有所见，便以为得其真，无有是处。"这是说，要从多个角度去解读庄子及其后学的思想含义、创作主旨。林云铭还说："《庄子》当以五经之法读之，使其理为布帛菽粟，日用常行之道，不起疑异于心，则与我相亲矣。"这是告诫读者，要切合自身理解《庄子》，注重其实践精神，不要流于空疏。他又说"《庄子》当以传奇之法读之，使其论一人、写一事，有原有尾，须眉毕张，无不跃跃欲出，千载而下，可想见也"，这是说《庄子》一书灵活跳跃，千变万化，能让人产生无限联想，通过想象将其中蕴含的深刻道理捕捉到。虽然读《庄》之法如许之多，但林氏认为万法不离其本，万变不离其宗，读《庄》书要从其篇的根本旨意入手，驾驭好了根本，便可寻找到《庄子》的文脉与语义，故他说："《庄子》篇中有一语而包数义者，有反复千余言而止发一意者，有正意少而旁意多者，有因一言而连类他及者，此俱可置勿论。惟先求其本旨，次观其段落，又次寻其眼目，照应之所在，亦不难晓。此所谓抓根本而得其余，纲举目张，是读《庄子》的大法眼。"

综上所述，林云铭对庄子的文学评论，其要在于回归《庄子》的本来面目，即归于老庄之"道"及明道的种种方式，职是之故，可一言以蔽之，复归道之自然，是林云铭注《庄》的文学思想之指南。

胡文英的《庄子》评点。胡文英，清代晋陵人，主要生活在清乾隆时期，好道家，喜老庄，尤其对庄子有独到之见解，其所著《庄子独见》诚如书题所云，表现出与众不同的解读特色，采用明朝以来流行很广的文章评点之模式，通过文学的方法来阐述《庄子》书中的高深义理，从文学的层次来寻找庄子之道的"本根"所在，形成了《庄子独见》最主要的评点特色。

我们以胡文英对《逍遥游》的点评为例来说明这种情况。

胡氏认为，《逍遥游》通篇只是要说明"逍遥游"三字，但如果采取直接陈述的说理方式，则无需长篇大论，"逍遥游三字，一经说破，不过枣儿甜"，但庄子不直说，而是用文学的手法敷衍成篇，"层层翻迭，笔笔盘旋”，先是“微逗游字”，然后“暗折到逍遥”，继而“明带出游字”，最后才把“所以得逍遥之故”和“所以济逍遥之具”全部说出，旨意总算被圆满表达。在这个过程中，庄子不厌其烦地铺陈文字，施展文学描写的工笔画，字句繁丽而摇曳多姿，句与句，上文与下文之间亦有不同的安排，“前段如烟雨迷离，龙变虎跃，后段如风清月朗，梧竹潇疏”，胡文英这些点评，一方面是在评点《逍遥游》的文学手法，另一方面是在揭示《逍遥游》全文前后两部分（以“至人无己，神人无功，圣人无名”为分界线）不同的说理方式。

在他看来，庄子运用这些手法所建构的文章框架及其语辞，都只是“枝叶”，而“主干”则是“逍遥游”之内涵，他告诫注《庄》读《庄》者要透过语言的表层而悟得其中之奥义与道理，因此，胡氏说：“读《庄子》须是穷理……若不能穷理，以心相印，徒恃聪明偶到之处，横为钊截，只是解者肚里明白，解作者肚里倒不明白了。”①胡文英认为，《庄子》一书就像一本“绝迹飞行之谱”，因此，注者的任务不是简单说明其文章布局及其行文笔法，而是要“指点形势隐见之际”，要透过表面文章来“洞幽烛微”，以求窥见象下棋者的“落子布局之妙”。

胡氏认为《庄子》一书的妙法就是“寓言”，庄子借寓言著书，不过是古人言道的一种方式。此外，胡氏还认为庄子言道也有另一些方式，如“雷电风云”之方式，他说：“庄子著书，一雷电风云之通于日月而无可端倪也。”这个意思是说“雷之奋击，电之喷射，风之飞翔，云之播扬”等不同表现形态，都可以作为一种阐述和表达“道”的方式方法。对于这样的言道方式，他提醒人们不要因为司马迁说《庄子》“空语无事实”就忽视书中的深刻道理或哲理，“雷电风云”等等也不能仅仅看作一种表现的“饰观”，而是“通天地日月”的言道之工具，如果不如此解读《庄子》，那么结果只能是“实而往，虚而归，去精咀粕，殆与叶公好龙者类。”

① 所引胡文英语均见于严灵峰《无求备斋庄子集成初编》第二十一册，线装。

综上可知，胡氏点评的《庄子》读法，他所解读的《庄子》，就是提倡一种遵循《庄子》本义去注《庄》读《庄》的原则，目的是回归《庄子》之“根本”或“本义”，这种文学点评，质言之，就是回归《庄子》之“原始”。

第二节　小说思想向存想思神的空间维度回归

清代小说文体发达，小说理论也相应地繁富。以道教题材的小说而言，神魔小说是清代道教文学的重要体式。这些神魔小说在理论追求上的一个显著特点是向道教上清派的存想思神的思维方式靠拢，表现出回归六朝上清道教存思守静之轨迹的倾向。

一　上清道派的存思与玄想

上清道派是问世于晋代、由魏夫人魏华存创立，至齐梁由陶弘景集大成的重大道教派别。这个道派在道教修持上主张存思（又称存神）和玄想，杂以其他修炼方式，故既不同于陆修静阐扬的以斋醮修炼为主的灵宝经派，也有别于寇谦之整顿后的以音诵操持为主的北天师道。由于上清派存想思神的修炼方式着重强调凝神（精神）守一，内观虚静，以及玄想通神（灵、仙），类似于文学艺术创作中的凝神构思和抒心写性，因此，这种存思、守静又反映了上清道派对文学构思的深刻认同。清代的道教神魔小说在情节构思上正体现或回归了上清派这种文学构思路径。

但是，在梳理清代道教神魔小说这种理论观念时，有必要认识清楚上清派这种存想，思神，和抒心写性的文艺认同之内容特质究为何物。

道教尤其是神仙道教之所以形成，是从老庄思想关于天人合一的生命观、人生观中吸取营养，特别从汉代黄老方术道、方仙学的生命观念中吸取其合理的成分，要用人力的神奇巧妙来夺取天地造化之功，用方术仙技达到长生不死的目的。葛洪的神仙道教理论，陶弘景的炼丹实践,就体现了道教所追求的天人合一,企求人与天的永恒。从理论上讲,天人合一当然是指如上所述的顺物之性,消灭物我界限,主客体的高度融合。但道教是一门重视实践品格、讲究实验效应的宗教,在追求长生成仙的目标上,上清派道教更重视实际的修炼和操持。那么要达到天人合一的目的,又将采取怎样的具体操持的措施和方法呢?

就神仙道教而言,老庄讲的“抱一”或“守一”就是成为神仙的手段和方法。守一,就是守道,是把人的朴素自然的本性和宇宙自然之道融合,将人自身的有限生命融入永恒的宇宙造化之中,从有限中体味无限,使人的身心和宇宙自然合二为一,达到绝对自由的境界,这就是神仙的境界。但是,到东晋晚期开始出现的上清经典,如《上清大洞真经》①等,用“存想”“思神”(统称“存思”)或“玄想”来取代“守一”“抱一”,作为道教修持致仙的措施和方法。

所谓“存思”,就是通过意志活动想象人的身外之神,集中意念,把神收纳身中,同时又接引外界五行诸神返回人的体内,达到修身长生、驱邪去病的宗教修炼目的。这是一种瞑目的幻想活动,信道者用幻想在脑海中描绘出种种幻象、幻景,让人的意念神志产生某种幻觉或感受,从而沉迷在幻象和玄想之中,达到精神的超脱和自由。《上清大洞真经》云:“盖修炼之道必本于养气存神,逐物去虑,然后,气凝神化,物绝虑融,无毫毛之间碍,而后复乎溟涬混沌之始,故不饥渴,不生灭,与云行空蹑者,游于或往来而莫知其极也。”②

《黄庭经》是上清道派的主经之一,非常强调存想思神对于修炼的重大意义,其《外景经》说:“内息思存神明来,出于天门入无闲。”③闭门存思则外界神灵纷至沓来,足见精神活动的神奇作用。又其《内景

① 上清经的出现,学界一般以东晋晚期为限,胡适、王明均持此说。参见王明《道家和道教思想研究》,第 336 页。

②《道藏》,第 1 册第 555 页。

③ 同上,第 914 页。

经》云“兼行形中八景神，二十四真出自然。清静神见与我言，安在紫房帷幕间”，“内视密盼尽睹真，真人在己莫问怜”①，这是存想己身之神，身神与自我共语、对话。无论身外之神或身内之神，只要自己与神通感（即所谓“会神”），则自由逍遥精神奔逸。

从宗教理想来说，上清派的“存思”，就是为了让在现实中饱受痛苦和煎熬的个体生命进入精神自由、虚无缥缈、空旷怡神的境界，以摆脱现实的苦难，这个境界中的主体——摇身一变而成的神仙或仙人，只不过是宗教追求的理想人格，而这境界（或称为仙境）当然也只不过是带有艺术化和审美化的真善美的融合之境。在这个超越了现实的美妙绝伦的身与神游的仙境里，肉体与精神的自由自在是通过与神的对视和冥通，通过幻想的形式得以实现的。周子良的神仙冥幻就是典型的例子。陶弘景的笔记体小说《周氏冥通记》描写主人公周子良通过存想即与神仙对接、交谈的方式成了神仙，他在幻象幻景里与神遨游，体验神仙生活的自由自在和神仙境界的美妙无比。由此可知，运用道教存想、玄想、想象来进行“艺术”创造的过程，其实就等同于六朝文学理论家们艳称的“精骛八极，心游万仞”，“寂然凝虑，思接千载；悄然动容，视通万里”，“神与物游”等等构思的过程。尤其是上清派所认为的存思时外界神灵纷至涌进己身，与文学艺术创作中灵感一旦爆发于是物像鱼贯而入作家的脑际是毫无区别的，正像陆机所说：“情瞳昽而弥鲜，物昭晰而互进。”

在道教典籍里，道教人物也在运用这种具有艺术特质的存思之法来虚构许多仙居仙境，这些境界主要有三种，即天上仙境、地上洞天福地和阴间仙界三重景象，这些景象瑰丽奇诡，色彩焕烂，云缭雾绕，山青水秀，奇花异草，芳馨浓郁，琼楼玉宇，金碧辉煌，它们是艺术化、审美化、想象化、理想化的结果。就拿道教的三大尊神所居住的三清境来说，“夫三清上境……或结气为楼阁堂殿，或聚云成台榭宫房，或处

①《道藏》，第1册第911页。

星辰日月之门，或居烟云霞霄之内”①，神仙们住的天上玉京山“山有七宝城，城有七宝宫，宫有七宝玄台，其山自然生七宝之树”②，这当然是现实世界在仙界的虚幻反映。那里也像地上人间一样莺歌燕舞，鼓乐喧天，“钧天妙乐，随光旋转，自然振声，又复见鸾啸凤唱，飞舞应节，龙戏麟盘，翔舞天端。诸天宝花零乱散落，偏满道路”，“十方来众并乘五色琼轮，琅舆碧辇，九色玄龙，十绝羽盖，麟舞凤唱，啸歌邕邕。灵妃散花，金童扬烟，赞谣洞章，浮空而来”③。而地上洞天福地尤以西王母住的昆仑山为著，那里“金台玉楼相壤，如流精之阙，光碧之莹，琼华之室，紫翠丹房，锦云烛日，朱霞九天”④，你不用说这里的主人西王母“天姿掩蔼，容颜绝世”，就是她的侍女亦“年可十六七，容眸流盼，神姿清发”，上元夫人也“天姿清辉，灵眸绝朗”⑤。自从古代神话、道教仙话开创了关于昆仑山的话语系统之后，历史上不知产生了多少关于昆仑山的文献和文学艺术作品。

常人看来，地狱可怕。但在道教徒那里，鬼界也有美景，掌管鬼魅的丰都北阴大帝所居住的罗丰山“在北方癸地，山高二千六百里，周回三万里，其山下有洞天……洞中有六宫……树木水泽如世间……稻米如石榴，籽粒异大，色味如菱”⑥，只要是能让人看到幸福的，这里都一应俱全，许多凡间死去的人甚至包括一些帝王将相也来到这丰都胜境享受幸福如李广利之妇、贾谊、纪瞻、殷浩、何晏、魏武帝、公孙度、郭嘉、刘备等等。

作为一种与文学艺术创作相通的富有艺术特质的上清派存思之法，对两晋南北朝的文学创作产生了很大的影响。这个时期文人游仙诗的兴盛以及志怪小说的形成和发展，从某种意义上说，是与运用这种存想思神的方法分不开的，文人们直接借用这种神仙方术来为创作

①《道藏》，第 24 册第 744—745 页。

②③ 胡道静编《道藏要辑选刊》第 1 册第 161 页，上海古籍出版社 1989 年版。

④《道藏》，第 24 册第 54 页。

⑤ 同上，第 47 页。

⑥《道藏》，第 20 册第 579—580 页。

文学作品服务，或为了突出主题，或为了塑造形象，或为了渲染环境，等等。我们试举《搜神记》中的“弦超”条为例说明“存思”在文学作品中的运用：

> 魏济北郡从事掾弦超，字义起。以嘉平中夜独宿，梦有神女来从之。自称天上玉女，东郡人，姓成公，字知琼。早失父母，天帝哀其孤苦，遣令下嫁从夫。超当其梦也，精爽感悟，嘉其美异，非常人之容，觉寤钦想，若存若亡，如此三四夕。一旦显然来游，驾辎軿车，从八婢，服绫罗绮绣之衣，姿颜容体，状若飞仙。自言年七十，视之如十五六女。车上有壶、杯、青白琉璃五具。饮啖奇异，馔具醴酒，与超共饮食。谓超曰：“我，天上玉女，见遣下嫁，故来从君。不谓君德，宿时感运，宜为夫妇。不能有益，亦不能为损。然往来常可得驾轻车，乘肥马，饮食常可得远味异膳，缯素常可得充用不乏。然我神人，不为君生子，亦无妒忌之性，不害君婚姻之义。”遂为夫妇。①

弦超的“觉寤钦思”，就是对梦境的反复回想，而更主要的是对梦中仙女的反复存思和玄想。弦超之所以梦见仙女降临，就是因为道教所宣传和虚构的美妙的神仙境界及其美人仙女应有尽有的宗教诱惑对他造成了巨大的震撼，经过一定时间的积累，便成为一种思维习惯和定势，在一定条件和场景下，他意识深处的仙女形象便会浮现和凸兀出来，活动起来，这时，他就认为有神女降临与之对话，或者他认为自己已经进入了神仙美女群集的仙国仙境，而不管是何种形式，总之，他已与神对接和沟通了。

作者意识到道教“存思”具有如此的感通人神的作用，因此就借用它来建构离奇诡谲而又富有浪漫色彩的故事情节和塑造人物形象，从而也成就了此类志怪小说的艺术技巧。上清派道教的“存思”也就这样与文学艺术的幻想、想象融为一体。宗教的形象性思维与文学艺术

① (晋)干宝《搜神记》，第16—17页，中华书局1979年版。

的想象“接轨”,自然会促进文学的发展,尤其是对神采飞扬的浪漫主义文学的发展。正如葛兆光先生所指出:“道教的存思,使得文学家的思维精骛八极,心游万仞,幻化着万万千千的奇异景象。”①弦超的存想仙女降临就是这万千景象中的一个②。

以上所述道教上清派存想思神的宗教思维方式,和文学艺术的形象思维、构思立意有着本质上的相通相会,两者之间的这种互通关系,可以相互依赖,相互借用,这在明清小说中的神魔小说创作上,两者良性互动的情景得到了很好的展现,从某种意义上讲,明清尤其是清代神魔小说的创作,与其说是一种创新题材的艺术实践,毋宁说是向道教存想思神的逆向心理思维的一种回归,下面尝试探之。

二　明清道教神魔小说的逆向思维

明清两代的道教神魔小说,从文学题材尤其是小说题材的类型上讲,是明清时期出现的一个新品种,鲁迅先生在《中国小说史略·明之神魔小说》中定义为神与魔“斗法”的故事,“斗法”的焦点集中在正与邪、善与恶、是与非、真与伪、义与利等等对立鲜明的事、物、人上面,“斗法”的故事或情节被小说家观念化理论化为如此的结构形式或结构特征:故事情节以“天界”的神(仙)活动,或神(仙)开天辟地的种种“创世”或“创生”神话为开始,以主人公(神)在人世间的各种宗教主旨的活动如“救济”“修道”为主体,以主人公(神——正义的一方)功成果满,最终又回归“天界”为结局。情节冲突的双方分别是神和魔。这种结构形式显然打破了其他一切小说体裁在建构故事情节时把情节的原始发生地设置在人类实现生活中的“地面”的传统思维模式,而是逆传统思维而动,首先思神存想,即将道教上清派的存思模式打入文学思维之中,形成与宗教思维相一致而与传统思维相逆反的逆向思维形式,即小说家在结构理论上向道教存思回归的形式。这个形式可以直

① 葛兆光《想象力的世界》,第147页,现代出版社1990年版。

② 可参见《太平广记》,卷六所记载的女道王妙想存思致仙的故事。

观表述如：天界—人世—天界，即首先存想天界神（仙），超逆现实人世而直指天界，然后神（仙）降世或临世与邪魔妖鬼作坚决激烈的斗争，完成救济人世，普度众生和修道炼养的宗教目的，即在人世间实现种种情节活动，最后神（仙）以胜利者的姿态和功成果满的修炼结局回归天界，实现由人世到仙境的第二次逆袭。

这种结构模式分为三个部分，即神仙起首式、中腹主干式、神仙结尾式。下面分述之。

神仙起首式。神魔小说一般要贯彻作者“救世济人”的救世主题和“修道成仙”的宗教主题，因此围绕这些主题所开展的情节主要是神与魔斗争的故事。但作者在建构这样的故事前，却常常从“天界”神仙开始落笔，描写天界神仙聚首相集的活动，在观念上，我们称之为“思神”，因此，小说的起首（开始）便写神仙事，形成道教神魔小说最普遍最常见的起首式或开头式。在我们初步统计的51部明清道教神魔小说中，基本上是这种起首式。下面我们略举数例来说明神魔小说的这种思维模式和结构理念。

《女仙外史》。该部神魔小说的起首式结构在第一回“西王母瑶池开宴，天狼星月殿求姻”中展开。该长篇小说作者为清代吕熊，其创作目的是“褒忠殛叛”，但却借神魔斗争及其情节故事内隐含。第一回以“蟠桃会”形式引出众神仙，描写天界仙人的各项活动，描绘天界仙境的美好诱人，为天狼星醉酒戏嫦娥犯天庭法律贬谪人间做铺垫。这种起首式的人物、环境、故事发生等等都从天界说开来，形成前述三段结构的第一部分。第一回有云：

> 而今话归正传。按道书云，天上有一位万劫不坏的金仙，圣号称作王母，居于瑶池。池在东天之西偏，亦名曰西池，王母亦名曰西母。……王母所居珠楼贝阙，在瑶池之畔。此池非下界之水，乃是融成玉之精髓，溶溶漾漾，竟如酒浆一般。……那瑶池之北有三座大殿：中间一座名碧桃殿，东名青驾，西名石麟，三殿皆因物命名。其碧桃树在西池之南，高八十寻有咫——俗所云蟠桃

> 万年一结子者，正对中间大殿，玲珑盘郁，势若虬龙……只为他有瑶水浸润，故其枝叶花葩，皆带玉之精华，在仙树为独冠。所结蟠桃，食一枚寿与天齐，若是三枚，能超万劫。西母于桃熟之日开宴，只请佛菩萨、道祖、天尊与上帝及诸大仙真，其余一切仙官仙吏、海岛洞府散仙、斗牛宫二十八宿总不得与，是以岁星东方朔每至窃食。今此一夜，碧桃繁盛，倍于从前，凡散仙列宿，亦多邀请，为万劫以来第一盛会。①

作品接下来写无数神仙参加王母举行的蟠桃宴，正在酣饮琼浆，品尝寿桃的时候，突然出现天狼星调戏嫦娥的场面。

> 猛见侧首突出一人，径来抢抱嫦娥……但见他向二仙女（嫦娥的女仆——引者注）深深作揖道："我奉上帝敕旨，令午刻下界，今已迟了四个时辰，岂能延至明日？烦仙女上达嫦娥：我应做三十四年太平天子，少个称心的皇后，我今夜就要与嫦娥成亲，一齐下界，二位仙娥也做个东西二宫，岂不快活？何苦在广寒宫冷冰冰的所在守寡呢？"②

这一段关于天狼星对嫦娥的无礼戏弄，为他被贬谪凡界以及后来发生的一系列事件埋下了伏笔。从所引原文中发现《女仙外史》的首起式结构为整个小说的故事发展奠定了基础，也为以后作品宣传的道教济世主旨或"修炼"主题作了铺垫，其文学思想意义不容忽视，这种结构体现了文学性与宗教性的统一。

《南游记》。作者余象斗，他也运用这种起首式的结构理论和模式来为情节发展，主题表达服务。第一回"玉帝起赛宝通明会"，叙述天界仙真之首的玉帝下圣旨召集三界神仙真灵以及西天各路佛尊来参加"三界通明会"，天界仙真在宴会上开展各种活动。其中发生了龙王与马耳大王的争执，这个细节为后来小说主要情节的发展埋下伏笔。

①② （清）吕熊《女仙外史》，第1—3页，百花文艺出版社1984年版。

接下来作者又在第三回设置了天界各神仙的“分龙会”，第四回又安排了他们的“琼花会”，这些会聚上的天界仙真以及聚会本身，引发了作为作品主要故事情节的华光闹天宫而被迫走入下界“转生”的大事，从而把小说故事在发生空间上由“天界”转变为“地面”。限于篇幅，关于起首的上述内容，这里就省去对原文的征引。

《东游记》，作者吴元泰，主要讲述八仙的故事，但也是运用起首式结构理论和模式来推动情节发展，只不过这部小说的起首不叙天界神仙群英会之事，而是回顾某个神仙得道致仙的过程以突显道教的神性，为最后宣传宗教“救世”“济世”主题作铺垫。如在第二回“老君道教源流”里，作者详细地回顾了道教始祖老子的创世神话及其成仙的过程。叙述老子自混沌开辟以来，历世历朝均化身救世，从商周时诞生于李树下，至周文王时为守藏吏，武王时为柱下吏，康王时从西竺返回，敬王时出关化胡作《道德经》，烈王时过秦并教以秦献公历数，汉文帝时授以《道德经》，历东汉各帝均降临人世传授道教经法，至唐宋亦多次显灵，并西去化胡……这一系列的关于老子的神话故事，作者将其置于小说的开始阶段，意在宣传道教神仙的“创世”及“救世”思想，为后来的八仙故事的主题作引子，因此，这种起首式的文学宗教性意义非常明显，创作意图自不言而喻。

《铁树记》，作者邓志谟，主要叙述道教人物许逊得道飞升的故事，也运用“起首式”结构理论模式。第一回“总叙儒释道源流，群仙庆贺老君寿”，先叙写天界仙人的活动，群仙酣饮宴会，仙乐奏鸣，鼓舞热闹，然后掉转叙事话题，写太白金星向玉帝报告下界“蛟蜃为妖”的灾难，于是引出小说的主人公许逊应运而生，去下界收服妖精造福下界，彰显小说的“济世”主题。接下来故事是：许逊祖居颍阳，世代积善，因此感动玉帝，玉帝差玉洞天仙变为金凤，口衔宝珠降生于许家，是为许逊。许逊自幼学道，拜吴猛、郭璞为师，晋武帝时为蜀都旌阳县令，布德施仁，深得人心，后天下无道，退隐东归。时江南有孽龙精，为人间大患，玉帝令女童赐斩妖神剑两口给许逊，许逊挥剑斩孽龙而未胜，遂与吴猛往镇江府丹阳县拜见谌母，得授法术，晋孝武宁康二年，得太白金星引荐，许逊升天为仙，从地界上升到天界。

以上诸例是道教神魔小说结构安排中运用道教存想、思神的思维模式建构小说情节的展开的“起首式”，着重描写天界神仙内容，包括事、物、人、景等等，文学意义与宗教意义交融在一起，一开始就给读者引人入胜的艺术效果。

中腹主干式。所谓中腹主干式，是指明清道教神魔小说在结构安排上关于情节的主干部分的布局模式，即将故事主人公由天界移至凡间，将故事情节的发展、高潮都放到人世间来表现，通过神与魔的斗争、冲突而展示的“救济”或“修炼”主题都在这个主要空间、主要背景和主要活动中凝聚。这个小说的主干部分，人物活动的主要舞台等等都集中在小说的中间部分，表现出犹如一个生命体的腹部比较饱满充实的状态，这个结构观念很相似于明清戏剧理论、文法理论中所艳称“猪肚”概念，意谓文章中腹部分是全篇的主干，要充实饱满，主要情节、主要内容、主要思想都要在这个“中腹”中体现，因此，神魔小说家称这样的结构模式为“中腹式”。

这种“中腹式”结构模式的设计目的是为了顺利完成从“天界”到“尘世”的场景转换和情节变换，更好地更直接有效地凸显人物活动尤其是主人公的“救济”性质，也是为了更好地把相关材料组织起来，职是之故，神魔小说大都在安排主人公在人世间的事件或活动时，一般有一种重大意义的使命在身，这项使命与主人的命运息息相关，也与普通众生息息相关，艰巨性、苦难性、风险性是主人公使命的特点，而重大价值则在于“救世”“救人”，为某种真理、道义而承担无穷的艰难险阻最后克难制胜。这种设计理论，在《西游记》中表现和运用得最典型。

《西游记》的“起首式”完成后，情节便由天界转入人世，即由“天”转到“地”。“天”的内容主要是主人孙悟空大闹天宫，“地”的内容则是由主人公之犯天法而贬入人间，故事转入“取经”模式，即以孙悟空为代表的“神”与阻止取经事业发展和实现的邪魔鬼怪的斗争。而在取经过程中，主人公历尽艰险与形形色色的对立物、敌对者进行了无数可歌可泣的战斗，通过各种斗争，通过一系列无穷数的情节描写，表现济世救人，追求真理的文学主题。从回目上看，上述主要事件、情节、活动、主题集中于第二十回唐僧出长安西行到第九十四回到达西天佛土，是小说的中间主干部分，属于典型的“中腹式”神魔小说的结构范式。

又如邓志谟《铁树记》，先用“起首式”结构完成神仙对主人公许逊传授仙道之术，然后让许逊去人间打抱不平，济世安民，作品情节就能转入地面人间，而情节内容则主要是主人公许逊率众弟子六次斗蛟龙，向平民百姓、老弱病残者施德布恩，救民于水火，使人间众生免除灾难获得生命和生活的幸福。这些主要故事情节、主要的思想内涵都被安排在第六回到第十四回的篇章结构之中，这些篇章正是小说的主干部分，是典型的道教神魔小说“中腹式”结构理论的具体化、实践化。

其他神魔小说运用了“中腹式”之结构思想和结构模式的还有《飞剑记》《女仙外史》《韩湘子全传》。《飞剑记》共两卷十三回，中间十回的故事情节主要是主人公按照自己在仙界许下的“度尽天下人方上升未晚”的誓言在人世间“济世度人”。主人公吕洞宾自从背着仙师钟离权下凡，投胎吕家。长大后屡次参加科举落第，直到六十岁才举进士，授咸宁知县。赴任途中，遇仙人钟离权，指以玄理，于是拜权为师无意于官场。权七试其心，皆能经受考验，于是权乃授八百行圆，再度其成仙。吕洞宾按师令执行，而又遇火龙真人，又赠以雌雄宝剑两柄，号称飞剑，吕用飞剑斩黄龙，为黄龙所破，黄龙挟留雄剑，还以雌剑，吕即以此剑佩于背上，逢妖斩妖，遇魔杀魔，广为世间除害兴利，遨游四方，造福各地，普度众生。这十回中，主要情节、主要题旨，主要人物悉数展露登场，文学含蕴、宗教寓意以及结构理论均隐含其中。

《女仙外史》的“中腹式”结构宏大饱满，从第二回至第九十八回均是主人公在人世间“协助明君”，“救世济民”的一系列事件、情节之出现、完成。其中，主人公唐赛儿历经千难万险，力斗、苦斗、智斗各种妖魔鬼怪，帮助建文帝创业建国，作品在情节安排、人物性格、主体思想等方面均由主人公在人世间即地面上实现。

《韩湘子全传》的“中腹式”结构依然是让主人公在人世间（地面）完成主要事件，体现济世度人之主题，表现情节或主人公事业的艰巨性。该小说共三十四回，第九回至第二十九回为这个结构模式的主要回目，写主人公韩湘子度化韩愈之妻窦氏以及自己的妻子卢英、岳父林圭。在这些事件或情节中，主人公经历十二次失败，最后才功成果满。人物性格、情节意义以及主旨内涵均由这种结构来承担。

升仙结尾式。这种结构模式是指的明清神魔小说以代表正义的一方神仙战胜斗败代表的邪恶的一方妖魔作为大团圆结局，主人公功成果满，最后荣升仙界，被授予仙职，置于小说的最后一回或末两回中予以体现，给读者一个完满美好的结局。这种结局类似于中国古代传统题材小说中才子佳人剧或才子佳人小说的大团圆结局。这种结局模式，多采用“飞升玉句”，“重登天界”等话语表述形态，主人公登上天界升仙之时，仙界举行盛大隆重的“封仙”仪式，又浓墨重彩地描写天界仙境及仙人活动，以与起首式的模式内容相对应匹配，目的是为了彰显和宣传道教的“仙凡不一”，“修道成仙”的宗教主题以及首尾呼应的文学理论效应。

这种结构模式在《女仙外史》《封神演义》《韩湘子全传》《西游记》《东游记》《北游记》《南游记》《飞剑记》《哭枣记》《绿野仙踪》等神魔小说中广为运用。下面略举几例说明。

《女仙外史》将这种结尾模式称为“玉局”，即主人公升登天界，被尊神封为神仙真人，其第九十九回“嫦娥白日返楼台，师相黄冠归玉局”即写此一情节。如写主人公唐赛儿完成了救世济民使命后飞升登天的情景云：

> 其时，燕京内外，远近地方，上至朝廷百官，下至闾巷庶民，无不目击唐赛儿肉身成圣，白日飞升。这样一桩奇事，倒是自己部下，只有刘璟、阿蛮儿、瞿雕儿、小皂旗在五里之外望见，各拜手遥

送，不胜太息，飞马赶上大军不题。①

主人公唐赛儿升天成仙后，同回又写到他的四个弟子刘璟等沿水而上至蜀地灌口山天彭阙之山洞中志心修炼百有余年，各上升大罗天，修得一个皆大欢喜的“玉局”。

至于《女仙外史》在“玉局”中又写到神仙境界的美妙绝伦，与起首式仙境描写形成完整统一的有机整体，表现出首尾呼应的结构严谨之特色，也体现了作者在结构安排上的匠心独运，其中写道：

时太阳初升，正射着城西，遍空中彩雾盘旋，香风缥缈，隐隐然闻有天乐之声。遥见多少仙官仙吏，都著霓裳羽衣，各执绛节云幡，伫立层霄，恰像个迎接人的。月君早已穿着天孙赐的混元开辟一气仙衣，戴着碧霞元君送的蓝玉雕楼九凤冲天百宝冠，束着嵩岳夫人献的伽蓝造成五龙衔珠带，蹬着东海龙女贡的青丝织就百花凝香履，拜别了鲍、曼二师，又与两位剑仙稽首作别。范飞娘等四员女将皆俯伏拜送。早有一只素鸾鸟下在台端，向着月君延颈舒翼，若有所诉。月君视之，即广寒宫所遇之仙禽，天狼星抢来时，全亏他斜飞退避的。才敛衣坐于鸾背，忽东台一声响，为火崩裂，四大弟子尸解出神，各御彩云一朵，随了月君冉冉升上云霄至瑶台仙境。②

邓志谟的神魔小说共有三部，全部用“玉局”模式结尾并有“封仙”仪式的描写。如《飞剑记》写主人公吕洞宾度济何仙姑成功后，飞仙入天界去朝见玉皇大帝，情节发展到结局阶段，他们升天后，天界举行了隆重的“封仙”仪式，第十三回写道：

钟离权引吕纯阳、何惠娘俯伏玉帝金阶之下，奏明情理，请求玉帝金旨，擢入仙班，已然玉帝见奏，天颜大展，说道：“钟离权既

① 吕熊著《女仙外史》，第 1075 页。

② 同上，第 1074 页。

度有吕岩，吕岩复度有何惠娘，源流一派，仙籍垂芳，大是美事。就封吕岩为演正警化真人之职，封何惠娘为太玄演化仙姑之职，各赐金书玉旨，擢入仙班，叩头谢恩。”钟离权同吕真人、何仙姑谢恩已毕，玉帝复命，着金童持彩仗，玉女捧香花，又命奏乐官史奏一部钧天广乐，又令六丁神将摆列仪仗，送吕真人、何仙姑回转终南山碧云洞中。①

邓志谟的另一部神魔小说《咒枣记》二卷十四回，叙说主人公萨守坚怎样改变人生、救济人世最后成仙成佛成仁的过程，同样用“玉局”的结尾式描写主人公修成仙果飞升天界的情景：

只见碧天之上，彩云微茫，半空中异香飘下，百里之外俱香。仙乐一部，嘹嘹亮亮。少顷，见绯衣使者驾有赤虬，持有玉节，径到永泰寺中，出天书一纸，付与真人，说道：“真人修行功满，张虚靖天师、葛仙翁、王方平三仙长保奏真人归领天枢，天上极乐不苦也。真人可疾速而往。”须臾之间，真人气绝而死，遂与王善跟着绯衣使者径上天宫而去。②

萨守真的灵魂飞升上天，在天界永做神仙，享受仙福。到了天界，立即举行“封仙”仪式，故小说又写道：

张虚靖即同王、葛二仙又领着真人同至通明殿下，朝见玉帝。张虚靖复奏：“臣张虚靖同仙僚王方平、葛仙翁，并绯衣使者领着西河萨守坚跪伏天墀，乞降玉旨，佥授萨守坚何职?”玉帝道：“萨守坚功行圆满，今又奏名真人，合领天枢之职，掌天曹文薄，出入朕前。”萨真人谢恩讫。③

这里的仙界活动，既有各种神仙的荟萃，又有仙界之等级尊卑，也有神仙们热闹欢快的氛围，与小说的开首部分中关于仙界的描写遥相呼

① 邓志谟《飞剑记》，万历萃庆堂刊本，线装。

②③ 邓志谟《咒枣记》，万历萃庆堂刊本，线装。

应，首尾统一。

运用“玉局”构成其结尾模式的明清神魔小说，最值得一提的是《绿野仙踪》，这是清代最有代表性的神怪小说，作者李百川。小说描写明嘉靖年间，士子冷于冰因不愿攀附权相严嵩而应试落第，又目睹忠良被害业师病故，因此心灰意冷，悟彻人生，深感“趋名逐利，毫无趣味”，于是立志出家学道。经历了一番艰难辛苦，遇上火龙真人，学成道术，从此“周行天下，广积阴功”，斩妖除魔，救济芸芸众生，先后度脱灵猿、大盗、狐女、农夫、浪子成仙，并协助忠良参倒奸相，诛灭叛逆，终于功德圆满，被玉帝敕封普惠真人，位列金仙班列。小说用两回的篇幅描写主人公升入天界被封仙人及仙界环境、众多活动，构成较长篇的“玉局”形式，这在众多的明清神魔小说中是较少见的。如第七十九回“冷于冰奇鸾朝帝阙”就是写冷于冰被天界玉帝召回天宫，准备授予仙人之籍，其中写道：

> 未时中刻，从西北方起一阵香风，与冰麝兰桂之味大不相同，久之香气倍浓。至酉时初刻，猛听得半空中云璈齐奏，笙箫和鸣，又见霞光片片，彩云成行。遥见童男童女十数对，各手执朱幡翠盖，玉节金符。中有一仙官，戴八宝碧莲冠，穿紫鹤氅，丝绦皂靴，双手捧着纶音，由远而近，冉冉下降。离地有一丈高下停住云头。于冰跪伏香案前，众弟子同二鬼亦各跪在于冰背后。那仙官将敕书开展，口中宣读道：……冷于冰……宜列紫极之班，用广红云之座。今特授尔为三界靖魔大使普惠真人。……读毕，于冰三跪三起，九顿首谢。①

这就是主人公济世救生后，功成果满，被授予仙班的场景。

冷于冰被授予仙籍，自然要居于仙界，那仙界仙境又是何等情况呢？小说第七十九回又写道：

---

① 李百川《绿野仙踪》，第797—798页，人民文学出版社1987年版。

> 再说于冰骑了青鸾，同仙官仙吏、众童男女升起在九霄之上。只见光烛三界，五色玄黄；又见千乘万骑，羽盖龙车，往来在碧空之内。至南天门外，下了青鸾，早有金公木母引到天衢。但见：
>
> 红霞现彩，紫气笼烟。贝阙琼宫，瑶衢分三条广路；银楼玉宇，朱扉开十二通门。桂殿兰台，凝眸皆琳琅之器；丹楹绣柱，翘首瞻琬琰之城。皓魄临窗，玉轴共牙签一色；和风拂槛，珠帘与袅篆齐飘。西兔东乌，转旋两仪之毂；左龙右虎，调和一气之元。芝草杨枝，同苍螭而度厄；火珠蕉叶，偕赤凤以垂光。天矫红桥，高接千层宝塔；辉煌晶镜，照彻万顷冰壶。烂熳卿云，缭绕露盘之座；缤纷异卉，芬馥阆苑之葩。……正是：九天阊阖开紫极，一朵红云捧玉皇。①

除了仙境奇幻美妙之外，群仙欢舞、宴饮娱乐的美好生活，亦非人间之所及，对此，小说在最后第八十回又有浓墨重彩地描写，如写主人公冷于冰在瑶池拜见王母的宴赏场面："王母赐宴玄台，令火龙、于冰列作两旁，自己居中独坐一席，下面华林、媚兰、青娥、瑶姬、玉卮五女相陪。又召董双成吹云和之笛，王子乔弹八琅之璈，徐飞琼鼓太虚之簧，安法兴歌玄灵之曲。"②显然，仙界的琼浆玉液、金声玉振，只能赏赐给奉使完成济世大任、修得功德圆满的非常之人，他们才有资格最终入编仙籍。在这样的"玉局"结尾模式中，作者把宗教主题和文学特质双双隐括进去，宗教思想、文学理念相得益彰。

明清道教神魔小说的上述三段式结构思想，从思想基础和宗教源头上看，固然是道教存想思神的思维理论以及中国传统思想中天地乾坤尊卑观念在文学构思、小说理念上的反映，但这种结构模式在文人神魔小说中的出现，也是与道经文体在创制上的道教传统分不开的，这些小说家除了熟谙道教思维以外，他们对于道经文体写作的模式也

---

① 李百川《绿野仙踪》，第800—801页。

② 同上，第803页。

非常了解，因此，将经文制作的模式借鉴到小说结构模式上来，故而形成了三段式结构理论。

那么道教经文制作或撰写的基本模式是什么呢？首先，制经者虚构一个“天仙”或“天神”之类的人物，他高居于天界之上，在天界有各种各样的生活内容，而且这个“天神”熟知下界凡间的种种罪孽和芸芸众生的痛苦，于是他准备下到凡间去济世救人。其次，制经者便虚构一个故事，说天神得到了某一部神奇的经书，书里罗列了许多解救苦难的种种方案和法宝，天神带着此经书去解众生于水火，于是天神就从天上到了地界。再次，制经者便在他的经文里描写天神怎样在地界行救济施善之举，解救了许多受苦受难之人，最后他功成果满，从地上又返回天界。这个三层结构，简化之，就是天界—地上—天界的立体式结构，很巧合的对应着神魔小说的起首—中腹—玉局三段结构，显然，这两者之间有明显的影响与借鉴之关系，我们略举几个道教经文的例子来说明其三层建构特征。

就以道教最早的经典《太平经》来说，它最早创建这种结构模式。该经写道，天人赤精子下凡，带着救苦救难让下界同享太平的神书，该神书乃天神所造，人类如果按照神书所指点的方法、条文去做，就会太平长有，是书故称《天官历包元太平经》。史书如《后汉书》等也记录了这部神书的“神奇”性。《后汉书·襄楷传》云：“（楷）疏云，臣前上琅邪宫崇受干吉神书。”①李贤注神书“即今道家《太平经》也”②。神书既为天神所造，于是就交托给“真人”来到凡间地面实施救世之方，由方术之士接受领教，然后遍施中国，于是有太平道之产生，于是有黄巾军之起义。最后真人完成使命，回归天界，修成正果。在经书的结构上是天神造书→真人托书（授书）→方士施行（如创建太平道、五斗米道等）的板块模式，而在书的传授系统或传授模式上则是天神—真人—方士结构。

又如六朝时期灵宝经系的经文典籍《元始天尊济度血湖真经》，开

①② 范晔《后汉书》，第 1080 页，中华书局 1965 年版。

首便是描写天界神仙之景以及群仙之盛况，文章神秘而玄奥的风格，与道教神魔小说的起首式完全一致，其开头云：

尔时，元始天尊在九清妙境三元宝宫御劫仞台中骞木林下，升七宝妙座与太上道君，太上老君诸君大会诸天帝君。十方无极飞天神王、三界五帝大魔王、三界群仙一时同至，皆驾八景鸾舆，五色琼辇，麟驭羽骑，凤葆龙旂算所，游空飞步，吟咏洞章朝贺。天尊总校图录，拔度生死。时有诸天帝君、王妃、玉女、妙香天女等众，严谨衣冠，从容雅步，烧香散华。①

该经文主要的救济范围是人间凡难产、服毒、溺水、刑戮等厄运，经述天上诸神仙布置任务，派某仙带此经下至凡界，解度这些灾难中的众生。

该经写完了天界神仙的起首式开篇之后，接着转入地面人间的描写，其中有云：

端简长跪上白天尊，言："贱臣忝列仙真，职惟济度。忽见东北方乃有郁勃黑毒之气，上冲天宫，盘结不散，其气腥恶臭秽。"大众惊异。天尊抚几高抗，空碧炼真，凝神遐想，哀悯众生，广启慈悲法门，敕命东极长乐世界大慈仁者太一寻声救苦天尊开三元秘藏丹简琼楼，出示大行梵气，三元金书，敕度真文迁拔之格，告命青玄救生拔苦灵官符吏亿万万众，下往幽途，寻声救拔；受度魂仪上至天堂。②

派仙人下至人间救苦救难，并预言功成果满，再回天堂仙境，显然是一种地—天结构模式，与开篇的天界描写，正好形成与道教神魔小说完全一致的三段式结构。

又如南北朝的《太上九天延详涤厄四圣妙经》在结构上亦是起写

① 《道藏》，第2册第36页。

② 同上，第37页。

天界众仙云集之景，与前一道经一样为天界开首结构，其开篇云：

> 尔时，元始天尊在始青天中玉都之关灵宝台之上，放五色光明，色色俱异，洞照内外，皆使朗彻，大会十方诸天，日月星宿，三官四圣，北斗南极，真人神仙，至真大圣，四维上下，岳渎主宰，无鞅数众，说无为妙道。金光射日，紫霭盈身，法雨遍施，灵风香扇。金童执节，玉女捧香，鸾凤交鸣，妃后奏乐。①

此经是道教早期符箓派的经典，主要是消灾之用，由元始天尊派遣神仙下凡解除灾患，先在天界汇聚众仙交代使命，使者执命去人间除灾，功成后再返回仙界。这个结构亦是天—地—天的三段式。

除上述三经文外，其他如《元始天尊说梓橦帝君本愿经》《应验经》《北方真武妙经》等等，均为这种三段式的经文写作模式，对明清道教神魔小说确实产生了实效影响，有学者将这种现象称为“同构”理论②。根据这个理论，我们可以找到明清神魔小说中的几部主要作品与早期道经的同构或对应关系，图表如下：

道教经文			神魔小说		
朝代	作者	经文	小说	作者	朝代
汉	缺	《太平经》	《西游记》	吴承恩	明
南朝	缺	《元始天尊济度血湖真经》	《咒枣记》	邓志谟	明
南朝	缺	《太上九天延详涤厄四妙圣经》	《飞剑记》	邓志谟	明
南朝	缺	《元始天尊说梓橦帝君本愿经》	《济颠大师全传》	王梦吉	清
南朝	缺	《元始天尊说梓橦帝君应验经》	《绿野仙踪》	李百川	清
南朝	缺	《北方真武妙经》	《北游记》	余象斗	明

① 《道藏》，第1册第808页。
② 参见苟波《道教与神魔小说》，巴蜀书社1999年版。

续表

道教经文			神魔小说		
朝代	作者	经文	小说	作者	朝代
南朝	缺	《元始天尊说变化空洞经》	《瑶华传》	丁秉仁	清
南朝	缺	《元始无量度人上品妙经》	《何典》	过路人	清
西晋	王纂	《太上湖渊神咒经》	《希夷梦》	不题撰人	清
南朝	缺	《太上洞玄灵宝五显官华光大行妙经》	《南游记》	余象斗	明

为了便于掌握明清道教神魔小说的创作情况，下面以图表统计的研究方式将两个朝代的小说题名等因素表现出来。

表（一） 明代道教神魔小说创作一览表

作者	小说名	故事梗概
徐仲琳/陆西星	《封神演义》	商周故事
罗懋登	《西洋记》	郑和故事
吴承恩	《西游记》	唐僧故事
余象斗	《南游记》	华光故事
余象斗	《北游记》	真武故事
吴元泰	《东游记》	八仙故事
杨尔曾	《韩湘子全传》	韩湘子故事
朱鼎臣	《南海观音全传》	观世音故事
朱开泰	《达摩传》	菩提故事
朱星祚	《罗汉传》	二十四罗汉故事
沈孟柈	《济颠禅师语录》	济公故事
邓志谟	《咒枣记》	萨守坚故事

续表

作者	小说名	故事梗概
邓志谟	《飞剑记》	吕洞宾故事
邓志谟	《铁树记》	许逊故事
潘镜若	《三教开迷归正演义》	狐仙故事
佚名	《钟馗全传》	钟馗故事
朱名世	《牛郎织女传》	牛郎织女故事

注:《西游记》《南游记》《北游记》《东游记》合称《四游记》。

表(二)　清代道教神魔小说创作一览表

作者	小说名	故事梗概
王梦吉	《济颠大师全传》	济公故事
天花藏主人	《醉菩提全传》	济公故事
沈嘉然	《大禹治水》	大禹故事
云间子	《草木春秋演义》	皇帝尝百草故事
烟霞道人	《斩鬼传》	钟馗故事
西胡主人	《济公传》	济公故事
李百川	《绿野仙踪》	冷于冰故事
观我道人	《南海记》	观音故事
烟霞主人	《跻云楼》	柳毅故事
裘曰修	《桃花女阴阳斗传》	周公与桃花女故事
邹弢	《狐狸缘全传》	周公子与狐女故事
不题撰人	《婆罗岸全传》	白蛇修仙故事
爱莲室主人	《雷峰塔传奇》	白蛇传故事
不题撰人	《海游记》	管城子故事

续表

作者	小说名	故事梗概
不题撰人	《妆钿铲传》	浪子回头故事
东山云中道人	《钟馗平鬼传》	钟馗故事
过路人	《何典》	众鬼故事
惺惺居士	《精神降鬼传》	斩鬼故事
邹必显	《飞跎全传》	跳驼子故事
落魄道人	《常言道》	时伯济落难故事
不题撰人	《走马春秋》	乐毅故事
不题撰人	《锋剑春秋》	孙膑故事
丁秉仁	《瑶华传》	明福王女瑶华故事
不题撰人	《希夷梦》	韩速闾丘仲卿故事
郭小亭	《评演济公传》	济公故事
魏文中	《绣云阁》	虚无子故事
无垢道人	《八仙得道传》	八仙故事
倚云氏	《升仙传》	济小塘成仙故事
不题撰人	《七真祖师列仙传》	王重阳与全真七子故事
烟水散人	《明月台》	蝙蝠故事
小山居士(张小山)	《平金川全传》	年羹尧御外故事

从上两表看，明清道教神魔小说共计 48 部，在故事内容上一致表现为神魔斗法情节，主题上基本为济世救灾、除暴安良和修炼成仙，结构上亦表现为三段式，即首起、中腹、玉局的立体式，反映了作者在情节、主题、结构等方面的文学观念。

第三节　明清仙道戏曲的艺术指向

明清两代戏曲繁荣，戏曲理论更是达到了一个崭新的历史高度，不但出现了第一批有戏曲理论表述的戏曲家如汤显祖、沈璟，也出现了"中国第一个比较成熟，比较专门的戏曲理论家，同时又与中国古代最大的戏剧理论家——李渔有着明显的上下承袭关系，在中国古代戏剧理论史上地位十分突出"①的王骥德，"清代是中国古代戏曲理论正式形成并开始系统化的时代"②，至于清代，余秋雨更是将它认定为戏曲理论系统化的总结时代，出现了"一个自觉的戏曲理论家"——李渔③。那么，在这样一个明清戏曲理论茁壮成长的时期，其中重要的一个戏剧家族成员——仙道戏剧，其创作情况又是如何呢？探究于此，无疑会丰富明清的戏剧思想，揭示明清仙道戏曲发展变化的内在规律。

一　明清仙道戏曲创作俯瞰

明代是神仙道化剧（仙道戏曲）创作的又一个黄金时段，继元代神仙道化剧之高潮后持续发展，据我们对各种戏剧文献的梳理、统计发现，明代共有仙道戏剧三十九部，散曲更是多如牛毛，无法计数。这近四十部仙道戏曲，其主旨、戏论、艺术成就以至作家身份等，都烙上了明代社会的鲜明印记，具有很高的研究价值。这里先就它们的主题与艺术作一探讨，再立专节讨论作家、作品的戏曲理论。

有明一代是道教持续发展时期，尤其是明代历届皇帝崇道有加，使得正一道、全真道、净明道等教派继续兴旺，神仙道教更加深入人

① 余秋雨《戏剧理论史稿》，第 133 页，上海文艺出版社 1983 年版。
② 同上，第 144 页。
③ 同上，第 304 页。

心，张宇初的天师正一道主张性命双修，内外丹兼炼，张三丰的隐仙派道教以致仙成仙为追求鹄的，社会层面的信众越来越多，无论是文人知识分子阶层，还是普通民众阶层，都形成了普遍的信仰风气，上自帝王，下至平民，神仙信仰如火如荼。在戏剧创作领域，神仙道化剧成了一个重要门类，一个最突出的主题思想便是宣传道可学致，仙可修成，仙可度化的宗教观念，因此，神仙度脱剧是神仙道化剧中数量最多、艺术成就最高者，主要有：谷子敬的《吕洞宾三度城南柳》，贾仲名的《吕洞宾桃李升仙梦》《丘长寿三度碧桃花》《铁拐李度金童玉女》，兰茂的《性天风月通玄记》，杨慎的《宴清都洞天玄记》，朱权的《冲漠子独步大罗天》，朱有燉的《紫阳山三度长椿寿》《东华仙三度十长生》《南极星度脱海棠仙》《吕洞宾花月神仙会》《小天香半夜朝元》等共计 12 部。这些仙道戏曲帮助道教进行宣传、谕训工作，其中涉及修道的方法如炼养内气，精气神兼修，告诫信众行善事、做善人、修善德则可成为神仙，享受仙界美妙生活；也告诫信徒，不经历种种磨难甚至生死攸关的考验，则成不了神仙等等。

第二个主题或题材内容的仙道戏曲是把人世间丰富多彩的生活内容投影到神仙世界，描写神仙生活的幸福美好，以对比人世间的苦难，表达吸纳人们信仰道教神仙的愿望，因此，凡神仙世界的爱情、福寿、观花赏景等日常生活都被写进了仙道戏曲之中，这个主题或题材的作品有：王子一的《刘晨阮肇误入天台》，刘东生的《月下老定世间配偶》，朱有燉的《十美人庆赏牡丹园》《四时花月赛娇容》《洛阳风月牡丹仙》《福禄寿仙官庆会》《群仙庆寿蟠桃会》《瑶池会八仙庆寿》《何嵩神灵芝庆寿》，王延讷的《同升记》《长生记》，叶小纨的《鸳鸯梦》等，共计 12 部。

第三，许多作家从理性的角度来批判宗教的狂热，因此，贬斥人世间贪求功名利禄，追名逐利，盲目地求富、求贵、求爱、求欲、求仙的讽刺庸俗、堕落世风的作品，又以仙道人物作为主人公，充满着浓厚神仙道教色彩的戏曲，占全部明代仙道戏剧的三分之一还要强，主要有：屠隆的《昙花记》，汤显祖的《邯郸记》，苏汉英的《黄粱梦境记》，龙膺的

《蓝桥记》，吕天成的《蓝桥记》，杨文炯的《玉杵记》，徐自昌的《橘浦记》，顾觉宇的《织锦记》，黄惟楫的《龙绡记》，无名氏的《恩荣记》，王畿的《白鹤记》，陈一球的《蝴蝶梦》，戴之龙的《玉蝶记》，徐阳辉的《有情痴》，共计 14 部。有趣的是，这 14 部仙道讽刺戏，正好出现在明王朝岌岌可危的晚明时期。

第四，借神仙事为自己立传的自叙性仙道戏曲，这在全明神仙道化剧中独一无二者，是屠隆的《修文记》[①]。

戏曲创作发展到清代，由于清朝历代统治者均对道教持忽视、否定的态度，实际上道教已走上式微，仙道戏曲创作也衰落了，从康熙二十六年对"淫词小说"的禁令中已然闻到破败的气息了："……其中有假僧道为名，或刻语录方书，或称祖师降乩，此等邪教惑民，固应严行禁止。"[②]道光时期，禁令更严，"怪力乱神"之类的仙道戏曲几乎成为空白了。

神仙度脱戏仍然是有清一代仙道戏曲的重要题材，但为了通过朝廷尤其是思想意识形态的严格检查，也为了适应清代统治者的需要，清代的仙道戏曲不如明代的道教戏剧专以张扬和宣谕宗教教理、教义和终极信仰为目标，而是以宣传儒家伦理道德和封建忠孝节义观念为创作动机，道教自身的核心价值取向退到了次要的地位，这一类"副标题"意义的仙道度脱戏主要有：丁耀亢《赤松游》，黄周星《人天乐》《惜花报》，王圣征《蓝关度》，戴思望《岳阳楼》，周皑《黄鹤楼》，车江英《蓝关雪》，叶承宗《狗咬吕洞宾》，永恩《度蓝关》，杨潮观《韩文公雪拥蓝关》，绿绮主人《度蓝关》，无名氏《万仙路》等，共计 12 部。

与明代神仙戏曲把仙人、仙境看成与世俗社会截然对立的高洁优雅、清新傲物之"标本"不同，清代的神仙追求毋宁说是人们世俗欲望的膨胀化，因此，作品常常鼓吹富贵神仙的思想，换句话说，这些"神仙"就是食人间烟火的"尤物"。此类仙道作品主要有：李玉《太平钱》、

① 一说屠隆的《昙花记》亦是自传性质的仙道戏曲。见沈德符《万历野获编》。

②《圣祖实录》卷一二九，载《清实录》，第 385 页，中华书局 1985 年版。

吴士科《合欢图》、胡介祉《广陵仙》、韩锡胙《渔村记》、雪川樵者《锦上花》、陈烺《花月痕》、无名氏《蟠桃会》等等,共计7部。

清代仙道戏曲在题材上还有驱邪斗魔戏,主要有张彝宣《天下乐》、程煐《龙沙剑》、石子斐《镇灵山》、无名氏《三世修》《享千秋》《旌阳剑》、沈玉亮《钟馗吓鬼》、蒲松龄《钟妹庆寿》、杨潮观《灌江口二郎神显圣》等,共计9部。此外,神仙庆寿庆喜题材的戏曲共有数十种之多,而神仙爱情戏曲也有一定的数量,主要有李渔《蜃中楼》、邹山《双星阁》、张匀《长生乐》、高宗元《玉簪记》、陈继辂《洞庭缘》、陈烺《仙缘记》、何镛《乘龙佳话》、洞口渔郎《蓝桥驿》、张彝宣《井中天》、司马章《双星会》、无名氏《樊榭记》《求如愿》、龙燮《芙蓉城》、黄兆森《蓝桥驿》、梁孟昭《相思砚》、程聪《月殿缘》、卧园居士《梅花福》等计17种,但其中大部分只存剧目,剧本亡佚。

二　明清仙道戏曲的艺术诉求

明代的仙道戏曲在题材、构思上是对金元神仙道化剧的继承发展,因此在艺术成就上一方面保留着金元时期的传统风格,但另一方面也有明代的时代色彩。除了在结构上一仍金元神仙道化剧的某仙下凡,邂逅某人,见其有仙人之潜质,故想方设法度化之,使其脱出世间凡俗,于是有意考验,使其受尽千辛万苦甚至死亡的威胁,最后醒悟过来,迷途知返,遁入空门,学得仙道,回到仙界天堂这样一种仙—凡—仙的结构模式,在构思上把梦幻与现实交织错杂,时梦时真,时而仙境时而目前的交替思维等等艺术表现特色之外,明代仙道戏曲按照明代前期与后期两个时段来划分,又表现出不同的艺术追求。

以嘉靖帝登基,史学界一般以此作为明代由盛转衰的节点,明代道教戏曲创作也可以此节点为分界线分为前期和后期。前期道教仙道戏曲作家和理论家主要有王子一、谷子敬、贾仲明、兰茂、杨慎、朱权、朱有燉等或朱明皇室成员,由于他们或者为失意文人,或者是皇室中被监视疏远之人,因此,其创作仙道戏曲往往是另有寄托的。一方面,失意文人在剧作中表现的则是与世隔绝、遁世无累的淡泊心态,他们远离仕途，视名利权势如粪土，以高蹈遗世的姿态，寓意其傲洁清寒的气质与志向，因此，把神仙世界、仙境仙地描写得雅致清幽、神仙生活美妙无比与恶臭的世俗形成鲜明对比；把那些被度脱成仙的人写得历尽艰辛、经历生死考验最后修成正果，以表明人的修炼需要坚韧的意志和顽强的心灵，寓意作者淡泊的心态、大彻大悟的灵魂。如谷子敬的仙道戏曲《吕洞宾三度城南柳》就是这种寓意独特，借别人之酒杯，浇自己之块垒，在叙事方法上被称为“代言体”的典型作品。该剧描写吕洞宾奉师命到岳阳楼度脱城南柳，第一次去岳阳楼酒馆饮酒，用蟠桃下酒，将桃核抛种，使桃柳成为花月之妖；第二次吕洞宾来到岳阳楼，经过多方点化，预设机巧，让二妖托生为人，结为夫妻；第三次吕洞宾来到岳阳楼，又经过设计许多生死考验之局，最后度脱两人成仙。全剧通过三个环节：一度为妖，二度为人，三度成仙，体现了作品济人救世，度人为仙的宗教悲悯之情，但其实，隐含在作品的叙事结构之中的，却是谷子敬淡泊而又清静的内心世界，何则？桃柳两人宁愿抛弃人间的荣华富贵，对于科举功名也不屑一顾，实际上代表了作者在科场落第、功名失意、兴亡系之之后的豁达与洒脱，是一种悟彻了人世沧桑、终归回至原始的大彻大悟的表现。这是与作者在他的散曲中表现的那种年少时多情任侠、慷慨任性的气质相表里的，如他的散套【兆黄钟醉花阴】《豪侠》以及【北商调集贤宾】《闺情》中所说“醉乡中放浪形骸”，联系他在散曲中所结交的朋友来看，也是豪爽洒脱之辈，“尽都是五陵豪迈，都是些阔论高谈梁栋材。一个个安邦定策，一个个剑挥星斗，一个个胸卷江淮”①。作者也曾是一个热血青年，立志匡扶社稷，定国安邦，只是由于元末明初易代之际，时局动乱，其理想不能实现，既没有科举之路可走，又无其他门路报国酬民，因此，内心无疑是愤懑忧郁的，但豪爽的心性又立即驱散了这种郁闷，所以表现在《城南柳》中的，便是更为飘逸洒脱的胸襟，故第三折借由吕洞宾变化的渔翁之

① 谢伯阳编《全明散曲》，第 107 页，齐鲁书社 1994 年版。

口唱到:“【南吕一枝花】蝇头利不贪,蜗角名难恋。行藏全在我,得失总由天。甘老江边,富贵非吾愿。清闲守自然,学子陵遁迹在严滩,似吕望韬光在渭川。【梁州】虽是个不识字烟波钓叟,却做了不思凡风月神仙;尽他世事云千变。实丕丕林泉有分,虚飘飘钟鼎无缘。想着那闹吵吵东华门外,怎迭得静巉巉西塞山前。脚踪儿不上凌烟,梦魂儿则想江边。觑了那忘生舍死的将军过虎豹关中,无荣有辱的朝士拥麒麟殿前,争如俺没忧没愁的侬家住鹦鹉州边。苟延,数年。我其实怕见红尘面。云林深,市朝远,遮莫你天子呼来不上船,饮兴陶然。”①作者借渔父诉己愿,淡泊名利,清守自然的高远志趣透露在字里行间,显然,作品在立意构思及写作技巧上追求的正是这种代言体(寓意体)的艺术效果,可以说,这种艺术形式基本上是明代前期失意文人(其实是易代文人)普遍运用的形式。

再来看贾仲名。其代表仙道戏曲是《吕洞宾桃柳升仙梦》。剧情与谷子敬《吕洞宾三度城南柳》基本相同。叙写吕洞宾点化一对贪婪人间利欲、爱欲、物欲的夫妻抛弃荣华富贵,最后同登仙界,修仙成功。夫妻两人这种人生态度的转变,投影了作者对于人生世事的深刻见解,吕洞宾所说的话语,其实代表了作者的人生态度:“你若跟我出家去,着你寻真采药,访道参玄,遨游阆苑,直到蓬莱,岂不强如居于尘世?”②借题发挥,借他人之言,表自己之意,明代仙道戏曲的构思艺术别具一格。其实所谓别具一格,仍然是依赖于我国文学历史悠久的比兴寄托之传统的,这个传统自诗骚开创,泽被后世,历久弥新。因此,一些戏曲理论家也将明代仙道戏曲的上述“代言”或“借言”形式美称之为“含蓄双关”,如《性天风月通玄记》的作者兰茂,他本身就是明代前期仙道戏曲家,他在该剧的《副末开场》就开宗明义说自己此剧是“托物”言志的,“此本道情内,观忠孝贤良,足见戏文大意。然其要全

---

①《新刻古今名剧柳枝集》,第681页,中国戏曲出版社1959年版。

② 隋树森《元曲选外编》,第2册第700页,中华书局1959年版。

在含蓄双关，假此道名，托物比兴而已”①。作者所要托兴者何？这全在作品主人公风月身上。主角风月，就是作者的化身。该剧叙说风月弃官归隐，修炼仙道。为求道友，游玩于城南，遇姹女担柴说道，深中风月之意，风月就买下姹女香柴，并找黄婆作媒，去柴家议婚。自己回家先降伏六贼，用香柴炼丹。黄婆去求亲，但被姹女的母亲西山洞主拒绝，而且要发兵与风月兵大战一场，如风月三阵皆胜，则以姹女相许。风月应战，三败之，降伏西山洞主，但风月亦中火毒，至兑门王家沽酒解毒，后得仙人度脱之，径归蓬瀛三仙岛。风月的经历，其实就是迷道信丹的兰茂自己的经历，我们再对照一下该剧开篇作者写的一首诗，就知道兰茂信奉道教，重视道教修炼的情况，“论出家，到也深，学得些些假修真。回光返照常清净，识破了身外生身。哪管他尘世山林，行持常把黄庭运。爱的是养气凝神，喜的是阴降阳升。灵光现出圆如镜，顷刻间窍窍光明。黄河水深转昆仑，如今认得真玄牝”②。在这首诗里，作者朝思暮想的就是修炼成仙，炼丹服气成为仙中真人。而戏曲中的风月弃官归隐就是为了修仙炼道，两相对照，自是一体，所以当时道士有叫坦弱道人者为该剧作序时说此剧乃“学道修仙之玄范”，认为作者创作该剧为了“以度后贤”，而对兰茂的评价则是“广博仙经，参访仙宗修炼金丹性命之旨，得受异人指教，修成不坏金身，脱胎神化，位列仙班”，由此可知兰茂是一个地地道道十分虔诚的道教徒，他自取道号和光道人、玄壶子、风月子等等，不为虚言。为方便研究，我们不妨把坦弱道人的序引录如下：“详夫《性天风月通玄记》者，乃学道修仙之玄范也。盖玄道幽深，理微机显，莫过于此。经书万卷，皆是设言譬喻，倘如根基深厚，得遇名师指点，打破迷关，看之则头头是道，句句通玄，即可贯万卷丹经，千圣心法，莫作戏局，实乃宗风。滇南之东，马隆之邑，有先辈高贤，姓兰名茂，广博仙经，参访仙宗，修炼仙丹性命之旨，得受异人指教，修成不坏金身，脱胎神化，位列仙班。

①② 见《古本戏曲丛刊》影印本第五集。

特著斯文，留为舟楫，以度后贤。其中分析条目，节次功夫，必求明师指破，家家活佛，处处真人。信不诬矣。至诚学道之士，熟玩此文，更加深悟，神仙之道，将以过半矣。立心公正，忠厚仁孝以立德立功，感天神而诃护，蒙仙圣以垂慈，庶几前途可进，仙录可登，克明克德，皆自也。昆明坦弱道人。道光己亥仲春，云间道人抄，道号守中子。”①

另一方面，明代仙道戏曲的作家队伍中，还有一批被排挤在权力中心外且被视为对皇权有异心的朱氏皇室成员，其代表人物便是朱元璋的第十六子②朱权和朱元璋的孙子朱有燉，前者被封宁王，后者被封周王，都在倾轧激烈的皇权争斗中生活着，都被严格监控故而谨小慎微，惶惶不可终日地度日如年。他们以明哲保身、韬光养晦的老庄人生哲学来自保，通过创作神仙戏曲“每每假托神仙，借以养晦自全”③，所以，深邃、隐晦便成为他们仙道戏曲的艺术追求和风格表现，从阮籍那里尝到了自全自保的生存诀窍和文学手法。再者，皇室内部残酷的权力斗争，骨肉相残，同宗杀伐，血流成河，尸首堆积，这一幕幕生命悲剧都因蝇营小利而起，所以他们看破了红尘，参透了生命的意义，故朱权的仙道戏曲《冲漠子独步大罗天》便以艺术化的手段把现实人生的悲剧再现出来，以明作者淡薄养晦之志。该剧叙写吕纯、张紫阳二仙奉东华帝君之命去下界点化冲漠子。先是锁关冲漠子的心猿意马，然后去其酒色财气，逐驱其三尸之虫，再给他一粒仙丹，教他养婴儿姹女的修身养命之道，最后炼得功成果满，飞升大罗天为仙人。叙事之中，作者时发议论，抒发其看透人生之慨，认为“穷通荣辱，寿夭得失，古往今来，皆如一梦”，把人生直参透为一场梦：“富贵则为好梦，贫贱则为恶梦”，但无论富贵贫贱，都不如那种“适情知足”“原心返性”

① 蔡毅编著《中国古典戏曲序跋汇编》(二)，第857—858页，齐鲁书社1989年版。

② 一说是朱元璋第十七子，亦有说是第十五子的。

③ 蔡毅编著《中国古典戏曲序跋汇编》(二)，第828页。

“明生死之分”的淡然心态和适然人生①，言在此而意在彼，正是朱权仙道戏曲的表现特色。以下有专节研究朱权和朱有燉的仙道戏剧理论。

明嘉靖开始，明王朝走向衰落，统治者荒淫腐朽、宦官专权、制度破坏、道德沦丧、世风下降。仙道戏曲在这种社会背景下的生存状态和表现特色，只能是这样的局面：面对现实愤激而无奈，抽离以求解脱，对艺术是以讽刺、调侃、诙谐的笔触而丰富中国传统的“末世文学”艺术宝库②，上述三个方面都在追求回归道教艺术共同的祖派——老庄之渊源。

屠隆的《昙花记》是一部道教度脱剧，但在作品里表现了对社会不良现象的愤激批判之情，抒发了对好人好事、善人善德的高度赞赏之意，爱憎分明，是非清楚，是典型的假神仙之度脱，讽世事之炎凉的作品，故自问世刊行以来，受到许多作家、理论家的推崇和加许，如同时代的陈眉公、吕天成、沈德符、祁彪佳、张琦等都作有序文以示评价。

戏剧家汤显祖的神仙戏曲《邯郸记》也是一部借神仙之事来表达作者对社会、对人生愤激之态的作品，剧写主人公卢生年年参加科举考试，年年奔走在邯郸路上，却年年科举落第，纵是“学成文武艺”，才华横溢，经天纬地，安邦治国都是能手高才，可是这才艺却不能售于帝王之家，他的理想就是：“大丈夫当建功树名，出将入相，列鼎而食。选声而听。使宗族茂盛而家用肥饶。然后可以言得意也。”主人公卢生的追求与梦想，正是戏剧家汤显祖的写照，但无论谁，当他们面对英雄无用武之地的现实，只有满腔的无奈，故通过作品径直像山崩海啸和

---

① 所引均见王季烈编《孤本元明杂剧》，第10册第162页，中国戏剧出版社1958年版。

② 所谓“末世文学”是指中国古代文学史上每当一个王朝没落之际，就会出现一批艺术性、思想性强烈而讽刺性批判性尖锐的批判主义文学，因为出现在末世故称。如晚汉的小赋，晚唐的小品，晚明的讽刺小说与小品文，以及晚清的谴责小说等。

火山一样发泄与爆发出来。著名戏剧史家吴梅先生指出此剧“备述人世险诈之情，是明季官场习气，足以考镜万历年间仕途之况，愤慨甚多”①。作品与作者的这种愤激之情，嬉笑怒骂之笔，是中国愤世文学老祖宗——庄子风格的绝好延续，也可以认为，明代仙道戏曲的讽刺，对社会丑恶的调侃批判，正是回归道教始祖之表现，故此可称这种现象为“回归老庄”，这也是明清仙道戏曲思想的一个重要特点。这个特点在清代的作品里也有同样表现，如叶承宗的《狗咬吕洞宾》、郑瑜的《黄鹤楼》、袁蟫的《钧天乐》《仙人感》等等。叶氏的《狗咬吕洞宾》也是以神仙度脱戏的形式来抒发自己的激愤与牢骚不平。其名句“狗咬吕洞宾，不识好人心”成为揭露世态险恶、真假不分、好歹不辩的至理名言，作者在剧中，借吕洞宾之口感叹道：“俺看世间人好厌烦也！真是口舌凶场，是非苦海，莫说世人，就是俺吕洞宾也免不得也。”更令人回味无穷的是，主人公的唱词幽默滑稽，作者以调侃、嘲笑之态表现了对世人的轻蔑，如：“【仙吕赏花时】（冲末唱）则俺满部虬髯尺许长，被他们打扮丰标似上皇，这也还罢了，又道俺轻采牡丹芳。（冲末云）当初钟离师傅，教俺点石为金，是我不肯，误了五百年后之人，（唱）则俺一片心天空月朗，肯容易点红妆。”②

① 蔡毅编著《中国古典戏曲序跋汇编》（二），第 1267 页。

② 郑振铎辑《清人杂剧二集》，第 186 页，民国二十三年郑氏刊本。

第九章　明清仙道戏剧家思想专论

明清仙道小说(主要是神魔小说)、仙道戏曲创作上是明盛清衰,但无论从数量上还是质量上去考衡,这两个时段的仙道小说与戏曲创作还是比较发达的。以仙道戏曲而论,题材之丰富,作家队伍之庞大,作品数量之繁多都超过了此前的唐宋金元时期,尤其在明清两朝,许多著名仙道戏曲作家,兼有戏曲家和戏曲理论家双重身份,更有甚者,有些人还是加入了正式的道教箓籍、取得了正式道号的虔诚的道教徒,如朱明王朝的皇室成员朱权道号众多,有“臞仙”“涵虚子”“丹丘先生”等,朱有燉亦道号颇多,有“全阳子”“全阳翁”“全阳道人”等,两人都加入了道籍。兰茂亦是明代前期著名戏曲家,取道号“和光道人”,又称“玄虚子”“风月子”。奇人徐渭笃信道教,号“翁州道士”。屠隆更是戏曲界名人,也是道教的忠实信徒,自称“皇冠道民”,汤显祖世代信道,祖父母、母亲都是道教人物,自己也虔诚信道。此外明代的王子一、谷子敬、贾仲名、杨慎、吕天成、沈德符、苏汉英、汪廷讷,清代的丁耀亢、黄周星、戴思望、李玉、叶承宗等都与道教有不解之缘,基于上述这种文学宗教集于一身的情况,本章立专章探讨这些仙道戏剧家的戏剧思想尤其是其仙道戏剧思想,以作为明清道教文学思想的重要组成部分。但上述诸人,只就其道教信仰程度重者和仙道戏曲创作成就高者或其名望突出者论之。

第一节　朱权和朱有燉

朱权和朱有燉作为皇子皇孙，由于处于朝廷最高权力的漩涡之中，最终遭到了得势者的猜忌、排挤和监视，因此，强颜欢笑，流于酒色，迷信道教或佛道双修，以此明哲自保，便成了他们重要的甚至全部的生活内容，两人都沉湎于道教信仰中，创作了大量的仙道戏曲、仙道散曲及其他仙道文学样式，不仅如此，他们还发表了许多有较大理论建树的戏曲及其他文学观点。

一　朱权的戏曲思想

朱权（1378—1448），《明史》本传载："宁献王权，太祖第十七子，洪武二十四年封。逾二年，就藩大宁。大宁在喜峰口外，古会州地，东连辽左，西接宣府，为巨镇。带甲八万，革车六千，所属朵颜三卫骑兵皆骁勇善战。权数会诸王出塞，以善谋称。燕王初起兵，与诸将议曰：'曩余巡塞上，见大宁诸军慓悍。吾得大宁，断辽东，取边骑助战，大事济矣。'建文元年，朝议恐权与燕合，使人召权，权不至，坐削三护卫。其年九月，江阴侯吴高攻永平，燕王往救。高退，燕王遂自刘家口间道趋大宁，诡言穷蹙来求救。权邀燕王单骑入城，执手大恸，具言不得已起兵故，求代草表谢罪。居数日，欸洽不为备。北平锐卒伏城外，吏士稍稍入城，阴结三卫部长及诸戍卒。燕王辞去，权祖之郊，伏兵起，拥权行。三卫弦骑及诸戍卒，一呼毕集。守将朱鉴不能御，战殁。王府妃妾世子皆随入松亭关，归北平，大宁城为空。权入燕军，时时为燕王草檄。燕王谓权，事成，当中分天下。比即位，王乞改南土。请苏州，曰：'畿内也。'请钱塘，曰：'皇考以予五弟，竟不果。建文无道，以王其弟，亦不克享。建宁、重庆、荆州、东昌皆善地，惟弟择焉。'永乐元年二月改封南昌，帝亲制诗送之，诏即布政司为邸，瓴甋规制无所更。已而人告权巫蛊诽谤事，密探无验，得已。自是日韬晦，构精庐一区，鼓琴读书其间,终成祖世得无患。仁宗时,法禁稍解,乃上书言南昌非其封国。帝答书曰:'南昌,叔父受之皇考已二十余年,非封国而何?'宣德三年请乞近郭灌城乡土田。明年又谕宗室不应定品级。帝怒,颇有所诘责。权上书谢过。时年已老,有事多龋龁以示威重。权日与文学士相往还,托志翮举,自号臞仙。尝奉敕辑《通鉴博论》二卷,又作《家训》六篇,《宁国仪范》七十四章,《汉唐秘史》二卷,《史断》一卷,《文谱》八卷,《诗谱》一卷,其他注纂数十种。正统十三年薨。"①从上引朱权传记知有几件大事:参与燕王兵反;改封南昌;被人诬告谋反;韬光养晦而信道教;晚年游于文学且著述颇丰。后两件事正是我们所关注的。朱权信仰道教的表现有三:一是自取道号如"臞仙"者云云②,一是致力于仙道戏剧、散曲及其他文学样式的创作,一是韬光养晦的道家处世态度。而在文学创作上,其仙道戏剧和散曲前已述及,另一重要的文学行为就是阐述或建立了自己的戏曲理论或思想,其成果便是《太和正音谱》这部专门研究戏曲的著作。

《太和正音谱》作为一部戏曲理论著作,主要内容包括如下几个方面。第一,古典戏曲(包括古代散曲)的理论内容以及相关史料记载。这一部分,作者主要阐述古典戏曲的体制、流派、制曲的方法、北杂剧题材分类、角色的源流、戏曲声乐理论、歌唱方法、宫调性质、歌曲源流等一系列的戏曲问题。第二,主要记载北杂剧的曲谱。朱权根据北曲十二宫调③的分类,列举出每一宫调里的每一支曲牌的句格谱式,详细注明四声平仄,分别标清正字衬字,每支曲牌并选录元人或明初的杂剧、散曲作品为例,共收 335 支曲牌,作为专门填制北曲杂剧的规范,成为现存唯一最古的北杂剧曲谱。第三,保留了关于上述两个理论方面的大量史料,对于研究北杂剧提供了丰富的实例。

---

① 张廷玉等撰《明史》,第 3591—3593 页,中华书局 1974 年版。

② 朱权另有道号如涵虚子、丹丘先生等,表明其对道教的虔诚态度。

③ 十二宫调是指:黄钟、正宫、大石调、小石调、仙吕、中吕、南吕、双调、越调、商调、商角调、般涉调。

《太和正音谱》一开始就给古代杂剧划分了十五个流派，并指出每个流派的风格特点。它们是：丹丘体，豪放不羁；宗匠体，词林老匠之词；黄冠体，神游广漠，寄情太虚，有餐霞服日之思，名曰“道情”；承安体，华观伟丽，过于泆乐，承安、金章宗正朔；盛元体，快然有雍熙之治，字句皆无忌惮，又曰“不讳体”；江东体，端谨严密；西江体，文采焕然，风流儒雅；东吴体，清丽华巧，浮而且艳；淮南体，气劲趣高；玉堂体，公平正大；草堂体，志在泉石；楚江体，屈抑不伸，摅衷诉志；香奁体，裙裾脂粉；骚人体，嘲讥戏谑；俳优体，诡喻谣虐，即“谣词”①。

朱权把元代以来的北杂剧分为十五个流派，抓住了这些所谓流派现象的特质，但也存在概念意义上的混淆，如东吴体和香奁体显然有相似难以截然区分之处，又楚江体与骚人体亦有重叠雷同，不宜分为两体，实可合为一体。值得注意的是，朱权把道教题材的仙道戏既作为一个流派，又排位十五体之第三，可以看出他对道情体之重视，这与他平生处境、生活态度尤其是晚年的信仰道教并且亲自写作仙道戏曲等等是分不开的。这种戏曲流派分类及其特征揭示，也是受传统诗话批评影响之结果，例如司空图将诗分为二十四品，其实就是对诗歌流派的品类划分，这自然受惠于南朝钟嵘对诗人品第的分野。以司空图所分“冲淡”一派或一品来说，其云：“素处以默，妙机其微。饮之太和，独鹤与飞。犹之惠风，荏苒在衣。阅音修篁，美曰载归。遇之匪浅，即之愈希。脱有行似，握手已违。”将“冲淡”的内涵与特质进行诗意般的阐释。朱权对于戏曲流派的认定，从流派内涵及特征上言简意赅地表述，看出其与中国诗话批评中“诗品”模式一脉相承。

金元至明，杂剧戏曲作家人才辈出，才华横溢之士数不胜数，而每个作家又有其不同他人之处，各有其风格特征，各有其创作路径，朱权将这些一概目之为“格势”，因此，他在无数杂剧戏曲作家中遴选出三类“群英”以荟萃于《太和正音谱》中，这三类群英共计 353 人，其中金

① 中国戏曲研究院编《中国古典戏曲论著集成》(三)，第 13—14 页，中国戏曲出版社 1959 年版。

元337人，国朝（即明初）16人。在这里，我们略举数例以证明。“马东篱之词，如朝阳鸣凤。其词典雅清丽，可与灵光景福两相颉颃，有振鬣长鸣、万马皆喑之意。又若神凤飞于九霄，岂可与凡鸟共语哉！宜列群英之上。”[①]这是对马致远杂剧的评价，关于马剧之水准、风格、地位均评价中肯。“王实甫之词，如花间美人。铺叙委婉，深得骚人之趣，极有佳句，若玉环之出浴华清，绿珠之采莲洛浦。”[②]王实甫杂剧，文采斐然，丽辞艳句，如美人玉女。

朱权对于国朝戏曲家所评不多，这主要是由于朱明王朝才建立三十余年，但是他选录的十六名戏曲作家中，即有王子一、刘东生、谷子敬、贾仲名（明）、唐以初等仙道戏曲作家，亦见其对仙道戏曲的青睐，如评王子一：“王子一之词，如长鲸饮海，风神苍古，才思奇瑰，如汉庭老吏判辞，不容一字增减，老作老作。其高处，如披琅玕而叫閶阖者也。”[③]这些评语，多仙道术语，而王子一是明初著名的仙道戏曲作家，朱权将他置于国朝十六位作家之首。

朱权在对上述353人中的203人的杂剧作品进行批评时，一概运用传统诗话批评中的比兴方法，其作用是形象生动、言简意赅而切中要害。这种比兴批评方式是从《诗经》而来的，如《诗经·大雅·烝民》云：“吉甫作诵，穆如清风。”朱权继承此传统，“如”或“若”字累计出现212次，平均每人有一次还多。

杂剧流派是风格标准的体现，朱权又从文学题材的标准将杂剧分为十二科，它们是：“一曰神仙道化，二曰隐居乐道，三曰披袍秉笏，四曰忠臣烈士，五曰孝义廉节，六曰叱奸骂谗，七曰逐臣孤子，八曰钹刀赶棒，九曰风花雪月，十曰悲欢离合，十一曰烟花粉黛，十二曰神头鬼

① 中国戏曲研究院编《中国古典戏曲论著集成》（三），第16页，中国戏曲出版社1959年版。
② 同上，第17页。
③ 同上，第22页。

面。”[1]这十二种题材的杂剧，居第一二位者，竟是仙道题材的所谓神仙道化剧，而第二位者属道家隐居生活题材的作品，朱权居然把此两类有一定关联度的可归属于道家道教类题材类的杂剧“高居榜首”，足见其对仙道戏曲的重视。无独有偶，在整个古代戏剧史上，相当重视仙道题材杂剧的作家或理论家还有元代的钟嗣成，其《鬼录簿》所载元杂剧 400 种，其中神仙道化剧约 40 种，占了十分之一。明代臧懋循的《元曲选》和近人隋树森的《元曲选外编》共收杂剧 162 种，其中神仙道化剧共计 18 种，比例很高，可见元代以降，人们对于道教仙道戏的认可和重视。

关于戏曲的表演问题，朱权从表演角色的分类与来源或源流上进行探讨，他说：

> 杂剧，俳优所扮者，谓之“娼戏”，故曰“勾栏”。子昂赵先生曰：“良家子弟所扮杂剧，谓之‘行家生活’；娼优所扮者，谓之‘戾家把戏’。良人贵其耻，故扮者寡，今少矣，反以娼优扮者谓之‘行家’，失之远也”。或问其何故哉？则应之曰：“杂剧出于鸿儒硕士、骚人墨客所作，皆良人也。若非我辈所作，娼优岂能扮乎？推其本而明其理，故以为‘戾家’也。”关汉卿曰：“非是他当行本事，我家生活，他不过为奴隶之役，供笑献勤，以奉我辈耳，子弟所扮，是我一家风月。”虽是戏言，亦合于理，故取之。
>
> 良家之子，有通于音律者，又生当太平之盛，乐雍熙之治，欲返古感今，以饰太平，所扮者，隋谓之“康衢戏”，唐谓之“梨园戏”，宋谓之“华林戏”，元谓之“升平乐”。[2]

杂剧的扮演角色分“娼优”与“良家子弟”，先是有“良家子弟”再有“娼优”，其由来已久，隋唐宋元以至于今（明）。

《太和正音谱》收录了大量元代以来的杂剧名目，其中元代 535 种，明朝 33 种，古今无名杂剧 110 种，娼夫不入群英 4 人 11 种，知音

① 《中国古典戏曲论著集成》（三），第 24 页。
② 同上，第 25 页。

善歌者36人(无剧本),共计689种。其中神仙道化剧45种。

关于歌唱的方法与注意事项,《太和正音谱》作了简要介绍:"凡唱最要稳当,不可做作,如:咂唇、摇头、弹指、顿足之态;高低、轻重、添减太过之音,皆是市井狂悖之徒,轻薄淫荡之声,闻者能乱人之耳目,切忌不可。优伶以之,唱若游云之飞太空,上下无碍,悠悠扬扬,出其自然,使人听之,可以顿释烦闷,和悦性情,通畅血气,此皆天生正音,是以能合人之性情,得者以之,故曰:'一声唱到融神处,毛骨萧然六月寒。'"①

朱权所谓戏曲歌唱之正音,也即书名何以为"正音谱"者,就是那种"出其自然",专利于人之心、性、气、血,解忧去闷,和颜悦色的修身养性的曲调,这个标准,无疑是从道家的养生保生、性命双修的思想中受到启发而专意以身心健康的角度或标准来要求戏曲的"唱"。这个音乐的标准是从人的自然生理层面来要求的,那么,从人类的人文关怀、社会属性层面来要求,朱权又有所谓三家之唱,而排在第一者为仙道戏曲,他说:

> 道家所唱者,飞驭天表,游览太虚,俯视八纮,志在冲漠之上,寄傲宇宙之间,慨古感今,有乐道徜徉之情,故曰"道情"。
>
> 儒家所唱者性理,衡门乐道,隐居以旷其志,泉石之兴。
>
> 僧家所唱者,自梁方有"丧门"之歌,初谓之颂偈;"急急修来急急修"之语是也,以天堂地狱之说,愚化世俗故也。②

通过《太和正音谱》的相关理论问题的分析,可知朱权的戏曲观念中有十分浓厚的仙道情结,从流派、风格、题材、音性、源流、唱法等方面,处处流露了他对仙道戏曲的关注之情和阐释之意,这正是将他归属为仙道戏曲理论家的重要原因。而在创作的实践上,朱权亦撰写了很多仙道戏曲,其中散曲有《乐道》等套数,杂剧有《冲漠子独步大罗天》《淮南

---

①《中国古典戏曲论著集成》(三),第46页。

② 同上,第49页。

王白日飞升》《瑶天仙鹤》《周武帝辩三教》四种。如《大罗天》文词雅重，感情真挚深切，比如描写仙境之快乐与人世之污浊，流露出作者真切愤激之意：

【鹊踏枝】你道是可伤情，你听我细推评。你则待竞利争名，狗苟蝇营。盼功名，恰便是投河般奔井；趋富贵，若饮鸩吞羹。

【寄生草】你道是他贪酒色如蝇竞血，为利名若蛾扑灯。人心毒似蛇蝎性，人情狡似豺狼倖，他都向那是非场矛矢相喧竞。争如我片云孤鹤九霄间，抵多少闲骑宝马敲金镫。

朱权《太和正音谱》在中国古代戏曲理论史上影响较大，明代文学家、戏曲家康海推崇备至，曾欣然为之作序云：

予家居二十有二载矣，以为文章辞赋，雕虫篆刻之技，壮夫所不为也。可为者，咏歌舞蹈，于林壑潇散之地，以自适吾意而已矣。古诗歌谣，陈风俗，心之所之，假言而通，言之所指，因歌而永。是以陈之列国，采之乐官，以考其政治得失。及乎世道既降，歌诗变为乐府，隋唐以来，益变益异，而治之污隆，音之美恶，犹具以存。近世歌曲所传，唯十二调，三百三十五章，然音律之本，亦稍见矣。明兴，丹丘先生采集元贤暨今之词客所撰，汇为斯谱。闲居有作，率谱拟调，法度宛然。歌咏之余，情之所欲，宣畅略尽。吁，亦奇矣。原本载古今作者名氏，及传奇种数，与元人杂论。虽搜括甚多，而于后作，初无少益，今悉删去，但取周德清《作词七法》，列诸篇首。若曰曲固有谱，作亦有法云耳。开卷之际，指趣咸备，顾非词林之一快乎？①

比对朱权在其自序中所云“依声定调，按名分谱”，“审音定律”②等，则康海所赞《太和正音谱》“曲固有谱，作亦有法”可知，朱权撰此谱的目

①《中国古典戏曲序跋汇编》(一)，第27—28页。
② 同上，第26—27页。

的在于教导世人有爱好词曲者遵法度而为之，有法度者，治世之音也，而“治世之音安以乐，其政和”，朱权有意曲阿朱明盛世以作为自己全生保命之方，个中隐情昭然若揭。

二　朱有燉与仙曲创作

朱有燉（1379—1439），据《明史》记载：“周定王橚，太祖第五子。……子宪王有燉嗣，博学善书。弟有爋数讦有燉，宣宗书谕之。有爋与弟有熺诈为祥符王有爝与赵王书，系箭上，置彰德城外，词甚悖。都指挥王友得书以闻。宣宗逮友，讯无迹。召有爝至，曰：‘必有爋所为。’讯之具服，并得有熺掠食生人肝脑诸不法事，于是并免为庶人。有燉，正统四年薨，无子。”①朱有燉从小受到父亲文化学识教育，且又请贤师相诲，故才学渊博，智谋出众。太祖洪武时期，很早表现出卓越的理政和决断才华。至建文帝及以后诸帝时，由于小人累次诬陷，加上皇帝内部争权相残极其激烈复杂，于是朱有燉“乃溺情声技以自晦”②。这就是朱有燉为什么热衷于神仙道教，向往逍遥自由的神仙生活、致力于仙道戏曲创作与研究，以及自号全阳子、全阳翁、全阳道人、梁园客、老狂生等多种道教名号的背景。

朱有燉“善为诗赋，工书法，尤长于填词”③。诗文集有《诚斋录》《诚斋新录》《诚斋牡丹百咏》。然最有成就者却是他的散曲和杂剧创作，有散曲集《诚斋乐府》，收有小令 279 首，套曲 35 套。又有杂剧总集《诚斋传奇》，共有 31 种，皆传于今。这些传奇以神仙道化题材居多，其次为风花雪月者、烟花粉黛者、谀颂升平者。此外妓女题材、水浒题材亦为其佼佼者。

朱有燉的神仙道化剧共有 16 种，占其全部 31 种杂剧的二分之一强。题材可分为三个方面，第一，神仙赏花剧：《十美人庆赏牡丹园》

① 张廷玉等《明史》，第 3566 页。

② 无名氏《金梁梦影录》。

③ 傅维麟《明书・周记》，第 161 页，中华书局 1972 年版。

《四时花月赛娇容》《洛阳风月牡丹仙》《天香圃穆丹品》《李亚仙花酒曲江池》;第二,神仙庆寿剧:《福禄寿仙官庆会》《群仙庆寿蟠桃会》《瑶池会八仙庆寿》《河嵩神灵芝庆寿》;第三,神仙度脱剧:《紫阳仙三度长椿寿》《东华仙三度十长生》《南极星度脱海棠仙》《吕洞宾花月神仙会》《小天香半夜朝元》《惠禅师三度小桃花》《张天师明断辰钩月》。朱有燉如此热衷于仙道戏剧的创作,与他信仰上相信道教、行为上践履道教分不开,正如他在《神仙会自引》一文所说:"予观紫阳真人《悟真篇》内,有上阳子陈致虚注解,引用吕洞宾度张珍奴成仙证道事迹。予以为长生久视,延年永寿之术,莫逾于神仙之道,乃制传奇一帙,以为庆寿之词。"①"传奇一帙",从创作伊始,便一发不可收,终至于 16 种,而且不唯庆寿之词,亦拓展到赏花、度脱之词。

上述三种题材的神仙戏曲,分别隐含着朱有燉三个方面的戏曲理念,在这里,我们将他的自评与戏曲作品结合起来进行阐述。

第一,朱有燉的仙道戏曲隐含着他的戏曲具有可以自娱自乐,戏曲可以让人的心情得到陶冶,也可以让人陶醉物外自得其足的娱情快慰之作用。他的几部神仙赏花戏描写了赏花的场景,如写海棠仙生长在荒山野岭,被野花精围住求颜色,于是六丁神挺身而出保护海棠花,并把她移栽到瑶池,在仙界瑰丽开放,引得百仙聚首,共赏仙花,给仙众带来无穷的观赏之乐和心灵之欢。这个故事,其实就是作者自己生活经历的艺术写照,影射自己把海棠花从野外移植到自家花圃苗苑之中,自赏自品,自得其乐。正如他在《咏怀庆海棠岭上海棠花吟自引》中所说:

> 正统三年春,予遣童仆采药于怀庆之地,太行之阳。仆回,具言太行山之海棠岭海棠之盛,入山可行五十里,有高岭深涧,其间尽是海棠,不下千万余本。皆生长于丛林荒草之中,人迹罕到之处。访其彼土之老,但云:自古称为海棠岭,人亦不知罕,人家亦

① 《中国古典戏曲序跋汇编》(二),第 678 页。

不栽植，每遇春时，满山如锦。但樵牧者折其花以为玩，斫其木以为薪耳，予闻之，即命数十人荷锸而往，移得三十余本，植于苑中。及清明之时，奇葩艳质，百媚千娇，红紫芳菲，照耀人目，诚有睡未足之娇态之比也。特咏《海棠吟》一篇，以寄兴焉。正统四年，节近清明，复睹娇艳之姿，欲置酒合乐以赏之，因念诗不能歌于席上，遂隐括《海棠吟》之意，假托于神仙，作《海棠仙》传奇一帙，以为佐樽赏花云耳。①

朱氏叙述自己创作仙道戏曲《南极星度脱海棠仙》的缘起，一是托物以言志，借言以表意，一是寄托其情感以求得物外之自适。这种关于仙道戏曲创作目的之理论，既是对我国传统“诗言志”诗学思想的继承，也是关于文学娱情作用观念的补充，文学的娱乐作用不只是在正统的诗文体式里，也存在于新兴的戏曲文本之中。

第二，朱有燉的仙道戏曲寓含正统儒家的忠孝节义、礼仁道德伦理，隐含着他继承儒家正统诗学理论的自我意识。《毛诗序》云：“情发于声，声成文谓之音，治世之音安以乐，其政和；乱世之音怨以怒，其政乖；亡国之音哀以思，其民困。故正得失，动天地，感鬼神，莫近于诗。先王以是经夫妇，成孝敬，厚人伦，美教化，移风俗。”这就是统治阶层对诗歌或者说整个文学的社会责任、历史使命的定位，诗歌或文学是宣导人伦道德的重要载体，汉代“温柔敦厚”诗教理论的全部指向就是天地君亲师的结构体系。受这种儒家诗学理论或文学理论的影响，朱有燉把仙道戏曲创作的最终目标定位于对君臣节义、父子人伦等道德伦理价值取向上，所以他在戏剧《小天香半夜朝元》的《自引》中说：

世之有精神血气者，则有死生；有形象物色者，则有成坏。此皆造化必然之理，阴阳消长之道，不可违也。惟能保精神，炼气血，于千万年而不死者，故名曰仙。然为仙者，有天仙、地仙、神仙、鬼仙之类不一，或有羽化飞升，出神弃尸之名各等。予观今世

①《中国古典戏曲序跋汇编》（二），第840—841页。

杨仙姑，可谓天仙也。仙姑京兆妓籍人，姓杨名小天香，道号守静。在元时适河南安生右丞，早寡，年甫二十一岁，惟抚幼子以度日。其母怜其寡居，自河南取回京兆，欲其复为迎送之事。仙姑怒曰："妾闻妇无再醮之理，妾虽出于妓籍，断不可从此也，以累妇德。"其后母欲强逼之，遂潜入华山玉女峰头修道。蓬首跣足，外其形骸，寒暑不易其志，炼就神形，遂得悟道。后遇陈希夷点化朝元。京兆人有夜闻空中仙乐和鸣，睹一老仙，携数女仙西行，其中仿佛一人若昔日名妓小天香也。

予闻斯事而叹曰：异哉！神仙之化，不为诬矣。向之所谓精神血气之不耗而致然欤？不宁惟是，而仙姑能守妇道，虽出于倡优之门，而节义俱全，比之良家妇女不能守志者，为何如耳？于世教岂无外哉？特以次第，编为传奇，庶可继乎丽则之音，非若淫词艳曲之比也。正所谓：诗人老笔佳人口，再唤春风到眼前。诚如是言耳，故为引。①

在这篇《自引》里，朱有燉旗帜鲜明地表示他的戏曲（传奇）创作的目的是宣传妇道高尚贞洁女子，因为这样的女子有补于世风世教，有利于社会伦理道德的建构。由此可知，传统儒家文学思想中的温柔敦厚的诗教理论对于朱有燉仙道戏曲观念的影响是多么深刻，从某种意义上讲，可以说朱氏的仙道戏曲理论思想是为封建伦理纲常服务的。

第三，朱有燉的仙道戏曲在文辞上追求古雅、净洁的风格，同时又根据戏曲情节和人物性格的不同，又往往将多种文辞特色糅合在作品之中，因此，豪壮、柔媚、拙朴、诙谐、明爽、玄奥等辞采风格，皆能曲尽其妙，这种以雅洁为主格调而又多元素融合的语言艺术追求，获得了同时代及后人的高度好评。晚明孟称舜在评点他的《惠禅师三度小桃花红》时说："气味深厚，音调复谐，毕竟是本朝第一能手。近时作者虽

① 《中国古典戏曲序跋汇编》（二），第 833 页。

多，终难望其项背耳。”①

下面把晚明以来戏曲评点家关于朱有燉仙道戏曲的文辞特色和语言风格追求的评语，选其主要戏曲或代表性作品的受赞话语列示于后。

近人吴梅评点《新编张天师月断辰钩月》有云：

> 剧中措辞，备极柔媚。如【寄生草】云：“则你这尘靴踏到广寒宫，抵多少布衣走上黄金殿?”【红绣鞋】云：“又不曾翠被暮寒生，那里也西厢和月等。”【二煞】云：“恰便似指山卖磨、缘木求鱼、望梅止渴、画饼充饥”，皆字字馨逸，决非屠长卿、梅禹金辈所能道只字也。嫦娥受屈，须诉诸天师，细思殊可嗢噱。然由此观之，“名节”二字，虽天上亦复郑重。益笑《周奉行纪》之无谓矣。②

“柔媚”“馨逸”是朱有燉《辰钩月》的文辞特点，即他所追求的语言艺术（戏曲文辞）在这个作品上则是香秾娇媚之风，脂粉气比较浓厚。

吴梅又有点评朱有燉《李妙清花里悟真如》文辞的话语，其《跋》中有云：

> 首折【哪吒令】【鹊踏枝】【寄生草】诸曲，可作冶游子弟座右铭。并可与《诚斋乐府》中【风月担儿】各曲，参互读之，亦少年场中一股清凉散也。【青哥儿】末两句，用红莲故事，调侃僧伽，亦殊有风趣。第二折起，语语禅机，耐人籀讽。论其造诣，惟西堂《桃花源》剧可与颉颃。第三折问答机锋，不作七言寻常语，亦脱参禅旧套。第四折以茶婆作收科，得言外妙意，佛光照座，开示愚蒙。此等境界，参学人自能领悟。通剧楔子亦用二处，鄙意不如将【坐化】一段，别作饶戏，当更醒豁，且免叠床架屋之弊也。剧词俊语络绎，可药嗫嚅之病。③

---

①《中国古典戏曲序跋汇编》(二)，第843页。

② 吴梅《辰钩月跋》，见《中国古典戏曲序跋汇编》，第836页。

③《中国古典戏曲序跋汇编》(二)，第837—838页。

吴梅先生评朱氏《悟真如》这段话，既将四折按每折文辞特点分述之，它们是：清爽、机智、稳健、含蓄，又总论该剧的文辞整体风格：俊俏，可以说是多种文辞风格的大融合。

吴梅先生又评朱有燉《洛阳风月牡丹仙》文辞云：

> 剧词妍雅饱满，自是盛世元音。惟第二折【草池春】，及第四折转调【青山口】，增句至多，读者易为眩惑，不可不细核之也。①

文辞"妍雅"，即美好典雅，正是儒家经典文学思想的重要内容，而"饱满"显然是指语言内涵的充实丰富而言，也是儒家文艺美学所标榜的，孔子云："有德者必有言"，韩子云："仁义之人，其言蔼如也"，语言充实，诚恳者，必是道德高尚的谦谦君子。吴梅先生又评朱有燉《紫阳仙三度长椿树》之文辞云：

> 第就曲文论，首折之【油葫芦】【醉扶归】，第二折之【梁州】【牧羊关】，第三折之【倘秀才】【呆骨朵】，皆是妙词。凡作游仙语，不可贪袭道家言。王作妙就椿树、牡丹发挥，便合本地风光，非凭空结撰也。第三折中【三转小梁州】，盖叠用三曲，【尾声】增句，盖用【风云会】【访普】折格，唱时仍用板，惟末句散唱，与寻常散板尾不同。此尾增句，亦不拘多寡云。②

吴先生所评《常椿树》文辞"妙"，联系上下文来判断，当是指的自然本土之色，即那种顺理成章的自然妙语，非矫揉造作之语云。

除上述诸种仙道戏曲在文辞上的追求倾向被吴梅等戏曲学人明确评点归结外，朱有燉的仙道戏曲在结构、情节方面，也包含了一定的戏曲观念。如《悟真如》布局简净，《辰钩月》结构生动，《仙官庆寿》排场热闹，舞态动作多奇趣，《蟠桃会》诙谐蕴藉，结构冷热恰到好处，凡此种种，都表明朱氏对于仙道戏曲在理论观念上的多元追求。朱氏之

---

①《中国古典戏曲序跋汇编》(二)，第 839 页。

② 同上，第 850 页。

所以如此熟稔仙道戏曲观念，正如吴梅先生所说："盖明代宗室，大半好道，如宁献王权，晚慕冲举，自号臞仙。王（指朱有燉）亦喜作游仙语，盖身既富贵，所冀者惟长生耳。"①此为骘评矣。

第二节　徐渭和汤显祖及其他

明代中期出现了两个极其重要的笃信道教的戏曲家，即徐渭和汤显祖，他们不但创作了大量的仙道戏曲，也发表了许多重要的仙道戏曲思想，是继明代初期朱权、朱有燉之后的道教戏曲作者。

一　徐渭与仙道戏曲理念

徐渭（1521—1593），字文清，后字文长，号天池、青藤，因信仰道教，自号翁州道士，一说青藤道士。受胡宗宪案牵连，后又装狂杀继妻，从此潜心学道、入禅。晚年更是藐视儒家仁义道德，蔑视李攀龙、王世贞等道貌岸然、欺弱阿权的党人群小，赞赏汤显祖等不事模仿、抒写真情的戏曲文人，为人光明磊落、豪放旷达，在诗、文、戏曲、书、画、词等诸多方面都被时人称"奇"，"行奇、遇奇、诗奇、文奇、画奇、书奇、而词曲尤为奇。"在戏曲上，徐渭建立了两个方面的重大成就，一是写作了关于南戏的第一部概括性的理论著作，二是创作了以《四声猿》为代表的戏曲短剧及其他剧作。

在戏曲理论上，《南词叙录》是徐渭撰写的我国第一部关于南戏概论性的著作，该书的主要内容包括：南戏的源流及发展情况，南戏的风格特点，南戏的声律，关于南戏作家作品的评论，对于南戏常用术语和方言的考释等方面。下面择其要者述之。

首先，徐渭在《南词叙录》的自序中阐明其作该书的缘起，借以彰

①《中国古典戏曲序跋汇编》（二），第851页。

显其理论著述之意义。他说:“北杂剧有《点鬼簿》,院本有《乐府杂录》,曲选有《太平乐府》,记载详矣。惟南戏无人选集,亦无表其名目者,予尝惜之。客闽多病,咄咄无可与语,遂录诸戏文名,附以鄙见。岂曰成书,聊以消永日,忘歊蒸而已。嘉靖己未夏六月望,天池道人志。”①考虑到没有南戏作品之选本,信道逍遥之余,选编一部南戏戏文集成了他的夙愿。

其次,关于南戏的历史渊源、来龙去脉,徐渭作了梳理。他认为南戏始于宋光宗时期。“宋人词而益以里巷歌谣,不叶宫调”②,这是说文人词再加进一些乡里歌调,就成就了唱曲,加之元代的北方杂剧南传,风靡当时,后来元顺帝又喜爱永嘉杂剧(即宋代产生的南方唱曲),于是一发不收,到明朝有高明者,夜以继日经十三年写作《琵琶记》且影响广泛,于是南戏蔚为壮观,至明中叶,作家辈出,作品繁多。

第三,关于南戏的特色尤其是声律上的要求,徐渭指出,“南戏固无宫调,然曲之次第,须用声相邻以为一套,其间亦自有类辈,不可乱也,如《黄莺儿》则继之以《簇御林》,《画眉序》则继之以《滴溜子》之类,自有一定之序,作者观于旧曲而遵之可也”③。而声律上的要求,又根据地方语言音调的差异,又产生了很多的南戏地方腔调,如弋阳腔、余姚腔、海盐腔。徐渭说:“今唱家称‘弋阳腔’,则出于江西、两京、湖南、闽、广用之;称‘余姚腔’者,出于会稽、常、润、池、太、扬、徐用之;称‘海盐腔’者,嘉、湖、温、台用之。惟‘昆山腔’止行于吴中,流丽悠远,出乎三腔之上,听之最足荡人,妓女尤妙此,如宋之嘌唱,即旧声而加以泛艳者也。”④

第四,关于南戏创作时的构思与境界问题,徐渭强调以中国传统诗学理论中的“妙悟说”和道教诗学强调的点铁成金之法去提升南戏写作的品质。他说:“填词(戏文中的宫调文辞——引者注)如作唐诗,

---

①②《中国古典戏曲论著集成》(三),第 239 页。

③ 同上,第 241 页。

④ 同上,第 242 页。

文既不可俗，又不可自有一种妙处，要在人领解妙悟，未可言传。名士中有作者，为予诵之，予曰齐梁长短句诗，非曲子何也？其词丽而晦。”①徐渭此处所讲的“妙悟”，是指承袭南宋著名诗学理论家严羽提倡的“妙悟说”而来的戏曲宫调所达到的境界，这境界是一种妙不可言、只可意会不可言传的审美状态。严羽说：“大抵禅道惟在妙悟，诗道亦在妙悟。……惟悟乃为当行，乃为本色。然悟有浅深，有分限之悟、有透彻之悟，有但得一知半解之悟。……夫诗有别材，非关书也；诗有别趣，非关理也。而古人未尝不读书、不穷理，所谓不涉理路、不落言筌者，上也。诗者，吟咏情性也。盛唐诸人惟在兴趣，羚羊挂角，无迹可求。故其妙处莹透玲珑，不可凑泊，如空中之音、相中之色、水中之月、镜中之象，言有尽而意无穷。”严羽要求诗人所讲的妙悟，就在于把诗歌理解为一种审美旨趣的表现，就是那种含蓄蕴藉言有尽而意无穷的无限回味之美，徐渭将中国诗学的妙悟审美理论借用到南戏的宫调文词的写作上，以此来赏析、品评南戏作家，所以他评价高明《琵琶记》中的相关曲调宫词时说：“或言：‘《琵琶记》高处在《庆寿》《成婚》《弹琴》《赏月》诸大套。’此犹有规模可寻。惟《食糠》《尝药》《筑坟》《写真》诸作，从人心流出，严沧浪言‘水中之月，空中之影’，最不可到。如《十八答》，句句是常言俗语，扭作曲子，点铁成金，信是妙手。”②徐渭既以高明《琵琶记》中数例套曲解释严羽所谓“妙悟”之意以及自然流露的空灵意境，又带出了道教诗论中的“点铁成金”的炼造原理，足见其对南戏曲调在立意构思、创作水准上的美学追求。“妙悟”之意前已申说，这里重点阐述一下道教及其诗学意义上的“点铁成金”。

从诗学理论史来看，提出作诗“夺胎换骨”“点铁成金”的诗歌创作原则的是黄庭坚。据惠洪《冷斋诗话》卷一云：“山谷云：诗意无穷，而人之才有限。以有限之才，追无穷之意，虽渊明、少陵不得工也。然不

---

①《中国古典戏曲论著集成》(三)，第 243 页。
② 第 243 页。

易其意而造其语，谓之换骨法；窥入其意而形容之，谓之夺胎法。”① “夺胎”“换骨”本是仙学修炼方法，神仙信仰者极力主张人类服食金丹（用铅汞金石炼成的丹药），认为这种经过各种锻炼方法、工序、火候、环境、阴阳之气而成的质性永固的药粒一旦吸入人体内部，人的生理结构诸如脉络、血肉、骨架等等就能变成坚不可摧的如金似石的体格，人的凡胎肉骨就能变成金躯石骨，以致生命永不枯竭、永葆青春。黄庭坚借用这种神仙修身养命之法到诗歌创作的方法上来，用中国传统思维中类比类取的思维形式来阐明诗歌创作乃至整个文学创作应该运用的方法理论。具体来说，“夺胎法”是要求创作者在参照前人诗意时注入新的血液以创造全新的诗歌意境；“换骨法”是要求继承前人优良诗歌技巧和精妙高致的境界时不要因袭，而要另创新格、新的语言词汇来表情达意。两者结合起来就是要求诗人既将自己的诗歌理念融入前人的精髓之中又有自己全新独特的精神风貌和气质特色，正像修身养命者既将全新的固体的金丹融入了原有之人体而又锻造出一幅前所未有的坚韧而永葆青春的生命体格一样。正由于这种标新立异、独创新奇的诗歌创作方法，就使得黄庭坚的诗务求命意、布局、格律、章法、句法、字法上的奇峭拗硬，努力追求和做到“以故为新”，效法杜甫的“语不惊人死不休”，他经常说要“搜猎奇书，穿穴异闻”，写诗“宁律不谐，不使句弱；宁用字不工，不使语俗”，这样一种刻意求新求奇的态度使自己在进行诗歌创作时造拗句，做硬语，押险韵，用僻典，形成瘦硬峭拔的艺术风格，承韩愈诗险怪奇峭之余绪。由此可知，仙学锻炼的炼丹之法是黄庭坚“夺胎换骨”之诗论的深厚渊源。

黄庭坚又有“点铁成金”的作诗之法，其《答洪驹父书》中有云：“所寄《释权》一篇，词笔纵横，极见日新之效。更须治经，深其渊源，乃可到古人耳。青琐祭文，语意甚工，但用字时有未安处。自作语最难，老杜作诗，退之作文，无一字无来处。盖后人读书少，故谓韩、杜自作此

① 惠洪《冷斋诗话》，第 15 页，中华书局 1988 年版。

语耳。古之能为文章者,真能陶冶万物,虽取古人之陈言入于翰墨,如灵丹一粒,点铁成金也。""灵丹一粒""点铁成金"本为仙学用语。"灵丹"即仙丹,又称丹药,是仙学外丹派延年益寿的治身之宝,有出神入化的作用,有时甚至能起死回生,仙话仙传作品记载许多信仙者用仙丹一粒救死扶伤。到了唐代,人们服食丹药渴望长生成仙形成狂热的信仰潮流,上至帝王将相,下至普通信众,都对仙丹趋之若骛。黄庭坚借用这种灵丹妙药之作用到诗歌创作的方法上,是要求诗人在前人诗歌陈旧、固有的语言、素材、境界等基础上注入一种全新的血液以激活这些旧有的"翰墨",成为自己鲜活新奇的独辟蹊径的"佳构",他在这里巧妙而又妥帖入理、天衣无缝地把修仙法宝作为己用,既体现他在诗学理论上的独具慧眼,也反映了他对神仙活动和仙学知识的娴熟。

综合上述"夺胎换骨""点铁成金"的仙学方法和由此而来的诗学方法,可知文学创作的内在奥秘,在于作家怎样去认知、把握和接受。徐渭深切了解中国古代道教与诗歌的上述内容,故以此来考量高明南戏《琵琶记》所达到的境界和水准,所以得出关于高氏及其剧作"点铁成金,信为妙手"的结论性认识,这也说明,作为自诩为道士的戏曲理论家,徐渭将道教仙学、传统诗学与新兴南戏结合起来考察,体现了其将三者有机统一的别具一格的戏曲理论思维,这在中国戏曲史上可谓是独一无二的。关于移入仙学灵丹进入戏曲的用事表现上,徐渭在《南词叙录》里也剖析入微,他说:"最喜用事当家,最忌用事重沓及不著题。《枝山燕曲》云:'苏小道:"伊不管流年,把春色衔将去了,却飞入昭阳姓赵。"'两事相联,殊不觉其重复,此岂寻常所及? 末'赵'字,非灵丹在握,未易熔液。予窃爱而效之,《宫词》云:'罗浮少个人儿赵',恨不及也。"①用事典,不但诗文常用之,但用得好与不好,事关作品成败。戏曲创作离不开用典或用事,但要注意典故堆砌造成的重复之弊,高明的戏曲用典者好像把握着一粒能让生命垂危者死而复生的

①《中国古典戏曲论著集成》(三),第 244 页。

灵丹妙药，仙丹的救死功能一旦被文学家、戏曲家所掌握，则在用典上能规避重复的呆滞之病，即使有用典选意上的重复之意，却毫不露痕迹反不觉其重复，而是起死回生，少一事，少一典则毫无生机，杳无声色。徐渭此一段关于戏曲用事的观点真不愧是一个谙熟仙道丹药理论的道士高真所能道者也，此见他仙学与道教修养的高超，将他《南词叙录》中的戏曲思想打上神仙道教文学理论的色彩与烙印，是合宜的。

第五，关于南戏的风格，徐渭认为远不同于北方杂剧（北剧）的怒放，而是“纡徐绵眇，流丽婉转，使人飘飘然丧其所守而不自觉，信南方之柔媚也”①。

第六，关于南戏的体制、结构、角色、具体剧目（宋元以至明）等等，徐渭也作了较为细致的表述，其中关于戏目，共录有一百一十三种，其中仙道戏目七种。

徐渭在戏曲（主要是南戏）创作上也是颇有成就的作家，著名的杂剧有四个独立短剧组成的《四声猿》：《玉禅师》《雌木兰》《狂鼓史》《女状元》。此外还有四出剧《歌代啸》。这些戏曲作品一方面突出表现了他桀骜不驯的反叛性格，冲破传统束缚的进步思想，另一方面，在实践南戏艺术思想上做出了典范性的作用，对后世的戏剧创作和理论建设产生了深刻影响。

二　汤显祖的戏剧神灵观

汤显祖（1550—1616），据《明史・汤显祖传》载：“汤显祖，字若士，临川人。少善属文，有时名。张居正欲其子及第，罗海内名士以张之。闻显祖及沈懋学名，命诸子延教。显祖谢弗往。懋学遂与居正子嗣修偕及第。显祖至万历十一年始成进士。授南京太常博士，就迁礼部主事……（万历）二十六年，上计京师，投劾归。又明年大计，主者议黜之。李维祯为监司，力争不得，竟夺官。家居二十年卒。显祖意气慷

①《中国古典戏曲论著集成》（三），第245页。

慨，善李化龙、李三才、梅国桢。后皆通显有建树，而显祖蹭蹬穷老。三才督漕淮上，遣书迎之，谢不往……既斥归，家居三十年而卒。”①结合有关汤显祖生平行事的其他文献如《文昌汤氏总谱》《临川汤先生传》《万历野获编》及《汤显祖集》等可知，汤显祖家教渊深，儒释道三教兼授，正如他自作诗云“家君有明教，大父能阴骘”，又云“家君恒督我以儒检，大父辄要我以游仙”。此见儒道共同对于汤显祖产生的作用。由《明史》所记汤显祖生平行事看，他不阿附权贵，为人光明磊落、耿直刚正、性情中人，绝真无假。这种天赋秉性，正是他在诗文与戏剧创作上提出“主情说”理论的人格基础和人性前提。尤其是他对于道教的笃信（自号清远道人）以及其祖父母、母亲虔诚信道的家庭氛围，都使得他有条件从事仙道戏曲创作和发表对于道教戏曲的理论见解。下面从他的戏曲理论和创作实际两个方面说明其仙道戏曲之成就。

在戏曲理论（包括仙道戏曲）上，汤显祖一仍他在诗文理论上提倡的“主情说”思路，强烈主张戏剧歌舞也是发乎情的，“人生而有情。思欢怒愁，感于幽微，流于啸歌，形诸动摇”，汤氏以为，从古剧的戏弄、参军（参鹘）到后来的杂剧、传奇，无不表现人的遭际变化和喜怒哀乐之情。最集中体现汤显祖戏剧理论思想的文章是《宜黄县戏神清源庙记》，该文所涉戏剧理论内容包括戏剧的兴起、发展、题材、功能、声腔、表演等很多方面。比如，他认为，戏剧可以起到以情感人的教育作用：

> 一勾栏之上，几色目之中，无不纡徐焕炫，顿挫徘徊。恍然如见千秋之人，发梦中之事。使天下之人无故而喜，无故而悲……乃至贵倨驰傲，贫啬争施。瞽者欲玩，聋者欲听，哑者欲叹，跛者欲起，无情者可使有情，无声者可使有声……可以合君臣之节，可以浃父子之恩，可以增长幼之睦，可以动夫妇之欢。可以发宾友之仪，可以释怨毒之结，可以已愁愦之疾，可以浑庸鄙之好。然则斯道也……老者以此终，少者以此长，外户可以不闭，嗜欲可以少

① 张廷玉等撰《明史》，第 6015—6016 页。

营。人有此声，家有此道，疫疠不作，天下和平。岂非以人情之大窦，为名教之至乐也哉。①

作者所标榜的戏剧作品抒发的“情”，既有君臣父子等统治者所提倡的表现伦理纲常的情，更有作者提倡的反对压抑个性主张自由愉悦的“本来”之情。这两种情愫，一旦根植于人之心灵，则对人产生各种影响和作用，正如文中之所条述。

汤显祖从道教神灵始祖的创世神话理论出发，也遵循中国原始神话中万物有灵原则的宇宙生发论（哲学本体论）观点，认为中国戏剧的始祖神灵（或戏剧祖师）就是清源神。他说：“予闻清源，四川灌口神也。为人美好，以游戏而得道，流此教于人间。”②汤氏并把这个戏剧神的名字认定为赵煜。不仅如此，汤氏为了突显自己所钟爱和从事的戏剧事业的崇高地位与神圣性，居然将戏剧祖师赵煜以与儒家创始人孔子、佛教创始人释迦牟尼和道教创始人老子相提并论，把被世俗社会视为游戏小道的戏剧提升到与儒、佛、道平等的地位，此见其因受道教尊神思想影响而至于把戏剧神推介了出来，这是汤显祖对戏剧极其重视的思想意识的重要亮点，也是他以道教神灵观念来推崇戏剧、定位戏剧的社会地位的集中体现，可见汤显祖受道教浸染之深。道教信仰对他所从事的戏剧事业有重大的推动作用，我们完全可以把他认定为一个道教戏曲作家和仙道戏剧理论家。受汤显祖这个戏剧始祖清源神的仙道戏曲观念的影响，清代戏曲理论家李渔在他的戏剧《比目鱼》中也确立了戏剧行业的祖师爷是二郎神的始祖论，他说：“二郎神是我做戏的祖宗，就像儒家的孔夫子，佛教的如来佛，道教的李老君。我们这位先师极是灵显，又极是操切，不像儒家的教主，都是涵养不记人的小过。凡是同班里面有些暗昧不明之事，他就会觉察出来，大则降灾，小则生病生疮，你们都要紧记在心，切不可犯他的忌。”像汤显祖

① 汤显祖著，徐朔方、钱南扬等校笺《汤显祖集》，第963页，中华书局1962年版。
② 同上，第962页。

一样，不但把戏剧行业提升到与儒释道并立抗衡的地位，而且高扬她优于儒教的地方。这种唯戏剧是尊的独立性的戏剧品格论，无疑地体现了汤显祖们在明代程朱理学桎梏之下强烈地要求冲破传统，尤其是冲破正统文人、正统阶级对于戏剧事业蔑视、侮辱的格局，争取戏剧品格，戏剧人之人格独立的自醒、自觉的战斗精神。

与汤显祖同时代的另一个卓越的戏剧家沈璟尤其重视戏剧的格律声腔等形式的东西，与之尖锐对立的汤显祖则坚决反对以声律害戏文之辞意，提出要把戏剧的"意趣"放在首位。他在《答吕姜山》中说："凡文以意、趣、神、色为主。四者到时，或有丽辞俊音可用，尔时能一顾九宫四声否？"①所谓意趣，根据汤显祖的表述，可以理解为戏剧作品情感旨趣之类的东西，是指能扣住读者、观众的情节所包含的深刻主旨，作家所隐含的对于生活的丰富情感，尤其指作品能引人深思、催人泪下、振聋发聩的审美追求和主题内涵。以他的《牡丹亭》为例，其意趣在于对封建礼教所进行的抨击，对青年女子杜丽娘为挣脱封建教条的束缚、争取正当的幸福生活作了热情的赞美与讴歌，谱写了一曲为情而生为情而死的情感乐章。这样的戏剧艺术与美学追求，绝不同于沈璟只重视唱腔、格律等形式而轻视作品主旨的戏剧观点。沈璟从唯格律论出发，曾以昆山腔的格套规模对《牡丹亭》进行了窜改，汤显祖知道后极为震怒，在《答凌初成》中愤然作色批评说："不佞《牡丹亭记》，大受吕玉绳改窜（实为沈璟所改，汤氏所见的改本为另一个本子。——引者注），云便吴歌。不佞哑然笑曰：昔有人嫌摩诘之冬景芭蕉，割蕉加梅，冬则冬矣，然非王摩诘冬景也。《牡丹亭记》，要依我原本，其吕家改的，切不可从。虽是增减一二字以便俗唱，却与我原做的意趣大不相同了。"汤显祖重视戏剧作品的内在思想神韵，以及审美情趣和境界，而这些东西是要通过独具才情的戏文语言才能表现的，因此，汤显祖及其拥护者追随者被称为"文采派"，而重视格律声色的沈

---

①《汤显祖集》，第 1021 页。

璟一派则被称为“格律派”。这是中国戏剧史上两个最为著名而且也争论最为激烈的文学流派，在中国戏剧史上意义重大和影响深远。

汤显祖在戏剧创作的实践上，成就卓越辉煌，有学者将其赞誉为伟大的东方的莎士比亚，是整个明代最崇高最著名的戏剧家。在这里我们不讨论他整个的戏剧作品，只就其仙道题材的《邯郸记》作一研究。

《邯郸记》是汤显祖一部体现其信仰仙道思想的杂剧。该剧以唐代沈既济的传奇小说《枕中记》为底本，描写主人公卢生在梦中由坎坷而辉煌的人生经历，刻画了卢生渴求长生不死、永享富贵的神仙美景的思想性格，宣扬了作者人生如梦、仙界才是长寿美好的道教思想。这正如汤显祖在《自叙》中所说：“士方穷苦无聊，倏然而与语出将入相之事，未尝不怃然太息，庶几一遇之也。及夫身都将相，饱餍浓醒之奉，迫束形势之务，倏然而语以神仙之道，清微闲旷，又未尝不欣然而叹，惝然若有遗，暂若清泉之活其目，而凉风之拂其躯也。又况乎有不意之忧、难言之事者乎？回首神仙，盖亦英雄之大致矣……独叹《枕中》生于世法影中，沉酣啽呓，以至于死，一哭而醒。梦死可醒，真死何及？”在这里，汤显祖描绘了一种生活线路：穷苦者听到谈出将入相之事，就希望自己能出将入相；一旦出将入相，听到了神仙之事，便向往美妙的仙界。而这样的人生追求，无疑隐含着作者自身经历坎坷、备受社会打击和官场压抑排挤后对于生命苦难的无望，“梦死可醒，真死何及”是汤显祖一种对于死亡的恐惧之感，然又寄予着对于生命的长生渴望，“无望”与“渴望”不是矛盾的，现实生命的苦难，只有到神仙世界里才能解决和摆脱，所以道教的神仙观念、神仙理想才是作者解决现实矛盾的最佳选择。

三　其他仙道戏曲家的相关戏曲含蕴

明清两朝，还有一些一般性的仙道戏曲作家，他们既创作了一些仙道戏剧，又发表了一些关于戏剧的理论性见解。我们将他们归属为一种类型进行讨论。他们主要有：王子一、谷子敬、兰茂、贾仲明、屠隆、李玉、丁耀亢、李渔、黄周星等等。

王子一，明代初期剧作家，创作有仙道戏曲《刘晨阮肇误入桃源》。该仙道戏叙述刘晨、阮肇避世居于天台山下，一天上山采药迷路，太白金星化作樵夫指引去桃源洞，二仙女迎入成就良缘。一年后，刘、阮思乡而归，但人世间已斗转星移，物是人非。急回山中寻访桃源，已无踪影。后又得太白金星指点，与仙女复会，最后同登仙界列入仙籍永做神仙。但作者在建构这个剧情时，却灌注了自己的戏剧理念，第一，借主人公的避世入仙以骂世，批判统治阶层对人才的轻视，表现对敲山震虎的戏剧手段和艺术效果之追求。如第一折将刘晨、阮肇写成“怀才抱艺”，只因“晋室衰颓，奸馋窃柄”而隐退林下的读书人。阮肇说：“这几年天下荒芜，干戈并举，不得个海宇阔清。若有英雄生于此时，觑事业如拾草芥耳。”可见阮肇是很想建功立业的。而刘晨则说：“我情愿弃轩冕离人世，傍泉石度岁华，一任他英雄并起图王霸……我和你韬光养晦迹老山中，那里想齐家治国平天下。”透露出作者对现实社会压抑人才、英雄无用武之地的处境的愤慨，暗示了他所处的元末明初之乱世才华得不到施展的苦闷。尤其是《后庭花》和《青哥儿》两个曲子，愤激之情，痛骂混乱社会、嘲讽人才不重用的残酷现实，更是无以复加。如《后庭花》：

> 并不想有轩车有驷马，我则愿无根缘无片瓦。出来的一品职千钟禄，那里有六韬书三略法，他都是井中蛙妄称尊大，比周公不握发，比陈蕃不下榻。空结实花木瓜，费琢磨水晶塔。斗筲器不久乏，粪土墙容易塌。儿童见惊讶煞，识者论不足夸。①

这里是对那些朝廷士大夫无德无才者的揶揄和嘲讽，他们如山中竹笋，嘴尖皮厚腹中空。另一个曲子《青哥儿》云：

> 空一带江山如画，止不过饭囊饭囊衣架，塞满长安乱似麻。

---

①《新镌古今名剧合选柳枝集》(三)，第718页，中国戏剧出版社1974年版。

每日价出入公衙、省院行踏。大旗高牙，宰相头搭。人物不撑达，服色倒奢华，心行更奸猾，举止少廉洽。纷纷扰扰由他，多多少少欺咱，言言语语参杂，是是非非交加。因此上不事王侯，不求闻达。隐姓埋名做庄家，学耕稼。①

骂尽了朝廷一切达官贵人，态度之轻蔑，语言之尖刻，情感之激烈，令人瞠目咋舌。这种曲尾写避世隐居，曲前曲中痛骂社会的借此写彼的戏剧手法，其戏剧效应在于警醒当局，启迪世人，应当公正治世，平等待人，是非分明，美丑有别。明代著名戏剧评点家孟称舜曾对这种戏剧手法评价颇高，他说："骂来刻毒痛快。作者一肚皮愤懑倾囊倒箧而出之，然却语语是实，令此辈见者敢怒不敢言也。"由上可知，嬉笑怒骂或指桑骂槐的戏剧艺术技巧，是王子一戏剧理论的重要内容。

第二，王子一的仙道戏剧追求情节的奇瑰，而往往以俊俏雅丽的文词出之，故朱权在《太和正音谱》中评论道："王子一之词，如长鲸饮海，风神苍古，才思奇瑰，如汉庭老吏判辞，不容一字增减，老作！老作！其高处，如披琅玕而叫阊阖者也。"②

谷子敬，元末明初人，生于乱世，故多人生消极叹世思想，遗世高蹈之情强烈，隐居之愿急迫，因此，多神仙道化剧之创作，共有五种，分别是：《吕洞宾三度城南柳》《邯郸道卢生枕中记》《昌孔目雪恨闹阴司》《司牡丹借尸还魂》《卞将军一门忠孝》。其中只有《吕洞宾三度城南柳》保存至今。该剧描写吕洞宾奉师命到岳州（今岳阳）三次度脱城南柳。第一次写吕洞宾到岳阳楼杨氏酒馆中喝酒，用蟠桃作酒料，抛扔桃核，使桃与柳成为花月妖精；第二次，写吕洞宾来岳阳楼让桃妖与柳妖托生为人，并结为夫妻。第三次，写吕洞宾来岳阳楼用多方点化之术度脱夫妻成仙。该剧通过描写柳树一度为妖，二度为人，三度成仙的过程，表现了神仙度世的宗教主题。

①《新镌古今名剧合选柳枝集》（三），第719页，中国戏剧出版社1974年版。

②《中国古典戏曲论著集成》（三），第22页。

在这个仙道剧里，隐含着谷子敬两个方面的戏剧观念，一是强调道具在剧情发展中的推动作用，如吕洞宾所佩宝剑自始至终推动着剧情的发展，宝剑当酒→剑斩妖精→剑杀小桃→凭剑识风等等。二是主张文辞简洁自然，如：

【幺】莫则管恼乱春风卒未休，只恐怕憔悴秋霜非是久。只等的红雨散绿云敛，我那其间寻花问柳，重到岳阳楼。

曲辞将自然生活中的桃柳巧妙地映带桃柳夫妻俩，风趣而天然，简洁而意深。

兰茂，生卒年不详，主要生活在明代初期，信仰道教，自号和光道人，又有玄壶子、风月子等道号。创作的仙道戏剧主要是《性天风月通玄记》。该剧前有诗一首，表明了作者对于道教修炼术的熟悉及其信仰仙道思想的决心，诗云：

论出家，到也深，学得些些假修真。回光返照常清净，识破了身外生身。哪管他尘世山林，行持常把黄庭运。爱的是养气凝神，喜的是阴降阳升。灵光现出圆如镜，顷刻间窍窍光明。黄河水深转昆仑，如真认得真玄牝。①

作者将自己掌握的道教知识机械地搬运到剧中人物身上，极具道教说教色彩，如《师徒传道》一曲，言性命双修之道，是一出说教剧。但在形象塑造上，却表现了作者双关、托物起兴的戏剧手法，被戏剧评点家坦弱道人指出为“以度后贤”之用，即是说该戏的思想观念是“借代”。符合中国传统戏曲“借言”的思想原则。

贾仲名（1343—1422），山东淄川（今淄博）人，朱棣门下的文士与戏剧家，生活优裕，极得成祖朱棣恩宠。所作戏剧共 16 种，今传 6 种，其中仙道戏 2 种，即《吕洞宾桃柳升仙梦》《铁拐李度金童玉女》。

此两仙道戏皆为神仙度脱剧。剧中所描写的两位主人公，都在人

① 《古本戏曲丛刊》，第五集第 367 页，商务印书馆 1953 年版。

间过着奢华的生活，是在吕洞宾、铁拐李的点化之下才猛然醒悟，修成神仙，登上仙界的。这种情节经历，其实包含着作者对自己所处优裕的生活环境和宽厚宠爱的待遇之迷恋，但由于对道教的神仙之向往，所以才入了仙道。其戏剧创作理念表现为两个方面：一是人生态度对于生活抉择有重要影响，比如道教的信养态度最终决定主人公放弃奢华而投向仙道；二是戏曲语言和文辞追求奢华，以符合主人公华丽奢靡的人世生活，故朱权在《太和正音谱》中指出词采之华美曰“贾仲名（即明）之词，如锦帷琼筵”①，深中肯綮。

屠隆（1543—1605），是明代后期重要的戏剧家，主要生活在嘉靖、隆庆和万历时期，科举仕途坎坷，晚年更遭人陷害，故志于学仙传道，自称皇冠道人，对道教信仰有加，忠诚于宗教，创作了两部神仙道化剧：《昙花记》《修文记》。这两部仙道戏都体现了作者这样的戏剧观念：借仙佛度世之情节，行自我改悔之诚心；希人世间恩恶因果有报应，祝好人好命，恶人恶命——借他人之故事，代自己之言说。

这种“代言”戏剧观，前代戏剧理论家都有准确的点评，如关于《昙花记》，同时代的陈眉公在写给屠隆的信中说：“前读《昙花记》，痛快处令人解颐，凄惨处令人坠泪；批判幽明，唤醒醉梦，二藏中语也。”②吕天成亦在其点评中说：“赤水以宋西宁侯嬲戏事败官，故托木西来以颂之，意犹感宋德。或曰：‘卢相即指吴县相公，孟豕韦即指纠之者。’才人丧检，亦常事，何必有恚心耶？其词华美充畅，说世情极醒。”③沈德符对于屠隆的“代言”戏剧理论，阐述得更为形象，他在《顾曲杂言》中说：

> 近来屠作《昙花记》，忽以木清泰为主，尝怪其无谓。一日遇屠于武林，命其家僮演此剧，指挥四顾，如辛幼安之歌“千古江

① 《中国古典戏曲论著集成》（三），第23页。
② 徐朔方《晚明曲家评谱》卷二，第187页，浙江古籍出版社1993年版。
③ 《中国古典戏曲论著集成》（六），第361页。

山”，自鸣得意。余于席间私问冯开之祭酒曰：“屠年伯此记，出何典故？”冯笑曰：“子不知耶？‘木’字增一盖成‘宋’字，‘清’字与‘西’为对，‘泰’即‘宁’之义也。屠晚年自恨往时孟浪，致累宋夫人被丑声；侯方向用，亦因以坐废。此忏悔文也。”时虞德园吏部在坐，亦闻之笑曰：“故不如余所作《昙花》序，云‘此乃大雅《目连传》，免涉闺阁葛藤’语，差为得之。”余应曰：“此乃著色《西游记》，何必诘其真伪？”①

屠隆的另一部仙道戏《修文记》，也是一部代言体“自传与幻想”的剧作，剧中人物及情节故事，都暗含作者及身边的人，也暗含作者的生平经历及周边人物的生活事迹，因此，从创意、结构安排、主题表达等戏剧概念上来看，正如郑振铎先生所指出：屠隆此剧把自己“生平友仇并入记中”，乃“戏曲史上自叙传”体例之“始作俑者”②。

李玉（1573？—1667？），戏曲作家和戏曲理论家，一生剧作繁富，所作不下三十三种，而其中在戏曲史上地位崇高、影响尤著者简称“一人永占”（《一捧雪》《人兽关》《永团圆》《占花魁》）以及《清忠谱》。李玉是清代少有的从事仙道戏写作的作家，主要作品有《牛头山》《武当山》《长生像》《千里舟》《洛阳桥》《风云会》《罗天醮》《禅真会》共八种，几占其全部剧作的三分之一。

李玉著有《北词广正谱》，即他的杂剧总汇。在该集里，除了收录其三十余种杂剧外，也包含着他的戏曲思想和理论观念，正如清初吴伟业在《序》中所说：“李子元玉，好奇学古之士也。其才足以上下千载，其学足以囊括艺林。而连厄于有司，晚几得之，仍中副车。甲申以后，绝意仕途。以十郎之才调，效耆卿之填词，所著传奇数十种，即当场之歌呼笑骂，以寓显微阐幽之旨。忠孝节烈，有美斯彰，无微不著。间以其余闲，采元人各种传奇、套数、散套，及明初诸名人所著之北词，

①《中国古典戏曲论著集成》（四），第228页。
②《中国古典戏曲序跋汇编》（二），第1211页。

依宫按调，汇为全书。此真骚坛鼓吹，堪与汉文、唐诗、宋词并传不朽矣。”①这是说，李玉的三十多种传奇、杂剧，都是发愤之作，是不平之鸣、穷而后工的结晶。这就指出了李玉戏剧创作论中的一个思想：戏剧也像诗、文、词，也是作者坎坷挫折、百难万苦之所磨砺。这无疑把中国传统文学思想中的发愤著书说从诗文领域转移到了戏剧领域，从创作的原动力的根本点上肯定了戏剧不为不雅而可与正统诗文一争高下的正当地位，这是李玉为中国古代戏剧争取正宗的表现。

丁耀亢(1602—1671)，清初戏剧家，今存剧作四种，其中《化人游》《赤松游》为仙道戏曲，宣传神仙道教信仰。前者描写主人公何皋漫游仙界，遇上人世间诸多文人士大夫甚至包括李白、杜甫都登上了仙界，宣泄了作者对仙道的虔诚之情。该剧运用“自喻”或“代言”的戏剧构思原理，影射自己的仙道情怀，正如其第九出下场诗所说：“醉把闲言问老龙，琼芝珠草蔚青青。应知满座烟霞客，中有辽阳鹤姓丁。”这种“代言”或“影射”的创作立意倾向，戏曲点评家宋婉在卷首的《总评》中更说得清楚明白：“《化人游》非词曲也，吾友某渡世之寓言，而托之乎词者也。世不可以庄言之，而托之于咏歌；咏歌又不可以庄言之，而托之于传奇。以为今之传奇无非士女风流，悲欢常态，不足以发我幽思幻想，故一托之于汗漫离奇，狂游异变也，无知者以为漆园也，离骚也，禅宗道藏语录也，太史公自叙也，斯可与化人游矣。”②用庄子关于“寓言”的文学表达思想来概括丁耀亢《化人游》的戏剧构思原理，恰如其分地揭示了丁氏的仙道戏曲创作论。

后者更是典型的神仙戏剧，写张良跟着神仙赤松子学仙道。其中也借对奸臣秦桧的揭露表达作者对明朝故国的怀念，因此，该仙道剧的“寓言”之意也是非常清楚的。

李渔(1611—1680)，清代著名戏剧家，中国戏剧理论的卓越贡献者。笃信道教，自号“笠道人”。一生著有数十种戏剧，流传且具有刊

①《中国古典戏曲序跋汇编》(二)，第1231页。

②《中国古典戏曲序跋汇编》(三)，第1519—1520页。

本者为《李笠翁十种曲》，其中《蜃中楼》《比目鱼》属仙道题材的戏曲。

李渔的戏曲理论主要在《闲情偶寄》一书中，有如下几个方面的内容。

第一，关于戏曲的特征。李渔指出戏曲应具有制造幻境、设身处地、代人立言的基本特点。他说：

> 未有真境之为所欲为，能出幻境纵横之上者：我欲做官，则顷刻之间便臻荣贵；我欲致仕，则转盼之际又入山林；我欲作人间才子，即为杜甫、李白之后身；我欲娶绝代佳人，即作王嫱、西施之元配；我欲成仙作佛，则西天、蓬岛即在砚池笔架之前；我欲尽孝输忠，则君治亲年，可跻尧、舜、彭咸之上。非若他种文字，欲作寓言，必须远引曲譬，蕴藉包含。①

此处谈到戏剧由于是表演的艺术，因此重点在于装腔作势，打扮伪装，因地制宜，制造场景，而核心的问题是要体现一个“幻”字，因为表演是虚拟的，所以幻境是戏剧气氛的中心场，这正像仙界幻境是道教信仰和追求的终极目标一样。

戏剧与作者的关系是一种代言关系，即剧作中的人物、语言、思想、经历等等，都是作者的化身，或是代言者，或是寓言者。这一点在我们前面论及的数位仙道戏剧家的创作观念和戏剧思想里也屡见不鲜，故李渔说：

> 言者，心之声也，欲代此一人立言，先宜代此一人立心。若非梦往神游，何谓设身处地？无论立心端正者，我当设身处地，代生端正之想；即遇立心邪辟者，我亦当舍经从权，暂为邪辟之思。务使心曲隐微，随口唾出，说一人，肖一人，勿使雷同，弗使浮泛，若《水浒传》之叙事，吴道子之写生，斯称此道中之绝技。②

---

① 李渔《闲情偶寄》，第 49 页，上海古籍出版社 2003 年版。

② 同上，第 50 页。

第二，关于戏剧的结构和布局。李渔对于戏剧的结构特别重视，从戏剧结构的重要性、结构的单一性、结构的内部衔接、结构的完整性等方面进行了较全面的阐述。

关于戏剧结构的重要性，李渔认为结构是戏剧的艺术生命，结构设计需要像“工师之作室”，万万不可掉以轻心，他说：

> 至于“结构”二字，则在引商刻羽之先，拈韵抽毫之始。如造物之赋形，当其精血初凝，胞胎未就，先为制定全形，使点血而具五官百骸之势。倘先无成局，而由顶及踵、逐段滋生，则人之一身，当有无数断续之痕，而血气为之中阻矣！工师之建宅亦然，基址初平，间架未立，先筹何处建厅，何方开户，栋需何木，梁用何材，必俟成局了然，始可挥斤运斧。倘造成一架而后再筹一架，则便于前者不便于后者，势必改而就之，未成先毁，犹之筑舍道旁，兼数宅之匠资，不足供一厅一堂之用矣。故作传奇者不宜卒急拈毫，袖手于前，始能疾书于后。有奇事方有奇文，未有命题不佳而能出其锦心，扬为绣口者也。尝读时髦所撰，惜其惨淡经营，用心良苦，而不得被管弦、副优孟者，非审音协律之难，而结构全部规模之未善也。①

将传奇戏剧的结构安排问题同建造华屋相提并论，足见李渔对戏剧结构重要性的重视。

关于结构的单一性，李渔指的是一个传奇杂剧 一个鲜明的主题，即全剧的关键、枢纽、灵魂，李渔称之为“立主脑”；而表现这个鲜明主题的方式则是“一线到底”的情节，李渔称之为“减头绪”。故李渔说：

> 一本戏中，有无数人名，究竟俱属陪宾；原其初心，止为一人而设。即此一人之身，自始至终，离合悲欢，中具无限情由，无究

---

① 李渔《闲情偶寄》，第 17 页。

关目，究竟俱属衍文；原其初心，又止为一事而设。此一人一事，即作传奇之主脑也。①

古人作文一篇，定有一篇之主脑，主脑非他，即作者立言之本意也。传奇亦然。②

头绪繁多，传奇之大病也。《荆》《刘》《拜》《杀》之得传于后，止为一线到底，并无旁见侧出之情。三尺童子观演此剧，皆能了了于心，便便于口，以其始终无二事，贯串只一人也。后来作者不讲根源，单筹枝节，谓多一人可谓一人之事。事多则关目亦多，令观场者如入山阴道中，人人应接不暇。殊不知戏场脚色，止此数人，便换千百个姓名，也只此数人装扮，止在上场之勤不勤，不在姓名之换不换。……作传奇者，能以头绪忌繁四字铭刻在心，则思路不分，文情专一，其为词也，如孤桐劲竹，直上无枝。③

关于结构的内部衔接，李渔认为，这是指的"一线到底"的故事情节内容有其必然的逻辑发展链条，是环环相扣的，一线延伸的，绝无断而又续，续而又断之痕迹。这是一条重要的结构原则或结构方法。他说：

所谓无断续痕者，非止一出接一出，一人顶一人，务使承上接下，血脉相连；即于情事截然绝不相关之处，亦有连环细笋伏于其中，看到后来方知其妙；如藕于未切之时先长暗丝以待，丝于络成之后才知作茧之精。

编戏有如缝衣，其初则以完全者剪碎，其后又以剪碎者凑成。剪碎易，凑成难。凑成之工，全在针线紧密；一节偶疏，全篇之破绽出矣。每编一折，必须前顾数折，后顾数折。顾前者欲其照映，顾后者便于埋伏。照映埋伏，不止照映一人、埋伏一事，凡是此剧中有名之人、关涉之事，与前此后此所说之话，节节俱要想到，宁

---

①② 李渔《闲情偶寄》，第 20 页。

③ 同上，第 23—24 页。

使想到而不用，勿使有用而忽之。①

关于结构的完整性，李渔认为一个出色的杂剧作品，必须是开头、收尾都全面有机统一的形式，他继承了元明以来关于杂剧结构的“凤头、猪肚、豹尾”的模式，尤其强调戏剧“收场”的安排，他说：

> 收场一出，即勾魂摄魄之具，使人看过数日，而犹觉声音在耳、情形在目者，全亏此出撒娇，作“临去秋波那一转”也。②

第三，关于戏剧创作的求新涉奇。戏曲、杂剧，一般是元代以前的称呼，入明以后，人们将之称为“传奇”，理由之一是对于戏剧人与事的“奇”之标准要求。李渔抓住“奇”的本质特征，尤其强调戏剧的新与奇。他说：

> 人惟求旧，物惟求新。新也者，天下事物之美称也。而文章一道，较之他物，尤加倍焉。戛戛乎陈言务去，求新之谓也。至于填词一道，较之诗赋古文，又加倍焉。非特前人所作，于今为旧，即出我一人之手，今之视昨，亦有间焉。古人呼剧本为“传奇”者，因其事甚奇特，未经人见而传之，是以得名，可见非奇不传。“新”即“奇”之别名也。③

以李渔关于新与奇之涵义要求考察元明清的仙道杂剧、戏曲，乃真符合其新奇之标准者也。此处所讲新奇，当就戏剧的情节和故事“本事”而言，当然也包括人物之新奇，如神仙之类。

除了情节和人物的求新涉奇之外，李渔还强调立意造语上的翻新出奇，提出了“意取尖新”的造戏法：

> 纤巧二字，行文之大忌也，处处皆然，而独不戒于传奇一种。传奇之为道也，愈纤愈密，愈巧愈精。词人忌在老实，老实二字，

① 李渔《闲情偶寄》，第 22 页。
② 同上，第 62 页。
③ 同上，第 21 页。

即纤巧之仇家敌国也。然纤巧二字，为文人鄙贱已久，言之似不中听，易以尖新两字，则似变瑕成瑜。其实尖新即是纤巧，犹之暮四朝三，未尝稍异。同一话也，以尖新出之，则令人眉扬目展，有如闻所未闻；以老实出之，则令人意懒心灰，有如听所不必听。自有尖新之文，文有尖新之句，句有尖新之字，则列之案头，不观则已，观则欲罢不能；奏之场上，不听则已，听则求归不得。尤物足以移人，尖新二字，即文中之尤物也。①

文也好，戏也好，以尖新之意趣出之，必然让人流连忘返，品鉴之时忘乎所以，好像被"尤物"磁铁般地吸引着。

李渔所强调的新奇，还在于戏剧创作在继承优秀传统精华时推陈出新，因此，他提出了"变旧成新"的创作原则，他说：

演新剧如看时文，妙在闻所未闻，见所未见；演旧剧如看古董，妙在身生后世，眼对前朝。然而古董之可爱者，以其体质愈陈愈古，色相愈变愈奇。如铜器玉器之在当年，不过一刮磨光莹之物耳，迨其历年既久，刮磨者浑全无迹，光莹者斑驳成文，是以人人相宝，非宝其本质如常，宝其能新而善变也。②

"新而善变"是戏剧创作和舞台表演长存不衰、长青不老的秘诀，戏剧的生存和发展必须一方面继承优秀传统，另一方面要推陈出新。李渔从历史的高度、用长远的发展的眼光为戏剧事业的远大前途深切地思考，真可谓高瞻远瞩、居安思危。

李渔在《闲情偶寄》中表达的戏剧思想还有很多内容，如关于演习、声容等等，都是真知灼见，限于篇幅，此处不一一细究。总之，他对中国古典戏剧创作、戏曲理论也包括仙道戏等都做出了重大贡献。

黄周星(1611—1680)，明末清初重要戏剧作家，晚年信仰道教，自号笑苍道人，有仙道剧作《人天乐》传世。该剧为神仙度脱戏题材，叙

① 李渔《闲情偶寄》，第53—54页。

② 同上，第68页。

吕洞宾度脱轩辕氏成仙，同样隐含着借剧中主人公写自身之经历和感怀的“代言”体剧作观，而为世人劝善觉悟的创作意图亦非常清楚。

《人天乐》的另一戏剧艺术含蕴是极富讽刺意味，曲词嬉笑怒骂，揭发社会与官场的黑暗与肮脏，艺术效果极佳，如《试官述怀》对科举考试的揭露，其唱曲【水底鱼】云：“……哈哈哈！放屁文章总一般，大家容易大家难。之乎者也成何用，只要金钱中试官。”①这是对科举考试中金钱关系的辛辣讽刺。结尾又唱：“罢了！罢了！科场中一团怨气，秀才们昏天黑地，何时得公道昭彰？除非是弥勒出世。南无没天理银子佛，南无丧良心铜钱菩萨。”②金钱、科举、菩萨，严肃与调侃，制度与玩笑，一旦进入戏剧艺术园地，便可不露痕迹地融为一体。

①② 黄文旸《曲海总目提要》，天津古籍书店1992年影印本。

第十章 《藏外道书》诗集中的道教诗学思想

著录较完备的《正统道藏》于明英宗正统十年(1445)修成,正统十年以后至明神宗万历期间的道教文献以及《正统道藏》以外未曾被收入的文献于明神宗万历三十五年(1607),由正一道第五十代天师张国祥等历经数载编纂成《续道藏》,至此,正、续《道藏》基本上收录了自道教产生以后问世的所有道教典籍、文献,包括它的道教原典《老子》《庄子》等。万历以后的道教文献,如果下延至清朝的灭亡,则又是一笔浩如烟海的文化遗产,而且在历史长河的滚动中,也时时浮出一些万历之前正续《道藏》未曾收入的典籍。有鉴于此,中华人民共和国成立后,研究者开始搜集、汇编、整理这两种情况的道教文献,于1994年由巴蜀书社出版了卷帙浩繁的《藏外道书》,共计991种,收入许多高道文人的著述、文集、总集、别集、道经、方志、注译等文献。而道教文人的诗文集、文论、诗论包含着极其丰富的道教文学思想,除了前面已经论及的张宇初的《岘泉集》和《张三丰文集》等收录于《藏外道书》之外,我们未曾研究的沉淀着大量道教文学思想的诗文集如刘一明《会心集》《会心内集》《会心外集》,张三丰《玄谭全集》,以及其他道教文人的《邵子诗注》《紫阳庵集》《重阳庵集》《养真集》《白云集》《洞霄诗集》《贞居集》《霞外集》《霞外诗集》《清虚诗集》《道家诗纪》《诗谈》《青城诗文集》等等,在这里我们立专章进行探讨,这样,关于元明清道教文学思想发展历程的下限(清亡)就有了一个基本的轮廓。

第一节　关于诗论

一　刘一明的诗论

清乾嘉间，全真教的分支龙门派在西北陕甘宁比较活跃，其领袖人物则是著名道教学者刘一明，自号悟元子，有诗集《会心内集》《会心外集》传世，收录于《藏外道书》中。在集中，刘一明提出了诗者，是抒心写意者的诗源论。其在《会心内集叙》中有云："（吾）生平因物书怀，就事写意，无非会之于心，发之于言，故将吟咏拙句，编为内外两集，分为四卷，名曰《会心集》。愿结知音道侣，早会性命之道于一心。"①在这里，作者将其诗集《会心集》所作诗歌归之于"因物书怀，就事写意"的结晶，包含了多个方面的诗论内涵。第一，指出诗因何而生的诗源论（诗的发生论），诗生于物与事；第二，指出了诗作为主观成果的一面与客观存在之间的关系；第三，诗是抒（书）写心意的，即诗是抒发诗人内在之情感的，正因为诗是写心的，所以第四，它也需要寻找知音去品鉴，去共鸣，从而又谈到了诗歌赏欣或批评的问题，其原则是"知音道侣"才是诗歌的够资格的欣赏者，这又回到了刘勰等文学理论家创建的文学鉴赏论等理论原则上，是对传统文学批评方法、理论、原则、思想的继承与弘扬。《文心雕龙·知音》云："知音其难哉！音实难知，知实难逢，逢其知音，千载其一乎！夫古来知音，多贱同而思古，所谓日进前而不御，遥闻声而相思也。"这是说知音难觅，而作为文学欣赏，又必须具有知根知底、知心知面的欣赏家才能懂得创作者的创作初衷、目的、情感和思想。

刘一明的诗歌"会心说"，关合了创作者和欣赏者两种身份的人在

① 《藏外道书》，第 8 册第 629 页。

文学活动中的有机统一，从创作者来说，创作是一种书写心意的活动；从欣赏者来说，欣赏是一种以心换心、心心相印的行为，两者的高度统一、高度默契方是一种完美的高境界的精神飞腾，下面我们从上述两个角度来解析刘一明的诗歌实践。如《江上遇师》云：

一十三年未解愁，仙留镇上问根由。而今识得生身处，非色非空养白牛。①

该诗为诗人书写心意而作，谓自己内心深处隐藏了一种十三年之久的愁苦：生命究竟为何而生存？一个偶然的机会，突遇名师指点便豁然开朗，生命的意义不在于功名利禄、色空万物，而在于对自身生命体的珍重。如何珍重？学仙致仙便是其妙法。从观赏者角度而言，必须通晓和知悉作者的创作意图，方能理解他为何愁闷忧苦了一十三年，而一旦遇之便茅塞顿开，大彻大悟了。又《书怀五首》（时年三十八）其一云：

三十余年事事左，不晓谁作此因果。昨宵惊醒梦里人，始知个中还有我。②

该诗抒发诗人三十多年来积郁在心中的蒙混无知，懵懂糊涂，对于自我的存在意义一片空白，而随着对于仙道与佛理的逐渐接触、理解，日积月累之后，一夜醒来，便彻底悟出"我"的存在是一种必然的因果逻辑。因此，诗歌抒发了作者对于宇宙人生的渗透与参悟，感情真挚，而理性或诗性哲理的表述又是非常清晰。从欣赏者角度来看，也必须经历如同诗人一样的人生历程，方能解得个中味。又其二云：

昔曾言下悟真诠，举世疑难尽卸眉。六欲三官都扫净，虚空一气返先天。③

该诗抒发的是诗人淡薄功名欲望，退却七情六欲的虚怀空谷，指出只

①②《藏外道书》，第8册第630页。
③ 同上，第631页。

有悟得真道才能达致太虚清净之境作成天界神仙。从欣赏者心理来说，不要把神仙看成是一种虚妄，而是一种对于“道”的彻悟与把握，这样就能理解此诗的内在心情诉求究竟为何指。

上引刘一明的七言诗实现了他的会心说诗论与诗歌实践相结合的目标，其实他的五言诗也是如此，在他的《会心外集》中多五言诗作品，同样是其“会心说”诗论的具体践履。如《睹物有感》云：

满山树木栽，那有栋梁材。非是求全备，斧斤削不来。①

诗人因物起兴，因物兴感，将自己怀才不遇的郁结一吐为快，实乃写心书意的典型之作。另一方面，从欣赏者角度看，如果读者不了解诗人之生平经历，则无从理解此诗的深刻内涵。

刘一明本是一位博闻强识，从小通读儒经，很想建功立业的儒者，无奈十七八岁之时，大病降临，几要了他的性命，从此弃儒学道养生，平生之志，无以为用，故心中积郁深沉，耿耿于怀。他在《悟道破疑集序》中云：“余世间一大不肖人也，幼时习儒，年末二十，大病者三，几乎殒命。因病有悟，遂而慕道。”②在《穷理说》一文中，他有如下记述：“悟元自十三四岁，即知世间有此一大事因缘，可恨自己福缘浅薄，未得早遇高人，十七岁身得重病，百药不效。次年赴甘省南安养病，愈医愈重，幸喜真人赐方，沉疴尽除。十九岁外游访道，自发誓愿，若不究明大事，决不干休。三教经书，无不细玩。”③由此可知，刘一明由于身体的原因自感空有满腹经纶，即使才华横溢也不能派上用场，职是之故，才有“非是求全备，斧斤削不来”之感慨。

刘一明有一组十六首《自在窝吟》，均为书写心意之作，如第一首云：

---

①《藏外道书》，第8册第671页。

② 同上，第582页。

③ 同上，第660页。

我居自在窝，清静少风波。地僻人情远，如如养太和。①

诗歌抒发诗人远离尘世，隐居僻壤的淡泊心境，造语和立意，一仍陶潜《饮酒》其二："结庐在人境，而无车马喧。问君何能尔？心远地自偏。"以及《归园田居》其二："野外罕人事，穷巷寡轮鞅。白日掩荆扉，虚室绝尘想。"又如第五首云：

我居自在窝，不讲曲诗歌。别有真怡慰，何须惹外魔。②

这首诗正话反说，其意正是要说明通过诗歌曲调才能把人的真怡实慰即真情实感表达出来，与其说该诗是在抒情，毋宁说是在谈写诗之理。

同样的既抒情又谈诗的还有第六、十三首，如第六首云：

我居自在窝，不问古经科。道义随心有，执柯岂视柯。③

该诗除了书写怎样理解和把握文书经典之奥妙在于心领神会，表达了一种只可意会不可言传、重在建构意境而不要执着于文字的文学创作论。这一文学思想源于《庄子》的"得意忘言"的言意关系学说。

庄子继承老子"知者不言，言者不知"的"不言之教"思想，认为言不能尽意，圣人之意是无法用语言来表达的。他在《天道》中说："世之所贵道者，书也。书不过语，语有贵也。语之所贵者，意也，意有所随。意之所随者，不可以言传也，而世因贵言传书。世虽贵之，我犹不足贵也，为其贵非其贵也。"庄子为什么不看重语言？因为他认为语言是有局限的，不可能穷尽人的思想意愿，不可能完全彻底地表达人的思想感情。但人的思想感情又必须表达出来，别人才能知晓，那怎么办？于是庄子提出了解决的办法——"得意忘言"。他说："筌者所以在鱼，得鱼而忘筌。蹄者所以在兔，得兔而忘蹄。言者所以在意，得意而忘言。吾安得夫忘言之人而与之言哉？"(《庄子·外物》)这个"得意忘言"的办法，是庄子在中国文学思想史上第一个提出来的解决文学表达中言不尽意而又要运用语言文字之矛盾的基本办法，对于魏晋玄学

①②③《藏外道书》，第8册第674页。

以及文学中的兴象理论、象征原理、隐秀理论等等文学概念的形成产生了深远的影响。尤其是对于语言文字在表达中的局限性，庄子进行了深入的剖析和形象地说明，以使人们获得对于语言局限性深刻之认识，庄子创造了一个轮扁斫轮（《庄子·天道》）的寓言故事予以描述，轮扁斫轮的技艺为什么不能传授给他的儿子，所谓“口不能言”，而只能“得之于手而应之于心”，因为“可以言论者，物之粗也；可以意致者，物之精也”（《庄子·秋水》），以此推论，桓公所读之书，皆为物之粗，即古人之糟粕也。既为糟粕，则“犹不足为贵”（《庄子·天道》）；既古书古语不足为贵，而人类的表达又不能离开言辞，那么最好的办法就是如前所述的得意忘言。

下面再看刘一明《自在窝吟》的第十三首：

> 我居自在窝，随心口咏哦。无字亦无调，音声出大罗。①

这里鲜明地表现了诗人对于诗歌创作的几个含义：第一，诗是抒情写意的，其所抒之情意乃为心灵之自然随意的流露；第二，最上乘的诗歌是无字无调的，正像老子说的“大音希声”“大辩不言”“大象无形”，又像庄子说的“天地有大美而不言”“天籁”之音；第三，人类的表情的诗歌与音乐缘出于大罗世界即自然。

如果真正了解了文学的最高境界是一种“大象无形”的状态，不需要任何语言文字的表达，那么，从写心表意的内涵来看，应该也是一种无心无意的状态，所谓无声胜有声，愈淡而愈浓正是对这种状态的概括。刘一明深谙此中之理，是故在其《川口王母宫留题》中便将这样的文字观点进行表述：

> 看破尘缘击碎琴，文章语句不关心。高山一曲知音少，静对河图仔细吟。②

① 《藏外道书》，第8册第675页。

② 同上，第677页。

该诗是作者游川口王母宫时应有人索诗之请而作的，“文章语句不关心”，这是正话反说之法，其实诗人是最关心现实红尘的，只因为“高山一曲知音少”故而不写诗吟句；但另一方面，从道家道教书写心意、表情达意的传统来看，不用语言、不用诗文来表达的思想情感才是最高尚的，最上乘的诗歌就是没有诗歌，最浓厚的情感就是没有情感，这才是“文章语句不关心”的真正内核，此见道家道教对于“不言之教”的提倡。

像庄子发现语言文字在表情达意上的局限性一样，刘一明也指出人类的言行事功和心之所想是难以通过语言传之以纸的，故其《赠贾翰元》云：

> 不许翰音登碧天，还原纸上最难传。乾坤未破为何物，混沌初分并没缘。死里求生诚妙诀，无中出有现真铅。如能咬破铁丸子，一颗牟尼圆又圆。[①]

“翰音”，虽说在此所指为友人贾翰元，但诗人的用意却在于传递友人内心的情感愿望尤其是他生平的理想宏图，指出这种高远的“翰音”是无法用语言表达在纸张丝帛上的，这里也许为友人壮志未酬、理想难骋的遭际鸣不平，故而退一步奉劝好友以淡薄功名、养生保命为重，故接下来的六个诗句都是教给友人炼丹炼性之法。

虽然语言有不能达意的局限性，但也绝不能因噎废食，除了以“得意忘言”之法补救之，还可以通过用最少量的语言来表达最丰富的含义的方法去挽回，这也就是中国古代文学理论上人们反复致意的言外之意、象外之象、韵外之味、弦外之音、景外之景，不着一字尽得风流，含不尽之意于言外、味外之旨等等表达之法，与此相适应，刘一明在他的诗歌作品里，也表述过同样的文学思想，其《读痴道人苏老先生烟霞问答》云：

---

①《藏外道书》，第 34 册第 680 页。

> 烟霞问答论修真，节节条条俱有因。命理功夫堪入妙，性宗口诀亦通神。分明指出杳冥物，确实阐扬恍惚珍。言浅意深藏大道，承先启后再来人。①

“言浅意深藏大道”要求的是用最少量的语言表达或者包含深刻的道理，有三层意味，一是指对于深刻的事理（大道），最好让其隐藏在特定的语境中，让人们去感悟它、领会它，尤其是仙道丹真之秘诀；二是指道教内部的传授传统，一般是讲究秘而不宣的，师徒之间不用语言或少用语言传达真谛，因为个中天机不可泄露，只能靠弟子去心领神会，这其实还是老庄道家“不言之教”的学术思维路径在道教作为一种宗教之内部的传承与体现；三是对于道教思想、学术文化、宗教方式等方面在风格特性上的要求，“言浅意深”正好反映了中国道教文化博大精深、含蕴深刻的民族性，具有中华民族自身的质性，这也再一次验证了鲁迅先生所说“中国文化之根底全在道教”的不易之论的精准无误。如果上述三个方面在道家道教人物的行事与言辞中都做到了的话，则如诗中所云“妙”“神”就是一种预设的实践与艺术的双重效果。

二　《洞箫诗集》之诗论及其文学特征

《洞箫诗集》共十四卷，宋代道士孟宗宝编纂，收入《藏外道书》第八册中。该集主要编录自唐至宋的相关道教文士、诗人的诗歌作品，既体现了选编者对于入选作品的文学标准，也给世人呈现了其作者的诗歌艺术追求或文学性特征，我们就此两个方面做一些深入地分析。

与孟宗宝同乡的元代人邓牧为孟宗宝《洞箫诗集》作有提要（作于元大德六年即公元 1302 年），其中说道：“书中所载篇什，至元时元贞大德之间而有闻……往往意在笔外，气足言胜。千崖万壑，三江五湖，雄伟浩汗，骇目动心，其气已慑，安得模写尽乎？唯诗亦然。天下名

① 《藏外道书》，第 34 册第 681 页。

山，以罕得佳句，最陋之地，或以诗传是已。杭东南山水之胜，莫如天目；天目之胜，未如大涤洞天，自唐宋迄今，题咏不少，醇疵相半。余独谓之不然，读大涤洞天诗（即孟宗宝所选编、纂写的《洞箫诗集》——引者注）当如阅泰山东海图障，姑取其用意之难，勿以责备焉可也。”①在这段提要中，作者认为孟宗宝所编撰（包括孟氏所创作）之诗歌，遵守“气胜”的作诗标准来认定。而所谓“气胜”，主要指诗人写作时的情感强度，气势强度和底蕴深度，故邓牧将此数者比喻为泰山、东海，泰山以喻气宇之高昂深厚，东海以喻气势之壮观汹涌澎湃而有宏阔之貌，挺拔而有高临之势，这样的诗歌方是符合标准者。这个标准无疑就是一种诗歌思想之表现，以此来检核集中收录之作，发现无一虚诞诬夸之言。

宋人陈尧佐有《洞霄宫》云：“一帆高挂出红尘，万仞长歌入紫云。莫道游仙别无侣，玉清冠盖许同群。”②该诗所写洞霄宫，位于杭州东面天目山上洞霄峰顶，以此“洞霄”命名的诗集《洞霄诗集》，其编纂者正是隐居于此的宋代道人孟宗宝，而本诗作者陈尧佐所写之宫观即此。诗写一游者乃道教中之仙人，他腾云驾雾，高飞在万里长空，立在一朵超凡拔俗的彩云之巅，佩带避邪长寿之剑，在万仞紫云端放歌高唱，几至九重天之至高天——玉清天境，把一切云底下的凡人俗物藐视如一芥草末，那种睥睨万物、傲视凡俗之气魄，实有惊天动地、惊世骇俗之威风。此诗如用前所述标准来衡量，“气胜”二字，非它莫属。

陈尧佐的另两首同题诗同样以“气胜”而见称于世，故被孟宗宝选编入集，在此亦不妨照录于后，以备验证：

> 谷口停骖上翠微，五云宫殿开金扉。不知何处朝元会，恰见龙鸾队仗归。③

---

①《藏外道书》，第34册第1页。

②③ 同上，第5页。

一天封部稼如云，流水清寒出洞门。更爱林间磐石上，松花飘落羽人樽。①

前者写游者高入天宫所见仙界盛况，描写出一种非凡场面，自是给诗歌抹上气贯九天之色彩，引人入胜；后者所写不像前者是一种显性气度，而是一种隐性风采，即隐居山涧清寒景色之中的仙道之士，一樽之中已囊括宇宙，一寸之中已包含天地的那种逍遥淡散情怀，这也可称得上一种“气贯天穹”的柔性之气。有趣的是，陈尧佐的兄长，曾做过北宋宰相的陈尧叟亦写有《洞霄宫》诗，同样因为诗以“气胜”，故被孟宗宝选入集中：

四合烟光叠翠屏，东南山水此为灵。莺花春学蓬莱境，楼阁夜干牛斗星。古桧森罗烧药灶，彩云漂洒聚仙亭。辽天俯近归期鹤，澥谷菊连骇巨溟。紫陌红尘无一点。绿毛仙骨有千龄。②

该诗也是写洞霄宫之景，以其高耸入云，俯瞰万象，放眼波涛汹涌澎湃之巨溟大海展现其直冲牛斗，包容宇宙的宏伟气势，有磅礴天地、提顿寰宇之慨，从而让洞霄宫引得天下修道炼真之人为之折腰，道教仙学那种自神其教的文学幻想与宗教想象融为一体。

我们知道，苏轼以豁达旷远而驻扎在中国知识分子的心田，这种旷达无疑也凝聚着他器宇轩昂的风度和气质，其中也包含了他学仙信仙的道教追求，因此，对于道教胜景来说，他也神往之至，而且也着意去帮助道教界宣传他们的仙界美景，其中就包括他所游历过的杭州东南天目山上的洞霄宫，故有诗曰：

上帝高居愍世顽，故留琼馆在凡间。青山九锁不易到，作者七人相对闲。庭下流泉翠蛟舞，洞中飞鼠白鸦翻。长松怪石疑霜

---

①《藏外道书》，第 34 册第 5 页。

② 同上，第 6 页。

鬓，不用金丹苦驻颜。①

可以说，仙风道骨是苏轼旷达气质的重要含蕴之一，这也是一种“气胜”在诗歌中的表现。该诗抒写一个仙道信仰者的养生养性之情，只不过他所主张的修仙是提倡人体与自然物象、天地元气的融合，即他所说的“长松怪石疑霜鬓”，即人的身体表征、生理迹象与长松怪石等自然元气的结合。

北宋著名文人、隐士林逋人称“梅妻鹤子”，以其钱塘（杭州）人氏的优越性，遍游了以杭州为中心的周边形胜，洞霄宫以如此之胜迹，吸引着他的敏锐目光，而又以其隐士之风度自然对仙人仙境心驰神往，故亦有《宿洞霄宫》诗：

大涤山相向，华阳路暗通。风霜唐碣朽，草木汉祠空。剑石苔花碧，丹池水气红。幽人天柱侧，茅屋洒松风。②

秋山不可画，秋思亦无垠。碧涧流红叶，青林点白云。凉阴一鸟下，落日乱蝉分。此夜芭蕉雨，何人枕上闻。③

两首诗所写为一幽人（隐士）访道洞霄宫的情况。前一首写幽人慕名而去，是因为怀揣着像华阳陶弘景隐居山林一样的心情，后一首专写宫观景色，五彩缤纷，绚烂多姿，但后四句笔锋一转，由欢乐之景转写苦雨芭蕉、乱蝉飞鸟，而落日一景，平添几分凉意，这里衬托出一种幽雅的秋思意境，所思为何？自然是千古隐士与仙人如陶隐士之流。因此，这两首诗的“气胜”在于以柔和之宫观环境透露出诗人深刻细腻的隐居情绪，不像前几位诗人的阳刚之气，林逋这两首诗则是以阴柔之气取胜，职是之故，“气胜”之“气”者，盖阴阳两气俱包括其中。

南宋诗坛闪烁着一批虽沉沦江湖但却熠熠生辉的明星，这就是以戴复古为代表的“江湖诗派”。戴氏力倡写诗要先定“格”，这个“格”，就是指的诗人之灵性、气质、气格。在洞霄题材的诗歌群落中，戴复古

---

①③《藏外道书》，第 34 册第 6 页。

② 同上，第 7 页。

亦以天台郡望的优势而对天目山之胜景"近水楼台",故其关于洞霄宫的诗歌也表现出对诗格的追求,如他的《游九锁》云:

高枕清流卧白云,灵龟骨相鹤精神。凡为九锁山中客,多是群仙会里人。三沐三熏来访道,一觞一咏共谈真。祥光亭畔苍松下,更借清风洗俗尘。①

高尚清白、谈仙论道、风神清爽、贞洁傲骨,既是访道者的人格魅力,也是该诗的品格追求,气胜者,气格胜也,故这等诗作被选入《洞霄诗集》中。戴复古同题其二云:

天柱峰头一振衣,云开岩路雨晴时。登临欲访神仙事,纪述都无汉晋碑。拍手数声龙井跃,篝灯一鉴洞天奇。林间安得栖身处,欲炼金丹饵玉芝。②

同样的气格高雅,神清质爽,如新浴后振衣,雨过后放晴,令人心旷神怡,洞天中开。

类似林逋之清爽气格者,还有南宋著名学者、文献学家高似孙。其诗《游九锁》亦写洞霄宫之神仙佳处,气格清净,洗却浮华,沁人心脾:

洞门金画翠琅玕,杏不多花月溜寒。借得御书经自读,松风净洗石棋盘。③

周密(1232—1298)是南宋著名婉约派词人,其词典雅清丽。可是其诗却一扫词作的婉转之态,气格雄浑,气势豪放,尤其是他流寓浙江湖州期间所作《洞霄宫诗》,更是慷慨任气,故被收入《洞霄诗集》者,以其"气胜"之故也:

太虚灏气浮空濛,烟霞九锁蓬莱宫。崩腾云木竞奇险,涧芳

①②《藏外道书》,第34册第17页。
③ 同上,第18页。

野叶垂青红。何年断鳌立天柱，古洞阴森白鸦舞。玉书宝剑不可寻，老翠封崖滴元乳。光芒灵气干斗牛，遗丹箬底谁能求。黄精紫杞遍岩谷，仙禽夜捣声幽幽。懒蛟千年睡未足，痴涎吼雷喷飞瀑。阴风黑穴吹海腥，石虎当关横地轴。是非万古一笑慨，神仙不死今安在？①

道家道教的修仙学道，在于以磅礴阔大的心胸气概藐视万物，睥睨宇宙，笼天地于寸心，挫万象于心田，能容纳一切可容纳之物，收视八极，揽住四荒。以此检测周密此诗，其气吞太虚，直干云霄的博大胸襟正是求仙访道者的基本素养。另一方面，一切又不牵连于心，不挂碍于物，如千年懒睡之蛟，不闻不问身外巨细之变，一意于修仙炼性之中，这才是真豪气。质言之，一气贯于诗之全篇，这种仙道高尚豁达之气正是该诗所以为其诗者。

戴表元（1244—1310），宋末元初著名文人，被誉为“东南文章大家”，其诗自然清淡，以淡雅之气取胜，在他所作数首关于洞霄风景的题材中，亦透露出自然纯朴的山林气息，故受到选编者的青睐，现以《蜕龙洞》为例证之：

苍山下孱颜，中有神龙楼。神龙眇何许，一水涵清溪。深藏岩壑古，回破风烟低。当其未蜕时，幽隐漫尘泥。既蜕头角成，霄汉参云霓。回顾昔所蟠，陈迹亦已迷。况我后来人，危磴重攀跻。四顾但绝壁，丛条风凄凄。②

散文化句式，平淡自然的诗风，通俗明白的用词造句，将描写、叙事、议论、抒情融为一体，正是那种朴素的文章家气质使然，所谓“大家”者，平淡中见奇妙，自然中显非凡，平凡乃伟大之谓也。

吴全节（1269—1346），元代著名道教——玄教的第二代掌门人，甚得朝廷及道学界器重，其诗多以韵长词清称著，显示一种幽雅之气

① 《藏外道书》，第34册第23页。
② 同上，第47页。

格于山水景物的描摹之中而为诗坛所传颂，如其数首纪游洞霄宫的诗作，清淳雅韵，如潺潺流水：

> 翠蛟亭上像坡仙，松籁溪风撼洞天。手掬丹泉观流水，步穿园圃卜归田。心清隐士饥餐柏，物外高人空爱莲。九锁此游端不负，剩茶清兴入唫边。①

诗人在洞天福地静享清香雅韵，泉水叮咚，松涛阵阵，餐柏爱莲，神仙隐士风采，气韵爽净，游兴快意，此类诗意境地，自然引人入胜，故孟氏选之入诗。

三　张雨及《贞居集》之诗风

元末，茅山道（又称茅山宗）仍然发展有加，这得力于一个极有名望而且文学成就卓越的道教高人张雨（1277—1348）。张雨，又名天雨，字伯雨，道名嗣真，别号贞居，又号句曲（茅山）外史。吴郡（今苏州）人，年二十离家，遍游名山，于茅山拜周大静为师，受上清经箓，后居杭州开元宫，皇庆二年入京师居万寿宫。游于京师期间，因此前积累起来的诗名传播广泛，故京师士大夫文人纷纷与之交游，据刘基《句曲外史张伯雨墓志铭》云："一时贤士大夫，若浦城杨仲弘（载）、四明袁伯长（桷）、蜀郡虞伯生（集），争与为友，愿留之京师。"②姚绶《句曲外史小传》亦云："一时浦城杨仲弘、清江范德机（椁）、金华黄晋卿（溍）、吴兴赵仲穆（雍）交甚善。"③张雨所作全部诗歌数百首，均收录于《贞居集》中。而同时代或稍后许多著名诗人、诗评家均对其诗风及成就评价极高，足见其在当时的影响。如明初徐达左评曰："贞居以儒者抽簪入道，自钱塘来句曲，负逸才英气，以诗著名，格调清丽，句语新奇，可谓诗家之杰出者也。当是时，以诗文鸣世者，若赵松雪（孟頫）、虞道

①《藏外道书》，第34册第52页。
② 同上，第59页。
③ 同上，第58页。

园(集)、范德机(椁)、杨仲弘(载)诸君子,以英伟之姿,凌跨一代,谐鸣于馆阁之上,而流风余韵,播诸丘壑之间。贞居以豪迈之气,超然自得,独鸣于丘壑之间,而清声雅调,闻诸馆阁之上。诸君子亦尝与其唱酬往返,虽出处不同,而同为词章之宗匠,譬如轩轾,讵知其孰先而孰后耶?”①这里对张雨的诗歌所进行的评论是非常高调的,一是指出其诗有清雅之风,一是指出其诗具豪迈之气,以故名播远近,闻诸士林。姚绶亦指出:“诗宗杜,惟肖古选,类大历间诸子;文学韩,而冷语类汉。”②这是说张雨诗有杜诗之沉郁气,而类大历诗人者,则云其诗多怪谲之调。张雨去世后的六百年,清代罗槃在谈及张雨与元代贤士大名人之交往及其诗歌特点时说:“当元仁宗英宗之时,海内人文称为极盛,赵文敏、虞文靖、黄文献以文学书翰,煊赫东南,外史以一羽流颉颃其间,诸公亦不以其习于外教而乐与之游。诗词之清丽,字画之苍劲,一时道流无能及之者也。”③综上所述,并检索张雨诗集《贞居集》,发现其所持诗论主张写气抒怀,而诗风与艺术旨趣之追求乃为清雅、豪迈、沉雄、奇谲、下面分条证之。

诗乃使气。张雨在他的诗歌中,反复表达作诗的原因和目的,一并归之为人的情感需要抒发,而情的各种构成元素,其实就是人体“气”的表现,所以前述评论家对他诗歌所评的语词,都是将“情”作为一种清雅、沉雄等等“气”的含义来认识的。张雨有《抒情五言》,就是将“情”与“气”作一种理解:

宿植知好古,托生神元朝。彀中非所游,一命偶见逃。句容愚乃容,愚溪贤者遭。顾乏赁舂力,人役亦已劳。望如野田鹤,未举先防高。徒贻达士嗤,我景无持操。④

---

①《藏外道书》,第34册第57页。
② 同上,第58页。
③ 同上,第62页。
④ 同上,第67页。

诗中所抒乃生命对于现实的感慨，有似于陶渊明所说的在激烈的现实竞争中自己那种不善于经营的本分即对于残酷现实的无可奈何之感。而从诗人对于诗歌表达上的所理解的创作主体的情感气质看，这是一种积蓄于内心的愤懑之气与要求解脱的自由之思所产生的碰撞与冲突，主要表现为对现实的憎恨与逃避的矛盾，对“望如野田鹤”（自由）的渴望与“未举先防高”即残酷现实的制约之冲突的展示。因此，矛盾与冲突，痛苦与追求之间产生情思的深沉、顿挫。又如其《次韵张仲举见怀》：

当酒悲慨深，闻歌志意满。广陵家无恙，得食诸生馆。如何山公启，早不置黄散。翻覆如蠹蟫，借书作妍暖。一官鱼上竹，万事蟹登断。所以鸿乙徒，冥飞遂忘返。①

面对人生的苦涩则抒发悲凄之感，而当人生一旦有了某种志得意满，则放歌使气，把生命中的欢娱痛快一吐为爽。这其中，生理之气抒发的如何，又是如何而发，都可以与诗歌捆绑在一起，或者说，诗歌之产生，直与生命的各种喜怒哀乐之气紧密联系在一起。因此该诗开门见山开宗明义地把诗歌的发生说理论直言不讳。又如《次韵倪元镇见怀》云：

玄句何潇潇，咀味生华滋。换著空顶帻，把卷适临池。怜君柔条情，起我淹留思。丘园岁将晏，幽期方自滋。②

诗歌的产生，除了外界物象触发人的内在性情和气场，身边的人和事尤其是相类相通的好友之音、亲朋同乡等的喜怒哀乐之情感也能触动自己的心理气质和性情思绪，正像本诗所说“怜君柔条情，起我淹留思”，好友的善良轻柔细致深厚的关爱，触发诗人对于离别已久的故乡的思念之情和怀挂之气，借用现代有关地理文学的时髦话语来说，就是诗人流寓他乡的流寓意识使他复制他人的情感或者复制故乡的风

①②《藏外道书》，第34册第67页。

物民情来填充自己的生活空间，勾起对于故乡的深深怀念。

诗歌所书写之气，除了作为创作主体的情感血气、个性气质之外，当然也包括自然界之天地元气。按照中国哲学发生论的观点，尤其是宗教哲学之生成论理论，认为人类的身体血气是大自然之元气所赋予，所谓人杰地灵，钟灵毓气，皆此之谓。受此传统哲学观念之影响，张雨在诗中也将自然元气看成是促发人体血气、气质的外在元素，因此亦着力书写自然之气、天地之精，其《凝云石》云：

> 何年洞庭波，伐此青山骨。其姿绝清温，其气殊翠兀。下将压灵鳌，上欲攀栖鹘。何观道之凝，云气从此发。①

天地万物乃气之所凝聚，山石亦如此，山中一切物象，一草一木，一山一水，大至洞庭湖，小至水中石，均由气之所结。反过来，正由于物之体内蕴藏着"气"，一旦有某种促发、触动的外界媒体，则会散发出来，形成云气之象，云蒸霞蔚，或壮观，或优柔，或清爽，或沉浊，表现出千姿百态、万种风情。所以，"气论"不但是指诗歌所书写的人之气，也包括天地之气，自然宇宙之气。

除了诗乃气之抒写的诗论范畴外，张雨论诗在风格上倡导雄迈、清雅之调，雄者悲壮，清者淡雅，其《文馆分韵得照字》云：

> 阳涧清蒲积，阴丛朱华耀。兹辰属夏五，抚景发悲啸。清飙进凉馆，滹云颓高照。楚狂非沉酣，乐与探道妙。河东挟雄文，山谷专雅调。而我结喉舌，转炼若牛噍。中嫌野格卑，外惧罚觥酌。彦会宁复得，归欤从荷条。②

诗歌品味的高低，有许多决定因素，张雨所追求的主要有两种，一是"雄"，一是"雅"，反对甚至鄙夷粗野卑劣之品。所谓雄者，如柳河东之文，雄迈豪爽，有时又流露出慷慨悲壮之气；所谓雅者，如黄山谷之谓

---

①《藏外道书》，第 34 册第 74 页。

② 同上，第 66 页。

点铁成金,无一字无来处,从老杜来,从经史子集等经典中来,高雅古格,与粗俗低劣甚至卑薄是泾渭之别。这种品位追求,实际上已论及诗品之人品的问题,联系到作者本人来看,他之所以在京师受到如此多高官权贵及盛名顶顶的文人雅士的追捧且孜孜不倦地乐与之交游,有些甚至是与他神交之辈,其中最重要的原因是张雨人格品质和道德声望的崇高。

其实文学创作是一件劳心费神、消身损体的精神活动或脑力劳动,对此,魏晋南北朝的文学理论家们早已认识到,所以才有《文心雕龙·养气》的出笼。张雨从自身数百首诗歌创作的经历中也提到这个精神苦旅的艰难不易,其《施少霞诗卷》云:

> 我观好汉诗,人好诗亦好。子从仙都来,相见恨不早。曲局文字间,秃鬓如霜草。所以思廉翁,持身以为宝。①

除了认为人好诗则好这种文如其人、诗如其人、人品决定诗品的诗歌原则外,作者还从好友赠给的诗作中读出了作诗者岁月的沧桑、年岁的衰老,如霜雪般洁白的秃鬓便是这艰苦创作的印记,所以触景生情,想起好友诗人杨廉夫,劝告他保重身体。

关于对古代优秀诗人诗论的传统精华之态度问题,张雨以兼容并蓄的文学思想作为继承和弘扬传统的原则,尤其是对于文学史上第一流的大诗人、大作家,他更主张博采其长,推陈出新。如《书东坡先生画像》云:

> 峨眉秀色杳难攀,玉局仙人不受闲。南斗日辰韩吏部,西湖风气白香山。从教刺舌奸邪党,可惜低头侍从班。更问东坡铁拄杖,于今海上未曾还。②

苏轼、韩愈、白居易,唐宋诗文之巨擘,都曾以不同的风格领导一代文

---

①《藏外道书》,第 34 册第 78 页。

② 同上,第 106 页。

学之潮流，无论在儒林、道园，还是佛地，都是千古之楷模、学习之典范，效法之圭臬。又如《读元次山集感而有作》：

漫叟古之贤达欤。愤世直言七不如。著书首补云门乐，取醉政赖石湖鱼。湘中韶濩遗欸乃，天下漫浪知猗吁。饿死杜陵拾遗老，唯有舂陵能起予。①

杜甫、柳宗元、元结，高流之辈，诗坛圣人，文坛贤哲，自然是要顶礼膜拜的。

诗求清雅。这是指张雨诗善于营造清幽之境，出入于经典，熔铸雅正之风格。如《晚兴二首》其一云：

清夏昼晷舒，偃仰托林麓。枕册辄酣寝。把卷仍废读。学筌忘有渐，静轨寻稍熟。彼狂逐日者，未得先偿辱。②

清爽、清凉、清净，既是一种自然环境，也是一种心态心境，更是一种诗风指向。而"筌忘"之语出自《庄子》，更是经典之范。

从"清"的一面来看，也包括朴素、恬淡的诗歌意趣在其中，所谓清淡、清纯（朴）是也。如《学耕深隐》云：

竹素为良田，笔札为耒耜。深根勿鲁莽，进学乃能事。手锄不贷圃，辛苦以求志。谁哉有余力，为我治荒秽。③

诗造语朴实，陶渊明笔下的恬淡意境如重见生命，而出入《庄子》、陶诗的语用与语意，如"深耕勿鲁莽"，见《庄子·则阳》："长梧封人问子牢曰：'君为政焉勿鲁莽，治民焉勿灭裂。昔予为禾，耕而鲁莽之，则其实亦鲁莽而报予；芸而灭裂之，其实亦灭裂而报予。予来年变齐，深其耕而熟耰之，其禾繁以滋，予终年厌飧。'"如"为我治荒秽"，见陶渊明《归园田居》其三"晨兴理荒秽，带月荷锄归。"

---

①《藏外道书》，第 34 册第 107 页。
② 同上，第 65 页。
③ 同上，第 70 页。

清而幽静，淡而雅致，成为中国山水田园诗人的优良诗风传统，淡雅几乎是由道家哲学思维生发出来的对于诗歌道法自然的巨大启迪，历来被许多道教诗人所弘扬，再来看一首张雨的《云山图》：

> 青山淡无姿，姿媚在幽云。正如老秃鬓，蕴藉于斯文。离尘独偃蹇，被物皆氤氲。孰究变化迹，动静俱可欣。①

淡而无姿的青山，却蕴藏着丰厚的地气地脉，所谓“淡而愈浓，癯而愈丰”的诗歌意趣，正是高明的诗人之所为。因为“淡”，所以明丽，如《奉和揭学士听松轩》：

> 何年种松子，此地听松声。涛响风还作，山空夜自明。一瓢嫌物累，九奏感时清。得似苍髯叟，长依白玉生。②

夜色下，明月里，松涛声，清亮静谧，朗彻明丽，一切都看得分明，一切都听得真切，这都要归功于“淡”之景，“淡”之心，“淡”之诗。质言之，道教源于道家的诗学追求与诗歌实践，在“清雅”中完美统一。

诗显豪迈。这是指诗人张雨在他的诗歌中一方面将自己的豪情俊气饱含作品之中，另一方面也是指平生宏伟之志火热般地追求其实现之谋，同时还寓含着诗人豪爽真诚的性格属性。如《玉钩桥》：

> 折流十丈强，赴此作甘冷。如曳白练裙，美人延修颈。日曝老蛟涎，云排断虹影。不比玉钩斜，此地极深静。③

此写玉钩桥及桥下流水，桥似气贯天宇或东西或南北贯通的雄迈彩虹，而河水突然于此转折，泻倒在十丈深潭形成飞动的瀑布，犹如白练一束，又如美人的裙儿飘动，这种情景正是一种雄伟、气派、飘逸、灵动的诗歌境界，其中所含蕴的也是诗人的万丈豪情，无法抑制的心灵律动，以及浮想联翩的生命追求境界。

---

①《藏外道书》，第 34 册第 72 页。

② 同上，第 96 页。

③ 同上，第 74 页。

张雨诗求豪迈，也是指传统诗歌中关于环境、物象、场面等的具体可感的气势、实景，如他的数首关于“湖”的诗歌，其《太湖》云：

浩瀁鱼龙戏，僻侧凫雁宿。并吞三万顷，宁不为小曲。唯应鸱夷子，曾泊西山麓。①

浩瀚汹涌的太湖，气势流转，吞并三万顷，广纳天地，足显宇宙灵秀的壮阔恢宏，该诗所写景象之雄豪，是可与孟浩然所写之洞庭湖相媲美，其诗云：“八月湖水平，涵虚混太清。气蒸云梦泽，波撼岳阳城。”亦是一种气贯天地，吞吐宇宙，摇撼山河的力量之怒吼。又如张雨的《东小湖》：

净坊临绝顶，陛纳两池水。云生佛足下，月堕天目里。不蹑五湖根，尘渴何由已？②

东小湖是太湖的附属区域，相对来说比较狭窄，但诗歌亦将之写得涵日吞月，云生水起，亦有一种阔大恢邈之慨。

豪迈有时也是一种直率真诚的个性流露，如张雨《题杨补之墨梅二首》其一云：

争笑华光白尚玄，吮香指墨婉天然。谁知玉匣双钩法，解作冰花铁线圈。③

墨梅，一种自我人格——傲犟清洁的象征，又包含着厚实高尚的道德个性。其二云：

寒香飞下桐江水，草棘荒台不似春。挂起箬篷惊半面，清风堂下断无人。④

一种天下唯我独清的自评，更显个性的豪迈独立，这正是明代徐达左所激赏的“以豪迈之气，超然自得”，“清风堂下断无人”正是这种自得

---

①②《藏外道书》，第34册第79页。

③④ 同上，第126页。

的写照，其顶天立地堪称绝妙。

追求沉雄。所谓沉雄，是指诗歌所表现的内在思想含量程度，达到一种深刻沉淀的境界，表达作者对于问题的深沉思考或忧虑意识，但又不沉湎于失望而表现出对于前途的自信。这种特质之典型代表为曹操的诗歌。人们评曹操诗为“气韵沉雄”，所谓气韵，就是诗人思想个性在作品中的沉淀和积蓄。以此衡量张雨的诗歌，他有些作品就是追求沉雄或表现沉雄的，比如《独酌》：

静极忽不惬，掩书曝前轩。荣木樊四维，时禽托孤园。群物方趋功，吾衰恒晏然。本乏超世才，偶脱区中缘。妙理寄浊醪，嘉名受灵仙。从吾所好耳，富贵须何年。①

本诗所写，斟酒遣闷，看到群物趋利逐欲，思量自己一身才艺，满腹经纶，却不能发挥出来济世拯物，于是满腔的积郁借酒以排遣，诗人对时局的忧虑，对世俗追名逐利的愤懑，字里行间暴露无遗。故诗歌所深沉之忧者：忧物、忧人、忧己、忧时，情感深邃，内蕴厚实。但另一方面，诗人亦有一种希望在燃烧，那就是超世绝俗，向神仙世界求取自己之所愿者，又何须以富贵而汲汲之？又如张雨的《伤之情多》：

天既劳我晚，不如早息我。奚止七不堪，于世无一可。空山酒半瓢，秃鬓花三朵。平生仲长统，谁能曲如锁。②

该诗的深沉忧思所在，就是自己那像仲长统一样的满腹才华没有被时代和社会所重用，而自己那种自负、率直、不阿曲逢迎、孤傲正直的品德个性，又是世俗社会所嫉妒者，这就注定了自己悲剧痛苦的命运。尤其是一仍嵇康而来的不与统治者为伍的“七不堪”传统，耿介刚直的为人，更使自己不容于世从而陷入深沉剧烈的苦痛之中，如此则加深了诗歌的忧患之情，所表现出来的无疑是深度的苦闷和痛楚。

---

①《藏外道书》，第 34 册第 64 页。

② 同上，第 66 页。

时见奇谲。张雨的诗，风格追求多种多样，诗论话语也丰富多彩。观其诗作，又时见奇谲怪异之作。如《独游天信庵》：

独行寒涧底，萧条湿霜露。惊麕突人来，跃入青萝去。落木深已腐，乱石割芒屦。我见康庄衢，隘于林下路。①

诗歌所写去游天信庵的路上所见所闻，奇异惊骇，独行，已让人看到孤独可怕；寒涧，早已预设惊颤的环境；萧条者，令人凄楚；湿霜露，使心情沉重忧郁；怪兽惊麕突然奔人而来，令你魂飞魄散，毛骨悚然，惊魂未定之际，又突然不见踪影，好生神秘而怪异；乱石，让行者无所适从手足无措，奇险之至……如此多震撼心灵而又诡异怪谲的环境气氛，给诗歌平添几许幻诞色彩，故前人评张雨的诗类似大历十才子的风格且又善写"冷语"，此不诬矣。

在张雨的诸多描写物形物象的状物诗中，更多上述诡异怪谲的描写，体现了其对于诗歌艺术风格的多样性的理解与追求好尚，如《泗州磬》：

玉声试叩极清圆，琢就鱼形也可怜。前日泗滨求乐石，异时堂上奏宫悬。师襄入海谁从问，荷蒉行歌志更颠。法驾前头亲导引，凤鸾音节若为传。②

其他如《松花石》《阆州瓢》《村乐亭》《得崑山石》等等，都是代表性诗作。

四　《霞外集》《霞外诗集》论诗片语

《霞外集》《霞外诗集》是元代著名道士马臻的两部诗歌集。

马臻，字志道，别号虚中。少慕陶贞白之为人，著道士服隐于西湖之滨。大德中，嗣天师张与材至燕京行内醮，名流并集，虚中在焉。未几，将归，手画桑干龙门二图传于世。尝从褚雪影游，肆

①《藏外道书》，第 34 册第 64 页。
② 同上，第 122 页。

力吟咏，所著曰《霞外集》。淮阴龚圣子谓其古今体制具在，而达雅如其人。同里仇仁近亦曰：远览嵩岱之雄拔，江河济淮之奔放，近挹两峰三潭六桥之佳丽，胸次宏豁，笔力不凡。时局甫定，兵革偃息，遗民故老如周草窗、汪木云之徒往往托于黄冠以晦迹，虚中殆其流亚欤？庐山黄石翁摘其秀句，谓如达人不患贫，贞女不事媚，静知。春，事佳老，觉世味熟，某丘有树犹堪宿，何处无鱼可疗饥……自云：苦心雕琢易，出口浑成难，道合天心易，篇终鬼胆寒。非淡于诗者，不能道也。①

从上引文献记录来看，马臻关于诗论的表述有以下几个方面的内容。

一是对于诗歌风格的讨论，主张风格多样，灵活多变，不可囿于某一形式，雄拔、奔放、宏豁、达雅，均可作为诗歌的风格追求。即以此几条为准，我们都可在他的两个诗集中找到例证。如“雄拔”，《五云山写望》云：

少乏超绝姿，瘦鹤存野格。乾坤心自放，颇觉尘土窄。安得千金橐，使我穷地脉。征途多荆榛，此志宁复得。今晨跻山颠，纳纳瞰广陌。正东临大江，仿佛海外国。孤帆扬长风，静入秋气白。层峦引列嶂，下有云雾隔。不知谁家楼，突兀立远色。禹穴指顾外，历历禾黍黑。簸荡千古愁，人世一过客。高歌据苔石，遥见日车仄。目极穷冥搜，一雁长空没。②

登高远眺大海，仰望长空，既居高临下笼大海于胸怀，又仰天长啸收天地于眸眼，壮哉！雄哉！而游者“山至绝顶我为峰”的气势，又分明有一种力拔山兮、拔地而起的高耸，独立于万仞之巅，气壮山河，非同凡响。诗歌塑造的高大特出的自我形象其由来也有自，李白的“巨鳌莫负三山去，我在蓬莱顶上歌”，杜甫的“会当凌绝顶，一览众山小”都给诗人马臻作为一个道教文学家以传统之滋润。

---

①②《藏外道书》，第 34 册第 192 页。

雄拔，也是指的一种包容宇宙，磅礴万物的心境，把天地看成一渺小之颗粒，把亘古看成一眨眼的瞬间，这也是一种何等的气魄，如《寄题臞叟徐学正小蓬庐》：

> 严陵滩前山水绿，万古乾坤一茅屋。床头书满仅容膝，晚来无处招云宿。主人养浩心自足，由义居仁慎其独。谁言此室大于斗，明月能量千万斛。却喜门无车马喧，秋声不离窗前竹。①

甘于淡薄，平凡得不能起眼，但心却是比宇宙历史还要阔大，这何尝不是一种英雄特有的超凡脱俗，拔地绝天呢？万古乾坤一茅屋，把古今中外挫于茅屋，心怀天下，确实非常人所能做到。这是道家道教隐士的风流，这也是道教神仙的英姿飒爽。

又如奔放一格，自一种轻松奔腾喜悦的心情中发出，美景、乐事、良辰、爽心等外部因素均可促成创作主体在作诗时形成此格。最能体现此一风格的作品是马臻的《韵城四十二首》。略举几篇证之。其一曰：

> 林间把酒山鸡舞，竹外支筇野鹤随。醉卧落花春不管，醒来唯有白云知。②

诗歌欢快奔放的格调，缘自诗人把酒临风喜气洋洋的心情，野鹤般随意无拘的心绪，如白云般舒卷的神韵，又以酒醉轻狂之态出之，更显奔腾欢快的节奏。其八曰：

> 溪蟹初肥浊酒香，村南村北稻登场。白头羡杀田翁乐，醉向茅檐卧夕阳。③

因为丰收的喜悦、酒醉、心醉、诗亦醉，欢快奔放的诗风，乍一读之即感受浓浓。

---

①《藏外道书》，第 34 册第 192 页。
② 同上，第 221 页。
③ 同上，第 224 页。

二是关于诗歌语言的看法。从马臻传世诗歌可以看出其对于诗歌语言的重视情况。他主张抒写情景、叙说事物、记写情节等不同体式的诗歌应该有不同的语言状态。如写景抒情之作，一方面所写之景要为眼中之景，所抒之情要为五内之情，语言必须真切，情景交融。如其《碧山书堂》云：

巉崖润聚洪濛色，屹立长空湖海窄。翠积松杉重不开，昔日鲁栖鳌客钓。钓鳌客去凌苍苍，今人此地营书堂。桃花流水杳然意，为君千载扬芬芳。①

孤山一座独立大海中，耸入云霄的巉崖俯视辽阔的大海，山中书堂犹如与世隔绝的仙境仙界，而书堂主人更是啸傲穹宇，笼天地宇宙于方寸之中。全诗写景句句为实，字字乃真，而景中之情，境中之意，历历可见。此见该诗语言求真求实的倾向。

三是关于诗歌之所由作，诗人认为诗之所由作，情之所由发，皆因景物之美所至。摇荡性情者，自然之美色，山水之胜景，这与南朝文学理论中反复艳称的四时美景触动诗心诗情的观点完全一致，且看马臻所说：

千树万树桃花发，三声五声鶗鴂鸣。溪山春色媚人眼，但见物物生诗情。②

“物物生诗情”，外物之美好形貌触动诗人的内心情感，故援笔作诗，一蹴而就。故陆机说：“遵四时一叹息，瞻万物而思纷；悲落叶于劲秋，喜柔条于芳春。”(《文赋》)四时之景各异，故其触发人之心情也不同，春天阳光明媚，春暖花开，寒冷消除，暖意融身，故拨动人的喜悦之心情，因而手舞足蹈，故触感而为诗，其诗也光明暖煦。秋天呢？肃杀凄凉，落叶纷飞，万物萧条，其感人也悲恸，故成之于诗也，怆然凄苦，痛楚有

①《藏外道书》，第 34 册第 227 页。
② 同上，第 230 页。

加。又刘勰云："春秋代序，阴阳惨舒，物色之动，心亦摇焉"（《文心雕龙·物色》），其所云之意与陆机毫无二致，故自古以来，理论家们都谈及外界自然之物象对于诗歌创作的催发作用，道教内外，人同此心，心同此理，马臻亦然。

四是关于其他方面的诗歌思想，这里摘其主要者。如马臻认为文学创作在鉴赏方面而知音难觅，有千古少知音之叹：

> 晴云冉冉拂空翠，群木阴阴生夏寒。弭楫携琴访溪叟，世尘胶扰知音难。①

有时，马臻认为诗歌创作是一种艰苦繁重的精神劳动，他同感于唐代苦吟诗人的创作辛劳，他说："寒空黯淡飞鸟没，某丘某壑同一色。绝怜驴背苦吟人，风雪打头乌帽侧。"②贾岛驴背作诗苦吟，说明文学创作需要冥思苦想，这既是一种创作态度，又是一种文学声明。

马臻也强调道德文章的统一并重，与儒家所倡"有德者必有言"的文德并举观相表里，他说："风虎云龙会有期，文章道德际清时。名山正要名师住，喜捧天书下玉墀。"道德文章并行不悖，同等重要，正像风从虎，云从龙一样不可分离。

以上所述马臻论诗片语，论者不多，但都为诗学理论中的重大概念，自然不可忽视。

五 周履靖论散曲

周履靖（1549—1640），明末著名道教学者，被忽视的道教诗人，有明代"大历十才子"之称。字逸之，初号梅墟，改号螺冠子，晚号梅颠，浙江嘉兴人。性慷慨，善吟咏，与文嘉、王世贞、茅坤、屠隆、陈继儒、王穉登诸人游，工书法，大小篆、隶、楷、行、草无不妙。善山水，精人物，著有《夷门广牍》《梅颠稿选》《画评令海》等。又精医药、养生、气功等术业。诗、词、曲、乐独善胜名，海内噪闻，名流莫不愿与之交，又撰传

①②《藏外道书》，第34册第230页。

奇《锦笺记》传于世。由于周氏所写散曲甚多，故而有深刻的写作思想，这些思想集中体现在《鹤月瑶笙叙》中，现将此文转录于后以便分析：

曲者，阕也。古者有阕而无曲。阕者，乐之一止也。曲者，其声抑扬婉顿，非若诗之可以道致也。然而汉魏之间，有紫芝曲、白水曲、绿水曲、江南曲，隋齐之间有大提曲、乌栖曲，唐有渭城曲，皆隶乐府。其言简古易尽，非若今之转喉按节袭谱而循声也。今之曲实北狄戎马之音，而金元之遗致也。按昔有董生者，实首其事而杂剧传奇往往流籍人间，要以柔绰之风写绮靡之语，加深切之思，发艳丽之词，使人动魄惊心，摧情飞意。顾关陕伊洛，其声壮以厉，有剑拔弩张之势；吴楚闽粤，其声啴以缦，有偎香倚玉之怀。夫亦风气使然也。故自玄丘飞燕，实始北音，涂山候人，乃肇南调，南北之分，其来久矣。

迩自呕哑之家，既出无赖摛藻之士，又罕名俦，遂致媟亵狼戾，无一可人语。夫飞觞度曲，本人生妙境，而供耳待听者又糊浊肝肠，不胜抽绎，良用叹悼。梅颠道人放形物外，栖志泉石，方扣至玄于无声，契仙踪于绝响，有时搦管吹花，衔杯坐月，醉极情闲，令一二髫童张颐缓颊，弄音调响于松风竹雪之间，会意点头，往往击如意以节之，又若新水初绿，一舠泛如，琴鹤同载，云山满前，按拍之声隐隐从烟波起矣。

余颇留意音乐，若不能歌，喉中累累如贯珠走核，辄顿嘎不能出一声，盖二生业也。每遇吴儿越媛，当筵侑殇，虽哝唧中未尝不为倾听。然其凄楚烦冤，不觉扑簌泪下，甚有为掷罍而起者搜神哉！其为声矣，及聆道人所为曲，则又心愉神怡，浩浩焉，倘倘焉，饥为之饫，寒为之燠，愁为之舒啸，真有令人癖烟霞，痼泉石，弃遗此天地不知江山外更有黄屋者。盖其为曲也，以溪云林霭为变态，以野水山桥为景色，以樵斧渔笙为事业，以药物炉鼎、采取交媾为要妙，无长安路上嗟名叹利之惜，虽其词之工拙，意之重复，无暇计焉。自喜对景即席，辄剖片纸如掌板大，挥洒自若，以授歌者。①

周履靖此篇关于散曲的“曲论”，有如下几个方面的内涵：

第一，关于曲的性质和时代特色。认为曲是一个音乐的片段，是可以入乐歌唱的，其音乐特性是“抑扬婉顿”，与诗不同。魏晋以降，不同时代有不同之曲，和时代特色紧密相联。

第二，当今（指晚明）之曲实由金元诸宫调发展演变而来，始作俑者乃董生（董解元）的《西厢记诸宫调》，即人们惯称的“董西厢”。

第三，曲又有地方特色之差异，南北曲是不同的。北曲“声壮以厉”，南曲“声蝉以缓”。第四，今之曲的时代特色被浮夸华丽之文人弄得“无一可人语”。

第四，周氏认为“曲”像其他文学样式如诗文一样，本是写“人生妙境”的，也就是说。他从“高大上”的原则出发把曲提升到与正统文学（诗文）同等的位置，儒家倡导文章与诗歌或者“文以载道”，或者“诗以言志”，则曲亦写人道和人志，与“经国之大业，不朽之盛事”毫无二致。

第五，曲既写“人生妙境”，则周氏的人生妙境为何？那就是淡泊名利，忘情山水以追求散淡、静泊、清雅之境为鹄的。职是之故，当今之曲，应该是爽心悦目，“心愉神怡”者也。溪云林霭，野水山桥，樵斧渔笠，药物炉鼎，为曲的全部内容。

第六，今之曲在艺术上应该是“挥洒自若”者，即那种随意自由、无拘无束、无法度约束，然虽在法度之外却又中规中矩的自然无为之作，这就是老庄的艺术自由之境。

六　其他有关诗论

清代道教衰微，晚清尤甚，但光绪以后，出现了几位能文擅诗的道教人物，给道教文学贡献了相关诗论文论，构成清代道教文学思想的

---

①《藏外道书》，第 34 册第 241—243 页。

重要组成部分。其中洪清虚、丁西泠等都有较大的文学创作成就，许多评论家，也包括他们自己都发表了对其文学创作的诸多评论，在这里亦稍作述论。

洪清虚，道光时期著名道教人物和学者，亦是很有造诣的道教文学家，其所写诗歌均收集在《清虚诗集》中，当时包括许多名流都对此诗集作出了很高的评价，指出该诗集的成就和艺术追求，兼谈及其文学思想和旨趣。如邹永煌在该集的序中说：

> 天有转移，地有倾圮，人有代谢，陵谷有变迁，而惟性情为不可磨灭。性情所至，可以规画天地，陶写山川，雕绘人物。大凡人有真性情，而后有真文章。文章者，性情之所发见也。诗为文章之一，而不本于性情，则不可以信。今而传后汉魏以降迄于唐宋，其间作者不下数千人。彼三百五篇尚矣，而若汉之苏李，魏之曹刘，晋之陶潜，六朝之鲍谢徐庾，唐之李杜沈宋储王，宋之欧苏诸人，其鸿篇巨制可以被诸管弦，垂为风教，迄今读其诗，莫不想见其性情焉。洪子清虚之诗，其殆亦本于性情者乎！①

这段话语，不啻是对性情与文学之关系的宣言书，是晚明以迄清朝沸沸扬扬的性灵说的重要组成部分，性情，尤其是真性情，是诗与文的源头活水，反过来，诗文是写性情尤其应写真性情的表情达意之工具或文学样式。汉魏以迄唐宋诸文人诗家，莫不是抒性情，抒写真性情，而时下洪清虚之诗文无疑亦是抒真性情的，所以，推而广之，洪氏自文学主张上亦属性灵派。

另一位为《清虚诗集》作序的人物是吴锦章，光绪六年其在序中有云：

> 诗之佳者，一真而已。自三百篇以降，汉唐宋元明诸作家，其流传于世者，各有一种真气行乎其间，非是则不传。然于造

①《藏外道书》，第 34 册第 276 页。

乎是者必其人得天独厚，见理明学，有专精，不为外所诱惑，乃庶几焉。非是，则不真。执是以求诗，在晋有陶渊明，在唐有白香山，在宋有邵康节，杨诚斋，盖戛戛乎难之。故论者或嫌其直率，或讥其浅近，此未深究乎六义之旨也。夫诗道性情，其为体裁也夥矣，而何以沉博绝丽，海涵地负之章，汗牛充栋。凡直抒所见，纯任自然，耐人寻讽者，惟仅此数人，此不可深知其故耶？……洪君离别，出吟稿数卷，属为点定……读之，觉一唱三叹，悠然意远，足令尘缘俗障祛屏一空，是果操何道而得此，已而恍然悟曰，是无他，是语语出之性情，肖乎其人，古所谓诗之真者也。真则佳矣。①

在这篇序文里，吴锦章通过对《清虚诗集》的解读和品鉴，得出三个方面的文学观点，第一，文学是写真的，诗歌更是如此，是对人生、社会、宇宙的真实内容的描写。第二，文学是写性情的，诗歌更是如此，而这种性情，是以真为先决条件的，有了真，就能抒发性情，那么，这性情也就是真性情，而真性情又决定于创作主体客观存在的“真气”。第三，由真导致了抒情性，且抒真性情，则表现为作品风格和气度乃是“纯任自然”者，唯其自然则“耐人寻讽（味）”，这就是前人所艳称的愈淡而愈浓，“癯而实腴”如陶潜之诗者。第四，既崇尚自然，则蔑视和否定“沉博绝丽”的华靡奢丽之风尚，也就回归到元遗山所说的“豪华落尽见真纯”的境界，九九轮回，又归之于“真”了。

光绪九年（1983），为《清虚诗集》作序的高尚之士方内散人在评论洪清虚的诗歌作品时说道：“清徐先生……诗不事雕琢，直抒所见。读其集中有‘不留半字在胸中’之句，乃恍然悟曰：先生之诗，非诗也，即儒家语录也，释之梵典也，道之丹经也。”②所谓“不事雕琢”，指的是洪清虚在诗歌创作倾向和风格追求上的自然朴实纯真，这与前面吴氏所

①《藏外道书》，第 34 册第 277 页。

② 同上，第 279 页。

言“纯任自然”是一致的；所谓“直抒所见”，指的是洪清虚的诗描写客观真实存在的所见所闻即真实的社会生活和人生经历；所谓“不留半字在胸中”，指的是洪清虚的诗通过文字来表达思想内容，这些思想性的东西几可成为三教据以为典范的文献和典籍，是千古传诵、效法、指南的宝卷。

丁西泠，清道光时期著名道教学者，道教文人，其所作诗歌收录在《西泠仙咏》中，他在《自叙》中谈到了两个文学思想问题。简述如下。

第一，写诗是一种伤精劳神的艰苦工作。“性耽著述，作为诗歌，四十年来，有集百卷，皆从方寸中抽引而出，则伤神矣”①，诗歌从内心流露出来，由于是煞费苦心的精神劳动，久而久之必然伤精劳神。此种认识，早在六朝文学理论家那里就已经关注到了，如刘勰《文心雕龙·养气》云：“钻励过分，则神疲而气衰”，“曹公惧为文之伤命，陆机叹用思之困神。”

第二，文章是以实用为目的的，并不是拿来美化、装饰外表的。“庸庸一生，虽文章美冠天下，阎罗老子不因美文章而用情也”②，文章写得再漂亮美丽，也打动不了鬼神，使鬼神降福于人；修道之文，修佛之文，写得哗众取宠，打动不了婆罗老君，他们不会降临保佑你成佛成仙。毫无疑问，这是道教文人在倡导道教的文学思想：自然、朴实、纯真、恬淡。

第二节　文论及其他艺论

《藏外道书》除了收录前述明代以来道教诗人的诗集外，还收录了许多道教文人（主要是《正统道藏》以外）的文章、绘画及其他艺术作

① 《藏外道书》，第 34 册第 620 页。
② 同上，第 622 页。

品，主要有《道园学古录》《七真因果传》《返魂翠英》《修真宝传》《道教画像》《绘画丛刊》等。在这些文章与艺术作品里，有许多文论与艺论，反映了道教文艺家们对于文艺创作的看法和理论态度。

一　文章思想概论

一些有关的文论话语，主要体现在虞集的《道园学古录》及其他道教人物的叙事传记之中，以此为序来梳理一下。

虞集（1272—1348），元代著名理学家、道学家，理学上推崇程子、朱子之学，道学上尊崇真大道教。在文学主张方面，强调作文以宗宋为圭臬，力主承续欧阳修为代表的宋文传统，主张“明道”“师经”。这种文章理论的创作实绩便是《道园学古录》中的各体篇目，在体式上包括序、记、说、题跋、奏疏、表笺、谥议、书答、碑、墓志铭、行状、传、祭文、诔、册文、策问、制诰等等，共 38 卷。这些文体，在题材上主要有以下几个方面。

一是表现对社会人情物理的体会，如《海樵说》《克礼堂记》。前者阐述“有者未必皆得，无者未必不可得”①的道理，后者表明人类对贪欲的支配很难屏除②。

二是对于人的独立政治怀抱与高尚道德风范的赞扬，如《友松记》赞扬宋云举“屹手独立不为势利之所移”的松树般独立坚强之人格。

三是大量的墓志、碑文，将人物性格、形象描写得生动传神，有“传记”体之功效。

关于虞集文章的成就和隐含的文章理念，为《道园学古录》作序的欧阳玄有很好的叙评：

> 斯文与造化功用相弥纶，国家气象相表里。故文人生于世有数，文章用于世有时，斯言若夸，理实然也。皇元混一之初，金宋

① 《藏外道书》，第 35 册第 342 页。
② 同上，第 86 页。

> 旧儒，布列馆阁，然其文气高者崛强，下者委靡。时见旧习承平日久，四方俊彦萃于京师，笙镛相宣，风雅迭倡，治世之音日益以盛矣。于时雍虞公方回翔胄监容台间，吾辈有识之士见其著作法度谨严，辞指精核，即以他日斯文之任归之至治。公仕显融，文亦优裕，一时宗庙朝廷之典册，公卿大夫之碑板，咸出公手，粹然自成一家之言。山林之人，缝掖之士，得其赠言，如获拱璧。公之临文，随事酬酢，造次天成，初无一毫尚人之心，亦无拘拘然步趋古人之意，机用自熟，境趣自生，左右逢源，各识其职，故自其外观之，如深山穷林葱蒨蓊郁，莫测根底，巨野大泽，汪洋澹泊，不为波涛。试剖其中，则日月之精，凝结岁久，皆成金珠龙虎之气，变化时至，则为风云，孰能穷其妙也哉？①

欧阳玄评虞集文的这段文字，概括了虞集散文创作的主导倾向和散文理论之含蕴，具体分析，有如下几个方面的指向：

第一，文章盛世决定于国家的治世，“汉唐气象”就是典型的例子。序中所说“文人生于世有数，文章用于世有时”就是这个意思。君主英明，则国家强盛，时世昌隆，英才俊杰则意气风发，生逢盛世，趾高气扬，作为文章，气势充沛，才情昂扬，下笔琳琅，云蒸霞蔚。

第二，作为文章，不以泥古、拟古、复古为机械地模仿，而应自我创新，有独特之立意，前所未有之开辟，是一种自然而成，天然自成的水到渠成，这个叫作“机用自熟”，“境趣自生”。以虞集之文为例来说，他的文章一方面受宋代文章之影响，自有学宋文的倾向，主要是学欧阳修的文章，但虞集不是食宋不化，食欧不化，而是能另辟蹊径，独开一面，即“机用自熟”，“境趣自生”，所以清代黄宗羲评价虞集的文章在明代文章之上。

第三，作为文章，自应有其风格追求，文如其人，人品风格如何，则其为文也如何。虞集之文，自有其格。这种风格，有内外两方面的特

① 《藏外道书》，第 35 册第 1—2 页。

色，作为外者，汪洋澹泊，作为内者，龙虎之气，金珠之含，是表里一致的内外兼修，这又与道教信仰中的内外丹道理论不谋而合，恐怕与虞集的道家道教修养分不开。

《藏外道书》收录了许多道教传记作品，从文学体裁的划分来看，传记文体是属于叙事类散文体式的，因此，我们将其置于散文的类别。像《七真因果传》《修真宝传》这些清代道教文人创作的传记散文，一方面继承了先秦两汉史传文学的优秀传统，另一方面又反映了道教散文自身的特色，对此，解读作者在其序中的相关诠释就可得知。如《七真因果传》之自序，就对“传”的理论内涵和定义特点作了说明，其序曰：

> 《七真》一书，旧时有之，惜其文不足以达其辞，趣不足以辅其理，使观者恐卧，而听者返走。约年，置之案头，不获一览，人皆视为文。余每欲振之，终不能就。昨岁，自秦返蜀，落于丞相祠堂，默思熟想，穷究七真之事，得其精微，终日草稿编集成书，名曰《七真因果》，以通俗语言鼓吹前传，以人情世态接引愚顽，以罪福醒悟人心，以道妙开化后世。其于劝善惩过，不为无助。道会王公见而悦之，嘱余斟酌其事。余揣王公之意，欲付梓人刊刻藏版也。余即汇成上下两卷。道会终日览之，手不释卷，尝谓余曰：“此诚修真第一书也。”余答以修真之书甚多，奚取此为第一。公曰：“修真之书虽多，其中妄诞不少，有借法力而为卫道者。有托仙佛以作引诱者，遂使愚夫愚妇闻之，妄冀成仙成佛，不顾身家性命，本欲以名言觉世而反将清谈误人，此等修行之书虽多，将安用哉？而取此书为第一者，盖此书无妄诞之言，不引诱人心，步步脚踏实地，句句言归正理，乃世上必有之事，非人间不经之文，取为修真第一书，不亦宜乎？”余以为天下妙理无穷，诸子百家皆为砭世金针，岂独此书为良，命名《因果》，尽善也，尽美也。嗟乎！道会王公能识此书，为千古知音，世之读此书者能如公乎？公为千古知音，识此书于七真，即七真之知音也。欲刊刻传于后世，亦可谓

后世修真者之知音也。以公一人而作前后知音,诚道器也,亦至人也。①

《七真因果传》之作者为光绪时道教文人黄永亮,他在这篇序文里谈到了关于传记文章的几个创作问题,是他对于文章理论的一些粗浅看法,其大意有几点:

第一,传记散文像诸子百家文章一样在内容上是表达宇宙天地人事之道理的,文章旨趣在于辅道。这种文章观其实就是传统散文“文以载道”的文统观之继承和延续;在形式上是通过语言形式来表达辞意,这也是传统儒家言意关系思想的继承,子曰:“辞达意而已”,孟子说知言知人。

第二,传记散文有其高大尚的使命和责任,即“以人情世态接引愚顽,以罪福醒悟人心,以道妙开化后世”,“劝善惩过”。这也是对以《史记》为代表的先秦两汉史传文学的“不隐恶”历史使命之继承。传记之文,人物传记之写作目的,就是让人们从历史人物身上发现善善恶恶以便扬善惩恶。为道教人物树碑立传,其使命也在此。

第三,传记散文或曰人物传记,必须是对历史上的实有其人、实有其事的真实记录和描写,这个文章原则在《史记》《汉书》为代表的史传文学那里,就是“秉笔直书”的写作传统,班固赞《史记》为“其文直,其事核”就是这个文章理论的意思。与此一致或者说继承于此,黄永亮在总结自己编撰《七真因果传》的写作经验时,得出了“无妄诞之言,不引诱人心,步步脚踏实地,句句言归正理,乃世上必有之事,非人间不经之文”的理论体会,根据这样的传记文章写作理论所创作出来的作品,必然是尽善尽美之作。

第四,对于如此真人、真事、正理的传记文章,用什么语言风格和语言要求去体现这些人、事、理?作者提出了“以通俗语言鼓吹”的原则。这显然是将《史记》语言上部分追求俚语、俗语的史传散文语言特

---

①《藏外道书》,第35册第433页。

点向更强化、更普遍化的方向拉扯，体现了对于通俗语言的重视，其目的在于将传记文学大众化。联系到《七真因果传》的宗教旨趣，更反映了作者对于传播和普及道教的世俗化宗教诉求。

二　道教画论

道教在我国古代诸种宗教中是最富艺术素养的宗教，道教音乐、道教绘画、道教雕塑、道教舞蹈、道教戏曲（表演），构成古代艺术宝库中熠熠发光的瑰宝，继承和弘扬祖国优秀文化传统，无疑包括这些道教艺术精华。晚清时期，一些道教艺术家精选了自秦汉以来有关绘画艺术的理论精品，一方面具有资料保存的价值，另一方面是为了指导道教绘画实践。如《藏外道书》收录的《画论丛刊》，就是从古代无数绘画理论著作和文章中精选 52 种编成论画集，这里只摘引部分画论文字略作研究，以窥道教文艺家对于绘画艺术的解读。

梁元帝撰有《山水松石格》，是关于山水画的一篇论文，文中有云：

> 夫天地之名，造化为虹，设奇巧之体势，写山水之纵横，或格高而思逸，信笔妙而墨精。由是设粉壁，运神情，素屏连隅，山脉泓洄，首尾相映，项腹出迎，丈尺分寸，约有常程。树石云水，俱无正形。树有大小，丛贯孤平。扶疏曲直，耸拔凌亭，乍起乍伏，于柔条便同文字……①

梁元帝是很有成就的山水画家，《历代名画记》云他“博涉技艺，天生善画画”②。这段关于山水画之论，一是论及画山水是一种神情毕至但又信笔挥毫的自由艺术，树石云水，俱无正形，正是那种有法无法，有理无理，有待无而生，无为有而设的最高境界。二是论及画的品第格调，崇尚高逸之品，高远骏逸，乃常人无所企及者。这里所谈画论的理论渊源，乃在于老庄道家的有无哲学。

---

①《藏外道书》，第 35 册第 653 页。

② 张彦远《历代名画记》，第 144 页，人民美术出版社 1963 年版。

黄公望撰有《写山水诀》，提出了关于画山水树木草石等各种物象的相关要求和原则，如画树，“树要四面俱有余，与枝盖取其阔润”，又如画石，“画石之法，先从淡墨起，可改可救。渐用浓墨者为上”，再如画水，“水出高源自上而下，切不可断脉，要取活流之源”①。

著名画家董其昌著有《画旨》，谈到“画家六法”，一曰气韵生动。气韵是学不到，是生而知之，自然天授。但也不绝对，也有可学得之处，读万卷书，行万里路，胸中脱去尘浊，则山水丘壑之形态入于心中，外界物象随手可得，这就是山水传神之笔。二曰生机，三曰天真平淡，四曰奇丽，五曰格调，六曰诗意②。

《画论丛刊》所选画论资料甚丰，许多山水画论关于山水绘画中的山水景象往往与人们亲眼所见之实景象毫无二致，而神仙道教所信仰的仙界仙境，正是在画一般的自然宇宙天地之中，因此，山水成了画家、仙道信仰旨趣趋同的触动点，故山水画及其理论博得了道教人物的青睐。

---

①《藏外道书》，第 35 册第 654 页。

② 同上，第 670—678 页。

结　语

元明清道教文学思想主要是指辽金元明清时期由中国本土道教所催生的道教文学理论和文学意趣。首先它必须具有道教的宗教性质,比如全真派关于叙事散文的结构原理,是建立在实有宗教神仙之事的基础上的以事验理的结构意识。其次是它对于文学的理解,即体现文学作为人类思想、个性、情感和审美意识之载体的特征。宗教性与文学性的水乳交融和有机统一,才是元明清道教文学思想的根本特性。通过对这个较长历史时期道教文学思想的全面深入细致系统的研究,发现了它的几个带规律性的学科概念、命题和范畴,总结如次:

一　元明清道教文学思想有其史的动态轨迹

元明清道教文学思想史依傍元明清道教史的发展而形成其自身的发展轨迹,它的内容和道教的宗教思想内容是一种宗教决定文学的生发关系。

金代道教是多教派、多组织齐头并进,太一教、大道教、全真教共同发展。道教文学思想的演进随着这些教派教团的宗教思想的发展而表现出各自的特色。如太一教的宗教信仰和思想诉求是"明月清风大德",即彰显善行善德,主张内心虚静修养,追求老庄清风明月般的人生境界,受此宗教诉求的影响,太一教的文人道士们将虚静的生命自由追求与清淡明丽空灵的艺术境界、艺术风格融为一体。大道教的创建是"得老氏立教之旨",其基本教旨是追求清心寡欲、谦卑自守的修炼目标,又以解救百姓苦难作为立身处命的价值取向。这是一个求实朴素的宗教组织，他们摒弃宗教中虚妄、夸大的陋习，厌恶繁文缛节，主张回归道家自然、简朴的上古至德时代，在文化价值取向上追求亲和自然、简洁纯朴的风尚，在文学思想上，力戒浮华奢绮之语，务求平实真坦之言，回归老庄的自然文风。很明显，这个宗教流派的思想信仰对其派别中的文人文学思想有重大的催发作用，文学思想的脉动随着宗教思想的跳跃而跳跃。

全真教是金元时期中国道教史上规模最大、教理教义最全面系统的宗教，其对中国道教来说，标志着中国道教发展进入了最为鼎盛的时期，其对中国文学来说，自她产生后没有哪一种宗教能够广泛深入持久地影响金元明清的文学和文人。由于其教理教义主要表现为对人的本真之真性情的重视，提倡保全人类初始的本真和真性，要求信道者向人的内在心底求一真字，故名全真教。而要保全真性（全真），最佳的修炼方法就是“明心见性”，性命双修，而要实现这一目标，就必须保持清净（静）、静养的修持环境。全真教的这些宗教思想，影响所及于他们的在文学思想上催生了生熟互化的散文创作论，主张“探意采理”“舍理采趣”的兴趣、真性情的散文神境理论，也催生了“求真”“元气”“自得”的曲直相依的诗学理论以及内敛多元的诗学观。

从上可知，金元道教文学思想及其各自的道教时代性，构成元明清道教文学史的第一个段落，其共同点就是由老庄道教原典的自然哲学所引发催生的古朴和本真的文学思想生态。

随着道教进入明清时代的衰落和消沉，道教文学思想也表现出无力创新而回归传统，但另一方面，由于明清性灵文学思想的勃兴，也感染着明清时期的道教文学思想，多少给此时的道教文学思想注入了一定的活力，主要表现为张宇初文学思想中的写真情和张三丰诗歌思想中的抒性灵或写灵性。与此同时，随着道教民间化、下层化趋势越来越明显（这是道教寻求生存路径的唯一选择），因此，道教文学思想俗化、大众化趋势也就不可避免，这是道教自身发展的时代性、历史必然性使然。值得一提的是，道教青词的创作，在明代成为朝野趋之若骛的时尚，虽然形成与俗化截然相反的审美取向即雅化的追求，但这只是作为一种文人信道的形式或装饰生活的附庸“风雅”罢了。

道教走到清朝，已然是日薄西山，其衰亡之态已无力回天，道教文学思想也走到了尽头。但作为史的最后一个环节，道教文学思想也有其独特的时代特质，这就是在乾嘉考据之风影响下的对于道教文学原典——《老子》《庄子》中的文学观念、文学理论的阐释和注解。也由于清代章回体小说的成熟与繁荣，对道教文学家铺衍道教故事以巨大的影响，因此，道教章回体神魔小说取得了前所未有的发展，这就给神魔小说在结构安排、叙事方式、情节推进等方面提供了理论表述的广阔背景和先决条件，比如“天—地—天”结构、“人—神—人”/“神—人—神”的结构，既是道教存想思维的逻辑结果，又是道教宗教关怀以现实为依据，以仙界为理想的结构模式催生引发的结果。

二　元明清道教文学思想与儒家文艺观

元明清道教文学思想的诸多内涵中，除了更多的是道教自己的家珍，也包含了为数不少的儒家文艺观的元素，无论是金辽元时期的道教文学思想，还是明清时代的道教文学思想，都夹藏着正统儒家的文艺观、文学理论与批评。比如元代全真教的诗学理论，总把儒家文艺思想中的温柔敦厚的诗歌观打进其全真保性、曲直相寓的诗歌创作原则之中，形成了宗教修善修诚的宗教伦理与劝善惩恶的文学原则有机统一的道教文学思想特色。

明代确立了儒家思想的正统地位，导致以前后七子为代表的复古主义文学思潮的产生。这种复古，除了提倡者所说的“文必秦汉”“诗必盛唐”的艺术拟古，还包括对传统儒家思想的不加区别盲目因袭的机械继承。另一方面，明代心学思潮的兴起，除了使得文学理论领域发生了被封建统治阶级视为异端的童心、主情等文学思潮之外，在儒家文艺思想内部仍然有维护儒家文艺正统的主流力量。上述儒家思想和儒家文艺观占主体地位的时代格局，对道教文学思想产生的作用在于其一方面受其影响、受制于人，另一方面选择援儒入道的方式是自身能够生存发展的正确道路。因此，张宇初的道教文学思想中，才有儒家道德为尚，言辞决定于道德，儒家五经为文学之鹄的和楷模等等之类的文艺观点。在创作实践上，张宇初多以铭、箴、赞等文体来表现儒家思想范畴中的孝道、诚意、敬心等道德观念。张三丰的诗学理论则是以“诗言志”的儒家文学言志观为背景的政治宗教合一的理论体系，同时，这个“志”也包括诗人的灵性、情感等艺术的审美的因素。

在小说理论领域，小说评点作为明代小说思想的重要表述方式，其所看重的仍然是小说主题上对于儒家仁义道德、伦理真善美的宣传，受此影响，道教小说尤其是道教神魔小说在关于创作宗旨的理论问题上，也从儒家仁爱、慈善的道德伦理观出发强调度脱、庆贺等仙道神魔题材小说的价值和意义。

有清一代，满人入主中原，经过较长时期的与汉文化思想的磨合，最后还是选择儒家思想作为统治思想，受此影响，无论是小说理论、戏曲思想，抑或是传统的诗文观，仍然在围绕孔孟儒家文艺思想的核心价值观上探讨文学创作的理论和实践问题，这以方苞的“清正古雅”的文章理论和姚鼐义理、考据、词章三结合的古文理论为典型代表。在这种儒家文艺思想影响下，清代道教文学思想也表现出重视事功政教与伦理纲常的倾向，从清代道教戏曲、传奇、散文、诗歌等创作主旨和题材意义来看，都离不开儒家文艺思想对其产生的导向作用，这也是道教发展到清朝在百般艰难的条件下所作出的儒道融合的必然选择。

三　元明清道教文学思想与佛教的关系

佛教在中土的传播，进入近古时期的元蒙社会，不如唐宋那样深入。这主要是由元蒙统治者的民族习性和自身文化特质决定的。汉文化中的儒家思想尚且经历了艰苦的历程和惨痛的磨难才勉强被元蒙人接受，又遑论佛教能在元代社会的土壤之中扎根几何了。但是，佛教思想中的一些关于心性论、修持方面的成分还是进入了知识分子阶层，不管是信仰儒家的知识分子，还是信仰道家道教的文人与宗教徒。以全真教为例，金元时期传播最广泛的道教流派全真派，其中心教旨所强调的全真保性，除了与道家儒家性命论、心性论的理论有渊源关系外，唐代以来中国化的佛教之禅意，其中提倡参禅悟道，包括渐悟、顿悟等多种方式在内的静心修养，对全真教强调的主静、参静的操持炼养，是有直接的影响的，由此而催生的全真七子的道教文学思想如马钰、谭处端、丘处机都强调清静之修与无言之文的相互关系，就与佛禅的清静论、参悟论有紧密联系。一个例子是，相传为李志常所撰写的《长春真人西游记》与吴承恩的《西游记》一直存在着主题之争，更多的观点是对于佛教主题的支持。此见佛教对于道教的作用或者说两者之间的关系。

佛教在明代出现了一次跳跃性的发展，其趋势表现为世俗化、义理化、阐教合一、解行双修。这些佛理佛义对明代兴起的一系列文学思想、理论观念和思潮产生了决定性的影响。如唐顺之等人提出的“心源”说就与佛理中的“真如”“创生性本源”“哄然以为禅”等观念密切相关。李贽的“童心”说除了与王阳明心学密不可分外，亦与明代佛学中的“一念(灵明)”“初心”“即事是道”等离不开关系。公安派的“性灵”说除了和传统性灵思想有血缘关系外，与佛教中的“智慧”“本觉”“灵知”等等过从甚密。明代其他文学理论、概念、思想命题如主情说、自适说、无法说也都与佛教关系紧密。不仅如此，佛教对明代道教文学思想也大有渗透之势，张三丰是一个主张儒、道、释三教融合的隐仙道派者(创始人)，他所提出的“灵性”说，首先是从道教尤其是仙学修炼的角度提出来的，然后将这种宗教操持借用到诗歌创作活动中来，提出了“诗者，乃性灵之流露”的诗歌发生论、职司论等理论，但另一方面，也与佛教的“灵知”说，“本觉”论、“智慧”论有根本的一致之处。

佛教在清代的发展像道教一样处于衰落状态，但其对于文学、文人的影响却仍然很大。举例来说，金圣叹的批点理论或概念就与佛教有千丝万缕关系。如他在批点《西厢记》时提出的“无”字说，在批点唐代律诗时提出的“忍辱心地”说，就与清代佛教中的“机缘”说有本质的一致之处。钱谦益是清代诗文大家，其许多诗文理论与佛教教理教义有很深的思想渊源。如他提出的诗歌批评理论“熏习”说，就与佛教的“去染返净”论密切相关。而他的另一个诗文批评观点“弹斥淘汰”说则融汇了佛教的“万法唯识”的天台宗理论。王夫之是清代的鸿儒通学，但他在论诗论文上的许多观点和思想，却与佛教关系不同一般。如他关于评诗赏诗中的“现量”说就深受佛教“因明学”影响。佛教的许多教义、观念对道教文学思想也发生了一定的影响作用，或者说清代佛教与清代道教文学思想彼此产生过共鸣。如《西游记》的结构安排，既与佛教的轮回报应观念关系密切，也与道教的天—人—天，神—人—神结构原理比较一致，从关系上讲，佛道在这个结构问题上是彼此通融、互为推动的关系。清代仙道戏曲在主题风格上的谐趣取向，无疑也与佛教讲经故事中的幽默风趣结下了不解之缘。

主要参考引用书目

一、道教书目

1.《道藏》(影印本),北京文物出版社、上海书店、天津古籍出版社 1992 年版,下列文献均收录于《道藏》,共 70 种:

《洞玄灵宝度人经大梵隐语义疏》《洞玄灵宝无量度人经诀音义》《诸天灵书度命妙经义疏》《上清大洞真经玉诀音义》《皇帝阴符经讲义》《皇帝阴符经集解》《皇帝阴符经解义》《青天歌注释》《紫阳真人悟真篇讲义》《灵宝无量度人上品妙经符图》《修真太极混元指玄图》《还丹金液歌注》《洞玄灵宝自然九天生神玉章经解》《太上洞玄灵宝天尊说救苦妙经注解》《玄珠心境注》《天台山志》《南岳总胜集》《玉音法事》《大明太祖高皇帝御注道德真经》《道德真经四子古道集解》《道德真经指归》《道德真经全解》《道德真经次解》《道德真经口义》《道德真经集义》《道德真经衍义》《道德真经疏义》《文始真经外旨》《冲虚至德真经义解》《南华真经义海纂微》《南华真经章句义音》《庄子内篇订正》《南华真经循本》《南华真经新传》《南华真经注疏》《玄品录》《终南山祖庭仙真内传》《终南山说经台历代真仙碑记》《大明玄天上帝瑞应图录》《武当福地总真集》《武当纪胜集》《宫观碑志》《甘水仙源录》《大明御制玄教乐章》《太上三洞表文》《周易参同契发挥》《周易参同契释疑》《洞渊集》《鸣鹤余音》《道禅集》《还真集》《一切道经音义妙门由起》《云山集》《仙乐集》《渐悟集》《草堂集》《自然集》《玄虚子鸣真集》《葆光集》《西云集》《悟真集》《云光集》《重阳全真集》《重阳教化集》《重阳十化

集》《磻溪集》《水云集》《太古集》《岘泉集》《张三丰全集》

2.《藏外道书》，巴蜀书社 1994 年版，下列文献均出于此，计 71 种：

《老子道德经》（老子甲本释文）《老子道德经》（老子乙本释文）《十大经》《道书劫运经》《大明仁孝皇后劝善书》《大明太祖高皇帝御注道德真经》《道德经释辞》《御制道德经》《道德经释略》《老子道德解》《道德经解》《道德经注》《老子解》《庄子解》《南华真经副墨》《南华真经注疏》《南华真经评注》《药地炮庄》《南华真经评注》《庄子评议》《庄子章义》《黄帝阴符经测疏》《老子道德经玄览》《悟真篇》《玄肤论》《金丹就正篇》《金丹大旨图》《张三丰先生全集》《仙佛合宗语录》《方壶外史》《刘一明道书十二种》《悟道录》《会心集》《会心内集》《会心外集》《碧苑坛经》《玄谭全集》《闵一得全书》《傅金铨书》《邵子诗注》《龙虎山志》《罗浮山志会编》《紫阳庵集》《重阳庵集》《涉道诗》《叶净能诗》《老子道德经笺注》《老子义疏》《庄子南华经解》《养真集》《白云集》《有像列仙全传》《武夷山志》《青城山志》《洞霄诗集》《贞居集》《霞外集》《霞外诗集》《长春观志》《长春真人西游记注》《鹤月瑶笙》《清虚诗集》《道家诗纪》《诗谈》《青城诗文集》《西泠仙咏》《道园学古录》《七真因果传》《修真宝传》《道教画像》《画论丛刊》

3.《道藏辑要》，巴蜀书社 1995 年版

4.《道藏精华》，台北自由出版社 2000 年版

5.《道藏要籍选刊》，上海古籍出版社 1989 年版

6. 卿希泰主编《中国道教史》，四川人民出版社 1996 年版

7. 卿希泰主编《中国道教思想史》，人民出版社 2009 年版

8. 陈国符《道藏源流考》，中华书局 1963 年版

9. 陈垣《南宋初河北新道教考》，中华书局 1962 年版

10. 傅勤家《中国道教史》，商务印书馆 1998 年版

11. 黄兆汉《明代道士张三丰考》，台湾学生书局 1989 年版

12. 苟波《道教与神魔小说》，巴蜀书社 1999 年版

13. 詹石窗《道教与戏剧》，厦门大学出版社 2004 年版

14. 詹石窗《南宋金元道教文学研究》,上海文化出版社 2001 年版
15. 左洪涛《金元时期道教文学研究》,人民出版社 2008 年版
16. 吴国富《全真教与元曲》,江西人民出版社 2005 年版
17. 吴光正主编《八仙文化与八仙文学的现代阐释》,黑龙江人民出版社 2006 年版
18. 李艳《明清道教与戏剧研究》,巴蜀书社 2006 年版
19. 蒋振华《汉魏六朝道教文学思想研究》,中南大学出版社 2006 年版
20. 蒋振华《唐宋道教文学思想史》,岳麓书社 2009 年版
21. 王汉民《道教神仙戏曲研究》,人民文学出版社 2007 年版

二、史部书目

1. (元)脱脱等《辽史》,中华书局 1974 年版
2. (元)脱脱等《金史》,中华书局 1975 年版
3. (明)宋濂等《元史》,中华书局 1974 年版
4. (清)张廷玉等《明史》,中华书局 1974 年版
5. (明)焦竑《国朝文献征录》,台北学生书局 1965 年版
6. (明)谷英泰《明史纪事本末》,台北三民书局 1956 年版
7. (民国)赵尔巽等《清史稿》,中华书局 1977 年版

三、集部书目

1. 阎凤梧等编《全辽金诗》,山西古籍出版社 1999 年版
2. 阎凤梧等编《全辽金文》,山西古籍出版社 2001 年版
3. (明)臧晋叔《元曲选》,中华书局 1958 年版
4. 隋树森《元曲选外编》,中华书局 1959 年版
5. (明)宋濂《宋学士文集》,《四部丛刊》本
6. (明)刘基《诚意伯文集》,《四部丛刊》本
7. (明)归有光《震川先生文集》,上海古籍出版社 1981 年版
8. (明)袁宗道《白苏斋集》,上海古籍出版社 1989 年版

9. (明)袁宏道《袁宏道集》,上海古籍出版社 1979 年版
10. (明)袁中道《珂雪斋集》,上海古籍出版社 1989 年版
11. (明)汤显祖《汤显祖诗文集》,上海古籍出版社 1982 年版
12. (明)金圣叹《金圣叹全集》,江苏古籍出版社 1985 年版
13. (清)方苞《望溪先生集》,上海中华书局 1911 年版
14. (清)刘大櫆《海峰文集》,上海古籍出版社 1990 年版
15. (清)姚鼐《惜抱轩全集》,世界书局 1984 年版
16. (清)顾炎武《亭林诗文集》,中华书局 1983 年版

四、其他书目

1. (清)黄宗羲《宋元学案》,中华书局 1986 年版
2. (清)黄宗羲《明儒学案》,中华书局 1985 年版
3. (明)王阳明《王阳明全书》,四部备要本。
4. 蔡毅编著《中国古典戏曲序跋汇编》,齐鲁书社 1989 年版
5. 中国戏曲研究院编《中国古典戏曲论著集成》,中国戏剧出版社 1959 年版
6. 陈建华《元杂剧批评史论》,齐鲁书社 2009 年版
7. 金宁芬《明代戏曲史》,社会科学文献出版社 2001 年版
8. 周妙忠《清代戏曲史》,中州古籍出版社 1987 年版
9. 余秋雨《戏剧理论史稿》,上海文艺出版社 1983 年版
10. 左东岭《李贽与晚明文学思想》,天津人民出版社 1997 年版
11. 黄卓越《佛教与晚明文学思潮》,东方出版社 1997 年版
12. 张学智《明代哲学史》,北京大学出版社 2000 年版

后　记

自二○○二年九月负笈北上南开大学攻读博士学位，我就开始读《道藏》《续道藏》《道藏辑要》《道藏精华录》，于二○○五年五月撰写成《汉魏六朝道教文学思想研究》，次年六月出版，接着二○○九年十月又出版《唐宋道教文学思想史》，如今又撰写完《元明清道教文学思想研究》，三本专著共花时十六年，铸字百万余。至今天写这篇后记，终于结束了这场学术旷日持久的“战争”，完成了中国道教文学思想研究的“三部曲”，镌刻出一条中国古代道教文学思想孕育、形成、发展、变化的历史轨迹，为中国古代文学思想史添加了一条分支路线，算是对中国古代文学研究有一个交代了。

这部《元明清道教文学思想研究》的写作，相比前两部更艰巨，费时更长。因为明代万历以前的道教文献几乎完整地收录在《正统道藏》中，创建汉魏六朝和唐宋这两个历史时段的道教文学思想断代史，在资料的梳理、文献的提炼上相对来说容易些。由于明代正统以后至清朝灭亡时的道教文献没有像《正统道藏》一样被完整收录，所以有关此时段道教文学思想的资料只能到各种史料文献中去寻找，于是我带着研究生广为搜集，辽金元明清所有道教典籍，辽史、金史、元史、明史、清史，全辽金元明清诗、文、曲、小说、地方志、民间文献，等等，能够找到蛛丝马迹的，都进入了研究视野。例如为了查找大道教文人的创作思想和风格，我指定研究生去读《道园学古录》，这是元代著名文人虞集的重要文集，煌煌五十卷。虞集与金元道教人士交往甚密，为道教人士写了大量碑、铭、墓志、行状、传、记、序、跋。当研究生终于读到

《真大道教第八代崇玄广化真人岳公碑》，一条有重要价值的资料信息就被发现了，可见，广泛阅读、博览群书多么重要。《岳公碑》对于我们发掘大道教文人“求真”“求善”的创作倾向有重大的文献价值。

我天生笨拙，顽固泥古，对电脑打字，学不会，也不愿意接受，从小学启蒙到今天，我仍然用钢笔写文章、写书。包括这“三部曲”在内，这些手写的文章、书稿，我都保留着它们的原件及改稿。这本《元明清道教文学思想研究》计 43 万字，共有 31 本方格稿子，每写完一本，我就交给助手打字，然后打出校改，助手再根据我校改的红字在电脑上照改，再打出来给我检查。身边的人说，你这么落后于时代，还做什么学问呀！嘲讽的，善劝的，都有。但我执拗地笨拙地爬我的格子，其乐也融融，每当收到《文学评论》《文学遗产》的好消息，我简直觉得天底下只有我手写的白纸黑字最值钱。

“三部曲”最后一部在这里画上了句号，但“历代道经集部集成、编纂与研究”的国家社科基金重大项目又摆在了我的面前，超过 500 万字的撰写和整理工作仍然将用手写的方式来完成，因为有理解和支持，我乐意为之。

2018 年 8 月仲夏